南荣家的越

NANRONGJIA DE YUE

张广天 著

四川文艺出版社

图书在版编目（CIP）数据

南荣家的越 / 张广天著. -- 成都 : 四川文艺出版社, 2025. 9. -- ISBN 978-7-5411-7083-6

Ⅰ. I247.5

中国国家版本馆CIP数据核字第2025LX7305号

NANRONGJIA DE YUE

南荣家的越

张广天 著

出品人 冯 静
策划组稿 张庆宁
责任编辑 张雁飞 周 轶
封面设计 魏晓舸
内文设计 史小燕
责任印制 崔 娜
责任校对 蓝 海

出版发行 四川文艺出版社（成都市锦江区三色路238号）
网 址 www.scwys.com
电 话 028-86361802（发行部） 028-86361781（编辑部）

排 版 四川胜翔数码印务设计有限公司
印 刷 四川机投印务有限公司
成品尺寸 148mm×210mm 开 本 32开
印 张 15.5 字 数 390千
版 次 2025年9月第一版 印 次 2025年9月第一次印刷
书 号 ISBN 978-7-5411-7083-6
定 价 62.00元

目录

卷首

有单翅飞来，不见身形，负一书予我。

这翅膀直直地伸挺着，再无弯曲，栖落在园中水潭边，日光将它的影子投射在水面上。白羽历历，羽上有字，一羽一页；前后有序，层层交叠，目次章回分明。

友人伍童魁先生钻研阴阳，知草木鸟兽及天地间神鬼事，告曰："此魂灵书也。人死，气伸为神，气屈为鬼。屈鬼有冤情，无处可伸，常寄语于羽。翼展挥羽，可伸展冤屈。又羽，鸟文也。旧时有文舞，所谓文舞者，执羽而彰显遐思。盖禽鸟振翮之时，羽翼召捕四方飘零之思想情愫于其上。双翅有阴阳，阳文告白世间，阴文魂自携归。鬼者，归也。凡鬼终归黄土，冤情已吐，死者安息，故折单翅流落人间。此善鬼也，其羽尽可收录展阅无碍。"

于是，择日我将这硕大单翅请人帮衬移入书房。经数旬整顿梳理，摘羽成册。书者名南荣靖桑，字泰榆，南宋孝宗乾道八年生人，卒于绍熙四年，亡龄二十一岁。这青春的魂灵有怎样的冤情，要展五尺大翼来申诉呢？这引起了我的好奇，便闭门谢客，专志于抄录。深秋临冬，窗外卉叶青红金褐，以至凋零。远山野楚，渐次还出原形，往事并不如昨，故人竟走到时间的前面去了。冤也罢，舒亦罢，情仇义利怎就牵动着玉柔？此玉柔之心，顿时连通了千古、未来和现在。在这个岁末入春的时节，我从死中触到了新的萌生，它是那么寂静，寂静无涯。

全书共分四册，每册又分章节若干。因其阴文入黄泉而死，阳文流转出世，随时俗而生生不息，故原情白话，与今人言辞无甚差异。遂辑汇之际，除霜雨浸化而模糊字词以填补，又年月含混之处以修正，另地名、人名、称谓有与今时惯例不同处略加脚注，全篇皆直誊迻于此，题书名为《南荣家的越》，以飨读者。

二〇一七年冬于北京静明园

第一册

花港

第一章　梨云园纵火案

我这就死了吗？我这是死，还是在睡梦中？我看得分明，听得清晰，我只带不动我的躯体。我的躯体不受我的摆布，这跟梦里的情景一致。然而我的躯体何故与之前不一样了呢？我是穿着夹袄睡的，现在夹袄去哪里了？我记得睡时我手里攥着一个玉童子。我的童子呢？还有我的被子、枕头、书卷和帷帐，这些都到哪里去了呢？眼前是残火、炭灰和倾倒的梁木，还有不散的浓浓的烟雾。这究竟是什么地方？这是我的睡房吗？我的睡房起火了？我的鞋呢？我至少要找到我的鞋，我穿上鞋才能到外面去看一看。或者我走到外面就能晓得这是什么地方。可是，我为什么闻到了臭味，一股蹄膀烧焦贴着砂锅底才有的臭味。这是令人恶心欲吐的大油味道。有人被烧死了吗？啊，我看见一根横梁下头有一只烧焦的手，中指上似乎蓝莹莹的有点什么。对了，那是一颗硕大的木难宝石，这不就是前年从不毛[①]商人那里买来的么！我将它镶嵌在金戒指上了。天哪！那是我的手！我被烧死了！我凑近前去再找找我身体别的部分……我要搬开那根横梁。我居然像风一样地滑过去了，滑到横梁

① 不毛：今译缅甸，不毛是旧时Burma的音译。

底下……我看分明了，这是一堆烧黑的骨头，有些烧不化的膏脂还粘连在骨头上吱吱冒油。这就是我，无疑我被烧死了！袄子和被子已经被烧成白灰，但我找到手里那只玉童子了。童子完好无损，真玉不怕火炊，果然是于阗上等水玉。那么，这会不会是一场梦？梦里似乎有时也搬不动躯体的，也会有许多荒诞不经的事体。我或者现在出去看一看就都分明了。我要出去！我要出去！哦，我记起来了，我被惊醒过。我醒来的时候看见烈焰朝我躺着的身体扑来，我还挣扎着起身去扑火，我当时还紧攥着童子不放，正坐起时被一根横梁砸中，然后我蒙了一下，脑壳好像碎了，我还听到碎裂的声音。这便明确了，我痛极了想逃，带不动身体，结果有一个芯子从身体里抽出来，飘逸到外面。然后，然后就是一片模糊。再醒来时，就像现在这样飘起来了。

我现在飘着，可高可低，可穿过一切硬物。那么，我应该可以穿过墙壁的，不需要穿鞋就可以走出去的。我试试看！哎哟，我穿过来了，我真的穿过墙壁到外面来了。不得了了！整座庄园都被烧塌了！前院，后院，马厩，谷仓，都塌了，甚至还有余火未尽，四处跳蹿。这究竟发生了什么？难道梨云园失火了？那么，绾儿呢？越儿呢？我记得我午睡前厨娘带越儿出去买枣糕了，这会儿该是还没有回转吧。老天保佑，他们不要回来。那么，绾儿呢？我去找找绾儿！

绾儿啊，你不要死。

那么多人都在围看，从御街和宁门外到花港都堵塞了。远近望火楼上都撑起了白旗，以警示灾情；都监、巡监带着兵丁已将梨云园团团围住；有兵丁将大小不等的鼓胀的皮囊扔进未灭的火里；几个看客在那里指指点点。

“此猪牛尿脬所制，盛水做水囊，迨掷入火中烧破，水即溢出。”某一云。

“哦，那边来了灭火车，他们开始架云梯了。”又一人说，“都续了三截了，还没有伸到后楼。那楼该是南荣老先生和夫人的卧室吧。快快救人吧！救人端的比救火紧要。”

“都快一个时辰过去了，总未见得有活人出来。莫不是全家都烧死了，直是惨怛啊！”

“午后怎就起火？这时辰也不是造饭的光景，灶火该是早灭了……”

“一个生还的都没有么？”

“我适才是看见马夫和执事[①]出来了，四处奔走叫嚣。总是有人先去报官的，不然救火兵也不会这么快就来。”

又有兵丁壮汉将长短不一的唧筒对准屋舍喷水。这唧筒竹子做的，里面装满水，后面填了活塞，从筒后一推，水便直射甚远。我停在一个大唧筒前看了须臾，见水直射到我的睡房，但那里火势燎旺，几十个唧筒齐射，也见效甚微。泰榆啊，泰榆！我开始责备自己。都什么时候了，人死楼毁，你居然还在看唧筒究竟！父母双亲生死不明……对了，还有小妹！小妹在哪里？她要是随了厨娘跟越儿一起出去便好了！

突然，我看见人群骚动起来，有人惊呼，有人尖叫，有些心软的妇人直就悲呼起来。我晓得事情不好了，我猜测到不祥。果不其然，几个兵丁从后楼的断壁处抬出来父亲和母亲的尸体。我飘起来，升得高高的，瞥见父亲毛发全无，臂腿被烧得肿胀，皮肉都开裂了，血水掺杂着油水渗溢出来，光秃的头和无眉的眼睛让我想到祭牲煮熟的脸孔。他的眼光黯滞了，神情停留在某一刻。这是那张无数次教训过我的脸，如今居然被烤熟了，形同盘中荤膻。难怪释家劝人吃素啊！推己及人，推人及众生，如何下得去筷子！母亲也

---

① 执事：这里指管家，唐宋时习惯称呼。

被抬出来了，身上盖着袍子。这是一个兵丁的袍子，他是一个知道礼禁的人，我要谢他这份细心。我记住了他的长相。我现在能做的，就是记住这个好人。我看见了母亲的手，手露在外头，没有被烧坏。这是抱过我、抚慰过我的手，清秀纤长，我认得这双手。我禁不住悲从中来，终于我难过了，大大的难抑的悲恸。我的喉头转结，可是我现在没有喉头；我的泪水奔涌，可是我也没了泪水。原来心和魂灵是一起出窍的！心带着悲恸，魂灵带着愿念、情识，一起从身体里出来了。倘没了肉身，悲恸也找不到依托，只凭着肉身的经受，无相无果地体认着一切。啊！小妹！他们从瓦砾中翻出了小妹的身体。她没有被烧坏，她是被坍塌的砖石砸死的。她的身体血淋淋的，幸好她的长发垂下来，盖住了前胸。她的才刚刚鼓突的胸乳，我曾不经意撞触过一次，我们当时羞羞地避开几尺，愣愣地相对伫立良久。那是一个雨天，在天井一侧的廊檐下彼此避退而不愿离去。人欲如刀，人欲如刀啊！晦庵先生[①]是有道理的，天理难容啊！可是现在，我想避都避不开。灵魂不是眼睛，它闭不上，也转不过去。我只好升腾，高高地升腾。我居然升到比凤山还高的空中，我听到风呼呼地响，我只凭生时的记性体认出狂风摇曳，我知道它吹不走我。灵魂啊，此刻是无奈的。此刻我避不开，我也索性不想避开。我多想抱抱小妹，我情愿被人欲的刀子刺破、剁碎。亲人们啊，我不能没有你们！礼禁算什么！天理又怎样？怎抵我生还人世，重回这繁华似锦又远远没有过够的日子！可是我这么一想，就更难过了，难过到灵魂都要死去了，难过到生和死都不重要的地步了。我此刻还不晓得，天理是人为铺排的名目，那真正的天力从心而出，超越生死，时刻随处都握着你。

我再次下来的时候，天色已近暮晚，人群渐稀，叔伯家的人来

---

① 晦庵先生：即朱熹，字元晦，号晦庵，当时人多称其为晦庵先生。

了，他们正与官府的人清理尸首。

“依然寻不见泰榆和少夫人。或者他们都外出未归。倘外出，倒好，还活着。”叔父说。

不，我死了，我真的死了，你们翻开那些烧焦的梁木就可以找到我的。但绾儿不知在哪里，她午睡的时间，是与我一道躺下的。我也没有寻见她。

“真是南荣家的大不幸啊！你们赶紧派人来收了尸体，成殓起来。先停尸一阵，择日落葬吧！”都监说。

厨娘带着越儿回来了，也在一旁。越儿完好，躲过此劫，谢天谢地。他好就好，他活就是我活，我南荣靖桑多少还后继存嗣了。

“火，火！”越儿指着焦土中又升起的一团火惊嚷。

“这小子傻气，真的不如泰榆聪明。有其父未必有其子。”伯父在一旁摇头，“天色不早了，兰姨可先抱越儿去我那里。事已至此，该成殓的成殓，该寻的总要寻见，该报官查案的直就报官。”

几人议论停当，有民夫若干驾马车前来，装起尸首运走了。叔伯、都监亦各自上轿离去。几个不多的看客饥困来袭，无趣，亦散。

这天是国朝光宗绍熙四年[①]十月初七。天已经凉透了，却还没有寒意，穿一件薄袄，外边披戴一件长衫，在屋外行走，甚为爽利。天色暗得较早，这辰光本是我带着越儿散步回来了。眼下满目疮痍，一片废墟，一个午觉似乎再也没有醒过来，深深坠入梦中。我起劲叫自己醒来，想回到日常的时空，却直是醒不来，或者一直这样了，真的这样了，已经醒来了。倘若相信已经醒来了，那么这便是骨肉丧命、妻离子散的事实。四处掌灯了，御街一路向北，烛火亮堂。人此刻该是困顿疲乏了，我竟没有倦意，只沉降，沉降，

① 绍熙四年：南宋光宗年号，公元1193年。

飞腾不起来，环视周遭有些模糊，越来越模糊。有一股力将我牵回尸骸，朝着梁木下头飘去。我轻松就入了尸骸，有硬的通道，软的走廊，起伏的山峦幽径，黏滑的沼泽。我渐渐熟悉了所在境地：那硬的莫非是骨殖，那软的怕就是经脉血络，起伏处正是心肺，黏滑地方便是脾胃肝肠。这么比量着，我便晓得灵魂的大小。灵魂宛若一粒蚌珠，圆润轻巧，可以滑过体内各处间隙曲折。它不会睡去，也不会醒来；它只是明亮起来，又黯弱下去。这歇，我正黯弱，静处一阵又可生光。这便是所谓灵魂附体了。灵魂须附着身体才会渐渐发亮。发亮的灵魂轻盈，可离体远行，飞扬腾跃。住在死的身体中，灵魂忽明忽暗。暗时漆黑如夜，亮时照彻全身。全身脏腑如仓廪，经络骨骸如道路干支。是故医书上说，脏腑为魂魄居舍，气血由经脉升清降浊，并经耳目鼻唇二阴窍穴而进出。如今人死了，仓廪败坏，守不住魂魄，灵魂便四处徘徊，直至飘零。灵魂细小，所聚脏腑气血之精华，亦一物耳。生养之间，由气而精，由精而神。神乃物之顶级，物之边限。既为物，必有养而存，无养而亡。灵魂也是要死的，只是它之所需不如生人日常所需繁多，它只需附着某物，一截骨头，一缕毛发，甚或一方写有姓名的牌位，生前衣冠器具所用杂物等。它是人一生营养所滋荣，它可以存活的时间比身寿要长。有形之体败死了，无形的灵魂还须长久的时日慢慢死去。

这就证明，我真的死了，我真的遭受了极大的不幸。一场火，几乎夺走了全家人的性命。这是偶然一次失火吗？或是另有隐情？有人想加害南荣一家吗？这太不可能了！南荣家族，遐迩闻名，祖上可以追溯到庚桑楚弟子南荣趎，庄周先生在他的杂篇中有记。前朝家居洛阳，世代为绅；本朝南迁行在以前，宗高祖父与老泉先生①在霸州共事；建炎年，祖上随朝廷南渡，因祖父抗金有功，御

---

① 老泉先生：即苏洵，字明允，号老泉。

赐和宁门外花港宅地建梨云园，定居至今。本人南荣靖桑，表字泰榆，孝宗乾道八年生，生肖属龙，刚受了众亲朋的生辰礼，足岁二十一。少时拜晦庵先生的弟子质彤君在隆兴府江州[1]地面上念书，今年八月乡试及第，正筹划明年开春往江南东西两路游学。内人卫氏缩奕，绍兴府人，淳熙元年生，生肖属马，未及二八便嫁到花港，次年[2]生子，生肖属狗，取名越。越者，清越之义，期望他为人清白，又超越前辈。南荣一族，到本系父辈一代，有三兄弟。长子伯父在朝为官，委派在绍兴府做转运使，夫人缩奕就是他请媒人说来的。叔父经商，往来徽州钱塘间买卖木材。家父居仲，守祖业专事农桑，在花港东侧远郊有良田千亩。南荣宗亲，历来与人友善，奉孔孟儒学为正统，接济四方贫弱，敬爱远近贤达，怎就会无端生出仇恨呢？若无人故意加害，只是偶然失火，难道上天弃绝吾族，要灭门断宗么？

我百思不得其解。

终究在遗体里面不安心，我又跑出来张望。灵魂是不喜飘零的，它宁可驻守一处，也不愿意看生者的活体和那些活体的世界。所以我想，爹娘和小妹的魂灵此刻该是附着遗骨在伯父家的灵堂里安睡了。我飘逸出来，在外面游荡，见整个梨云园除了断垣残壁和坍塌梁柱，几乎没有完好的地方。我浮游在上面，其实是浮游在一片烧焦的荒野之上。现在，我晓得什么是孤魂野鬼了。我转念想，不如顺着御街往城中飞去，探一探茶楼和瓦舍，那里的人们酒足饭饱之后，多有口传灵通音讯的，或者在那里可以打听到缩儿的下落也未准。正这么揣度着，忽听得不远处有马儿嘶叫，星月稀淡，即

---

① 隆兴府江州：南宋行政区划，江南西路，大约相当于今天江西南昌一带。

② 次年：指绍熙元年，即公元1190年，南荣越生于此年。

便灵魂也看不清马儿模样。我顺着叫声凑近前去，在园后东头的树林边上看见了骁娓。骁娓是绾儿的坐骑，出嫁时随人带入南荣家，她兄长数年前去淮南，在那边的集市上用一块玉佩跟女真人换来的。这是一匹母马，所以就取名“娓”。据说骁娓来自比女真祖地更远的北方，那里有环绕北海的草场，牛羊马鹿成群。北人的马与汉地的极不同，多精良而迅猛，又通灵识途，知晓情义利害。这会儿骁娓长嘶林边，踟蹰不去，虽鞍上无人，必是驮了紧要的消息来。我瞥见有东西从马上坠落，滑滑的，月下如白光泻落。这原是一匹素练，上面缀着海珠和银线。啊，这不是绾儿的帛被么？午间她躺下的时候就盖过它。我甚至能闻到绾儿的体香，我相信我闻到了。灵魂不是靠鼻子闻的，而是受识出来的，我不如说“闻”，令活着的看客易晓。骁娓似乎觉察到我在它身旁，它不停绕着我转，并用铁蹄蹬踢地上的泥。我由它的蹄子看见地上铺了薄薄的霜，铁蹄踩在霜上留下明晰的印子。于是，我顺着蹄印朝林中望去，竟看出黏湿的地上蹄印连接出一条来路。我端详辨识着蹄印，顺着它的来路往密林深处飘去。不想，我一动，骁娓也跟上来。它真的知道我在，或者还能看见我。

这路崎岖绕拐，穿插在城区边缘偏僻的幽隙，一会儿贴着官坊的库房，一会儿又延伸到居家的后院，总是在人烟稀少处蜿蜒，像是专为了避人耳目。大约过了两三里地，泥路断处，接上了石板路。此时，骁娓便走到我前面，像是有意为我引路。石板路也不在人流熙攘云集的正途上，而是转入一堵堵房屋后墙鳞次栉比的静巷。这里是临安城里中段的商贾宅居，有青瓦巷、圃迷巷和烟霞幕壁巷。夜间一路过来，不见一人；估计白天行人也少，人们都在房屋前头的店铺里忙碌，鲜有人会到后墙处打转。

可是各位看官，你们知道么？这是一条我走过一次再不想走的路！而接下来我所目睹的场景，是我永世再不想看到的；伴随着这场景我所耳闻的话语，也是我永世再不想听见的！

我死了，我死不欲生！

“你何苦下这狠手，一把火将一家人都烧死？”问话的是一名长者。他叫时安句，字称曲美，外号“幕壁翁”，因其宅子占着几乎整条烟霞幕壁巷而得名。他是做金器生意的，临安城里有名的富户。

“都烧死干净，再无羁绊。”回话的，正是绾儿，“我只踢翻了炭炉，想着烧也就烧死泰榆了，不想火势难挡，竟燎到全园。我在林子里往梨云园看，看着都快烧光了，才过来的。”

“你这是逼我呢。我晓得你心思，你想过门到时家来。”

“我宁可过来侍奉大娘的，做婢妾也行，但求日夜与你相守，看得见人，听得见声息。那偷鸡摸狗、绕着小道走窄门进来的日子，我受够了！避南荣家的人，躲时家的耳目，连鸡狗都怕撞见，我快憋死了。”

“你性子太急。再等些时日，或者就有机缘的。你我就像原先那样子处着不好吗？”

“好，就是太好了，我忍不住那不好的束缚。亲爹爹都没有你好，只要你进到绾儿的身子，绾儿就没了，就成了你身上的一件玩意儿。”

“你真是个贱人。”

“贱死在爹爹脚下才快活。”

“这都几条人命搭进去了，丧夫丧公婆的，你还缠着我不放。你从午后过来，到了晚间饭也不吃，就这么赤条条跟我藏在这后院里翻来覆去，你这是也要我的命呢！”

“这下绾儿就不走了，与爹爹一生一世在一道了。”

这幕壁翁都过了天命之年了，绾儿今年才二九又一。一个可以做翁翁[1]了，一个做他孙女才刚刚好。要说这是奸情，天下有奸到这个地步的吗！大耻啊，大耻！我南荣家怎就摊上了这样的大耻！这一老一少的不要脸的东西，是什么时候厮混到一起的？哦，对了，我记得她嫁过来第二年回娘家，我正好又回转隆兴府读书，送不得她，家父来信说幕壁翁运货要去绍兴，就将绾儿的轿子托给他了。难不成一路去绍兴，两顶隔着帘子的轿子颠成一个没有遮拦的大轿子了吗？他们这事是怎么做成的呢？

“你是真心喜欢爹爹吗？”

“想那年去绍兴，路上遇着劫匪，你我都被劫了去。多亏爹爹身上带着碎金，将性命赎出来。夜里爹爹背着绾儿从山里摸黑寻路，走累了歇在祝家村祠堂。睡中我迷迷糊糊，侧个身，就将腿架到你身上，你直就下手伸进我裆里。那时我还怀着越儿呢。你竟不管不顾，做得干脆利落。我就是从那时喜欢上爹爹的。爹爹宠我，爱我，爱不释手。你就像绾儿的一条老狗！绾儿摸摸你狗蛋蛋，你就定怏怏凝住了，趴在那里流口水。我权当你是家里一条狗，牵到无人处让畜生舔弄一番，醉一歇，昏一阵，也蛮好玩的。”

“我端的就是你一条老狗。”

“你这会儿再舔舔我……就像在祝家村那回一样。那夜真是有味，你弄得妹妹也像一条小狗，嗷呜乱叫。”

“这下便起不来，劲道不足。”

“怎就起不来？平日里五六回都不折曲的。私塾里先生给你取名曲美，倒也中的。视之曲美，受之坚挺。”

“这便不美了。”

---

① 翁翁：宋时称爷爷为翁翁。

“这是什么话？”

“你适才说越儿午间随厨娘出去了，怕是躲过一劫。倘他没有出去，这便也一起烧死了。你如今再怎样鲜嫩娇小，也是做娘的人了。虎毒不食子。你灭了南荣一家，你也灭得自己骨肉吗？”

“你不要这时候来说风凉话。初遇爹爹时，肚里还有活崽呢。你想过那也是一条人命吗？那时不管不顾，如何现在又牵肠挂肚？我管不得那么多了，我只消让爹爹住在我身里，爹爹一出去，我就虚空，虚空得要死，整夜想撞墙。我断然是疯了，我停不下来了。”

“你个狠毒小妇人，毒到我肝肠里去了。爹爹也是真正欢喜你这份决绝呢！不过，泰榆年少力强的，一表人才，不够你使吗？”

“那是人，不是畜。人遇到了畜生，挺过去了，辛辣尖酸处便是甜头。尝过这般甜头，还要人做啥！”

“你真是叫老夫识得风情天地了。受用过你，没有哪个妇人不得手的。想淫便淫，直是要做到绝处，没有妇人不屈服的。”

“废话那么多做甚！快些上来呀！妹妹又想撞墙了。”

“且慢。怕是今夜做不得了。你这歇须要远走方能长久。”

“才谋算做绝了，好不容易落得相守在一道，怎就远走呢？”

“你不想天明了，有人见到你，说南荣一家断送了性命，怎就这妇人活下来了？你即便侥幸活下来了，总不该在我这里露头吧？你只有一条出路，便是失踪。”

“你这么大宅子，藏不住我吗？”

“这宅子里只有你我吗？那些下人、女使、大娘二娘的，哪个不起疑心？”

“那可如何是好？”

“不如远去汴梁[1]，先在那里避一避。我那里还有几处银楼，江湖上兄弟也不少，你到那边避一避，或者我有机缘再将你带回来。”

“要我去金国那野蛮地方？避一避？避多久？再说回来不还是我吗？人们见着我不是还要起疑心吗？”

“南荣祖上与金人有仇，泰榆的祖父杀过大猛安[2]。或者将来可以说金人的奸细纵火灭门，你被掳到金国，我在汴梁见着故人不忍，将你赎买回来。”

“既这样，将来不是还要进南荣家的门守寡吗？”

“这便先将纵火案情圆融了。”

“那你不会说话不算数，不来接我吧？”

“老狗怎么可以没有小狗呢。你是爹爹的小母狗，爹爹鼻子跟在屁股后面闻臊还来不及呢。”

“那便盘桓几天再走。”

“今夜就走。天一亮，事情就要败露。我送你走。我们快马一路先到京口[3]再说。”

“啊，跟着爹爹走便好。那快走，快走！”

悲愤！只有悲愤！除了悲愤，我荡然无存。

我是随着骁娓走到时家后院的。骁娓直就停在这奸夫淫妇的门前，再也不动。我穿墙进来，进到他们床头。这会儿，他们并不晓得我就停在枕头上，看见一丝不挂的老少无耻之徒在帷间翻覆不

---

① 汴梁：指北宋东京开封府。北宋有四京，东京行政区划名开封，袭旧地名曰汴梁，百姓习惯称之东京或汴梁。金占后，易名为汴京，后海陵王设陪都，名南京开封府。

② 猛安：女真旧制，按猛安谋克分封。猛安，相当于千夫长；谋克，相当于百夫长。

③ 京口：今镇江，长江下游南岸城市，对岸即扬州。

歇。刚才我从窗纸间钻进来时，有一道寒光滑过我。那是一把短匕，想是老贼用来拆信函或者解货箱的。我这时飞到窗下案上，操起匕刀就想刺死这对贼人。可是，我是灵魂啊，可怜的灵魂，它操不起任何东西，它无物附着，无手无脚，难控魂外世界的一丝一毫。但我太悲愤了，还是想拿起这把匕刀。它真的被拿起来了，它先是移动，贴着桌面向前，然后直立起来，又悬空，到半空时我想让它平举，将刀尖对着他们……但它晃动了，我实在举不起它。它坠地了。

原来灵魂也是有点力气的，倘若它仇恨，它深爱，只要有强大的意愿，它也有肢体的余力可以推动外物。难怪死后人们要安魂，魂不安，家里户外，永无宁日。

哐当！匕刀落地，惊吓到畜生。他们慌忙坐起，凝视匕刀。

"不祥啊！"时安句说，"这像是阴魂来追。"

"真的么？"绾儿蜷缩到一边，"谁的魂？死人还能复生？"

"快快起身，穿上衣裳，这便走！"

此刻正值戌时，未近亥。幕壁到前院客堂，叫来管家，照例询问一遍店里的事，又吩咐几样发货细节，顺便不经意说起要往泉州去，说午间有大食①国蕃客的信使来，有一批波斯金钱已到岸，倘风顺则翌晨搭便舟从钱塘出发，为此，可能夜间要宿在候潮门的客栈里。管家并未觉出有异常，故心不生疑，与幕壁交接几句便下去。

幕壁独自下到马厩，备了快马，牵到后院，绾儿跨上骁娠，双骑连夜就出了后院窄门。说是朝东南候潮门往江干一带去坐海船，实则两人直奔城北天宗水门而去。天宗水门外有运河，江淮往来船只繁多，借一快舟，不日即可到京口。从京口渡江，对面即两淮之

---

① 大食：古时指今阿拉伯一带。

地，那就离金国地面不远了。

悲愤，不尽的悲愤团在灵魂里。这灵魂此刻真想直追上去，好不叫两个歹人逃逸法网；这灵魂此刻亦急迫欲昭告世人纵火真相，令奇耻奸情悉数败露；这灵魂此刻又惴惴不安，放不下母弃父亡的孤儿。可是，即便灵魂也分不得三处，切割开来各行其是。如何是好？这边逃出去追不回来怎办？那边冤沉海底无人洗白又怎办？越儿离了父母，一夜之间坠入冰窟，长夜暗黑无尽，谁与他说个分明？

我苦苦在时家大院里飘荡，升上去又掉下来，五内俱焚。五内早已焚尽，眼下只有火，并没有火可燃烧的脏腑。我晓得魂灵没有躯体，做不成世间任何事体，虽忿恨无以复加，亦如同适才举刀，力不从心。我必须找到躯体，但那个本来属于自己的躯体已经毁不堪用。我难道需要借助别人的躯体吗？哪一具活的身体可以借我复仇？

是夜，我不得已钻入时家每一间卧房，去寻找我可以寄居的肉身。

时家店铺面向西，对着御街，东头是库房和后院，女眷都住在南院，北院是仆役、账簿、执事诸等做事人的居地。我便先入北院，在执事的房里徘徊良久，寻他身体间隙欲乘虚而入。然执事肤卫坚固，腠理毛孔紧密，并无缝可入。我又去仆役长工床铺，见众汉个个身强体壮，亦无孔穴可进。这便知道灵魂附体亦非易事，非羸残败弱之体不得入。于是又转去南院女眷卧房。君子闯闺，斯文全无！倘不是到了这般情急地步，我是永生永世做不出来的。我入了香帐，也入了妇人亵袢。有一刻我思忖，许你时安句占我女人，不许我南荣占你女人么？可是，我是灵魂呀！灵魂触一触，受风吹气一般，占得上半点便宜么？不过虚空而已。转念又想，我堂堂须眉才子，用得着去占人便宜么？我遭此劫难，落了要去占人便宜的龌龊心思，瑾瑜坠瓦，大悲啊！这灾祸，非但逼迫我死，还逼迫我沉沦！此世间还有比这更险恶的劫难么？死亡，你为什么不是寂灭？彻底寂灭了多好啊！你为什么让灵魂还醒着，甚至比生时更清醒，更隆盛？然而怨愤啊！无处伸展的冤屈此时力推我堕废。

我对着那些女人说：我南荣靖桑是君子，我的灵魂给你们一一作揖再贴近你们。此非礼乃是为了成全正义；为了义的光明，容我污亵自己和你们吧！倘今夜你们中间谁被我附了体，迨正义伸张之时，靖桑甘愿被治罪，罚我魂灵消散，掷我魂灵入地狱！

我这么一边起毒誓，一边不得已钻进重重衾衽。终于触到一具发烫的身子，她臂足外侧的三阳之经气血凝滞，脉管空瘪塌陷，像是中了伤寒。这是大娘的贴身老婢，睡在楼上香卧的外间，床头木柜上放着盛清水的铜罐，还有一些打开锡纸的药丸。这是一个病人，还病得不轻。我很轻松就进到她体内。我抬了抬手，手举起来了。我感觉到滞重，但我的意愿强大，再重也举起来了，可以停在半空，可以挥指东西，全然听命于我。果然，灵魂附体可以借着他人的身形行事。这便大好！时府里的人出去报官，说出真相，揭发奸情，还有谁会不信呢？我这下先稳住，藏在老婢身体里歇一歇，等打了五更，晨钟跟着敲响之时，便直奔纪家桥钱塘赤县衙门击鼓喊冤。光喊还不行，须要有一张陈情状纸。这么一想，我便坐起来。现在，我可以坐起来了。我是我，我又不是我。我的灵魂是我，我的身子是一个女人。太荒唐了！泰榆啊泰榆，你怎会落到这么荒唐的境地呢？

我蹑手蹑脚，小心下楼，寻来笔墨，回到房里找不到书案，便匍匐在地上奋笔疾书，不足三刻，便将状纸写就。

我等着天明。我想，只要天明了，一切都会大白天下的。

第二章　亡灵寄

五鼓击罢，天色未亮，我即下楼。大门紧闭，通常要等掌门的仆役起床开启，一家人才可进出。我便走到后院，从幕壁和绾儿逃走的那扇窄门出去。

出到巷子里头，朦胧可见周遭。七绕八拐，终于穿插小径走上御街。御街并不宁静，三四鼓刚歇了夜市，此歇又有人出动往来，纷赴早市。行人多往和宁门外红杈子，离花港不远，平日里这刻厨娘该是带着越儿去吃早点了，我偶尔也会跟去吃二两水煎包，外加一碗牛肉清汤。做点心的多半是淮南人，祖上随高宗南渡而来；间或也有金国汉人，都是北地熟识麦面的。麦点固然北人胜于南人，将过夜的包子再煎一下，将馄饨错包成饺子，都是军营赶早造饭的敷衍，居然也误打正着，平添风味。牛肉汤是最好的。南人煨汤，浑浊浓郁，端的不知北人煮汤，怎就甘冽如泉。汤清澈可见碗底，味竟不失醇厚。

这会儿哪有心思吃早点！不仅无心思，肚中也不饥。是了，这是老婢身躯，她病中怎吃得下东西！

有担夫从身侧过，点头问安，似是认得老婢的熟人。我茫然不知所对，他亦恍惚，目中愕然诧异。他诧异什么呢？

松榆夹道，隐约可见前头有香车快马过来，敞着车篷，车上坐着倜傥少年和两个妇人。有一个妇人看似色目人[1]，栗发色目，不同于大食国的黑发色目。这是我头一回见着栗发碧目的色目女子。她身材颀长，双腿白如羊脂，衣不蔽体，浪笑不止。车到我跟前放慢了，色目女子向我掷花，那左拥右抱的少年忽然起身，说："我不曾见过哪个下人如此知礼，远远见我就恭立道旁屈身低头。老妇人，你是哪个府上的？"我无言以对。另一个女子抛下一块亮闪的硬物，落在我脚边。"喂，这是给你的赏钱。"见我不动，她又说，"怎么不拾起？这是给你的，归你了。"我依然不动。他们讪笑我一番，又一阵耳语，远去。追马蹄扬尘落定，我细看，才看清这是一片打着"十分金"字样的小金牌，边侧有落款"韩五郎"，估计是出自铁线巷那边韩家金铺子的活计。追香车远去，我方动身。几个早在后面围观的路人，见我不拾金，便一拥而上争抢起来，几近大打出手。这时我才回过神来，想担夫和车上的人大约都是因为看我举止古怪而诧异。一个书生的魂灵寄居在一个女婢身上，这是怎样一番景象呢？我会做出怎样的事体呢？我自己也看不到，便不多想，直往前去。

车里的人看起来像是侯王府上的。他们不是从富览园来，即是从总宜园来，夜间在园中寻乐，笙歌艳舞，通宵达旦。我听伯父说过，他曾去过那些夜宴，那里有一些无聊但令人流连忘返的名堂。人们要享乐，挖空心思，无所不用其极。有傍晚荐席，有戌时汤浴，有翠被含鸳，有珠帘盈香，有弄瘙痒的，有助吸糟粕的，有二更膳，有三更点，饱而泄，泄又餐，循环往复，非殚精竭兴而后止。歌舞的曲目每三天要换一次，娈童和侍女从来没有旧面孔。玉树龙阳，后庭翻花，肉里肉外，总伺候得你舒爽到脚尖趾缝。那

---

① 色目人：宋元时谓"各色名目之人"，多指西域及欧洲民族。

些旧辽的奴隶，拂林[①]来的歌姬，还有室韦[②]的女巫，都用来淫人诸窍、抽魂出体。反正国朝大宋有的是金钱，用不光，赏不尽，自是远近狩猎的、畜牧的蛮夷，无论战和，都愿意将虏获的尤物卖过来牟利。难怪晦庵先生主战人欲，而不主战金国。敌不在外，敌在己身。不克己，难以复礼。绾儿和幕壁这对狗男女也是这般寡廉鲜耻，衣冠褪尽，颜面也褪尽，只沉湎于禽兽的快意，淫佚不可自持，终日没有餍足。难怪我朝每战必输，人怎敌得过畜生！国人已然人畜不分，必以认贼作父为酣畅。

我似是窥穿了一丝道理。这梨云园光天化日之下，一把火烧得干干净净，绝非偶然。国朝荼毒已深，化外之人虽夷，化内之人已蛮。我等早就较金人更加野蛮了，早就成了金人的金人，这天下还会不是金人的天下么？人家不战而胜，我朝后院起火，那些血性英武的将士，两面被夹，腹背受敌，朝廷何苦再投他们的身躯去填塞虎狼之口呢？

人间真的没有正道了吗？我身死一次，魂也要再死一次吗？我不信邪，也不能信邪，我必要击响这钱塘赤县的衙鼓，敲醒这些天亮还在睡中的人们！我虽未战死沙场，未能为国捐躯，但既死了，便不能白死。既死了还怕什么？已经没有什么可以失去的了，谁失去的再多，也不能失去到只剩魂灵的地步！质彤先生有所顾忌的，如今在我并无顾忌了。我要去击鼓，击我之冤，击这国朝百年的沉疴，用一个魂灵的力量做一次不惜再死的抗争！

---

① 拂林：古时称东罗马帝国，分大拂林与小拂林。大拂林指君士坦丁周围地中海一带，小拂林指塞尔柱突厥小亚细亚一带。见《隋书》《唐书》与《宋史》。又一说，指法兰克王国，亦有译作“法蓝”或“富浪”。

② 室韦：亦作失韦，古指活动于大兴安岭两侧的游牧民族，鲜卑人中畜牧者，即蒙古人先祖。

出城往西去，及至纪家桥赤县衙门，已早过卯时，天大放亮光。我直往大门口击鼓，被守门的兵丁阻止，并夺下我手中的鼓槌，说，有冤才鸣，无冤不得鸣。我说固是有冤才鸣鼓。他又说，有冤先递状纸，让主簿看过，准了才可以鸣。他让我下阶，到人群中依次立定，又收取了我的状纸。原来告状的人不下百二十，都在衙门外等候。这兵丁拿了我的状纸直就揣在怀中，并不见他递送进去。我又上阶去问。他道："你个疯老婆子，不懂规矩。下去下去！"他用握着的枪棒，一用力就把我推了下来。幸好有个后生在我身后挡了一下，我才没有跌倒。

后生道："阿婆小心。你先莫急，稍后自有分明。"

"怎就分明？"我问。

"你看见门边那云板了吗？卯时一到，云板敲响，县府才开大门，这叫点卯。点过卯，衙门才收案理事。之后，每一刻响一回，响一回就有衙役或者书吏出来传送消息，一天要传送几十趟不止。这便先等着，一会儿云板响了，有人出来，他自会将状纸交给来人。"

"我这是鸣冤！"

"告状的都有冤情，都去击鼓，好比不击。"

"那这鼓放在这里做甚？还有用处么？"

"书吏递进去，主簿先看，看过核准了，以为果然有冤，才准击鼓。"

"这不成了摆设？"

"自是摆设，做做样子，威势镇人。"

听我二人这里说话，又有几个告状的凑上来。

一名长者指着后生道："他都告了三四年了，几乎天天来，冤深似海啊！"

"都告出了门道。我等告状的都请他写状纸。他的状纸写得极好的。”一个矮胖的妇人也走过来说话，“老姐姐不妨让他看看你的状纸，帮你修饰一番。通常主簿看过他写的状纸，不消半个时辰，就会传人来叫的。来叫你，就直接进去了。不来叫你，便只好等着，等排到你才进去。”

“我已请能人写了状纸，无须麻烦这位兄弟了。”我说。

“这位婶娘，你到底什么冤情，可否说来听听？”一位货郎打扮的男子问道。

“我这是大案。昨日梨云园着火，我知隐情，故来告。”

“你是梨云园的人？南荣家的？”长者问。

一听是梨云园的案子，人群兴奋起来，七嘴八舌的，一阵聒噪。

“我不是梨云园的。我是幕壁金铺的。”我答。

有人果然认出我，说这是幕壁家的尹婆，是大娘的贴身老婢。

“幕壁家的跟南荣家有何干系？”

“怎就晓得梨云园失火的隐情？”

“真是惨啊！一家人都烧死了。”

这便已经分不清谁在说话，一时间你一言我一语的，众人都感到好奇。

“我倒晓得一点小道消息。”像是货郎在底下跟人传话，“南瓦云泥鞋铺的小厮说，南荣家小娘子常骑着白马从城墙下小径绕道去幕壁家，好像躲着人似的。怕是有奸情，奸妇毒害亲夫。”

“难不成跟幕壁家公子？那小子也长得太寒酸了，老鼠眼睛冬瓜脸的，三十好几快四十的人了，南荣家小媳妇水灵冰透的，能看上他？”

“说不定是跟幕壁呢！老牛吃嫩草。”

……

这时候突发一件事情，我固是原先没有想到的。我身体里原来的主人醒过来了！她的灵魂也是圆珠一般大小，我终于第一次看见了别的灵魂的样子。她黄黄的，光泽黯淡，一边抽搐着，一边小心翼翼靠近我。

她问我：“你是谁？”

灵魂的言语，从有身子的人身上发出，如果她不想回避周围，是可以听见的。

“在下花港梨云园南荣家的靖桑，街坊四邻都叫我泰榆。阿婆可曾听说过？”我的灵魂不想让人听见，并不推动喉咙，只传给尹婆意念。

“你怎么钻到我身子里来的？”尹婆依然叫嚷出来。

“拜托阿婆了，千万不要出声。我们就这样意念传话，你是可以晓得我的意思的。”我依旧传给他我的念想。

“夫人，夫人，快捉鬼啊！”尹婆大叫，“鬼来了！鬼来了！快来帮我捉鬼！”

她跌倒了，在地上打滚。边上的人见状，纷纷散开。众人惊恐万分，不知发生了什么。

“我是怎么到这里的？这是什么鬼地方？”尹婆忽然睁开眼睛看到外面。

我想，这下不好了。倘依着她的魂灵说话，一切就说不清了。我此刻也不知道该如何是好，一时跟她说不清，一时也不晓得怎么叫她不动声色。我试着去制伏她，我无意间推动一些浓稠黏滑的东西过去，不想这些东西团团将她魂灵围住，又顺着脉管滚滚退去，似乎落入某个脏器。她气闭了，浑身痉挛，我也由此被锁住似的，竟也再推不动她躯体半分。

“有人晕厥了。”

“救人啊！”

“救命啊，救命啊！快来人啊！”

一阵骚动，人群里有人上去扶她，也有人拿出水来灌她。兵丁和衙役也过来了，驱散围观的人，将她抬起，安置到厅堂的大书案上。

我既动弹不得，便不想被困住，于是从她身体里飘逸出来。我飘到外面，看人群仍旧议论纷纷。

“尹婆疯了！”

“我说这风马牛不相及的话古怪呢！南荣家新妇跟幕壁家男人，怎么会有奸情！”

“人都通统烧死了，南荣新妇也死了。会有淫妇偷汉，将自己也烧死的么？”

“尹婆怕是也见到了大火，吓出病了，得了癫痫。昨日我也去看大火了，那火势真是可怖，火苗里都蹿出了蛇怪。都监和灭火营的人都不敢靠近，到烧得差不多时，云梯才架上去……”

“不要闲言碎语了，等幕壁家来人就都清楚了。”

幕壁家来人？幕壁家的人谁晓得奸情呢？只有幕壁自己到这里才说得清！或者卫绾奕来。对了，他们不是以为绾奕也死了吗？如果找不到她尸体，加上我的状纸，是否事情也有七分眉目了？我要想办法带他们去寻尸！将所有尸首都找齐了，独独找不到卫绾奕的尸首，事情才有下文。

我朝城中飞去。一个灵魂并不能一日千里，它的进程不过仿如一只飞虫、一只鸟儿，比行走的快些，却追不上风和光的迅捷。一个灵魂也是生命，也有极限，活着的人并不晓得这秘密，只以为灵魂是长久永恒的。灵魂不似躯体有饥困，但灵魂有黯滞沉坠的时候，它的给养来自于供奉，来自于附体吸食他人精血。此刻我从尹婆身子里刚出来，受足了她的滋润，应是明光绚亮，也轻盈飘逸的。我看周围屋舍、良田、树木、街坊匆驰而过，全无障碍可以阻挡我。从天上往下看西湖，精光内蕴，一尊青玉笔洗铺在山石的案头上；舟楫往来，于日光下针梭穿插，浮辉泛烨；又有层云叠叠，投影于笔洗中，墨迹点点，斑驳参差。原来，凌空俯瞰是这样的，倘我不死，怎知魂灵可纵跃自如？原来，身体也是囚笼，只在拘禁中看见天地的一角。死，竟然是解放和自由；死，也竟然是另一种生。

入了钱塘门，过右三厢、右二厢，再抵左二厢，就到了花港。我要去伯父那里，寻机告诉他案情底细，再托他去翻找尸首，见证我言不虚。

梨云园旁汇翠园，就是伯父宅邸。我入门时，已近晌午时分。内院的厅堂里，进出繁忙，想是一家人聚在一起吃饭，或者也有访客到家。我进到厅堂，果见有人到访，那正是叔父来议事。叔父和伯父隔着几案，一边用茶，一边商榷。他们已经吃罢午餐，进出的用人已开始收拾盘碟。

“晨起我会过都监了，说按火情迹象看来，是不慎失火，追找到泰榆和绾儿尸首便可定论。”叔父说。

“我看也不至于是纵火。南荣一族，并无仇家。贵重器物多半烧毁损坏，也不见遗失，终究也不像偷盗劫财。”伯父接话。

“那就着手丧事吧，将丧事办得妥帖一些。”

“还有后事。梨云园的宅地、田亩怎么处置？按规矩，该由越儿承接。眼下他还年幼，即便长成了，我估计他也承担不起。这孩儿愚笨，不似他爹爹。这么大家产交付在他手里，日后吃光用亏，说不准还稀里糊涂，拱手相让给外人。”

“那不妨先过继到兄长名下，由兄长代管。日后等越儿成人，再图经济。”

“我在朝为官，公务缠身，长久往来南北州府，恐怕难以经管。贤弟本就从商，经营有方，做一处生意是生意，再多做一处也还是生意。”

“做不得，做不得。我擅长贩运买卖，田桑之事一窍不通。还须聘人打理，方为上策。”

“所以，还是要靠你去处置。聘人打理，我也不在行，你到底比我熟悉一些坊间人脉，还是交给你去应付吧。”

“既这样，也只好我来想办法了。”

“这便大好。越儿就先寄养在我这里，先让厨娘带着，等稍长几岁，再寻先生启蒙。”

“泰榆和绾儿尸首总要找着才好。入土为安啊！”

“我已雇了人工去翻查，灭火营也派了人在清场，不日应可找着。此事终有结果。”

“泰榆真是可惜了！今年秋闱才中榜，正是大展宏图的年纪，想他饱读诗书，一身正气，日后必是栋梁之材，可叹英年早逝，南荣家不幸，国家不幸！”

“泰榆性情和本事，倒很像先父。倘锤炼打造，定然可遂前人未竟之志。沉痛啊！”

我还在呢！吾志未灭！虽形坏身毁，然魂灵眈眈，死不瞑目。

叔伯啊！丧事和遗孤就托给你们了。等我南荣靖桑报仇雪耻之后，哪怕托身借尸，也要还魂报国。

然而，我不晓得，灵魂可以附体，多进得活人虚体病体，却少有进得他人死的身体的。实际上，是很难有借尸还魂这回事的。

我来到前厅。这里现在已改成灵堂，父母大人和小妹的灵柩停放在中间。从进出忙碌的仆役和女使的嘴里，我得悉一点丧事的情况。讣告已经发出，祖父的兄弟姊妹家的人以及母亲家里的人近日里都会赶来吊唁。有的从宁国府来，有的从嘉兴府来，远一点的有从宝庆府潭州来的，更远的有从成都府路邛州来的，这样殡丧停柩就会需要一些时日。按规矩，一般殡期要七七四十九日，然后落葬，然而尸首尽悉毁坏，怕腐败，便以吊唁终结为限。昨夜，先做了属纩，拿丝线放在死者唇鼻间，察看是否有气息进出，这原本是怕假死误判，担心一息犹存，或者寄托生者期望死者复生的愿念，直验明死透了才放心，如今这便几乎就是做个样子，因为人都烧焦了，面目全非，哪有生还的一丝机微；又请人上屋顶，面北做了招魂；随后即小殓，抹尸净身，让他们手里都拿了铜钱，嘴里都塞了玉含，为不能空手上路，不能空腹远行；四肢也捆扎起来了，以防惊尸。这些作罢，才大殓盛棺。棺材并没有现成的，谁预计得到飞来横祸？于是就先打了几口木盒子，在盒里铺撒一些石灰，将尸首放进去，盖上锦被，拿苎麻巾覆面，先就暂安，再筹棺椁。按江南人的礼数，这会儿棺盖要错开，不能盖死，也是为了存复活的期盼，等头七做完，才好将棺盖钉死。这会儿既无棺材，要等着木匠做出来，自然不会将木盒钉死，只是怕死相难看，便也压了厚厚的木板在上面。

我本想会一会父母和小妹的幽灵，将事情和盘托出，与他们商议对策，又担心进了盒子见到烧坏的身子不忍，左右盘旋，踟蹰了好一阵。终于下了决心进去，竟如遇铜墙铁壁，根本入不得死者身体。原来魂灵见魂灵，要比魂灵见生人难得多。大约人死了，一经招魂，便魂归遗体，再覆面盖被，捆扎手脚，窍穴都被封死，魂灵动弹不得，锁在骨骸间不出来了。或者只待将来祭祀，烧香点烛，哀声震天之时，骨骸得到开启，灵魂才被唤醒。所以，借尸还魂这件事是少有的，倒是借活人还魂还方便些，只有那些没有被埋葬安魂的，也许可以出入其间，借来用一用。死原来是这样的，安魂归体，入土宁息。我的尸首没有找到，自然无人帮我安魂；不得安魂，故四处飘荡。飘荡不安，这是悲苦啊！看到别人死，别人如何被宾遇，才知道自己是悲苦的。殡者，以宾礼待遇死者。无殡的我，多么可怜！还可怜地看见并不该我知晓的隐情。由此，我是否永世不得安宁，永世飘零在申冤的路上？我突然感受到遗弃，我独自在外，在一家人之外。爹爹，姆妈，小妹，你们看不见我吗？你们现在与我隔绝，将来日久了是否都要认不得我了？……不行，不能这样！我要让他们找见我的尸体，待等将来案情大白之后，我也要有个安息的去处！倘不收尸，我的尸体未准也会叫别人偷了去。那就是生不得，也死不得了。父母死，儿亦死，同死同葬，我们死了也是一家人啊！生与死，是天道的两侧，并不是死就出离了天道。我如今走到了这一侧，我理应得到我的那份归属。好好地死，正如曾经好好地活。

我又看见灵堂门口悬着一架铜磬，仆役告诉女使，说是将来吊唁的人来，敲一下，报知有人到，则众眷属哭声震天，以哭迎接；隔时又击，磬响一声，黄泉路上就光亮一闪，灵魂可借着照明前行，但又不可以连连击，不然死者亡魂就会匆匆踉跄。

既如此，待宗亲们来了，魂灵被敲醒，我便可以陈情灵堂，将隐情告白父母和小妹了。他们到那时，终究看得到我，我们就团聚了。

那么，此时如何是好呢？如何让叔伯知道事情根底呢？如何让他们帮得上我呢？

我曾经在书中看到，灵魂是可以托梦昭告的。我即使不动尹婆，一时也难找其他躯体依附，不如试一试托梦。我夜间待伯父睡下，就去他床前。伯父啊，我们一家人都死了，现在只有靠你了！

是夜，伯父睡在书房，并不与伯母在卧室共枕。这让我心中一块石头放下了。一来证明伯父家做丧事是极认真的，不是走过场，而是真的有忌讳，真的与爹爹有深厚的兄弟情谊；二来避开了伯母，避开了长辈帷帐，我心便坦然皎洁。那长辈之间敦伦合卺，我是想都不敢想的，更何况直面。

我待伯父睡熟，便试图进入他身体。又想，擅侵尊体，实为大不敬；再说，昨夜在时家各院已经尝试过，健硕的活人并无洞开窍穴让灵魂乘虚。于是，便作罢。直环绕他枕席，以传念说话。或者托梦本就是这样的，魂灵降临在一旁而已。我是一个新的灵魂，我还没有托过梦呢。

我将我被烧着，因极痛而逃逸出来，直至受骁娓引领得知幕壁绾儿媾和，又借尹婆身躯去钱塘衙门告状的实情，一一俱告。我求他，去找县尉，索讨状纸来看；又指示他我遗体的方位，说只寻得见我，端的寻不见那个淫妇。

天明伯父醒来，急传人去唤叔父。不二刻，叔父便到府上。

伯父说："昨夜像是泰榆魂灵托梦，明示我他遗体所在。早餐后，你我再去梨云园，按他说的地方找找看。若找到，便是真的托梦显灵了。"

"尸骨未收，魂灵来告，这样事体历来就是有的。我看八成有准。"叔父道。

"泰榆在梦中悲苦万分，泪水涟涟。他跪在地上，拖住我的袍子，反复哀求我。他还说了许多，仿佛事情曲折崎岖，我竟想不起详情了。"

天哪！我说的，他都想不起来了！他只记得悲恸，却忘记了悲恸的缘故。似乎我活着的时候，做梦也常有这般情形，醒来泪湿枕巾，却全然不知为何。也有清晰的，又实际与梦情有异，甚至相反。看来，托梦是有限的，生死真是难以逾越的两界啊！

叔伯叫了人，来到我指示的地方，搬开梁木砖石，却不见尸身。昨夜下过一场大雨，屋基被冲塌，地陷土沉，山泉在地底下形成洪流，将我的遗体涌进不远处的一口井中。这个景象，地上的活人是看不见的。他们只找到我的玉童子，因拴童子的玄绳被一个帐钩拖住了，水便冲不走。他们认出这是我的物件，于是深信我魂灵托梦是真。然而，接下来发生的事情，我也没有想到，死人和活人都没有想到！他们又在原先床铺西南侧的位置找到一具女尸。尸身全然焦枯，周围油汪汪一片。这也是雨水冲刷的结果，昨夜若不下雨，这尸首也在杂物掩盖之下，纵百般翻腾，也难以显现。叔父从头骨边拾起一支金簪，说他认得这支金簪，是他与婶娘在建康买的，买来送给绾儿做生辰礼的。这一说，顿时提醒了我。原来人们都忘记了元荷，她是绾奕的丫鬟，从绍兴娘家跟过来的。今岁她正值碧玉年华，不想大火中，她也没有逃脱，如今也花毁容坏了。她整个身子像冰雪融化一般，肌肤无存，形销骨立。她的骨头那么白，罗列得井井有序，节节分明，像一只风化的鸟儿，印刻在一页薄岩上。叔父因那支金簪，认定这是绾奕的尸骨，可是他哪里晓得，绾奕将这支金簪送给了元荷。没有人会想到丫鬟的，连我都忘记了她！她是多么可悲，她也是一个美人啊！她曾经也侍寝一侧，那个淫妇教会她怎么伺候我，怎么在她月事莅临的日子里填补空位。她只能填补空位，只在空位上成为娇娃。生时做填补，死后也做填补。叔伯只将她作为绾奕成殓起来，带回家去。如今，我宁可让人们将这美丽的遗骸拿来陪伴我，与我合葬同穴，也不要那个丧尽脸面的冶叶倡条！可是，他们没有找到我，没有找到我如何同葬啊！

他们收起那个玉童子，说泰榆尸身落入地层里，随着暗流冲到钱塘江也未准，不如拿这件玉童子，再合着他生前的服饰，做个衣冠冢吧。伯父说，玉性纯阳，进不得墓穴，玉是用来杀鬼的，凡鬼魂最怕玉这样东西，玉之所在，鬼之不在，玉童子还是将来留给越儿吧。至于服饰，连瓦砾都几成灰烬了，哪还会有什么服饰！这便计划回去让琮瑜翻找几件我儿时玩耍的东西落葬。琮瑜，是我的堂兄，伯父家的长子，名南荣琰，琮瑜是他的表字。

我托梦，原本是为了揭露奸情，这下反而走到了事情的反面。这是命运么？命运的力量如此大，竟能伸展到死的境地里？我们死后也在命数里么？我们活着和死后的一切作为都是无力而虚空的么？那么，命运究竟是什么？我无心深想，细想，此刻我所有的念头还是申冤。既然梦中无法告白冤情，幸好尸首未被找见，这样我还可以飘零；倘尸首寻见了，冤情又无法显露，灵魂反被封存起来，才是彻底的不幸啊！

冤啊，现在将我团得更紧，更压抑了。

县尉派了人来，将状纸给叔伯看过。叔伯讨论，以为笔调很像我的，但笔迹不是我的。他们疑惑：天下怎有此等怪事，一个别家的婢婆，竟然替南荣家去申冤，还自称是泰榆魂灵？泰榆魂灵真的看见这一切了？真的在时家院子里缚了这老婆子来昭告案情么？也许她得了伤寒，发热迷糊，神昏谵语，说的都是病中的疯话。但疯话有这般条理分明、振振有词的么？莫不是她平素听来的流言蜚语，加上当日家人议论失火之事，发作时将原委细节错乱到一起来了？反正，叔伯得出结论，以为此兆不祥，要快快安葬才好，怪象乱象多少与鬼魂不安有关。

伯父说："南荣家世代读书，执周礼，奉仲尼，不语乱力怪神，神鬼的事不如敬而远之为好。"

叔父说："真真假假，无有明证。到头来都是些捕风捉影、子虚乌有的事。活人怎能让鬼魂牵着鼻子走？估计县尉也不会接这个案子，只是将密不告人的讯息通报我们，让我们在梳理攸关生死的礼数时可明晓一些关节。"

"那么，或者你也可以打探一下幕壁下落。看看他是否去了汴梁。”伯父又说。

“你怎又糊涂起来？有此必要么？这不还是跟着鬼魂走了么？我听说，人死了不落葬，魂灵总是不宁，左右翻腾要兴风作浪，你跟着他走，走着走着就到了冥府。鬼魂牵引，总要把活生生的人都害死的。”

“我终是放心不下。想梦中那泰榆，拽住我的袍子，哭得人心碎。他或者真的晓得一些端倪，我们倘能为他做点事，不能不做吧？”

“哪有生人由着死人的！这太荒唐不经了。活人就活好这一世吧，不要干预神鬼之界。”

“你的意思是，我们晓得了也装作不晓得？”

“冥府的信息，晓得还不如不晓得。不信为好。做丧事，就是为了隔绝生死。敬送死者，然后关上大门。”

“这便听你的。我也不多想了，想多了怕要沾上晦气。”

他们这么议罢，便心安理得起来。过了不到三七，吊唁的亲眷还未来齐，就把死者一起葬了。

琮瑜终于找到几样我送给他的东西：一件金人的羊皮袄，那是祖父从淮南前方缴获的战利品；还有一幅我题字的仙桃画，另有我用过的几支高丽笔和一方歙砚。他们为我和元荷做了一具大棺，将这些东西和元荷尸骨放到一起，然后同葬合穴。墓碑上写着我和卫绾奕的名字，人家以为是夫妻连根的并蒂冢。元荷不是我的妻子么？我们的身体曾经连到过一起，我进过她里头，她的肌肤包容过我。她安慰我，待我好过。这个世上真有夫妻这回事么？夫妻竟同枕异梦，夫杀妻，妻杀夫，转脸便形同陌路，狠毒甚至超过陌路。然而安慰过你的人，这份情义无论寡淡抑或浓重，都不该轻易忘却。这是实实在在真的对你好过的心意！元荷背着卫绾奕的名分与我在一起了。我无所谓名分，我想她也会无所谓。两个在名分下杀戮和被杀戮的夫妻，多么荒诞，多么罪恶！而两个不在名分下，邂逅、遭遇，不经意擦过的灵魂，多么牢靠！我忽然懂了，相好，不过是临时，不过是偶然，不过是替补，不过是无所谓主也无所谓奴的交融。不过如此，不过如此，多出来的奢望铺排成名分和礼数，往往是好看的门面。而门面，是用来杀人的！

我与元荷，现在很好。我终于找到另一个灵魂可以说话了。他们只当卫绾奕做招魂，元荷的魂灵并不知，她是之后自己找过来的。这便既没有捆绑，也没有封存，出入反倒自由，不亦乐乎？

没想到，我南荣靖桑，生前不幸，死后得福。死，也是生的延续。既命数中福气在死，何不好好的，在死中保守天赐的恩泽呢？

至于幕壁和那个贱妇，我先就按下不理，终究也放不过他们。天有眼，天有道，你们出离得了大宋国，你们出离得了天下吗？

我现在开始有点怀疑质彤先生那一套了。我南荣靖桑一直是按着规矩法度行事的，非礼勿视，非礼勿听，但规矩法度竟然夺了我的性命，规矩法度到头来还不能为这显然分明的事实申冤。这是何等的悲哀啊！也是我被蒙蔽的可怜！如今我有福了，可这是死了以后的福分。如果我活着多好，活着就有这福分多好啊！这么想来，我就想到了越儿。越儿不能像我这样，他活着就应该享受福气。我能为他做点什么？

第三章　谶兆

这里叫作花港，是因为曾经是花市，通着候潮门与新开门。听祖辈人说，钱塘江岸原先没有那么远，是日久泥沙淤积，地越来越多，岸越来越远。多出的地，农人开荒，用来植种花卉，也有开辟菜园子的。所以，老话说："新开门外菜担儿，候潮门外酒坛儿。"候潮门外，其实多鱼市花市，卖酒的营生是后来才有的。鱼，顶多的是石首，就是黄花鱼，实乃海泽中鱼，其倒流入江，常绵互数里，来时其声如雷，渔人以竹筒探入水底，闻其声，乃下网，截流取之，有一网而举千头者。住在梨云园里头，早起推窗，风阵阵送来，满飘着石首鱼腥，兼带着海水的味道，戳得人胃肠蠕动，直就联想到葱姜和酒的气息。于是乎，晨起就想吃酒。酒和花交缠在一起，还有升腾中的晨曦，女孩儿的锦鞋手帕，满园林的桃杏李樱，如绣如画，明媚得令人睁不开眼，反倒又要昏昏入睡。

这样的地方，稍往南去，就贴着大内宫殿，与天子妃后们比邻接壤，堪比人间仙居。

祖父南荣睢先，字羽关，号归德公。少时从军，在光州光化军中服役。绍兴三十一年海陵王发兵南侵，光化军大败，逃出重围者止三百余人，退至采石矶时，恰遇虞雍公统率全军御敌，虞授旗鼓于祖父，令其作疑兵从山后转出，金兵以为宋援军已到，阵前大乱。祖父带兵勇猛追杀，擒大猛安亳必可虎迭，斩获敌将卒首级无数。战后高宗封赏，定从三品，加归德将军，领御前统制，爵至开国侯，赐花港宅地及东郊良田。由此，在大片菜地花地之旁，南荣家又开出了稻田。自绍兴三十一年至今，盖三十多年，历祖父、父亲两代经营，花港一带，已然成为香埠兀立、潭渊罗列、楼阁层叠、鸟语花香环绕的胜境。

她单爱吃石首鱼，每餐必有石首鱼。这鱼儿的做法与行都[1]人不同，要清蒸，沥上黄酒，新酿的淡薄黄酒半碗，等锅里水滚了只加一层屉，让热气熏一会儿，散掉酒气，再铺上寸许长嫩葱、横断切片姜，另起锅炒雪里蕻，只要中间段茎，底根和叶子都扔掉，烫油略过后盛起，亦放入鱼碗，这才盖上，一起蒸。蒸熟后启盖，端出鱼碗，倒掉汤汁，说汤汁腥气，再撒一点藕汁，即可。绍兴人比我们这里行都人更喜吃石首鱼，看起来素淡，吃起来醇厚，甚为讲究。

下筷子夹鱼，要粘筷子。一来证明新鲜，二来证明鱼肥。不粘不食。她吃起来节节有序，先举箸从鱼首下肩脊始，及至尾，再转鱼肚。肩脊与鱼肚，这两处最肥美。吃罢这两处，稍停顿，说："泰榆，斟酒。"于是，我便斟酒与她。吃酒要吃陈年的，从绍兴运来的几十坛酒都封存在地窖里，这样的酒，他们叫作老酒。所以，一吃酒，就说吃老酒。老酒明黄，清澈见底，不似街面上卖的浑酒。她说："我们家的老酒，是用二熟稻的新米做的。一熟的稻子不行，米气太薄，酒味没有根底。蒸酒时，要加一些玉粉，并投入

---

① 行都：即临安，因宋廷自北迁来，故称临安为行在，行都，好比皇帝外出，暂居行宫，意欲收复失土，回归北地故都开封。

一方金块，这才压住酒气，收敛住谷粮的燥性。”当然，她吃前要烫一下，用一个瓷壶隔水烫一下，壶外水开了，壶里酒不开，但渐至温热。这些，我们都不懂，兰姨和元荷做惯了，轻车熟路。

陪她吃鱼，是一件快事。小刺都云集在碟子里，大骨架不坏，吃光了鱼肉都整齐地还有鱼形。她一边吃一边说话，也不看我。我们家吃饭是不说话的，现在有人说话，听起来倒也曼妙。只是，她这么吃鱼，不与爹娘坐一桌，只与我和元荷吃。

“吃鱼吃出风来了。”她讲，“摇我心思暖洋洋的。即便冬里，也是东南位来的。西北风像刀，刮得人少油寡脂的，渐渐就憔悴。亏得有鱼有酒，通顺关节血脉，人便轻松。此生陪我吃鱼的，总是泰榆元荷，少了一位吃起来就不香。”

“姐姐莫不是将我们都当鱼吃了吧？”元荷说。

“吃得他，还吃得你？你是让他吃的小鱼。”她说，“我们都是他吃的鱼。我是大鱼，你是小鱼。”

“俗话说，大鱼吃小鱼，小鱼吃虾米。元荷端的就是让姐姐吃的。”

“那好吧，他就直是虾米。我吃罢你，你再吃他。小虾米可不老实呢！我吃他时，他一丝不动弹；你吃他时，屈伸活分起来，像醉了酒一样在盘里蹦跳。”

“那往后管他叫醉虾。”元荷举起一方帕巾，微微掩面笑起来。

“醉虾！吃一杯酒！”她举杯向着我，“说话呀，呆鹅！”

我直是静静地吃，努力吐刺，不断点头，并说不得一句话。

“吃酒，吃酒。”她又劝。

我不得不吃，一杯全下肚。不想，刺卡到喉咙里了。这下吐也不是，咽也不是，难受得恨不得将筷子伸进去夹。

“元荷，快叫兰姨端碗醋来。喝点醋，刺就溶了。”她吩咐道。

兰姨拿来一大碗醋，我通统倒进肚里，还不见好。她便让我张嘴，对着窗户，借光帮我寻刺。寻一会儿寻不到，不耐烦起来，说："好酒好鱼，全叫这刺给卡了。卡了你喉咙，还卡断了午间韶光。恨死人！你这便成了废人，一间午睡也用不到你了。元荷，你来吧，你快快帮他挑出刺来。"

她说罢，转身下去。留下元荷与我。

元荷用指尖压一下我的舌头，又伸进去环绕咽喉一圈，还没摸到。她说："你咬我手指，咬一咬，当是一截鱼肉，再吞咽下去。"

我轻咬她手指，又竭力吞咽。咽到喉边，胃被牵动，翻了一下，欲吐，整个咽喉便涌动起来。这下她迅速抽出指头，竟将刺儿带出来了。我满眼泪水，满嘴唾液，脸都憋红了，一阵眩晕，不能自持。忍不住咳嗽起来，咳个不停。元荷便帮我捶背，轻轻捶着拍着，渐渐就平稳下来。

"这下出气了。刚才要死了一般。"我说。

"这便将你送去卧房，姐姐就高兴了。好端端一个人又回来了。"元荷笑语。

这是冬里，外边风很大，有几片落叶被刮到窗纸上，紧紧贴牢。这边看过去，像几个墨点，隐约成笔画，都是"女"字。

园南有暖绫阁，楼上藏有她从娘家带来的安息、波斯、占城、天竺诸国香材，又阁外有园圃，植郁金、豆蔻、玫瑰、菖蒲等花草。春季暮鼓时分，她便往阁中启香匣，又往园中撷花蜜，迨诸项采办停当，则潜心专注炮制香丸。我曾为她遍寻香谱，终得灵隐寺僧人所赠《萱堂香谱》二卷，传洪刍所撰。每弄香丸，必捣粉、炼蜜、阴干、存放，按部就班，井井有序。

古有郁人，专事祼礼，以醇酒郁鬯献祭神天。弄香制丸，盖始于兹。然前朝以降，僧道文人皆爱熏香，多有大小炉鼎盘盏设于厅堂、卧房、书斋、浴池，烟气缭绕，芳送百里，寒士名流，商客倡伶，无不趋事，竟蔚然成风。一时间，神事堕为俗事。诗礼所称燔柴事天、萧炳供祭、蒸享苾芬、升香椒馨，达神明、通幽隐，其来久远矣，那是为着沟通凡人与神灵。如今香熏凡体，为通经活络，为幽窗破寂，为绣阁助欢，更有甚者，以罂粟、火麻配伍，吸食毒恶，颠倒乾坤，只图一时昏醉。熏香祭神本为古风，如今国朝已荡然，唯楚地番人中犹存。

我们是躲着父亲做香丸的。在南荣家，熏香是禁忌。正经读圣贤书的人家，远神鬼，离诡谲，怕沾了淫靡之气。我们不信神鬼的缘故，是不肯在此生中结下幽明之间的债务。从神鬼来的，有大好处，也有大坏处，人与之纠缠，是偿还不清的。不如靠人力，格物致知，必穷尽天理，颐养一生。但她的到来，打破了禁忌。少年人是喜欢涉猎禁忌的，总以为凡事尽能自持，去玩一玩，尝一尝，再返转来，并无大碍。不想一脚踩进去，另一脚根本拖不回来，全身都陷进去，堕入深渊。

她说："泰榆，我来教你弄香。"

"弄什么香？"我稀奇地问。

"弄香这等风雅事情，你都不懂？满园子姹紫嫣红，满月满天的良辰美景，你都不晓得消受，这不辜负了青春年华？"

"闻一闻香气而已，只不过醒脾提神，有什么特别的呢？芳香化湿，醒脾开窍。医书上是这么说的。"

"湿气就是浊气，困着脾胃，堵塞窍穴，人就不轻灵了，像死猪一样。你要做一头死猪么？轻灵的人有仙骨，读书都会聪明些。"

"我总不大相信。也不吃下去，就闻一闻，只是在外头浮绕着。"

"你真是不晓得，香气入经络，是可以探入最里头的底处的，比汤药进得深呢。草木金石即便溶在汤里，会有烟苗细吗？"

"那我们试试看。"

她拿出一盏青玉熏，纳入一粒蚕豆大小的褐丸，点燃在阁中卧榻旁，说："这便躺下，臂儿相兜，唇儿相凑，舌儿相弄，你尝尝我，滋味都跟之前大不相同了。"

她每说这些个浪语，我总别过头去装作没听见。但心里却扑扑跳，又总嫌她说得不够。两人相拥同衾，做到兴致高昂处，索性什么都不想。我闷闷的，任由她牵引，反正交付在她手里让她碾碎。最令我难堪的，是事后慌乱，心总没有地方安置，魂灵一下子没了着落，恨不得找地缝钻进去逃跑。这回作罢，情形居然与之前不同，难道真是香丸的作用？我感觉一下子清新了，看着她也不回避，目不转睛地，见其脸颊酡红、目煦靥笑，觉得大美。那些贤淑、惠顺，会不会都太浅薄了？此刻女子流露的神态才是真神妙呢？

她说："三杯软饱后，一枕黑甜余。"

"什么意思？"

"你真是书读到爪哇国去了！东坡的诗文你没读过么？南人以饮酒为软饱，北人以昼寝为黑甜。"

"黑了心肠的甜么？无光无明的甜么？这是沉湎。浅尝辄止，浅尝辄止。还是白甜为好。"

"想要甜，白白的能得么？当然是黑甜，眼睛一闭就黑了，黑到头了，就甜了。我遮日月，日月遮不到我。"

"黑到头，为什么不是白呢？"

"无趣！"

"不过，我想通了。"我突然转念对她说，"古时候熏香是为祭祀，我们这等熏香法，乃是为了活命。这便无大碍了。只要熏不来神鬼，人之间的风流账，总还得清的。帐中昏乱，只要出帐清明，归了夫妻正道，合了周公之礼，昏一时也允可的。"

"你在想什么？你这个稀奇古怪的人！我听不懂你说话。"

"熏香不过助欢，为着性之所欲而设。性之所欲得之有命，性之所欲不得而安于命，都是天命。反正神鬼不来纠缠就好。"

“天不是神么？命不由着神么？”

“天理昭彰，岂是小鬼淫神作乱！”

“偏你昭彰，他人皆昏黑。”

“天理是可以探究的道理，而……”

“好了，泰榆！我饿了。叫元荷去中市美禄阁拎一个食盒来，我们就在这里用膳吧。”

这时候晚风又起，飘耸落花，吹到窗户纸上。从阁内望去，亦如笔墨落纸，形同几个模糊的“火”字。

梨云园里，房屋并不多。祖父忌惮奢华，只在园中偏东处建一处大院，另有几处亭阁散落周围。后院有楼，乃爹娘和小妹住处；前院几间矮屋，供仆役们宿歇；中院有一排三间屋宇，便是我与她的起居地方。冬春时节，睡在西厢；开春至盛夏时节，我们将床铺搬到东厢。因入夏午后西照，甚为酷热，而她懒睡晚起，醒来时往往日上三竿，直照人头，不如躲到东边阴处坐卧。

听说临安城里夏季有冰酪卖，她便叫元荷去买。刚吃过中饭就吃冰雪冷饮，一吃就好几碗。这天，酷热难耐，她又要吃。迨买来，才想起正值月信时日，吃不得。临安的冰酪，有许多名堂，有叫“乳糖真雪”的，有“冰雪豆儿”，有“不释梅酒”，上品的是孟冬取冰藏在地窖里、俟夏再取出来用的，次等的是拿硝粉投在井水里凝结的。她固是要吃上等的。上等的乳糖真雪，要一百钱一盏，三盏三百钱，值当一餐小宴的了。吃一盏下去，说是只够润喉的，非连吃三盏，才说刚平了暑气。这下来了月信，怕冰寒下肚，凝住血脉，望而垂涎，竟哀伤起来。百般哄劝也不好，说看着冰渐渐化了最难过，越化越难过，难过到要落泪。果然就落泪了。于是我便让元荷快快吃了，索性看不见，也就不难过了。她看元荷吃，就更恼气，怒从中来，抓起几上一个小铜炉就砸过去，正砸到元荷胯骨。元荷一惊，冰酪撒了一地。

她边哭边道："你们这是合起来欺凌我，要看我馋相好笑。"

"哭不得，这么热天气，哭伤肺气，怒伤肝气，越悲愤越燥热。静下心，吃杯梅子茶，一会儿就好了。"我劝道。

"我最恨听你那番心静即凉的虚伪话！心静了，身子就会凉吗？天它就凉得下来吗？你尽拿这些鬼话来骗我。元荷固是得了便宜，心里别提有多欢喜了，表面上也随着你附和。"她埋怨一通，又对着元荷说，"你不准吃，你陪着我一起热！"

"那姐姐我已经吃下去了，难不成再吐出来么？吐出来都是水了，你看着更加难过了。不是说你看着冰化了，心也化了么？不如这汪泪水让我咽下去也罢。"元荷说。

"好你个刻薄丫头，说话比鸩酒还毒。看我不拿钢针戳你，戳得你吃进去的都流出来。"她蹬踢掉薄袜，露出脚来。

她的脚缠得很小，脚背细嫩，冒着珠光，只足尖拇趾硕大酥润，涂了蔻丹，像一枚红枣。臀肥腿瘦，长长的，像是没有脚一样，胫骨直连到一趾。那红红的拇趾不停蹬踢，一如指嗔，又一如钻心的委屈。所谓静如处子，动似脱兔，脱兔就好比连着胫骨的那一截似足非足的禁脔。这歇动脱起来，足尖赤趾，眈眈有神，眼巴巴地望着你，不免令人心生怜惜。我豁然想到，这神情我看到过，在一幅画里。是哪一幅画呢？对了，我记起来是在一页扇面上！入夏以来，都市里士大夫追捧倭扇。前几天我路过中市香樟弄，看见银泥斋有卖倭扇的。我便对她说："少安毋躁，我去给你弄一样极凉快的物件来。准不是心静的虚言，定是实实在在的风凉。"

我撒腿就走，一路急行，来到银泥斋，幸见那柄倭扇还在，掷下交子，索了就回转来。

我给她看扇子，打开有一只赤兔。那兔子活生生的，眼睛睁得大大的，就像她的趾甲。

我说：“这叫倭扇。倭国人做的，通常一柄要半贯钱呢。这柄桧木制的，青鸦纸，金线连缀的，要三贯不止。”

“三贯钱买这东西，还不如买十天的冰酪吃呢。”她说。

“这个你就不入行市了。”我指点给她看，“先说这桧木，香气凝结，也是苍松古柏一属的老精木。中原并无这样树木，只来自东瀛日本。此木细洁，古沉而轻软，乃倭人显贵才配得起用的。常贴身抚摸，木气入体，还能凉血止血。用这样的木头做扇骨，张扬开折纸，自摇生风呢。”

“这扇是倭国的扇，风还不是临安的风么！”

“差矣！桧木生风，不摇也有风。这是凉性木头，丝丝凉意，自骨而生，委实是倭国的千年古风吹来了。里巷野夫不知就里，以为不同中原团扇而已，只追了风气图一个形制，贱买高丽的仿品。高丽并无桧木，拿柏木替代。此柏中精，不同于彼柏遍地可得。你再看这金线，比丝线还细，竟扯捻不断，都是河底精金，与山川筋骨缠连相通着的。还有这只赤兔，细毫分明，又画得那么大，充斥扇面，活脱脱像你的莲足。适才正是看见你的脚，才想到这只兔子。”

“赤兔非凡物，所谓人中吕布，马中赤兔。以前人将好马也叫作赤兔。我甲午属马的，我就是马。这个寓意好，我喜欢。”

“你再扇扇风看，是不是有点不一样？”

她便扇风，扇出一阵香气，淡淡的，若有似无，却牵人鼻息追风觅风。

“哎呀，木头不一样，金线不一样，折纸不一样，好像风也不一样了。”元荷凑过来体受她扇起的风，“倭国人小，这扇子倒不小。扇起来，偏就有股陌生的味道，阴嗖嗖的，好凉快。”

“眼下临安城，时人皆追倭扇，谓西湖水滚烫，一扇变天，再扇落雪，又扇入了冰凉世界。只是满大街都卖假货，高丽扇子充倭扇，不顶用。”我说，“一把高丽扇子才三十钱，五十钱，顶多两百钱。粗看形似，终不得要领。真扇，要有光气。未开时冷凝，一开则阴风习习，顺着扇骨就蔓延开来。倭风来袭，真的不是中原的风。”

“你们听到了什么？”她问。

“什么？风声？”元荷细听。

“亦远亦近，飘忽不定。仿佛真有别的声音。”我也竖起耳朵分辨。

“这是琴声。莫非是倭音？听来还有一丝丝悲戚呢。”她摇一摇，又停一下。

“形，色，音，融为一体。哎呀！真乃神物也！”我感叹道，为之有所触动。

“好像还缺点什么？”她寻思着。

“缺什么？”我问。

“缺个扇坠。拿你的玉童子给我，我要坠在下面。”

“这个使不得。童子太沉了，配着不相宜。”

“那好，那我要加个款，留我的印记在扇子上。元荷，你去拿印盒来！”她吩咐道。

元荷拿来名章和印泥。她正要落款，我又瞥见莲足，便说：“不如留下足印，将趾纹摁在青鸦纸上，比落下名款还要有生趣。”

于是，我握她芳足，蘸了红泥，将她拇趾轻点扇面。

足以走，兔子在一旁，这是一个“逸”字。

她。我只想说她，我不想称呼她。她叫卫绾奕，我以前叫她绾儿，绾奕，她还有一个乳名叫虫媄。她真是一条淫虫！

我们曾经那么好，那么好竟翻脸不认，她那么坦然地受着我的娇宠竟转身变得毒如蛇蝎！这真是晴天霹雳啊！我视她容华若仙，我敬之爱之，由着她穷极狎昵，昵到骨血不分的地步，怎就掉头生出獠牙，将我吞吃了，将一家人都吞吃了呢？还有她亲生的越儿，从她自己身上掉下来的肉，她都忍心咽下去么？这是什么东西！人间怎就有这样黑心肠的妇人！不是无毒不丈夫，分明是无毒不妇人。

她要那个童子，我不给她。那是越儿的守护神，大婚成亲时爹爹给的，说配着童子求得贵子。越儿啊，越儿，你娘不要你了，你是没娘的孩子；将来你长大了，晓得了这一切，你还如何活，如何立身？叔伯是不知情的，他们会领你到墓碑前扫祭，告诉你爹娘被大火烧死了，你是唯一的幸存者。这样倒好，你什么也不知道，你跟别人一样，有恩爱相好的父母，只是遭遇灾祸，幼年丧亲而已。

这么想来，我的心倒软下来了。为了越儿，为了他能够在纲常中不偏离，不如不将这隐情揭发出来，让这冤屈冤死我一个人算了。反正我已经死了，还能冤得更死一些么？死了的人为什么要拖着活着的人去索债？了结吧，通统了结吧！那个奸贼和淫虫，由我去追惩吧！越儿跟着叔伯，还是按着以往的宁静过生活吧！南荣一家，是荣耀的一家，并没有任何见不得天日的耻辱。我们祖上的美名，不能葬送在这个淫虫手中；我们这一门的不幸，就让它成为越儿将来建功立业的赎价吧！

本来，叔伯决意将越儿过继给琰兄琮瑜的，因他已有一子一女，子长越儿两岁，女长越儿一岁，越儿过去排行老三，可以与兄姐做伴。但这时候发生了一件事，改变了越儿的境遇。

六月里太上皇病故，皇帝却不去重华宫吊丧，依旧在大内中铺排宴席，堂上笙歌不绝，仿佛亲生父亲死了，是别家的事。这便闹得满城风雨，做官的，领兵的，读书的，皆议论纷纷，连妓院里都盛传流言蜚语，说天下将有变，乱军或即将来袭。又传宰相留正已经不告而辞，夜里坐着轿子，出京远遁了。这年是绍熙五年，甲寅虎年，梨云园大火第二年，越儿四岁。

如此气氛下，行都各处，人心恓惶，大部分宦僚家眷都携了金银细软逃回老家，虞谋从长计议，叔伯两家人也聚到一起商量，盘算退路。

叔父道："我听人说，丞相曾卜一卦，卦辞曰，兔伏草，鸡自焚。圣上卯年生，属兔，念欲退闲，由来已久，岂非隐含'兔伏草'之意？丞相酉年生人，属鸡，恰逢甲寅虎，莫非真的应验'鸡自焚'之象？我又听说，他本月初二上朝佯仆倒地，五更又上表乞请归第，等不及圣上允准，已然扬长而去。"

"大丧成服那天，白气贯天，按占书解，主兵象。从襄阳归来的牛贩子说，士人陈应祥准备了数千缟巾，联络兵民，结约已定，拟代皇帝为太上执丧。这岂不是要造反吗？"琮瑜道。

"嫔妃们据说也动作起来了。昨夜，姜德妃装满木箱的车子，已经出了清波门。"伯母将她从弟妹那里听来的消息告诉家人，她弟妹的一个姐姐是大内里的司饰，就是掌管膏沐、巾栉、服玩之类的女官。她又说："今春太上皇见过一个疯道僧。那僧说：'今年六月，好大雪啊！'当时一旁的内侍嗤笑他疯癫，他睨了一眼道：'你浑身是雪，还笑我狂？'这不，太上崩于六月初九，朝堂宫禁不都披缟著素了吗？"

"不知从何时起，圣上就躲着太上。五月里，太上病重时，起居舍人彭龟年上殿苦谏，匍匐在班位上以额击地，久叩不止，鲜血从他额头渗出，渍红了甃甓与朝笏，圣上在后殿依旧无动于衷。"伯父说，"圣上究竟是怎么了？终日恍恍惚惚的，欲退不退，也不理朝政。"

"我听弟妹说，女官们都在传，圣上得了疯病。"

"圣上得了疯病？这是什么话！"伯父惊斥。

"八成是真的。"伯母细说原委，"怕是被李凤娘逼的。弟妹的姐姐做司饰，她的前任有一回端盆服侍圣上洗手，圣上见她手白如柔荑，叹羡了一句。没过几天，皇后就送来一个食盒，打开一看，里面盘子里竟装着一双手！圣上被吓得不轻，一句话都说不出来，打那时候起，就茶饭不思，神魂颠倒起来。三年前趁圣上外出祭天，李凤娘又将圣上的爱妃黄氏虐死，随即派人到斋宫报死讯。圣上碍于祭天大礼，不得回宫抚尸，只跪地不起，哭泣不停。次晨，祭天未毕，斋宫又忽起大火，差点没把一行人性命丢了，转瞬间大雨冰雹又劈头而下，天象大乱，他自认获罪于天，自此便更加惶惶不安，疑神疑鬼，总担心有人谋害他，甚至以为太上会罢黜他，忧虑前朝玄宗猜疑肃宗的事会加在他头上，更担心卫侯辄与蒯聩父子争国一幕会重演。”

“看起来，大宋国运不济，这时候金人倘若乘虚而入，真是难逃亡国亡族之劫啊！”叔父忧心忡忡，“不如早做打算，我们也先疏散财货和女眷吧。”

圣上就是光宗皇帝。南渡以来，先是高宗，再是孝宗，然后就是光宗。孝宗曾经说，选光宗乃是他“英武类己”，如今疯疯癫癫的样子，哪有半点英武气色！既然皇帝都前途未卜，更何况臣民！这个夏天，行都临安无数人家都像南荣家一样，做出了先走为上的决定。大家都害怕重蹈靖康之难的覆辙。

伯父膝下有堂兄琮瑜，还有堂姐姝瑄。姝瑄少时结识王孙赵羿，暗定连理。赵羿虽说是王孙，但与皇族血脉远疏，家道早就破落，实在还比不上一个贩夫裕足。赵羿是神弓手，百步穿杨，箭无虚射。他少时即有报国之志，常言：“志有翼，飞过北山万重！”后来随稼轩[1]先生的一个侄孙去了北方，投了淮北的义军。姝瑄一

---

[1] 稼轩：辛弃疾，南宋大词家，字幼安，号稼轩，其作汇辑名《稼轩长短句》，少年得志，因于金占区抗金有功，投奔南宋朝廷后，官至大理寺少卿、隆兴知府兼江西安抚使。

直等他，守身如玉，誓不另从。伯父也没有办法，只好遂了她心愿。眼下朝堂不安，行在黑云压城，家里商量女眷和孩儿们先去徽州暂避，那里有叔父的几个商行，还有些许宅地。这便将越儿托付给姝瑄，姝瑄顺势就提出将越儿索性过继给她。叔伯思量着姝瑄独身，将来老了孤苦无靠，不如让她与越儿相依为命，便准了她的请求。

姝瑄心慈，性良善惠柔，对越儿百般依顺，很是溺爱。越儿吃鸡蛋，只吃蛋白，她便将蛋黄悉数吞吃；吃肉馒头，只吃皮子，不吃馅儿，她便将挑出来的肉馅都吃掉；夜里不睡，要到厅堂里看点香，她便点了又点，将香掐成一截一截，插在条案的缝里，排成香林逗他玩，直陪到半夜三更。当年越儿已四岁，说话竟还不成句，只会吐几个单字，伯父直摇头，说他愚钝，姝瑄却以为，大智若愚，凡日后大有作为者，幼时皆有异于常人，他只是心窍未开，灵性深藏不露。谁也不懂越儿，只有姝瑄懂。越儿说水，姝瑄便知道他要去溪滩沟渠处嬉水；越儿说跳，她便晓得他要去街上看马车……喂一口饭，要看一辆车过，过一辆吃一勺，无车驰过则不吃。饭凉了，则在嘴里先煨热，吐到勺子里再给他吃；汤水烫了，也到自己舌上先滚一滚，再送到他口里。真乃吐哺切切，割肉剜心都舍得。

姝瑄教他叫姝娘，他只说得姝，姝；教他叫兰姨，他只说得姨，姨。我揣摩，他只是太专注玩，懒得动舌头，还不晓得言语的用场。又怕是总要别人猜想他的意思，一星不想自己伸张主意。这便如何是好？我南荣家耕读门第，怎会生出个小孩言语笨拙至此！我也想帮帮他，直不知如何下手。我是一个灵魂呀！灵魂对生人的世界能做什么呀？我欣慰于姝瑄待他亲爱有加，远胜己出；我又悲哀于我的死亡，不能随侍左右，耳提面命。

一个灵魂究竟该怎么做父亲呢？

他们要去徽州了。我来跟元荷商量这件事。

这日，天下大雨，明澈的灵魂在雨中与雨滴交相辉映。我的是银色的，元荷的是粉色的。灵魂因着人生前的性情，也有色泽的分别。有的如琥珀，有的如珍珠，或赤如梅，或金如菊，五颜六色，缤纷斑斓。我们在墓地一侧的亭子旁，依附在青瓦垂下的雨帘中。我们随着雨滴落下，又升起，又落下。

“他们要去徽州了。”我说。

“你终究放心不下，要随着去吗？”元荷道。

我们的言语是意念传递，没有生时的声音，却比声音更清亮。

“你随我一道去吧。”

“我去不得。你那骨骸被冲到井底，不知哪日井壁坏了，又被冲到沟渠里。不看紧了，怎晓得它的去处。我要为你守尸。”

“只是这样，我们就要分开。”

“不碍的。或者他们去去不久便回的。也或者他们不回，你择个时日再回来看看我。”

“倒也是，行都到徽州不过几百里地，魂灵飞起来，比人走要快，一日可以来回。”

“你操心太多，活着不安生，死了也不歇息。”

“越儿太小，瞬时就没了爹娘，叫人心碎。昨夜我去汇翠园，入了越儿卧室。姝瑄喂他吃饭，他胃口好，吃了两碗羊肉汤，第二碗还未见底，荤腥气泛上来，罩着身子，迷迷糊糊的，边吃着，边就瞌睡了。兰姨抱他到床上，挂下帐子，就走了。房里只剩下他一人，我凑前去总算看分明了。他长得与我极像，我仿佛看见自己小时候的样子。我想自己倘那么小就被人丢弃了，心里还不知道，吃如常睡如故，傻乎乎的，不禁悲从中来。他睡中，泪水从眼睑下淌出，一直流到耳朵里。一会儿哭醒了，姝瑄听见，进来哄他。他只喊，爹，爹。姝瑄用丝巾替他揩干眼泪，抱在怀里劝慰。怕是我搅乱他睡眠，让他做了噩梦。小孩子气虚，魂灵还没长牢，说不定是看得见亡灵的。我不忍离去，又着实害怕再吓到他。幸好亡灵是没有肉身的，要是有，这下便撕心裂肺了。”

“他看见你了。在梦里他看见你，认得你。其实他是晓得的。无论年纪长幼，心都是一样知情知理的。只是他说不出，他骗自己高兴呢。不想你闯入梦中，这下便忍不住伤心起来。”

“你是说，他平日里把难过藏起来了？这么小，就知道要藏起悲恸么？”

“他要活下去呀。人为了活，是可以假装什么也不晓得的。”

“也不知道，我在他梦中是什么模样？是银珠一样的雨滴么？”

“如果是银珠，他怎知是爹爹？你应该是生前的样子。他也是梦中魂灵见魂灵，是记性中的样子。就像我现在看你，你既是银珠，也可以是记性中的百般身躯。”

“他记住的是我什么时候的样子呢？”

“我听说人梦见亡人，都是他最后的样子。”

“那天他外出时候，刚吃歇午饭，我记得，我是穿着一身白袍子的。”

“是的，你穿着白袍子。后来入了卧房，还是我帮你脱掉的。”

人之所见所闻，乃物象。在肉身世界里，万象盛衰更迭；在灵魂世界里，已有的物象再也不会消逝了。这是事物的极限，人们以为是精神。

第四章　天命如斯

去徽州，此行不短。出候潮门，至钱塘码头上船，顺江经临安府富阳，过两浙东路桐庐、建德，再转陆路，从衢州属下开化北上，入江南东路徽州地面，终点在府治歙县。全程约四百里，跨越三路两府两州，历时十三四日，将近一旬半。走得这般慢，主要是行江逆水，要靠纤夫拉，一天二十里不到，很是费力。

那时候拉船的纤夫，都是两淮来的，有北人，也有金人。金人奴隶，多有逃到南方来做长工短工的。一是金国渐改农桑，金人不善耕种，常颗粒无收；又金人以猛安谋克千户百户屯田，兵民一体，战时兵，和时民，骑马猎杀惯了，不喜拘束在田地上，总愿意四窜游荡。而国朝大宋，富庶繁华，纵行乞讨饭，食人泔脚，亦饱足无虞。金人来到南地，好比躺在温床上，听伯父说，那些行在里的色目人常喟叹，他们那边一个城堡的公爵，吃用都比不上这里城墙下的看门人。金人拉纤，多为短工，临时凑起来，拉一段水路，挣了钱就跑了，到下一个州县热闹处，宰羊杀牛，吃酒看戏，逛窑子，租妻妾。我朝市镇中平民，家道不丰厚的，多有出租女孩儿做营生的。相貌姣好的，日租半贯，旬租五六贯，月租年租下来可百贯千贯不等，三五年即可家道兴隆，又买个尊优身份再厚嫁富贵人家做小妾。金国商贾、无赖、流氓，最喜租妻，他们拿盘剥来抢劫来的财货换女色，日掷千金而无悔；即便那边的穷苦人过来，亦卖一点苦力，做一些南人看不上的活计，拼得一时满囊现钱，吃光用光，再图明日。是故，这些纤夫也不好伺候，每餐必有酒肉，每日必结清工钱。只是江南人没有愿意做苦工的，船主不得不雇用这些北方流窜来的游民。

大宋国人，也有逃到北边去的。放着这里纸醉金迷的日子不过，为什么要去苦寒之地受罪呢？那是因为在这里作奸犯科，摊上了官司，逃到那里去避风头。也有私奔男女，就像幕壁和虫媄那样，淫棍淫虫，逃躲情债血债。说白了，不是逃离大宋国，而是逃离纲常法纪，意图无法无天。我听说金国地面上，百姓不准吃牛羊肉，都改吃猪肉。因金兵不爱惜牲口，只图宰杀，官府怕耕牛不够用，就下法令禁吃。又有说法，说金人祖先出没森林，狩猎为生，多食鱼鳖和野猪，本就不吃牛羊，是学了契丹人[1]才开始吃的。不准吃牛羊，这日子怎么过？想我国朝千万里皇统之疆，除了楚地番野和两广僚人，鲜有耳闻以猪肉为主荤的。另有传闻，说那边吃饭，都围着桌子吃，一盘菜，一家人几双筷子都插到一个盘子里，你夹完我夹，口水都流到一起，甚为腌臜。也不盘腿席地，只坐凳

---

① 契丹人：辽朝的主体民族，室韦的一支。《北史》记载，其在大鲜卑山之南者为契丹，之北者即今蒙古族。大鲜卑山，即大兴安岭。盖蒙古与契丹同源，一族别部而已。唐末，耶律阿保机统一契丹各部，日益强大。916年建契丹国，后易名辽，控燕云十六州，与北宋对峙。女真兴起后，灭，余部迁往西域，延续辽国号，史称西辽，突厥语史籍称“哈剌契丹”，意为黑契丹。因西辽沿袭中原礼制，并靠近西方，将中原文化影响到西方，故西方人视契丹人为中国人，之后一直称中国为契丹，直至今日俄语中仍以Китай指中国，英语Cathay也指中国。13世纪前后，西人但知契丹，未知中国。契丹的原意为“镔铁刀剑”，女真兴起号“金”，意为以金属中之王来压胜镔铁。

子，想女孩儿空悬两腿，坐在凳子上吃饭，情何以堪！如今临安也学了坏风气，做工的下人和北瓦市的戏子，也开始坐凳子。久而久之，连本分人家妇人，大热天也搬个凳子坐在街面上，岔开双腿，摇着扇子说笑。斯文全无！斯文全无！野人的生活端的与我们不一样，真的有人会以为那么畅快、那么好过吗？想到那对贼人淫虫要去过这样的生活，我心略觉宽慰。此乃人间地狱也，自作自受，也算得上慢炖缓煨，燎烤一生。

申时日晡，船至白沙矶，离桐庐尚有三十里。江右河滩平地甚阔，纤夫与船主商议，停舟于此，埋锅造饭。不远处有集市，船主与纤夫各差人前去采办猪羊菜蔬。纤夫的人买回来一只生猪，船主的人买回来一头活羊，皆现杀现吃。船主与客人同吃一锅，焖煮煨炖，虽旅次野炊，亦不厌其烦；纤夫们另设一灶，掘地三尺，架大锅其上，注豆油锅内，燔柴烧沸，煎炒肉块、肉丁、肉片。

这边屠夫宰杀收拾完毕，兰姨主刀。兰姨是花大价钱从婺州请来的，说是婺州人菜烧得好。时下用厨娘，非大户人家根本请不起。这些厨娘，仗着好刀好勺，薪酬要得都很高，除吃住日用医药雇家承担，还要月钱七贯。元荷说，兰姨进卫家门，带来的铲勺罐盆都是白银的，刀具有六十八件，件件都是松花镔铁打铸的。她杀鱼剔肉，眼明手快，刚才还是活生生的，转眼就服帖躺在盘盏里了。她这下出来修羊头，几刀下去，刮下鼻翼两旁和颌下几块活肉，就将整个羊头弃了。几个纤夫跑过来拾了就走，她在后面嚷道："贵人不吃，贱人吃。若辈真狗子也！"纤夫也并不在意，只捡起，乐呵呵地走了。

越儿上了岸，在滩石间嬉戏，学着纤夫的样子，拴一条绳子在一截断木桩上，拖着往前走。姝瑄跟在他后面，左护右顾的，怕他不慎跌到水里。玩久了，有点肚饥，闻到纤夫们锅里飘来的肉香，忍不住要过去看。姝瑄只好陪着他到纤夫的灶头上。

他指着将要出锅的肉说："肉，肉……"

掌勺的笑眯眯看着他，甚是喜欢他，便盛出一盘递给姝瑄。

"吃。"越儿边摇头边说。

姝瑄懂他的意思，他不要端回船上吃，要与纤夫们一道吃。于是，将菜盘递回掌勺人。这掌勺人是金国人，面孔黝黑粗粝，平时阴沉着，只一见越儿就笑。

"这里简陋，我们兄弟都蹲着吃，小孩儿跟我们同吃，怕是不便。"他对姝瑄说。

"就依了他吧。他肚饥了，等不及那边煮熟呢。"姝瑄说。

于是，众人围作一团，姝瑄也伸筷子到菜盘子中，夹一点给越儿吃。菜有好几盘，越儿每个都要尝一尝。

他边吃着，嘴里塞得满满的，边还不停想说话："好，好！"

他的意思是好吃，还要吃。那个掌勺的金人，便也夹给他吃，喂到他嘴里。这便不要姝瑄喂，只吃掌勺人喂的，弄得人家只顾伺候他，也想不起吃饭了。

金人造饭，端的与汉人不同，起油锅，喜煎炸炒烤。汉人是很少炒菜的，本朝开国以来，多受契丹女真人熏染，平民家里才开始煎炒。想这也是军旅做派，图省事，求便捷，油锅烧烫，生肉须臾可熟，或者其实还半生不熟的，反正他们有时还专喜吃生肉。曾有宋使往金，归来曰，其稗米饭拌生肉，和以芥汁渍之，谓御宴。汉人用油是讲究的，春以牛油煨小羊，夏以狗油炖鱼干，秋以鸡油烹幼鹿，冬则以羊油焖大雁，四时应天，不可造次。菜油豆油之类，只用以点灯，或浸制绢布，少有用来吃的。拿素油烧得滚沸，来烫炒猪肉，会是什么滋味？我亦好奇。看着越儿吃得津津有味，姝瑄在一旁似乎也不觉得不妥，难不成还真是佳肴？

果然，他们带来了稗子米，这会儿蒸熟了，起锅在分饭。越儿也要一碗，掌勺的自是急急忙忙又给他盛。

大宋的男孩儿，出身侯门，怎就吃粗野女真人的饭那么香呢?好端端焖透的羊肉不吃——羊肉该是极香的，那边也快煮烂了——端坐分餐，席地而食，既有体面，也不失洁净，何苦要围聚在一堆，鬼头鬼脑地交箸争抢，分明是一副穷凶极恶的讨饭相么！姝瑄竟依着他，由他胡来，这样下去，往后如何管教，还怎么了得！

他们终于吃歇，准备要走了，掌勺的又拿来一个布袋，往袋里装了一些炒米。炒米是金人外出打仗的主粮，原本金人不食麦面，只食稗米和稻米，及入住中原，才开始跟汉人学着吃。金人植稻，得传于高丽人。盖高句丽时，其势入辽东，或有边民择山林水洼之地植种。

掌勺人说："拿着当小食吃，干吃也行，开水泡泡味道更好。我那个小子也爱吃，可惜他走丢了，要是在，跟他差不多大呢。"他说着，神情顿时黯然。哪个男儿不是父亲的儿子，哪个男儿又不是儿子的父亲啊！他对越儿那么好，原是因为他想起他的儿子。这般想来，虽是吃金国的粗食，亦深藏天地的仁爱啊！

姝瑄回到船舱，取了一罐蔷薇露，嘱仆役送过去，给纤夫们尝尝。这蔷薇露，是大内秘造美酒，绝不市售，是圣上赐下来给伯父的。姝瑄拿出这样东西，为的是感激纤夫对越儿好，也算是给越儿买一场快乐。他要吃几块肉，便买下十头猪。要说价钱，一罐蔷薇露，不下三十贯钱。

过了建德，江折南而行，并无水路方便，只改陆路。又数日，抵开化。一行人住在开化的客栈里。乡僻之地的客栈，与商铺、作坊、粮仓连在一起，各色人等进出繁忙，楼道曲梯、回廊门洞繁复，常辨不清客贩，也走不顺来往线路。堂兄嫂子要照顾伯母，几个女使打理日用事务，姝瑄一人看着越儿，跟着他里外穿梭，有点力不从心。姝瑄自打那回听掌勺的金人说他的儿子跑丢了，就恍惚起来。想越儿哪里都要去张望，哪样事体都好奇要探究，实在放心不下。有时候没跟紧，他一溜烟就没影了，急得冒汗跳脚。又一忽儿冒出来了，笑嘻嘻的，全然无所谓的样子。要说体力，姝瑄二十出头的年纪，正血气旺盛，但深闺里的女子，缠一双金莲，行走不便，更别说要随着越儿奔走蹿跳了。有时身心疲惫，便坐在楼梯上哭泣起来。这时候，越儿反倒乖巧，拉扯她的衣服求宽恕，又亲她耳鬓，挠她痒痒。迨姝瑄破涕为笑，又趴在地上学蛤蟆跳，又翻覆身子滚一身脏，忽而学狗叫，忽而学猴眨眼睛……他不知从哪里学来许多花样，一套又一套，只为取悦大人。看着他这样，我竟难过起来。仿佛只有我能懂他的意思，他晓得姝瑄对他好，晓得自己没有爹娘了，是他姝娘收留了他，他无以为报，竭尽讨好。他也晓得自己淘气，但不淘气又能怎样呢？这是讨生活呀！要长大，能不淘气吗？他心底深处留存着亲爱，只对他姝娘亲爱，把自己交付给姝娘了，吃她的，用她的，占尽她所有的，过头了自然也晓得愧疚，愧疚过了还又接着淘气，无力还报而又全部委托大人，孩童的亲爱因着信靠而成全。他何曾为大人谋事？又何曾先给了再从大人那里得偿还？做爹娘就是这样啊！孩儿由他们所出，全部仁爱也由他们所出。只是越儿也懂得，他不由姝瑄所出，姝瑄的仁爱却无异于父母，这叫他心碎，他只好忘记，用更加淘气来忘记。

他到客栈后面的铁匠铺玩，见到那么生硬的铁被炉火炽红，铁匠挥舞锤子又将烧红的铁锤扁，心生好奇。那么硬竟能软如面团？那么软淬一下复又坚硬如故？他每天都去看一次，每天都看见铁匠在锤打同一块铁，直至离开的那天，他看见一把寒光闪闪的剑被锻造出来。这件事惊诧到他了，我想，他开始沉思，他有了自己的盘算。

到了歙县，一行人住进郊外的田庄里。初伏时令，天气酷热。兰姨嫌屋子里憋气，就将几个大小不一的铁桶放到走廊上，在里面添柴烧火，活活就将一个厨灶安在了户外。走廊的一头有一扇薄薄的柴门，推开就直通到菜园子。兰姨忙前忙后，里里外外进出，一会儿去菜园子拎菜，一会儿又跑去园子里菜农家吩咐各类拾掇事宜。菜农家有女孩儿，叫菘引，与越儿同岁，常常也跑到这边来戏耍。越儿趁兰姨不在灶前时，就拿一根铁钎子插到铁桶里的炭火中，试过几次，果真就将前头一截烧红了。他怕烫手，并不直接去握铁钎子，而是拿一块抹布，包好未入炉的那一头，再抽出。说他愚钝，这间弄这样事体倒明细周详，敏捷非常。他拿烧红的铁钎去杵一叶包肉的纸，纸顿时就燃了，还冒着油烟。他又去戳钵里一块肉，直就穿到肉深处，穿出一个焦洞。又拔出来去刺园中的芍药根，便刺不进去，铁钎已经凉了。于是又放回炭火中烧，烧红再拔出去炙各样物件。烧了炙，炙了烧，乐此不疲。最后发现了那扇柴门，薄厚得当，正适合刺穿，便屡屡刺门，直将门上刺出若干焦洞。菘引跟在他后面，越儿并无心搭理她。她有点失落，便兀自走到门的另一边，透过焦洞看越儿。

她睁开一双笑眼，含一轮绿波，流光灵转的。她说："越儿，越儿，我看见你了。"

越儿瞥见碎光，随着辉芒跃牵走过去，透过焦洞寻她。两双眼睛瞬间转在了一起。

这时候，女孩儿便藏身门后，水波顿消，惹得越儿四下寻，寻急了不见直跺脚。

他跑回去拿来烧红的铁钎，对着原来刺穿的洞又炙，想扩宽洞口。此时，我正看见菘引在另一侧，将面庞紧贴洞边。说他不愚钝，怎就又愚钝如此！这钎子过去了，一戳就戳到人脸，弄不好直就刺穿了眼睛。情急中，我不得不使出灵魂微薄的力气，顶了一下正刺过来的尖头，幸好这点力量扭偏了钎子，钎子过处，只差毫厘，从菘引的眼角擦过，扎到了耳际。女孩儿惨哭起来，这边一屋子的人和菜农家的人都出来了，见此莫名情状，都惊得不知如何是好。

“就差一丁点，半厘都不到，把眼睛戳瞎了可好？”兰姨说，“顽皮没些轻重，终于闯祸了！”

“我来看看。”他堂伯母抱起菘引，看伤处，说，“哎呀，这么嫩皮肤戳坏了，别脸上留下疤。”

伤处不轻，一大块皮被戳皱了，沾着钎子上的焦炭，挂在眼角后面，半边脸淌着血，吃相很难看。菘引爹娘跑过来，慌慌张张的，她娘一见着就哭，边哭边嚷：“这遭的什么罪呀？前世报应么？你做了什么坏事体了？什么不洁净东西叫你看着了？你不看见脏东西怎会戳瞎眼睛呢？……”

“菘引娘，休要说这般不吉利的咒语！这不，还没有瞎呢！”兰姨直愣愣地，说些实话，也不安慰，“快去请医师吧，血糊糊的，还流血呢！”

菘引本来吓呆了，撑大眼睛，圆圆的，茫然只在惊恐中，兰姨一提到流血，仿佛才感到痛，哇地哭起来。

人们这才想到去请医师，仆役牵了快马，急急就往城中去了。

女使到后院去叫姝瑄，姝瑄来到菜园，问过情况，并不急恼，她抱起菘引，又好生慰藉她爹娘，人心才安稳些。兰姨收了越儿的铁钎，带他到井边洗手。女孩儿由姝瑄抱着，一群人簇拥在周围，去到堂屋。

“大娘子啊，这可怎么好，我们夫妻膝下就这么一根葱苗。水灵灵的，哪怕不瞎眼，好端端的相貌也毁了，往后怎么嫁人呀！”菘引娘还在号啕。

“大妹子，休要往坏处想，先停一停哭。”姝瑄道，“万般坏处都是我们造孽，将来怎么处置都是后话，先治好女孩儿伤痛再说。”她说着叫来女使，盛水用细绢给菘引擦血。先只擦伤口外的，一点一点靠近伤口，边擦边跟菘引说话，“不哭，不哭，血擦掉了，一会儿涂点药，再止住血，慢慢就不痛了。会不痛的，会好的。”

这么说着，这么轻巧擦着，女孩儿便沉静下来。又叫女使来，剪了菘引一绺头发，在陶瓯里炙焦碾成灰末，吹到眼角伤口处。这灰末叫作血余炭，专以止血。发为血之余，无血不生发，血盈余则生发，故发又名血之余。凡出血，以血余炭涂抹，止血甚效，尤以自身毫发最佳。

洗干净伤口，又涂上血余炭，不一会儿血便止住了，只疼痛难忍，女孩儿又哭起来，哭久了，声音有点沙哑。

“真是作孽！”姝瑄对菘引说，“好可怜的小孩儿！都是大娘不好，没看好越儿。他这般顽皮，我去叫人拖他来，斩了手脚，为你解恨。”

“不斩，不斩，哥哥是无心的……”女孩儿带着哭音说。

“先忍一下，不哭，眼泪水滚到伤处会更痛的。”姝瑄拿块绢布不停吸她涌出的泪水。

女孩儿听这么说，硬是忍了忍。一哭停，场面便缓和下来，她娘也不再号啕。

约莫一个时辰，医师赶到了。察了伤处，说幸好未入肉，止血，生肌，五六日便可痊愈。

姝瑄问：“会留下印痕不？”

“哪有伤口不留印痕的！”医师答。

“有何法可去印痕？”

“古书上记载，日日以玉摩挲，可去斑印。不过，此法未尝试，也不知果验否。”

“这便拿簪子去，碎了，和在金疮药里，或堪用。”姝瑄拔了头上玉簪，递给医师。

医师端详玉簪，说："这么好簪子，十贯钱不止，竟碎了？"

"碎了。"

于是，医师碎了玉簪，分成六七份，和在金疮药里，用猪油调敷，给女孩儿涂抹。猪油性寒，凉凉的，敷到破处，抑压火燎，痛立时就轻了。哭累了，痛又缓了，菘引竟睡去。

姝瑄又拿出十叶金牌子，都是铁线巷金铺韩五郎家出的，打着十分金字样，即足赤的意思，每牌有一钱，十叶共十钱，整一两金子。说："先拿这些去买些补益，叫孩子快些好起来。钱财都是小事，以后我再补偿你们一些。都是小冤家惹的祸，这次我定要好好管教，收敛收敛他脾性，不能再这么叫他鲁莽下去了。至于脸面上疤印，医师说了，要日日拿玉件摩挲才好，我这里有玉环，赠给菘引，往后叫女使过去帮衬，你二位忙菜园的事，没时间替孩儿摩挲。"说罢，让女使取来玉环。这是寸许大小的凤佩，玉上凸起凤身，其尾羽缭绕长扬，转一圈正回抵凤首，甚为精湛。又说："女孩儿花容月貌，日后也是你们依靠，倘真的疤印不去，毁了面貌，南荣家自会承担，不会因此苦了你们。我这就立下文书，将原委陈明，应诺将来利责。"

姝瑄立过文书，交付菘引爹娘，事情才落定。

一家人草草吃过饭，伯母、兄嫂及仆役、厨娘照例去午睡，姝瑄却将越儿领来堂中，叫他跪下，拿来木戒尺，在一旁教训。

"你不会讲话，还不知道一点轻重么？"姝瑄道，"烧铁钎也玩得？哪里学来的？在开化客栈里铁匠铺看来的吧！是不是还打算做出一把剑来，劈劈杀杀才痛快？我是一向什么都依着你，都依着你快将人眼睛戳瞎了！这便是我的过错了。乖巧的，要嘉奖；顽劣的，要惩罚。你从今天起，要晓得规矩！"

越儿从来没见过姝瑄板面孔，这时候，又是下跪，又是戒尺，又是怒容肃然的紧张，着实将他吓住了。

“姝，姝，怕。”越儿边说，边垂下头。

“我今天不管这些了，偏要罚你，不罚对不起祖宗，也对不起你。”姝瑄说着就举起戒尺，越儿见正要打下来，侧脸就躲，哪想一尺就打到几案上，“叫你知道些厉害。打木头，听见了吗？这么响的声音，木头都痛！”说罢，将自己手放到几案上，狠命不停打自己手。一下一下，直打到肿。

越儿有点纳闷，不知道尺子为什么不落在他身上，反而落在姝娘手上。姝瑄说：“子不教，父之过。”我突然惊一下，以为打到了我。“你父不在，就是我的错。如今你还小，姝娘打不得你。既打不得你，还打不得我自己？”她的手快要打出血了，我已然想夺过戒尺狠打我自己了。

越儿也看分明了，号啕着哭出声来，叫道：“姝，打，打！”他起身跑过去，夺了姝瑄的戒尺，往自己头上打。这便触伤了姝瑄的心，也落泪哭起来，又将越儿抱起，放在膝头上，说，“不是姝娘要打你，也不是姝娘要打自己。这样玩法闯祸了。人家眼睛瞎了，日后怎么活！家里千金万银，赔得起吃，赔得起玩，赔不起命啊！她要是真的今朝瞎了眼，明朝你就要娶她，养她一辈子啊！”

“娶，娶……”越儿哭得上气不接下气，抽噎着说。

“你还真要娶她？她可是菜农家女儿，进不得官宦人家的门。买来做奴婢还差不多。”

“奴，嗯，奴。”

“倘要是你真愿意，赶明儿姝娘把她买来陪你玩。”

“瞎，不。看，看……”

“没瞎就不买，是吗？”

“嗯。”

姝瑄终于笑了，说："幸好没戳到眼睛，就差一点点。医师来过了，给她敷了药，要不了几日她就会好的。往后玩闹，要有分寸，再不要弄出险情来。"

越儿小小的样子，穿着比大人小几倍的长衫，坐在姝瑄怀中，愧疚的，又竭尽讨好的表情，大人有的他都有，都长齐了，只是小小的，那么小，令我看着心碎。

天色欲昏时分，越儿趁姝瑄瞌睡，自己一个人起来到卧房内室，从一个大箱子里翻腾出他的玩物，有绳线挂着的陀螺，有几个玩偶，一副嘎啦哈[①]（行都的人叫羊拐，是那个掌勺的金人送给他的），还有一柄木剑；他又从衣柜里拿出他的小氅子，从钱盒里择了几枚铜钱。这些通统装进一部小木车，他拖着就独自外出了。

这是要做什么呢？可怜的越儿，难不成你是准备逃走么？你一个人要去哪里？去寻死去的爹娘么？不，你那个恶娘并没有死，你哪怕寻见她了，她也不会要你的。

他来到屋后山坡下，吃力地顺着石阶拾级而上。车子拖不上石梯，他便抱着往上走，有好几次东西都散落出来，他拾起重放进车子，一样也没有丢。走累了，便到路旁石墩上坐下。这里有个开口，密集的树丛并未挡住前景。他默不作声，呆呆地望着远处。远处是北方，左边的斜晖射进烟雾，金光映霞。天上的云层层交叠，地下的石阶级级蜿蜒，云泥异路，摆在他面前。人，似乎从这时候就开始面对取舍。究竟哪一条是他的路呢？

他平日里忘记的，这时候都想起来了。你以为他不晓得么？他原是什么都晓得的。或者他从大人那里听来的，或者即便什么也没听见，也有一个声音在心里告诉他的。他晓得原本他不在这里，之

① 嘎啦哈：女真语，指兽之腿骨与胫骨联结处之距骨，女真儿童拿来做玩具。

后才来的，来到一户人家，这户人家继而又散了。他就这样，带上他的东西，去找那已经散了的人家吗？他哪里晓得，生和死之间的路程，比层层交叠的云路还长远。所以，他又是不晓得的，有很多很多这个世界的事情他还不晓得。他所择取的那几个铜钱，只能买几个炊饼。他甚至不知道多择几个铜钱，要很多很多钱才可以走到临安，要更多更多的钱才可以去到远方，哪怕再多再多的钱也无法让他穿过阻隔阴曹地府的门墙！

也许他并不想离开，他只想以此让秘藏的、一直不得不忘记掉的伤痛离开。他不想让这伤痛殃及收留他的人家，他要自己保守这伤痛，出离他现在的欢愉。可是，你知道吗？越儿，爹爹此刻跟你在一道，爹爹死了肉身，魂灵还没有死。魂灵没有死，就没有真的死去。你想见到我吗？啊，我不好贸然现身，我也无形依托，我即使现身你也认不得我。

这时候，我看见一群蜻蜓，有衰弱的扑飞不高的，我便附上去。我附成了。现在，我是一只蜻蜓，我飞到你肩上，停一会儿，闻一下你的味道，蜻蜓能闻到人的味道么？你果然起身捕捉蜻蜓，你抓到我了，将我放在手心。多好啊！我的小孩儿，我终于贴到你的肌骨了！就这样，你凝视着我，我们一起在暮光里待一会儿。爹爹与孩儿，终于在一起了。你认得我是我吗？你笑了，怎么又哭了？你一定是觉着不同了，我的仁爱即便化作蜻蜓也能沐浴到你。可是，蜻蜓死了。它太衰败了，实在支撑不久。它死了。

山下有人喊他。是仆役们寻上来了。越儿收拾好东西，将那只死了的蜻蜓也装到车里。他拿那件氅子抹一下眼泪，手脚钝钝的，也抹不干净，花猫一样的脸，黑一块白一块的，转身快快藏起那些需要忘记的，好不叫别人看见，独自朝山下走去。

刚过七月初三，伏天大暑；次日初四，戊戌日。傍晚时分，越儿从外头玩回来，一身热气，汗淋淋的，索水喝，喝掉整整一大壶，喝过还要喝，直是止不住渴。喝得胀胀的，人定怏怏没神，坐在堂屋的门槛上发呆。午睡起来后，姝瑄会准许他一个人出去玩会儿，不过是前院后院，都在围墙里。他多半不顾这禁忌，常常从菜园子那边的矮墙翻越出去，到外边田间走动。有时去摘菜叶子，有时在土里挖坑，学着将果核埋到泥里栽种，常常玩得专心，在空旷的野外，无遮无盖的，日头烤晒也不避。这日回转来，蔫头耷脑的，想是中了暑气。到吃饭的时候，也吃不进，只喝点汤，喝罢便昏昏欲睡。姝瑄一摸他身子，滚烫滚烫的，便晓得孩子病了。想延请医师，怕一来一去费时，索性备了马车，带上女使车夫，就直奔县府去了。

到了歙县城里，各户尚未掌灯，依稀借着昏光找到药铺。医师切脉察色，又压指观手相，说是得了急惊风，一时无策，先下一剂止痉散，又针刺大椎放血，为疏热熄风。针药并进，过后亦不见好转。医师又说，孩儿目中见黑，十日必命绝，偏城僻野无良药，趁早送往行都太医寺，或有救。

是夜，姝瑄带越儿宿在城中旅舍，嘱仆役回转庄园去收拾行装，准备天一亮即赶回临安。她数了一下时日，快马走旱路到开化一天，顺水行舟，至临安至多四天，这样五天行程可达临安。夜里，她睡不着，抱着越儿像抱着他性命一样，心急如焚。将近三更时，太过疲倦，一个盹不小心，人摔倒在地，生将腕骨摔碎了。晨起又去药铺包扎，随便敷了一点金疮药，就启程了。

途中，越儿一日不如一日，奄奄一息，面如土灰，直到昏死过去。姝瑄只抱着越儿，一刻不离手，怕离一会儿就断气了。倘不是情急而心切至此，碎骨之痛难忍，须臾都过不去的。人之切切念念，虽钻心之痛亦罔顾也！或者这正是仁爱的伟力啊！夜来舟中阴风怒号，魂灵得了阴气反倒明澈起来，我借力潜入越儿体肤，寻遍周身未见其魂，好在心肝肠胃皆蠕动不息，知其命未绝，只是气闭，闭塞了窍穴，灵魂被抑于某处。这才心安，只盼快快到达临安。

还好，顺风顺水，只四日便抵行都。岸上繁忙如故，租车租马的，成群结队。仆役找来快车，一行人坐上去，直奔太医寺。太医寺虽为大内专署，亦有官厅专对百姓人家。医师认得南荣家，见此情状，更接诊不怠。察验后，说，非急惊风，乃中了蛊毒。蛊毒已入肾，水气泛浮，准头必黑，情急万分。一看，果然鼻头有黑气，人肿得像大粽子。按说，这好端端的，大白昼，光天化日之下在田里玩耍，哪来的什么蛊毒呢？医师说，病重已危，回不得家，收入寺中祝由科疗治，不得延误。

安顿好越儿，姝瑄一阵剧痛，才想起腕碎。医师拆开包扎，见腕肿如拳，说是碎骨交错，要再碎一次正骨才好。于是，吩咐人拿来铜锤，直击姝瑄手腕。这次，她痛得哭天喊地，我的心也碎了。一个魂灵的心碎了！我的姐姐啊！你的筋骨血脉原是与我连在一起的，如今我的筋骨血脉已荡然无存，我的心为什么也疼痛起来？灵魂是不会痛的，只有肉身会痛；如果灵魂也痛，一定是灵魂包裹的心在痛。究竟有什么比血肉更重要的东西连接着人？

本朝开国以来，闽广越楚之地常有人施蛊。仁宗时曾下令严禁，又放逐施蛊者于荒野，不得入烟火昌明之地。然屡禁不止，南迁以来竟蔚然成风，江南一带尤甚。杜预注《左传》云：“谷久积，则变为飞虫，名曰蛊。”又有人为造蛊之法，以百虫置皿中，俾相啖食，其存活者为蛊。蛊中最毒，乃金蚕蛊。养金蚕蛊者，屋舍清洁异常。因其善于洒扫。凡进某门，足踢门槛，回首间槛上沙土顷刻不存，其人家必养蛊。蛊亦喜替人做事，春季插秧时节，人插一苗以示，则蛊紧随插一亩。年终岁暮时，蛊与主人算账，若有盈余则须买一人与之食。故算账时，主人必报虚账，破一碗言破廿碗，谓无息亏本，俟来年有利再饲。倘年年索讨吃人，无以养，可备木匣盛之，陪以金银丝帛，置箱于路旁，凭路人拾去，所谓嫁蛊。金蚕蛊善变形，或为蛇，或为蛙，或为一著红裤一尺长小孩儿。

蛊术由来已久，多因妇人追负心汉不得已为之，抑或绝境中人无计可施而使。越儿一小童，与人无恨无仇，怎遭蛊毒？

祝由师看过越儿，嘱人先下针醒之。针后，以青布包雄黄末，加山甲末和皂角末，蘸热烧酒，擦遍全身。边擦边说："若身上有羊毛出，必是蛊毒。不见羊毛，则非蛊毒。"

帮护在一旁搭手，仔细寻觅端倪，说："前胸似有，又转到后背去了。"果然擦出不少羊毛。又惊呼，"耳朵里也有羊毛伸出来了，粕门里也出来了……"

"看来还好，不是金蚕蛊，乃飞谷之毒。"祝由师说，"小孩子莫非误闯陈年谷仓，撞遇了谷虫。"又念《千金翼方》中"咒蛊毒文"，曰，"毒父龙盘推，毒母龙盘脂。毒孙无度，毒子龙盘牙。若是蛆蛛蜣螂，还汝本乡，虾蟆蛇蜥，还汝槽枥。今日甲乙，蛊毒须出；今日甲寅，蛊毒不神；今日丙丁，蛊毒不行；今日丙午，还着本主。虽然不死，腰脊偻拒。急急如律令。"

念罢，吩咐帮护，取一赤雄鸡淳色者，左手持鸡，右手持刀，来至户外门前，去屋溜三步，以"门尉户丞，南荣越病蛊，当令速出，急急如律令"，唱祷三遍。又以鸡头插入越儿口中，以苦酒二盏，刺鸡冠上血纳苦酒中，与之服下。

诸事停当，也不见好。肿消下去不少，但人还是不清醒。帮护嗫嚅，谓神魂不出，另有隐疾。祝由师在一旁听到，问："什么隐疾？"

"不如请丹云爹爹来看看，她治小儿病常妙手回春呢！"帮护说。

"那你快去请来。"祝由师无策，也只好由着帮护试试。

这帮护乃一老妪，说是以前妓馆暖波阁里行首名花秦天颜的跟随。秦天颜就是如今的丹云爹爹，人传她已过期颐，但看着不过五六十岁的样子。妓女昔日一掷千金，老来却孤苦无养。秦天颜花容枯败后，进了养济院。国朝自徽宗始置居养院，收养孤寡、旧伶和色衰倡人，以为仁政之先。南渡临安以来，又有更名养济院者。凡居养、养济、安济、漏泽，名目繁多。此诸等坊院中，盛时亦冬为火室给炭，夏为凉棚，什器饰以金漆，茵被悉用毡帛，妇人小儿置女使及乳母，其居卧饮食各项用度，堪比裕足人家。如此安泰丰隆，俱得益于徽帝时时牵挂，不吝亲察垂恩关照。临安养济院中亦有道宫，秦天颜入宫修道已久，拜谢石高徒王宽为师。谢石乃国朝第一相师，曾为徽宗测字，徽宗惊其神算，赐兰花袍加身，之后开馆授徒，门生遍地。王宽得其真传，于临安建玛瑙宝胜院，香火炽盛。秦天颜跟了他以后，得道名丹云，因道术精湛，渐得民众敬仰，官府委任院中道宫住持，人尊称为爹爹。

丹云爹爹来了。看过越儿，说，要叫家人来。帮护便去传姝瑄。姝瑄及至跟前，丹云爹爹问过越儿八字，来回推算了一下，惊曰："此孩天降大任，日后必有大作为。贵为上将军，金戈铁马，纵横南北。命中必多有劫难，然无非命之死。"

又嘱书一字。姝瑄书"毒"字。

丹云爹爹说："汝非生母。按字其下类母。左为东，右为西，如此则其生母在北方。毒字亦有厚意，《易》曰，以此毒天下，而民从之。又老子云，亭之毒之。亭以品其形，毒以成其质。故毒之义，除毒害之外，还有亭育、化育之解。此字一出，必病中有生机。毒字古从草。害人之草，历历而生，芜草丛生之地得之。如是则非飞谷之蛊，乃田野旷地草中之蛊。此蛊多为生产妇人所放，因所产婴孩不活，便施蛊偷盗他人孩儿身形。蛊入别家孩儿肉身，逼走魂灵，再植己子之魂于内，则别家孩儿自行入门。所幸汝等归来，死婴之魂已难追来。不然再过几日，为阴魂所附，肉身必被索去。"

"可有解法？"

"毒字见玉，则为瑇，瑇瑁之瑇。瑇瑁属深海老龟，辟万千邪恶，又名十三鳞，戴金戴银不如戴十三鳞。毒字异形，又写作生母。其生母至，再置玉器于身侧，则成瑇字。瑇象成，则诸毒去，可瘥愈。"

"爹爹神测！"姝瑄惊叹道，"然其生母死于上年大火，必不生还。哪里去寻他生母？"

"未死。在北方。"

"如何这般肯定？"

"字不欺人。"

姝瑄无话讲。因她也耳闻幕壁和卫氏私奔之事。故又问："爹爹可有法寻见其母？"

"烦请再书一字。"丹云爹爹说。

姝瑄便又书一字，京。

"京乃高丘也。亦作京都。国朝无京都，只作行在。所谓京，乃故都开封府汴梁也。其生母必在汴梁。"丹云爹爹道，"此刻日中，日中书京，乃景字。景义为高大，祥瑞光明，吉兆也。又吾等此间言京，则成谅字。谅为信，为恕。恕如心，己心如人心。其母必可来救儿。人在京，又成一倞字，倞有强义，可见其母在京亦享荣华富贵也。"

"如何令其母归来？"

"报之儿危在旦夕即可。"

"如何报之？并不晓得她身处京都何处，即便晓得，一往一来，非十日不可。"

"椋鸟可往京。飞去不过三日。施咒于椋鸟，告之其生母姓氏名号，又寄语孩儿病情，必至。"

"此去三日，人来五六日，往复共八九日不止，越儿危在旦夕，可还等得及？”

“蛊已去，性命无虞。只人魂受瘀血恶毒盘绕而不醒，祷字成象之时，则病去。”

“此法果真可行？”

“求祷上天！求祷上天！这是命数，非医药可救，非人力可害。天欲其生，死不夺命。”

于是，姝瑄取了玉童子来，放在越儿枕头下。又去北瓦鸟市买来椋鸟，让祝由师编了咒语，施在鸟身上，放鸟飞行。

诸事停当，只静等卫氏前来。

七月中某日，晨光才透，我听见有声息从病房外传来。须臾，一青衣女子入门，头戴纱帽，粉巾遮面，明暗隐约中，其形容凄楚，泣声哀婉。这莫非真的是卫氏？卫绾奕？绾儿？虫媄？她的手还是那么白，她除去面纱露出的面庞依然带着醉靥……果然是她！她来看她的亲生儿子了。她抱起昏中的越儿，脸紧贴着他身子。一贴上去就泪奔如泻，一欲号啕又强止。我顿时全心都舒展了，我想到了丹云爹爹说的恕字，己心如人心。她端的还是跟我一样，其心不死。绾儿，我的绾儿，我们隔着生死，隔着病痛，隔着阴阳两界，在两界晦暗不明之地，三人重逢了。这是团聚吗？为什么团聚的地方竟在分隔的几处？

越儿的身子似乎暖过来了，他睁开眼睛看见母亲，他不晓得发生了什么，自己去了哪里？又回到了哪里？他只是笑了，又举手去摸母亲的脸，抓母亲的头髻。一根金簪被他拔下来，不慎坠落在地，声音惊动了帮护。绾儿听到外面动静，快快放下越儿，从门边一散而出。

我追到外面，看见她急急从太医寺的草地跑过，直向园子边的丛林而去。掉了金簪的发髻披散开来，满头的黑发如一张玄锦在风中飘扬。她跑到林子边上，牵出马，正是骁娘。她一跃而上，骑正后一溜烟就远去了。我望着她远去的方向，不过一刻，马又掉头回来。她勒紧缰绳，停驻在林间，朝越儿的病房长久凝望。之后又走了，之后又回来了。来来回回，统共有三次。等太阳上来了，园子里的人开始忙碌了，她就真的走了。

原来，天命的安排是那么深不可测啊！

这年夏天，还有两件事要记。

一是越儿病好了，突然会说话了，会说连起来的话，再不是一字一音的话。

二是七月初六，新君即位。太上六月里驾崩，圣上不肯执丧，结果不得不由八十多岁的太皇太后出来主掌局面。太皇太后吴氏历高宗、孝宗、今圣三世，曾与高宗漂流海上，患难与共，又辅佐后辈两代皇帝至今，德高望重，朝野共敬。值此乱世，她当机立断，懿告圣上内禅，推嘉王为帝，力挽狂澜，平复了人心。当立新君时，嘉王在殿上抱柱号啕，言使不得使不得，求告大妈妈[1]放过他。太皇太后厉声道："取皇袍来，我自与他著！"又对嘉王道："见尔公公[2]，又见尔大爹爹，见尔爷，今又却见尔！"嘉王遂知圣意坚且怒，不得已由人披上皇袍，口中犹微言道"做不得"。生米做成熟饭，其势不可当，群臣山呼万岁，天下复归太平。

新君登基，人心安定，那些走了的官宦巨贾的家眷重又回到临安。姝瑄本是带着越儿归来看病，这便正好不用再折返徽州，堂兄嫂子和伯母一行人也顺势回转。

大宋的繁华日子终于又得以延续。

---

① 大妈妈：宋人称曾祖母为大妈妈。

② 公公：宋人称曾祖父为公公。

第五章　嘉会养济院里的普宜宫

次年，新君颁立新年号庆元。新政伊始，气象焕发。皇帝拜赵汝愚为相，赵相又举荐晦庵先生做经筵官，侍讲君侧。这经筵官，就是帝师，既解惑于朝堂，亦于听政之暇，以备顾问。新圣既主政，自知学浅，便立志发愤图强。赵相经国，晦庵先生主持道统，于是，众贤毕至，朝野群情为之大振。

晦庵先生始创理学，毕一生心血，宣讲传扬，时年六十有五，终得朝廷树为立国之本，真乃天下儒生之大幸。倘我生在人世，亦逢良机，报国有门，必肝脑涂地，在所不惜。眼下幽灵一介，虽隔界远望，亦腹存甘饴而意足。

圣上钦点晦庵先生等十名经筵官，还钦定了十本经筵讲书。经筵官轮日赴讲，早讲于殿上，晚讲于讲堂，除朔望、旬休与过宫探望太上皇的日子，不论单双日都早晚进讲。可见圣上好学之心拳拳，其良苦勤紧，空前绝后，远胜于前朝诸帝。

先生谓帝曰：攘外必先安内。

先生谓帝曰：清君侧。

先生谓帝曰：格物致知，正心诚意。

先生谓帝曰：修身，治国，平天下。

先生甚至当面指责皇帝：但崇空言，以应故事。

……

先生说得太多了。人云：“急于致君，知无不言，言无不切，颇见严惮。”也就是说，皇帝其实怕了先生，又不好说话。

这时，宫里来了一名叫王喜的优伶，刻一木偶，著以峨冠大袖，在御前献演傀儡戏，仿效先生举止形态讲说性理，极尽嬉笑怒骂之能事。圣上看着，也不制止，竟会心大笑。这出戏是韩侂胄安排的。韩乃太皇太后的外甥，曾与赵汝愚一道力主内禅，新君立位后，赵相谏言，云“外戚不可言功”，只升一阶，为此怨恨赵相，也怨恨赵相举荐的晦庵先生。韩见圣上看戏流露之情，窥知圣意，便参奏一本，谓“朱熹迂阔不可用”。帝执奏谓左右曰：“始除朱熹经筵而已，今乃事事欲与闻。”他公开表示不满。之后，有一次晦庵先生不识趣地又拿文章教训皇帝，甚至威逼说，皇帝不采纳他的建议，他不如辞官还乡。皇帝不得不说：“先生年岁那么大，可怜你方此隆冬之日，还立着给我讲课，不如去做宫观官。”宫观官乃一虚职，名为整理文教，实际不过领俸禄而无须做事。这便罢免了先生。

之后庆元二年，韩侂胄又让监察御史沈继祖上奏弹劾先生，列出十大罪状，“不敬于君”“不忠于国”“玩侮朝廷”“为害风教”“私故人财”等等，甚至还有“诱引尼姑二人以为宠妾，每之官则与之偕行”，“家妇不夫而孕”之云云。所谓“家妇不夫而孕”，是指先生丧子后，儿媳又怀孕了，意思是妊娠乃翁媳扒灰所致。然而，令人意想不到的是，晦庵先生上表伏罪时，竟承认自己“私故人财”“纳其尼女”等等数条，说要“深省昨非，细寻今是”。这太可怕了！他原来真的纳了两个尼姑，陪着他出入官场，到处招摇过市吗？还暗地里收罗财货，中饱私囊？他终于没有承认“不夫而孕”，怕是自己都难以面对这不伦之举，最后给自己留点颜面吧！

于是乎，天塌地陷，圣上下旨，明令禁绝理学，昭告天下，晦庵一党，皆为异端邪说。他的门生学徒尽悉编置管教，在职的被贬，在野的被放逐。这就是后人所说的“庆元党禁”。

晦庵先生离开临安时，在六和塔下作诗，诗中写道：“勿言一樽酒，明日难重持。梦中不识路，何以慰相思。”醒时已无路，梦中亦不识路，所谓天下大道之理学道学，就这样顷刻间断绝了。

我还听说一事。说晦庵先生曾在福建崇安知县任上，有一贫户告富户强占其田地。贫户说地下有祖坟碑文为证。于是，官衙派人掘地，果得石碑，铭刻历历在目。这便将地判给了贫户。谁知这石碑乃是贫户预先埋下的，他刁钻阴毒，要尽泼皮无赖。后来事败，晦庵先生不得不复审。他来到埋碑之地，又令人将石碑埋下，并仰天长啸：“此地若不发，则无地理；此地若发，则无天理！”幸好次年歉收，他便重判此地归还富户，终于勉强合上天理，也给他自己挣回了颜面。

以前我听这故事，只当茶肆传闻，以为他人杜撰发难而已；如今想那“梦中不识路”，唯余唏嘘感叹，真不得不问，天理难道只是一张好看的颜面吗？

党禁始于庆元二年，此年越儿六岁，正值开蒙年纪。因南荣家与质彤先生的关系，伯父亦在党禁之列，为之遭贬派往永州。永州处岭南荒蛮之地，不宜经营定居，故伯父与叔父商议，不可举家迁徙，仍留琮瑜、姝瑄于临安，驻守汇翠园，他与伯母携几名女使、仆役南行。当年伯父已近天命之年，伯母也身体欠佳，此番翻山越岭，又将身处炎热潮湿之地，恐生活起居多有不便。于是，叔伯与伯母决计给伯父纳妾，择两个十五六岁的女孩儿过门，一个贴身照顾伯父，一个听凭伯母使唤。其实，纳妾不过是填补儿女不在跟前的空缺，只是没有血缘的外人进门着实不放心，便以联姻来稳固联络。床笫亲热，日久生情，恩爱自现。

伯父一走，越儿更是没人管束。姝瑄本就依着他，这下请来的教书先生形同虚设，三五日不过讲学一次，敷衍了事。好在越儿自打会说话以来，亦见字不忘，凭着好记性，也认了不少字，囫囵吞枣，大体能看一些文理粗浅的书。只是不爱《千字文》《神童诗》一类，更不用说叫他读《大学》《中庸》这些正经书本了。然而，先生规定的书不看，他也并不一味狂野荒疏，他倒是欢喜静想暗思，常处心积虑，钻研奇技淫巧。伯父因做转运使，多有铁木、金石、炼丹诸等作坊用材之图册，他便拿来翻看，并绞尽脑汁四处寻觅光怪陆离的用材，躲在厨房边的杂物厢房内摆弄。

这年深秋，草叶都黄了，一派禾果入仓的收获气象。十月初的一日，我正从墓园出来，远远见着汇翠园那边浓烟滚滚，疑是园后农人烧秸秆，凑近了看，见烟柱不在别处，正在西院的东厢房。我猜或是厨灶的烟囱坏了，柴火点着后烟气出不来，才从门窗滚涌出来。我入得园里，直往西院里头去。不得了！是着火了，厨房一边的几间厢房烈焰熊熊，直蹿瓦檐。正担心越儿安危，忽然见他浑身带火从屋里跌仆而出，口中喊道："姝娘，姝娘，救我啊！"声音凄惨，吐字无力。兰姨听见了，从厨房里奔出，见此情状，大呼不好了。这便喊来众仆役女使。一仆役机敏，顺手将庭中曝晒在竹篾上的谷子卷起，一股脑儿倒在越儿身上，火才压住。倘要此时去井中取水，迨水取来，人早就烧死了。

灭火营的人不多时便赶到，掷水囊，架云梯，火势却不减，愈烧愈烈，直燃到东院琰兄琮瑜的屋子。

押官说："这燃的是什么火？怎遇水燎燃得更旺？"

那个救越儿的仆役便将庭中另一席谷子也卷来压火，说："不使水，不使水，使谷子压上去便好。"

于是，开仓运谷到庭中。幸好秋收，前几日佃农交进来的谷子刚填满粮仓，足以用来扑火。终于，几百包谷子倒进火中，火势被压住了。

越儿被烧得面目全非，身子望去黑炭一般。一家人急得团团转，不知如何是好。太医寺的医师匆匆赶到，察验伤势后说，燎焦的皮肉倒不是紧要处，敷以獾脂膏和东珠散，一二旬可好，亦多不留疤，无大碍；只是眼睛受伤，没有妙方，倘不速治，怕要失明。这便又想到丹云爹爹，期望她有什么奇方异术。

丹云爹爹来了，看过越儿后说："我有龙木丹，西域天竺人赠我，鹰痰、铜绿、冰片诸药炼成，研碎吹入目中，或验。"又凑近越儿身体，闻一下气味，说，"似有硫硝之味，家中是否贮有火药？这是火药燎燃起火。"

"他在厢房里摆弄炉火，熔炼诸等旧铁器、铜银饰物，还炙烤死蛤蟆、虫蝎一类。"姝瑄说，"坛坛罐罐一堆，装盛赤橙青黄药汁，亦常见有金石灰末散放碟盘中。难不成他还制成火药了？"

"你带我去厢房看看。"丹云爹爹说。

来到厢房，已大半烧成灰烬。丹云爹爹找到那些坛罐，打开倒出里面的药汁细看；又见有余火在一根断柱下燃跃，大惊失色，道："这像是糜精油一样的东西。他哪里弄来的？晋时葛洪曾炼出糜精油，后来配方失传。水性克火，但凡遇着糜精油则火不灭，水助火燃，愈燃愈猛。"

"家里还出了炼丹家不成？"琮瑜心中不快，憋气很久，这才说话，"这孩儿根性顽劣愚拙，不可调教。这下人快烧死半条命不说，房子也烧毁六七间，稻谷全填扑大火了，一年的收成都搭进去了。孽障啊！怕是梨云园大火跟他也有干系！"

"你这说的什么话！"姝瑄闻此不快，诘问，"梨云园失火，他才三岁，话还讲不清楚，他能放火？"

“倒是不能放火，只怕命中生火，住进谁家谁家倒霉！”琮瑜怒从中来，“这是个火星子！”

“你还撺掇着我扔掉他么？”姝瑄并不示弱，责问琮瑜。

“我看你们不如将孩儿交予我，在我宫中住一阵。”丹云爹爹打断他们，“一来可以养伤，二来等他好转时我与他问明详细，也好归正他的玩趣，导引他学行。他端的是一个异人，不同寻常之辈啊！日后必定大有成就。”

“这便好。大善哉！谁也管束不了他，只有爹爹施法调教，才收得住他。”琮瑜急不可耐地将越儿推出去。琮瑜啊，琮瑜！危难中见真情！我好一个堂兄啊！

姝瑄不说话，但见落泪不止。丹云爹爹劝慰她道：“不必忧虑。我那里起居食用俱全，帮护打理的人手也够。他住在我那里，我时时亲自照料，病好得快一些。”

姝瑄这才放心，嘱咐人备了衣物枕被，还不忘收拾越儿的贴身玩器，通统装在一个大箱子里，交付仆役用马车拉过去。

我看见那只蜻蜓也装进去了。

姝瑄又出一条金铤，交给丹云爹爹。丹云爹爹不收，说她的道官受养四方，她自己做事济人是本分。

朝廷敕令钱塘、仁和两县置居养署，建养济院、漏泽院、慈幼局诸等抚孤赡老院坊大小凡二十多处。丹云爹爹所在养济院名嘉会养济院，坐落在南边嘉会门外包家山上，离御马院、教骏营不远。山上另有施药局，内设医官、医师、帮护、药师、药工，专门管派南门一带百姓医药。嘉会养济院中有道宫，名普宜宫。宫中道士皆为女辈，称为女冠，坊间呼为女先儿，道姑，或者某叔，某伯，某爹爹。道中规矩与释门不同，全真教以前不必出家，可在家中做居士，也可到宫中隐逸修行；衣饰饮食与常人无异，可婚嫁，亦可生育子女。所谓道，本起于巫，秦灭六国后，巫觋无所依，流散贵戚士族门下做门客，至两汉方由官府一统为道家，盖去淫祀鬼神之祭，存效验有功之术，削足适履，以合易经、八卦阴阳五行之理，尊羲娲老庄、鬼谷子杨朱为祖，分医、祝、天文、地理、炼丹、堪舆、术数等多科，囊括天下杂学百技，实乃五花八门，沧海万澜，无所不包。虽名种繁多，然以天道之理一以贯之。所谓一生万物，万物归一。

普宜宫有大院三进，有馆舍留宿学子远客，有书房、厅堂、丹药密室供宣讲修炼，亦有厢卧厨灶汤池用以日常起居生活。宫室设在养济院深处，依山而造，有砖墙与前院隔开，另辟多处旁门可径直出入。此时正值暮秋，柿果如火，落叶刁骚，偶有女先儿唱吟抚琴，雨天闻似水漫，晴中听犹光照。

越儿用了龙木丹，不几日眼睛复明如故，见到陌生地方，恍若隔世。丹云爹爹将姝瑄也请过来住，好细致照应他的医治调养。太医寺拿来的獾脂膏，一天要涂七八次，一两个时辰便换药，洗了敷，敷了洗，一旬过后，伤处痂落，露出的皮肤呈斑斑白癜，与完好处殊异。又东珠散外涂内服并进，过二十多天，才渐渐白消，皮色复归如常，只留下左耳侧和右手合谷两处结节疙瘩，再怎么用药也去不掉。

越儿初来普宜宫时，丹云爹爹吩咐，将凡能映照身形容貌的器物都藏匿起来，铜镜、铜盆都不用了，甚至连水缸都盖上了竹匾。等他养好了，丹云爹爹带他到堂上，拿出镜子照给他看。

他说："是我吗？"

当然是你！难道还会是别人么？

我从镜子里也看到了他，他只是比之前削瘦了。

"说不定你脱胎换骨了，以前的你被烧掉了。"爹爹说。

"我不要现在的样子。"越儿说。

“现在的样子才是你本来的样子。以前的样子有晦气。”

“那烧掉的是晦气，不是我。”

“一个新的样子，不好吗？”

“谢谢爹爹救我。”

越儿说罢，退下堂去，来到宫门外的水潭边。姝瑄寻过来，与他说话。

“姝娘，我心里很难过。”

“好了，过去了，不要想了。姝娘不会怪你的。都是姝娘的错，没有看好你。”

“我的东西都没了，好像我的年纪也被烧光了。”

“你还有许多东西，姝娘都给你带来了，放在箱子里呢。”

“那都是太小的时候的东西，不是后来的东西。”

“那多少还是留下一点了。”

“这样就断了好几岁，我再也想不起来许多事情了。”

“姝娘记得，姝娘可以告诉你。”

“你记得的，和我记得的，是不一样的。”

他说罢，便哭起来，很伤心地对着水潭哭。

越儿啊越儿，我也很伤心。我看着你哭，怎么帮你呢？我也想帮你寻回那些东西，可是，真的，那些东西烧毁了呀！你为什么要玩火呢？你没有爹爹，是不是老天有意拿这件事提点你？老天直接做你的爹爹，直接管你么？梨云园烧了，汇翠园烧了一半，莫非你的过往年岁都要烧得干干净净，从头再来？难道丹云爹爹说天降大任于你是真的？我看着他眼泪扑簌簌落下来，就好比自己在哭。一个没有眼泪的灵魂，他的无限悲伤终于让他的儿子替他哭出来了。丢掉了那些东西，就好比丢掉了年岁；别人是难懂的，但丢掉肉身和性命的爹爹是都懂的。我丢失的，比你多得多，所以，你丢掉一些，我会比别人更晓得个中滋味。一个小孩儿，他怎么可以没有过去？他的过去残破不堪，断断续续，这个小孩儿太不幸了！我如今之大不幸大于你，而我之前并没有丢失任何东西。让我回到你这个年纪去丢掉这些，我想一想都害怕。

你依然落泪不止，你姝娘如何劝慰都好不了。我想，这时候其实是我在哭，我在让你的泪不停流淌。

“那只大蜻蜓还在吗？”越儿问。

“在呢。我带来了。”姝瑄说。

“还好，它还在。它可以帮我想起来许多事。”

“我们回屋去吧。外面冷。”

“我的亲娘还活着，我看见她了。”

“她死了。以后我会告诉你的。”

她没死，我也看见她了。姝瑄，那天你不在，幸好你不在。

丹云爹爹听说越儿为他那些烧毁的东西难过，便对他说：“你不妨将那些东西都画出来，并记下它们的来历、玩法、机巧，我或者能帮你再找来。”

“有些是我摆弄的玩器，那还好画。有些是我配制的药，露、酒、霜和膏散之类，这怎么画？”越儿疑问。

“那你就将炮制的方法和过程写下来，能画多少是多少。”

越儿于是要了纸墨笔砚，一个人坐在书房里画画写写。

他画了他的木剑、弹弓、铁钎、人偶、锡制的一套餐具以及嘎啦哈。

他在木剑下写：“木剑杀人，长痛难忍。”

他在弹弓下写：“以卵击石，不知铁卵如何？”

他在铁钎下写：“菘引，眼睛。”

他在人偶下写：“你是人偶，我是偶人。”

他在餐具下写：“无米无酒，无趣。”

他在嘎啦哈下写："稗米人。"因为那是吃稗米的金国人送给他的。

他还画了那只蜻蜓，并写道："家里人。"

他真的晓得我附过那只蜻蜓么？那一刻他觉到过什么？

他又画了一些铁球，罐子，里面装着粉末，他注明这是火药。他描述，这是从伯父的图册中看来的，他试过各种硫黄、硝石和木炭的配伍，他指出不同的木炭燃爆的效果不一样，他想火药可以炸开爆竹，何以不能炸开铁球。

他画了十几种蝎子、大小不一样的蛤蟆，还有各类毒蜘蛛，有些他不知道名称，但描摹得很细致很生动。然后他画如何将这些虫豸放在砂锅里熬制成油的步骤，添加礞石，添加碎瓷粉，还有诸多乱七八糟的禽畜屎尿。

他画完后，交给丹云爹爹。丹云爹爹看后说："画得真好。可惜写得不好，有很多错字，别字。比方，你将'醯'字写成了'醢'字。两个字看起来很像，但失之毫厘，谬以千里。我这里有很多图册，都是关于丹药的，你倘囫囵吞枣、照猫画虎地读写，就会弄出荒唐。毒药当补药，燥热当寒凉，这可怎么了得！"

"我画的这些，你真的都能替我找回来？"越儿问。

"有些我丹房里就有，有些我可以去外头采办，更多的需要你我一起精炼。我们需要多看秘籍，按图索骥。"

"我想看。"

"边看边学字，如何？"

"这样甚好。"

于是，越儿被丹云爹爹骗进了书本。他学字，不靠《论语》《孟子》；他开蒙，竟然读的是《抱朴子》内外篇，还有《白泽图》和《神农本草》。

伯父在绍兴府做转运使的时候，曾为琰兄琮瑜谋得登仕郎一衔，正九品，在仁和县衙供事。庆元三年，中大夫卞义言上奏，揭发浙西一带道学余党于馆舍书院聚会、密谋串通，奏中所列名单涉有三十余人，又牵连到这些人的同窗同事，其间便有南荣琰。本来这不是什么大事，只要修书悔过，保证不与党徒来往即可过关。然琰兄所书，画蛇添足，竭力撇清与伯父干系，被主事的判官认定为大逆不孝，遣送道州编管，罚其步行三千里，直走到双脚流血，甚是可怜。遣送前，汇翠园及园外田产亦一概充公，家人被另置城外荒地垦种。堂兄嫂子带着两个小孩，全然不懂农桑，只好投靠叔父。叔父为避风头，便带着全家逃往徽州。至此，伯父一脉，已然家徒四壁，姝瑄干脆随着越儿，搬到普宜宫住。丹云爹爹收留了他们。

越儿来到普宜宫养伤后，便再也没有回去过。跟着丹云爹爹习字学技，一住便是十年。曾经他的家被烧毁了，如今他的家被遣散了。幸好还有他的姝娘，姝娘与他相依为命。我的苦命的孩儿，我直看着你步步跌入深渊，命中说你将肩负重任，如此这般昏天黑地，一丁点蛛丝马迹都未见，何时才是出头之日！

越儿十二岁那年，养济院里头来了一位先生，教那些收容的孤儿读书。先生姓顾，为人本分耿直，只是爱管闲事，叨叨不停。越儿常到宫前院内去，与养济院里的孩童一起玩耍。顾先生看不惯他，以为他一来就是捣蛋，便拿些刻薄言辞取笑他。一日，越儿趁顾先生不注意，往他的餐盒里放了笑药。顾先生吃了，午后讲学的时候发作起来，得了疯癫病一般，说什么话都呵呵不止。先是忍不住抽搐，面容怪异，接着笑出声来，再后来一点都动弹不得，动一动就笑，有个人走过风一带也笑，笑得肚皮痛，直在地上打滚。晚间是被人抬回去的，抬着也笑，笑得抬的人都忍不住笑起来，一失手，将他弃在沟里。一夜没有睡着，笑得嗓音沙哑，双目流泪，直到气厥过去。翌日先生来不了讲堂，越儿便去对那些孩童将如何放笑药的事讲了，又怕顾先生一直笑不停会笑死掉，就嘱咐人将解药送去顾家。不想，解药没解来顾先生，倒是把顾先生的儿子顾二毛解来了。这顾二毛体大如塔，养济院学堂的门都要侧着身子才进得来。众人见着他都怕，晓得他来了准没好事。他问，谁下的药，众孩童便齐齐地指着越儿。二毛二话没说，一把就将越儿拎起，重重地摔了出去。又再揪着越儿耳朵，像提兔子一般，甩着几圈，再抛出去老远。这还不解恨，又上去踩几脚。越儿顿时就昏死过去，不省人事。

二毛走后，一群孩童从井里提了水来，生生将越儿浇醒。越儿摸了摸头，摸了摸四肢，觉得一应俱全，才放心说出话来："痛死我了。那个老货瘦得像柴杆，怎下得这样畜生的种！"

"越儿，你的耳朵快掉下来了，还流血呢！"有人说。

越儿一摸耳朵，半个都被撕裂了，垂挂在脖颈旁，顿时就吓哭了。

众人纷纷劝慰，直劝到日落西山，这才散去。

越儿回到普宜宫，拖着瘸腿，忍痛贴墙绕道走，想避开丹云爹爹。走到二进院厅堂边，正想一步闪过，不料痛得抬不起腿，一个趔趄歪向一旁，与丹云爹爹撞个满怀。

"这是怎么了？脸上青一块紫一块的。耳朵怎么会这样？谁把你耳朵撕成这样？"丹云爹爹吃惊地说。

"不打紧，不打紧。我去后山采菊，进到柴房，被门夹住了耳朵，就撕成这样了。"越儿张口胡说。

"柴门能将耳朵夹成这样？都快掉下来了。"

越儿一听说都快掉下来了，忍不住又大哭起来，哭不止，晕厥过去。

丹云爹爹嘱人将他抱进房里，里外给他验伤，发现还有好几处筋裂骨碎，便连忙给他敷了药，又下针放血。耳朵处，调了白芨粉，又用羊肠线给缝补上。

越儿躺在后院的卧室里，姝瑄在一旁守着。翌日醒来时，已是黄昏时分。

“姝娘，我被人打了。”越儿说。

“谁打的你？”

“顾先生家顾二毛。”他将事情原委前前后后说了一遍。

“他怎下得去这么重手！”

“怪我不好，我先惹的事。”

“可是不能往死里打人呀，我们孤儿寡母的，要是真弄出性命，可怎么好！”

“我这是被欺侮了吗？姝娘，我们被人欺侮了。”

“要是你赵爷在身旁就好了。”

说到赵爷赵羿，赵羿果然就到了。

这天晚上，赵羿从淮北地面上回来看姝瑄。他一进门，还来不及坐下，姝瑄就将越儿遭打的事跟他说了。

那边，顾二毛不依不饶的，总觉得没有解气，每日吃过中饭就到普宜宫来。他也不说话，只立在庭中。他一来，丹云爹爹便堵在他面前，立在厅堂外高处石阶上与他对视。

丹云爹爹说：“人也叫你打了，耳朵都撕下半片了，筋骨碎，肌肤裂，还要怎样？”

他不说话。

丹云爹爹又说：“你这么大一个壮汉，年纪也不小了，看你有十七八模样，比越儿大出五六岁，跟一个小孩儿过不去，我看你心眼远不及你的身体大。”

他还是不说话。

丹云爹爹道：“莫非你要我赔你一些银两么？”

这便回转身，挪着身子出去了。

次日又来。丹云爹爹只好将顾先生找来。顾先生拿着个鸡毛掸子，见着二毛就劈头盖脸打去：“你个吃饱饭无用的囊肿，无端生是非不成？这道宫禁地也是你这畜生来得的地方么？没有教养的东西！敢冲撞丹云爹爹！你知道她是什么神圣么？你老子看着她都敬拜来不及，全临安城里有钱的无钱的，做官的没官的，谁不闻她威名如雷贯耳！你给我滚回去！”

二毛也不躲鸡毛掸子，一边挨打，一边就滚回去了。

滚回去了，过一天又来。来几回，被他老子又打回去一回，又接着还来，接着还被打回去。

就这样过了十五六日，越儿的伤也渐渐好了。一日，赵羿带着越儿到山上活动筋骨，正走在半道上，见他从山下朝养济院走来。越儿指给赵羿看，说就是这个人。赵羿说：“走，我们这就过去，好好教训教训他。”

他们走到养济院正门，并立在那里等他过来。赵羿双手叉腰，一脚跨在半块山石上，威风凛凛，一副踌躇满志的样子。谁想及至临到跟前，赵羿忽然对越儿说：“走，快跑！”他拉着越儿的手，一路狂奔，绕着养济院的围墙直跑到山后高处，这才停歇，转过身来往山下看，看见二毛也朝山后走来。这回他并不再去普宜宫，他是瞥见了越儿，跟着就追上来了。赵羿怕越儿跑不动，背起他，又再往林子深处钻。七绕八拐的，总算找见一处柴房，进到房里，掩了门，才安定下来。

越儿觉得奇怪，就问赵羿：“爷，这是怎么回事？你怎么看见他就跑呢？”

“我说你直是缺心眼呢！你没看见他有多壮？这是个人么？这是头熊啊！他走一步石板都要裂的。”

“那我们打不过他了。”

“先躲起来再说吧。”

“我以为你有多大本事，姝娘说你武艺高强，原来胆小怕死，端的还不如我呢。我便不怕他！”

“你不怕他，耳朵才被撕成这样。这不，到现在还没长牢呢！人不能愚顽，鸡蛋不能碰石头。”

“那铁蛋能碰石头不？”

“你是铁蛋吗？”

越儿不语。

“我们要想一个法子，将这石头彻底击碎了才成。”

“你怕得都躲到这个地方来了，还说什么彻底击碎！”

“会有法子的。”

赵羿果然想了个法子，在去柴房的路上挖了一个大坑，往坑里撒了一把生铁打的星钉，就是枣子大小的铁球上布满铁刺的那种，又在坑里埋下一张网，网纲连着一根绳子挂到路边的树上。这些布置停当后，又扯来青藤，虚掩在坑上，加上密密麻麻的茅草，在茅草上撒上泥灰，将坑隐蔽起来，表面看上去没有破绽，跟路面一致。

诸事安排好后，赵羿让越儿独自到养济院门口立着，拿一叶风筝在手里玩。吃过中饭后不久，二毛果然又来了。越儿见他靠近院门，便牵着风筝往山上跑。二毛见着风筝，只随着风筝追来，他以为风筝飞到哪里，越儿就到哪里。

就这么，一个在前面引，一个在后面跟，渐渐就靠近柴房。到了坑那里，越儿将风筝扔在上面，人便躲到路边树丛里，静候二毛过来。不一会儿，二毛就过来了，看风筝落在地上，就跨前去踩，一脚用力过猛，整个身子就掉进坑里去了。只见这边人落，那边绳起，网子收紧，一下就把二毛吊起来悬在半空。赵羿在树下安了一个滑轮机杼，只轻轻一摁，凭你再重的东西都轻松升降。二毛平素喜欢光着上身，这下可好，腰以上皮肉上扎满了星钉。刚悬起来，赵羿又摁一下机杼，捆紧的网包又沉沉掉入坑里。复起，复落，直把二毛砸得浑身是血，闷死过去。

等二毛清醒一点，赵羿便隐去，让越儿出来跟他说话。

越儿说："这事便了了，你答应不来养济院寻事，我就放了你。"

"我还要来的。"二毛这时被挂在半空，忍痛吐出这句话。

于是，越儿一摁机关，又将他重重砸下去，再拎起来，再砸，砸得那些星钉深深地嵌进他肉里。

"还来吗？还来就再砸，砸到你粉身碎骨。"越儿又要去摁。

突然，二毛就哭了，像一个老婆婆哭丧那样哭起来，声音尖细，还带着惨苦的调门。

"说话！还来不来？"越儿厉声问道。

"不来了，不来了，我再不来了……"他一边哭，一边说，声音越来越凄楚，"我求你放我下来，不要再砸了……"

"这事先是我不好，可是我已经给了解药，也被你打伤了，你不能没完没了。此番放过你，要是再来怎讲？"

"不来了，不来了，我再不来了……"二毛呜咽着，哭都有些哭不动了，只会反反复复说这句话。

"我硬是再砸你几下，让那些钉子帮你记牢你的话。"越儿一些不手软，又拎起扔下，拎起扔下，反复好几次。不想，再拎起时，淅沥沥的，有许多水从二毛腿间掉下来。原来是他吓得尿出来了，好大一泡尿，一直不停。越儿怕他都快尿死了，心便软下来，又摁了机杼上另一个楔子，网包便缓缓落下，自动松开。

越儿蹲在坑边，对他说："我看你也是一条好汉。那日爹爹说赔你银子，你扭头就走了，可见你不是为了财货。我并不想辱你，你也不要仗着力气大欺侮我。力大的，终有力更大的来治你。我也不忍看你这副败落相。你起来吧，到柴房里将裤子烤干再回去。"

二毛从坑底胆战心惊地要爬起，越儿伸一根棍子递给他想让他抓牢，他以为是什么暗器，吓得抱住头又哭叫起来。这下看来是真的给治怕了，他整个人都垮了。

这个挖坑又布网的手段，是赵羿在淮北跟金人学来的。他常率义军偷袭金人堡垒，曾捕获一个谋克，那人将女真猎人在林子里捕熊的方法教他。

赵羿来临安，住了一个月多一点，便返回淮北去了。赵羿走后，越儿总是一人登高，坐在山顶的大石上远望北方。他想随着他赵爷去么？还是想他的母亲？临安的家越来越小了，北方的牵挂似乎多起来。我的苦命的孩子，倘赵羿跟姝瑄成亲了，你也算有一个新家了。你现在有一个阴魂的爹爹，一个不知所终的娘，还有一个不男不女的师傅，只有姝瑄是血亲中待你最好的人。我终究还是对你放心不下，我看着你总比不看着你好。灵魂并猜不透你的心思，但灵魂多少可以知道一些你不知道的事情，替你先把险情看过了，替你先把前面的路察验了，或者总有一些好处。

越儿去看二毛，二毛先是躲着不见，去多了，也只好见，见着互相双目对双目，谁也避不开谁，除了要好做朋友，还能做什么？

越儿说："我直是不快呢！我胜了你，心里也不快呢！实在是赵爷帮了我，我才胜的。他不帮我，这次不胜，下次或者我也会找到法子治你，那就下次不快了。"

“你胜过我，有什么不快的？”二毛诧异，“你想得真多。你想他帮你不快，想他不帮你自己胜了也不快，你究竟要怎样才快活呢？”

“咳！人原不是他自己想的那样，总有他做不到的。其实，我是不胜而不快。我端的是胜不了你的，是某个法子胜了你。某个法子也会胜了我的。我这么想，便知道自己是输了的。”

“我也不快呢！我觉得自己无用。书也读不进，事也做不好，凭点气力原想可以逞能，不想落到这般地步。”

“你有什么不快的？总有比你强的。”

“强的胜过我就算了，气力不如我的胜过我，胜过了你还为胜不快，这叫我真的不快呢！”

“你的心肠比我软。”

“我的心眼小呢。”

“体大心小，心大体弱。这莫非就是天机？”

“我想，天机比这要奥妙多了。越儿，你是猜不透的。”

说到这儿，越儿也不知说什么好了，就问：“你好些了吗？”

“涂了丹云爹爹送来的金疮膏，着实好些了。”二毛答道，“我身子胖，肉厚，摔几下没事，伤不到骨头，只是那些钉子眼还没全合上。”

“等你好了，下回你来宫里，我带你到丹房玩。我新做出的几样烟火炮仗，炸开能冒出字呢。”

“这倒有趣，我真想看看呢。”

这小孩儿的心思，快赶上成人了。或者成人也未必有这心思，你们还说他愚顽？他是心里忽然生出一个洞，以往的天地都走样了。他晓得自己折了，他终究是小的那个，凭怎样谋算韬略都填不满这个深深的洞。胜固胜矣，但那也叫得胜么？在越儿看来，从别处得来的胜，并不意味着此处的得胜。此处败了，则是彻底败了。倘此处能胜，何必去他处搬来救兵呢？人有过不去的地方，人非要低头么？二毛心里也很难过，自己倒了且不说，人家胜出的还胜得不快，这是什么事！

这年的这件事，对越儿来说，真的太大了。他自此总与往常不一样了，之前丧家的难过，加上如今心上的洞穴，仿佛一起缠绕着他，令他郁郁寡欢。他要多远、多阔、多深的土，才能将空处填上呢？莫非花港太小了，临安也太小了，他要登高再登高，望远再望远，内里的缺失难道在外头能找补回来？

第二册

太液池

第一章　四妹妹

凡每次到遂生园，越儿总要吃猪骨汤。猪骨汤用茴香、桂皮、花椒等香料慢炖，须两个时辰才烂熟，用大铁镬子端上来，镬边置大碗盛汤骨，小碟盛酱。这些都放在一条长长的几案上，案下铺一张熊皮，像在临安时一样，席地而餐。在金国地面上，连宫禁、王府里的人都围桌坐凳吃饭，几乎很少有人席地分餐。只在遂生园，从恪君亦喜好汉俗，摆宴时常在厅堂分席赐座。

越儿这会儿已经吃了六块骨头。他的吃法与金人亦不同，他要将棒骨劈成小块，一寸半许，像南人蒸小排骨切的大小。从恪君笑他这么吃法，说棒骨切断，骨髓都流到汤里化掉了，还有什么吃头。越儿不以为然，说骨髓粘连在骨腔里，凭怎么煮烂都不掉出来的，且切断了吸食还方便些。这便每次都依了越儿，只是苦了那些契丹厨子，抡着铁斧做细活，使不出蛮劲，要眼明手快，一刀切准，才成块不碎。契丹亡国后，民人多被俘来派送到金国寺院里为奴，从恪君与城西栖隐寺僧人多有往来，每年金帛供养不少，寺里回谢，也转赠几个奴隶由他遣唤。

从恪，是皇族完颜血脉里的人，卫王永济的长子，时任尚书省工部侍郎，专管兵器火药。他受命任职后不久就搬出王府，独自成家立户。朝廷赐他玉华门外一片桃林，他便修起这座遂生园。遂生园在皇城根下，贴近西宫同乐园。同乐园并禁中鱼藻池有水系相贯，称太液池，故遂生园外一带街坊，民间也一概称为太液池。太液池内有瑶池、蓬瀛，春季樱桃满园，夏季槐花如雪，到了秋天，则芦云滚滚，与水天共融，月色下，舫舟如披银帐，灯火阑珊时，笙笛悠扬而起，仙气氤氲。从恪君曾带越儿入里小住过几日，那是皇帝每年会亲时际厚待眷属恩赐留宿。卫王番名穆库打，是原王麻达葛的叔父，麻达葛乃金国当朝皇帝完颜璟。这些番人入主中原后，袭汉家风气，亦都有汉名汉字，朝廷官家[①]渐奉周礼，文献典章制度几与国朝无异，到了麻达葛璟帝时几近完备。之前金国上下，杂用辽宋旧制，颇为混乱，百姓言语亦化番交错，音韵不正，放翁诗曰“舞女不记宣和妆，庐儿尽能女真语”，说的就是这番景象。然官家皇族，自南迁燕京中都大兴府以降，则偏重文书诗画，忘了骑射武功，倒时兴起讲中州官话，直至麻达葛被封原王时，能以女真语入谢，竟令其世宗感慨不已。不想原王即位后，尊孔习儒，全境遍设文庙，禁猛安谋克猎宴，废农奴服役制度，比前朝贵族有过之而无不及。璟帝常聚骚客伶女，饮酒赋诗，通宵达旦，其诗曰：“夜饮何所乐，所乐无喧哗。三杯淡醽醁，一曲冷琵琶。坐久香成穗，夜深灯欲花。陶陶复陶陶，醉乡岂有涯！”香之成穗，灯之欲花，其诗意秾秀，胜我先帝徽宗；又曲冷酒淡，至乐于静，深谙寻欢之真谛，非前人堪比。其叔卫王也是风流倜傥，人俊身伟，美髯飘飘，虽略显优柔犹疑，却亦不乏韬略智谋。故此文秀美髯公所生大郎君，固然诗书满腹，一表人才，倒是我开国侯家里出来的越儿，相较之下，显得有些莽卤拙陋了。

从恪君乃卫王正妻徒单氏所生，时值而冠，长越儿三秋。这年

---

① 官家：金宋时，百姓称皇帝为官家。

是金泰和七年[1]，国朝开禧三年，越儿刚满十七岁。

从恪说："行了，你不要再吃了，吃得太饱，一会儿我带你出去，还有许多好吃的，你啥也吃不下了。"

"再吃一块吧。"越儿伸手又从镬子里拣出一块带筋的，"在南国不曾想到猪骨有这么好吃，屠夫杀了猪，骨头都拿去喂狗的。这会儿我每吃一口，都觉着自己是狗呢。"

"我们女真人做猪肉有一套的，你们还真不知道个中奥妙呢！"

"来此地三月了，竟不思牛羊肉滋味，直想吃猪肉。我小时候遇见过一个金人纤夫，尝过他做的炒猪肉片，当时吃了很多，后来忘记那个滋味了，现在到这里又想起来了。"

"一会儿我带你去北边仙露坊那里的大悲阁，有个舒虎宣楼，是本部员外郎的侄子开的，煎炸炒烤，都是靺鞨地道菜，上京迁来的旧僚故戚时不时都要去那里吃一口，思乡念家，好不惆怅！"

"都是猪肉菜？"

"还有鹿肉，大鳇鱼，山珍海味，应有尽有。对了，鹿肉你还没尝过吧？另外，还有熊掌。"

"鹿肉没吃过，熊掌倒是吃过。我伯父做转运使的时候，常有人送他一些。"

"吃罢再带你去辇瓦看戏，有一出《走鹦哥》，里边有唱女真调'臻蓬蓬'的，诸神众鬼降临，颇有氛围。"

"唱戏还能唱出神鬼来？"

"这个你真的不懂，我们女真的珊蛮[2]通天通地的，征战讨伐，生死病寿，都由神鬼决断，珊蛮可领旨报晓人间。"

---

① 金泰和七年：公元1207年。

② 珊蛮：即萨满，北亚地区巫觋。

“珊蛮是人么？”

“当然是人。”

“也是戏子么？”

“不是戏子。只是旧俗渐易，多追汉风，拜鬼神的少了，珊蛮为稻粱谋，只好登台唱戏了。”

“台上是做假文章的，神鬼还能真来？”

“咳！跟你说不清楚，你去看了就知道了。”

“今天是什么节令呢？你又带我去吃，带我去逛的？”

“今天我举荐你的奏请准了，让你管工部火器局，命你职事为提点，赐你散官头衔卫阵将军，从四品。”

“这么说来，我做大官了？”

“官职着实不小。为此要庆贺一番，也要带你见见世面。”

“卫阵将军？这是你们铺排出来的新名目吧。哪有卫阵将军不在军中带兵，反倒去了火器局摆弄丹药的？”

“你想带兵吗？你年纪尚小，军中多猛士，那些人出生入死过来的，不服你的。还是先做眼前这个职事，历练一阵再说吧。”

“我能管带多少人？”

“凡正使、副使、监、少监、教授、管勾及随从工匠任你调遣，所需钱财物资也由你支配，另有馆舍库房、密室作坊也归你派用。”

“你们信得过我？”

“我信得过你。”

“听上去也不是等闲去处，能做一番大事。”

“这不？我先犒赏你，指着你搞出点名堂。”

“那果然要先醉一场再说！今日不醉，来日诸事不成被砍了头也未准。”

“醉便醉，醉个淋漓！看过戏，我再带你去大明幼稚院。”

“这是个什么去处？怎么那么古怪一个名字？”

“这是妓馆。”

“妓馆怎叫幼稚院？”

“我们这里的妓馆与江南的大不同，你没有经过，你不懂的。去了便知！”

说罢，越儿也吃得差不多了，两人从厅堂下来，出了侧门，往园北走去。

到得北苑，穿径于桃李之下。此时正值三月，红白芬芳，夹道蔽天。遂生园中北苑，乃园中女眷寝阁。在国朝，男女有别，鲜闻男子入闺闹禁地，金人怕是粗野本性难移，主子竟携外人不避私地，甚不堪也！想是他们要出园去城北，从南门出去绕道太远，拣了捷径才从这边走的。

花路尽头，见一小海，海中有汀渚，其上有亭台，并回廊曲折。越儿望去，驻足良久，竟忘记走路。从恪已走到前面老远，不见越儿身影，便又折返回来，问：

“怎么不走了？停在这里歇足呢？”

“我听见有琴笛飘来，淅淅沥沥，又婉转撩耳，听得心痒痒的。你听！”

“我并听不到什么琴笛，只见有人在亭中闲坐。”

“真是有妙音，你再细听，等风吹起来时就有，还有人唱词呢，只是听不清唱什么，娇娇的……”

“女人声音？”

“女人唱的。听！又唱了……”

“我真的听不见。我只是看见一点红……哦，那是四妹妹，她今天穿了一双红锦靴。她把一只鞋脱下来放在石凳上，她要做什么？晒太阳么？哎呀，不好了，看不得，快走！”从恪生拽着越儿离开了。越儿一步三回头，还寻觅着风中音韵。我似是也听见什么，但我真正被惊倒的是我看见的。女真的女孩儿不裹脚的吗？我是第一次看见女人天足的样子，原来不裹的脚雪莹，像一只欲伸未伸的纤手，有话要说的样子。看不得，看不得，从恪君说的是，此乃禁脔也，看了眼睛要瞎的。好在我现在没有眼睛，凭的是灵魂在看。人不能看到比灵魂光亮的东西，看见了，眼睛会失明的，只有耳朵可以听了。子瞻说，人生至美，莫过于项上一脔，霜前两螯，脔螯之美，必牵出人的贪欲。人贪，则吃相难看，根底上的不出息样就再无遮蔽了。这就是尽显软处，他人虽怎样摆布你都可随心所欲了。

越儿啊，你的魂怕是被夺了去！死了，没有肉身，只剩得一粒魂灵，未死就魂体两分，那是生也不得，死也不能啊！

"她是我四妹妹，三娘生的。三娘袁氏是南人，委黑也算半个汉人呢。她这几日从王府过来找嫂子玩，看桃花李花，将我的新园子当踏春的地方呢。"

"什么叫委黑？"

"委黑就是牙的意思，四妹的女真名叫完颜委黑。我们女真人取名，跟你们南人不一样。我们喜欢用骂人的脏字做名字，这样辟邪，吉利。圣上小名唤作麻达葛，知道啥意思吗？就是痴呆，傻子一个。你听过算数，可不能说出去！"

"那你的小名呢？"

"我叫蒲剌都，就是烂眼边。"

"天哪！"

"我二弟叫牙吾塔，疮，毒疮，脓疮。"

"那委黑，牙齿，是什么说法？"

"牙齿锋利呗！其实这是个男孩儿名，父亲给她取这个名字，希望她乱啃乱咬，将来生得厉害点儿。她娘是汉人，汉人都太柔弱，容易被人欺侮。不过，她有个汉名，挺雅致的，叫彬蔚。她属兔，乙卯年生的，我记得那年该是明昌六年。这么算来，她今年有十五岁了。兔子聪慧敏秀，应该就是彬蔚俊丽的样子。说实在的，四妹妹真的很娇脆呢，一捧雪似的，我都不敢跟她多说话，怕我阳气旺，说话呼出热气，把她给化了。”

“她的声音真好听啊！”

“你果然听见了？她说话了？我不曾看见她说话呀？”

“她唱歌了。边上的人在吹笛弄琴。”

“你的脑子真与常人不同，你不是看见她而是听见她吗？”

“真的好听啊！我从来没有听到过这样曼妙的音律啊！”

“啊，你是看上我四妹妹了，你昏头昏脑的，路也走不动了。”从恪恍然大悟，“这便好，我说与爹爹听，没准他会答应呢。我爹爹本来就喜欢你，如今你也是卫阵将军了，将四妹妹许配给你，也算郎才女貌呢！”

“我只是说声音好听……”

“只要委黑也看上你，那就妥了。”

果不其然，翌日从恪回转家来，委黑一见着他就问，昨日跟你在北苑里行走的那个少年是何方来客。这是后话，先按下不表。

第二章　舒虎宣楼

二人出了园子，骑上快马，一溜烟便到了城东北仙露坊大悲阁一带。此地为中都闹市，辽南京老城，唐之幽州、商周蓟城，历来于此设市，商铺林立，车马不息，自女真海陵王迁都至此，更是繁华有加，昼夜喧腾。那舒虎宣楼在仙露寺与玉虚宫间的巷子深处，楼主择一街中犄角开店，闹中取静，颇为幽秘。

二人上得楼来，寻一间窗户朝西的静室落座，帐设司和茶酒司先上，这些人都认得从恪，知道卫王府的大郎君来了，趋奉迎候，忙得不可开交。从恪是穿着简装来的，司事的心领神会，只格外慎行，并不上下声张。

一小厮立在客人后边唱膳谱，曰：

“开盘：豆浆，肉菜糜，血脏羹。

酒饮：大秋酿，小秋酿。

肉盘：鹿，兔，獐，狼，雁，潜羊，烤鸭，血肠，焖肉罐子。

油炒：猪肝，猪腰，猪肚，猪心。

果蔬：菘菜，蔓青，松皮，榆荚，荠菜，蒲笋，长瓜。

头鱼宴：大鳇鱼，狗鱼，虾，渤海蟹，海参，鱼翅。

砂锅：脑花，白肉，丸子。

茶食：百花饮子，甘露饮，大软脂，小软脂，芍药饼，蜜糕，炒松实，柿饼，糖枣，樱瓤。

米面：稗子饭，生米饭，切面，猪肉馒头。

这是全套，客官是要自选，还是各样都来一份？”

“都来一份，每样酌量，我这兄弟是新客，让他都尝一尝。肉盘和头鱼宴要足量的，另外果蔬都是鲜的吗？”

“应季的荠菜、蒲笋都是鲜的，其他的都是窖藏的和腌渍的。”

“那鲜的旧的，也都来一点尝尝。酒要大秋酿的，茶嘛，甘露饮是榷场[1]新来的么？”

“新来的还没到呢。”

“那就百花饮子吧。”

“米面吃什么？还是也每样都来点？”

“吃馒头吧，馒头给劲。”

“那个稗子饭是什么？”越儿突然问，“是不是拿来炒米的那种？”

“正是。”小厮道。

“啊，那个米好吃，我想吃一点。”越儿想起了儿时去徽州路上，那个金人厨子给他吃的稗子饭和炒稗米。

小断下去没一刻，台盘司的人就端上来木碗和木盆，随后跟进来几名小鬟和小童。小童看着都挺干净，有几分粉嫩清灵，只是小鬟满脸乌漆抹黑的，腮边却还贴着黄花。他们行事乖巧，也不用吩咐，自就上前开了木盆，替客人盛汤倒羹，伺候完毕，又纷纷落座，等着客人先吃，之后也陪着吃几口。这边司事应酬的人真也不

---

① 榷场：宋辽金时期边境所设互市场所，国际贸易之地。

少，大有国朝大馆子里四司六局[1]的排场，看起来名不虚传，不愧为一座名楼。

“老法吃羹，皆以木盆贮之，又以木碗盛之，木勺擓之。之前女真靺鞨地方没有陶瓷，多用木器。”从恪说。

“这血和内脏调成的羹，味道古怪。还有肉菜糜，你们怎能将菜肉与粥同煮呢？粥是最洁净的东西，一点腥气都沾不得的。我们那边一般都是酒醉吃坏肚子，醒来喝点粥，用来洗胃，佐以咸菜，充填淡口。要么，用莲枣杞参煮粥，用来调养虚证。”越儿又喝一点乳白色的热饮，说，“哎呀，这个东西不错，是牛乳，羊乳？一点不腥膻。”

“这是豆浆，拿豆子磨的。我们北境田地里多长豆子，常磨成乳水来喝，也叫豆乳。你们只会做豆腐，不知还可以磨豆浆。不过，现在金国的百姓都会做豆浆了。”

吃罢开盘，又上来几个坛子，里面装着酒。饮器唯一木爵。小童启坛，朝爵中倒酒，满后递给从恪。从恪一饮而尽，又递还小童。小童再斟满，递给越儿。越儿喝一口，将爵放在一边。

“要喝光，再递给下一位。这样互相传着喝。这是旧俗，古时诸酋大会，围坐在一起，大家传着酒杯，喝着喝着，就弥合了间隙，和乐融融，像一家人。”从恪说。

于是，越儿饮尽，又受满后递给下一位。这时才明白，这些童鬟是买来陪酒的，否则他们两人递来传去，甚是冷落。

“就这么你传给我，我传给你，干喝不吃菜么？”越儿纳闷。

“干喝，不吃菜。要么先上肉盘，吃饱肉再喝；要么吃醉酒，

---

① 四司六局：金宋时期官办酒楼或富贵人家设宴时的排场。四司为帐设司、厨司、茶酒司、台盘司，六局为果子局、蜜煎局、菜蔬局、油烛局、香药局、排办局。

再吃肉盘。在我们这里，酒是最纯净的，不能沾腥。”从恪说。

转一圈，叫一行。他们就这么转着，轮流喝，喝了五六行。

“不行了，再一巡，我要醉了。能不能停一停？”越儿有点晕乎的样子。

“不能醉，醉了要捆起来的，否则怕拿刀杀人。”从恪又将木爵递给越儿，“你倘醉了，我不捆你，任你杀一人。”

“你们这里可以无端杀人？杀一个人不抵命？”

“杀一个奴，给点钱就是了，不抵命。这些童鬟都是契丹奴。”

越儿看一眼小鬟，他着实不敢看，她们脸黑黑的，样子很可怕。

“你看她们脸黑黑的，嫌弃她们是吗？”从恪边说，边起身拉来一个小鬟，对她说，“去洗掉墨妆，给这位阿郎看看你的脸相。”

“求大阿郎不要杀奴，放过我吧。”小鬟娇嗔说话，又行礼，抬头笑望着从恪，所云似是一句戏言，也不甚怕被杀掉的样子。

“看你如何伺候这位阿郎，他欢喜了，自是不杀你。”从恪也调侃道。

小鬟这便下去卸妆。

另一小鬟取出铃鼓，邻座小童置一银托于口中，铃响托振，竟出乐音。鬟边击鼓边唱吟，其声腔笃厚，无悲无喜，久之，则陶陶然，暖洋洋，似有若无，一丝不喧噪。

所唱曰：

阿思挞马，阿思挞马，
乌和稽，是楼稍瓦。
孤稳女古阙荷，
弥里，弥里，阿思挞马。

堕瑰设逻，
女古没里讷多。
朝定铁摆，
若统阙荷。

唱罢，越儿好奇，要来银托打量。

小童说："此乃口弦，以手拨弦，令其于唇齿间震颤，则有声。"

"所唱之词，何义？"越儿问。

小童道："此乃我契丹古谣。"又译词，"上阕曰：大郎君，大郎君，如水缓缓，如鹰危翱。与汝金玉良缘，归故里，归故里，与君同好。又下阕：门高盛华，山苍黄兮。与君同心高洁如斯，命里福佑不息。"

"哦，原来番人情义亦深永，尔等番中之番，更见忠贞。既如此，如何杀便杀，都是一条命啊！"越儿喟叹道。

"此言差矣！"从恪说，"契丹非番，女真也非番。所谓中华诸夏，乃繁华似锦之义，而非族群血亲之盟。昔日契丹，威震四方，纵远及斡罗思[①]、拂林，万邦皆呼契丹，而不知有中国，更不知大宋。当今我朝，取而代之，文化礼制，物产工艺，融南北东西之长，尽显春华秋实之美，此所谓光彩无限，真正诸华诸夏之荣耀也。赵姓宋廷，不过我完颜家侄儿，仁义丢尽，唯余虚饰门面，那才是番臣呢！"

越儿无话，只又饮一爵。

小鬟卸了妆上来，直是另一番面貌，清灵如水，肤白生辉，如一道电光般炫目，叫人不忍直视。越儿抬头望她，有些吃惊，半张着嘴，竟愣住了。

---

① 斡罗思：今译作俄罗斯。

“契丹俗，女子入冬则养颜，以草灰、木炭，又蜂蜜、诸花蕊，和猪膏为药涂脸，又剪纸帛为黄花，贴于两腮。此法既为润肤，亦藏秀色，以避歹人。待来年入春，则洗去，一洗则春光焕然，白胜盐雪。”从恪道，“契丹出美女，虽老妪亦有徐娘半老之丰韵。”

“冬里涂黑，春夏又展露，莫非歹人只在冷天出没？”越儿醒过味来，问。

“平素亦可施墨妆，但凡想涂黑就涂黑。”从恪牵着小鬟的手，又拉过越儿的手，将他们的手捏在一起，问小鬟，“你们四个都叫什么名字？”

“小奴唤塔不烟，姐姐叫兴哥，那两位哥哥叫蒲古、义先。”

“来，义先，你和塔不烟一起伺候我的兄弟。你们可叫他乌也。”

“我怎么叫乌也了？”越儿问。

“乌也是个女真名，意思是九，九到十还差一，不满的意思。做人不能太满，懂吗？”

越儿来金国前，丹云爹爹曾赐他一个字，叫“不及”，正应了这乌也不满。越儿似是懂了从恪的意思，也不究竟，又喝一杯。

这时，他们重新分了座次。越儿与塔不烟、义先坐到一处，从恪与兴哥、蒲古三人一堆。

“哥哥这般俊俏，像南国的女孩儿似的，塔不烟有缘见识，好福气呢！”塔不烟一句软语，一丝没有奉承的意思，越儿把持不住，这下真的醉倒了，手里的木爵滑脱下来，酒洒了一桌。他一个江南少年，出来涉世不深，哪里见过这般场面，这样娇莺啼嗔的撩骚。

“莫慌，莫慌，我的乌也兄弟。不过是个女奴，我买来送你玩也不妨，你领她回家，日夜厮磨，想怎么用怎么用，凭你自在消受。”

说话间，台盘司一干人端着大大小小的盘盏进来了，鹿兔羊雁的，一应俱全，这便是所谓的肉盘了。司事的将几样肉放在桌子中间，外围一圈铜碗瓷碟，里面盛着葱、姜、韭、蒜、芥、酱一类调料。

“吃肉，吃肉！”从恪坐正，一副胃口大开的样子，说，“你们都快吃。今日大大放肆，吃足吃饱，吃得昏昏的，一会儿再睡一觉。”

众人便开吃。越儿看着恁多五花八门的肉，竟不知如何下手，不知先吃哪样是好。

从恪拿刀子割一块羊肉递给越儿，说：“先吃羊。此潜羊也，开膛剃毛后，连皮带肉，整只抛在镬子里滚熟，味甚美。这羊不同中原的羊，都是契丹人带来的种。北羊面长毛多，头不生角，二三百中偶有角者，大仅如指长，不过四寸。说是白羊，其实亦多浑黑。其中肋细如箸者，味极珍。你看看这只，肋排多细啊！北羊性畏怯，不抵触，不越沟堑。善牧者每群必置头羊，仗其勇狠，行必居前，遇水则先涉，群羊皆随其后。然头羊发风，故不食。三月、八月两剪毛。当剪时，如欲落絮；不剪，则为草绊落，可捻为线。春毛不值钱，只用来做毡子。唯秋毛最佳，皮皆用为裘。这种叫潜羊的，是专门用来享待重客贵人的，白煮，什么料都不放，吃它原鲜。”

“还有这焖肉罐子，好白肉啊！”从恪又说，“拿五花肉切薄，用酸菘菜、葱、姜腌上，入冬就先封到罐子里窖藏起来，待开春时，想吃就取一罐，放到炉子上焖，焖透了再启封。”

“都是肥肉，才几丝瘦的，怎么吃啊？”越儿说着，犹疑地夹一筷子，尝过说，“别具风味，果然挺香，吃一块又想吃一块。”

“别只盯着一样吃。再尝尝这雁肉。”从恪给他夹一块雁肉，“我们老土地上野猪多，獐子狍子多，还有就是这雁鸭一类多。你们中原人不会煮雁，煮不烂。煮雁有个秘诀，就是在镬子里放一块从灶头上拆下来的砖瓦，跟雁一起在汤里滚，一会儿就烂了。”

“这些算是你们最好的菜么？”

“宏文院的同知院事借给我一册书，叫《三朝北盟会编》，从榷场上买来的，你们那边一个叫徐梦莘的人写的，他说太祖皇帝曾设御宴聚飨各路酋长，上肉盘菜，有鹿、兔、狼、獐、狐、驴、犬、雁、虾蟆等，人置稗饭一碗，加匕其上，列以虀韭、野蒜、长瓜，皆以盐渍者。或燔或烹，或生脔，多芥蒜渍沃，诸酋各取佩刀，脔切荐饭，食罢，方以薄酒传杯冷饮。这是先吃肉盘再饮酒，我们今日是先饮酒再吃肉，都是地道靺鞨吃法。另有一种吃法更香，就是狗血拌饭，以生狗血及葱、韭倒进稗子饭里，和在一起吃。这道舒虎宣楼没有，哪天到我府上，我让厨子给你做。你或者还不习惯，但这类吃法都是祖传帝王公侯的盛宴呢！”

“我吃着挺习惯，我正缺肉呢！不到金国不晓得，原来这般吃法才叫真正吃肉。”越儿这会儿其实已无心说话，各样肉吃得满嘴流油，目不暇接。

又上来油炒、果蔬和头鱼宴。猪肝、猪腰、蔓青、松皮、荠菜、长瓜、大鳇鱼、蟹虾、海参、鱼翅、猪脑花、猪肉丸子等，铺了满满一桌子。

“女真人吃饭，就是图个多，宁愿撑死，也不能饿死。”从恪已吃得嗝进嗝出的，人仰在椅子上，说话慵懒，“如今中原人都分不出女真、契丹、汉儿，我堂兄已下令废止蓄奴，大批契丹和汉儿俘虏都从猛安谋克家里出来了，又准许各族通婚，直是越来越分不清血族了。国朝伊始，用契丹文字，后又创女真文字，再后来契丹、女真、汉字通用，如今几乎只用汉字了，北边胡人已经不清楚我们的来历，直呼我们是汉人，管宋人叫南蛮子，南家台[①]。”

“我看你们与我们，面貌身形也没什么太大差异，只是人高马

---

① 南家台：蒙古语南人的意思。单数为南家思，复数为南家台。

大，气力壮些。语言声气较我们灵活些，眼神、手势、语助特别多，听不懂，猜一猜，也能晓得大半。初来时有些不知所云，听多了，看多了，也就会说了。”越儿说，“只是今日听他们唱契丹旧谣，才有身处异邦的感受。”

“他们也说不上来几句契丹话了，只记得几曲契丹谣罢了。你看我，现在多半说的也是汉话，其实，中原话里也参半着女真、契丹话。”从恪说，“因为各族声言原本殊异，交谈起来费劲，所以多用表情身态来达意，嗯呐哦咦的，堕瑰堕瑰，做个手势，画个方框，再比着开阖进出，便知道是‘门’的意思。”

“你们写倒是写汉字，这样一来，说的和写的就是两套了。”

“汉话和汉字，两股绳子，拧不到一块来。”

“你们说，‘那敢情好’，怕是‘敢’便是女真话‘好’的意思，再说一个汉话的‘好’，两相加在一起，才成了这样一句话。如此，写起来端的麻烦了。”

“写归写，说归说，官民分开，泾渭分明，有啥不好的？”

“这个‘啥’，我以前就没听过，也是番话吧？”

“乌也兄弟，你又差矣！如今何来番汉之别？将来赵氏朝廷被我们打败了，就只有番人了。番人就是汉人，全天下西自斡罗思、拂林，东到高丽倭国，谁会以为你们是汉人？原先他们以为契丹即汉，如今他们以为女真即契丹。”

“谁入主中原谁就是汉人？谁厉害些谁就是汉人？莫非连矮子倭奴来我中华也能自称汉人？”

“不，唯我金朝国祚不息，是神天独宠的正宗汉人。昔有炎黄，再有秽貊，黄秽放牧，炎貊渔猎，炎黄通婚，始有汉人耕读。如今老汉人败坏了，武不能骑射，文唯余繁缛，天神便又差遣秽貊来重铸昌明。秽乃契丹，貊乃女真，加上那些没有败坏的汉儿投靠过来，就像你一样的，各族交融在一起，渐成一体。看我金国上下，如今文章彬蔚，武功盖世，空前绝后啊！”

“彬蔚是四妹妹的汉名。”

“你吃饱了，开始想她了吧！”

“我还想喝点茶。”越儿知是说漏嘴，顿时害羞起来。

“你不是要了稗子饭吗？你还没吃呢。吃罢饭再喝茶。”

越儿这便想起稗子饭，拿炒猪肝的油汤灌到饭里，拌一拌，大口吃起来。边吃又说：“那狗血拌饭，还不知何样口味，反正油汤拌饭，绝妙！”

按从恪君的说法，我也有点犹疑起来。倘女真带了北方吉里迷骨嵬[①]并靺鞨各部进来，北至极地使鹿部[②]，西达契丹、西夏领地，再征了吐蕃、大理、大宋疆域，我嵬嵬的大中华岂不囊括了整个天下？化外之邦由此得化。普天之下，莫非王土；率土之滨，莫非王臣。只是赵姓改了完颜氏。这又有什么不好呢？又有什么做不得呢？历朝历代，天子承命于天，万世并不一系，谁得道谁坐天下，古来如此。所谓中华，不过是中天道而繁华，中华不是谁家的，不是专属于哪个族姓的！不过，我心中依然还有些不解之惑，我国朝当今圣上并非无道之君，我徽钦二帝当年被困东京，寒冬腊月，怜悯众生，竟允准砍了御花园的宫舍梁木供百姓烧柴取暖，这样的皇帝怎就遭蛮族掳掠虐待？难道神天弃了仁义皇帝，择了杀伐无度的强盗不成？从恪君说，他那个堂兄麻达葛皇帝废止了蓄奴，又其先皇世宗时下诏禁猎受孕野兔，这听上去倒有几分成汤之德。莫非真

---

① 吉里迷骨嵬：骨嵬，今译库页。吉里迷骨嵬，即库页岛上叫作吉里迷的部族，今俄罗斯吉利亚克人，操古西伯利亚语。

② 使鹿部：驯鹿部族，鲜卑人一支，古居北极，后有部分迁徙至贝加尔湖及今中国东北。鄂温克族是使鹿部后裔。

的大宋迟暮西山，金国旭日东升，国运开始转移了？

他们也叫汉人了，呵呵！往后史书上或者记不得我们是汉人了，记不得我们的活法，只晓得他们的活法！他们的活法？隆冬凿冰取鱼，抓了大鳇鱼，悬铁镬于旷野乱炖，设帐摆宴，谓“头鱼宴”；从恪君对越儿说，这鱼吃下去，二三天不饥，可持续骑射不疲，难怪我宋军连连吃败仗！我们是江南杨柳，他们是北境虎狼。又吃那血淋淋的血脏羹！后来我从街上看到，金国的点心铺子里到处都有，只是简约了些，百姓叫作“炒肝子”“炒肝”，或者放肚的叫“炒肚”，放“肺”的叫“炒肺”。还有那长瓜，坊间都叫黄瓜，生蘸酱吃，也有用来炒猪肉的，叫黄瓜肉片，放点木耳萱菜，又叫木须肉。又听说西瓜也是蛮夷之物，契丹人从回纥人那里学来种的，如今不但中原有，江南也有。所谓百花饮子、甘露饮，不过是江南川陕的绿茶，从榷场买到北方已经不鲜了，便撒一些花朵在其中，骗点香气。大软脂、小软脂，无非将面食放在滚油里炸，都是炸货，如今大宋国吃油糕油饼，其肇始于斯。油炸的，水烫的，蘸酱的，草率果腹，全然弃掉了烹厨滋味，只图个满饱。松皮他们也吃，腌渍泡软了当咸菜，怪不得临安街市上各类咸菜越来越多，什么草叶从野地里摘来都腌一腌就吃。契丹女人墨妆，女真祖先有过之而无不及，冬天居然赤身涂抹猪膏，粘兽毛而御寒。远古时他们掘地洞而居，谓地洞冬暖夏凉。后来在地上建屋，也不铺地板，直行立于岩土之上，故地寒似冰，难以席坐，必冬里烧炕，春夏秋三季摆桌椅，如是则吃饭时一家人围坐，长幼尊卑不分，几双筷子混着唾液伸到一个菜盘子里搅拌，男女老少挤在一起肩臂摩挲，体统尽失！呜呼！女真契丹的金戈铁马长驱直入，蛮夷化外的吃法活法亦长驱直入。兵败不可怖，礼败无斯文。

我仿佛看到，日后再也没有闻钟鼓而起舞、沐香汤而诵读的谦谦君子了，有的只是那些粗庖鄙食、葛衣麻衾的怀土牟利的小人。

君子汉亡矣，小人汉大行！

酒足饭饱。从恪与越儿各携了小鬟和娈童进到内厢歇息。餐堂内别置二室，横床榻于内，垂幔帐其间，帐设司又有人过来焚香，气氛静谧，颇催人入眠。越儿这边，塔不烟和义先荐枕。番人女儿，无廉耻礼仪之禁，浪语不避人，赤条条如白练缠身；又义先宽衣解带，熨帖一旁，沾云带露，三人绞合，难辨雌雄，直令人不忍直视。我便出到屋外，停歇在一盏烛台上。

第三章　辇瓦

众人醒来，将近酉时，斜阳西下，霞光将静室内外染红。

从恪谓塔不烟曰：“这歇先与兄姐回转，三五日内我必差人来买你，送予乌也做婢女。你俩可长久相好，日日相守。”

塔不烟谓越儿曰：“塔不烟对哥哥好么？”

越儿答：“甚好。”

塔不烟又曰：“郎君切勿忘奴，此刻天红地红，照见奴儿一片丹心。哥哥倘若不弃，日后塔不烟生死有靠，定当转世还报。”

鬟童这便散了去。

从恪与越儿出了舒虎宣楼，骑上快马，又一径直奔安东门去。大悲阁往西，安东门内有大瓦市，名辇瓦。从恪君说，南来北往的伶人皆在此地作场，有故都上京来的，有北京西京南京来的，也有僻乡外邦来的，统共六十多家勾栏，市井看客比之若各路万方车马汇聚，故称之为“辇”。

“辇中有大风栏，乃我上京兀的改部[1]戏班，上年刚来的，所演皆怪诞哀婉，伶人亦貌耸神溢，京都无人不趋奉追捧，我必领你见识一番，开开眼界。”从恪道。

“这敢情好，便速去莫迟。”越儿来了兴致，学着金人说话的样子，人颇有些轻飘飘。

到得辇瓦，乃一方大围子，墙有两层，皆粗重原木交错叠砌，窗牖亦整板木制，并无窗格窗纸，高近一丈，笨重异常，启闭须数人协同，想是北地酷冷，墙厚窗严以御寒；围子顶上覆以青瓦，横梁以细干织框，竖柱为方木，亦不施清漆，但斫去树衣枝杈即用。此屋舍与南国楼阁殿宇大相径庭，盖无巧斧精工，无雕饰彩绘，唯避风挡雨实用而已。

每栏以重帷或木板隔之，此间台上音律声言常与彼间座中鼓呼喝彩混杂，此起彼伏，断难静观细品。我自忖，或南调与北词甚异，南重说唱，北重演舞，南以故事诗词动人，北以气氛渲染惑人，此所以南瓦北瓦形制有别。

从恪与越儿进来，有承头[2]领他们入到瓦中深处，谓“大风栏”者，炙手可热，观者云集，难得一券入场，从恪说来便来，固须有内线穿引。承头知是皇叔家大郎君简装微服，自是不声张，亦不敢慢待，直引到栏中围楼上雅座。从恪从雅座上俯瞰，见台下前座有一方桌空着，便言欲下楼居前而坐，让新客得以观闻详细。承头说，那是油面行的行头某某所订，既说不得皇叔大郎来，便不好

---

① 兀的改部：又名胡里改部，今俄罗斯称其为乌德盖人，源出古西伯利亚鲜卑族，祖居黑龙江、乌苏里江流域及以北地区。金代设胡里改路，归上京所辖，为女真先民部落之一。

② 承头：旧戏班子的领头，老板。

办。从恪便另诺三两银铤，这便遂了，任他带着越儿下去。

“银铤为何物？为何不用交子？”越儿问。

“我们这里不叫交子，叫交钞，钞票。承安以来，交钞不值钱，凭一石也买不来几个炊饼，于是官府铸交割银铤。银铤比不得金铤，但比铜钱易携，居于铜金之间，用起来方便。先铸有十两的，又后铸五两、三两、一两的。一两当二贯。”

“你这一路花销，身上赘重也不轻吧？”

“我哪里会带那么些榔槺之物。我是先许他，账房的人或旬结，或月结，会给他送去。”

说话间，二人已到台下空座。此桌正对着戏台，上面掉个针线都看得清，甚是好观座。

跑堂的送来几样点心，有松糕、蜜饯和芍药饼。越儿尝了一口芍药饼，觉得好吃，一口气将一盘吃光，问跑堂的再要一盘。

“别吃多了，这玩意儿撑肚子。一会儿散场了，我还带你去行院。我们在行院里吃晚饭，那边几样小菜做得真实不赖呢。”从恪嚼一颗蜜枣，说道。

“这芍药花拿来做饼，真是稀奇。我一丝看不见红色，也吃不出花香来，芍药在哪里？”越儿又吃半张。

“这里都是白芍药，捣碎了与麦面和在一起，自是看不见红。铁板上糊一层烤，翻个儿再烙一下，外脆里嫩，带着焦味，当然花香早就散逸了。晨起时，我常叫人去街上要一份，里面再夹上一根油条，就着一碗豆浆喝，那才叫一个滋味呢！赶明儿你也试试？这会儿别吃了，那么贪嘴，歇一会儿嘴吧，正经看戏！”

说着，一阵响锣，哐哐哐，锣声中一个小儿来到台子中间。小儿剃了头发，拔了眉毛，白森森圆滚滚的头脸，活脱刮净的一只芋头，面无表情，难窥其图，颇为瘆怖。

小儿曰：

“云吃雾雨，雾吃云晴。是蛇一身冷，是狼一身腥。姑娘讲绣花，秀才讲文章。武士要刀剑，唱戏的靠扮相。各位大爷大娘，叔伯姑姨，哥哥姐姐，小的这厢有礼了。承蒙光临鄙栏，坐一歇，吃一盏，看吾辈敷衍唱白，消遣时光。人生天地之间，若白驹过隙，忽然而已。台上千年，台下顷刻，全不知吾梦尔，尔梦吾。今日有酒今朝醉，明天倒灶喝凉水。老人不讲古，后生会失谱；伶人不做戏，在世太厌气。关公开凤眼——要杀人，董卓戏貂蝉——死在花下。所谓做戏，台上做表，台下看里。里则理也，人怕理，马怕鞭。树老半空心，人老百事通。一阕道千古，未老先世故。今日所出，一出《梅花底》，再一出《走鹦哥》。鼓师锣爷，喧腾起来！”

于是，鼓点急如雨下，伴着紧锣，铙钹跟上，龙套画鬼脸，执火炬，自上场门出，绕行台口，又打下场门入。

“金国戏场，设上下场门，按观者左手为上，右手为下。凡出场皆由上场门，凡下场皆走下场门。”从恪指点越儿道，“此乃开场，摄人耳目，亦叫作走过场，迎神接神，无论文戏武戏，都要做一番。一间便入正戏。”

第一出《梅花底》。隋人赵师雄去罗浮。某日，天寒日暮，停车于酒肆旁小憩。一女淡妆素颜，自肆旁屋舍出迎师雄。时已昏黑，月上树梢，映雪莹洁。女近车前，顿觉芳香袭人，师雄出而与之语，所对皆婉丽清灵。便双双入肆，共饮数尊。其间，有碧衣童子来，笑歌戏舞，大美悦人。师雄醉寐，渐感风寒侵袭。及至醒来，天色已大白，起视乃见身处大梅树下，树上有翠鸟啾啁相顾。月淡星稀，风萧萧兮，但觉惆怅不已。

此事曾记于柳宗元《龙城录》，东坡诗中亦常喜化而用之，国朝诸宫调唱师也多有引援，所不同在于，师雄、妇人、美童子活生生在眼前，观者如身临其境。故人复生，历历楚楚，非唱师绘声绘色，非傀儡戏弄偶旁白，乃遇真切人事，直叫人分不清梦醒，辨不出真假。

越儿视之怖畏，问从恪君："这是真的吗？死人还能活过来？"

"这是做戏，做出来的。一人饰一脚色，著妆描脸，假车马器物以布景，引人入胜。"从恪君解道。

"生人怎知已故者行为举止、心中所想？"

"妆饰秘技皆得自于珊蛮，呼风唤雨，求魂灵附体，魂灵到场则极像，不到则无神无光，涣散失采。"

"这些上上下下的伶人，都是珊蛮？"

"原本都是珊蛮，如今亦参半杂技、歌舞伎人，然饰扮之法，多得自于珊蛮师傅调教。"

"假装一个人，学着一个人的样子，借那个人的魂灵用用，倘你我学得此法，亦可穿梭古今？"

"不全然。先得依着性情材料的底子，威武者易招将士，文弱者善扮书生，驾头、闺怨、鸨儿、花旦、披秉、破衫儿、绿林、公吏、神仙道化，出身不同，才情不一，以类相求，此所谓行当是也，净，末，引戏，末泥，装孤，分门别路，五花爨弄，皆从珊蛮专攻而来，或迎雨神风神，或疗顽疾沉疴，所司各掌其科，互不相犯。"

一出完罢，停歇两刻。座中看客有离席外出吃点心的，有如厕排解的，进进出出，甚为喧杂。

越儿直愣愣依旧盯着台上，良久回不过神来。

从恪道："带你看戏，还弄丢魂了不成？这些都是假的，所谓做戏。假戏真做，看进去拔不出来，可真就是麻达葛了。"

"哎，说不得，说不得。"越儿拦住他，说，"你说过的，不得外传。"

"我说你是麻达葛，又没说别人。"从恪打量着越儿，"这不，回来了！你没跑远么，一说麻达葛就醒过味来了。"

“这戏太过瘾了，往后还得来看。这边演戏，关乎真假虚实；南边说唱，往往只重教导善恶是非。”

“所以嘛，你们要吃败仗！歌舞演戏，还不忘教导劝诫，光要面子，却丢尽里子，伪道学，无趣败兴！本朝勾栏中，敷衍故事，唯在娱情怡性，满篇俚俗语言，虽文雅不足，但情趣有余。”

从恪君所言似乎有些道理。国朝处处设立纲常，时时督人礼仪道德，甚至演一本傀儡戏，也要论出是非，纵床笫屎溺，也要寻求轨度，这般做尽君子汉，并无半点小人汉的喘息，实在索然如枯木。又艺文诗词、歌舞故事，本就着眼于兴观群怨，宁栩栩如生以感人，亦不应循循善诱以误人。今日所见，端的大开眼界。春秋有俳优，秦汉有百戏，前朝又有参军戏、变文、俗讲，或皆与此地所演不同，此情景中真人真境显现，妆扮由神灵附体，引看客置身其中，断与诸夏教化传承无关。然其亦非无端由来，实乃珊蛮司神事之秘技，颇有神州殷商遗风。

方才一出《梅花底》，诗话对白，杂染胡语，然脚色行事抵突，图解所言，看客虽不谙北蛮言语，亦可八九猜中事体曲折。又借我国朝诸宫调，杂以野音荒腔，兼演拳棒、筋斗、舞蹈并杂技百科，变化无穷，令人应接不暇。金人戏，虽为俗演，然所取情事并不俗，所抵意境更不俗，正所谓由俗达雅，不似国朝说唱借雅言俗，反倒雅俗难赏，徒有表面文章。

停歇二刻罢，看客们都纷纷回座。又开锣，新演一出《走鹦哥》。事体大约出自水宋刘季伯《宣验记》。有鹦鹉飞往一座山上栖居，山中禽兽多善待之。鹦鹉自念，不可长久沉迷乐居，便飞去。后数日，山中大火，鹦鹉遥见，便入水濡羽，飞而洒之。天神言：“汝虽有志，区区濡羽之水，无济于事也！”鹦鹉对曰：“虽知不能，然曾侨居此山中，邻兽行善，皆为兄弟，不忍见耳。”天神嘉感，即为灭火。

鹦鹉为一碧衣童子，疑其盖与前本酒肆中笑歌戏舞者为一人。众禽兽演歌舞化情节，里三层外三层，唱“者剌古”“唐兀歹”“浪来里”“风流体”及“臻蓬蓬”。所谓臻蓬蓬，乃铃与皮鼓音交织，铃响为臻，皮鼓振动为蓬蓬。臻蓬蓬，臻蓬蓬，臻臻蓬蓬臻蓬蓬，蓬臻蓬臻蓬臻臻……由远及近，从左到右，忽而激烈，忽而幽隐，歌随鼓乐起伏，所唱皆铺陈日用、起居、风雨霜雪节气，第一片叶如何如何，第一朵花如何如何，月上时怎样怎样，日落时又怎样怎样，尽表众禽兽欢迎之情，又详述山中栖居之层层乐境。熊罴一组，虎豹一组，山雉一组，仙鹤一组，不同前本一人饰一脚色，亦无太多烦琐对白，唯阵仗交错，仙野耸人，披裘执羽，元真质朴，仿佛有巢氏、燧人氏飘然而至，古风扑面而来。难怪从恪要向越儿力荐臻蓬蓬，的确精彩，森然而拙朴，身处其中而忘我，心受之震撼而顿然皎洁。

及至天神一场，无形迹，无声音，只台中下垂锦幅，幅上有隶书，众伶人于锦后举灯，犀照幽微。

“天神何故不上场？”越儿问。

“你个天不怕地不怕的主儿，天神能现形么？众神鬼都能呼唤得来，唯天神不可呼唤。天神凌绝顶，造物生化，非我可知。”从恪道，“你们南人总以为自己良善过人，才智过人，一切事情靠人力盘谋定夺，实际天意难料，凭诸葛亮又怎样？机关算尽，壮志难酬身先死。”

“众神真的呼唤来了么？”

“不信，一会儿散场，我带你去台后瞧瞧，伶人都要卸妆送鬼神呢。鬼神送不走，妆便卸不掉。”

“怪不得！若这般，天神降临了，岂送得走？难怪天神请不得。请神容易送神难，一般神都那么难送，况乎天神！要我说，做戏这份营生，真非常人所为。每演一出，都生死来回一趟，好不凶险！”

“你们南人执礼忘神，得理不饶人，总以为自己聪敏过天，所布兵阵，所出诗文，都一个声气，咄咄逼人，精致工整，好像就你们善是，别人家都恶非。其实死相一副，毫无生动。这叫小人得志，有恃无恐，一丝畏惧心都无有！你们那边的人，凭信人的能耐，什么都敢做，所谓得贤者得天下。果真这样么？贤又怎样？越贤越输得惨！”

“你是说我们弃绝了神天，还是神天弃绝了我们？”

“天知道呢！”

我真的看见了神鬼！

散场的时候，我来到台后。一个净，几个副净，还有旦，小儿，以及众演歌舞、耍枪棒的，在不同隔帐中焚香奉瓜果。其人谓：“迎神供肉，送神摆瓜果。”鬼神无身形，凡借伶人附体，然魂有形，大如雀卵，小似豆珠。

有蓝莹莹、亮晶晶藤李状的，腾跃半空，欲离不离的，此熊罴魂，颇似熊胆。

有染血琥珀珠，明黄的底子，丝红盘缠其间，此仙鹤神魄。

又有雨滴状空青，驻于灯台边，笑语：“君孤身一人，暗沉沉无光，莫非他栏中伶人未奉鲜果？”我这才想起魂灵相遇，是可以默语心会的。这是前一出《梅花底》中的女子，与师雄对饮者。见其真魂，无色纯澈，侧光可见边棱，直射则混同风气，盈泪欲涌状。

“足下座中看客，适才《梅花底》中见小娘神气凌峻，语词颇为婉丽，此间得见真魂，原来果有其人，甚感荣幸。”我回话道。

“座中亦颇多魂灵看客？”她有些诧异。

“只一魂，并无其他。”

“未尝闻魂灵看戏，郎君何以至此？”

“随吾小儿前往。身死多年，直放心不下遗孤，日日相随。”

女子引我至伶人帐中，分供台上盘中瓜果与我，道：“所供隆盛，食之有余。君可择己所喜啖之。日后倘无处得供养，可常来分享。”又说及身世，“吾乃陈后主侍女，名唤瑾奕，隋军入建康，俘我君主宫人一行押往洛阳，于道中遭士官凌辱，不从而自缢，骨殖未收，悬于酒肆旁瓦房，今已没入荒草。不想曾巧遇师雄故事为子厚先生记于《龙城录》，得伶人时时召唤，所幸迎送丰厚，酒肉果蔬不断，魂魄渐为强健，遂有光彩。”

说话间，一雉魂呼啸而过，尾拖火焰，炽一幕角，众伶人惊慌，觅水灭火，乱作一团。遂与小娘子散失，便匆匆出了犛瓦，追从恪越儿而去。

第四章　大明幼稚院

两人往城北衣锦坊一带去，已过戌时下三刻。到达北边崇智门下一处园子，号“大明幼稚院”，乃一行院。行院者，金人倡伎女乐所居，有食楼、榭台、宫舍，与我宋境青楼大不相同。国朝凡女君子、女先生多居静宅中，结交文武百官、士大夫墨客、巨商大贾，以文会友，以诗赋吟唱结交天下朋友。家中大娘、妾婢，是为纲常中夫妻配偶，传宗接代，照应扶持，体贴入微，而风月场中先生则多为红鸾知己，兴趣相投，情爱交好。世道社会，苦海无涯，唯烟花地为海中乐洲，美胜孤岛，心魂所系。然此地金人行院，偏重姿色交易，买春买欢，肌腴骨艳，其美倡丽伎济济，艺能才情精湛有余，诗词文章儒雅不足，虽称女神、女仙子、头牌诸多好听名目，又或于神庙戏台上腾云驾雾，毕竟只借娱神之术以媚人惑心。

吾入行院，本无所顾忌，又指望越儿孤苦一人，遇一红粉知己而稍得宽慰，便直随他二人进来，所闻所视并不回避。

二人先到食楼用膳，饮酒吃肉。有妈妈领一班下番上来应承，递过来戏单，问是否点一出陪酒。从恪说刚从荦瓦来，看戏看得头晕了，不如叫一个会唱的，上来说唱个故事。于是，便引一女孩儿入厅。女孩儿自报家门，号“三分儿”，意思是七分才艺，三分儿姿容。视之，目挑心招，晕晕娇靥，仿若随时有人捻着花心的样子，清秀的面貌里藏着慧黠。

所唱所云，乃《事实类苑》中故事：襄阳人杨孜，往京师应举，与一女乐相好情密。女以私财资之，共越寒冬。及次岁登第，贫无以谢，诺以成亲为妻，遂同归襄阳。近乡只一驿之遥，兹夜，忽与女曰：“已有家室久矣，夫人妒悍，恐入偏室遭欺，不如不回转，双双饮毒而死，如何？”女曰：“君能为我死，我命何惜？”即索尊欲饮。杨取毒药和酒，女一举而尽。杨又曰：“今若同赴黄泉，家人来收尸，必弃汝骨骸于沟渠饲鹰隼，不如我先葬汝，而后死。”女此时幡然醒悟，哭呼：“汝诳诱我至此，而诡谋害我！呜呼！”乃大恸，顷刻殒命。

三分儿说：“客官当作故事到这里就结了吗？倘要是结在这里，就落俗了。又或者说，下文是女鬼来索命讨债，申冤报仇，那不过是为了解解气，搪塞点抑恶扬善的劝导，好生无聊！真人真事往往不在情理，又大合情理。大凡人命休矣，魂灵并不死。姓杨的书生将这苦命女子草草掩埋，并未请人做招魂安魂，尸体入了墓穴，灵魂却飘在外头。飘魂随杨孜来到襄阳家中，日夜萦绕，直放心不下。魂入杨梦中曰：‘我知郎君离不得我，郎君怎可无我在身旁？我想一想郎君无我的辰光，就难过，就要落泪。郎君难道不伤心么？’杨醒来，记不得梦里事情，只悲恸难抑，想到当初诱女饮毒，悔恨交加。”

果然是这样的呀！我说这位三分儿妹妹，唱的说的，定是实情。我就是这样一介孤魂啊，恁地放心不下，如今竟千里追来，随着我儿在这里听戏呢！

三分儿接着说：“终得书生病伤寒，魂不守舍之际，女魂得入相会。相告曰：‘君若思奴，则画我身形，我魂得依附，可环侍左右。只我可悦君，君难悦我。’病愈后，杨终日思女，想其生时面貌，绘之于绢帛。女魂附绢帛，显现原形，绸滑缎软，缠裹不离。又谓曰：‘买鱼置水缸中，魂依可活。’杨置红鱼数尾，于众鱼中一眼认出女乐，四目相视而笑。杨思女，则画之，不画则魂居于鱼身。如此经数年，一日，女曰：‘君虽负我，我心不渝。爱辄无所谓亏负，无所谓恩待。然借他物造形，久与君交合，恐伤形体，故欲离去。倘欲再会，来年约于坟边岭上梅树下。’逾岁，杨至坟地，果见岭上梅花绽放，色娆姿冶，如目中流盼碎光照人。归则辑其所画成册，名曰《梅娘图》。正所谓‘返魂香入岭头梅’。后杨孜官至祠曹员外郎，荣华富贵一生。”

又弄琵琶借东坡诗意唱：

月地云阶漫一尊，优奴矢不负杨君。
孤坟客驿荒荆棘，谁信幽香是返魂。

裂帛弦止，三分儿道：“我烟花中女子有贞爱若梅娘者，我三分儿自叹不如，故说唱一则，但添客官酒兴。”

“这样故事，听得人悲从中来，了无酒兴！添堵！”从恪一拍筷子，怒道，“赤瓦不勒海！妈妈快轰她下去，另换人来唱点笑谑情节，好排忧解闷。”

妈妈正要轰人，越儿说道：“不要为难这位姐姐，我倒喜欢听她说唱，琴歌畅贯，道字正圆，好有学问呢。”

“如此也罢，便留下，陪我这位兄弟喝酒。”从恪对妈妈说，“拿花牌来，我翻翻，看有什么硬货色。”

妈妈便拿来花牌，从恪翻看，妈妈在一旁指点。

“哎呀，有新来的渤海国[1]女儿，甚好。都叫上来看看！”从恪说。

妈妈便使人去唤新来的小娘儿。

小娘儿来到，一共有七八个。薄纱轻衣，透见胴体；又红花插鬓，口点绛唇。一个个美人儿赤刮崭新，我从未见过女孩儿如此标致。这般靓丽，令见者却步，自惭形秽。人好看到这个地步，似乎不是用来荐枕合欢的，只好远观，不得亵玩。不想从恪轻描淡写，说：“端的有点精神，都要了。”他点了几个小的，不过十三四岁，对越儿说：“这几个年纪小，身手稚生，跟我去。剩下的都归你。”

“不不不。”越儿有些怯怕，被美娘吓住了，说话紧涩，“使不得，使不得。我吃罢饭就想睡了，我一个人睡便好。”

“这是什么话！我带你出来就是吃肉的，上下里外都得吃饱了。你难不成怕了她们？女人相貌，不是诗画文章，都是层层美肉。诗画文章，都是用来赞羡撩骚的，归根结底要直达肉里仙境。你倒是稚生，这般羞怯，日后如何做事！今日哥哥偏让你经点风浪，见见世面！”

“不不不！”越儿继续推却。

“哦，我算是明白了。莫非你喜欢上三分儿了？那好吧，妈妈将剩下的都领走，将三分儿给他吧。”

越儿无话。三分儿也低头不语。这便留下三个，领走了其他。

妈妈又对一个下番说：“快叫龟奴来。”

“叫什么龟奴！她自己走不得么？”从恪问。

---

① 渤海国：女真先民靺鞨部所建，以今吉林省为中心，东临大海，有“海东盛国”之美称。靺鞨，上古称肃慎，本族发音为“居神”，又译为女真。渤海国于926年为辽所灭。这里所指渤海国女儿，意为从女真故地买来的女孩，纯正的女真人。

“不瞒你说，三分儿是汉儿，从小缠足的。她立着都晃悠，走不远几步的。”妈妈道，“适才她上来就是龟奴背来的，客官怕是没有留意。”

我这才留意到，那三个渤海小娘都是大脚，赤足立在地板上，脚板跟男人似的，只白嫩一些，略修长一些。原来北地胡人，都是天足，生来就不加修饰的，行走奔跑与男人无异。

吃歇饭，从恪说：“不去宫舍宿，去汤池洗浴。馔酒排果，我们对弄共饮。”

于是，下番领着从恪、越儿顺回廊去汤池，小娘们随后，龟奴背着三分儿先去换妆。

汤池在春续殿。“春续”二字，看似来自李后主“风回小院庭芜绿，柳眼春相续”，金人借雅词给行院贴金，欲学国朝手段，结果反倒弄巧成拙，狗尾续貂，总免不了一丝俗气。入得殿内，果不其然，一派夸富显豪的样子，茵榻帷幌，器玩珍奇，各竞鲜华。殿前这等场面，不过用来更衣、休憩，可想入到内里，会何等奢华。殿中有玉屏风，屏风后有数个大汤池，每池一室，厚墙隔开，互不相闻。

下番说：“殿中大汤池只两个，晚间都注了烫水。一间由阿迭公先用着，还有一间正空着，无人使用。”

“哪个阿迭公？刑部侍郎那个老阿迭么？”从恪问。

“正是阿迭侍郎。”

“赤瓦不勒海！”我终于猜出这是骂人的话，一句粗口。从恪接着说，“这个老东西，花甲之年，不思归田，占着俸禄不做事，路都走不动了，还来狎妓。”

下番们帮着从恪、越儿宽衣解带，脱得赤条条无一丝牵挂，便领他们进去一间汤池。

汤池乃汉白玉砌成，深陷地坑，围以雕栏，四边设栏口有台阶上下。池边高出水面，宽平可卧可坐，下番们列金银酒器、琉璃果盘于上。凡饮具、褥垫、净身丝帛、各样挑逗取乐器玩，应有尽有，所供花样百出，名目繁多。美娘们、下番与客人，皆裸身入池，相互嬉戏。又饮酒对弄，互不避匿。水汽蒸腾，烟雾缭绕间，唯见三个渤海小娘儿酥白过人，膏脂凝辉，将其他人都照灰照黑了。越儿本坐在栏口台阶上，又恐无一点遮盖，露着羞处不知所措，便将身子没入水中。

一会儿龟奴负三分儿到，亦丝毫不挂，葱白躯体，吹弹可破，不忍视。

一女含酒，与从恪弄舌互饮；一女钻入水中，居从恪胯下；又一女于耳边谐语，皆胡声蛮音，不辨其义。从恪被酒淹了，也被美娘们淹了。三分儿趁人不在意，拍一下越儿肩膀，示意随她走。越儿从水中上来，随着三分儿从汤室边门溜出去了。

出得边门，三分儿要越儿抱她上楼，说去楼上香阁可避人耳目。二人上楼，入一静室，有帐幔茵褥，越儿放下三分儿在软榻上，三分儿扯来被子盖上，又牵越儿手拉他入被。这便二人同衾，彼此为逃出汤池而庆幸。庆则欢，欢则亲，肌肤相贴，宛转相就，两个少年人半羞半昏地，乱作一团。我这便返转出来，回避勿视。

到得廊中，忽听得有婴孩儿啼声，寻声而去，下楼，至一狭门，溜缝而入，水雾腾腾，雾中见一汤池，与适才所入汤池相邻。一老者卧众女乐怀臂中涕泣，间或牙牙学语般娇乞，左不适，右不顺，百般哄劝亦不休。原来并无什么婴孩儿，啼哭之人正是这老者。有二女啜其乳，一左一右；又一女持一细铜管，插入其下体吮吸，吮一股，吐一股，复吸复吐，凡吮则啼声愈厉，所吐皆秽物糟粕，漂浮浴池水上，不堪入目。遂离去。

想必此老货乃阿迭侍郎，七老八十，干瘪如槁木，撷众芳华之英蕊采阴补阳。看来金人行院中女子，略施诗歌以招人，竟专弄淫技媚术，但教耄耋之人乐极忘形，发禽兽之声，吁褴褛之呼。又二便不自泄，买幼女少妇啜饮相助，污花容月貌而后快，浪纵不羁，无颜无耻，任肌骨肝肠之腌臜龌龊涂地。我顿时有所悟，乐极所谓大光明，乐极又所谓幼稚院，故称“大明幼稚院”。妓馆长此以往，哪还是什么风流场所，简直就是藏污纳垢的粪坑尿池！富贵人将一生看透到这般地步么？人前装扮一副光鲜脸面，人后买一场撕尽脸面的穷极无聊么？难道无羞无耻竟真有莫大快活么？

我未尝抵达情义的深处，如今却看见了肉的边界！仅仅是肉，单单是肉，就是肉，别无其他！我忽然懂了绾奕。虫媄啊，虫媄！

那个老不死的阿迭翁，我看他骨头都要被那群小娘们蒸烂煮透了，今晚上大卸八块，一根一根骨头都被拆下来舔吮干净，明朝起来再原封原样装回去，连趾缝里都沾着美人儿的津液，说不定还真的返老还童呢！

怪不得烂之一字，可释为大美。

出了春续殿，穿过回廊，至一深潭边。月色溶溶，北国春夜，少去几分陶然，倒也不失甘冽。银光于水波间，纤纤相织，风送练摇，希瑟有音。久久闻之，渐有呜咽混杂其间，细辨之，乃箫笛之声。沉阔抑扬，竟是越歌！夜深人静时，谁人何处传乡音？觅音远望，潭侧有一梅花亭，亭中有人弄箫，月下疏影离离，近看才分明，正是三分儿和越儿。

箫罢曲歇，越儿说：“姐姐怎知我越地乡音？这是我儿时听我姝娘常哼的曲调。”

“我祖籍也是钱塘人，曾祖父乃赵氏皇族一系子弟，曾任故都汴梁禁中侍卫亲军都虞侯，天会年间，与太上、圣主同往鹘里改路五国城[1]。”

“谁是圣主？”

“圣主就是你们那里追尊的钦宗，我们这里的宋廷旧臣都这么称呼他。”

“鹘里改路是什么地方？”

“出了燕京[2]，再往北方的北方去，在很远的地方，是女真人的故地。”

“那就是说，你曾祖父跟着徽、钦二帝北狩到了五国城。啊，我知道了，那真是吃尽了苦头。我曾听临安的老人说过，靖康年，金人掳了二位先帝、宗亲、近臣、宫女及工匠一万多人来到金国，一路上风餐露宿，还饱受凌辱，皇后和嫔妃甚至惨遭金兵强暴，我大宋的整朝君臣妃后都做了俘虏，衣衫褴褛，食不果腹，在上京还被逼赤裸上身，跪在金太祖的庙里行牵羊献俘礼。后来徽宗死后，竟遭焚尸炼油，韦皇后还被发配到浣衣院充当营妓。奇耻大辱啊！不过，徽、钦二宗不是好皇帝，荒淫无度，不理朝政，以至亡国。又传说金人皇帝娶了徽宗的几位公主，徽宗摇尾乞怜，上表叩谢，对金人感恩戴德，甚为谄媚。”

“差矣！君偏听偏信一面之词，怕是临安的赵构皇帝担心圣主回朝夺了皇位才编纂出这些个谣言吧！可怜圣主并无觊觎帝位之心，韦妃南归临行前，他攀住韦妃座驾的车轮，哀求转告赵构说：

---

① 鹘里改路五国城：鹘里改路即前章所谓兀的改部，胡里改部，又作鹘里改部，金廷设路，故名。五国城于鹘里改路，因女真曾有五个部酋会盟于此，遂有五国之名。旧城不复有昔日繁华，至金立国时已远僻荒芜，或因此以放逐徽、钦二帝。

② 燕京：古有燕国，因其都而得名。唐时安禄山史思明叛乱，始建大燕国，都城称燕京。辽设南京，复易名燕京，金沿袭之，直至贞元年定为国都，改称中都。一般百姓仍以旧名燕京称之。

‘倘得赎归，但为太乙宫主足矣，无他望于九哥也！’九哥就是你们那位赵构皇帝。可是，他的九哥并不相信，宁可他死在异乡，也不要他回转，便只好铺排一些故事来欺瞒宋国的百姓，让人们以为二帝在金国受尽虐待，坐井观天于五国城，生死未卜。但真相又是怎样的呢？你刚才说到浣衣院。浣衣院可不是什么官妓营，而是宫中设置，专以养恤羸弱色衰宫女，好些个宋廷嫔妃歌姬被送到那里，是为了比照原先封赐同级安置。你们说的韦皇后，是赵构加封的，她一直只是贵妃，按妃一级只能落在浣衣院。我再说一点旧闻你听听。先君时梁参政为节省朝政开支曾上奏说：‘天水郡王本族已无在者，其余皆远族，可罢养济。’先君世宗回答他：‘赵氏养济一事，仍国家美政不可罢。’天水郡王，就是先君的先君熙宗赐给太上的封号。二帝在金，每月俸禄、穿戴依旧按君主待遇处置。金国虽与大宋为敌，但所俘赵氏及官宦匠人，一直承蒙朝廷厚恩，几世相袭，至今未绝。”

“既是徽宗嫔妃，又是我高宗生母，怎可入了金朝皇帝的禁中？这也太荒唐了。”

“金人旧俗，在汉人看来，荒唐的事还多着呢！他们待客，常以妻女送将客人帐中陪宿；女儿出嫁前，由珊蛮领着到山里，亲眼看着与亲生爹爹睡了，先由爹爹破处。”

“天哪！这是什么风俗？”

“天下之大，族性各异，非独我华夏一类。”

越儿沉吟良久，又问：“那你怎么会来这个地方？你不是赵氏皇族的后人么？”

“太上病故后，熙宗追封他为天水郡王，升为一品，又封圣主为天水郡公，升为二品，赐第上京，曾祖与祖父这便随着圣主离开五国城，搬到会宁府。后来海陵王迁都燕京，带着圣主一起过来，我们一家也跟着转徙至此。正隆年圣主风疾发作病故，族人近臣都没了依靠，也无职事可做，便领着金人朝廷的俸禄，大多闲居在家。到我父亲一代，家里兄弟多，生活拮据，父亲便想出来谋点事做，去应考武举，中了一个军辖的职位。不想去年宋军占了泗州，将我父亲掳去，朝廷竟判他投敌变节，一家籍没为奴，我才被收编到行院来。这处大明幼稚院是官办的行院，是燕京城里最耀眼的地方，凡渤海国、契丹国、蒙兀国①、奚国②及汉人女奴，或征战所俘，或俘奴之后、罪人籍没者，其姿容姣好之辈、善歌舞俳优之能伶，皆充为营妓，只是一般将士、小官小吏并无缘进来，能进来这里寻欢的，都是皇族望戚，达官贵人。奴儿猜想，乌也君随着皇叔大郎来这里，怕也不是等闲之辈吧！只是适才君言儿时在越地，奴儿便有些疑惑了。”

“你怎知我兄弟是皇叔家的呢？”

“幼稚院里脱得干干净净，帐帷下软榻上，一间枕头睡热了，谁个不滑溜出几句真话，哪有什么隐秘的事瞒得住我们，但心照不宣而已。”

“实不相瞒，我是汉人，也是上年金宋交战中被俘来金国的。我本名南荣越，字不及，乌也这个名字是我从恪兄今天才给取的，为了出来玩，遮人耳目。”越儿接着将他如何被俘，如何与从恪君交好，以及身世家庭，一并说与三分儿听。

---

① 蒙兀国：蒙兀，即蒙古别译。越儿与三分儿相会行院时，为泰和七年，1207年，上一年蒙古诸部为铁木真统一，已立国，故称蒙兀国。

② 奚国：《旧唐书·北狄传》记：“奚国，盖匈奴之别种也，所居亦鲜卑故地，即东胡之界也，在京师东北四千余里，东接契丹，至西突厥。南拒白狼河，北至霫国。”奚人，实际为蒙古族一个部落，造大车谓“奚车”，制马尾弓琴谓“奚琴”，以畜牧为生，渐定居农耕，大约在唐代时，奚人便颇知耕种，宋使有诗云：“农夫耕种遍奚疆，部落连山复枕岗。”奚人国都，在今秦皇岛地区。

“我的爹爹被宋国俘去了，你被金国俘来了，都在宋金交战中。拿爹爹换来了弟弟，这或者真的是天命因缘际会啊！”

“敢问姐姐芳名？”

“蔷虞，水蓼的意思，诗曰：‘蓼蓼者莪。’教我诗书的先生给了我一个字，叫蓼莪。古有蓼国，我母亲蓼姓，是蓼国后裔。”

“今日有幸缘识蓼莪姐姐，听姐姐琴歌故事，闻姐姐箫笛越歌，睹姐姐姣容风采，真让不及大开眼界。不及此生不忘姐姐恩爱，请姐姐受此一拜！”

越儿话音未落，蓼莪已跪地叩头，说：“将军倘不弃，还望常来探望三分儿，给苦命的蓼莪做个依傍，日后发达了，赎我出离风月场。纵为奴妾，愿毕生陪侍左右，凭将军犬马驱使，亦甘之如饴。”

于是二人山盟海誓，私订终身。当时，越儿十七岁，赵蔷虞蓼莪十八岁。

宋初，北有契丹，号辽，常袭扰边境，进而与宋为敌，占我燕云十六州。后契丹辖下女真人起兵抗辽，建都上京会宁府，国号金。金与宋联盟，合灭契丹。然徽宗突发奇想，忽密书于辽帝，曰：“若来中国，当以皇兄之礼相待，位燕越二王之上，赐第千间，女乐三百人，极所以奉养。”辽天祚帝遂率残部五万人南下，欲入宋境，途中遭金兵阻击，全军覆没，天祚帝被俘，徽宗诏书被截获，金太宗怒谴徽宗背盟，以此为借口，发兵南下，锋指汴梁。值此岌岌可危之际，徽宗诏告退位，立钦宗为新君。钦宗即位，剪童贯、蔡京等奸臣，朝野上下为之振奋。然宋金或战或和，几经周折，以金兵攻入东京而告终。金帅宗望等俘徽、钦二帝及宗族近臣嫔妃，又掳皀璋、宝印、衮冕、车辆、祭器、大乐、灵台、图书，随军北还。是年为靖康二年，故曰“靖康之难”。时皇子康王于河北集兵，幸免于难，后转战迁徙，至应天府登基，斯为庙祀高宗皇帝，又朝廷南移，设行在于临安，则国祚得以延续。

曾闻康王生母韦氏出身贫贱，少时卖予哲宗朝宰相苏颂为妾，后颂与人曰，欲与之接，然其“通夕遗溺不已”，“此大贵相，非此能住，宜入京”，辄荐入禁中，侍徽宗郑后。此一传闻，难辨真伪，或为颂托辞，以还韦氏入宫前清白名誉。郑后身边，另有侍女乔氏，与韦氏知交，二女相约，先遭遇者为援引。后乔氏果得徽宗宠幸，封贵妃。乔贵妃不忘前约，常于枕侧美言，帝盛情难却，偶幸韦氏，进为婕妤。单此一回，便有孕生子，得康王，升为婉容。金兵围梁京，责令宋廷遣亲王及宰相往军中议和，诸王怯不行，唯康王挺身而出，自请赴命，徽宗大喜，封韦氏为贤妃。康王于金营中大义凛然而不畏，令金人生疑，以为不是真王子，反倒被退回，得以脱身。后康王即位称帝时，又遥封韦贤妃为宣和皇后。又传，靖康难，韦后与钦宗朱后、康王邢妃、徽宗帝姬嬛嬛等随金军先行北上，途中屡遭凌辱，至上京则落入浣衣院。金豳国公完颜宗贤强占韦后及帝姬柔福，各生一子。故宗贤秽言，谓其乃高宗之父。天会八年，金太宗下令，将宫奴赵母韦氏、妻邢氏、姜氏凡十九人，并抬为良家子，遂放还五国城，与徽帝团聚。

妃后宫人，遭掳北上，废为庶人，与金营中将士同行，频受欺侮，几乎无一幸免，唯钦宗朱皇后，强令陪饮时以死抗争，虽胡虏生蛮亦钦赞不已，谓其“怀清履洁，得一以贞，众醉独醒，不屈其节”。

高宗即位后，重用岳家军抗金，收复失地众多。岳家军勇武，所到之处，金人闻风丧胆，甚畏之，乃倡议和。高宗思母不遑宁处，复遥封宣和皇后为皇太后，又顺水推舟，意欲以和易母还，遂罢兵，发十二道金牌诏令，命岳家军后撤，鹏举直呼：“十年之功废于一旦！”金人由此得寸进尺，欲置岳鹏举于死地。又鹏举谏高宗禅让，扶太子登基，以消弭钦宗、高宗二主之争。此言令高宗甚不快，决意除鹏举。高宗与臣子曰，已坐天下，而养不及亲，每思至此，潸然泪下，倘“金能从朕所求，其余一切，非所较也”。金人得知圣意，水涨船高，绍兴年间两次和议，既增岁贡，又割我唐、邓、商、秦四州，直至我宋向金俯臣、两国皇帝以叔侄相称方罢。于是，宋诛岳家父子、岳家军主将，金放还皇太后、护送徽宗棺椁至临安（时徽宗已薨）。之后，宋金划淮水为界，约定互不侵犯。议和期间，高宗曾明示其心，曰：“今立誓信，当明言归我太后，朕不耻和。不然，朕不惮用兵！”此言决绝，暗藏杀机，颇令金人胆寒。

绍兴十二年，太后得归。过燕山，抵东平登舟，由清河至楚州。既渡淮，命太后弟安乐郡王韦渊、秦鲁国大长公主、吴国长公主迎于道。及至临平，高宗以銮驾、黄麾车仗亲自奉迎，列仪卫二千余人鱼贯夹道，普安郡王、宰执、两省、三衙管军皆从，其时，鼓乐齐鸣，盛况空前。太后先憩龙兴寺，此先前为妙华庵，为迎銮驾，改扩为龙兴寺，前后两重殿，前以武圣关帝镇门守卫，故名“寺中寺”，可见煞费苦心。

太后归宋前，闻柔福公主嬛嬛先自逃回，帝甚喜，招永州防御史高世荣为驸马，将皇妹嫁与他。然韦太后见过公主后，竟指认其为假公主，一时朝野哗然。高宗于是下令，斩杀假公主，又发配驸马至偏地。究竟公主真假，众说纷纭，莫衷一是。嬛嬛初归时，高宗曾命内侍冯益、宗室女眷吴心儿前去验视，所问先帝朝中往事，一一应答俱实，唯一双大脚令人生疑。嬛嬛分辩曰：“金人驱逐如牛羊，曾赤脚步行万里路，何以持原状？”告曰先入浣衣院，后委身斡国公宗贤，之后又转卖予五国城汉民为妻。吾尝获榷场中金国闲书，记“邻居铁工，以八金买倡妇，实为亲王女孙、相国侄妇、进士夫人”，由是可信或为实言。但传闻嬛嬛与太后曾共侍宗贤，太后或忌惮隐情难掩，故指其为假。

世人但见鹏举忠心，不知高宗孝心。高宗此举，一石三鸟。一全孝，二除后患，三宁息战事免两国百姓征伐之苦。精忠报国而涂炭天下，孝敬生母而两国交好，孰轻孰重，孰是孰非，天眼明判！是故，于我南荣靖桑眼中，高宗是个好皇帝。

今至燕地，于金国境内听得北狩逸闻，与宋境所传有异，所谓二帝途中受苦，所谓“赵氏养济美政”，又高宗不欲迎还钦宗之虞，前后出入，左右矛盾，宋金各执其词，直令我疑窦丛生，百思不得其解。

第五章　龟鉴关引

话说越儿怎就来到金国，还要从他十三岁那年讲起。

是年为嘉泰三年。宗室后人端明殿学士、资政殿大学士德先辞官，返乡前，往普宜宫私会丹云爹爹。坊间盛传，德先少时，于暖波阁中初识秦天颜，及至登第，不忘旧好，多馈金银珠玉于天颜。二人情深义重，性趣相投，订下伉俪之约。后德先位重，与天颜渐疏离，竟食前言。为此，天颜入道宫，改呼丹云。如今，德先无官身轻，念及前缘，心有悔愧，欲偿补情债。德先至普宜宫，宿一夜，与丹云长谈无果，翌日辄去。然而此事不胫而走，竟传得沸沸扬扬，临安城里，贩夫走卒、商贾大户，无人不说长短，谓普宜宫名为道宫，实际藏污纳垢，女冠女先生皆道貌岸然，以修炼为门面私下接待朝廷命官，乃一奢靡妓馆。县衙于是派下人来稽查，封了道宫，拘了宫里一切人等。越儿和姝瑄也被押到县牢里。

经查验，确证仆役、闲杂等无干系，旬余便先就释放，越儿与姝瑄亦出了大牢。出来后，无去处，二人流落北瓦丰豫门一带。时值隆冬，天降大雪，无袄无衾，宿于城墙下暗道中。姝瑄得了伤寒，发热寒战，周身疼痛。伯父的旧僚皆避之唯恐不及，朱门紧闭，拒人于千里之外。越儿去找二毛，二毛家入九前就举家去绍兴乡下过年，家中空无一人，又去包家山养济院找相识的人接济，得米二升，裯二床，铜钱三十文，又风寒药青膏、麦奴丸等，终可暂渡饥寒。越儿悉心照料妹娘，早出城门至西湖畔拾柴，回来后烹粥喂药，又于午餐前往城中水渠边，候人洗菜时，捡所弃败叶归而煮汤。如是，半旬，妹瑄病渐愈。

丰豫门内北瓦，又叫大瓦子，多勾栏、茶社、酒楼，夜间出来看戏玩耍的人多，不免有人会失落几文铜钱，越儿一早就等在场子外，一开门就溜进栏中，捡人所遗。好的时候能捡到十二三文，最差时也有三五文。他拿了这钱，去买几张炊饼，再顺便向点心铺讨要几个卖剩的冷馄饨，这样，凑足一天的食粮，勉强充饥。

瓦子勾栏，或于大棚内，或露天盖苫布，晨时不点灯，里边幽黑无光，颇难看清什物。这时候魂灵倒可以派上用场。我飘到他前边开路，掀动几叶地上看客丢弃的纸，牵动他目光，引他寻到铜钱。我看他每得甚少，又设计于晚间先自入场，觅囊鼓者而守，待锣鼓喧天时力扯囊缘，钱自囊出，落地之声没入嚣嚣。一场下来，所坠不下百十文，或有人散场时又拾去，然所略无视者亦不下五六十文。

大雪漫天，大瓦子一带曲巷纡错，越儿穿行其间，破袄透风，单裤单鞋，似亦不觉寒冷，面颊红彤彤，因所拾丰厚而心满意足，疾走如飞。此景此情，令我思之慨然。想我生时，每至隆冬，便携篮揣钱，于贫户门前暗置糕果、酒肉，复藏几文钱于户枢间，待其开门，得钱食，则以为神灵眷顾，天降恩赐。此一风俗，自宣和以来渐兴，凡大户人家，饱暖之余，必念及孤弱疾苦，谓世间风雨同舟，苦海共渡。那时，越儿还小，我常领着他前去，凡塞钱于门缝，必由他亲为。想想大瓦子十几条巷子，多少贫户得过越儿藏下的铜钱，而如今，我这无依无靠的遗孤，谁赐他一席暖床、一杯香羹？世风日下，民人自扫门前雪，裕者愈富，匮者愈穷。

开春了，丹云爹爹的案子还未了结，人依旧押在大牢里。越儿和姝瑄去探监，带去一锅炖好的母鸡，还有养济院里讨来的几件干净旧衣裳。

丹云爹爹说：“我固无罪错，凭他怎样查也查不出污秽来。想是朝中有人与德先先生过不去，或者另有隐情。眼下事情搁浅在那里，何日得释，亦难以估测。我有至交，也是原先在暖波阁中姊妹，从良后嫁在钱塘门外靳家村，你二人可携我手书前去投靠，先落下脚来，静等我出狱。”

于是，丹云爹爹手书绢帛，交予姝瑄。

越儿和姝瑄出了县衙大牢，回去暗道中收拾两个包袱，趁着天色还早，便直奔靳家村而去。到靳家村，打听得爷爷的姊妹确有其人，然上年已殁，所嫁老夫已过耄耋，正由祠堂公田养济。投靠不成，这便作罢。二人夜宿村外社庙，商量前途。姝瑄说，不如越儿离了宋境，往淮北寻赵羿爷。越儿说，甚好，去则一道去。姝瑄担心缠足行不远，路上成了拖累。越儿说，不碍事，他愿意背着姝娘走。

如是，次日清晨见光，母子俩便看了方向，择了大道，朝湖州路上去。

自三月出发，过湖州、常州，于京口渡江，至四月末抵盱眙，过淮水达泗州。又五月从泗州入洪泽，于泽中鼋龙渚上得见赵羿。

话说二人于途中，跋山涉水，风餐露宿，吃尽了苦头。亏得越儿跟丹云爹爹所学丹药秘技，识草木禽兽虫豸，辨寒热阴阳性味，始得野菜虫豸充饥，亦因济路人于病危中得谢相助。

某日，来到常州城南杨桥镇外道中，见三五个人围着一顶轿子七嘴八舌，越儿便凑过去张望，见轿中人口吐白沫，奄奄一息。越儿说：“此羊痫风，速救之，不可耽延。”遂撕破衣衫，扯下布条纳入患者口中，以防牙关抽搐自咬其舌。人见他衣衫褴褛，骨瘦如柴，并不信他能医病救人，以为他是疯子。幸好姝瑄过来说话，文质彬彬，有理有节，声言语气中透见大家闺秀风范，那些人才信了二人是落难之人。轿中人发作过后，稍稍安稳，旋即又昏死过去。人中年岁长者为执事，嘱咐越儿和姝瑄与他们同去家中，一行人便抬着轿子，他二人尾随，直往杨桥镇上走。

杨桥镇中有潘园，一处别致的宅子，乌瓦白墙，环绕在溪水之间。轿中人姓潘，做茶叶买卖的，从徽州贩运茶叶到湖州，放下货，取了交子，回转常州家中，不想途中发病。

一行人到得家中，未落定，越儿便向执事索来纸笔，处一方，嘱速去城中药房抓来。所处为瓜蒂、藜芦、乌头尖、附子、芭蕉油五味。不到三刻，药到，即服，不及半炷香工夫，便醒。醒来听闻前情，知是少年相救，甚惊异，亦甚为感激。曰："既欲往泗州去，路途遥远，亦非一二日可到，不妨先住下，养息一阵再走。"于是，越儿、姝瑄便先住在潘园。越儿谓潘先生曰："羊癫疯乃肝火挟痰，遇劳累或风热，则牵动，风火痰搏击，故抽搐昏厥。先生性急，易动肝火，又嗜食甘肥，久则生痰。如今病久，肝火伤阴，宜平心静养，少食燥热，多饮菊杞，遇事沉静，避风避热，或可渐愈。"又处一方，祛风化痰养肝，防风、荆芥、瓜蒌、半夏、首乌、茱萸一类，六七服见效；并配炼一丹，雷击木、黑铅、铁精、古镜、伏龙肝诸多怪异东西，此皆丹云爹爹秘传，越儿又自有心得，随证加减，颇具神妙功效。既愈，越儿又说："我再配炼一丸，罐藏于阴凉处，八九年后入春时节服，勿忘，不服则复发，复发则不愈。"潘先生甚异越儿本领，叹未尝相处，竟知性情嗜好，非凡人也。遂盛情款待越儿、姝瑄，三日一大宴，二日一小宴，起居日用，必躬亲询察，不厌其详。

及至二人欲去，潘先生说："往泗州，必从盱眙渡。盱眙有我大宋榷场，泗州乃金国榷场。每逢月初榷场开，可过境。过境须有关引，无则我宋关不放人。金国广揽汉地贤达，凡汉人入境皆纳；而我宋无求于金，故吝于易货，亦忌惮人往，唯易马无阻，因南国少马，军中尤珍良骏。我曾贩茶至金国，故有关引，可过四人，你二人持此关引过境无碍。”越儿于是接了关引，揣在怀中。潘先生又赠一匹好马，说：“你娘缠足，行走不便，这匹马牵上，途中可有靠。渡淮水前，可先于盱眙榷场中卖掉，马独不可过关，切记。”又备崭新冠服、大小交子、散碎银两诸多赠礼予二人。

二人去，潘先生率执事、仆役亲自送出十里，又于路亭中开食盒，再设小宴告别。

这一程随他们去，与元荷匆匆道别，直未想到一去便五十余年。五十余年，一介魂灵是怎么活下来的呢？世人以为灵魂不死，其实，灵魂也有命，也有生老病死。人肉体未坏之时，灵与肉合为一体，三魂七魄寄居五脏六腑；待身败之际，魂灵飘散出来。或可居，却无以养。居，即所谓依附，灵魂附体。养，所须供品，以后人祭祀得食。故人死后，魂归墓穴，驻墓中安息。归者，鬼也。死去的灵魂所以叫鬼魂。那些找不到依附的鬼魂是可怜的，无所依附，也不得供养，不久便消散离析。魂死，则灭。灵魂是肉的精神，精神也是肉，是较肉眼所见之肉更为细微精妙的肉。所谓一物有神，即该物生养得精细，细宛风烟，“蓝田日暖玉生烟”。女子烟视媚行，乃淫欲之极，淫魂也。是故，魂之力为体力之核心，倘借得膂力，则胜于膂力。鬼魂因肉坏，而无体力相助，直举得起一刃薄匕而已。若鬼魂依附某巨形某重物，则其力无比，催风落雨，兴畜生谷，亦非难事。然而，并非所有鬼魂都做得成这样事体。魂也分尊贵等级，也有性情根底差别。生时武功盖世者，死后化作武神；生时智谋过人者，死后先知先觉。此所以有风神、雷神、门神、灶台神。又诸神魂千百年不灭，俱因香祀，香祀得法则延续，不得法则去。

魂不能桑植艺贾，但靠驻息供养而活，而我常年在外，不驻墓穴，不附尸骸，无香火献品祭祀，其苦状惨景，非常人所能体会。我每日必寻祠庙、坟头，与神佛争食，与非族之鬼扑斗；又不得已择病体而附，觅活血滋养。偶不得食，则气息孱弱，黯然无光。堂堂一君子，竟落得贼丐不如的境地！幸有魂中贵神相助，若与师雄对饮女子者瑾奕，屡屡馈济，多多关照，才不至于泯灭。遂知魂亦有心，在天命中有数，居神天之下，蒙上帝垂恩。

自梨云园火灾以来，求告无门，遗骸无葬，走徽州，回临安，伯父落难，叔父远避，进养济院，遭诬陷受牵连，如今越儿背井离乡，前程未卜，我的魂紧紧随着他，痛其所痛，爱其所爱，死已无目可瞑，直惴惴不安，唯恐失慎。问天地间哪一尊神魂可赐我无虞，纵死而覆灭，亦在所不惜！

越儿与姝瑄，走过二十里地，到常州城门下。入常州时，已近黄昏，宿在青山门内棠棣客驿。店家小二饮过马，喂过草料，将马拴在马厩里，又嘱咐人安排二人用膳。姝瑄对越儿说："你如今大了，也是一个汉子了，里外成了娘的帮手，娘将来大小事情都要靠着你了，这便不能居处一室。如今也有盘缠了，这么多钱，怕是到泗州都花不完，不如租两间屋子睡吧。"于是要了两间屋。一间在楼上，姝瑄住；一间在楼下，越儿住。

姝瑄溺爱越儿，自越儿过继给她，夜里就没有让越儿一个人睡过。如今，越儿独处一室，无人哄睡，自是百般不适，于榻上辗转反侧，难以阖眼，不禁垂泪沾衾。我最看不得他落泪，他一哭，我便心碎。魂灵的心碎，不似有躯体时可感酸楚，直无所释，无所依，摇曳不息，震颤不已。我多么想与他说上几句话，施以慰藉，告之与他同在。

他哭累了，转头睡去。是夜，我托梦予他，环绕在他床前与他说话。

我说：“越儿啊，爹爹来看你了。爹爹是一个灵魂，并无身躯。你如今看来是真长大了，长大前人都要难受一阵的。爹爹少年时也曾有一夜心中莫名难受，似破茧化蝶，出壳时生疼难忍。人总是要长大的，长大就是丢却，丢却以往的日子，以往的心思。你已经丢了许多，丢了爹娘，丢了梨云园，丢了那么多玩器，今夜你又要丢了姝娘。你看起来什么都没有了，就剩你独个在世上飘零。然而，姝娘怎会丢了呢？姝娘不会丢的，她会一直宝贝你，一直与你在一道的。人大了，情义是要隔着一层礼仪的，越隔着越浓烈。这个，你可是要开窍啊！我直放心不下你那么懵懂，别人看你蠢蠢的，爹爹知你是心窍未开，怪我早早离开你，无缘跟你讲明。往后你会碰见你喜欢的女孩儿。你要是早点喜欢女孩儿就好了！人风流一点，性情灵活，纵然沉湎进去，也比褪不尽壳、阻塞情窍好！男孩子沾着幼时的壳，傻乎乎的，只跟爹娘亲，又长了岁数亲疏有别，隔着不情愿的礼仪，真是好苦痛啊！世间万般苦，唯不解风情最苦。做个大宝，虽胸臆间诗书万千，都是空文章，直不抵秋波会心一瞬间。你爹爹也是一介迂腐书生，壳儿没有脱干净，多少有些呆呆的，好可怜一个大孩儿！人世间万重曲折，终只为抵达情爱欢愉，七老八十还在兜圈子，直不如上来就懂了这个奥秘。如今我死了，倒悟出点门道，可惜我与你又隔着生死，如是循循点化，亦不知你醒来可记得几成。我之心切，上天能否怜悯感念，将我淬琢之言送达阳间？”

晨起，越儿和姝瑄到常州街市上转转，不想在花店里竟然遇见兰姨。庆元三年，琮瑜被编管遣送道州时，家道中落，便辞了兰姨。兰姨先回婺州老家，后来有个远亲家的书生到常州做官，又把她请到这里。屈指一算，已经六年。六年分别，谁知在外乡重逢。

三人又喜又悲，直不知从何说起。兰姨说出来买菜，先回转备妥炊事，午后约定在朝京门运河边茶楼再会。

午后兰姨来，说不如跟他们一道去泗州，这里的活计不做了，她还是愿意跟随南荣家的人。

“曾经风光，跟着少主少夫人吃香喝辣的，如今你们落难，我不忍弃而不顾。之前回老家，算是避避风头，这间风头过了，主仆相见，必是命中注定。我如今跟你们去了，是福是祸，但凭上天，只日后老来无用，你们不要丢弃我。”兰姨说。

“前途未卜。我们要去泗州寻赵爷，那边是金国地面，宋人去了，生死难测啊！”姝瑄说。

“我想好了。你们不顾安危，我也不怕的。”兰姨心意已决，姝瑄和越儿自是高兴还来不及，于是约定待兰姨将远亲家的事交付妥当了，择日一道上路。

三日后，谷雨，三人天刚亮就从青山门出发，往京口道上去。

常州至京口一线，有水路陆路。水路即运河，河道宽阔，一帆风顺。然三人仗着有马，偏择陆路而行。不想陆路地僻人稀，穿林越丘，官驿稀少。谷雨时节，霜断雨密，地上泥泞滋积，行走甚艰。过丹徒，遇长山，阴风怒号，乌云密布。

我于三人前察路，见有强人设障劫客，便返转设计阻拦。崖边有垒，我借风力推倒，石坠山涧，余皆散落道中。越儿搬开一块大石，挪出一隙，牵马而过。

又走一程，遇有深坑，积水数尺，我钻入水中旋转，令水柱升腾。

兰姨视之，诧异，说：“水何以自升不降？前路恐有凶险，我等不如回转驿馆，等天放晴了再走。”

越儿道：“不如速速前行，过了此山就到京口了。”

他们绕过水坑，又往前走。前方有一弃屋，看似一间旧路亭。三人有些走累了，入亭歇息。我急中生智，抽去顶上一朽梁，碎瓦泥灰顿时坠落，正掉在姝瑄身上，半个人都埋进了积尘。待抖落灰土，人已蓬头垢面，一时难以掸净。我想三人若不弃前行，必遭盗劫。劫财事小，但凡劫色便大难了。如是姝瑄落一身脏，面目皆非，或可侥幸逃脱。

果不其然，三人出亭行走不远，即落入贼盗之手。财货马匹皆遭掳掠，还好贼盗见一老婆子、一灰面妇人、一小孩儿，便放行。谁知越儿走出数丈后，突然回转，将几个铁球掷入贼人中，霎时铁球炸开，焰火四起，硝烟弥漫。贼人受惊，不知此何物，作鸟兽散。马亦挣脱，寻路追主而来。

“幸亏我带了燧石，不然点不着就不好了。”越儿沾沾自喜。

“你扔出去什么东西，怎起那么大火？”兰姨惊魂未定，说话颤抖。

“此乃手炮，我自制的丹药，放在铁壳子里，遇火则炸裂。我正愁无处试练，这下好，未准还炸死几个。我这便过去看看。”

越儿正要前去观验，姝瑄拦住他，说此地不可久留，恐贼人众多，另布埋伏。于是，越儿牵过马来，与兰姨一道扶姝瑄坐上，迅即离去。

这下财货、交子、衣物、箱笼皆被劫走，唯马有灵性，失而复得。

又走十里地，至京口北固山一带。北固山上有北固亭，于亭中望江，可见对岸沃野千里，青林如烟，那便是扬州地界。此亭颇有来历，传孙尚香惊闻夫君刘备病殁白帝城，曾在亭里设奠遥祭，祭毕旋即投江自尽，故此亭又叫祭江亭。此时正值申时三刻，天已放晴，日头偏西，光洒江面，大小沙洲渚矶历历楚楚。江风荡胸，一释三人旅途疲累。

兰姨说："此地好是好，但我主仆三人也不能夜宿亭中。看江边烟气喧腾，人头攒动，像是有头等盛事，我不妨前去探探虚实，探明了再回来。你二人便于此地歇息，不要走远，静待我回转。"

说罢，兰姨便下楼，走小道直往江岸去。

姝瑄随越儿也下来，转到亭楼后一口深井边，越儿取水，替姝瑄洗尘。

姝瑄说："你还小，正是姝娘应当照料你的年纪，你竟替姝娘操心。亏得有你在跟前，不然我不病死，也要饿死了。你远不如你爹泰榆有福气，你跟着我吃苦受罪，倒不知不觉已然长成一个汉子。"

"我气力尚小，再长高些，怕那些贼人不是我对手，也不至于落得今天这般境地。"越儿叹气道，"或者我的手炮威力再大些，炸得他们人仰马翻，粉身碎骨。"

"真不知你摆弄丹药，还弄出这些名堂。倘见了你赵羿爷，说不定派上大用场呢。"

"赵爷在泗州有多少人马？"

"这个我也不大清楚。但他不会住在泗州城里，那是金人地面。他是在泗州城外洪泽里出没，带着兄弟游击四处。"

"那不就跟贼盗一般么？也劫人财货？我们此去要落草为寇了。"

"差矣！他是义士，领的一班人是义军，为恢复我大宋失地在打仗。同是在江湖，有的人是贼寇，有的人是英雄。"

"朝廷养着那么多兵不去征战，偏要赵爷几个人恢复失地？"

"这个我也不懂，但我懂你赵爷。"

说话间，姝瑄褪下蒙灰的外罩，里面一件薄衫还清爽，又越儿帮她洗头梳头，拿一条棉布替她揩净脸，她顿时容光焕发，气定神闲起来。

越儿又从井中提上一桶水，二人一道将脏衣裳洗干净，晾晒在树枝上。他们倚着卸下的马鞍，对着西晒的日头，凭江风将披散的头发吹干。

过三刻，将近酉时，大江渐呈吞日之势，兰姨回来了。兰姨一见他们，大呼喜事喜事，问何喜，说："江岸一户人家正办丧事，忙得不可开交。我寻见管事的，自荐烧得一手好菜，可以帮衬，他们就许了。我又说我们主仆三人遇贼落难的事，管事的挺大方，说可以一起过去吃酒席。"

"兰姨啊，这可不是什么喜事，这是人家办丧事，哭还来不及呢！"越儿道。

"说你不开窍，你端的不开窍！没听说红白喜事么？人过七十古来稀。这户人家男主过八十了，寿终正寝，是大喜啊！这才岸边设帐，大垒灶台，邀四方亲朋庆贺。"兰姨正说着，山下传来连环炮声，"听见么？都放炮了！还有好事呢！他们是扬州人，祖地在对岸，今晚做罢白事，明晨就要抬棺过江，去扬州落葬。我只说大娘要去扬州省亲，路遇强人落难，正一筹莫展。管事的便诺了我们可以搭船同渡。这便吃的也有了，睡的也有了，渡江的盘缠也不用出了。"

"怎就睡的也有了呢？"姝瑄问。

"我去烧菜，多少会给些酬劳，拿着这钱不就可以住店了吗？再说，夜间他们派人守灵，那里会搭几个大帐篷，我们在帐篷里睡也未尝不可。"兰姨道。

"替非族鬼神守灵，不合礼制，还是等你拿了酬劳，我们去住店吧。"姝瑄说。

"那也妥。就住店。"兰姨边说，边将那些未干的衣服收拾起来，又催促越儿架鞍，急急的就要走。

越儿拦着她，说："你先下去烧菜，我们一会儿自寻过去。这些衣服不干透，我姝娘总不能披头散发、贴着这身薄衫见人吧？这般像要饭的，大小一副不正经的样子，谁人信我们是大户人家出来省亲的呢？”

“越儿说的是。等我梳妆了再下去。”姝瑄道。

“说你傻，你还真不傻。这点细致处倒想得周密！”兰姨拍拍越儿肩膀说道。说罢，想想自己寻来的事，又疯笑起来，笑得合不拢嘴，边笑边自先下山去了。

兰姨一走，姝瑄说：“这个人，是你的守护神呢。那年大火，唯你二人幸存，多亏她领你出去玩耍呢。如今我们落难遭劫，走投无路，又是她寻来生机。”

说到这里，越儿垂下头，若有所思。或者他想起那年火灾，或者他又想起亲娘，不免神伤黯然。

这个可怜的孩子，他坐在京口北固亭下，他什么也不知道，他什么都没有了，他只能受着他命运的摆布，开始过一番本不该属于他的人生。我怎么帮你呢？越儿。我是可以帮你的呀！是啊！他要落草为寇了，想想就让我难过。姝瑄啊，你为什么不带他去徽州投奔叔父呢？为什么要明珠暗投，朝堂不上，专下江湖呢？你是为着你自己的私情吧，你真的对越儿好么？你端的不是他亲娘！哦，亲娘！绾儿啊，你在越儿垂危时不是来过吗？这会儿你在哪里呢？你活着不能替我照顾一下我唯一留在世上的这点命根么？也许他去了金国还能见着你，你救救他吧，哪怕跟着幕壁卖货，也比落入绿林好啊！这真是要认贼作父了！

翌日，过江，于舟中姝瑄道：“昔有达摩一苇渡江，今有兰姨一刃渡江。一刃胜于一苇，一苇只渡一人，一刃渡三人又灰马。”

越儿道：“她那明晃晃的刀子唰唰转，不二刻，牛羊鸡鸭大卸八块，妥妥地排放碟盘中；上屉蒸煮，下锅焖煨，井井有条。客人吃得满嘴流油，赞不绝口。兰姨，果然行！”

“要不是我，昨日一百多人还真摆不平。”兰姨忍不住又笑出声，“快快再说些我爱听的，让我多多舒坦一阵。”

舟中有人听见他们说话，也凑过来不断给兰姨递送善言，皆赞佳肴味美，夸得兰姨心花怒放。

主人颇知分寸，昨日吃罢，即差奴送三人入城中客栈落脚，又赠钱三贯，送夹袄数件，谓江上风大，过江不比南岸，虽春犹寒。

上得岸来，果真春寒料峭，仅一江之隔，天壤有别。众人至南水门分道辞别，主人一干往城西去，越儿三人往城北去。

于扬州住三日，又启程。为避陆路风险，三人买舟，走邗沟至盱眙。出二贯船钱、喂马草料，又去掉赁客房吃饭馆花费，此时只余半贯。

姝瑄说：“只安心坐船不妨，但索余钱半贯亦不惜。至盱眙，必发大财。”

“何以见得？大娘怕是又在说戏言。”兰姨道。

“你不知前情。我与越儿在常州杨桥镇，得潘先生赠马一匹，潘嘱我于盱眙榷场卖马方可过境。马于宋境价高，临安一匹好马要一百二十贯，此灰马乃北马，良骏也，盱眙榷场中，少说也可卖得百贯钱。”姝瑄颇为笃定地说。

“不如早出手，卖予船家，出八十贯，他必肯买。”越儿说，“我只担心榷场中牙人奸诈，事体手续繁多，到底赔二十贯，图个平安。”

“你怎知牙人奸诈？”兰姨问。

“我适才于船尾，听见船家与客商说那边榷场中故事，说买卖双方不得见面交易，要通过中保牙人。牙人常与宋金两边督吏勾结，吃两头利，弄不好还做出冤案，充公财货。”越儿小声道。

“越儿说得是，不如先卖予船家省心。”姝瑄于是吩咐兰姨道，“你去问问，看值多少钱。但说我们上了岸即有人来接应，马无用，怕累赘，路上不善养马之类。”

船主是个伶俐人，看三人举止声言，便知是良家人，又察验牲口，见马儿肥壮无病，立时笑逐颜开，交割金境白银二十铤，共四十两，有十两、五两、三两、一两，形制大小不等，谓银价高于铜钱，一两值二贯，至盱眙铜银通用，亦形整便于携带。

这便未到盱眙就发了大财。潘先生真是有钱的大好人，出手如此阔绰。原本只看到送马得了方便，未曾料想马即是钱。

晨五更，舟至盱眙。岸上已开市，人来人往渐密，有卖晨炊的，有售热水洗脸的，有装卸货物搬运的，直无片刻宁静，可想至晌午，必熙攘喧嚣。兰姨赁了轿车，可容四人，两匹马拉，三人急急上去便走。姝瑄谓车夫云，直奔盱眙榷场。车夫说榷场至卯时末方开，此时尚早，去了也无人。三人便合计，商量先吃早饭，令车夫载他们去榷场边晨炊铺子。

榷场在淮水南岸，有围栏数里隔绝，偶见兵哨，某处有军营一座。车夫领他们到郓头矶，此间有矮楼设铺，凡商贾、兵卒皆于此进晨餐。晨餐有馄饨、炊饼、油条、菜粥之类。所谓馄饨，皮子甚厚，裹菜肉馅儿，菜多肉少，人称饺子，金人学南人包馄饨，没包像，皮子做不薄，又舍不得放肉，成了饺子。这边南人称其为饺子，那边金人直呼馄饨。又炊饼，不同于胡饼，也不同于临安炊饼，此乃贴炉膛烧烤之饼，糊芝麻于饼面，夹层撒盐、撒圆葱。油条为稀奇之物，以发面绞花，入热油中汆炸，看似外焦里嫩，颇得食客青睐。

车夫说：“这里做点心的都是淮北人，从金国过来的，大半袭了女真的手艺，又混杂汉人习俗，颇异于江南。听你们说话，像是江南人，怕是没有吃过我们这里的东西。金人多行伍出身，行军打仗，没工夫做饭，凡生肉切片掷水煮，或麦面团卷入滚油煎炸，面条尽为面疙瘩，馄饨粗制为饺子，稀烂面糊往烫石头上一洒，一会儿就烤干成饼。油最为珍贵，凡大荤厚面不易熟烂之物，通统用油料理。活鱼不剖不去鳞，鲜用葱姜酒调味，直入沸油靠火力去腥。初来乍到吃不惯，久了，亦成风味难舍。有商客辗转迢迢，专为吃油条来此地。”车夫说着，教他们将油条卷入炊饼中，压紧压实，团握在手中。一口下去，外层是烤面，内层是油面，看着真不坏。

越儿说：“两种滋味合在一起，甚好。”

“包不紧，空咬炊饼则无味。两样东西分开吃，就不好吃了。咬也是功夫，要像切刀一样，齐齐地咬准，吃它一股子紧实劲头。”车夫边说边指点。

“饼淡油条香，一则理，一则趣。我宋在外，他金在里。如此便宋金一家了。”姝瑄道。

“如今无所谓宋，也无所谓金。战事已罢歇多年。两边民人相貌言语趋同，不说来历全然分不出彼此。只此榷场一关，以示分别。”车夫喝一口稀粥，又嘱咐越儿吃炊饼油条必须佐以粥汤，干稀得当才惬意。

“你三人欲往泗州，可办妥符牌？”车夫问。

越儿拿出关引，递给车夫看。姝瑄瞥了越儿一眼，似是埋怨他鲁莽不慎。只是越儿已出关引，便不好说什么。

“此乃龟鉴关引，任凭自由过境。”车夫视关引，颇为惊异，“非常人可有，乃岁易万贯商贾可持。左角上有金色龟符，龟纹细密，难以造赝。只填引荐人姓名，书过境人事务便放行。关中督吏可查备案，以对身份真伪。十年中但签发不过十人。”车夫说着起身，作揖道，“这位郎君，这位大娘，小的有眼不识泰山，直与贵人胡言乱语，多有唐突，这下有礼赔不是了。”

“这是什么话！你言重了。”姝瑄道，“你不必拘礼。我等只是去泗州寻亲戚，并不是做买卖的大商客。你告诉我们这里风俗人情，带我们来此间吃晨炊，多谢你了。”说罢，便从兰姨包袱里索出一两银子，交予车夫，“这点银两不成敬意，算是车金和饭钱，你自收下替我们打理，不必见外。”

车夫推脱再三，便收下，去问店家取了笔墨，教越儿如何填写关引，道：“实不相瞒，驾车拉客，陪人观光，穿引牙人，代人申办过关符牌，偶有可图之利，也贩运一些私货，我的营生五花八门，但为糊口谋生，大娘少郎莫见怪。”

填罢关引，车夫又付了饭钱，三人出来上车，去往榷场。

已过卯时，人流渐稠，榷场里外各地商贾云集。关口每一刻鸣钟一记，待鸣则唤人前去验货查符。客分大小，百贯以下者为小客，可过关往泗州交易；过百贯者为大客，大客一律不准过境，只留在盱眙场内，候金境商人前来交易。交易时，宋金商客各在一廊，将货交付这边督吏牙人，往来议价，彼此不得见面。成交后，官府每贯收税五十文至二百文不等，牙钱可有二十文。

三人本无货，又有龟鉴关引，所填得当明晰，把关的督吏只按卷宗查对一下潘先生的备录，一句不询，便放行。

过得关来，三人买船渡淮。姝瑄于舟上云：“谁谓河广？一苇杭之。谁谓宋远？跂予望之。谁谓河广？曾不容刀。谁谓宋远？曾不崇朝。”又对兰姨趣言道，“古人言舟为刀，先见之明啊！”

第六章　鼋龙渚

抵泗州，入宿鸿翼馆舍，乃鸿翼署[①]官办，接待两境商贾过客，设茶肆、饭铺及客房。

三人四月末入住，至五月仍滞留，觅不得半点赵羿消息。羿下青衫军，驻洪泽内鼋龙渚，金廷谓之匪寇。所谓青衫军，著青衣缯玄巾，乃海陵王时山东耿京义军之余部。耿因张安国出卖遭捕，于海州磔，其手下四散，一支转战淮北，入洪泽游击至今。义军掌书记稼轩曾领数十人入五万金营擒张安国，拿回建康，国朝缚奸贼游街，当众诛杀。后高宗命稼轩为江阴签判，稼轩遂留宋境。赵羿少时，得识稼轩，因其武功高强，誓以抗金收复失地为远志，稼轩先生便引其入江湖，秘遣淮北义军中。赵羿至泗州，游说四方，暗中联络淮鲁各地反金汉民，以耿军后人遗孤为基本，集结兵勇，重整旗鼓，乃有青衫军。军以鼋龙渚为驻地，据渚周暗礁为险要，金军大船难以靠近，然青衫军熟谙水道，常出轻舟快艇，夜登泗州，游

① 鸿翼署：金代官署名。唐宋曰鸿胪，金曰鸿翼，借鸿雁传书之意，主外事、异族互通及凶丧，其职能类似于当今外交、民族事务及宗教办公厅之类。

袭兵营，至天明则返。义军于岛中垦田自足，五谷丰，禽畜旺，是故，金军望洋兴叹，剿不得，防不住，成心头大患，只得严加封锁，禁盐药围困。

此时馆中有一皮货商客，患伤寒，发热不退，下痢不止，延郎中医治无效，焦虑不堪。姝瑄令越儿写一方，嘱兰姨送去。兰姨谓曰："吾家少郎奇才，知君疾苦，出此验方，君或可一试。"药不过五味，麻桂芁硝炭。兰姨又曰："君不便，吾可往市中买药。"商客曰："吾自有药，硝炭颇多，不劳往市。"则自调药服下。服下痢重，出脓血，然翌日则热去，渐愈。

姝瑄闻客有硝炭，甚疑，待客来谢，方知隐情。

客问越儿："硝石通便，此痢不止，何故用之？"

越儿对曰："君病伤寒久，邪毒由表及里，热结肠中，故以硝石去肠中毒；又痢久伤里，瘀积不散，瘀与热毒交搏，必以木炭止血化瘀，则愈。素常治伤寒，大凡麻桂解表，不知里热毒盛、伤及肠胃，唯发汗，愈汗愈虚，则不效。"

客甚异越儿之才，大赞不止，言："实不相瞒，吾鬻皮货，障人耳目，实乃私贩盐药也，故自藏有硝炭。"

姝瑄道："贩往鼋龙渚？"

"正是。姐姐怎知鼋龙渚？"客问。

"君既坦言，甚好。吾正有一事相求。"遂俱告实情，又书一封，托商客不日转交青衫军。

正所谓山重水复疑无路，柳暗花明又一村。这便与赵羿接上，不枉三人千里迢迢投奔。

五月末，赵羿亲率几名贴身，趁夜潜入鸿翼馆舍，终得见姝瑄等人。待过子时街静人眠，一行人自后门出，登上快艇，直往鼋龙渚上去。

鼋龙渚上，北有弋丘，南有泽礁，东西两侧遍布芦苇荡，渚中尽皆水田，阡陌纵横。村落有二，古镇一座，原住民并不多，义军及家属占十中八九，居者盖千余人，战时兵，罢战时农桑渔猎，按国朝制度逐级派官，独立于金廷之外自治。赵羿自称青衫军大元帅，洪泽大都督，于弋丘下设都督府，统领军政，集权一身。姝瑄上岛后，择日与赵羿成亲，有情人终成眷属，称都督夫人。越儿因好丹药、器械，赵羿于都督府外置一山庄，名机庄，任其研制火药兵器。

越儿所制铁球，焰火大而炸力不足，经半年试制，炼得铁壳，薄如蝉翼，又得老鱼枯骨粉与硝磺混杂，易速燃，终可炸裂裹衣，碎片震入骨肉，深陷人体，难以拔出，颇能杀伤敌众。按此，又制铜弹，大如桃核，藏于矢间，燃发弩射，入人内脏炸开，死无救。铁球初似鸡卵大小，之后越做越大，有大如瓜者名滚雷，有一手握者名手雷。铜弹曰天丸，机发吐丸，轻巧灵便，飞过长天若天降，故得名。赵羿得此神器，大喜，建火器营，命越儿教练。火器营八十人，同掷手雷时，炸声撼地，石崩土飞，威力难当；张弩齐射天丸时，弹矢如雨下，中者毙命伤残，无力再战。

次年，开禧元年，越儿十五岁。此年夏末，闻金兵有一支骑军不过三十人押粮秣往泗州，赵羿便带上越儿及火器营设埋伏于泗州城北，欲试试弹药轻重。

午时刚过，金兵入埋伏圈。前有一将率七八人先行，中有骡马牵粮车、负器物缓行，每三五辆车配一骑，车队之后又有兵马六七，蜿蜒行进，颇难聚歼。赵羿遂命先掷手雷切断车队，雷炸后速隐，待殿后追来、前军回旋再出击。金人善战，知遭埋伏，只见前军将领一人回旋，殿后停止，并不向前。无奈，只得飞射乱箭，或连掷手雷，以造声势。金人骑兵勇猛敏捷，凡入我步兵阵仗，无往不胜，而我宋多步兵少战马，是故每战必亏，连年吃败仗，兵勇皆为阵前灰。幸好火器营八十人配足火器，见金人追来，边撤边投掷手雷。激战中，因中雷，金骑死伤过半，然其将虽遭一矢，天丸于体内已炸，竟不退却，死追不舍。赵羿又命火器营兵众散开，伺机歼敌，自领三人引金将而去。终于，赵军仗着火器渐得优势，金人乱作一团，被炸得人仰马翻。战毕，悉获骡马粮车，生擒金将并校尉、盐司副使，班师凯旋。

三俘缚往渚上，锁于都督府地牢中。军中原有所俘金兵，入监游说招降，副使不从，先斩，校尉降，俱告泗州城防部署，又指认金将身份，乃皇叔完颜永济大郎完颜从恪。赵帅大喜，遂与诸将商议，欲秘押从恪入宋请功。

从恪中矢，弹入肩胛，药毒攻心，必先治愈而后行，故命越儿调药饲治。

越儿解从恪往机庄，先剜肩背腐肉，拔碎铁，又以冰片、矾石之类涤伤口，再敷以金疮膏药去瘀。另出一丸续筋丹，解毒养筋。

越儿说："此丹解我丸毒，不服死，服下则生。"

从恪问："君言解汝丸毒，难不成矢中火器是你制成的？"

"全军火器都是我造的。我是火器营教头，这里是火器营幕府。"越儿也不避他，直言道。

"敬问君年岁？"

"今年二八不足。"

"你少年文弱，看着不像经历沙场的模样，哪里知道许多兵器奥秘？"

"实不相瞒，吾师丹云，乃道宫中大家，集各路丹药秘术于一身，我自幼就在她门下学道，故得真传。"

"唉！想我女真，只知金戈铁马，横冲直撞，不懂物理机巧，妙学精道，直蛮夫俗子也。"

"君言差矣！吾视君于激战中临危不惧、英勇不屈，乃真丈夫也！”

“你跟我去中都如何？宋国虽英才辈出，然朝廷虚仁假义，陈腐不堪，不似我金国广纳天下贤才，当朝天子恩泽各族，一派欣欣向荣气象。君若往中都，必大有作为。”

“将我的弹药用来杀宋人？”

“平天下。”

“如今你朝不保夕，生死未卜，是我阶下囚，如何去得中都？”

“伤愈则又可战，战可敌万众。青衫军这些小贼小寇，鸡零狗碎的，怎是我对手！”

“还没治好呢！不三旬个把月的，你坐都坐不稳！倘不治，必死无疑。”

“你们不敢杀我。我知道，你们治好我，是为了将我做人质。我是皇家之人，你们拿到大本钱了。”

“恐怕非你所想。”越儿欲言又止，只嘱咐从恪吞丸静养。弄完丹药，便出。出则谓手下曰：“此人困兽犹斗，视死如归，非俗辈也！”

赵羿聚诸将于都督府议事，问越儿金将从恪伤愈否。越儿答：“已敷药服治三旬，调养不怠，不日将愈。其人锦衣玉食，血气充盈，素体健旺，已无大碍。”

“如是择日可南行，押往行在，听凭朝廷处置。”赵羿说，“金人掳我皇族，我徽、钦二帝北狩期间吃尽苦头，如今我军生擒女真皇叔大郎，当于临安街市示众，泄我百姓胸中积愤，一洗靖康之耻。”

一将附和曰：“宜如当年张安国，五花大绑，游街过市，民人唾之啐涎，詈骂踢打，任由秽物屎溺倾覆其身，令遗臭万年，千古枯朽。”

“我见他阵前大义凛然，战时不屈不挠，胸存英雄浩气，非奸非贼，如何欺侮以待？”越儿道。

“吾儿差矣！”赵羿不满越儿为从恪说话，辩驳道，“昔我皇族帝后将臣，孰不慈仁尊贵？他可辱我赵氏，我为何不可羞其完颜？”

“羞羞辱辱，终不是阵前大丈夫。”越儿说，“不如以其为质，以诱金军。”

“他能值几个钱？或者他那做皇帝的堂兄都记不得他。”赵羿说。

“既记不得他，他于金廷无足轻重，拿他出气也无济于事。”越儿回。

“我姓赵，既有国恨又有家仇；你姓南荣，唯有国恨，并无家仇。你自是不解我的心思。”

此言出，越儿无话可讲，但沉默不语。

我闻此亦不快，越儿认你作父，而你赵羿未将我南荣家孩儿看作膝下亲生，倘日后你与姝瑄再生下一男二女的，未免要起偏心。越儿啊越儿，我早就思忖着投赵羿不如投你叔父，这果然是认贼作父啊！

越儿回到机庄，嘱人设筵，他要与从恪喝酒说话。

越儿道：“有缘得识将军，睹英雄本色，今日喝罢，或诀别不复见。受此一尊，但秋露生，万壑风悲。”

从恪举尊，一饮而尽，道：“兄弟怎生此言？他们要秋后问斩吗？”

“他们正商议押将军赴临安。”

“赴便赴，出了鼋龙渚，我自有办法逃脱。”

“但逃脱不掉怎办？”

“不过赴死，身死魂归。打仗嘛，总有生生死死，我不死，他人死，先死后死，总要死。”从恪又自饮一尊，“看，这会儿不还活着么？”

“不如我先下药毒死你。这样你死得干净，不受秽辱。”

“但凭兄弟下手，死在你手中，我心甘情愿。”

“为什么？”

“你认得我呀！唯兄认我作英雄，虽死犹荣。作战的人，至尊之境，不过英雄二字。”

“我也打不过你，倘拔剑相向，取你性命，我也做个英雄。我只能药死你，药死你算什么好汉？”

“那就喝酒吧，这会儿让我多快活一阵，把死的事情往后推一推。”

于是，喝酒，喝得不省人事，觥筹交错，尊尊相续，分不清你我，直至瞬间倒地，醉。

晨，天未醒，尚蒙，越儿拉从恪起来，递给他一个包袱，匆匆领他出屋，至庭中水池边，有石阶下地，辗转数里，曲折回转，直通湖岸。见舟横泽畔，水波渺茫。

越儿说：“此暗道穿越弋丘，直达渚北，曾掘之为做军中退路，我常往来采集水草龟鳖。有木舟系礁，君可自渡遁逸。”说着便去解舟，解罢又言，“包袱中有炊饼、牛肉和水囊，另有续筋丸十枚，每日一丸，勿忘，服毕伤可痊愈。君趁天未亮，烟雾朦胧而渡，兵民必不察，可安然抵陆。”

“我不会划桨。”从恪欲醒未醒，似仍在醉中。

越儿无奈，只得催从恪上船，他自来划桨。

舟离渚，迅即没入烟雨。

“兄纵我归，乃叛宋大罪，如何掩藏干系？”从恪半醒，说道。

“我不叛宋，我只放虎归山，待日后阵前相对，比试输赢，看谁为真英雄。”

“如是甚好，当彼时，倘为我擒，亦纵你归，再约对阵。”

“吾力不及，但凭火器。再战时，我赠你火器，你我火器相向，拼一胜负。”

“然。不悔约。”

国朝开禧二年[①]，北境胡人铁木真于狼居胥山下斡难河畔大会众部族，建大蒙古国，称成吉思皇帝。所谓“蒙古”，意为“永久之火”，以火铄金故，克金，金为蒙古世仇之敌。北胡不外乎匈奴、鲜卑二血族。匈奴灭，其后曰突厥；鲜卑又有室韦、女真之别，盖同源血族，畜牧者为室韦，渔猎者为女真。女真本音“居神”，中原古称其为“肃慎”，音转不同而已。室韦，据史称为豕韦、失韦，乃诸夏宗亲，养龙族，脉出大彭氏，在商号妹，居于京畿沬水，商亡后一部迁徙至大鲜卑山。鲜卑即室韦，亦音转所书不同。鲜卑各部，遍及瀚海大漠，北至极地有使鹿部，东至大鲜卑山，在山北号室韦，在山南称契丹。契丹于五代时西进，建辽，辽乃“镔铁”之义。契丹亦辖女真地，欺侮女真久，女真反，建金国，以金为诸金中至尊，凌越镔铁之上。此时契丹同胞室韦兴，号大蒙古国，渐雄霸北境。

按国朝文献，乃鲜卑自华夏出；又以女真说法（如从恪君所言），鲜卑生炎黄，室韦、契丹属黄帝后裔，女真属炎帝部族，炎黄战，乃有虞夏，入主中原，始有秦汉，谓汉人。究竟孰是孰非，不知。然不以习俗制度观，不分耕读、畜牧或渔猎，单看男女面貌身形，鲜卑于我中华，非异族也。

时大蒙古国西有夏、黑契丹（旧辽之余），南有金、宋、大

---

① 开禧二年：1206年，宋开禧二年，金泰和六年，蒙古开国元年。这一年，是全书的关键节点，由此可前后推寻出所有时间线索。

理、吐蕃，东望高丽、倭国，北接鲜卑众酋散部，其间强盛者宋、金、蒙，三国鼎立。昔金熙宗以“惩治叛部法”，将铁木真之祖俺巴孩汗钉死在木驴上，结下世仇。是故，宋廷中大夫间有云：“蒙与金有仇，宋与金亦有仇。如今，蒙宋势必联手抗金，置金于死地。仇焰熊熊，蒙古永久之火与我宋久旱之木相接，金岂不融？”

当此时，韩侂胄已进位太傅，独揽军政大权，为岳鹏举昭雪，追封鄂王，并举荐重用光宗时主战派将官，朝廷命吴曦任四川宣抚副使，用稼轩知绍兴府兼浙东安抚使，厉兵秣马，摩拳擦掌，朝野上下一片激愤，誓趁蒙古崛起，图两面夹击，与金国对决，收复失地。斯年四月，宋不宣而战，遣武义大夫原岳家军名将毕再遇、镇江都统陈孝庆出兵泗州。金人早有耳闻，先自关闭榷场，紧缩城中不出。赵羿献泗州城防图，毕按图示金兵布防虚弱处自东城杀入，金兵败溃。毕又于西城外树大将旗，喊话曰：“大宋毕将军在此，尔等中原遗民也，可速降。”西城中汉官出降，宋军收复泗州。之后，宋军乘胜进兵，又下虹县、新息县，青衫军与王师里应外合，又夺褒信县，于灵璧大破金兵。至此，宋军节节得胜，情势大好。五月圣上下诏，正式北伐。诏曰：“天道好还，盖中国有必伸之理；人心助顺，虽匹夫无不报之仇。”然北地汉民闻此，应者寥寥，王师深入金境，竟孤军无援。

于灵璧，宋军先得利，不久，金人增骑五千奔来，宋主力不支，不得已撤军，留毕将军御敌断后。毕以青衫军百人为敢死营，一马当先，鏖战凤凰山，直杀得血染战袍而归。途中，金骑追来，掳走一队宋兵，越儿亦在其中。至金营，遇从恪。从恪云：“有约在先，倘为我擒，亦纵尔归，再约对阵。”又问，“何故不施火器？”越儿对曰：“长途奔袭，火器笨重，未及携带，或下一战可试身手。”遂得归。十一月，金兵云集十万大军欲占六合，毕军驰援，抢先于金兵至六合城下，越儿领火器营发天丸、手雷，一时间火光冲天，炸声震地，大败金兵先锋，挫其锐气，得入城中固守。毕以六百勇卒交越儿统率，命教练火器军，又于城中设火器坊，大造弹丸矢弩。越儿于城头谓城下金兵曰："嘱汝大将完颜从恪速来，余与之有约，倘再对阵，赠火器予尔等。"从恪至城下，越儿践约，赠金兵手雷、滚雷八百枚，又丸矢十万发，并火器教头一名。双方约定，三日后夜战。及夜战，双方万矢齐发，滚雷隆隆，声传三十里外；空中火焰腾跃，灿似礼花，天赤夜昼。激战自子时达黎明，金军夺城，屡攻不下。待金军疲，毕军开城门，出一轻骑队，直捣其巢，连射天丸，丸炸火起，金帐火烧连营，死伤无数。越数日，金军获增援，复攻城下，将六合围得水泄不通。毕将军见其势，曰大好，正可急下矢雨。然前次越儿赠出十万支丸矢，军中有丸无矢，空弩无所可发。毕生一计，扎草人布于城上，伏兵来往推移，并击鼓不息，以诈敌方。果不其然，金军以为毕军调兵布防，急中疏忽，暴露无遗，便齐射不止，射毕，不想草人中箭，毕得矢二十万支。此乃草船借箭，故伎重演。得矢填丸，再射，金兵溃散，大败。毕乘胜追击，出兵至城东野新桥，转战其后，金人大乱，全军撤逃。又不舍穷追，直追到滁州，忽遇雨雪，阻滞难行，方止。时从恪负伤，卧于车中，谓左右曰："万勿恋战！避其锋芒，吾军宜速走。毕德卿，智勇双全，然独木不成林，宋已腐溃不治，其余皆不足为虑，但等我军回旋，必克。吾所欲，乃火器也。欲得火器，必先得南荣越。此人亦真英雄，与我约，践诺不违。此战失六合不惜，此战若得南荣越，胜得千百城池。尔等可诈降，入宋营中智取南荣越。"

冬十二月，蜀中吴曦叛，暗下与金勾连，图谋金廷册封蜀王。吴曦乃信王吴璘之孙，节度使吴挺之子，其族历代经营川蜀，镇守西陲抗金。朝廷患吴割据一方，故调曦至行在，入朝为官。韩侂胄为北伐事，启用吴曦，直乃纵虎归山，本想仗其威望，领蜀军自西路出兵，与东路遥相呼应，双面夹击，不料曦早有反心，非但按兵不动，甚而变节投敌。金买曦降，去西路后顾之忧，得以集重兵掉头东转，黑压压数十万铁骑直往江南杀来，宋军失利，危在旦夕。

自靖康后，宋金且战且和，至此时已近八十载。高宗时，用岳家军抗金，以易韦后返为止；绍兴三十一年海陵王完颜亮发兵，金兵变，杀海陵王，战事息；又隆兴恢复，发兵不利，以议和为止。之后四十二年无烽烟，宋金以淮为界，相安太平。金据宋中原故地八十载，八十载，祖生父，父生孙，孙生重孙，女真与汉血肉交融，渐难分彼此，和为一家。如是情势，所谓恢复中原，已不得人心。金自熙宗始，仿效汉制，直至此时原王麻达葛皇帝在位，其礼仪轨度、文武官制、言语字书已与中国无异，韩侂胄遽然北伐，两军相向，实为同胞残杀，既背离人情，又违逆时态，何言“天道好还”？

从恪君又谓左右曰：“吾堂兄曾谓宋使言：‘侄国盗贼频频犯境，群臣屡以尔背盟诉。朕惟和好岁久，委曲涵容，恐侄宋皇帝或未详知。若依前不息，臣下或复有告，朕虽兼爱生灵，事亦岂能终已？’可见，金本不欲战，以天下太平、民人生息为重，宋毁约北伐，自陷不义矣！”

余尝闻高宗告诫岳鹏举，但拔城池，勿轻言北伐。至此看来，不得不谓高瞻远瞩之见也！

从恪命一杨姓骑都尉率五百人向毕军佯降投诚，毕受之，大喜，以为中原遗民响应王师北伐，故置于前锋，常令其摇旗呐喊，策反金军中汉人。杨得以靠近火器营，与越儿熟识。次年正月，毕部转战楚州时，金兵切断宋军，使火器营与主力隔绝，杨生擒越儿、赵羿等人，解归金营。

从恪见到越儿，说：“前约皆诺，此间你为我所获，按女真惯例，俘奴任主驱使。”

越儿道："俘便俘，自认命。不甘为奴，但杀无妨。"

"君乃英雄也，英雄惜英雄，岂可杀？留为我用，共图天下大业，如何？"

"我不叛宋。"

"何来叛宋一说？宋乃藩属，金之侄邦，金宋一家，毕部乃叛军，既叛金，亦叛宋，与毕合流，逆贼是也！我直平叛军，不取宋，杀朝中奸臣而已。"

"倘真若君所言，纵我火器营将士归，我可暂留。"

遂纵赵羿等人，但留越儿于营中。

不久，赵羿战死楚州城下。越儿闻此，谓从恪曰："君颇善待我，善则善矣，不如一贯到底。如今养父死，若可敛尸厚葬，又寻得我姝娘归来，必知恩图报。"

话说攻泗州时，青衫军出鼋龙渚，赵羿送姝瑄和兰姨往扬州暂避，此时二人正翘首踟蹰，见来人出越儿亲笔信，又得知赵羿战死，姝瑄便收拾行装，带上兰姨，随接应者北去。

从恪又遣人于楚州城下寻得赵羿尸首，葬鼋龙渚弋丘。

事毕，越儿直面从恪，躬身拜曰："我本与娘投亲而已，随养父从军，子从父业。如今，养父殁，无所谓父业，我自立业。南荣越在世，唯情义重，唯癖趣嗜。君待我恩重如山，情同手足，何以报？但凭君意，唯命是从。"

第七章　无影塔

越儿到得金国后，常随从恪左右，开禧三年正月往中都。先居驿馆，受命工部火器局提点、得衔卫阵将军后，朝廷赐下将军府。府在近遂生园，毗邻玉华门，与从恪所居不远。将军府原名烟静园，乃耶律楚材祖居旧屋，尚书右丞耶律履时丞相府。明昌年，丞相殁，楚材随母迁往义州，此宅空置，后族人出手抵债，转入工部。烟静园中皓月池，与太液池一系，夜间明月当空，有浮烟四起，故楚材有诗云："千山皓月和烟静，一曲悲风对谱传。"或为念旧居而抒发。

越儿得此园，自三月起整修，拂旧尘，换空梁，又掘深池，粉饰墙垣，至六月，里外焕然一新，乃与姝瑄、兰姨乔迁入住。新府名"大将军皓月烟静园"，人称"皓烟园"。

诸事停当，越儿想起了塔不烟。那回在舒虎宣楼，店里叫来二鬟二童，乃是教坊中人。金国教坊，分旧音、贴部、渤海、汉人四部，旧音有女真乐伎、契丹歌女，多承袭女真酋部与辽朝教坊旧制，塔不烟等人皆属旧音一班。从恪与教坊提点熟识，为越儿事，传话过去。那边回话，说唯塔不烟不可来，其余任选无碍。越儿于是唤来义先，问事体原委。义先见着越儿，便哭泣不止，说塔不烟四月里就死了。问怎么死的，说正是为将军故。

“四月初，移剌补郡伯府差人来教坊调人去祝寿，塔不烟和我，还有一班鼓吹手去了。席间，郡伯家大郎喝醉，轻嬉塔不烟，塔不烟不从，被拖出去鞭打，活活打死了。”义先说。

“她怎就不从呢？”越儿问。

“自打那天在舒虎宣楼认识将军，塔不烟心心念念等着你去赎她，谁也不好碰她，说她已是将军的人，一辈子只侍奉将军。”

“打死人不偿命吗？郡伯家人敢如此无法无天？”

“我们都是契丹奴，任人驱使的，性命都是主子的。”

“那你们的主子是教坊里的人，他郡伯府有什么权力随便取人性命？”

“将军直是不晓得，他郡伯家是贵戚，领七百户的头头，名义上不是我们的主子，但按这里的王法，贵戚是一切奴仆的主子，即便杀了别家的奴，只是财货计较，并不是性命关系，只消赔偿别家金银就可了事的。”

“朝廷大官家不是已经废奴了吗？”

“废是废了，但旧制顺袭下来的，多少还是保留着，像贵戚家的，教坊的，大寺院里的，都动弹不得。”

“塔不烟留下什么话了吗？”

“她来不及留下什么话，她留下一个佩戴。”义先从怀里掏出一件金器，赤澄澄的，一个圆圈，围着里面一个十字，“她是信弥诗诃[①]的，这是她的十字护身。”

“什么是弥诗诃？”

---

① 弥诗诃：今译作弥赛亚，希伯来语“受膏者”的意思，即救世主。唐宋时早期文献中译为“弥诗诃”“弥施诃”或者“弥师诃”。景教经书皆来自于叙利亚，故按叙利亚语音译。

“信弥诗诃的，也叫十字教，前朝辽时，北方有很多人信。说弥诗诃是救主，救人脱离苦海，赎了人全部的罪孽。”

越儿接过金十字，沉甸甸的，一手像是没有接住，又用另一手去托。又问：“她葬在何处？我要去看看她。”

“在城外西南三盆山十字寺瘗穴。那里如今是崇圣寺佛家地盘，但前朝初年本是十字寺信弥诗诃信众的庙产，京城里的弥诗诃信徒死了人都埋在那里。”

“你领我去看看。”

义先便领他去。

燕京西南多山多水，森林茂密。完颜家帝陵即在此间九龙山下，山中沟沟有泉，泉边野花遍布。三盆山与九龙山不远，顺沟泉而去，不半晌便到。所谓瘗穴，于崇圣寺后石坡，皆凿石开穴，安放灵柩，又封穴树碑，每碑刻十字。义先领越儿至一新冢，碑矮穴小，看似塞不进一具骨骸。

“这里便是。”义先说。

“何故甚小？”越儿问。

“我们三人凑钱修的。虽瘗穴地土无须出资，然棺木、石碑、开掘堆垒，又请石匠吃饭，所费亦不少，我等奴儿无积蓄，已尽力而为。”

“她没有族人么？”

“奴儿很少记得族人，族人也做奴，分散在各处大户人家。”

“她的命好苦。她既是为我死的，便是我的人。我要替她修一座大墓。”

“将军使不得，没有主子替奴修墓的。这不合仪轨，怕是犯例要治罪的。”

“人活着是奴，死了也永久是奴么？人命该如此？”

“所以，我们做奴的，很多都信弥诗诃，只有弥诗诃赎我们出离做奴的命。”

“我不食言，我要赎你们出来。你去对兴哥、蒲古说，我不日就去教坊找提点要人。我要让你们脱籍，在我将军府做事，或者你们有愿意跟我学丹药的，就提拔你们去火器局当差。”

“将军大恩，乃再生父母，塔不烟地下有知，该安然了。”

“死者能脱籍么？我不想让她死了还做奴。我能追复她一个什么名号么？”

“这个为奴的也不懂，我去问问前辈的人再说。”

他们说话时，一边也燃着香，并摆放果品菜盘，撒酒在地。我看见那女子的魂灵出来了，她一明一暗，啜吸酒食，又栖在越儿肩上、膝间，温婉娇柔，甚是哀怜。她是新做魂的，还不知如何与生人交道，我一时也无法上前帮她，只回避躲在远处张望。魂已无泪可落，但魂的心是不死的，当心照耀时，光彻生者。燕地六月风云多变，此时忽降暴雨，远近雷声隆隆，乌云翻滚，唯此地光明，有祥云覆盖越儿与义先，足下竟寸土不湿。

越儿有感，对义先说：“她对我好，她的心你也看见了，生死是可以跨越这瘗穴的壁垒的。”

“妹妹这下可以安心了，你终于等到将军了，日后我们因着你都还回自由身了，我会带着兴哥、蒲古一道来看你的。”义先对着坟冢说。

越儿折来松枝和芍药，放在碑前。当他去坡下寻花卉时，祥云紧随。他往东，云往东；他往西，云亦往西。好像一把云伞，替他遮挡风雨。

他们原是陌路相逢，一晌寻欢，谁想这两个可怜的少年人，生死间情好亲爱，竟胜过人间俗礼中夫妻！丝纯不驳，其质笃厚。我南荣靖桑的血脉岂是这般美善的吗？我曾经担忧他愚钝不化，愚钝的人会是这样的么？倘愚钝令人悯敦至此，愚钝有什么不好？

越儿从十字寺瘗穴回来不久，便与从恪商量赎出义先三人。从恪以为，君子恪诺是好的，但塔不烟已殁，便无所谓前诺，倘要赎出三人，便要有个理由。越儿说，只是因为塔不烟，为她高兴，人死灵魂在，身毁约不毁，死已不可赎，不如赎未死的。从恪想了想，说越儿仁心可嘉，只是仁心而已，仁心固好，天命难违。

“生死有命，贵贱亦有命。奴儿有奴儿的命，你赎得三个来，如何赎得万千来？你尽管做好自己的事体，如何干预得了天命？”从恪说。

“做人不该本着仁爱么？”越儿问。

“只怕本乎仁爱，终究止于潦草。”

“如何这般？”

“仁爱乃是一种大能，非天力而不能为。我等渺小众生，根底深浅不一，能耐大小不齐，凭己之力施仁爱耳！”

“我自不如王子，你借些钱给我吧，等我的俸禄积蓄下来再还你。”

“端的不是钱的缘故。不过，兄弟的事自然就是我的事，你可怜他们三个，我便也可怜你的可怜。我带你去跟教坊提点说，赎金你不必顾虑了。”

从恪便出钱替越儿赎来三奴。

三奴进了将军府，越儿问他们：“你们愿意跟随我么？”

“我誓一世跟从将军左右，效犬马之劳。”义先说。

“将军若不弃，愿从将军南征北战。”蒲古说。

“妾身秽，恐难荐枕，不如侍奉姝娘。”兴哥说。

当时，兴哥二九，长越儿一岁，蒲古和义先十五，长塔不烟一岁，塔不烟最小，二七年纪就罹难毙命。他们四人，原先兴哥是姐姐，蒲古和义先是弟弟，又是塔不烟的哥哥。

越儿说：“蒲古，义先，你们也大了，我也大了。我们都是大人了，几个男人间以情义为重，不便狎昵厮混，将来我们之间应君子礼待。我不是买你们来做奴儿的，我是要你们来做朋友的。”

又对兴哥说：“姐姐侍奉妹娘固好，然妹妹地下有灵，或盼望着我们好，你倘与我恩爱，亦遂了妹妹心愿。”

兴哥说：“将军乃是贵人，待我等恩重如山。如今我虽脱籍从良，却也做不得将军妻妾，若不嫌，只床侧侍寝不怠。”

“如何做不得？”越儿问。

“你我名分上差去许多，运命也各自不一样，我虽人前为人，在将军面前始终是奴儿。能悦君、事君，乃大福报矣。兴哥已经很满足，很快活了。”兴哥道。

兴哥既这么说，越儿也无话可讲，此事先就搁下，只当晚同衾，先解少年肌肤之渴。做惯奴儿的，自是与大户人家闺秀不同，伺候男人滴水不漏，很有一套办法。越儿得此可心人，尝尽甜头，得养大丈夫性情，于是待兴哥也好，既不论名分，便亲爱有加，事事反倒多出一份关照。

至月中十五，十斋日，从恪与越儿同往城西仰山栖隐寺去见行秀禅师。行秀因曾于邢州净土寺建万松轩，又号万松，人称万松行秀。金国大官家完颜璟敬仰他的道学，明昌年召入内殿说法，帝躬身迎礼，宫中后妃以下，皆从而受法，又御赐锦绮袈裟披挂，命其住持栖隐寺，遂玄风大振，曹洞一脉为此兴旺。曹洞者，乃佛家禅宗门派。禅宗自达摩祖师开门以来，衍生五宗，有临济、曹洞、沩仰、云门、法眼，所谓一花五叶。唐以降至今，其余皆衰，唯临济、曹洞、云门幸存。临济参话棒喝，曹洞坐空内观，云门剿绝情识，都是不同法门，因人而异，殊途同归。

寺依山而建，绵延数里，殿宇逐麓而列，层叠峨然。契丹辽时，大兴佛门，燕京一带寺院林立，香火炽盛，至当时璟帝又于城西山中建有八院，其中栖隐寺最大，堪称国寺。帝尝驻跸于此，万松师献偈曰：“莲宫特作梵宫修，圣境还须圣驾游。雨过水澄禽泛子，霞明山静锦蒙头。成汤也展恢天网，吕望稀垂浸月钩。试问风光甚时节，黄金世界桂花秋。”诗喻帝为成汤，自比姜太公，可见其法不拒入世，隐以保守，并不为遁逸。又帝遣使赐钱二百万，使者传敕，命师跪听。师曰，出家人无有此例。使怒欲归。万松又云，传旨安敢不听，不传则由汝归。言毕则焚香立以听诏。帝闻此，责使者言，朕施财祈福耳，安用野人闲礼耶！

万松因大官家供奉而高耸为国师，都城望族官宦无不趋之匍匐，盛极一时。故卫王永济一家也投其门下，从恪君常往寺院学法，亲受教诲。

越儿由从恪引见，得识行秀。时禅师四十又一，正值旺年，面赤目炯，声如洪钟。越儿见着行秀，第一句话说：“这位师父，我好像在哪里见过。”

“你在哪里见过呢？”禅师问。

“我记不起来了。我确实见过。”越儿肯定地说。

“你怎会见过师父呢？你是从宋境来的，师父是金国人，你们无缘谋面啊！”从恪哂笑越儿荒唐。

“我说不清楚，但我真的见过，好像这个地方我也来过。”越儿有些恍惚。

“那是你的神识了。就是你的灵魂。灵魂会转世投胎，身子好比衣裳，穿旧穿坏了就换一件，这就是死。死是幻相，是身死，不是灵死。”禅师道。

“我前世见过你么，师父？”越儿又问。

“或未准。”师父说，“万事皆已知已然，都在神识中。转世寄居他人肉身，为他人血气所裹，则迷。看似未知，实乃困惑，求知而去惑，又了然。你所了然皆发乎己，而非来自他。”

“这个我有同感。凡我探其究竟，终于应合本意，应者然，不应者不然。”越儿道，“故师父所言颇真确，解惑而知，知已知而已。我一直这么想的。”

“孺子可教也！”禅师喟叹，“然见神识只初涉根底，根底中又有根底，谓心。吾心同汝心，心乃全知。”

“如何修得全知？”越儿问。

“这个修不得。全知修我，我修非全知。”禅师答。

“我修丹药，修人情，修儒，修佛，何以不全知？”

“无知，少知，多知，万知，终不全知。万知不过无知，皆虚妄。”

“那我能跟你学什么呢？”

“学虚妄，虚妄之虚妄，即非也。我能告诉你什么不是，却不能告诉你什么是。”

“故知之为知之，不知为不知，是知也。”

“也就这样了。”

“我学会了吗？”

“你起了傲心，又堕入虚妄了。迷！”

“我真的迷了。”从恪插话道，“师父历来话不多，今天见着越儿竟滔滔不绝，真稀奇也！”

他们说这话时，外面钟鸣贯耳，声震林木，鸟儿惊飞，槐花满地。

宾主落座，禅师令主事辈排下瓜果，有林檎、蟠桃、西瓜，另设茗盏，多焚香丸。众人于中殿席地，此殿中梁柱皆楠木，地铺整板沙杉。虽值伏天，此间却静坐生风，爽利怡然。行秀在主，从恪在宾左，越儿在宾右，义先在下。

越儿问：“我听说师父大德，又听说寺中蓄奴，释家倡导众生平等，慈悲为怀，出家人使奴，此情何堪？”

禅师答："如如不二，有情众生与无情众生俱在不二中，此即平等。然众生性异，皆由业力，故在万千世界中所居不同，执相不一，则有二有三有无穷。在儒谓天道品秩，在道谓道生万物，在佛门则谓诸法，众生平等，诸法不平等，不平等却又皆空虚。"

"既如此，平等了便不空。"

"如何平等？"

"废奴乃平等之一举。师父放了这些契丹奴隶，还给他们自由身，难道不是积了善业吗？"

"我是佛么？"

"不是。"

"你如何知道？"

"我想知道便知道。"

"什么叫你想知道？"

"我不听他人，不随他人，便知道。"

"此即神识。"

"然。"

"神识何来？你又何来？"

"造物所出。"

"既如此，安有业力大过造物的么？"

"没有。"

"他的业你岂可消？"

"那要佛门做什么？"

"我说过了，佛门是让你知道虚妄的，就像你刚才说的，我不是佛，知道我不是佛便是靠近一线光明。"

"那么，知道你蓄奴也靠近了光明？"

"然。"

"而要你废奴竟远离了光明？"

“未必。此一时彼一时。”

“此一时圣上已下令废奴。”

“圣上欲废奴，众人亦欲废奴乎？”

“我欲废奴。”

“倘圣上不欲废，你依然欲废否？”

“废！”

“为何？”

“我不欲为人奴，将心比心，便知他亦不欲为人奴。”

“此心乃真心乎？”

“真心。”

“真心便由不得你。”

“真心怎就由不得我？”

“真心非真愿，如如不动，岂由得你？”

从山上下来，我有颇多疑惑，想起瑾奕，便又去辇瓦。

一出罢，瑾奕从台前下来，转到台后，见到我，说：“多日不见，汝萎黄至此，儿辈无有供奉？”

“儿辈并不知有我相随，何来供奉！”

遂引至供桌，请吃果品、酒食。饕餮一阵，稍歇，问：“我前日闻一神，名弥诗诃，未尝见于典籍中，姐姐可知？”

“弥诗诃乃大神，西域诸部谓之先知。世风日下，人心不古，盼弥诗诃来，救人脱离苦难。后弥诗诃果至。天尊[①]使净风[②]吹向一童女，名为末艳[③]。净风即入末艳腹内，其无男夫而怀妊。末艳

① 天尊：今译作天主。

② 净风：今译作圣灵，但“净风”二字更靠近希伯来文原意。

③ 末艳：今译作玛利亚，称圣母玛利亚。

怀后产一男，名为移鼠[①]。移鼠传妙道，唤醒众生。入多难河[②]中受洗，忽有净风从天而降，有声言曰：‘弥诗诃是我儿。世间所有众生，皆取弥诗诃进止，所是处分皆作好。’年过三十二，有习恶人等向大王毗罗都思[③]言，谓弥诗诃当死罪。毗罗都思索水洗手，曰，其人当死罪，我实不闻不见，乃汝等欲流义人血，不干我事。弥诗诃遂替众罪业人死，被缚木上，及至日西，四方暗黑，地战山崩。死后三日，复活。其教义宗旨：信弥诗诃，呼移鼠名，蒙无限恩典，脱罪业，得永生。”

“姐姐说到净风，一是末艳受净风生移鼠，二是移鼠入多难河时有净风天降。何为净风？净风之力何故大无形？”

“净风乃天力。弥诗诃教所谓天尊、移鼠、净风三一妙身[④]，天尊即天，移鼠即天，净风即天，然三者又三相，闻其一者便有福。”

“妙哉大道！实为人间大便宜。难怪做奴的人都信！”听瑾奕言，我似有所悟，又问，“此世间何处借得净风？”

“天生净风，吹入我身。人得净风生，净风去则死。吾辈魂不死，乃净风未去故。”

“如此说来，净风即真心，人皆有之。净风满，则心亮；净风偃，则心暗。吾心等同汝心，故悲悯。”

“心在我中，又不是我的，由着天尊管辖，斯为命。”

“怪不得禅师说‘真心便由不得你’！”

“哪位禅师说的？”

“就是栖隐寺万松师。”

---

① 移鼠：今译作耶稣。

② 多难河：今译作约旦河。

③ 毗罗都思：今译作彼拉多，罗马帝国犹太行省总督，《圣经》和合本称他为“巡抚”，当时景教文献中称他为大王。

④ 三一妙身：今译作“三位一体”，即圣父、圣子、圣灵三位一体。

“哦，这是个厉害人。”

“姐姐也晓得他？”

“他是当今圣上宠僧，谁不晓得他！”

“再问姐姐一件事。人死，魂真可以投胎再世么？”

“人死，魂固宜与骸归葬。然有屈不伸者，或恋生者，或性犟不安分者，多离骸而漂游。”

“吾即有屈难伸者。”便俱告身世前情。又问，“魂寿几何？”

“得善养者若我，生于孝宣帝太建年，迄今盖六百三十余岁；更有甚者，若周公、仲尼、武圣，凡风神、火神、娲娘等先贤大德，俱成神羽化，其魂千年不朽，皆因子嗣尼人供养隆盛。倘不绝祭祀，寿无终。”

“我这般凄苦，魂命不久矣！”

“子在，终有祀。”

“姐姐何以知生死两界？”

“信弥诗诃，得全知。”

“汝亦十字教徒？”

“生时未闻妙音。唐时有十字教上德[①]阿罗本至长安，建大秦寺，寺碑曰：‘真常之道，妙而难名；功用昭彰，强称景教。’故十字教在我中华，又名景教，乃光明景福之义，取移鼠之言：‘吾乃此世间之光！’入教必先受洗礼，身死无缘受洗，然移鼠有言，弥诗诃施灵与火之洗，远胜水洗。吾随伶人入寺听教，闻景福之音，直信之，知真道不假，如此而已。”

“如是亦可得救乎？”

“也未可知。既三一妙身，人受净风而生，料想未闻移鼠时，已在命中；倘修得净风浩荡，或亦永生。”

---

① 上德：唐时景教中称主教为上德。

“佛门所谓轮回，造业无穷，投胎转世，生生不息，自造业复消业，困险万重，姐姐所言弥诗诃，听着大便宜，若生时间早有所闻，灵魂何苦投胎？何苦飘零？但守墓穴中枯骸，便得好。是故，信弥诗诃者，不应投胎。”

“弥诗诃经中，亦记投胎事。瑜罕难法王[①]书云，移鼠见一盲人，弟子问此人生来盲不可视，自造孽或父母造孽，移鼠答曰，非自造亦非父母造，乃要借其身显现神力。又瑜罕难法王传有秘籍一卷，卷中移鼠曰，灵魂宜随永生之灵而去，则不复转世入肉身。”

“我孤苦至此，非移鼠无救矣！”

死，好似一座囚笼；魂，有甘于服役的，也有欲挣脱而自求解放的。挣脱者如越狱，或潜行避人耳目，或戾谬乱力怪神，更有嚣张翻云覆雨者，为神为鬼，皆不从命。我也是那不甘服役的，竟不知死是不可逆转的判决，要自我主张，要讨回公道。倘公道可以由己讨回，公道还叫公道么？如今我似乎晓得，那灵魂强硬的，是与命运抗争，愈讨亏欠愈亏欠，直是自讨苦吃；而那灵魂黯弱贫困的，或者真的有福，因虚病而松懈，魂之腠理开，净风于是入而浩荡。唯净风中藏有运命天机，凡天命所赐，方为恩典。

那些不死的千古众神，他们的魂灵比我强硬得多，他们的苦痛该是多么无涯无际！十万里的悲风，旷古不息的凄楚！阔胜瀚海，深比渊洋。

我还好，还好，我不至于如此堕落，堕为圣人神仙！

瑾奕为我解《志玄安乐经》[②]，经中言：“观诸人间，假修善法，

① 瑜罕难法王：今译作圣徒约翰。

② 《志玄安乐经》：景教经卷，非《圣经》原文，乃教会根据教义所摘编之传道俗讲。

唯求众誉，不念自欺。譬如蚌蛤，含其明珠，渔者破之，采而死，但能美人，不知己苦。”我闻景福之音迟，枉过前生，当下不如归去，入死的囚笼，守死的刑期，但等末日的判决。然而，转念一想，我又着实放心不下，我既已至此，不讨公道，也理应看个结局分明。我虽虚度，不贪转世复堕罪业，单助我儿早闻妙音，或不违命。

话说四妹妹委黑彬蔚，自打那日见过越儿，便魂不守舍，寝不安，食不香。她如今总是有事没事往遂生园去，仿佛接近了从恪便靠近了越儿。女孩儿家羞涩，也不好直说，虽生在女真人家，毕竟也是阁中娇艾，二七刚过的年纪，心摇而不知所措。这日，刚过了立秋，天气已透出一丝凉爽，委黑从卫王府过到遂生园，将两床江南的蚕丝被送给兄长，说这季候，不盖被也不行，盖了又闷热，恰这蚕丝被巧致，跟江南的后生一般，看着女孩儿一样细嫩，实际上也有内里的韧劲，总是两相里外反着，让人猜不透的宝贝。从恪由此已经领略到几分四妹妹的意思，便顺水说道：

“哎呀，这么好东西，做兄长的不能独享，该给我乌也兄弟也送一床去。”

“谁是乌也兄弟？”委黑问。

“就是工部火器局的提点，卫阵将军，我的汉人兄弟。那回在园子里你见过，后来你还问过我呢。”

“我想不起来了。”

“我帮你想想。他叫南荣越，字不及，我给他取个女真名叫乌也。想起来了么？”

“原来是他。我还有个印象。”

“朝廷赐他耶律家的院子烟静园，他搬进去后改名‘大将军皓月烟静园’，如今人称‘皓烟园’。乔迁至今，我还没去贺喜呢。今儿个正好，天气转凉了，我们不妨一道过去瞧瞧。你这蚕丝被，当个贺礼也不委屈他。”

“这便好，速去莫迟。一歇我要趁早回转，晚间我娘摆宴，接待我舅舅呢。”

这番话是被我无意听见的。我时常两园往来，为着遂生园里有佛堂，觅一些供品吃。

“不急，皓烟园紧挨着这边，出北门就到了。妹妹怕是比我急着见将军吧。我心里有数的。倘妹妹真心喜欢他，我去跟阿玛说。”从恪又说。

“真是蒲剌都，烂瞎你的眼睛才解气！”这下，四妹妹喜上心头，羞上脸颊，坐立不是，一转头就拽着女使出了厅堂，脚却不由自主地朝着园北树丛中走去。从恪叫随从拿了蚕丝被，紧紧跟上。

不一会儿到了皓烟园，越儿正在午睡。稀里糊涂醒来，见着四妹妹，一时不知如何说话。

“四妹妹有东西要送你，说是乔迁贺喜。”从恪指着蚕丝被，撂下在越儿床头，又说，“魂还没回来吧。不忙，不忙。你慢慢醒来，我去皓月池试试水，看疏浚得深浅如何。”说罢便带着随从，又拉着女使，一起去池中划船。

这干人悉数走光，屋里只剩下越儿和委黑。两人尴尬，一坐床侧，一立门前，竟长久无言。越儿似有所闻，渐渐清醒，眼睛发亮，喃喃自语道：“真的好听！是你唱的么？”

“将军听见了什么？”

“你适才唱的什么歌？”

“我并未唱歌。”

“春天时我在遂生园也听你唱这曲。只是这回无琴笛，婉转清唱，听来更妙。”

“那回我唱了么？”

“唱了。我认得这个调子。”

“你做梦吧。”

“我已醒来。刚才分明听见的。”

“你跟蒲刺都一样。”

“什么意思？”

“眼睛瞎掉了。”

“莫非你是个绝美的人，身上有光，亮瞎了我的眼睛？我能走近看看你么？”越儿说着，就走到门边，去看委黑。

“看够了吗？”委黑背转身子去，羞得低下头，不敢让他再看。

“看够了。”

“看到什么？”

“果然有光，跟午间的日头一般，亮到一起，我什么也看不见了。”

“原来你什么也没看见，何苦我一直立在这里。”

委黑这么说，越儿想起还没让人坐下，便领她过来，叫她坐在床侧。

“好柔滑的手！”两人这么坐着，难免肌肤相触，越儿握着她手说道。

“你的手也好软，女孩儿似的。”

“你看我像一个女孩儿么？”

“女孩儿跟女孩儿坐在一起说话，心里踏实。我直是喜欢女孩儿。”

“你把我当女孩儿喜欢了。”

“谁说喜欢你了？”

“你说的，刚才你说的。可我是个男孩儿。”

“这么大了，还叫自己男孩儿，你不羞臊吗？你是个老爷子了！”委黑说着笑起来。

“我碰到你就看见你了，原来你是这么大一个美人儿！”越儿体味着，竟直愣愣地放肆去触委黑耳鬓。委黑也不推却，任他抚摩。这么摩着，女孩儿心旌摇曳，不能自已，便晕醉过去。

这是一件喜事。喜既成就，我为何还守在这里呢？总算有件事可以放下心来，我该也去皓月池与从恪君泛舟才是呢！

日渐偏西，我再回转来时，二人已在庭前廊中坐下。看似情好缠绵，有说不尽的话。

“君之霜雪，染妾松烟。我已是将军的人，将军勿忘叫恪兄求阿玛恩准。”四妹妹说。

“从恪兄已对我讲过，说你爹爹没准会答应呢。只是怕他还未曾向你爹爹提起。我回头要敦促他。”越儿道。

“择吉日，遣媒姥上门。”

“哎呀，坏了！我听人说，你们女真女儿出嫁前，要由珊蛮领着到山里，亲眼看着与亲生爹爹睡了，才合礼。”

“哪里听来的陈年烂谷子事儿？这都是旧朝北境古俗了，入主中原后就废了。”

“是行院里的三分儿姐姐说的。”

“你还去过行院？”

“你兄长带我去见世面来着。”

“这便往后不要向他学这些坏处。你如今是卫阵将军了，不要让那些烟尘女乐污了身体。”

“妹妹说的是。越儿往后不让妹妹牙疼。”

“什么叫牙疼？”

“委黑就是牙的意思，妹妹疼了就是牙疼呀！”

“鬼东西！”

越儿既这么许诺四妹妹，便不再去行院，凭从恪邀约几回，断然不从。忽一日，得一书信，乃行院中三分儿差人送来，信中曰：

“将军救奴！速来救奴！阿迭公欲买奴入府，数日内便来取我。取我之日，便是奴死之期。”

这便不得已去了行院，见着三分儿，详问事体原委。

三分儿道：“这个阿迭老贼垂涎我已经好些日子了，我委实早早就允了他。有谁在烟花地行走不沾飞絮的呢？既如此，不如随了这老贼，反正七老八十的，动手动脚，撩摩玩赏而已，并真做不成那事。他权重势大，别人不敢碰他到手的东西。由他罩着，这便轻省。我只专弄琴弦，倒不受杂客污亵。于是身子保下来，未遭摧败。”

“姐姐那晚与我枕月，当是第一回？”

“既是第一回，也再未有过第二回。”

“如此，你便已是我的人，怎好叫他人夺去？”

“妾唯将军命敬谨，不然则死。”

“我与妈妈说去，但言已订终身，这便赎了你回家。”

于是，越儿去与妈妈说。

妈妈说：“若只蓄姬，怕得罪不起阿迭公；若着纳从良，他倒语塞。再则将军背后有皇叔一族撑腰，势头也比吏部大些，谅他也不好再说什么。只是要花费一些银两，一来我好去婉辞化解，二来也可怜我老妪苦心栽培三分儿。”

妈妈开价十两金子。这便不得已又去找从恪借。

从恪闻此，惊得半晌说不出话，差一点晕厥过去。再坐定，说：“那四妹妹怎么办？”

“四妹妹自是我的心爱，君子金诺，岂可背盟？只是先纳了三分儿做妾，日后再娶四妹妹为妻。”

“倘是一般人家，先纳后娶也未尝不可。然皇亲国戚，容你这般胡闹么？你端的荒唐至极！”

“天下有见死不救的么？我这么救了三分儿，顶多先折自己，也未损得你半毫，也未令完颜家谋私动权，有甚不妥？”

“我刚跟阿玛说了这事，阿玛甚喜，已经准了。你忽然来这么一出，让我怎么跟阿玛交代？怎么跟四妹妹说？”

“四妹妹那里我自去说。殿下亦情义中大丈夫，难道不明白救人要紧么？”

“我不准！”

“你太不够意思！”

“休怪我翻脸！”

“翻脸怎的？你还要打我么？”

“打是打不过你了，我这右臂如今抬不起来了，一只杯子都举不高。那年中你毒矢未愈，筋萎脉枯，怕是废了。”从恪顿时语音黯然。

“我予你的续筋丸竟不治？”

“我没吃足，路上丢了几丸。”

“打也打不过我，拗也拗不过我，遂我这般做了，我自承当。”

“哎！”从恪叹道，“男人多要几个妾也没什么，四妹妹倘真喜欢你，估计也过得去，只是这个粉头我看着不顺眼，心机绵密，终是一盆祸水！”

“你看不顺眼我顺眼，又不是你领回家！”

“你可看好了，莫说我没先关照你，日后弄出是非，你自理清。”

“兄不必过虑。”

“再问一句，值吗？”

“值！”

“那好，你的事就是我的事，我不能不管。来人，拿酒来！”从恪唤人设席摆酒，“久已不醉，不醉不快！唯欢伯可浇我心中块垒！”

从恪出二十金予越儿，一为赎身，二为纳迎喜礼。

又到斋日，这回，越儿独自上仰山去见行秀师父。事情是这样的，几日前，越儿领着义先、蒲古和兴哥去辇瓦看戏，竟遇着二毛。二毛如今出来做生意，卖茶叶到南京开封府（此即为我宋南渡前故都东京汴梁）并中都等地，上年出完货后，正准备返回，恰值宋金交战，一时途塞，只得滞留，半年多来宿于驿馆中，无聊间便常随同行商贾到瓦舍中消遣，这回凑巧，竟与越儿不期相遇。越儿问起故地故人，二毛一一俱告。问到丹云爹爹，二毛说，越儿离开临安不久，案子不了了之，官府放了丹云爹爹，她出来后回不得普宜宫，便西走湖湘，据说终老于潭州。

“见你郁郁寡欢，若丧家之犬，何故？”行秀见着越儿，劈头就问。

“师父怎知我遇丧事？”

“戚戚哀容，非一时之不快也。敢问将军，亡者何人？”

“吾师也。一日为师，终身为父。师亡若父母亡。弟子不在先生跟前，不能尽孝，是故戚戚不已。”

“子曰：‘啜菽饮水，尽其欢，斯之谓孝；敛手足形，还葬而无椁，称其财，斯之谓礼。’既不在跟前，无以菽饮，无以殓葬，可焚香祝祷，可做法事，寄托哀思。终究哀大于礼，乃夫子真谛。”

“便请师父代做法事。”

“敢问尊师何方神圣？”

“临安普宜宫中女冠秦丹云也。”

“汝为秦丹云弟子？难怪熟谙金石丹药！”

“师父也认得吾师？”

“尊师与陈泥丸，皆为薛道源弟子，皆金丹南宗一脉，而薛本禅宗门下人，遇翠玄子石泰后改入道门。金丹一系，修内丹，先命后性，经筑基，炼精化炁，炼炁化神，炼神还虚而结金丹。故翠玄子得寿一百三十，道源得寿一百十三，泥丸得寿一百六十，而尊师掐指算来，今有一百二十。”

“吾尝闻吾师出自谢石、王宽一系，未尝闻翠玄子、泥丸金丹一脉。”

“或汝师为隐其身世。”

“并未隐，临安人尽知其出自暖波阁，花名秦天颜。”

“汝知其一，不知其二。”

“何为其二？”

“尊师本名李师师，亦受惠于佛门。佛弟子者，俗呼为师，故称师师。幼丧父，娼籍李姥收养之，故姓李。师师长成，色绝天下，曾得徽宗宠幸。”

“未尝闻此。师父何以知之？”

“吾投雪岩门下时，雪岩师兄南弦乃泥丸胞弟，故得知。”

“吾缘盘根错节，竟深如是！”

“尊师授汝外丹法，并未曾授汝内丹法？”

“何为内丹？”

“你往前看去。”禅师手指殿外，“看见什么？”

“一座塔。”

“你凑前去看看，有何异处？”

越儿便出了殿堂，走到塔跟前端详，回来告曰：“甚奇异之塔，日下竟无影！”

“此塔名曰无影塔，内丹即若此。”

是日，越儿请行秀师父为丹云爹爹做法事，以超度亡灵。

从仰山上下来，我有颇多疑问，便去辇瓦找瑾奕。

“敢问姐姐，可知李师师身世？”

“李师师？你正问着。辇瓦里演义过她故事，我颇知道一些根底细节。”

“生人招不来魂灵，如何敷衍？”

“李师师还健在？”

“殁命不久，午间才听来的消息。”

“难怪演不出神，徒有其空壳。”

“怕是空壳也难牵强。她是何等绝色美人！”

第八章　陇西氏师师

昔者梁山泊八百里湖泽中，有绿林贼寇啸聚。贼首名宋江。寇不甘据泊，又流窜淮鲁各地，犯京东、江北、海州，转略十郡，官军莫敢撄其锋。然做贼行盗日久，终不是长久营生。时资政殿学士侯蒙上书曰："江以三十六人横行齐魏，官军数万无敢抗者，其才必过人。今青溪盗起，不若赦江，使讨方腊以自赎。"宋江闻此，便生降意，宣和年元宵灯节，乔装潜入东京，冒险暗访陇西氏师师。盖陇西所谓李姓源出，故坊间婉称李姓者为陇西氏。时年，陇西氏已过三十，丰姿不减，犹具二八妙身，居镇安坊中矾楼，帝由艮岳中暗道出，直抵，临幸频频，正在兴头上。江巴结师师，以图面见圣上，或借师师口美言，求赦，求招安。

江曾为郓县押司，衙中打理文书之小吏，迫不得已而上梁山。吏在官下，本可安分勤勉，积绩以升迁。然积何绩可上达国家栋梁？不想落草蚁合，竟沽得重价。此应试科举难成，苦苦经营不果，纵战功赫赫亦未必，实为投机出头之捷径。而结交陇西氏，乃捷径中之捷径。

江馈百金，此于陇西氏何足道哉！又以一曲《念奴娇》逢迎，半瓶子醋晃荡，于文不足，于才穷酸，难入师师慧眼。师师出茶具、酒具，有云盏泥斛，有碧涛霓芒，所出茗芽有玉清庆云、瑞云翔龙、浴雪呈祥，所出甘醴有轻霜桂露、潋滟流霞、琼浆香蜜，皆盛名而质淳。凡珍贵者，视之盖平常无华，用之品之，深入其里方可体味。酒过三巡，江撸袖去冠，盘坐仰颈，俗相毕露。江云："此地狭窄，陈设暗旧，梁简素乏饰，壁灰阸无光，远不如我聚义厅高堂阔展，恁地豪情万丈，一醉方休。官家怎以此陋室藏凤养娇？"师师但不语，援壁间旧琴，隐几端坐，沉吟《大江东去》，唯一句"人间如梦，一尊还酹江月"，唱得淫逸妖冶，宋江直难领略其中奥义。俄顷，妈妈入，言官家至，宋江等人不得不退。江远睹圣容，不禁跪曲，谓左右曰："不如直面圣上，陈明心迹，表露我忠义耿耿。"左右中燕青阻之，谓贸然唐突不妥，从长计议为好。

亏得有这个燕青。燕青何人？梁山上浪子，六尺伟躯，腰细膀阔，二十四五年纪。人言，"平康巷陌，岂知汝名？太行春色，有一丈青"，说的就是他！重在一个"青"字上。青春好男儿，雪净肉胚，碧纹刺身，远看好比玉亭挂翠；俊朗钢韧，挺立迎风，近触犹似弓弦惊风。哪个妇人见着心底不漾波澜？陇西氏于梁山泊豪杰事迹，早有耳闻，本想一睹风采，怎知这宋江乌漆墨黑、短肥庸惰，哪来的半点英雄气色！幸好左右中燕青出类拔萃，让她看到心窝子里拔不出来。之后，宋江便靠着这燕青与师师私来暗去的，将招安事体传达圣听，才有了结局。

百金不入陇西氏眼，梁山不入陇西氏眼，唯独燕青俊色推研洞开美姬心扉。这世间，是非叫人舍生取义，真伪令人矢志不屈，更有险境使人万死不辞。何为险境？石崇巨富，绿珠绝色，遇着权势相逼，始有杜牧"落花犹似坠楼人"之一刻。人坠若花，且慢且缓，复慢复缓，但留得此瞬间，长胜千载光阴。

万邦万民，财货文章，荟萃中原而尘尽生光，谓中华。华中之华，不过坠楼落花刹那。此间道理，徽帝深谙。江山乎！美人乎！

徽帝乃神宗之子，哲宗之弟，受爵端王。哲宗薨，向太后举为人君。因深崇庄老道德，号道君皇帝，身后封庙为徽。

徽宗仁孝，恣情，多才，不乏智谋，在位时胸怀大志，勤政不怠。然其趣味庞杂，涉猎繁多，沉湎声色，骄奢淫逸，又用政以邪制邪，心机过密，终致失策误国，酿成靖康之祸。故后人颇多诟病，但诟荒淫昏聩，实不中其要害。

宣和时，万国仰神京，礼乐纵横，风物充盈，青楼弦管不绝，美酒如渑。此景此情，盛况空前。

端王即位后，四任四免蔡京，左右安插异见，制衡掣肘；追王荆公为舒王，配享孔庙，复启变法新政，发富之藏以济贫，所谓“矫世变俗”，后人谓之“天变不足畏，祖宗不足法，人言不足恤”；境内遍置居养院、安济坊、漏泽园；崇宁间兴学，建县学、州学、太学，立医学、算学、书学、画学，改科举，由专业学署取士。

徽宗御笔曰：“鳏寡孤独有院以居养，疾病者有坊以安济，死者有园以葬，王道之本也。”又亲临居养院，察起居饮食，诏谕以金饰什器，以毡帛制茵被，置女使及乳母事妇人小儿。

陈禾尝谏于侧，阔论迂絮，自午至暮，不息。道君饥不能自持，曰：“择日再听卿言，此刻朕欲用膳。”禾拙圣袍不弃，顿首涕泣曰：“陛下忍饥不惜，臣何惜粉身碎骨！”其力过猛，竟裂断皇袍。道君不得已更衣，又曰：“臣忠恳如此，当遗碎袍示勉众卿，文武以为效则。”

驸马都尉王诜有半幅《蜀葵图》，珍之憾之，偶出示道君。道君记于心，遣人四下寻访。终得另半，乃索诜之半。诜以为其主欲纳入己囊，不料道君弥合两半，装帧合一赐还。

东坡小史高俅，工笔札，怀武功，善蹴鞠，东坡荐俅于诜。诜有美篦赠端王，差俅送篦至端王府。恰遇端王蹴鞠，俅与王对弄，竟胜出。端王传言于诜："汝之礼大美，篚纳，人亦纳。"后端王登基，俅因之腾达，得赏隆盛。左右妒之，比之索赏，道君曰："尔等安有俅之足？"俅亦非独以其足荣，崇宁间，屡建边功，平青唐，升太尉，领禁军。先贤所谓治大国若烹小鲜，岂徽帝视国若鞠？

大观元年，黄河清，逾八百里，凡七昼夜。大观二年，同州黄河清。大观三年，陕州、同州黄河清。古人云，河清圣人出。然未逾廿年，何以国破山河碎？徽、钦二帝沦为囚虏？

政和年，辽辖下女真部阿骨打起兵建国，道君谋远交近攻之计，委辽降将李良嗣为使，自登莱涉海，结海上之盟，合兵夹击攻辽。后阿骨打出兵，我宋乃按兵不动，俟其灭辽之势不可挡，乃袭取燕云十六州。徽帝曾许，得燕云，则转贡辽岁币于金，并出借粮草军用，然诸诺迟不践，又顺势纳降平州张珏，诸辽旧部因此皆有望风而归宋之势。金人直见浴血奋战之果将落入他人囊中，忿不可遏，乃斥我背盟，举兵伐宋。期间，道君密书天祚帝，又生联辽制金之心，金截获密书，更具出师口实。

燕云群山，盘盘郁郁，兴王之地，控之则可御敌于长城外。自五代起，为契丹所据，俯视中华，乃我朝心头大患。昔者太宗御驾亲征未果，中箭发毒早逝，迄此时方收复，是故朝野为之振奋，举国大贺。不想金兵来伐，一至幽蓟，则燕将俱降，铁骑踏入郑赵平川，锋指东京。临此危局，道君遂谋禅让，扶渊圣钦宗上位，出走扬州、京口，借新君之手锄蔡京、童贯，重聚人心。道君谓渊圣："吾走南，汝据汴不动，朝廷实有二京。倘不测，终有一京可保。"钦宗临政，略见起色，勤王之师临京畿，金兵退，议和不犯。徽宗回銮。靖康元年，金使萧仲恭来宋，渊圣重金买之，密书降金辽将耶律斜睹，图策反，书封存蜡丸，嘱萧转呈。然萧回金，直呈金帅宗望。此钦宗背盟在先。遂金又出兵，分两路进犯中原，围困东京。金占外城，不入，索金银、少女、珍玩，欲钦宗亲往金营递降表。钦宗往时，开封众百姓夹道，于辇中哭呼：“救我！救我！”越数日，二月初七晨，臣李石奏，金人欲上皇出郊，以乞皇帝归。又传渊圣密旨，曰：“得旨，爹爹、娘娘请便来，不可缓，恐失事机。”徽宗至此，不得已，曰：“纵或有非意，亦知此事终在。若以我为质，得官家归保宗社，亦无辞。自处若此，获报乃尔，有愧昔人多矣。”昔人者何也？莫非蔡京、童贯？

入金营，则再不归，二帝皆为人质。金人直谓父子毁约背盟，随往金都面夷君，述明究竟而已。太上抗辩不屈。金帅云：“自来囚俘皆为仆妾，因先皇帝与汝有恩，妻子仍与团聚，不若灭契丹时，宫人嫔妃皆赏将士。然北归大事已定，上命不可违，此去放心，必得安乐。”（所谓先皇帝，乃金太祖完颜阿骨打，灭辽前已殁。时其四弟吴乞买接位。吴乞买，追庙为太宗。）

又金帅宗望为真珠大王设也马求富金帝姬，太上曰：“上有天，下有地，人各有女媳。富金已有家，中国重廉耻，不二夫，不似贵国之无忌。”

是年三月二十七日夜，钦帝望京奠别，伏地大哭，天地为愁，城震有声。翌日，金人拔营起寨，由宗翰押钦帝自另一路先启程。

徽宗一行，数日后随宗望北行。行前，宗望赠太上银三千两，表缎四端，火燎头笼四具，并其余路途所需物资不等。途中，日送鸡兔鱼肉酒果，供应帝后每日羊各一只，嫔妃帝姬每四人每日羊一只。越河天寒，又赠绢万匹，太上分一百五十匹下赐宗室缝冬衣。

浩浩荡荡，万千人宗室北行，每日所费所用，难以计数。武夫莽卒，惯于驰骋奔突，岂谙禁中就里门道？纵看押管束已顾首失尾，更何况日日觅食掇柴，设帐埋锅？仅每日搜羊捉兔，便已阵仗悉乱，七零八落矣！皎皎明珠，粝手糙足趋奉，难免香殒花损，真苦了那般金枝玉叶的妃后嫔姬！自国朝东京开封府至虏寨会宁，迢迢盖四千里，嵬嵬皇室置于兵骑间，仿若徒手捧冰，呵不得，摔不得，欲其不碎不融，整好如初至终，真也苦了一干平日里血性爽利的将卒！

道君大义入虎穴，为罢兵燹。笑谈无惧色，处逆变不惊，一路上与宗望赋诗饮酒，不论兴亡，无所谓主俘，视灭顶之灾若儿戏，玩天下于掌股间，直未将北酋野人放在眼里，岂其非真北狩而领略生死大美险境乎？曰：“龙荒边民苦寒，怀土牟利，贪得无厌。勿惶遽，无甚大碍，各取所需耳！”

左右告之，宫中珍瑰皆被掳去，道君不动声色。唯言及书画典章亦遭掠夺，方长嘘一叹。

过河数日，宣谕曰：“我梦四日并出，此中原争立之众。不知中原之民，尚肯推戴康王否？”乃召曹勋，出御衣，密书领中，嘱勋携衣归，曰：“见康王，深致我思念泪下之痛，父子未期相见。中原之谋，急举行之，无以予为念。恐吾宗之德未泯，士众推戴时，宜速应天顺民，保守取自家宗庙。若不协顺，记得光武未立事否？”

中华千百载，人君未有若此者！君不似人之君，相不似君之相，垂老之童心，冶游之浪子，怪异哉！君置生死于度外，不惜财货、功名、福寿、江山，君何惜也？

北至真定府，望南喟曰：“不知师师今何在？可好？可安？念彼及此，非朕误江山，实乃江山误朕矣！”南归无望，此去万里，然眷怀师师，师师何以令圣君不释？斯人所贵，何其贵也！

哲宗元祐年，东京东二厢永庆坊染局匠王寅生女，寅妻生女时死，寅以豆腐代乳养女。女坠地未尝啼笑，寅甚异之。及三岁，抱至宝光寺认师。此乃京都旧俗，认佛师父受戒，得护而辟诸邪，以养命弱。见僧方笑，僧曰：“此何地，尔亦来耶？”女忽啼，僧摩其顶，啼乃止。寅窃喜曰：“真佛弟子也。”

为佛弟子故，俗呼为师，故昵称师师。

女四岁，寅犯罪入狱，获斩。青楼李妈妈收养之，故又呼为李师师。妈妈细心调养，并延名师教以诗词琴曲，待长成，色艺双全。

入内押班张迪，未宫时常狎游烟花地，与李妈妈熟识。迪谓徽帝曰：“论芳艳冠首，非镇安坊师师莫属。”帝闻之而心摇，慕一睹。时刘贵妃殒，生前于庭中植绿天，绿天者，芭蕉也，传芭兮代舞，巫人所持香草，妃视蕉苗曰：“或吾未及见汝长成。”果如其言，二日后贵妃竟一病不起，针药不治而毙。帝甚恸，作诗赋令乐府奏唱。宫中悲乐缭绕，数旬戚戚然不已。迪见徽帝沉湎不拔，故随口言及师师，欲以拂哀。未料圣主挂心挂念，久不忘怀。不日，帝出足金、瑟瑟珠、紫茸霞䌳等，嘱人托赠妈妈，又诈云有大贾赵乙愿过庐一顾。时大观三年八月，师师廿已出头，徽宗廿七未至，青春好年纪，风华正茂。

及至约期，天色暮，帝易服而出，杂匿于内侍一班人中，出东华门二里许，至镇安坊。镇安坊有矾楼，这矾楼青瓦白墙，乌檐层叠，看似殷实读书人家深宅大院，端的毫无脂粉之气。帝止余人，独与迪入，见堂中空旷，沉香氤氲，悬几幅晋唐古画，青灯照壁，优雅怡穆。妈妈出频婆、鲜枣、雪梨、酥糕，皆淡口不腻，帝各样尝一口，倍觉神清气爽，皆非宫中滋味。妈妈说话，声气婉顺，天南地北，无所不晓，颇讨皇帝喜欢。然独不见佳人，帝悠然静待，令迪退出。

师师风华，名盖京师，已然鹊起，不愁奉养。自开门迄此，所获丰裕，金富化为纸贵，色妍凝为玉香，恁地奇货可居，何样骚客才子权贵豪贾未曾见过，怎由得你说来即来，想见便见？故踌躇延宕，由己兴致行事。

稍坐，又引至一轩。轩外水帘，潺潺有声，飞溅雨花，入襟沐心。有凉月洒辉，落入窗外庭中，紫簧幢幢，婆娑旖旎，息以复起，复起又息。妈妈置办食盘，有水晶焦底包子，外脆里嫩，裹鲜汤肉糜，蘸芬醯入口，欲罢不能；又配享牛肉汤一盏，清澈见底，未见半星油花，味竟醇厚牵舌。此皆宫中未有，帝顿觉闲适畅意。只师师未出，独坐默然。

妈妈请浴，帝推辞。妈妈曰："儿性好洁，勿忤。"帝乃沐浴更衣，出而又入一静室，妈妈陈香稻、炙羊、醉蟹、渍鱼于一席，并馔酒劝杯，陪饮欢谈。良久，妈妈起身，秉烛引帝至内室，有帷幔数重，卷帘轻垂。室中一灯荧然，隐隐馥郁，但不见师师，徒倚几榻间又良久，方见妈妈拥一姬姗姗而来。姬素面不妆，绢衫无华，新浴出水，唯娇不可当，直叫人心坠欲碎。师师凭几而坐，目空无话。妈妈与帝耳语："生性倔犟，迁就勿怪。"皇帝直凝视不移，不接妈妈话语，问师师年岁，师师不答，又问，又不答，索性出屋而去。妈妈道："恁地娇纵无束，只是爱静处，不喜言语聒噪。"帝又追出，至另一室遇师师。师师已端坐拨弦，唱《平沙落雁》。弦声周正，吟腔含蓄，道字不正娇唱歌，若稚嫩乳臭未干，然久听则不能罢，韵熟而音生，生熟相间，媚气存于可近而不可近中。帝魂不守，赞叹不已，再请鼓，三请鼓，不觉鸡鸣。帝不得已出，妈妈闻声亦起，挽留用晨膳。帝饮果羹杯许，恍恍然离去。内侍众人潜候于外一宿，见帝出，乃拥卫还宫。

道君目中无人，师师目中无道君。妈妈问："他出手不凡，你却冷意慢待，何故？"师师答："一介贾奴，不足挂齿。"

此事不胫而走，东京上下无不知皇帝驾幸陇西氏。妈妈得知，于是惊慌失措，哭向师师曰："此番我等命不久矣，真龙天子临到跟前，竟有眼不识泰山，必不好死。"师师淡然对曰："妈妈宽心，不必多虑，前番上肯顾我，亦既不勉强我，必怜我。再者，贵为九五之尊，何苦杀一贱奴以示天下人狎妓之讳？”

之后道君不时有重礼下赐陇西氏，托张迪转达，有足金百两、珠玉宝器，另特赐大内所藏唐时螺钿紫檀五弦琴。

道君再临矾楼，师师依旧素面见天子，然妈妈不敢面圣，呼之乃出，跪地俯首，战栗不能言，全无当时调寒送暖情态。圣曰：“自是一家人，何必谨束！”又堂中已不见晋唐古画，旧宅翻新，雕梁画栋，小轩改换阔亭，断无幽趣，大煞风景。本欲坐食水晶焦底包子，竟馔龙糕凤饼，镂绘镌刻，皆学宫中形制。问之，告曰出钱请御厨精制。帝心中不快，拂袖去。

迪私语圣主曰：“陛下出行，羽林军布列，镇安坊宵禁，行人屏迹，故无雅趣。不若自艮岳修暗道，直抵矾楼，则矾楼可安存于坊间，一如民宅。”圣主大喜，委迪图之。迨暗道成，乃往来畅通，且私密无险。矾楼遂复如故，妈妈便释然无拘。

众妃后闻风言风语，心生妒意。郑后谏主：“自古未闻妓接圣躬。陛下或无忌讳，然妃后不欲染妓之体再染妾身。愿陛下自爱。”帝无语，渐收敛，此后数岁不复出，只垂问关照不止，且赏赐馈赠不吝。帝赐师师玉笛金盏、凤珠雪灯、诸种西域香、上品药材、翡翠炉鼎、助木剌、木难、空青、照殿红、宝墨珍砚、舞郁青镜、昆冈玉棋，凡大内府库中精良，无不择一二贻之，又钱用贡品不断，米酒瓜果裘绸不绝。帝思欲召师师入宫封妃，师师不从，乃罢。

师师素与美成好。美成善词，能度曲，神宗时献《汴京赋》，颂新法，得授太学正，后旧党执政遭贬，徽宗即位复获重用，官至蔡京手下开封府税监。时美成已逾天命之年，长师师三十有余。师师视之若师若父，两相老少忘年。师师名噪京城，多仗美成词曲。美成曾填《玉团儿》，尽赞师师，云：“铅华淡伫新妆束，好风韵，天然异俗。彼此知名，虽然初见，情分先熟。炉烟淡淡云屏曲，睡半醒，生香透肉。赖得相逢，若还虚度，生世不足。”又《洛阳春》

道，“眉共春山争秀，可怜长皱。莫将清泪湿花枝，恐花也、如人瘦。清润玉箫闲久，知音稀有。欲知日日倚栏愁，但问取、亭前柳。”

道君不至，则美成又可常来。美成但度新曲，便付师师吟唱。间或师师又对新词，答问交错，直分不出彼此。徽宗虽工于书画，然于琴曲则为门外汉，素不能入得师师心扉中此胜境。美人多情，欲无止境，多喜宠养，亦偏爱俊逸。值此芳华，获美成之宠，享道君之俊，相得益佳。日后丹成，或有赖于此光景中先已筑基。

至宣和年间，徽宗又常临幸，时陇西氏已逾三十，色韵犹鲜。一日，师师正与美成缱绻，忽帝至，未及遁，则匿于榻下。帝携新橙一颗，谓江南新贡，以悦师师。啖毕，帝欲去，师师温言虚以挽留，不想帝果驻息，乃拥入衾，凡欢情谑意，榻下人悉闻之，遂作《少年游》：“并刀如水，吴盐胜雪，纤手破新橙。锦幄初温，兽烟不断，相对坐调笙。低声问：向谁行宿？城上已三更。马滑霜浓，不如休去，直是少人行。”偶唱之，帝问谁作，师师曰周邦彦词。道君闻出此乃彼日情景，大怒，宣蔡京问邦彦罪。蔡京遍查邦彦职中事，手下曰：“唯周邦彦课事增羡。”蔡云：“上意如此，迁就则已。”于是罢周官职，押出国门。复一日，道君至矾楼，不见师师，问妈妈，知外出送周税监，大喜，久坐等师师归来。师师归，见愁眉泪睫，憔容可掬，翻脸大怒，问：“往何处去颇久？”答曰：“送美成，略致一杯相别。”道君问：“可有词曲留下？”师师云：“有《兰陵王》。”帝命唱弹，师师唱：“酒趁哀弦，灯照离席，梨花榆火催寒食……”曲终，道君叹曰：“真才情满腹也！”便谕召回，升提举大晟府，掌举国礼乐歌赋。之后，驾幸时，或亦唤美成来，三人品诗度曲，传为佳话。君臣不会朝堂，期遇狎合于倡家，千古未有！

开封府右厢巡官贾奕，身魁伟峻拔，膂力过人，有玉容神姿，风度翩翩。师师十三初出道，全赖奕资炭米灯油。奕与师师情好日久，不待以客，以夫礼侍。后师师誉满京城，门庭若市，奕郁闷不舒，常借酒詈骂，间有拳脚相向。师师避之，往来渐疏。宣和五年重阳，奕郊游至城北雪雁湖，遇师师。旧情复燃，两相悱恻难分，夜宿驿馆。自此，奕又频顾矾楼，毕竟旧门熟路，枯鱼入故池，甚怡然遂顺。某日复至，李妈妈闭门拒入，谓天子驾临。奕侧走后园，越墙而入，隔窗睹影，见帝与师师言笑欢畅，相拥无隙，丝毫无前缘羁牵，昔日枕上向己告饶索欢之情荡然，便心下生妒，奋笔疾书，曰："闲步小楼前，见个佳人貌类仙。暗想圣情珲似梦，追欢，执手兰房恣意怜。一夜说盟言，满掬沉檀喷瑞烟。报道早朝归去晚，回銮，留下鲛绡当宿钱。"书毕，悬于门前，离去。圣上出而视之，愤不能抑，问师师。师师不敢隐欺，俱告与奕事。帝归，下诏诛奕。谏议大夫张天觉上奏："诛奕，则天下人皆知圣幸女乐。陛下纵不自惜，犹不为祖宗惜乎？况昔非奕养，岂有美人娇立至今？"帝闻之，怒稍息，改诏放奕任广南琼州司户参军。

靖康元年正月初八，金帅宗望率军直逼开封城下。钦宗一面命李纲防守抗敌，一面派郑望之入金营议和。金欲索金帛以犒军，并划黄河为界。钦宗于是下令集缴京城中巨富并倡优之财以充赔付。师师闻此，谓妈妈曰："吾母子欢欢然度日，无忧若仙，不知祸之将至。"妈妈问："然则奈何？"师师曰："莫阻我事，我自有主张。"遂集前后所赐金钱，呈缴国库。时徽宗已退位，南渡至京口。师师请张迪转书于上皇，愿弃家为女冠。上皇许之，赐北郭慈云宫居之。

薛道光，又名薛道源，尝住慈云宫，金兵南下，弃而去。道君宠信林灵素时，林拜道源习内丹法。林曾投于佛门下，遭僧辱，发愤转入道门。后拜赵姓道士为师，获《五雷玉书》，得神霄真传，可呼风唤雨，施雷霆霹雳术。神霄者，天人合一也。因人心乃天之舍，以己身为小天，应宇宙之大天，故修成可得天力。凡善神霄者，必修内丹。内丹固，则遍闻四方霜露雨雾风雪云霞，内外相和，便可役雷策电。林既推崇道源，道君固然心往之，亦引师师拜习内丹。道源门下弟子甚众，唯师师、陈楠得其衣钵。

师师既入慈云宫，便绝倡门营生，一意专习丹法。时道源已去，陈楠亦不便再留宫中，乃择宫外村野茅舍暂居。偶往宫中，与师师论道。二人同学同道，互励精进，情谊渐深。某日，陈楠欲辞离，谓师师曰："此去湖湘，不再住宫，不立文字，专捡平常事体谋生。或日后有缘，可来江南会我。"后陈楠于街市中以箍桶为业，时以符水渗土造泥丸，间以雷法符箓驱鬼降魔，济人利物，人称陈泥丸。

李纲退去金兵，京师解围，徽宗回銮，至慈云宫中访师师。师师拒见，令女童传言上皇曰："幸得江山养命，何苦此命复败于江山？"

师师何所归，众说纷纭。金人院本《陇西氏南渡》中所传如下：

"翌年冬，金兵复至，元帅左监军完颜昌索师师，得之，欲献金主。师师拔金簪自刺其喉，不死。乃延医治，痊愈后束其手脚缚于骡上，押往北境。途中，为一老妪所救，乃还江南。老妪出其所藏，于临安开设暖波阁。师师为报救恩，复出接客，更名秦天颜。时绍兴九年，师师年逾六八，然修成内丹，玉体不坏，人前淡妆，依然丰神绰约，翩若惊鸿。"

"端明殿学士赵彦逾，字德先，赵氏宗室后人，绍兴二十年往行在求学，狎游暖波阁，与天颜相好，诺约苟富贵，重金还报老妪，赡养师师终老。时天颜已六十年纪，风华仍在，视之若三十有余，二人姐弟相称。绍兴三十年，德先登第，知秀州，累迁太府少卿，四川总领，工部尚书。德先未食言，赠暖波阁妈妈麸金、珠玉、几处宅地，又委托谢石弟子玛瑙宝胜院王宽筹措周旋，将天颜安置于嘉会养济院普宜宫中修养。”

又一本《天颜录》记：“师师入慈云宫后，为隐身世，即更名秦天颜，获道号丹云。金兵围汴，慈云宫毁于兵燹，丹云随朝廷转徙南渡至临安。于临安，投在谢石、王宽门下修习相术风水，后入普宜宫，自立门户。著书有《黄赤丹法》《雷姥仙传》《本草外经》书。丹云一路，为金丹南宗之旁门秘术，以黄赤修内，采地精秘药应天道中风雨雷电，外法合为霹雳神霄。火药由礼花转获炸力，盖由于此。”

《黄赤丹法》中言及妇人青春不老术，曰：“妇人之妍，在娇媚。娇为里，媚为表。无娇之媚，若皮之不存。娇者，痴也，羞也，怯也，高而曲也。唯娇难养。持娇不弃者，虽六八，天癸不绝。妇人但受阳精，则淫道熟。此一处熟，其余皆生。生熟相间，娇更胜。惟恐身心熟败，娇心荡然。凡与男子接，染市井烟油之气，工于心计，盘算无度，或受宠则喜，失宠则忿，乃生阳明火，炽头面三焦经，容颜衰枯。若接而怿，专于怿而不旁顾，纵一处熟，他处仍稚，则愈见生鲜。故娇之一字，紧要处在于输让，不晓得世间名分得失，只在碗里，不见锅中，则忿不生。无忿者不老，忿为老之根。”

《裴潭屏续泥莲出浴记》中道：“陇西氏师师为金帅挞懒俘得，作姬奴蓄养，北至会宁府，及色衰，赐予近侍，又数年，下嫁金国铁匠。”

此说颇不可信，酒肆茶楼中传言，落魄书生听得，为卖文糊口，夺人眼目，编排杜撰而已。

又道是徽宗皇帝北狩至鹘里改路五国城，金主太宗诏以其六女为宗妇，曰：“两朝从此为亲家，穷途未必末路，汝可安养矣。”徽宗上表谢恩曰：“得攀若木之枝，少慰桑榆之景。”

二帝于五国城，得供养俸禄甚丰，身侧行走服听之姬妾内侍如故，俨然一介小朝廷。金主时有国是垂问，望族、将帅、权臣亦不时登门拜访，二帝不吝赐教，皆一一俱答。废帝实乃胡人帝师，胡不为胡，渐入中原之礼轨。金太宗去，熙宗践祚，奉儒之风愈盛，又几近斩绝靖康年伐宋将帅，似若与赵氏一族雪恨。

道君于北地，又得六子，生八女。钦宗得四子，续命二十八载。或道君此间已忘归忘忧，师师矾楼若浮云？

听得这段故事，不免叹疑：亡国乎！亡于荒淫？亡于仁智？道君计谋深密，知情晓义，觑透世间品秩贵贱，大得大舍若虚空，其仁泽贫困于四野，其抑恶御恶于弹指间，何以上天弃之，颓势难挡？又师师色艳盖世，冰雪聪明，福祸自担，临危不惧，何以退没江湖，明珠暗沉？道君目中无江山，师师目中无道君！傲骄者无敌，竟为龙荒野蛮所敌。此天意乎？天意何意？欲示人何样深机？

不解。直疑惑愈深。

第九章　聚骨扇

“几股湘江龙骨瘦，巧样翻腾，叠作湘波皱。金缕小钿花草斗，翠条更结同心扣。金殿珠帘闲永昼，一握清风，暂喜怀中透。忽听传宣颁急奏，轻轻褪入香罗袖。”

这曲《蝶恋花》，写的是扇子。这扇子唤作“聚骨扇”，题诗者，即麻达葛完颜璟皇帝。璟帝喜弄诗词，专宠元妃李师儿，风雅直追道君。一个是李师师，一个是李师儿，一字之差，莫非是幽明中神机安排？徽宗爱琴，曾设“万琴堂”，遍藏天下名琴。其名贵者曰“春雷”，乃唐时遗物。春雷到璟帝手中，形影不离，直至命归时挟琴以殉。麻达葛亦工书画，所书瘦金体，与徽宗神似，几可乱真。其诗文才情，比肩李后主。有诗道：“五云金碧拱朝霞，楼阁峥嵘帝子家。三十六宫帘尽卷，东风无处不扬花。”

聚骨成扇，聚的什么骨？龙骨？仙人骨？将士枯骨？万千白骨垒功名，也垒起湘波翠条，东风扬花。人世苦生经营，积利易名，积名易势，积势易国，积得邦国江山，只为一把美扇么？扇得永昼一握清风，不过暂喜怀中凉透，好比花落坠楼人那一刻。一刻固然至美至贵，纵金玉性命难买，然此一刻，转瞬即逝，虚影难留，更遑论其下区区财誉！

暮秋一日，日晡将尽时，越儿自火器局事毕回府，遇一客逡巡于门外。越儿于马上令义先前去问客，回禀说客人求见不及将军，姓耶律，表字晋卿。越儿一听来人姓名，迅即下马，趋前作揖道："承蒙晋卿先生幸访！适才一路上思量局中公事，于鞍上恍惚，恕轻慢。"

客曰："在下闻将军威名已久，新近川陕前线频频传捷，全赖新火炮霹雳神功。三军得将军助力，国之大幸也。今日登门，一是仰慕求教，二是想一瞻故园，释我怀旧之情。"

这晋卿先生，就是尚书右丞耶律履之子耶律楚材。如今越儿住的皓烟园，正是曾经耶律家丞相府烟静园，是故有瞻故怀旧之说。丞相去世后，晋卿随母亲北往义州，读诗书经史，及少年时入闾山显州书院，及学成，则回京谋职。按金国惯例，凡丞相后人，可得赐省掾。所谓省掾，即在尚书省中行走佐治，沾个虚职吃皇粮。晋卿不屑承袭祖荫，愿科举而仕。殿试时，官家问："何为慎独？"晋卿曰："独而不乱。富贵中，人皆君子；危困中，方见本色。是故，夫子困于陈蔡事，为儒生圭臬。此乃以史为经。"官家甚异其才，遂召录为尚书省左司都事。耶律履好数术，曾云："吾年六十而得此子，吾家千里驹也。他日必成伟器，且当为异国用。'楚虽有材，晋实用之。'故可取名楚材。"后果如其言。

二人来到园中皓月池，泛舟品茗，穿越在芦花中。

晋卿靠着船侧栏干，远望汀州，陶醉于秋色间，说："腐叶坠野泥，其味醇郁，爽净中含着药气，颇慰人虚劳神伤。"

越儿说："不及不敬，无才无德，居此堂堂丞相府，实乃鸦占鸠巢。都事倘恋旧，便直搬过来住，我上请工部另择地即可。"

晋卿道："君言差矣。这都是些陈年旧账了。先人的功禄我尚且不贪，更何况亏欠的抵偿。好男儿不立祖宗庇荫下，万般好处要靠自己挣来。我愿意像将军一样，靠建功领受封赐。"

“我这点雕虫小技，说不上建功，不过兴趣所致，无心插柳，到时候不意成荫。倒是先生真才实学，文韬武略，非不及可项背相望啊！”

“君集金丹神霄于一身，国之利器也。”

“神霄的功夫，我只是记住几张符咒而已，远未修成，正等着找个机会一试身手呢。”

“济国公徒单镒在陕西做宣抚使，近来正与宋军在西线鏖战，将军不妨亲往陕中试练秘法。”

“战火熄，兵家不幸；干戈动，则将帅荣。我怎就摊上这样一个营生，靠杀人吃饭呢？”

“历来杀万千，大罪大功。戎与祀，国之大事。杀一人，曰私念；戎武兴，为止戈。打仗都是为了杜绝杀戮。”

“没有更好的办法吗？”

“愿与将军同道同学，朝闻道，夕死无憾！”

“敢问先生年纪？”越儿见晋卿少年英姿，想结为兄弟。

晋卿道：“在下明昌元年生。”

正是我朝绍熙元年，与越儿同岁。

“我绍熙元年生，与你同岁。是年哪一月？”越儿又问。

“六月。”

“哎呀，我是正月生的，我比你还大半岁，以后我们兄弟相称吧。”

晋卿离席，到越儿面前敬礼，道：“仁兄受此一拜。”

两人自此，称兄道弟，也少去许多繁文缛节。越儿清秀，倒是行伍中英才；晋卿魁伟，竟在文章中拔萃。

既已志同道合，越儿便领晋卿去见行秀禅师。

行秀坐在殿中，越儿和晋卿依山拾级而上，将近，行秀说：“你后面怎么跟着人？”

“我今天带我兄弟晋卿来拜见师父。”

“我不是说你身侧的人，是说你后面的人。”

“后面是义先和蒲古。”

“还有一个人呢。”

越儿扭头看，并不见别人，说：“一共三人，加我四个，别无他人。”

一行人入得殿中，分坐在师父两旁。

晋卿说：“刚才师父说越儿身后有人，莫非是引用南荣趎谒见老子的典故来开导他。”

“这是什么典故？”越儿问。

“你祖上有叫南荣趎的，那是极古远的时候。趎随庚桑楚学道不成，庚荐引他去见老子。他便去。一见老子，老子便说他身后怎跟来那么多人。趎大惊失色，转身看并无一人。问故，老子告诉他，烦恼和困惑太多，使命和道义太重，这些都是跟着他拖累他使他不能见性养命的累赘，便像是身后跟来一群人。这个典故记在《庄子·杂篇·庚桑楚》中。”晋卿道。

“这位晋卿，我没猜错的话，应是耶律丞相的郎君耶律楚材吧。”师父说。

“正是不才。”晋卿说，“今日得见师父，能聆听教诲，三生有幸。师父受弟子一拜。”于是磕头拜师。

“晋卿所言，知其一，不知其二。”师父说。

“愿闻其详。”晋卿作揖。

“南荣趎后面跟着的是担忧，而不及后面跟着的是他父亲的担忧。”

啊，师父难道看见我了么？他如何知道我的担忧？

“你父亲的魂灵一直跟在你后面。”师父对越儿说，“不过，他是一介善鬼，无须惧怕。倘生人能与鬼魂语，我要告诉他，他的身后才有一群恶鬼呢！”

我真是很想听师父开导。实际上，我都能听到，只是师父听不到我，要是我能隔着生死向师父请教，那该多好啊！未尝听说僧人点化鬼魂的，或者行秀师父有这个法力，可以破除命障。

师父道：“你早年丧父，母亲不知下落，孤苦伶仃。你父亲的鬼魂放心不下，一直追随在你身后，担忧你的处境。他看护你，庇佑你，尽其所能扶持你，甚至托梦给你，晓谕你吉凶危夷。他应是做了他所能做的一切。一介魂灵，拳拳然惴惴然如此，可见其仁心之悲阔。这个世上，唯仁爱可以超越生死，唯仁爱于众人心中无异。因此上，我感其仁爱而看见他。只是生死有命，我们众人各得其所，不可破除命障，逾了生死的界限。否则，此刻，他应该也是盘坐在席间的一个美少年呢！”

“师父所言，我也常有感受，只是不敢确定。”越儿说，“原来我父亲真的一直跟着我。我曾听说，人死魂归，他如何做得到死而不归，紧随千里路来到这里呢？”

“按说灵魂死而后息，只是往往有屈不伸的，才会不甘而飘零。”禅师果然通透，这些我死后才知道的事情他居然全晓得，“你父亲该是含冤而死的。”

“我听说我三岁那年，家里起了大火，一家人葬身火海，母亲失踪了，我幸好跟厨娘外出，幸存下来。师父今天说起灵魂的事，我才似乎将前情连贯起来。这些事体，我姝娘都尽量避免跟我说起的，但我隐隐有感，许多印象也常常浮现。我记得我父亲真是好几次托梦给我，只是记不清他在梦中说什么；我也记得我小时候遇见一只蜻蜓，那蜻蜓令我悲伤不已。”越儿像是在尽力回想以往的事情。

原来他是感受到那只蜻蜓的。灵魂的事情真是充满奥秘和奇妙啊！

"所以，你不应该那么懵懂。你要给你父亲做一个牌位，让他可以暂居安栖；供给他果酒五牲，在忌日和节日为他焚香祭奠，先祭天，再祭祖。这样，孤苦的魂灵才有依附，不至于进到庙堂，与神佛争食。"师父真是悲悯之人，他的仁爱甚至泽被阴间。他继续说，"你如今做了大将军，锦衣玉食，高堂广庭，皇帝有宗庙，大夫有祖祠，你也应该按礼制修一间祖殿，设龛供奉你的父亲，多少让孤魂安稳，不至于流落街市。你们一起出来的，日后倘有机缘回归故里，再一起带他回去。"

越儿沉吟不语，我想他是非常难过了。

师父又说："祀位立好的那天，我下山替你做法事。生死是大事，你们跟我学佛的，学看空，并不是恶趣空，而是要学会有中之空，大也大不过小，小也小不过大。然而知大小之分别，才说得上再修去掉分别心。"

"师父知道不及身后跟着父亲魂灵的事，是因为每次不及来，庙里的供果就有丢失的吧？"晋卿欲探禅师之智。

禅师答："晋卿果然聪慧绝顶，只是我庙里的供果从来也没有丢失过。你想知道我如何知道的，其实之前我已告诉你们了，你或者疏忽未听，或者并不相信，原来是你后面跟来的人怕是比不及身后的人要多得多。"禅师又起身走到殿前瓦檐下，问越儿道："可否告我死者尊讳？"

"名南荣靖桑，字泰榆。"越儿恭敬回答道。

"泰榆啊泰榆，若你灵魂有知，动一下檐前的铜铃吧。"禅师向我说话。他知道魂灵有多少力气，可以绰而有余击响铜铃。

我于是听命飞上去，碰了一记铜铃，又碰一记，停一会儿，再碰一记。

弟子们一起抬头，朝向铜铃。他们并无惊诧，他们与我一起欢喜。他们这下知道，我真的也在此间，一起做佛陀的学生。

仲秋时节，越儿已将三分儿赎回，纳迎为妾。这会儿，将近初冬，越儿差义先去请媒姥，媒姥答应择一个吉日上门，带着财礼去见皇叔。到了选定的日子，越儿与媒姥、义先、蒲古一行人并载重车马一列来到卫王府。卫王欢欢喜喜将他们引进厅堂，赐座摆酒，馔果焚香。越儿带来的财礼颇丰，有林貂二十条，东珠五盒，麸金五十两，表缎里缎各三十匹，宋酒流香二十坛，南茶十石，于阗昆山脂玉璧一双。这些大部分都是皇帝赏下来的。皇帝为新火炮克敌事召见越儿，升他为工部郎中，授军衔昭武火德大将军，正四品上。只宋酒南茶近来难得，因两国交战，榷场关停，都是靠二毛辗转私运筹办的。

卫王见着南茶，不禁感叹："按说你们登门，该先看茶吃果，到开宴时才设酒。如今一打仗，两边交易阻滞，茶价飞涨，不得已以薄酒代茶。这便好，越儿门路宽，弄来十石南茶，估摸着府里上下三年都吃不完。上年尚书省奏请禁茶，谓茶非必用之物，举国以金银丝绢易茶，岁费不下百万，府库日益吃紧。眼下茶叶是硬通货，真到了片叶片金的地步。我们女真人入主中原以来，跟着汉人学喝茶，市井官衙，里巷大内，走卒贩夫，大夫皇亲，无人不喝茶，无茶难度日。如今韩侂胄举兵交伐，忒不得人心，我看单就这茶叶一事，也非罢战不可。中原的百姓，怎能叫茶叶卡住脖子呢？更何况不及的排炮火力难挡，纵他宋城固若金汤，也不禁烈火铄金，霎时灰飞烟灭啊！"

"不及罪过，仗着纵火为生，多少生灵涂炭，造业深重啊！"越儿道。

"他不宣而战，涂炭生灵的罪过是韩侂胄的。"卫王说。

"倘将来无战事，不及也就无用了。"

"仗是打不完的。宋境安息了，还有蒙古，还有夏人、哈剌契丹人，北边近来也不消停，趁我之危呢。将军身手还未伸开，日后才是大展宏图之时啊！所以，你做我家女婿，金汉一家，此乃我朝兴隆发达之象，天意作美。”

“还望殿下成全不及与委黑，此厢跪求大人了。”越儿起身，至卫王面前跪拜，郑重求婚，“越儿此生，得赖殿下和从恪君扶持，才有今日气象，若再引得凤入鸠巢，便全须全尾了，此生再无所求。”

“准了！”卫王离座，前去扶越儿起身，“我做事，从来不想那么多，但凭眼缘。我上来看你就顺眼，称我心意。”

“谢殿下不弃后生！只是前日我纳妾在先，怕坏了皇家规矩，还请殿下恕罪。”

“这根本就不是什么大事。你知道么？我与从恪娘成亲前，也是先纳了委黑娘做妾的。只是委黑娘生得晚，得了从恪娘后许久她才生下委黑的。委黑娘前面，还有一妾。我娶得正妻后，委黑娘按序排在第三，所以叫她三娘。”

“殿下做得，不及做不得。殿下龙脉一系，天下有一半都是殿下的，而不及乃平民败俘，如何冲撞得皇家？”

“以后做了我女婿，不也是皇家的人了么？无须多虑，这个事我做主了，改日再奏请圣上恩准，加你爵位。”

卫王豪爽，收了财礼，也不与媒姥啰唆，什么生辰八字一类的不屑一听，都嘱人交予三娘看过。晚间摆宴，一行人喝得昏天黑地。卫王将越儿抱住，像兄弟一样，头顶头，牴牾做戏。

又话说四妹妹委黑自听说越儿纳妾以后，忽凄惶不可终日，常暗中涕泣，闭门不出。这日，三娘接了婚帖，也不顾她的处境，只想着喜事临门，便兴冲冲来寻她。她见着婚帖，也不说话，冷冷地坐着，像凝了一样。

三娘道：“你倘心中梗塞，当面哭出来便是，何苦自己躲着人流泪！说与我听，我便好劝慰你，帮你疏解。娘是过来人，曾经先做了你阿玛的妾奴，后来你大娘嫁过来，她也没有为此死去活来，我们姐妹相处融洽，情同手足。你如今郁郁不乐，难不成是为了皇家的名分么？你男人贵为大将军，日后前程似锦，还指不定要纳好儿房妾呢！”

话讲到这里，委黑顿时哭出声来，边落泪边说道：“我只是喜欢他，以为他也是喜欢我。我哪里在乎什么名分贵贱，我直不敢想，他那日与我信誓旦旦，怎就一转身与别的女孩儿亲爱在一道呢？我想一想这事就心痛，眼泪水管不住就往下淌，越说不哭不哭越流泪，直不知道哪里来的那么多泪水……”

“做女人不好怨忿，不好嫉妒。”三娘又说，“那个女孩儿是偏房，你过去还要多关照体贴人家才是。”

“娘端的不知女儿心肠。我哪里会怨忿！我是心痛，难过得心都碎了。如今我一想到那个冤家，心怎样都拼凑不到原先的样子了。”

“那边已经恭恭敬敬送来帖子，你阿玛也在堂前将胸脯拍得震天响，他们翁婿二人酒后撒野，都抱到一起在地上打滚了，你如何可以期期艾艾哭丧着脸呢？”

“女儿已经是个死人了，冰凉冰凉的，你们越欢喜，我就越难受。说什么翁婿！我还没有嫁过去呢，哪来什么女婿？你一说翁婿二字，我……”她没有说完，又悲从中来。

“那可如何是好？”

“我也不知道。你让我死一阵子吧！我直想死了再生一回，好从那天起就守着他，不让他去找那个女孩儿。”

三娘也劝不好，便将四妹妹的话去说给卫王听。卫王喜欢越儿，但更疼惜女儿，一时不知所措，便推从恪去周旋，拖延成亲的日子，自己躲起来不见越儿。

想越儿也是不敢见委黑，侥幸绕过她，指望媒妁订婚，从仪轨上做成这事。从恪两边穿针，四妹妹那边劝的是情，越儿这边说的是礼。

从恪见着越儿道：“来回好话都说尽了，这下再说也没什么用了。四妹妹只指盼着你去说一声，跟她交代一下，你便去就是了。”

“这话怎讲？她要是问我跟她好着，也跟三分儿好着，是怎么回事，我如何作答？另外还有兴哥那一出，眼下她还不晓得呢！倘只是说名分的事，或者可怜三分儿和兴哥，倒不是难事。女孩儿家最麻烦就是揪着你说情情爱爱那一套。”

“如何事情到了你这里便恁地麻烦？在别人那里怎就都不是事儿？你究竟跟我四妹妹下过什么毒誓没有？”

“哪会有什么毒誓呢？”

“那你自先去说，哄好了她不就得了？”

“先放放，让她静一阵。她想通就好了。”

“那就休怪我阿玛，也别逼我了。成亲的事，面儿上是礼数，里头还得靠夫妻情愿。”

“这个我懂。”

话已至此，便纠缠不得，于是这件事就先这么搁置起来了。

冬十月，越儿向皇帝奏请领一班火器营的将卒开赴川陕前线，欲试练一下身手，看看他新造的霹雳针威力如何。皇帝恩准了。

晋卿来送行，一直随军送到城西南外中都路涿州定兴县。县外有长亭，越儿命军于此设帐暂驻。此时节，北国燕地已大雪纷飞，白皑皑一片。这雪是南国未曾见过的，鹅羽般大的雪片，连着三日下不停，万物在雪下别具另一番情景。人处立户外倒不甚寒冷，看他们血气旺盛，宰羊烫酒，好一派暖融融的气象。

越儿在长亭中设筵，铺了几层熊皮在廊中，像前朝汉人的样子席地而坐。陶爵就放在案边，下面生着炭火，边喝边舀，好不自在。

“将军此去，千里迢迢，过真定府，太原郡，京兆府，出秦入蜀，越岭过河，甚是劳苦。此间稍驻足，你我兄弟一醉方休！待凯旋时，我再至此迎军。”晋卿说罢，痛饮一尊。

越儿也还一尊，说：“身为将军，常驻京师，恐怠志消沉，不若于军旅中杀敌，将爱恨情仇抛置脑后，方见血性，疏我郁闷。”

“凡有井水处，皆能歌柳词。将军倘将女孩儿的事看开，何来郁闷？”

“如何看开？”

“我二人难兄难弟，于此世间困蹇。将军困于情，足下困于智。情智皆为情识，空幻一场。不如将军以智克情，楚材以情克智，不失为善法。”

“以智克情？我想想……此说颇令我费解。然每每令我费解之事，常于昏暗中忽明。看来晋卿乃是命中注定来点亮我的使者。”

“我见将军营中携眷，此何故也？自古女辈不入军中，将军冒此大不韪行事，莫非大有玄机？”

越儿笑曰：“晋卿果然聪敏卓尔，此正是玄机也。所行女眷名兴哥，原是教坊旧音部的契丹女乐，我将她赎出来，在内室侍寝。她通汉乐、女真歌、契丹谣，凡琵琶、口弦、横笛都摆弄得精湛。这下我们兄弟喝酒，正少一点歌乐助兴，我让她来唱一曲吧。”于是，传兴哥到长亭。

兴哥援琴，唱一曲道：

黄云雁门郡，日暮风沙里。
千骑黑貂裘，皆称羽林子。

金笳吹朔雪，铁马嘶云水。
帐下饮蒲桃，平生寸心是。

歌罢，晋卿云："姐姐此曲应景，正和着大雪纷飞。平生寸心，皆在葡桃美酒中。来，再饮一尊。"

晋卿举尊齐眉，越儿也舀酒持杯，二人仰颈，一饮而尽。

晋卿饮罢，又说："姐姐可知，在下也是契丹族人，久不闻乡音，或可唱来一听？"

兴哥便唱契丹谣《醉义歌》，皆胡音胡词，凡百十句有余，直唱到雪霁日出，暮光殷红。

越儿问道："所唱何义？"

晋卿道："以指喻指指成虚，马喻马兮马非马。天地犹一马，万物一指同。胡为一指分彼此，胡为一马奔西东。人之富贵我富贵，我之贫困非予穷。三界唯心更无物，世中物我成融通。君不见千年之松化仙客，节妇登山身变石。木魂石质既我同，有情于我何瑕隙。自料吾身非我身，电光兴废重相隔。"

越儿叹道："晋卿真奇人也！出口成章，顿时即将契丹语转成中华文言，皆音韵和谐，对仗工整。"

"此曲出自我先朝寺公大师之手。其人一时豪俊，贤而能文，尤长于歌诗，其旨趣高远，不类世间语，可与苏、黄并驱争先耳。所谓《醉义歌》，记重阳饮酒，颇多人世感慨。末句谓，'农丈人，千头万绪几时休，举觞酩酊忘形迹'，亦应此刻情景。"晋卿说，"待军凯旋，择日往将军府中再听姐姐吟唱，晋卿书录整曲，为后世传我契丹文献略存拙笔耳。"

时义先亦随军出征，于越儿身边任侍卫，蒲古入军中领火枪营，军职骁骑尉，正六品。

送君千里，终有一别。直至曲终酒尽，鼓角铮鏦，全军整装拔寨时，越儿也未说出携眷出征的玄机。

麻达葛，乃女真语，所谓"痴呆"也。而金国当朝这位麻达葛官家，并非痴呆愚夫。麻达葛完颜璟，世宗皇帝之嫡孙。世宗完颜雍，人称“小尧舜”，其在位二十余载，家给人足，仓廪有余，金宋相安，天下太平。大定二十四年，世宗巡幸上京会宁府，诏太子完颜允恭守国，不久太子病毙，世宗回銮，册封其子完颜璟为皇太孙。世宗命皇太孙尹中都大兴府，又迁至尚书省任右丞，以察其治国手段。世宗薨，璟继位践祚。世宗遗言曰：“立位在我，守位在己。”即位后，叔伯不服，多有忤逆。叔郑王完颜永蹈谋反，欲借河南路统军使仆散揆举兵，仆散揆不从，后家奴告密，事败，赐自尽。帝遂设府尉官于各王府，名为隶属，实为监制。又伯镐王完颜永中居尊势大，亦图谋反。河东提刑判官把里海绕过府尉官私见镐王，皇帝闻知，罢了把里海的官职，杖责一百。镐王不悦，谓打狗看主人，你官家直打我便是。又镐王舅母高陀斡在家中暗咒皇帝，四子阿离合懑私下大发牢骚，镐王与侍妾密语得位后封妃，凡此种种，皆传入帝耳。帝怒，下诏赐死镐王，又将其二子石古乃、阿离合懑斩首示众。

官家得以灭藩平乱，全赖元妃李师儿与丞相胥持国韬略谋算。

李师儿本为罪人之后，籍没入宫为婢。是时宫中设教，师儿与诸宫女皆从张建学。师与宫女隔帘相处，故建不得见女容，只闻声言。帝问建：“宫教中女子谁可教者？”建对曰：“就中声音清亮者最可教。”清亮者，师儿也。坊间传，李师儿色媚性黠，极为聪慧。帝召之，果貌聋神溢，惊为天人，遂幸之。升昭容、淑妃。时钦怀皇后已过世，帝欲立师儿为皇后，群臣以不合祖制为由，纷纷谏止。所谓祖制，金国皇帝历来与徒单、唐括、蒲察、拏懒、仆散、纥石烈、乌林荅、乌古论诸氏通婚立后，然李师儿乃汉女，又出自罪人之家，立后有辱皇统，故弗圣意。帝无言以对，辄罢，转封为元妃。元妃者，万妃中头魁，实尊比皇后。

李师儿如何黠慧？传帝与元妃纳凉于城北大宁离宫中海子上瑶

屿。帝曰："二人土上坐。"元妃对曰："一月日边明。"土字上写二人为"坐"，日字边书月为"明"。元妃以日喻君，以月比己。如此一来一去，甚得皇帝欢心。

胥持国，经童出身。经童者，凡士庶子年十三以下，能诵二大经、三小经，又诵《论语》、诸子及五千字以上，府试十五题通十三以上，会试每场十五题，三场共通四十一以上，为中选。胥由经童入仕，蒙帝恩宠，明昌年，位至尚书右丞，擢为执政，一时权势赫然。此亦有违官制，引得朝野上下一番非议，曰："经童做相，监婢为妃，亡国之兆。"

胥与元妃勾结，把持朝政。妃以胥网织亲信，胥以妃加官晋爵。二人常与帝侧议政，大事唯三人定夺。

叔伯中，唯卫王永济获信于帝。帝原有六子，不幸早夭，且皆夭于三岁前。幸李师儿后，又得一子，名完颜忒邻，封为葛王，不幸两岁时又夭。时帝有疾，诸药难愈，日益深重，自叹命不久矣，于是召见卫王，委以重任。翌年，又将兵权交付予他，升武定军节度使。

世宗时，中原租佃兴旺，猛安谋克封地荒弃，故欲复兴女真旧俗；至麻达葛做官家时，反其道而行之，大举废奴，举国崇汉制。所谓金制汉制不同，归根结底在于分封与租佃。前者若上古诸侯，后者乃袭商鞅之法。昔有契丹二税户，羁身于寺，既服役于僧，又纳捐于官，至璟帝时废，悉放为良。猛安谋克亦改旧例，习汉俗，租田卖田为生。帝初登基时，女真、契丹、汉，户五百万余，泰和年间，户增至八百万，人口五千六百万有余，可见其隆盛昌明。

然泰和六年以来，中原水旱蝗灾频发，明昌五年，大河决堤，夺淮入海，两岸百姓流离失所，朝廷税赋入不敷出。帝命赈灾，并修河防，耗资巨糜，雪上加霜。又南境遇韩侂胄北伐，北境蒙古崛起，间有契丹叛民滋事，不得已修九百里界壕，劳民伤财。一夜之间，国势颓塌。于是，滥印交钞，至于无度，竟万贯购饼，百缗买面，前线犒军以车载钞，钱贱如楮。

当此明君仁政，虽有奸佞当朝，然举国上下繁荣，反遽然显露亡国败象，诸事颇类宣和，此又天意乎？

吴曦叛宋不久，便为手下将士诛。宋复得川蜀，乃分兵出秦陇间。帝命济国公陕西宣抚使徒单镒出商州，与宋军战。

是时，金军至鹘岭关，遇雨雪。鹘岭关于鹘岭上，与秦岭相连，地势险要，扼守要冲。关北面置六门，门金木交错，重实难摇；城墙依山势而造，垒砖入岩，高数丈，难逾。十一月癸酉晨，两军正胶着鏖战时，越儿率火器军至。关北有森林绵延数十里，火器军隐于林中，火枪营、连弩营、炮铳营三营布阵。所谓火枪营，备突火枪、飞火枪，配碗口铳、盏口铳及多管铳。时宋军亦有火枪，只其火药威力弱小，唯近战可喷烟雾以威慑，类烟花而已。越儿所制火铳，可远发而炸，颇能杀伤。其多管铳可连发，一铳或三管、五管，至多者有十管，名排铳。连弩，即袭古法连射之弩，新又于弩上绑缚天丸，万箭齐发时，中敌而炸，势不可挡。炮铳营中有车轮炮与冲天炮，皆发铁雷，中城则墙裂。古时车轮炮掷巨石，如今抛炸雷，每车可连投三雷，一雷有二三十斤重。冲天炮由铁箍粗竹管做前膛，内置药室可填炸药，下接尾銎可插入木桩定位。诸枪炮但齐发时，屋宇俱坍塌，人畜悉伤毙，无往不胜。然凡弹雷投射前，须燃火绳而引发。激战中，火绳或错燃、难燃、迟燃，又遇雨雪受潮湿则不燃，此皆弱处，令越儿困踬。越儿此行参战，即为引燃之虞。如何迅捷引燃，如何按时齐发而不耽延，此于实战中至关紧要。此间雨雪霏霏，火绳受湿而不燃。万弹憋塞膛中，火器军哑然，端的还不如冲杀入阵的步兵。

都统押剌心急如焚，前来林中大营催促督战。越儿于帐中烫酒宰牲，邀押剌入席听兴哥奏琴。琴音至高亢处，乃令数丁推车而出。车载兴哥，巡行阵前。香车妙音，丽人袒胸，滑肌若脂，与雨雪融为一色。其时，远近歌声缥缈，若有若无，忽娇喘，忽呻吟，声断息不断，若枕边悱恻，令男儿怜惜，火烧火燎。

押剌大呼："将军耽于淫声秽音，涣散军心！不知此为军中大忌乎？"

"莫急，莫急，都统少安毋躁，须臾则万炮齐轰，敌城弹指间灰飞烟灭。"越儿斟一尊酒予押剌。

押剌不快，怒饮数尊，不料酒热上头，不到一刻工夫竟醉倒。

越儿视炉中线香已焚尽，时至卯时后三刻，便下令道："全军齐咒！"

咒曰："月月长加戌，日日见破军。破军前一位，万古不与人。"又曰："天地玄宗，万气本根。广修万劫，证吾神通。三界内外，唯道独尊。体有金光，覆映吾身。视之不见，听之不闻。包罗天地，养育群生。受持一遍，身有光明。三界侍卫，五帝司迎。万神朝礼，御使雷霆。鬼妖丧胆，精怪亡形。内有霹雳，雷声隐名。通慧交彻，五气腾腾。金光速现，覆护真人。吾奉太上老君急急如令敕！"

诵咒时，全军将士以擘指压食指中节纹内侧，以应时辰，汇聚阳精。

咒声由远至近，此起彼伏，先是呢喃，渐为呼唱，如雷震天，四面楚歌。忽咒止，万籁俱寂，只听得女音如丝，拖腔婉转，直钻人丹田。令旗复举，兵众齐呼："亶亶侒荨竺，澹澹暨衙毋！"诵三遍，响遏雨雪，地动山摇。顿时，火绳齐燃，万炮齐鸣，万弹齐发，鹘岭关上人坠旗堕，雉堞箭楼腾空飞起，城坍墙毁。又命推出甲车，架八百斤霹雳针于车上，此乃大铜柱，其尖锋锐似针，涂以火料燃油，和入砒蝎诸毒，再令咒："庵蛮珊岚吉！庵蛮珊岚吉！"

霎时，霹雳针尖火起，红彤彤如炉中炭，针尾銎中填药，药自燃推针而发，直飞击城门。针中城门，转穿金木，烈焰滚滚，瞬间吞没于门洞。此景忽然令我想起越儿儿时以铁钎灼红去刺柴门那一幕，菘引于柴门另一侧，险些被灼伤。难不成这件事启发他做出八百斤霹雳针么？

雷炮射毕，步骑随后，杀声震天，拥入关中。不二刻，金军夺下鹘岭关，宋兵远遁。

战歇，雨雪复至，血凝尸掩，一派宁和气象。

押剌于帐中醒来，问："此何地？何故如此静谧？"

越儿净手焚香，斟一尊递予押剌，道："此沙场也。杀戮后沉寂。"

"琴歌何在？"

"琴歌唱罢。"

"战事若何？"

"吾大胜矣。"言毕，越儿醉去。

凯旋，至定兴，于城外长亭中果遇晋卿。有一人随晋卿同来，视之形貌粗鄙，缩颈突胸，身材肥短。

晋卿引这人见过越儿，道："此我兄长也，亦从禅师学，将军出征时，弟访栖隐寺初遇，相谈投机，援为同道人。名李纯甫，字之纯，翰林院大学士。承安年在尚书省右司都事职位上，与我这个左司都事，有缘互为左右。今岁而立，较你我长出十三，真正大兄长也。"

"将军智勇过人，无所畏惧，何故见我而畏惧，退避三尺？"之纯道。

越儿于是跨前一步，说："先生何出此言？初见而忒近，恐有唐突耳！"

“将军怕是厌嫌在下生得丑陋。躯干短小而芥视九州，形容寝陋而蚁虱公侯，语言蹇吃而连环可解，笔札讹凝而挽回万牛。宁为时所弃，不为名所囚。将军可曾听说此人？”之纯问。

“莫非先生自嘲？”

“此吾所学者，净名庄周。”

“之纯曾言，功名可俯拾，作《矮柏赋》，以诸葛孔明、王景略自期。”晋卿插话道，“其辞赋云：‘功名半纸，风波千丈，图个什么？但尊中有酒，心头无事，葫芦提起。’又云：‘肺肠愤痒芒角出，倾泻长句如翻盆。’他也是一介酒狂，有酒必应，不论贵贱。”

“如是甚好，我三人今日欢醉。”越儿于是命义先下去筹措酒宴，三人先自坐下煮茶品茗。

“将军携眷出征，不误而得胜，此何玄机，愿闻其详。”晋卿道。

“我所虞虑，乃燃绳发弹之劳烦，遇雨雪受潮则愈败，遂欲借神霄法解之。前日于寺中得禅师点化，想起我恩师所传金诀，只曾经幼小懵懂，但喜外丹，不练内丹，于是，转而求金丹南宗大法之奥旨，顿时开朗。内丹、神霄，实为一体，内丹成，则可呼应天地，接宇宙运化助力，若于军中传习金诀，借男女阴阳消长互补，则可扭转乾坤。女于阵前巡行，积聚军士体内阳精，阳精至，再借金诀引来天上电光，霎时天人合一,一触即发。”越儿详解道。

“借爱姬之艳而惑人，颇不雅正。将军既深谙丹药，何不炮制一聚阳丸，令军士于战前服下，再诵金诀以应雷电？”之纯云。

越儿眼前一亮，豁然明了，说：“之纯兄果然非凡，我怎就未思及此处？不过聚阳术而已，何必大费周折？不想之纯兄于道家学问中涉足不浅啊！”

“他刚才说过了，其所学者，庄周是也。”晋卿大悦，想必为越儿识才而释然。

“以佛修心，以道养性，以儒治国。三教宜合一，互为表里，不可偏废。”之纯说。

“今日所闻，醍醐灌顶，原来我三人所出不同，殊途同归。不及真乃大不及也，才疏学浅，日后要向先生多多请教。”越儿起身向之纯行礼。

之纯推却道：“三教之说，借花献佛，并非我见，乃禅师真传也。我少年时候轻狂，也以儒斥他，得见行秀师父后，才有今日心得。吾三人皆从禅师，唯禅师为师也！”

说话间，炊夫与众仆役已将筵席排好，撤茶更酒，三人举尊。

“三人既入酒瓮，但缺琴歌。我听说晋卿琴艺高绝，不妨助兴抚一曲？我这里有圣上赐下的一架焦尾，鹘岭关大战中爱姬即以此琴唤电，这下取来让晋卿试试，可好？”越儿吩咐义先去兴哥处拿来焦尾。这焦尾，相传汉蔡邕于亡命江海时，于火中抢出一段奇异梧桐，斫之成琴，因琴尾尚留焦痕，故名焦尾。义先不一会儿便将琴取来，果然琴木有一道焦迹，经千年手泽已浸润古穆，看来真品不虚。

晋卿操《酒狂》，乐音跳荡，直弹得人是酒、酒是人了，酒闻声先醉，人倒愈加清明了。

席间，越儿与晋卿离亭如厕。越儿谓晋卿曰：“恐日后三军增为四军矣！”

“怎就有四？”

“丸入腹中难散，非媾接不可释。”

十二月，越儿因鹘岭关大捷蒙圣召，于殿前奏请火器军中置营妓一事，圣恩准，命大明幼稚院择官妓随行。

西线出兵不久，宋遣使左司郎中王柟向金乞和，麻达葛帝准和，责宋增岁币五万，纳犒师银三百万两，另议定诛罪魁韩侂胄，以赎淮南。宋久拖延，讨价还价，金执意取韩首级，时宋臣史弥远与杨皇后密谋，于玉津园夹墙内刺韩。金主闻悉，曰："弥远知国政，和好自此成矣。本朝与大国通好以来，譬如一家叔侄，本自协和，不幸奴婢交斗其间，遂成嫌间。一旦犹子幡然改悟，斥逐奴隶，引咎谢过，则前日之嫌便可销释，奚必较锱铢毫末，反伤骨肉之恩乎？朕以生灵为念，已贯宋罪，关隘区区岂足深较！既能函送韩侂胄首，陕西关隘亦可还赐。"遂议定，以韩首赎回淮南、川陕东西两线失地，释还战俘，由是，四方无兵革之患，疆土复如故。次年，金泰和八年、宋嘉定元年，暮春，我朝帝诏，命临安府斫侂胄棺，取其首遗金人。四月乙未，宋献韩侂胄首函至金元帅府。五月，金人立黄麾仗，告太庙，受宋馘。又以文书昭布中外，竿侂胄首并画像于通衢，百姓纵观，然后漆其首，藏之军器库。事后，金主令厚葬韩侂胄，并追谥为忠谬侯。所谓忠于主，而谬于国。

金视宋，为大国中小藩；宋视金，为异族世仇。故金主固持一理不弃，余皆可略，唯奸佞必诛。所谓奸佞，乃中原大国金宋伯侄之奸佞，非某一室之奸佞，尤为金国之奸佞。如此，则兵革非交战，乃事端而已，国中之不宁而已；金宋本自一家，齐心平乱则天下安。此理在，则宋永不可僭越取代金祚，唯有替金安邦之责。宋兴战为得失，金罢战为一理耳。理在则天下在，此宋君昏昏然不知。又诛韩而谥韩，既斥其无道，又褒其忠义，为伦理故。立国之本在伦理，诛其罪而伦理不可废。

善哉！诸侯用夷礼则夷之，夷而进于中国则中国之。女真虽出北境，然向我中原之心拳拳，师我徽帝，得之真传，其根脉自太祖、太宗、熙宗、世宗至今，已然放华。华夏之华，非血族，教化之荣华也！天下人皆可教化，斯为诸夏之本义。是故，麻达葛完颜璟皇帝不可小觑，实乃圣明之主，仁怀天下，其胸襟韬略，非南朝宋主嘉王可比。

是年冬，麻达葛嗽不止，十一月丙辰不治而逝。临终遗言曰：“皇叔卫王永济，承世宗之遗体，人望所归，可继位。今朕之内人见有娠者两位，已诏皇帝。如其中有男，当立为皇储；如皆是男子，择可立者立之。”新元大安正月，谥宪天光运仁文义武神圣英孝皇帝，庙号章宗，葬道陵。

皇叔既继位，封从恪为胙王，升左丞相。胙者，祭肉也，又所谓胙佑之胙。此字如一谶，此处不表，下文待续。封四妹妹为岐国公主。授越儿龙虎卫上将军，正三品上，封爵曹国郡侯，领地于南京路辖下曹州济水之阳，食邑千户，世袭猛安。

越儿于皓烟园中东楼厅堂设我牌位，自此得供奉，遇忌日节日有牺牲，平日瓜果酒醴不断，义先、兴哥常司祭扫祀拂之事，供台洁净无尘。于是，灵魂稍安，羁息东堂少出。

三分儿过来后，姝瑄将家事托付予她，凭其聪明伶俐，一切打理得井井有条。四妹妹既未过门，正夫人未立，三分儿俨然行女主分内事，义先、兴哥及府内仆婢皆由她管带使唤。三分儿居西楼，越儿有主卧于皓月池北花园内，兴哥随越儿居花园，月中旬下旬越儿至西楼行房，起初兴哥不往，后三分儿唤兴哥服侍，则三人同寝，无嫌间。

春三月，越儿携兴哥往曹州封地建邸院，留三分儿在家。一日，三分儿至东楼外园中，见棠棣垂垂，越墙而入，不胜欢喜，便踏残垣攀树，不料苔滑失足，从高处跌落，恰有人在下接扶，幸好未伤。此人正是蒲古，胙王府分送会宁来的鳇鱼给皇亲诸家，他押运过来，正独自闲步入园，撞见此景。情急中，蒲古紧抱三分儿，触及羞处，一时指掌间滑过，不知所措，耽留不缩，三分儿愣住，羞也不是，怒也不是，竟笑视不语。眼见得这样一个俊朗后生，堂堂相貌，大有英雄救美之恩，这便看到眼里拔不出来了。蒲古出了教坊后入了军营，便在营中住，三分儿过门时只来府上吃喜酒，也未曾亲见兄嫂，这是头一回见，岂知接扶相助，已然唐突非礼，进退两难；嫂子黠慧娟妩，流眄之际，神姿清发，怕是看过也动摇了心气。两人都是宴乐场中行走的风流人，此一触，似轻舟已过千山万水。

三分儿坐起，轻推开蒲古。蒲古这才醒来，将手挪开。二人互道姓名，询了彼此根底，三分儿道："这下先谢过了，下回有公事来，再请你吃茶。"说罢便急急离去。

蒲古上树，摘了一枝棠棣，急急追上去问："下回来，真还能见着嫂嫂吗？"

三分儿已遁入花丛，不见人影。

自此，蒲古便寻些借口，常以公事出入将军府。

二人幽会东楼园中，勾结在一道。东楼厅堂上有憩室，盖月初上旬，越儿不至西楼，蒲古便来。始初不过日间相会，渐渐夜宿不归，淫声浪语，搅得我魂灵不得安宁。

三分儿说："他那个四妹妹要是真的不过来就好了。"

蒲古说："嫂嫂在将军枕边帮我吹吹风，擢升我一个五品将军，我便替嫂嫂谋划此事。"

"夫妻间的事，你一个府外武行中人，如何解得！"

"嫂嫂莫忘记我们都是风月场里出来的，男男女女不过情事，有什么难化解的？如今将军不过讨了你回来，不敢直面公主。公主问他与你怎就亲热起来，他不知如何回对。你不妨替将军去见过公主，直抒胸臆，谓将军心系公主，为你不过救风尘，不得已纳在一侧，如今风尘已救，你愿出家剃度，以成全恩主姻缘，此必动她恻隐之心，绝了成亲念想。"

"何以见得？"

"你先斩后奏，见过公主后回来报知将军。将军是什么人，你我还不晓得？他断然是不会眼见你遁入空门的。他既不舍你，此番自与之前赎你情由不同，公主当以为他有爱于你，必两难无措，此事便更难圆通，只好长久搁浅。日子久了，或者不了了之。”

“不如真舍了我，我与你结庐仙境。”

“那就要看缘分了。”

既有了牌位，灵界的人好似人间有了居舍，我这下也便可以邀友飨客了。瑾奕不做戏的光景，常过来叙话。我便将三分儿前后事体说与她听。我直不解这小娘曾经要死要活地随着越儿过来，怎就一觑蒲古便做起背夫通奸的勾当。

瑾奕说：“女孩儿家性情根底各异，有如梅兰，有如杏李，也不乏杨花浮萍。人之所求，也不尽相同。有的喜名分财货，有的痴情仗义，也有的蜂蝶觅芳，哪样都想沾点。这三分儿年纪轻轻的，自恃才高，怎甘沦落行院，玉坠瓦间？她假阿迭翁之手自保，又借你家郎君情义脱籍，心机过人啊！不过，这是谋略在先、亲爱在后的盘算，直不是她内里真性的张扬。如今从良入了侯门，锦衣玉食的，再不用四下防着掖着，自然日久就露出原形了。本就风流黠慧，遇着倜傥轻薄之辈，一拍即合，难免要做出伤风败俗的事来。”

“她就不怕事情败露，天塌地陷么？”

“利令智昏，欲令智昏。既自恃才高，当然也自作聪明。恐怕她也窥着令郎柔慈心肠的软处，自以为左右捏得牢他。”

“真是可气！家里弄来这么个祸害！还有那个蒲古，真是忘恩负义之徒，他怎就将主子赎他出来又一手栽培他的恩义都忘得干干净净呢？”

“既赎他出来，又用他做事，自然就没有主子了。释奴从良，他自己就是主子了。真正灾祸的，或者还不是那个小娘，正是这个不义之人。一个想着做正夫人，做不成私奔远遁，名分痴情都想占着；而这个只想仕途擢升，顺便沾露窃香，哪还会念及旧情！女孩儿家端的痴傻，再聪明的，也敌不过负心的。小娘凭着机敏手段里外罗织，恨不得脚踩几只船左右逢源，没想到人家既说出擢升之意，将来腾达了，还缺你一个两个美人么！”

“这般好好的姻缘，就要毁在这两个为奸狼狈之手了。我心急如焚。”

“你也不必惆怅。这倒也不是坏事。他们既不义在先，终有败露之时。待令郎看清他们面目了，反而一释重负，到时候惩办起来无所顾忌，也可以直面公主，坦陈悔疚之意了。”

“如何让他们败露呢？”

“他们如此嚣张，太岁头上动土，光天化日之下，岂有不走漏风声的？”

“如今改到夜间奸宿了，夜间并无他人往来此地，颇难察觉。”

“魂灵自有魂灵的身手，你绸缪一番，寻机行事。”

“我直无手段。”

“告汝羽书。鸟，张羽而翔，羽上有文。其文何来？盖鸟展翅，有伸舒之意，替屈鬼申冤，广召环宇中游弋魂思。君可追鸟翀翱，魂骑其翼，所念所想，可附羽成文。久之，幽魂渐能驭鸟。楚有羽人，立凤之上，凤立蟾蜍之上。五月五，遇蟾蜍，驭鸟立于其背，可现形。因蟾蜍体内有天界王母之月精盆，盆聚晶光，返照灵界诸相。昔者蟾蜍仙戏天女，王母怒，掷月精盆向其首，罚堕世间。五月为毒月，五日乃毒日之首，阴阳之气相争，阴气胜出，邪祟、鬼魅得以恣行。借毒日阴气，又借月精盆晶光，君之形可立于人前。屈子曰：‘仍羽人于丹丘兮，留不死之旧乡。’此书证也。”

依其法，追园中鸟不息。及五月五日，于皓月池边遇蟾蜍，骑鸟立于背上，行至东楼厅堂。正值兴哥领人扫洒，得相见。折一羽托于掌中，呈示兴哥。

兴哥见此情形，颇诧异。羽上有字曰：“三分儿与蒲古有奸情，月初旬夜宿东楼阁上。”兴哥接过鸟羽，视之大惊失色。我遂离蟾蜍与鸟，魂复入灵牌。一现一隐，为使兴哥知情，亦使知所见之形为何人。

不想兴哥未将此事告知越儿，只劝越儿少令蒲古入园，又于楼阁门上加锁，封其奸室，警示奸人收敛，暗中威慑。

同是为奴的，怎就恁地两样？一者私通而不惜污其主，一者求睦而竭力为主隐。人言畜生救得，人救不得。三分儿这样的固然救不得，兴哥这样的难道忍之受罪而袖手旁观？吾直不解其中奥理，或可往问禅师以销释疑惑？

月末斋日，我驭青鸟至栖隐寺。青鸟试铃，一声二声三声。禅师便知道我来了，谓左右曰：“有一魂灵来访，尔等退下。”

及左右退下，禅师曰：“泰榆，我知是汝，有什么话要讲么？”

我析三羽而落。

一羽文曰：“如何救人无善报？”

二羽曰：“魂灵可修得正果么？”

三羽曰：“何以制恶？”

禅师不语，于三羽上书蝇楷以复。

一羽书曰：“救人一命，胜造十级浮屠。然命由天定，可救不可易。吾尝闻先圣救人，施以仁爱，救死扶伤，归其本性，而不令人别生他想。人命在天，尊卑有序。尊不尊，卑不卑，始有恶报。倘卑者遭恶待，可惩恶扬善，然不可易卑为尊。成汤革命，革君臣无道，革夏桀夺人立锥之地，革以复如故，如本来，而非令尊卑颠倒。所谓众生平等，乃心同出，非性划一。天下众性，长短各异，如何平等？等之则灭。徽帝何以败？欲行王荆公之法，替天行道。天造众生，人岂可僭越天职、替天主张？夫子曰：‘述而不作，信而好古。'古即初，即本来。有违本来者，方可匡正，不可出本来而造作。是故，徽帝之亡，非亡于荒淫，乃亡于仁爱。其仁不古，人意之仁非仁也！章宗本仁慧，不忍见契丹奴受欺，或可泽及奴隶，竟释奴改制，欲袭商君王公之法，此金衰之始也！令郎亦有英雄心。救美救得，在美人自消业；救美救不得，在美人罪业他人不可替消。天理精深，英雄固英雄，英雄大于造英雄者乎？认命者福，恶以易命、善以易命，皆逆天之孽。"

二羽曰："魂灵亦肉身。肉身修得，魂灵怎就修不得？人不见魂灵精微之形，以为无形，以为神鬼。神鬼可敬可用，不可信托。吾与汝同由天造，所谓平等。吾有魂有身，多乎汝一，而魂困拘其一无自由；汝少乎我一，而不受其一困拘得自由。此又所谓不平等之平等。我修正果困乎肉身，汝修正果困乎无肉身。无肉身者自有甚于肉身之精微羁绊。"

三羽曰："以恶制恶。贪官奸，清官更奸。知恶行善，难上加难。英雄傲娇，不屑卑鄙，自认高洁，终堕大恶。英雄乃本色也，恰如美色，都是天给的，倘夺走了，便只剩空囊，朽木不如。当惜乎本性，慎用天资，多于此世间求德补缺。归根结蒂，一切皆虚幻，以幻识幻，于幻中不恋幻，无所谓善恶是非，真如自在。"

时火器军日益壮大，扎营于燕山。军妓营新建，亦随军前往。七月初，咬秋贴膘，军士于野外宰牲埋锅。蒲古私闯军妓营，携女乐数人至野外，酒后，与手下兵卒嬉戏对弄，有女不从，戮之。命案报到将军帐中，越儿为肃纲纪，秉公处置，将蒲古削职，按例交付刑部审理。阿迭侍郎经办此案，老贼为三分儿之事对越儿怀恨在心，又窥得蒲古怨忿之念，便间离主仆，伪造笔供，报奏朝廷皇子、曹侯、耶律楚材、李纯甫结党，私通宋廷，并诬二毛为宋廷密探，绑缚下狱，屈打成招，复骗诱三分儿弄来龟鉴关引为证。卫王初即位，朝中权臣皇族多有不服，虽认定刑部奏疏捕风捉影，然为正视听，只得唤从恪、越儿上殿，当庭训斥，曰：“汝等贵为皇子、郡侯，与属外官吏过从甚密，招来非议。侄宋与我，自休战以来，藩廷奸佞，贼心不死，常遣奸细深入京师，尔等当自检点，为臣子立表率，少年不可恣放、交友不慎。责皇子与曹侯自省，立罪己书悔过；罢李纯甫大学士，逐出翰林院；削耶律楚材尚书省左司都事，改任开州同知。”

从恪下了朝殿，气不打一处来，对越儿嚷道：“我早说过了，你这好管闲事、自命不凡的，狗揽八泡屎，如今怎样？果如我言！那个小娘，我早料到她是个麻烦精！瞧瞧，阿迭老贼能放过你么？连我都不放过！城门失火，殃及池鱼。兄弟们都被你牵累！如此，罢官的罢官，贬放的贬放，都叫这搅屎棍子搅散了！还有你的手下，你既赎他出来，怎就管不好他？这样下去，将来祸患无穷。”

“咳，这些都先不说了。我那二毛兄弟可怎么好，如今下在刑部大狱里，生死不明啊！我直对不住他。”越儿忧心忡忡。

“我就不明白了，你那龟鉴关引，怎就落到阿迭手里的呢？难不成你将军府中还出了奸细？”

“是啊，这太不可思议了！”越儿寻思着，“准是那个蒲古偷去的！看来这贼早就想陷害我了。莫不是阿迭早与他勾结，起先就已罗织罪名？”

“好了，好了，不要胡思乱想了。好在如今皇阿玛主事，我回转去向他说明细，定然轻饶不了阿迭老贼。”

“如何先救出二毛，才是紧要。”

“我们眼下动弹不得，只看阿迭如何处置蒲古。但凡此二人勾结，必给蒲古甜头。迨给了甜头，就抓住把柄，以交换你兄弟性命。”

“我们动弹不得，谁动弹？”

“阿迭有死对头，是我皇侄，也在刑部都官司掌事。倘阿迭免了蒲古罪罚，你便上奏。我再让皇侄暗中敲打他，他便会接茬，放了你兄弟。”

事情果如从恪所料，刑部将蒲古免罪释放，阿迭又将蒲古托给大兴府知事胡沙虎。都官司于是递话给阿迭，说曹侯要将此案上奏复议，或放过二毛可息曹侯怒。阿迭便放了二毛。

暮秋，晋卿往开州府赴任，胙王、越儿、之纯前去送行。又至定兴县，于县外长亭稍歇。

晋卿睹物伤情，道：“此地送将军、迎将军的人本是我，如今送我者将军，但不知归期何年何月，相约归来时，将军勿忘再至此迎我。”

越儿道：“此一去，不如直送晋卿到开州。开州依着曹州，与我封地相邻。尔等在此道别速回，勿令他人生疑，又参我结党营私一本。”

“赤瓦不勒海！管他的！难不成还不让我兄弟尽道别之情？”胙王怒道，“你道是阿迭有胆子参我？那是他勾连着胡沙虎，胡沙虎又勾连着彰德府。”

这彰德府，指的是升王完颜珣，麻达葛完颜璟同父异母的兄弟，女真名吾睹补，时任彰德府节度使，与从恪同辈，时在位官家乃他叔父。升王在朝中颇有势力，章宗驾崩后不服卫王践祚，觊觎皇位已久，与胡沙虎往来频繁。章宗遗诏，范妃贾妃有孕，得子则立皇储，时范妃胎损，贾妃产期已过而不见生产，卫王细察，得知贾妃乃谎称有孕，实与李师儿密谋，欲借李家苗裔入宫偷天换日，于是，诛李师儿，除李家势力，昭告天下。此举本据实秉公执法，然经升王差人渲染谣传，竟令朝野生疑，人心惶惶，以为卫王谋私，杀皇嗣而窃位，变摄政为正统。

"圣上杀李师儿这事授人以柄，怕是埋下祸根。"之纯说，"人心动摇，国基不稳。"

"皇阿玛要是有私心，为何久不立储？月初如房山谒奠先帝陵时，百官表请建储，死不允。"从恪道，"我至今还是胙王，并没有做皇太子。"

"所以，我说授人以柄。"之纯又说，"授则授矣，不如一路走到黑，怎可摇摇摆摆，举棋不定？军中事，不用现成的，专用胡沙虎，此人乃榻侧虎狼，无才无德，却专横跋扈。我听说，上月圣上将西京兵权交付予他，行枢密院，兼安抚使。"

"谁是现成的？"从恪问。

"之纯兄就是当今诸葛啊！"晋卿喟叹。

"你皇阿玛当我是个丑货呢！他见着我，一脸嫌弃，怕我丑到他身上。他端的不如先帝识人。先帝时，我每有奏章，皆批阅传送军中各营。如今我递上去的奏折，还不如擦屁股纸！"之纯牢骚满腹，"阿迭参的那本，算什么正经大事？他竟拿起来做大文章！明明是护犊子，护驸马，护才子，偏让我这个翰林挨刀子，谁看不出来？欲公反私，摆不平硬的，捏我一个软柿子。他以貌取人，恁地嫌我丑！"

"你一个读书人，不在军营行走，没握过刀，没提过剑，纵然腹中有万卷兵书，运筹帷幄，毕竟纸上谈兵。"从恪道。

"君言差矣！"晋卿说，"孔明也不是带兵的人，那些带兵的，谁人比得上他？之纯兄每据战局而测其果，无有不应。先帝尝言：'之纯韬略，令朕叹为观止！'遂批复诸帅府传阅其策谋，欲以其智而渐令将帅服。此圣意深邃，日后为重用之纯铺排在先。"

"如此说来，我朝失一诸葛矣！"越儿扼腕。

"或待我主政，用君不迟。"从恪道。

"等你当皇帝，我都已经丑死了。"之纯说罢，翻身上马，直往真定府路上去。

几人也不吃酒，也不摆宴，悻悻然骑马，都尾随之纯南去。这一去，果就一路将晋卿送到了开州。

至开州，尚无官邸可居，四人于馆舍中过夜。越儿说，不如一起去曹州，到侯府上住几天。几人便又去曹州。

在曹州，饮酒三日，难浇胸中块垒，四人闷闷不悦。

越儿说：“想我贵为王侯，上无亲生父母，膝下不得儿女子息，孤苦伶仃；终日与奴为伴，戎马征战，无依无傍。如今想与四妹妹结为伉俪，然事与愿违，竟咫尺天涯。”

说到四妹妹，从恪接话道：“你府上那个妾奴，月中去过王府，见了四妹妹，好像还说了大半天话，不知葫芦里卖的什么药。”

“她晓得四妹妹不从，替我去劝导，说要出家为尼，隐身而退，为成全我与公主。”越儿道，“我怎忍心叫她遁入空门？她本就命苦，与我鹣鶼一枝，相濡以沫，我如何可以弃而不顾？”

“我早说过了，这小娘是个麻烦精，都是她生出的事端。我那个彬蔚妹妹，彬彬蔚蔚，牙齿也尖利着呢！”从恪喝一盏，长吁一声，又说，“你弃不得妾奴，怎就不想想也害了我四妹妹？她如今是既不与你成亲，也不想再嫁他人。”

晋卿打断从恪，插话详问越儿身世。越儿说起幼时火灾后还见过亲娘，兰姨曾经说漏嘴，说亲娘在汴梁。

于是之纯提议四人同去汴梁，替越儿找寻亲娘，说不定能找到，找到了就接回去，当是一件美事。

自曹州往开封府，依河阴南线而下，不过三百余里。骑快马日行夜宿，无须两天即可到。

初，岸边路宽阔平坦，驿舍不绝，凡五十里一处，往来商客吏宦纷杂，有大兴开封间行走公差，有邮路输送车马，有哈剌契丹人、波斯回人、花剌子模回人、大食人、乌护人、萌古斯[①]人、一赐乐业[②]人、夏人和我朝民人，八荒争凑，万国咸通，凡天下东西南北方物，无不汇集南京，一如前朝态势。

行至城外刘家寺，人渐稀，路渐窄，古木参天，鸟语花香，宛入花园。又行三五里，森林绵延，绿茵如垫，有楼阁依溪而立，笙箫阵阵，香烟缥缈。入阁中，乃一茶肆。有一夫人，袒肩露背，缀饰晶莹，面如桃夭，随从奴婢环绕四周，视之若贵妇。

问："可知临安卫氏？"

对曰："有临安来的洮间卫氏和烟霞幕壁卫氏。"

"正是烟霞幕壁卫氏。"

"烟霞幕壁乃一金行，在汴河南岸角门子西侧张戴花洗面药铺对面。"

于是，四人喝一盏茶，留下一铤一两银，即往城中去。

又行数里，见一大丘，丘上桃花四溢，娇媚欲滴。此暮秋将入冬，何来桃花？有野麋成群，穿梭桃树下。一长者骑白鹿，银髯雪眉，尊尊若人君。

问："深秋何来桃花？此何地？"

对："此原为大内艮岳也，靖康年毁于兵燹，金人拔树填海，奇石珍木悉夺运燕云，以充中都南北中海子。天哭，降桃雨三年，遂桃花不败，四季若春。"

问："已入城中？何故不见城墙？"

对："墙者，块垒也。胸中有块垒，则有墙，释则无，不释则有，有则护，护则愈不固。昔者汴梁内外有墙，禁中有墙，貌似固若金汤，不抵金兵一戈。"

---

① 萌古斯：即蒙古另一种音译。

② 一赐乐业：今译以色列。

问："可知汴河南岸角门子西侧张戴花洗面药铺？"

对："来，示汝。"乃出笔墨，画河与肆于纸上，又一枝搀水欲起，有几滴花苞耽留，另书一行："桃源归路，烂柯应笑凡客。"

视其字，天骨遒美，如屈铁断金。

又问："可曾闻临安卫氏夫人绾奕？"

对曰："天然莹肌秀骨，烂漫也，犹自未知。"

问："夫人尚健在？"

曰："行歌花满路，月随人，人随绾奕虫媄。"

他竟晓得卫氏小名，越儿似一惊，问："你可曾见过？"

"未曾见，耳闻罢了。"长者摆手笑语，转身隐没桃花中。

过大丘，有一径逶迤往北，通画廊。花木参差，簇拥入廊，人拨开花枝方可行；渐行渐深，非躬身屈曲难过。廊尽有门，推门见石梯。顺梯而下，乃一地道。道宽可纳车马，两壁有灯火，长明不熄，光彻如白昼。四人沿地道行三里，出，天色已昏，见一矮坡，伸入广庭，有乌瓦白屋数间，飞檐展翼，欲腾空而起。叩门，出一老妪，引四人入厅堂。见堂中空旷，沉香氤氲，悬几幅晋唐古画，青灯照壁，优雅怡穆。老妪出频婆、鲜枣、雪梨、酥糕，皆淡口无腻，四人各样尝一口，倍觉神清气爽。老妪说话，声气婉顺，天南地北，无所不晓，又吩咐奴婢领四人各走一道。越儿随一婢至一小轩。轩外水帘，潺潺有声，飞溅雨花，入襟沐心。有凉月洒辉，落入窗外庭中，紫篁幢幢，婆娑旖旎，息以复起，复起又息。老妪置办食盘，有水晶焦底包子，外脆里嫩，裹鲜汤肉糜，蘸芬醯入口，欲罢不能；又配享牛肉汤一盏，清澈见底，未见半星油花，味竟醇厚牵舌。食毕，老妪请浴。浴毕，出而又入一静室，老妪陈香稻、炙羊、醉蟹、渍鱼于一席，并馔酒劝杯，陪饮欢谈。良久，老妪起身，秉烛引越儿至内室，有帷幔数重，卷帘轻垂。室中一灯荧然，隐隐馥郁，但不见人来，徒倚几榻间又良久，方见老妪拥一姬姗姗而来。姬素面不妆，绢衫无华，新浴出水，唯娇不可当，直叫人心坠欲碎。姬凭几而坐，目空无话。老妪与越儿耳语：“生性倔犟，迁就勿怪。”越儿直凝视不移，不接老妪话语，问姬年岁，不答，又问，又不答，索性出屋而去。老妪道：“恁地娇纵无束，只是爱静处，不喜言语聒噪。”越儿又追出，至另一室遇姬。姬已端坐拨弦，唱《平沙落雁》。弦声周正，吟腔含蓄，道字不正娇唱歌，若稚嫩乳臭未干，然久听则不能罢，韵熟而音生，生熟相间，媚气存于可近而不可近中。吟罢，越儿再请鼓，三请鼓，不觉鸡鸣。

出遇从恪、之纯、晋卿，老妪闻声亦出，挽留用晨膳。

问：“此去汴河南岸角门子西侧张戴花洗面药铺怎走？”

对：“此地为城北，诸君行差矣。顺来路回，往东南去，走十里即至。”

问：“可曾闻卫氏绾奕夫人？”

对：“烟霞幕壁金铺卫夫人，临安城迁来的，无有不晓得她的。”

问：“金铺尚在？”

对：“久未去金铺购花件。”

食罢，四人出。转身回望，见石坊，其上有字：“矾楼”。

之纯惊曰：“此即矾楼？师师藏娇之金巢？”

越儿说：“吾遇吾师矣！竟不识，幸好庄重未非礼，只听琴歌而已。”

从恪道：“吾亦遇一姬唱《平沙落雁》。”

晋卿道：“吾亦与诸君同遇。”

回大丘，往东南行十里，见一石硐，门前木匾刻字：“银座交钞局”。出入人颇多，门前有车马装载交钞，钞以筐盛，凡百筐者装十乘马车，五十三十筐者装八乘四乘马车。入银座，见柜中经事人皆白身褐发，鼻隆目陷，俱与中原人形貌相异。

问：“汝等皆非我族，何以印制大金国交钞？”

对曰："吾一赐乐业人也，盖文王时祖辈已来中原。善经商，知良币生利，放贷为生。文王赐吾祖世居汴河之滨，繁衍至今。吾国西去开封万四千里，名迦南[①]，经上曰，所处乳蜜遍地。因与异族争，失地而流徙四海。吾神雅威[②]，乃唯一天神。吾经书名《脱剌》[③]，记雅威与吾祖之约。因不与中原人通婚，至今形貌未改。大金皇帝圣明，知我善造币，故命我设银座，发行交钞。"

越儿出塔不烟所遗金十字，说："此弥诗诃教圣物，与汝教同出一辙乎？"

对曰："弥诗诃乃先知，其弟子妄言其为神子。非也。古之刑罚，将罪人钉于木十字上。弥诗诃死于木十字上，故其门徒尊十字为圣。先生何来此物？"

越儿不悦，亦不答。一赐乐业人欲触十字，越儿速纳入袖中。

之纯道："金少钞多，乃贬。今柴米不足，金银匮乏，汝等滥印交钞，乃空纸虚额，一文不值。此我朝祸害也！"

对曰："君言差矣！所谓钱资，非柴米，非金银也，乃诚信也。诚信在，画符为钞；诚信失，金银类粪土也。地上邦国，朝信暮疑，转瞬若烟云；唯将钱资托予天国，方财源不竭。此即我一赐乐业人发达之奥秘，秘而不藏，宣示天下人，人多不信，故穷苦。"

---

① 迦南：闪族谓天神"应许之地"，蜜乳流淌，富庶无比。一般指今地中海岸至约旦河流域，包括巴勒斯坦、黎巴嫩和叙利亚。

② 雅威：以色列人对至高神唯一神的称呼，中文基督教圣经译作"耶和华"。希伯来人本只记做YHWH，只有辅音字母，未有元音，后人有权威者推测元音，附加上去。即上帝之名，无人知晓，其辅音只记意，并无确音。义为"我即永我"。

③ 《脱剌》：今译作"妥拉"，意为天神启示以色列人的真理，亦指摩西律法，即《圣经》开卷前五经：《创世记》《出埃及记》《利未记》《民数记》和《申命记》。妥拉初时口口相传，不见经书，犹太人视之为精神元典。

越儿道："汝智过人，以智取信，虽与天约，然天约严苛，殚精竭虑，补东漏西，终不可守。倘不守，何以监察？何以赦免？"

"吾恪尽职守，终日反省以自律。"对曰。

"人倘能自律，何须天约？"从恪道。

之纯道："如是，达则如日中天，蹇则如堕深渊。所谓信天，竟不以信而永逸，必劳苦倍于人，鬻易无尽头。"

一赐乐业人问："汝等可知永逸之道？"

越儿答："吾尝闻弥诗诃施无偿恩典，然尚不明细根底，一路将上下求索不息。"又问，"可知烟霞幕壁金铺？"

对："闭门已数月，不见有人出入。今钞行而金匿，金行生意大不如前。"

四人出银座，至南岸角门子，西侧东侧皆无店铺，不见张戴花洗面药铺，更不见烟霞幕壁金铺，唯见一巨石，方阔五六丈，斜倾入河底。河清见鱼藻，旷古无人烟。有木桩于石侧，拴断铁索沉于水，日照下，铁锈吐血汩汩。

四人宽衣，著薄衫仰卧于石。时午后将入昳，日温煦，风甘和，令人心旷神怡。一舟自芦苇荡中出，隐约传来弦索张弛滑挑之音，古沉稀疏，疏离间有词曰："桃杏风香帘幕闲，谢家门户约花关，画梁幽语燕初还。绣阁数行题了壁，晓屏一枕酒醒山，却疑身是梦魂间！"舟渐近，满载繁花，尾起炊烟，鱼香袭人。

"吾等尚未用膳，已过午时，肚里颇感饥饿，或至舟中讨一杯酒喝？"从恪道。

遂招舟靠岸，四人登船。

船中见一人，青衣桃面，须眉秀润，悬黄玉环于腰间，缀空青木难花于发髻。猜是弄弦人。

问："不知唱家女孩儿身形、男儿家容颜，如何尊称？"

对："无所谓男女，阴胜阳则女，阳胜阴则男，随四时昼夜天气而化。出来行走的，人皆谓先生。”

先生周侧有奴婢、仆役，说话间已排下小宴。有鱼羹、酥脍、野荠、水晶冻，又陈玉壶盛酒、犀角盅盛生蟹、一种剔透碧色盘子盛浆果。

之纯指着盘子问：“此物名翡翠，出自南蛮不毛之地，宫中禁物，醉翁曾问真宗朝老臣邓传吉，答曰宜圣库中有一盏，可屑金如粉，先生何以得之？”

先生道：“翡翠乃秘器，危难中可振社稷。古之圣君藏于府库，非凶厄之时不用，故虽达贵权臣亦不知其身世来头。藏之久矣，则无人问津。有人君至舟中，醉而遗落。”

四人饕餮，渐觉饱足，始饮酒啖蟹。

从恪道：“何故酒醇若仙浆，久饮不醉？”

对：“凡宝器，常人以装饰虚华，殊不知其用非常。玉壶以盛酒，虽醪糟，隔夜亦美似甘泉，不令人醉。又譬如犀角盅，取其至寒之性以盛生鲜，虽三五日，不腐。”

晋卿问：“偌大开封府，故都京师繁华之地，何故如入乡野洪荒，莫非真因兵燹一炬，毁于一旦，海陵王修而不得复如故？”

对：“君不知大城若乡、至昌如野乎？所谓荣华富贵，极盛处并不见楼宇鳞次栉比。朝市大隐，于天地融为一体，三才合一。君不闻‘行歌花满路，月随人’？月随人归，欲入人境，或亦想有户籍，享一番人生年纪！又有诗云：‘东风鼓，吹下半天星。’夜临，诸君可凌绝顶，视东京城灯火辉煌，与星辰遥相呼应，此一处，彼一处，皆散落丛林丘阜间。故都本来如此！兵燹所毁，不过街衢市面，终毁不去髓韵。故国如长歌，歌在国在。”

“既毁街衢市面，本来当不如此。”从恪道。

先生回应：“长歌不尽，收放自如。放则有，收则无。所毁不过一季花，来年又放。”

“先生可知卫夫人绾奕？”越儿问。

“烟霞幕壁金铺卫夫人？此人间孽仙子也。”先生说，“年少时钦慕痴醉临安烟霞金铺幕壁翁，纵火杀夫，私奔至此。今幕壁翁已殁，卫夫人闭门歇业，云游四处。诸君可知‘绾奕’二字何解？绾者，缚也；奕者，巨也，美貌也。绾巨根不释，淫极而成仙。”

“先生有所不知，卫夫人乃我生母也。”越儿道，“她纵火害命，也曾救我一命。”

“娘终究是娘，害命救命都是娘。娘容得你将信将疑么？有奶没奶都是娘。”先生道。

忽传来歌谣：“死生契阔，与子成说。执子之手，与子偕老。于嗟阔兮，不我活兮。于嗟洵兮，不我信兮。”

“此卫夫人也。诸君有幸可一睹芳容。”先生挑帘指给他们看。

远处，正有一舟飘弋。四人于是令船夫划桨，追过去。

将近，又远。愈近愈远，终追驶不及。

绾儿鲜色如初，当年远走汴梁，不过二八又一，算来已经十六载，今当四八又三年纪，看着还是原先模样。我亡时二十一，倘还活着，今岁该当三十七了。可是我死了，我一直只有二十一岁了。如今越儿长大，也快到我亡时的岁数了。从绍熙四年到新安元年，我朝该当什么纪元了？从临安到中都，从中都到汴梁，故国真的像先生所言，长歌不尽么？

绾儿倒是真的唱着一首歌，一首接一首，妙音不绝。我魂自舟中出，飞扬直追上去，竟也追不到她的船，越追越远。难道她不在人间，也不在地府吗？她果然在仙境了！

仙境是一首歌，故国永存其间！

这又令我想起那把聚骨扇，故国或又如扇，如长卷。征战、营建、易主、朝代更迭、层层叠加，垒起这万里明媚江山；江山有形无神，但美人金莲芳足开山陵、沧海，则艳盖都城，成象应天；诸夏共生繁枝，诸虏夷入中国而化胡为华，如今结出的果子，内里还蕴藏着种子，纵伐其干，连根拔起焚之，不过毁其表壳，根蒂却不失。落花犹似坠楼人，此一刻，须踏遍多少千山万水方可抵达？但抵达，则永不去，留存心中，不随着时光褪色，反因着岁月而深钤细铭。功名兴旺皆寒热往来之征，生死情仇都为了品秩极高之寒。骥不称其力，称其德也；行千里不行千里，都已具其德。是故，徽庙不为珍宝、礼器失而动声色，不为家国、朝堂碎而惶恐，只为书画、典章遭虐夺而长叹。

衢断宇倾不足惜，长歌于胸，长卷于握，直就前行不回头，天于苦海中慰我以诗画。长夜漫漫不见晨曦，入得诗画来，走一遭，不枉此生！

大安元年正月，有飞星划过长天。是年大赦。立从恪生母徒单氏为皇后。

十一月，平阳有雷声隆隆，自西北而来，地大震。圣诏免租税，给死者葬钱。

大安二年正月，流星大如车轮，自日中斜出，尾长十丈，色青苍，渐远去，没于烟雾中，坠地复起，火炽数里。

二月，客星入紫征垣，化为赤龙。雷声阵阵，地大震。

六月丙寅，地震。地大旱。下诏罪己，赈济贫民。赦西京、太原杂犯，死罪免。

七月，地震。

八月，地震。众臣上表，急请立储，上不得已立胙王从恪为皇太子。

九月，地大震。

十月，天有一赤帛飘来，阔八九里，高数十丈，忽成龙形，忽又成伏虎状。京都百姓视之，惊惧万分，皆无语默然而随其行，民出屋而渐聚，万人空巷。帛自开阳坊而来，入开阳门，过悯忠寺、会仙坊、棠阴坊、时和坊、衣锦坊，至拱辰门，飞越过围河，众随之拥至河岸，不能逾，目送帛远去。俄顷，坠城北山野间。

十一月，大悲阁外水渠中有火自出，炽燃数十日方熄。阁南墙基下石隙中亦自燃生火，人近之即灭，去则复出。旬日如是。火燎开远坊、仙露坊民居百十间，雨水不能克，直待其自退。火尽，焦土废墟，满目疮痍，唯悲声连连，人鬼皆哭。

十二月乙卯朔，日食。大饥荒。

三年春，蒙古进贡，上遣重兵分屯山后，欲俟其进场时突袭。时蒲古于胡沙虎帐下得兵三千，驻扎长城居庸关。蒲古报信予乣军，乣军与蒙古暗中勾结，又报信予蒙古。始蒙古不信，遣人窥探，方知情实，乃迁延不进。乣军乃辽契丹旧部，昔者边民屯戍，亦牧亦战，故谓之乣。乣者，契丹大字，义同汉字“军”。至金朝，乣乃指契丹散军，受金廷节制。当此时，蒙古崛起，乣军与金貌合神离，心向蒙古。盖契丹于女真治下处境悲苦，又其形貌声言与蒙古无异，实乃同族异部而已，故纷纷降变。成吉思皇帝闻金计，大怒，曰：“卫王鼠辈也！吾以为中原皇帝是天上人做，此等庸懦亦为之耶？吾尝见其人，虽有美髯炯目，实空心包子，唯喜以貌取人，将个行院教坊中粉头娇娈摆到朝堂，瓦舍中虚枪嚎头罢了！此天意也，长生天欲我为中原主，非我莫属！非我莫属！”

成吉思皇帝遂下诏讨金。

四月，西北路招讨使粘合合领军至金境，西京留守胡沙虎兵败定安，逃归中都。

八月，成吉思皇帝御驾亲征，与金师鏖战于京北无穷之门野狐岭，以十万败金兵四十五万，自此，金国失其精锐，再无力复兴。所谓无穷之门，即此去无穷，未知塞外世界茫茫，绝地也。

九月，蒙古兵攻陷居庸关，直逼中都。

冬月，迨围城之师兵困马乏，越儿拔营自燕山驻地出，率火器军于居庸关以炮火截断蒙古军，令其首尾难顾，蒙古遂退兵，中都得以解围。蒲古得令侧翼佯攻，以护火器军撤离。然届时其按兵不动，置火器军于险境中。越儿为掩大军运走辎重，带数十人携突火枪孤军迎战，弹尽无援，不幸被俘。蒙古兵尽杀俘兵，独留越儿。成吉思皇帝言："得曹侯，胜似十万精兵。"时兰姨正在军中服侍越儿三餐，突围时未及跟上大军，亦遭虏。越儿谓其厨娘也，须臾不可离，遂不杀，与越儿随大军同归漠北。

是年，越儿已满二十一岁。

第十章　羽书杂记

至汴梁大丘中，遇大鸟，追翔盘桓多时，渐可驭。鸟翼长一丈，羽洁白如雪，层层厚积，足以留言，始作文于上。

鸟随我还，栖于皓月池中芦苇荡。每有所思，则附文羽中，日数行或百十句，渐成卷册。

记金国听闻如下：

麵（面）

麦者，来也，外来者。商周始得麦种。秦汉前，麦皆粒食，如粟黍，于甑釜中蒸煮。汉以降，方碎麦粒为粉，曰麵（面）。初，只和水并面，谓饼。有蒸饼，汤饼。蒸者于甑中隔水，汤者于釜中入水。汤饼，小者呼麦丁。晋时五胡乱华，鲜卑人带来一种吃法，压面成片，刀切成韭叶状，称不托，馎饦，得自西域，波斯人曰裴思脱。唐时大食人又传来胡饼，不蒸，置炉中烤，香脆薄酥，汉地久而名之炊饼。更有毕罗传来，藏馅于饼中，譬如猪肝毕罗、羊肾毕罗、樱桃毕罗、天花毕罗、蟹黄毕罗。唐末，契丹人有一种将馅填入面中、打褶包圆的吃法，谓酸馕，又叫包子。

汉地多吃死面，少有起面术，有，则以酒发酵。起面不食，专祭神祖。经久渐食，先祭后食。面酵得自契丹，昔者辽国皇帝贺我朝先帝诞辰，赠法曲、面曲，以之为贵重。今南北发面司空见惯，虽乡野妇孺皆熟能生巧。之纯曾说，面曲发面，源于大食以西黎轩[①]，由波斯人传回鹘人，回鹘人传契丹人。唐人赵宗儒在翰林时闻内侍言："今日早馔玉尖面，用消熊、栈鹿为内馅，上甚嗜之。"问其形制，曰盖人间出尖馒头也。可见，唐以前，并无酵面包子。南人谓馒头，北人谓包子，实乃同一物也。契丹制玉尖，状似妇人乳，初以媚神，以象妇人乳替女牺，今以诱人食，所谓秀色可餐。

又传馒头，曼提也，天竺僧人传来，面曲发酵，炉中或石灶中烤熟，入中原则改甑蒸。

至本朝，东京和临安街面食肆中多售麦面，有菴生软羊面、桐皮熟烩面、鹅肉拌冷淘等，五花八门，林林总总。此面非面粉，面条也。不来金国不知，来了金国才晓得汉地原本只有汤饼、不托，学金人习俗，才知面条。入主中原前，金俗与辽俗同，皆食稻、稗、黍类，亦如上古粒食，多炒米，便于行军野战。入主中原后，改植麦，专营于面食，竟后来者居上，弄出颇多名堂。金人做面，可细如丝发，制擀面杖，依口味不同，切分粗细不一。

契丹的玉尖包子，女真的长丝面条，一改中原蒸饼、汤饼旧制，人于食品理法中忽得情趣，顿时吃得如诗如画，将奇思异想铺陈无穷，功名上得不着的，情爱上错失的，悉从口腹中求，食谱愈写愈长，俨然娓娓不绝之歌赋。

我于面中窥见异象：曾经汉俗肃约，菜不过荠荇韭菘，肉无非牛羊雉雁，五谷稻黍稷麦菽，食不甚美，饱足即止，直口味醇

---

① 黎轩：埃及旧称。

厚，情貌温敦，根性谦让恭俭，素不忤，少口舌拳脚，若拗则拔剑相向，抵命决一胜负；如今，女真人来，契丹人来，夏人来，回回、乌护[①]、一赐乐业、斡罗思、拂林，盖百越西戎潮涌而至，酵曲催麦，斛斗升石，一夜之间，绽华千万里；包子毕罗，面条麻花，饺子胡饼，各携一菜，各执一法，众口难调，非围桌聚餐，热闹喧腾，无以亲睦共处；席地分餐去矣，孤剑铿声绝矣，长夜钟雨寂矣，皎皎英雄不若健口霏霏，谢家燕阁换了行院肉池……古谓中土花国，此间今朝独枝难秀，已然繁华似锦，一个新天新地呼之欲出，往后中国已非昔日中国，唯故国画入长卷，悬钤诸族魂魄中。

落花犹似坠楼人，美人坠入美食中。美人花国，由斯嫡出美食中华。西鄙之人谓中华美食，殊不知故国旧食，味同无酵面而已，不求美食，但求美色，今得契丹女真诸酵而隆发，始有美味。

油

汉地食油，多以牛羊雉雁膏脂，少有素油，极不喜豚油。倘烹煮庖事，亦以油少为上佳，求汤液清澈，调中正淳味。此俗与金人颇异。

金人嗜重油，凡煎炸氽烤，皆源自女真旧俗。江南人烧鱼，唯重去腥，以姜去河鱼腥，以蒜去海鱼膻。女真烧鱼，不施姜蒜，鱼肚子五脏及鳞鳍皆不去，活鱼入油镬，烫焦去腥。

汉人重形质，女真人重色香。故其佐料、油酱夺本味。

女真祖地多菽，故其善制豆油、豆酱。又从契丹学种胡蔬，契丹从回鹘学瓜菜，是故唐末五代始，我朝染胡俗，亦多各样西域菜

① 乌护：即回鹘，亦称韦纥、乌护，所谓回鹘有九姓乌护。

蔬，并始食菜油。前朝汉地本亦有素油，只用以点灯、制绢，并不入菜。今江南各地，麻油、茶油、各类菜籽油盛行。荤油价贵，素油价贱，或人丁甚于前朝，不得已食之。

女真先人曰肃慎、居神，史书记其人夏赤身，冬涂豚膏粘羽以御寒，盖其地野豕多故，善弓弩，飞土逐肉，渔猎为生。汉地以牛羊为上，贫贱者少牛羊肉偶以豚解馋，或者上古商人养猪，商人乃东夷，其祖或源于居神。

女真炼油，炼豚油人油，令人发指。

某日，之纯携书至皓烟园，有稼轩著《窃愤录》，清风翻卷，视之，曰：金人押解徽庙与少帝一行出五国城，迁往均州，路遇鬼火，夜无宿处，人皆坐于地，至天晓又行，行于泥沼，鞋破，赤足踏砾石，血流趾间，苦不堪言。至均州，一行三十人止剩十一二，其时太上咽喉溃烂，难以进食。越明年，太上病愈深重。一日少帝自土坑中顾视太上皇，则僵踞死矣。少帝思就此埋葬，金人曰无埋瘗之地，此地死者必以火焚尸，及半烬，以杖击之，投水坑中，由是此水可作灯油也。乃以荼肭及野蔓焚之，焦烂及半，复以水灭之，以木杖贯其尸，曳行弃坑中，其尸直下至坑底。少帝止之不可，但踯躅大哭，亦欲投坑中自尽。左右拽其裾，止之曰："古来有生人投死于中，不可作油，此水顿清。"少帝呼天不应，求死不能，恸厥。

此书所记，令我大惊，与我素闻殊异，不知真伪。然金俗炼尸熬油，或不虚。

卫王遇害，彰德府吾睹补即位，迁都至我故都开封汴梁，至天兴二年，珣之子遂王在位时，蒙古军已克开封，金廷遁至蔡州，宋蒙联合围城，金人弹尽粮绝，无力守城，竟捕城中老弱少艾，炼制人油，自城上倾入攻城军中。骇人听闻！骇人听闻！

酒

我朝酿酒，有米酒、果酒，俱于瓮中酵发，其味酸涩醇芬，不易令人醉。善饮者，凡一二十斤方酣。古亦有烧酒，实酒满瓮，泥其上，以火烧熟，为暖胃活血，又名火迫酒，非金人所谓烧酒。

金人烧酒，实为溜酒。置大镬，火蒸酵发酒料，令酒气上腾，另以皿器承取滴露，乃成。金人又呼之酒露，火酒，蒙古人称之阿剌吉。盖女真从契丹学，契丹从西域学，至我朝南渡后传入汉地。汉地烧酒，不如金国者峻烈，饮之易上头，故不盛行。

及至中都，见金人饮酒，触舌便呼辣，入喉即呵气，方知酒中自有火。烧酒，因燃之可有蓝焰而得名。酒性燥猛，饮酒如吞火，凡三四盏下肚，形貌轻佻，举止放浪，为素所不为，语素所不语，复饮不止辄乱，刚愎者拔刀相向，失态丧智，难以自持。故其纵饮后，即缚绑醉者，恐寻衅杀人。

我于墐奕处觅得烧酒，沾之试之，不料魂飞魄散，缭绕梁柱颇久而不能落定。

烧酒令人上瘾，久不饮，肠中似生痒虫，搔扰不息。之纯嗜烧酒，时人言其以文酒为事，啸歌袒裼出礼法外，或饮数月不醒，人有酒见招，不择贵贱必往，往辄醉，虽沉醉亦未尝废著书。

章宗亦好饮，醉境高寒，胜出之纯之上。常聚文人，夜饮达旦。饮中不失尊卑，不狂，不狷，但求宁静。其诗所谓“夜饮何所乐，所乐无喧哗”，乐之极反倒寂谧，非俗人能领会。又所谓“三杯淡醽醁，一曲冷琵琶”，非醽醁淡，乃心淡，心淡以饮酒，虽酒露，亦甘泉也。

古之酒，以献神，布衣草民不可饮，巫觋祭司饮之，饮以出神而通灵。今之酒，醇烈远胜古时，君臣百姓皆饮，醉而暂脱苦身。东坡诗云：“长恨此身非我有。”非我之身，囚我心魂，幸得烧酒，一释悲愁。

之纯云："倘不醒来则大好，何苦修儒释道，修也苦，不修也苦！"

然而，之纯有所不知，生人饮酒醉，死人饮酒亦醉。可见，魂灵也是肉身，一具更为精致的肉身！魂灵出了肉身，依然得不到解脱，有时甚至因为精致而更加紧固。

酒不过释放性情而已，烧酒不过释放更多性情而已。

人难道因为性情的缘故才受苦么？

豕

豕者，豚也，俗呼猪。

鲜卑北地[①]辽阔，远至极地冰不释之境，东濒无涯大海，西接峨峨丛山，南抵长城边界。境内多森林、湖泊，有千里北海，有列拿河[②]、昂可剌河[③]，皆北注入极地冰洋中。虎豹熊罴卧藏，麂鹿羚兕奔突，其间犹多野豕。鲜卑中女真各部渔猎为生，以捕豕为日常。

女真善用豕。豕肉充饥；豕膏涂身御寒，或点灯，或愈合伤裂；豕毫做针，做护身符辟邪压胜；豕骨制器，制首饰；豕皮造鼓，或缝接以成丈，围帐而居。

---

① 鲜卑北地：今西伯利亚，即鲜卑利亚，鲜卑地。从中国历史来看，长城以外至北极，历来为鲜卑人祖居故地。

② 列拿河：今译勒拿河，于俄罗斯境内，位于东西伯利亚，发源于贝加尔山西坡，沿中西伯利亚高原东缘曲折北流，注入北冰洋。

③ 昂可剌河：即今叶尼塞河，是西西伯利亚平原与中西伯利亚高原的分界，平原在其西，高原在其东，古时鲜卑人中昂可剌部居住两岸，故得名。

封豕[1]有重逾千斤者，俘以做猪公，畜养生仔。野豕经家豢，繁衍数代，则獠牙钝，性柔顺，肉脂缜细。

汉地古时宰豕，切首则已；女真宰豕，缚于条凳，以尖刀刺颈，血出气尽而亡。切首宰豕，五脏抽搐，血凝不出，肉腥膻异常；刺颈宰豕，血尽出，肉鲜美，豕血可做菜肠。今金国南北，皆从女真旧法，刺杀生猪，渐为俗，宋境亦然。

女真祭祖，分星祭与家祭。星祭乃敬神天，家祭即祭祖神。家祭用豕，全身而献，不可身首分离。祭毕，方可分食豕肉，谓福肉。福肉分大肉与小肉。大肉整猪分卸，白煮切片，小肉即肉拌饭。福肉须三日内食尽，若未食尽，不可携往他处，必深埋神杆下。

白煮肉上乘者，肥多瘦少，置于大盘中，间插青葱三数茎，名曰肉盘子。飨客或节庆，非厚意不设。

女真语

女真语谓好为“敢”，北人曰：“这敢情好！”成为一句汉话。

山楂一类红果曰“温伯”，馒头曰“饽饽”，泼辣女子曰“咋呼”，轻佻不稳曰“哨叨”，穿戴不正曰“邋遢”，踟蹰拖延曰“磨叽”，难受曰“别扭”，责备曰“呵斥”，打曰“剋”，性执拗乖张曰“各色”，布帛上染渍曰“鹅淋”，炫耀卖弄曰“嘚瑟”，毛躁蒙混曰“麻麻胡胡”，面盘曰“牌儿”，腋下曰“胳肢窝”，胯下曰“裤裆”，谄媚曰“哈”，争执不休曰“白吃”，思忖曰“估摸”，摆弄曰“布愣”，兀立曰“秃噜”，不明不白曰“乌涂”，美曰“块

① 封豕：大猪。

儿亮”。

曰：“这温伯乌涂的，没正经色儿！”

曰：“这上官家的小娘，牌儿挺块儿亮，只各色，说话别扭。瞅瞅她穿件新袄，上面绣着朵荷花，也不嫌秃噜，嘚瑟什么呀！做事麻麻胡胡，要么啃叨，要么咋呼，听她白吃！我估摸着，哪是什么荷花，弄不好哈着郎儿挠胳肢窝，钻人裤裆布愣出一摊鹅淋来！好不邋遢！欠剋！”

满中都的人都这么讲话，与我江南声言渐行渐远，所谓“庐儿尽能女真语”，此言不虚。久而久之，北人已记不得祖辈字韵，女真也染了汉人音腔，两相糅杂到一起，直分不清彼此，生出一套新的言语来。

女真说词，并不直指，五味杂陈，觅缝寻隙，不在达意，专在领会。汉人严谨有余，意趣不足，受彼浸淫，反倒有些生动，仿佛一切事体，可触可摸。此之谓落俗。不想俗中体味，针尖对麦芒，细密深邃。人本就是俗人，未听这些中都人说话前，竟不曾想到人的俗念里，藏着那么多不堪而又不甘背视的机妙。

天垂象成字，音无象而含义。胡音陌生，何以似曾相识？闻之，则筋骨气血动，其何来隐力？莫非神鬼暗推，里外呼应！

转世

茶肆酒楼中，北人爱絮聒。几杯下肚，无所不言，虽禁中讳事，亦口无遮拦。谓：“就着官家那点事，多吃半个馒头。”

吾尝闻斧声烛影，曰太祖病重时，皇后差人召皇子进宫，然传召者不往太子府，竟报晋王。晋王至，入寝殿，左右不得入，于殿外久候。时大雪，众人绰见窗内烛光下晋王几番离席，又闻斧声戳地。晋王出不多时，太祖薨。出遇皇后，皇后大惊，曰："吾母子之命，皆托于官家。"晋王泣曰："共保富贵，无忧也！"翌日，晋王受遗诏于柩前即位，是为后世追庙太宗也。

此乃我朝开国初事，言者意在责太宗弑兄篡位。此说盛传于辽人中，辽廷历来谴太宗践祚非法，凿凿确词。

金太宗完颜吴乞买曾为使往汴梁，凡见者俱惊其相貌酷似太祖，谓其太祖投胎转世，故其靖康年发兵伐宋，掳太宗后嗣一脉徽、钦二帝北去，传言此乃兄来索讨江山，报在其弟后人身上。宋使洪适曾至金国亲见吴乞买，回临安后报知高宗，曰视其身面，像极太祖，与万岁殿上画像无异，高宗始信不疑，遂还江山于孝宗。孝宗乃太祖一系子孙。之后，战事渐息，金宋方趋安。

又传从恪君堂兄章宗乃我朝徽帝投胎，二人皆擅书画，章宗所书瘦金体，与徽宗如出一辙，视之难辨难分；亦爱琴，徽宗广罗天下名琴，造万琴堂，其春雷为章宗所得，爱不释手，临终，挟之殉葬；所宠皆呼陇西氏，同出罪犯之门，一曰师师，一曰师儿，只一字之差。

因北人既得女真血气，又承汉人骨肉，实不愿金宋为敌，是以编排类似故事，说得有鼻子有眼，直为令己信服，令后世信服。

呜呼！金宋已难拆难解，金即中国，宋即中国，契丹亦中国。中国无纯正，中国但求中正也！

第三册

怯绿连巷

第一章　银树

时值隆冬，秃纳河[1]冰冻，蒙古军踏冰而过，围西岸格兰城。是年为合罕十三年，西元千二百四十一年，越儿五十一岁。

自从出关到了大漠，随着越儿征唐兀、花剌子模、斡罗思，凡三十年整，与西人杂处，渐谙西俗。西人纪年，不似我朝年号，即以基利斯督诞生为元年，罗典音字[2]为Anno Domini，即主的生年。基利斯督，即弥诗诃，移鼠，耶书，救世主，人子。这些，都是我听着越儿学罗典语才晓得的。十字教经书，由条支[3]入波斯，再入中华，人名地名译转几番，与本音差池许多。如今，长久在西僻之地行走，读罗典语文献，听斡罗思人、朵颐孜[4]人说话，直就少了间隔，再不是道听途说、以讹传讹，仿佛进到另一重天地，忽然间瞽明聋聪，所视所闻历历楚楚，丝微可辨。

一怯怜入室，带来一名女子，身高挑，皙面绿瞳，眉发黄赤。

---

① 秃纳河：今译多瑙河。

② 罗典音字：即拉丁语。

③ 条支：旧时指叙利亚一带。

④ 朵颐孜：Deutsch，即德意志。

怯怜者，蒙古人权贵家中私从。越儿位尊至焓尔大都督元帅，按惯例，他亦领食邑与一班怯怜口。焓尔就是火的意思，因南荣在朱雀，称其火德。怯怜说，营中将卒都分到了女俘，马茶城[①]里掳来的，年轻貌美的，都分给诸王和将领了，拔都汗王，速不台大人也领了去，这是给元帅的。女子名叫窠潦尼功，乃佛蓝契牙国[②]来马扎儿[③]经商人家的女孩儿。她的名字按佛蓝契牙音字，写作Chloe Né el。西人名在前，姓氏在后，女孩儿应是Né el家的人。自入马扎儿境以来，越儿跟着通事译官学马扎儿话和朵颐孜话，为的是取了马扎儿，再攻前方朵颐孜族圣尊肉迷诸侯领地[④]。朵颐孜族圣尊肉迷，又称作羯蛮族[⑤]圣尊肉迷，罗典语写作Sacrum Romanorum Imperium Nationis Germanicae。此时稍通朵颐孜话，尚不及学佛蓝契牙话。佛蓝契牙国西去朵颐孜数百里，适彼遥遥，国土直抵西海。朵颐孜者，Diot，Deutsch；佛蓝契牙者，Francia。斡罗思人转"羯蛮"音曰"捏迷思"，营中将士多随着斡罗思人呼捏迷思，懒于新学土著语。

越儿与窠潦说马扎儿话，窠潦不解，遂与之语朵颐孜话，女子稍解，终于可以攀谈。

"敢问芳龄？"越儿问。

"刚过二十一。"窠潦答。

"既是佛蓝契牙人，怎知朵颐孜话？"

"自幼与父母往来佛朵间，听会了一些。上年才至马扎儿，故

---

① 马茶城：即匈牙利首都布达佩斯，后文言及"佩斯城"，与之同指。

② 佛蓝契牙国：即法兰西国。

③ 马扎儿：即匈牙利。

④ 朵颐孜族圣尊肉迷诸侯领地：即德意志神圣罗马帝国。蒙古人从阿拉伯人那里听来罗马的事情，按阿拉伯语读音，罗马为"肉迷"。

⑤ 羯蛮族：今译日耳曼族。

大人说马扎儿话，倒听不懂。”

“可否说几句佛国话来听听？”

“Buona pulcella fut eulalia.

Bel auret corps bellezour anima

Voldrent la veintre li deo Inimi.

Voldrent la faire diaule seruir……”（有美人名呼卧萝栗，貌妍姿丽心更高洁，神主之敌欲屈之，力图驱其服侍魔王……这似乎是一节诗篇。）

“佛国话颇似罗典语，只是声气嗡嗡喁喁，听着娇声媚态，或可懈人斗志，销金戈于枕侧……”越儿自言自语道。

“达达大人说什么？”西人谓蒙古人为“达达”，她自是分不清蒙古、女真和汉儿，以为这些黄面孔黑头发的都是达达。

“我说的是契丹话，一些废话，你不必在意。”西人谓我中土曰契丹，不知有中华，更不知金宋蒙古之别，也是因着斡罗思人近哈剌契丹，由此知辽朝契丹，以为中华历来呼契丹。是故越儿告诉窠潦他说的是契丹话，或者指望她晓得一点他跟达达不是一种人。

怯怜送来几个铁镬和陶罐，还有各样金石类餐具。这是到了吃晚间饭的时候了。

铁镬里盛着球葱烩牛肉，包心菜炖羊羔肉。包心菜叫作Brassica，一层一层的，有点像中原的菘菜，只是每层菜叶子硬一些厚一些。陶罐里装着腌鱼和风肉。腌鱼是一种有赤脉贯身的赤目鱼，秃纳河中随处可捕，不甚贵，朵颐孜人呼曰Tintenfisch。风肉多用公猪肉，西人养猪不阉，其味骚臭，风干后直如尸脩。辛香料有胡椒，出摩伽陀国[①]，其国人呼曰昧履支，西人贵之，以粒秤买，碎至齑粉，撒向肉中食。佐料用一种枸橼，外形颇似我南国橘

① 摩伽陀国：古国名，又作摩羯陀国，印度南丝绸之路上的贸易大国。

子，然不可揭瓣食，食之酸苦，榨其汁浇淋鱼肉上可去腥。此物出自天竺，后传入大食，十字军东讨回教徒时带来，先植于佛蓝契牙之南、大秦海滨，后遍植诸海西国境内。西人少菜蔬，多以瓜果代之，盛产频婆、酥梨，不生吃，烤食或汤煨。

怯怜还拿来凝乳和葡桃酒。凝乳与蒙古人做的大相径庭，视之苍碧，欲凝不凝，稀糊糊一团。葡桃酒酸涩，大不如畏兀儿[1]地出产的甘美。又有一种谷物酒，罗典语呼曰Bersabee，朵颐孜人呼曰Bier，我称之为辟酒，看着像临安的黄酒，凡稀薄一些，其劣者似马尿，酒力也不够，入口苦涩，可用来发面饼。

面饼既不似饽饽，也不似胡饼，盖黑麦杂麸团成，素无酵，若以辟酒发酵、淘筛麦麸出白面揉成则贵，非盛宴飨客不用。窠潦说："大人倘不喜欢无酵饼，我可制佛国Baguette给大人尝，和鸡卵、牛乳、蜂蜜、香草于其间，称皇后面饼。"Baguette者，细面发酵，入炉中烤熟，状如长棍，味甚佳。此间并无Baguette，唯黑面饼，硬如石，朵颐孜曰Brot，佛人曰pain，营中蒙古兵曰八闰孛牙鲁（八闰，西也；孛牙鲁，饼也）。蒙古人皆不知如何食此硬物，学斡罗思吃法，乃以钢锉磨之成粒，复入汤中调粥羹。

西人用膳，少餐具，不知箸，多刀割手抓，如蒙古人。王侯富贾家可有杯勺，皆银制，偶有一种叉子，亦乃大食传来。凡杯勺刀叉，一桌各一，围而传用，不可独享。

越儿谓怯怜曰："多拿一些杯盏叉子来，营中收罗来不少，我这里不缺这些东西。这个女孩儿是富贾人家出来的，善待之。"

他虽说这话，但我猜他更忌讳与人共用杯勺，啖人唇沫。

怯怜于是背来一个皮囊，将餐具悉数倒在桌子上，任他们拣选称心的用。

---

① 畏兀儿：今作维吾尔。

餐前，有两个斡罗思童仆上来掌灯。灯者，油烛也，以羊脂猪膏制成条棍，中间包着灯芯，西人谓之lucerna。油烛插在灯台上，灯台形制五花八门，有锥状的、盘状的，有独炷的、双炷的、多炷如树状的，也有大台子层层螺旋如山丘的。斡罗思童持一根长铁钎，钎头缠碎布，浸油，点燃，复一一传燃大台子上条烛，层层交叠，盖有百十来炷。迨尽燃，二童将台子缚绳升起，悬于屋顶。但当悬灯高照，四周沿墙几案上亦遍燃烛火时，厅堂照彻如昼，金碧辉煌。

越儿所居，乃秃纳河东岸一古堡，马扎儿别剌王[1]叔父的旧宅。屋外是岩石垒砌的墙，屋里是点苍石[2]铺设的地面，光可鉴人。火器军的大元帅府此时便设在这里。厅堂里，灯照下，一群仆役忙里忙外，越儿与窠潦于长桌两端对坐，隔着热气腾腾的菜肴，强作美味，然有个新人来，倒也显得生机勃勃。美妇垂长发，若辟酒一泻，辉映间流光溢彩，如梦似幻。

食毕，众怯怜、仆役退下，厅堂中唯余二人。屋外大雪纷飞，屋里春意融融。有壁炉生火，火热沿壁内暗道传遍楼室。越儿斜靠在一张虎皮椅中，窠潦于一旁席地而坐，依偎一侧。两人倦怠，困意袭来，昏昏欲睡。女子褪去上衣，袒胸，头枕越儿腰下，金发如毡，覆于其上。良久，竟弛服横陈，举足展股。越儿宛转相就，意不自持。已而女子伏地而泣，情容悲郁。

越儿问："你不愿意吗？"

窠潦说："不愿意。"

"不愿意何以先就我？"

"速不台大人攻佩斯（佩斯即马茶城）时，进抵河岸街坊，我

---

① 别剌王：即匈牙利阿尔帕德王朝国王贝拉四世。

② 点苍石：一种大理石。

邻居家有个姐姐叫康茨，模样挺俊。速不台大人抓住她丈夫，要他献出康茨姐。男人与姐姐去说，姐姐说，此事有何难，你殉国，我殉夫。说罢，就从楼上跳下来，身子摔得粉碎，花容败裂。速不台大人于是发狠，将一城人差不多都杀光了。盖屠城，都是因这事起的。所以，小女子不敢不从，想这样或者可以讨好元帅，不要再杀人了。”

“我们蒙古军队，在你们眼中，都是杀人屠夫么？”

“你们只要金子和长得好看的女人。司铎[1]说，你们是上帝之鞭，是派来惩罚我们罪孽深重的人的。”

越儿顺手，从腰里抓出一把金钱，一个个黄澄澄的，在烛光下很耀眼。他一枚一枚细看，忽然就撒在地上，号啕起来，说：“我直是喜欢金子和美妇。自钦察[2]、保加尔[3]、斡罗思、孛烈儿[4]一路过来，我没少占人妻女和财货。我的金子已经搬不动了，服侍过我的妇人我都快想不起来了。我不晓得自己为什么征战，为皇帝？为义气？还是为我摆弄炮火的嗜好？你叫我想起少媛，她要是活着，今年跟你一般大了。”

“少媛是谁？”

“我曾经有过一个女儿，不幸死了。”

少媛是越儿和菘引的孩儿。

大安三年冬，成吉思皇帝六年，即西元千二百十一年十二月，当时越儿二十一岁。居庸关一役，成吉思皇帝俘曹侯北去，据金国

---

① 司铎：今译作神父。

② 钦察：西西伯利亚至第聂伯河广阔草原上蒙古游牧部落建立的国家。

③ 保加尔：今译作保加利亚。

④ 孛烈儿：今译波兰。

北境阔野驻跸。于大帐中，成吉思皇帝召见越儿。

成吉思皇帝说：“你是大宋国人，宋与金世仇，你与我同心，一起灭了金国。”

越儿答：“我生于临安，然长于燕京。卫王于我有恩，我不忍叛主。”

“如今，我也恩待你，你将何从？我听说你的家室都在中都，我可遣人将他们接来。”

“你接得来他们，接得来我的师父、师门兄弟和京师岁月么？”

“你的师父何人？”

于是，越儿俱告成吉思皇帝万松行秀、耶律楚材、李纯甫及胙王诸人诸事。

成吉思皇帝听罢，叹曰：“良材无所用，卫王昏聩啊！”

成吉思皇帝感佩越儿知义，便不逼迫，反而封赏隆厚，赐回鹘古城和林一处美宅并一汉女予越儿。此女与越儿同岁，名赛罕，征塔塔儿时得之。父母亡，帝收之为养女，赐蒙古名。女孩儿生得娇逸，甚讨越儿喜欢，于是第二年成亲。入洞房时，越儿见女子眼角眉边有疤斑，询及身世，才知道是菘引。问怎就自徽州迁到大漠，曰当年得了补偿的十叶金牌子，父母用来做本钱从商，生意渐好，便辗转各地做贩运，值宋金交战不得回，又改贩卖皮货，便来捕鱼儿湖[1]（我朝称之为北海），不想战事起，毡帐焚毁，双亲遭难，幸得皇帝救，乃遇君。呜呼！果然应了姝瑄的话，当年伤其眼目，来日说不定要养她娶她。命运幽秘不可测，崎岖沉浮如斯，直叫人唏嘘！天意不可违，塞翁不慎，竟成美事。既如此，越儿顺从造化安排，便立了正妻，这也是注定的事情。

汗廷并无征差派到越儿头上，直任他优哉过生活，这便闲居和

① 捕鱼儿湖：指贝加尔湖。

林三载，夫妻两人尽享鱼水之欢。

金国至宁元年八月，胡沙虎叛，领兵围禁中，逼卫王出宫，囚于卫王府中，害之。彰德府升王完颜珣即位，改元贞祐，废太子及诸皇子亲王并公主封号。后升王又借术虎高琪之手杀胡沙虎，终于独揽朝政。是年秋，成吉思皇帝发兵讨金，锋指中都。

成吉思皇帝派使者到和林，对越儿说："如今金主害你恩人，陛下欲出兵为你报仇。倘攻下中都，可救出胙王并友人。据线人来报，你娘及姬妾也下在大狱，金将蒲古诬其通蒙，欲置之死地。"

越儿闻此，决意于和林城中造火器坊，重整旗鼓，谋划随皇帝出征。

贞祐二年，金国官家遣使向蒙古军求和，复赐还四妹妹委黑岐国公主封号，并将她送予成吉思皇帝和亲。蒙古遣使阿剌浅去迎公主。阿剌浅于阶下拜见公主，复又请公主北面蒙古而拜。公主拜之。之后金人便送公主出嫁。凡护驾大将十人、士卒百人、童男童女五百人、彩绣之衣三千袭、御马三千匹，另有金银珠宝五车。三娘钦圣夫人袁氏也一同随行到蒙古。蒙古军民夹道欢迎，举国同庆，民人尊称四妹妹为"公主皇后"，成吉思皇帝大悦，特封其为黑林斡耳朵之首。

斡耳朵者，宫帐也。蒙古人并无城池楼殿，逐水草肥美处而居，设大小帐幕，来时建，去时撤，即使万夫、千夫、百夫之长，亦只大小之别，莫有固所定居。是故，斡耳朵，乃巨帐也，依后妃姓氏而立，中心帐外别有小帐，后者大于妃，妃者大于官，官者大于民，而百工、怯怜、牧人附之，帐群若市镇。成吉思皇帝有四大斡耳朵，于蒙古东境不儿罕山三河之源的龙兴之地。不儿罕山，又名狼居胥山，为蒙古人圣山，三河皆发源于斯，谓怯绿连河、土兀剌河与斡难河。国朝开禧二年，金国泰和六年，铁木真于斡难河边会集诸王（蒙古话叫作忽勒台大会），登基称帝，曰成吉思皇帝。四大斡耳朵，择坡垅或河畔而设幕，所依境也，非某一地，是岁据滨，彼岁或因地湿而更移一丈。帝春夏或居此，秋冬又适彼，随四时而更换，畅然若仙。公主皇后居黑林斡耳朵，即土兀剌河斡耳朵，其地在西，有河流左右灌输，谷中草木昌茂，野卉烂漫，铺地如画，山中多杉松桦杨，森郁苍翠，远望之俨然，白帐层层如团云，气势巍峨，古之大单于未有若是之盛也。

既和亲，蒙古兵暂退。成吉思皇帝又差人往和林，告诉越儿说："望将军勿怠，趁此休战之隙勤练火器军，图报有时。"

御差去，越儿闷闷不乐，谓菘引曰："他送我一个女人，又夺我一个女人。我与他两清了。从今并无怨，亦无恩。日后取燕京，只为救出胙王和娘亲。"

越儿曾蒙金恩，如今与金结仇，又是天命啊！天欲何为？此时，我与他并不晓得，直由天意牵领，朝前走去。

蒙古军退后，升王即迁都南京开封府，以图积蓄兵力东山再起，此举激怒成吉思皇帝，蒙古便发兵再围中都。贞祐三年，兵临城下，中都告急。其时，京城因久围而粮秣匮，白金三斤不能易米三升，饿殍遍地，人心惶惶。五月，越儿率火器军至，布重火炮严阵以待。此时，已废用竹木炮筒，改用突厥铁匠精炼铁炮筒，由是填药更烈，火炮经用不坏，火绳得以安插铁管中，不易受潮。越儿命绕城架设火炮，里三层外三层，蔚为壮观。俟夜，以神霄霹雳法与燃火点绳法并用，万炮齐轰，火光冲天，澈空如昼。飞弹击毁城楼，守卒纷纷炸起而坠，城中屋宇瓦碎梁倾，中都陷入一片火海。不三刻，金兵溃不成军，通玄门、彰义门、阳春门、丰宜门俱坏，蒙军直入无碍。

迨城破，越儿领一班人直奔御史台大牢，往救家眷。于地牢中寻着姝瑄，不见三分儿和兴哥。姝瑄说，胡沙虎弑君时，胙王曾逃至皓烟园，叛军追来，兴哥为护胙王逃走，诱兵至湖中岛，及兵有察觉，遭戮。又说三分儿与蒲古勾结，蒲古事成，乃弃之，如今不知所终。越儿叹曰：“想蒲古、三分儿、兴哥和义先，四人所出皆奴隶，脱籍后竟如此不同！义先身死居庸关，兴哥为恩人就义，蒲古、三分儿背主无信。可见，主奴皆命，盖无一类，人力不可为！”

越儿还寻一样东西，那便是塔不烟留下的金十字。大安三年冬，匆匆离家，自燕山拔营往居庸关，忽不见金十字，不知遗落何处。或在营中，或在途中，抑或在家中，不知。往旧营寻，不见；往家中寻，亦不见。叹曰：“此乃护身，失之方遭虏。天予我，天复夺去？”遂郁郁寡欢。

引晋卿见成吉思皇帝，皇帝还是那一套，说了曾经对越儿说的话。晋卿对曰：“父祖世代承蒙金主垂恩，尝委质事之，既为之臣，敢仇君耶！”成吉思皇帝重其言，令随之左右。

寻李纯甫不见，人谓其随升王南迁，又入翰林院。

寻胙王亦不见，谓由军士缚去，囚拘开封。

传蒙兵将破城时，诸僧请行秀禅师南去。禅师说：“独独北人不知佛法么？”众僧去，禅师独留京城，迁住城北报恩寺，蒙兵入，白刃及门，面无惧色，念诵楞严咒不止，声振万众，将卒悉跪。

蒙古兵入中都，凡能工巧匠、美童美姬存活，余皆杀。京师百姓逃逸者大半，城空无人，街衢寂然。乃搜缴府库帑币、宝器、文玩、珠玉，又入富户劫掠财货，所得载车千余乘，鱼贯出通玄门三日未尽。自蒙兵围城以来，但匮粮草，不乏钱币，故守将曾命人熔白金十万斤，化银水自城头倾泻，浇灼攻城蒙军。

蒙古军既得其所欲，乃视京师为空城，遂纵火焚烧。大悲阁一带，凡舒虎宣楼、辇瓦、大明幼稚院俱陷于火海，宫城楼阙及街市商铺，无一幸免。自燕昭王以来，历唐、五代、辽积蓄，海陵王苦心经营，章宗教化隆兴，一切文物名胜，悉数付之一炬。火燎烟腾，月余不灭。唯太液池遂生园、大将军皓月烟静园一带尚有遗存。

越儿与晋卿偕游故地，满目苍凉，见人去楼空，闻孤禽长鸣，不禁潸然泪下。晋卿云："此去大漠万里，不知何日归期。夫携汝入我故国长卷，于梦中展阅，或来日依汝蓝图，复兴繁华。"

越儿入东楼厅堂取我牌位，拂之，以丝帛裹之，纳囊中携行。

二人至报恩寺，拜见行秀禅师。

禅师说："还记得仰山栖隐寺中无影塔吗？你二人如今有谁可说出缘故？"

越儿答："曩日往汴梁，见城池若大荒，似有所悟。"

"愿闻其详。"禅师说。

"塔逆光、阻光、折返光照，故有影在地。影乃光止。倘塔受光，融于光，自成光，则无影。天恩垂照如光，人不知福祸，妄以己欲为取舍，乃心生怨忿，忿则如塔逆光，遂生影。世间兵燹或为祸，怎知失者非失翁马？我生来就失了梨云园，后来得了皓烟园；如今又失了皓烟园，天又赐我和林龙海园。失此焦土，复得彼乐园。自有光，必存福。我自予人福，回望自身，已然福中。"越儿答道。

"善哉！曹侯知无影塔矣！常修勿怠，怠则复迷。悟以迷，迷以悟，一时悟非彻悟。切记！"又转首与晋卿道："来，告汝治国术。以佛修心，以儒治国，以道养命。儒释道，三位一体。汝名楚材，楚材晋用，此去必得重用，天下生民于君掌股间，当一视同仁，不负我深望。"

"学生谨记。"晋卿拜曰。

不日，二人随军北去。出长城，于无穷之门分道作别。越儿与姝瑄往和林，晋卿与成吉思皇帝往桓州。

十四年，西域花剌子模国杀蒙古商人及使者，成吉思皇帝于是亲率二十万大军出征。越儿与晋卿随行。翌年，菘引生少媛，难产死，公主皇后抱婴孩归黑林斡耳朵养育。及得胜归，少媛已五岁，越儿往黑林斡耳朵探望。

公主皇后谓越儿曰：“你一生不知我。我来大漠，非为金国，乃为汝。”

越儿道：“你贵为皇后，如何说这般话！”

“我与你好，前情俱告皇帝。皇帝知我心在你，并未逼迫。然既已和亲，按国礼处之而已。我迄今未有身孕，便是明证。”

这年是成吉思皇帝二十年，金国正大二年，我宋宝庆元年，按西元纪法盖千二百二十五年。时宁宗已崩，彰德府升王吾睹补亦亡，谥号金宣宗。人世荣枯，风云跌宕，自泰和七年秋四妹妹至皓烟园会越儿，整整十八年过去了，这是他们第一次见面。越儿已过而立，四妹妹如今也已三十又三了。越儿身边的女人死的死，逃的逃，倘要是四妹妹不做公主皇后，或者他们终于可以过到一起了。

成吉思皇帝至和林，与越儿曰：“曹侯与美妇，吾择曹侯。然吾尝不知委黑与曹侯前缘，为国家大事计，和亲迎公主。”

“既已迎，岂复送还？”越儿道。

“还其身，留其名。我受上帝托付，为天下事东西征战。家国于我最大，得曹侯助我平天下，何忍占取曹侯心爱？”

“既欲还，何惜一名？”

“皇后之名，乃家国事。不得已存留之。若可还，尽数还予汝。”

“倘臣染陛下卧榻，罪该万死，天下人共诛之。”

“我于斡良改[1]湖中得一故宫，昔唐时肃宗将宁国公主嫁予回

① 斡良改：今译作乌梁海，在今俄罗斯境内图瓦共和国一带，阿尔泰山北麓地区。

纥王，王命人建之，名黧宫，以藏娇寻乐。今赐汝。其处于岛中，四周环水，甚幽密，外人盖莫知。汝可于黧宫中会四妹妹。四妹妹乃四妹妹，公主乃公主。出得黧宫，仍复公主皇后也。”

“敢问陛下，臣所好乃丹药军器，陛下所好唯征战与家国乎？”

“告汝实情：人生最大之乐，即在胜敌。逐敌，夺其所有，见其最亲之人以泪洗面，乘其马，纳其妻女也。”

“如是，吾夺陛下至爱矣！”

“非也。汝非敌。”

成吉思皇帝有妻妾近五百，诸姬妾多得自蒙古旧部或异国俘虏。有一妾名阿必哈，乃怯烈部王罕侄女。皇帝某一日宿于其帐中，夜得噩梦，及醒时谓阿必哈语：“今得噩梦，天欲我以汝赐他人。”并劝其勿怨。语毕大声问帐外何人番卫，应者曰客惕。皇帝召其入帐，告以赐阿必哈之意。客惕惊不敢对，皇帝语以所言实，遂以阿必哈之斡耳朵及车舆牲畜、衣物侍从悉数赐之，仅留一金盏为遗念。客惕不过蒙古兀鲁兀部一那颜，不意竟得皇妾。那颜者，区区百户长也。

成吉思皇帝既可赐皇妾于那颜，安不可赐皇后于仁友？如此看来，皇帝是真将越儿当挚友看待了。他不是钟爱功名和家国的人，他是用着功名和家国夺人所爱的人。他或者用越儿的本事，却也告之以性情，不过指望朋友与他同乐分享那夺人所爱之快罢了。天何以造成吉思皇帝这样的性情？直令人不解。

二十一年春，唐兀纳蒙古仇人实勒噶克徽昆，皇帝遂率军亲讨之。唐兀者，蒙古呼夏国名。时成吉思皇帝已六十五岁，越儿三十六岁。自帝元年至此时，东西南北征伐，蒙古灭百族数十国，已非昔日金国篱下酋部，其地纵横广袤，自国之中央达于诸方边极之地，皆有快马一年行程。

越儿随军征唐兀时，少媛六岁。是年夏，少媛不慎喝了一碗过夜的忽迷思后，就病倒了；泻痢不止，神昏谵语。忽迷思者，马乳制之，亦谓马酒，马湩。蒙古人有忽迷思，可不食肉，不食面，终日饮之。忽迷思足可饱腹，生人食之可安养五脏。越儿曾说，初视之令人胆寒，及饮后则神菁贯体。

当时，少媛与公主住在黑林斡耳朵。病则延珊蛮治。蒙古人凡得病，不进药，谓神鬼来袭，须珊蛮请力大神鬼驱之。又制翁衮于病孩床侧，以禳灾。翁衮者，神像也。古时匈奴以金造翁衮，今蒙古各地以毡制，富户以玉制，覆抹乳、肉汁于其口以祭奉。翁衮千奇百怪，有风火雷电神，有祖宗帝王灵，有瑞兽祥禽魂，皆摹其形而造像，常悬于毡帐门外，或设于帐中壁上。蒙古人唯信神天，谓长生天，上天，上帝。上帝之下方有翁衮，翁衮受制于上帝，珊蛮沟通上帝以御翁衮及天地间风中诸神鬼，敬而用神鬼，非信仰神鬼也。此俗颇似我殷商祀礼。

珊蛮施法，口念祝咒，曰："尊座神主，法力无边。先师之神主，英雄无敌之翁衮。弟子于此禀告病情，代户主表白虔诚。汝何时光顾？何时垂恩？汝居十八层天庭，金身翁衮，速除病魔，吾著花衣，求汝大发怜悯心。"珊蛮用尽其法，不效。曰："此孩儿无救，恶鬼深入其体，须另设帐隔绝。"按蒙古俗，人濒危之际，设一陋帐于旷野，帐外插长矛裹黑毡以示人，一二里内不得涉足，谓鬼以病体为漏缺，窥觑人类虚实，将发鬼兵来袭，病者若国之虚境无把守也。纵帝王将相命将不济时，亦如是。此后不久，成吉思皇帝病危时，迨其交付兵权遗托后，亦驱之于荒郊。倘不得已有人送饮食于患者，此人迨患者亡后，一月不得入平民帐，一年不得入王公贵族帐，人皆避而远之，直至病邪之气褪尽。

公主不忍弃少媛于荒地，牵马数匹往禁帐，日取马乳数升以养少媛。又于帐中掘坑埋灶，以中原良药煎汤治之，仍无起色，乃恸哭。

公主谓少媛曰：“吾与汝父情好甚久，视汝若己出，见汝如同见汝父。此间生离死别，怕是你亲娘不乐意，要召你回去了。”

少媛道：“公主待我，亲比生母。我直是想父亲，想他回来与我们同处。”越儿自那回与皇帝说话后，直更不愿意见公主，这便也有两年不见少媛了。他既不往黑林斡耳朵，也至今未往御赐之鳌宫。

少媛终不得见越儿，因思念而竭尽气血，夭亡。

征唐兀得胜归，时已二十二年夏秋之际，成吉思皇帝得疾逝于军旅中。公主至鳌宫，秘差人告越儿少媛事。越儿于是往鳌宫见四妹妹。偌大鳌宫，只二人相对而坐，中间隔着长案，风过雨过，不逾半步。虽终得相见相处，然绝不亵就。

越儿说：“望此后不负亡人之愿。”

公主说：“人所欲，我皆予。斡耳朵及所领岁币，悉归黑林众妃后。只于此度余生，与君相守偕老。”

之后，越儿凡征战凯旋，必至鳌宫见四妹妹。两人心心相印。

越儿起身，正冠著衣，又将一袭狐裘遮盖窠潦身体。引窠潦至楼上卧室，自箱笼中取出一毡制翁衮，大小不过一手握，道：“此即爱女少媛。”

翁衮照着少媛生前模样扎制，系一赤丝绳于颈，以黑绒绣眼目鼻唇，结发辫，裹以皮袄，双足穿毡靴。视之栩栩如生，呼之欲出。

越儿又说：“人死，其愿未遂，魂不安。少媛因思念我而耗尽气血，此间她的魂灵应与你我同在。方才我待你非礼，她应该都晓得的，我直是追悔莫及。倘你宽恕我，便是她宽恕我了。你亲人俱亡，也无家可归，不如此生跟随我，我必善待你，再不轻亵你，视你如膝下女儿。你可愿意？”

“我尚有一个至亲，大人倘许我见过他，便来侍奉。”窠潦说。

“此为何人？”

“乃我相好，姓布舍，名寄要木[①]，亦佛蓝契牙人，与我同出一城，八梨[②]人。今在窝思达犁[③]境内，此去过秃纳河不甚远。”

“倘是相好，可一并来随我。我与你二人成亲，令他做我儿郎。”

于是，翌日越儿差一名怯怜并两名骑兵，护送窠潦过秃纳河，往窝思达犁境内去。

窝思达犁，Ostarrichi也，声言与羯蛮朵颐孜族类同。八梨，Paris也，佛蓝契牙国京师，传彼处人杰地灵，城中宫宇金碧，文士知书达礼，美妇灿比星辰，颇类我中华。

越儿说得没错，少媛魂灵并不在墓中，一直附在翁衮上。他按蒙古俗做了这个翁衮，与我的牌位放在一道，从军征战一直带在身边，我得以与孙女相见，两个魂灵于是不寂寞，万里长途西进中，祖孙相伴，互为慰藉。我出来时，驾着大鸟，凡夜宿则回牌位，昼行时携少媛共骑鸟，凌空驰骋，一览群山大川。出押亦谷[④]，入钦察地，过亦的勒河[⑤]，自也烈赞至末思怯瓦至兀剌的迷儿[⑥]至乞瓦至佩斯，天下之大，远未至边涯。蒙古将士每见大鸟，则曰吉祥，谓胜利在望。有时我们飞到军队前锋，一路看人众蚁行，穿梭于草场森林间，首已达岭西，尾尚在岭东，此处日将西，彼处日中天，地上浩浩汤汤，天上看不过一道墨线。以往以国朝中华地大物博为骄，

---

① 寄要木·布舍：今译纪尧姆·布歇，13世纪巴黎著名的金匠。

② 八梨：今译巴黎。

③ 窝思达犁：今译奥地利。

④ 押亦谷：即押亦河谷，指乌拉尔河谷地带。蒙元时称今乌拉尔河为押亦河。

⑤ 亦的勒河：即伏尔加河。

⑥ 也烈赞等：也烈赞、末思怯瓦、兀剌的迷儿，今分别译作梁赞、莫斯科与弗拉基米尔。

如今翱翔俯瞰，虽飞行快胜骏骥，亦总无尽头，方知我宋不过一偏地行省，临安不过万千邑郭中一点。

格兰城坚固，外围以深堑。西征以来，凡取敌国，必充其男子入军。每冲锋陷阵，第一队为马扎儿人，第二队为斡罗思人，第三队为钦察人，最后才是蒙古兵。攻格兰城，先以马扎儿兵填堑壕，斡罗思兵踩其身而过，架云梯，抛巨石入城内，钦察人攀云梯而上。若几番攻不下，则令火器军万炮齐轰，焚其居室、街衢及十字寺。此乃不得已，重火炮过后，牲畜、财货、人口，往往尽毁无遗，所获甚少。拔都汗王命越儿于东岸发炮，威慑敌军西城，大军则绕道渡河，于东、南、北三面压进。有钦察人献一法，炼马扎儿人油，燃之，以抛石机洒入城内。凡人油燃炽，几难扑灭，非果子酒或辟酒不可止，倘火油沾上人体，手搓之则熄。围城六日，城北马扎儿军集重兵欲突围，蒙军佯溃，马扎儿军开城门追击，至一林地，蒙军骑兵忽反身骑马而射箭，敌军阵乱，其时四面大军至，围乱寇而尽屠之。此惯伎也，诱敌入预设埋伏地。及此马扎儿主力剿灭，则又于城门前喊话，许城中军民出降不杀。于是，四门开，军民悉出。出则尽杀不留，唯余色美幼妇。别剌王南遁，合丹王率骑师往追不懈。

仲春，军中传来噩耗，合罕窝阔台薨逝，诸王遂议归，拔都王不许，欲续攻下海西富浪全境乃还，速不台帅劝其归，曰：“大王于族属为兄，安得不往？”遂班师东去。越儿请滞留，谓辎重难撤，且残损甚多，迨修缮集拢后，偕工师齐还。蒙古军按成吉思皇帝旨意，将火器军、机弩营、架桥舟渡开路军整编成工师，俱归焓尔大元帅统领。越儿意下为候窠潦归，非止为休整部属。

大军去半旬，窠潦果然偕寄要木布舍来。布舍聪俊，善金银铁器，又熟知海西诸国语言，携来不少罗典语书卷，越儿甚喜，两人相谈甚欢，令从之左右行事。

东还迢迢，追程莫及光阴逝。离马扎儿境时犹起风时节，出斡罗思已繁花遍野，至阿勒台山[①]阴已盛夏炎炎。途中，凡过镇走府，布舍便与越儿遍寻铁匠能工，倥偬间考究格物，多有发明新造，制成铁铳，并威力峻猛之弹药。

布舍心灵手巧，又善穷理计算，谦怀好学，向越儿问中原佛法丹术，融东西学问于一体。此越儿不及也，道："人称我不及将军，今日名副其实，果真正不及也！"

于是，向布舍讨教西学，得阿力司铎（Aristoteles）、八剌秃（Plato）、幼契力敌思（Euclidis）[②]诸西贤书，于途中大辇中时时批览不释。

越儿最喜读一卷*Omnes homines natura scire desiderant*[③]，书名的意思大概是"人本欲慕知"，此乃布舍自挲剌森人（又名阿拉壁人，回教国人）典籍中择译。布舍说，凡优良西贤书，于海西大多不存，十字寺教廷司铎忌其不合教规，悉毁之，今多存于挲剌森人国中，故欲知西祖学说，必先学阿拉壁语言。

越儿每读*Omnes homines natura scire desiderant*，我与少媛便栖落舆帐窗前，伴其归程，佑其祥宁。舆帐大者若巨室，盖有二丈宽，凡起居、饮食、会客，皆于其中，实乃一大毡房，置于木辇上，数十匹牛牵之。阔野千里，四方皆路；入森林峪隘，则有西征时工师凿石所开之道，宽有三五丈，平坦如水面；出斡罗思，过押亦河，乃入鲜卑故地，草场无涯，任车马左右横突……一会儿看见

---

① 阿勒台山：即阿尔泰山。阿勒，鲜卑语"金"的意思，阿尔泰山即金山，因盛产砂金而得名。

② 阿力司铎等：阿力司铎、八剌秃、幼契力敌思，今分别译作亚里士多德、柏拉图及欧几里德。

③ *Omnes homines natura scire desiderant*：汉译书名为《形而上学》，亚里士多德的代表作。

羊群云集，自远方滚滚而来；一会儿极遥彼处有一株古树；一会儿又见库蛮[①]孩童于亦的勒河中赤身沐浴；有时草卉硕然，将大辇埋没；间或疾风虎啸，捶帐有鼓声；忽然雨幕沉沉，外面白茫茫一片，乘辇若行舟海中；星光垂野千里，月辉涌江彻夜；石垒上孤烟直上霄汉，宫墟中残楼斜天不坠；有长虹吞饮海中水，化七彩光芒输布窗前魂魄；花不语，织锦千万里，大鸟翼掠朝晖，飞到前头，报予故国归来消息……

归和林，越儿引布舍见晋卿。时合罕薨，新帝未登基，乃马真皇后主政。（合罕者，诸汗之汗，诸王之帝。至窝阔台时，蒙古得国甚众，万邦来朝，故此汗已非彼时汗。）晋卿带布舍进宫觐谒皇后，布舍献精制铁铳、肉翅金人及镶宝石银盒。皇后甚欢喜，命布舍入制造局供职。

初成吉思皇帝晚年依汉制择定所造宫阙，乃于和林建万安宫，至窝阔台合罕时成。蒙古风俗，凡斡耳朵帐前，必设皮囊，置忽迷思、佳酿飨客，客自取不限，任饮无妨。今宫前庭内亦陈诸多皮囊，运进搬出，不便亦不雅。布舍遂造一银树。树全身皆精银，镂刻枝叶花果，根基有四头猛狮坐底，身内埋四道银管，直通树末，复屈曲向下，管身饰以蛇纹，其尾绕转树干，一管出忽迷思，一管出米酒，一管出烧酒，一管出蜜汁，管下有银盘，承受所流泻之佳饮；末顶有一肉翅美童，手执号角，客来则号鸣，号鸣则四管出美酿；树腹中四管夹一空穴，恰纳一人；树外传令官唱令，树中人便鼓风箱，风箱送气于美童，则吹响号角；四管由地下通至暗窖，窖中富藏各样饮汁，取之不竭，司窖之人闻号鸣便放闸输饮浆。世人皆诧异银树精妙，谓之“无穷之饮”。

---

① 库蛮：钦察之别称，阿拉伯人对钦察人的称呼。

第二章　哈剌和林

哈剌和林，突厥语言意为“黑圆石”。此处即为匈奴龙庭。龙庭者，匈奴祭天之所，又名茏城，龙城，盖北胡皆事龙神，建龙祠，以龙为使，格于皇天，所谓龙为天子。卫青征匈奴，曾至茏城。唐设安北都护府于斯，后为回鹘占据，金灭辽后，辽遗部曾退居此地，曰可敦城，怯烈兴起，得之，易名哈剌和林。怯烈乃鲜卑混突厥血脉之裔，故以突厥语言命名。

哈剌和林处于杭爱答班。答班者，山麓也。斡儿寒河出杭爱汗山，北去至大荒地。和林依斡儿寒河东岸建，于河谷中，四周森林环绕，夏季山花遍野。窝阔台合罕时，又于成吉思皇帝四大斡耳朵外别设几处斡耳朵，皆散布杭爱答班和林城外四周，合罕常驻跸其间，唯冬日入城。城不甚大，自匈奴始，北胡俗居帐幕，随季逐美境而徙，故城不似汉地规模，非以大为荣华。一城若一大驿，只为暂避冬日风雪；或一城为一大市，四方商贾贸易来汇，聚时喧嚣繁盛，散时人去楼空。

成吉思皇帝顾念越儿由江南来，不喜帐辇，故赐城居。大安三年，西元千二百十一年，越儿二十一岁时，居庸关被俘，次年入住和林宅邸，迄今已三十一年整。宅名龙海园，因园中有小海子，故得名。海子地下有暗流通斡儿寒河，传有青龙二条出没，龙至则诸事兴盛。越儿初入园时，海子枯涸，水深不及膝，蒙古珊蛮谓越儿曰，龙喜金，投金于海，龙嗅金气则出。遂投波斯、肉迷金钱百枚于海中，又悬金瓦于海边桍树上，系玛瑙赤珠于瓦侧，风过珠摇，击瓦铿铿，其声妙不可言，于静园中更显静谧。如是某夏暴雨过，则海中积水不去，一日双龙果至，自水中升起，腾空数丈，口中吐火舌，火过之处，古木旧石焕然一新，销却千年尘灰，园中顿时生机盎然；复入水不出，偶闻金瓦声，其鳞便浮现，映晨晖暮光流连波中。

园处城西南怯绿连巷中，出门对面有一座怯烈人的十字寺。龙至后第二年，金国工匠纷纷来此，集居北城，蒙古人称为契丹坊；第三年起，挲剌森人渐多，皆居于城南，谓挲剌森市。至成吉思皇帝十九年，西征俘回西域各国色目人，城中居者愈甚，有钦察库蛮奴、阿拉壁奴、波斯奴、斡罗思奴，又有拂林、黎轩及肉迷商人，遂建各族寺庙，有木速蛮庙、佛寺、道宫十几座。木速蛮者，波斯语言写作罗典音字为Musalman，阿拉壁挲剌森人回教民是也。

窝阔台合罕七年，西元千二百三十五年，和林万安宫建成，合罕召诸王群臣朝议，谓："今天下稍安，上年女真灭，上上年平东辽蒲鲜万奴[①]，国初畏兀儿来降，哈剌契丹亡，二十二年又得唐兀，迄此，吾土西境抵的涅培儿河[②]，东境至大海，然先帝遗志未竟，曩昔征花剌子模时过太和岭[③]未荡平斡罗思诸国，吐蕃、大理、汉地南方犹在，吾等不可懈怠图安，宜乘胜追进，分路西征南伐，若诸王诸帅同心合力，斡罗思以西富浪全境、长城以南直至南大海，天

---

① 蒲鲜万奴：金叛将，曾镇抚辽东，后自立为王，建大真国。

② 的涅培儿河：今译作第聂伯河。

③ 太和岭：即高加索山。

下万邦，势在必得。”遂命蒙古各酋部长子拔都、贵由、蒙哥与速不台等出讨西域，命皇子阔端征秦、巩，皇子曲出及胡土虎伐宋，唐古征肃良合地。肃良合者，蒙古人之谓高丽是也。

越儿火器军分两路，一路随皇子曲出南去，一路由他亲率与长子西征军同行。出征前，晋卿至龙海园，二人说起中都往事，彻夜未眠。

越儿说：“我与你事大漠天子已二世，迄今盖有二十余载，如今都到了不惑之年。”是年，越儿与晋卿都已四十四岁。二人虽同朝共事，然一以东西征讨，一以上下理政，相遇匆匆，颇少深谈。

“太子和之纯要是活着，就好了！太子是丁未年生人，今年应六八年纪了。”晋卿叹道。

“他是怎么死的？”

“两年前围开封，难拔，速不台怒，誓但得入，必屠城，我向合罕进谏，才止息杀戮。但合罕命尽灭皇族，以斩草除根。时哀宗已出逃归德府，城中军务悉归崔立统办。崔意在降蒙，欲自僭窃为傀儡王，故先推出胙王，立为梁王，以监国，图公主在大漠，以取信蒙古。又出开封至西南青城面见速不台，披龙袍御服，俨然皇帝状，然屈居速不台之下，事之若父。速不台命他交出皇族，作为凭信。崔于是回城，焚尚书省，屠官宦，奸淫大臣妻女，令手下推梁王、荆王及宗室近族一干人往青城，速不台始信不疑。速不台道，只杀皇族，远亲可释，命金廷内侍辨拣亲疏。梁王出城时已更布衣，内侍虽认得，欲纵其归，故佯装不识。不想崔立手下直不放过他，指认咬定他身份。你猜崔立手下何人？”

“何人？”

“蒲古。就是你营中那个六品骁骑尉。当年他出狱后投了胡沙虎，胡沙虎死后又投了术虎高琪，术虎高琪死后他位至禁军四品，哀宗遁走后与崔立合流。”

越儿无言，唯摇首长吁。

晋卿又言："蒙古兵手刃皇族宗亲，如屠鸡犬。梁王视死如归，面无惧色。有惊惶嘶嗬者，梁王斥之曰：'白刃似雪，大雪送吾归。一瞬之痛，霎那便与先人团聚。何故啼号若牲畜！所谓贵，于安夷中与常人无异，于危难中方显尊远。'众乃止声。又谓速不台曰：'吾辈皆天命皇统血脉，废立在天，生死在汝，望送归以礼。既归，先容沐浴更衣。'速不台准。衣毕，众皇族跪地，北面拜天，已而，俱枕砧待斧，缄静无声，唯梁王吭歌女真谣，喃喃啁啁，若燕鸣，若童音。"

"你行走君侧，贵为权臣，怎就救不得我兄弟呢？怎就救不得我兄弟呢？"越儿终于哭呼不止。

"是啊，我怎就救不得我兄弟呢？"晋卿亦不禁潸然，彼时未泣，此时泪泄。端坐竟似不知悲，不想泪夺悲先出，方见其悲郁胸臆久矣！

他们又说起之纯。

"之纯随宣宗南迁，入翰林院，术虎高琪专权时，辞官去，后宣宗诛术虎高琪，复入翰林院，主持科举，哀宗时任京兆府判官。整日吃酒，未尝一日不饮，未尝一日不醉，生生就醉死了。"晋卿说，"其判案，必佐以酒。眼花耳热之际，振振有词，如倾江河，无有穷竭。某一日，酒中听讼词，忽伏案不起，迨左右察觉，抚其鼻，已无息，魂去久矣。"

"他曾言，等从恪当皇帝，或已丑死了。这下，不是丑死的，端的是醉死的。"

"或者因丑而醉呢！他曾讥其侍妾曰：'一婢丑如鬼，老脚不作温。'又云，'惜花不惜金，爱睡不爱官。'一辈子寻花，但只得枯枝败叶，纵丑妇亦嫌之，无有美人缘。其学富五车，腹中诗书堆积如山，直不解风情，惮已之丑而愈丑，独独不善接欢之道。"

“其貌不扬，其文郁毓。可有遗作存世？”

“所著《楞严外解》《金刚经别解》《鸣道集说》钞本，我自中都市中购得，闲暇间批注厘定，欲为之序，寻机刻印面世。”

“祈闻所言究竟。”

“中国心学，西方文教。统归这八字。其以先圣心性之说，证佛理真如，并驳江南道学之伪。”

“虽之纯所谓西方，不过天竺文教，然其言颇具先见之明。你我二人随先帝西征，睹木速蛮宗仪，遇基利斯督司铎，所见所闻，足以明证中国之外，文教亦昌盛。”

“以中国心学为里，以西方文教为表，殊途同归。”

“是故先帝曾言，唯长生天永恒，直诸族信拜之礼殊异耳，不可厚此薄彼，择一偏废。”

“君止戈，吾文正，之纯心下性，太子悯中义，吾四途终究亦同归也！”

“何谓心下性？”

“世人所谓性，实乃性染习，习俗中格物致知，终无知。心知先我而在，格物无以致知，知不可造，知唯可见。故见性必在明心之后，心下见性，则性不乱。此与先帝所谓唯长生天永恒一义也。长生天乃本心，心下万性殊异。之纯虽纵酒纵性，其性在心辖之下，是以非人皆可醉，心下性可醉，醉不离宗。”

“又何谓悯中义？”

“程朱道学，唯义理为重。此义理乃人世习俗之矩，非仁心所出。仁心悲悯，推己及人，以悯为义；如若心下见万性，求同存异，同则皆以悲悯也。”

“听君一言，豁然开朗。”

“此非我德，乃之纯启我愚冥也。”言罢，出春雷，鼓《流水》，曲毕曰，“此琴殉章宗，有发冢摸金校尉者窃之，流于中都街面，帝遣人重金购之，赐我。《流水》一曲，弦外之声，知音者寥寥。今太子、之纯去，知我者愈稀矣！”

“焦尾尚在，故人已去！”越儿叹曰，“这便叫我想起兴哥和义先，他们都是对我好的人。”

二人于是出户，于园中跪地面南，酹酒祭亡人。春月溶溶，有七彩光辉洒落庭中，正应着之纯的遗诗，“玉环晕月蟠长虹”。

第三章　司铎可艾客

越儿初到和林于龙海园闲居时，常闻十字寺报钟、僧众赞颂，便又想起塔不烟和金十字。某日入寺，见祭坛上十字峨立，熠熠生辉，坛周饰以花锦，梁柱绕以祥纹，颇奢华明洁；寺内崇礼者甚众，多为怯烈人、乃蛮人、汪古人及各方色目人，有僧司祭，有司铎念经祝祷，口中词语皆异邦声言，不辨其音。崇礼毕，拜见司铎。司铎名字勒桓，乃汪古部人，称其祖自苫国来，苫国即我中土旧谓条支也，西去和林约万里，近珊瑚海[①]，有大城曰的迷失吉，一作大马司[②]，城中寺庙林立、神坛遍布、商贾云集，蔚为盛伟。司铎言其另有一苫国名为可艾客，能解苫国音字，可为解十字教经书。观其面貌，与鲜卑人中原人无大异，唯睛瞳灰褐，隐有蓝光，盖祖与汪古混杂久矣，血已冲淡。司铎知越儿自金国来，便以金国话交谈。越儿甚诧其能道诸种语言，司铎谓，少曾随父为金国守界壕，与金人往来久，入金人学堂习字，故能中华语文。司铎三四十年纪，貌似较越儿长十余岁。昔金国为抵御怯烈人、乃蛮人，于长

---

① 珊瑚海：即红海。

② 大马司：的迷失吉，又作大马司，今译大马士革。

城北修界壕，令回鹘、突厥后人守之，蒙古语谓界壕为汪古，故称其人为汪古人。汪古人于成吉思皇帝讨金时降蒙，为蒙兵开界壕城门，使蒙兵长驱直入无碍，故成吉思皇帝收之为蒙古酉部。

越儿问孛勒桓可艾客：“吾尝得一女子遗物，为金环十字佩，汝信众亦有此物？”

孛曰：“金环十字，乃契丹景教徒护身符。”

“景教即十字教乎？”

“初波斯僧阿罗本携大秦经卷至长安，唐皇太宗许之传教，即名景教，取其光明之义。奉弥诗诃为世尊，信天尊、世尊、净风三一妙身。本宗教主名尼士陀利[1]，苫国人，故世人亦称吾门为尼士陀利教。景教，尼士陀利教，十字教，名不同，实为一也。会昌法难时，佛门遭劫，波及景门，僧皆外遁，渐传于大漠、唐兀、回鹘中。故契丹、乃蛮、怯烈、汪古多有信之。契丹统和年间，怯烈王率二十万众受戒，是以景风盛行北人中。”

“教传何义？”

“天尊创世造人，置人于乐园中，人受魔诱引，食园中智果而堕，天尊于是与人约法，许人以法戒离罪得福。经百世，人不守戒，愈堕无耻，遂兴大水以淹，唯留一姓繁衍。此姓繁衍至今，分为天下万族。又经千百世，天尊吹净风向一童女末艳，使其无男夫而孕，生神子，名移鼠，此即弥诗诃也。是故，天尊、弥诗诃、净风皆一体，一体三身，当净风浩荡时，神主吾身，见有光华。”

“净风何物也？”

---

① 尼士陀利：即聂思脱里，公元431年以弗所宗教会议上被判为异端。其说主张耶稣二性，既有神性，亦有人性。罗马公教以为耶稣唯神性，故圣母为神之母，无原罪。后新教改革时，马丁·路德为其平反。聂思脱里一门，史称聂思脱里宗，自叙利亚传至波斯，复传入唐时中原，名景教。

“天尊初抟土造人，吹以净风，人乃活。净风者，圣心也，凡天下人皆以净风得活，入世蒙尘则净风弱，弱者罪孽重。”

“佛法修脱红尘，盖一义也。”

“佛寺中造偶像以拜，宜远离之，魔幻引入歧途也。”

“何故敬十字？”

“弥诗诃乃一赐乐业国那萨罗城[①]人，时一赐乐业为大秦肉迷所占。弥诗诃以新法完全旧法，故守旧法之一赐乐业祭司不快，欲借肉迷都护毗罗都思之手杀之。按肉迷旧俗，行刑于木十字上。弥诗诃从容赴死，死后三天复活，以向门生信众明证永生之理。故后人祭拜弥诗诃时，尊十字为圣物。”

“弥诗诃新法何义？”

“信弥诗诃，得永生，出轮回。弥诗诃负众生罪而去，故众生罪得赎，此即莫大恩典。”

“故吾等众生如今无罪乎？”

“吾罪身不改，然信众可得赎。罪世之末日将至，其时天庭设堂审判，分净染正邪，得赎者升天，不得赎者入地狱，投硫黄湖受永世煎熬。”

“如是善哉！吾等若入此大方便法门，信弥诗诃则可，罪固罪矣，一路罪孽亦无妨？”

“君言差矣！此非大方便，此乃大恩典。所谓方便，方便虽方便矣，所得皆须偿付；而恩典者，无须偿付，全然白白予赐。”

“天下何来如此之大便宜？街路俯拾？白吃不给？汝教无须修行，直赞颂崇礼即可？”

“弥诗诃云，彼来为完全旧法，并非为废除旧法。故旧法以修

① 那萨罗城：和合本《圣经》译为拿撒勒，于今以色列北部，史上将那一处叫作加利利。

行，以察人之愿念，人之愿念纯良，欲接净风，方得宠于天，上帝择人，如于秕糠中甄米。”

“愿闻修行法。”

“昔牟世法王[①]率一赐乐业民众出离密昔儿[②]地，遇珊瑚海，天尊为之分海辟道可行，过海入大野，牟世法王于山顶得神谕，谓十愿[③]也。持此十愿不弃，乃为天国选民。十愿曰：一愿唯信上帝天尊，不可造偶像；二愿孝敬父母并恭给；三愿不可妄称天尊名，借名私断善恶；四愿如有受戒人，向一切众生，皆发善心，莫怀睢恶；五愿众生自莫煞生，亦莫谏他煞，所以众生命共人命不殊；六愿莫奸他人妻；七愿莫作贼；八愿切莫贪恋他人屋舍、田土、仆婢、牲畜及诸财货；九愿公堂上莫作伪文证；十愿六日作，一日息。凡持此十愿者，神必发慈，恩及千代；凡破此十愿者，神怒追及子孙。”

“何故六日作，一日息？”

“上帝造万物，所用六日，第七日乃息。故吾门中，一周为七日，第七日呼祭日，礼拜日，信众皆入寺礼祭，念经颂诗，罢劳作。”

“所传经书可否借阅？”

“经卷浩帙，名《尊经》[④]，分《旧法》二十四圣纪志列传，《新

---

① 牟世法王：即摩西。

② 密昔儿：今译为埃及。

③ 十愿：即摩西十诫。

④ 《尊经》：景教中文《圣经》译名。《旧约》译作《旧法》，《新约》译作《新法真经》。《天宝藏经》即今译《诗篇》，《多惠圣王经》即大卫王之《诗篇》，《阿思瞿利容经》即《四福音书》，《浑元经》即《创世记》，《传化经》即《使徒行传》，《宝咱法王经》即保罗之《罗马书》，《牟世法王经》即摩西之《出埃及记》，《启真经》即《启示录》。

法真经》诸法王书。北人皆用苫国原本，中土自法难后译经缺漏颇多，所遗唯《天宝藏经》《多惠圣王经》《阿思瞿利容经》《浑元经》《传化经》《宝咱法王经》《牟世法王经》《启真经》零星几卷，另有《弥施诃自在天地经》《志玄安乐经》《序听弥诗诃经》《宣元至本经》《一天论经》，皆后世高僧所撰，为讲经集或经论著述，非元典也，然或可凭之入门。吾藏有《阿思瞿利容经》中《明泰法王书》《瑜罕难法王书》[①]二卷，可借你一阅。”

越儿借得经书归，卷不释手，并逐字抄录，成二卷南荣真经钞本。

阿思瞿利容，苫国音，意为“福恩”。越儿既闻福恩，便报与菘引、兰姨知，为二人讲十字教经，一家共学祝祷事。孛勒桓可艾客常来龙海园，因为家人祈福、授课，得赠不菲。景僧多为富贾，可蓄姬妾，唯食素不荤与中土释宗同。僧人财路广宽，或雇人往来蒙境与波斯贩运香料珍宝，或为信众做祭礼获报不竭。所谓经商以殉道，为天国敛财，不为地上世界积富，此说闻所未闻，殊诡诞难以令人置信。然妇人多深信不疑，倾囊投入资财，故景寺奢丽繁华，景僧丝衣玉食，皆受养于贵妇妃后。皇子拖雷妻唆鲁禾帖尼亦笃信景教，境内景寺多被其恩泽。时和林城内，十户九景，香火隆盛。

越儿既娶正妻，便求子嗣，孛勒桓为之祈祝，未得，云：“未得神许。倘行浸礼受戒或许。”于是，一家人皆往寺中行浸礼。浸礼者，入景教门首要。经上记，移鼠虽贵为神子，亦须先于多难河中受先师谷昏[②]施浸礼。水浸而洁，去除尘世脏染。景寺中前厅设

① 《明泰法王书》《瑜罕难法王书》：两本皆《圣经·新约》中福音书，前者今译《马太福音》，后者今译《约翰福音》。

② 谷昏：景教文献中称施洗约翰为谷昏。

左右两门，一门妇人入，一门男子入，入则涤其下体，洁后方可入寺。凡受浸礼后，每入寺中参礼必先涤下体。此俗若木速蛮。后肉迷教廷司铎白浪介品①来蒙，吾闻其言，谓非正统法，斥之为异端。

家中三人既受浸礼，则俱入景门，按教门规矩，守斋礼，过景节。越儿得浸名小字为习里吉思②，习里吉思为传说中护法屠龙勇士；菘引得浸名小字为末艳，与弥诗诃生母同名。此后，孛勒桓来，皆以小字互称。

先前说道，越儿自居和林，三年无事。至贞祐三年，西元千二百十五年，为报彰德府吾睹补杀卫王仇，随成吉思皇帝出征取中都。正是这趟出行，家中出了丑事。越儿不在家，可艾客反倒上门更勤，将掺了大黄的药水与菘引喝，说喝过一季，待夫君回转，同房便可有孕。起初，兰姨并不疑，久了，见可艾客施药须闭门与菘引独处，便觉异常。又引菘引出城入斡儿寒河谷地，常一去二三个时辰不回。妇人见可艾客来则喜痴雀跃，不见可艾客来则魂不守舍。如是，坠陷深矣。

一日晌午，门外摇铃响，兰姨并不动身。菘引道："姨娘何故不去开门，猜是司铎来访。"

"来便来，无人挡。"兰姨道。

"门不开，如何进得户来？"

"既法力无边，怎不可穿墙而过？"

"那是贼盗持邪术之辈，才穿人墙垣入。兰姨未闻君子由门入户么？"

"人都叫他偷了，还不是贼么？"

---

① 白浪介品：今译作柏朗嘉宾，受教皇英诺森四世派遣，曾于1246年至蒙古和林，著有《柏朗嘉宾蒙古行纪》。

② 习里吉思：今译作乔治或乔治亚。

这么说道，菘引便知奸情已败。于是，收敛一阵。越数日，思念甚，竟病不起。兰姨心软，又去寺中请可艾客来治病。可艾客一来，菘引便从床上跃起，浑然不顾周遭，匍匐亲奉可艾客双足不释。又引入内室，闭门久不出。闻淫声浪语传出，兰姨怒不可遏，持菜刀破门入，见二人赤身交缠，便挥刀相向。可艾客惊起，未及整戴衣冠，夺门而逃。兰姨追出数里，于十字街广庭处追上，断其食指，携归。其时，街坊四邻皆出，和林城家喻户晓，可艾客为之颜面丢尽。幸得唆鲁禾帖尼出面保他，才未被逐出教门，只降一级，从司铎位置落到司祭。

这些，都是我随越儿出征回转后，听兰姨告知越儿时所知。

越儿起初不信，直至见到可艾客食指一截，方将信将疑。问熟好四邻，皆笑而不语，或言不由衷，东拉西扯，乃疑。

越儿去寻可艾客，问："十愿中不是说，莫奸他人妻，你身为司铎，何以知戒犯戒？"

"人固有罪，纵司铎也难免。"

"我可以杀了你！"

"杀便杀，此生已值。末艳皎若明月，受其光洗，夫复何求！"

"披圣衣，施魔术，万劫不复！"

"只望施主莫迁怒景门。吾行不端，非教之过。将军由我所闻阿思瞿利容，自有是非。"

越儿于是不语，遏怒而返。

问菘引："此老贼如何诱引得你颠三倒四？"

菘引道："可艾客睛瞳似有魔，受其照而不能自持。望夫君恕贱妾免死，倘恕我，则再不逾礼，恩爱一世；倘不恕，只好私逃投可艾客，他或不弃我。"

"不如随他去，我不要你了。"

他休也休不得，毕竟是皇帝送来的女儿，也有公主名分，只好分室而起居，昼夜不见为好。

于是，菘引离家，往十字寺投可艾客去了。

时姝瑄随越儿自中都来和林，初见新妇，想一家人终得团聚，满心欢喜，不料出此意外，一喜一悲，心肾水火相撞，突然卧病不起。此间蒙地尚无中原医师，得病或请巫师驱魔，或请十字寺司铎祝祷喝圣水，适与可艾客交恶，不便往十字寺，便请木速蛮医师来诊。木速蛮医师断其症为“奄物烧剌”，即风证，谓病深则胡言乱语，神志不清，遂调蜜羹及苏合香、撒吉列拿只、兀沙吉、安息香等，和姑娘水吞下。姑娘水者，温水也，借姑娘性温柔而喻。撒吉列拿只，阿魏是也。兀沙吉，即乳香。如是，服药一旬，稍安，仍勿健如初。越儿心急如焚。

此时，有蒙古牧人自大漠中归，言尘暴中救得一男一女，男一足肢已腐，女奄奄一息，置二人于车辇上，正停车十字街广庭。尘暴者，大漠中忽起飞沙，狂风漫卷土砾，如巨浪袭来，如高山倾塌，人畜遁不及，帐幕圈栏，森林草场，瞬时覆没，了无生迹。

男女正是可艾客与菘引！

二人出走后，往城北沿斡儿寒河去，出谷地，行七八日，入林中。林中树参天，树围往往过丈，人走如蚁行。所携干粮吃尽，随身金银无从易货，皆弃之路旁。出大林，已精疲力竭，瘫倒旷野中。时大风起，遇尘暴，沙没人数尺，唯露鼻唇，男负女朝上，故其足深陷，久则血瘀滞，坏不可用。幸得牧人经过，救出。问向何处。女曰，欲归和林。则载入城。

家中怯怜从广庭归来，说那女人八成是公主。又差兰姨去看究竟，报曰见眉角疤斑，是菘引无疑。遂更衣，领两名怯怜乔装微服前往。

越儿走偏巷，以避人耳目。过挲剌森人市坊，入一狭窄通道，有石阶逐级向上，隐约见前方有光柱，柱中有人形，问怯怜，怯怜答无所见，则停，柱亦停，走则柱移，仿如引领开道状。至阶顶，柱中人回转身，忽启口曰：“汝不识我乎？我乃汝主。今我与汝同行，汝与我同工。”言毕前行不辍，遂从之。愈行愈速，飞也似的，掠千户万牖，穿门廊，履城中河道若平地，遇挲刺森人蒲桃下露天餐桌，盘中餐热气腾腾，有浮烟缭绕，踏烟如踏矶，身后怯怜已无影，市人无察觉，半刻便到广庭。

我实在看见了柱中人形，也听见了他说话。怯怜没有看见么？那么分明，为什么有人看见，有人看不见呢？魂灵又如何得见呢？

广庭于和林城中央，南北两条主街交叉于市中，乃一大十字豁口，设大岩石坛台于兹。坛台原为匈奴祭天时造，历唐都护府、回鹘、哈剌契丹各朝，垒石添土，雕饰修缮，渐高耸雄伟，蒙古人呼曰大敖包。敖包者，堆子也，蒙古境内多处可见，大小不一，蒙人托以祭天通神。

车停坛台东南角，时正午，光天化日下，围观者甚众。

“可艾客司铎么？他会为一个女人逃走？让我进去凑近看看，他为我施过浸礼，我认得他。”

“当是司铎无疑。只何故左手丢了一截指头？脚也烂了。”

“他已经不是司铎了。他如今是司祭。一会儿寺里人来了，见这般情状，怕是司祭也做不成了……”

“已经有人去报消息与寺里人了，怎还不见人来？”

“女人是曹侯家的夫人么？我直不信！夫人是赛罕公主，怎会落到这般地步？”

“日头那么烈，人都快晒成肉干了。你们谁有水，送些水给他们喝吧。”

于是，有一个少妇，携了皮囊走过去，将水喂给菘引和可艾客喝。光柱照亮了这个少妇。

“寺里人过来，将司铎领去，也会将女人领去么？谁来领这个可怜的女人？我看她快要断气了，好可怜的！”一个矮胖的蒙古婆婆说，“或者不是曹侯家的夫人，我将她领回去吧，我的小子还没娶女人呢，她那么雪白雪白的，他会喜欢的……”光柱照亮了这个婆婆。

越儿怕是听到这话，再也按捺不住，便管不了许多，挺身就拨开人群，直走到车旁。

人群中有人认出了他，喊道：“曹侯！曹侯来了！”

于是，众人闪开一边，俱俯首委身，恭屈地站立两旁。正此时，两个怯怜赶到。越儿吩咐他们回转，去牵车轿来。

越儿谢过那救出菘引和可艾客的牧人，将手上一个助木剌戒指脱下来赠他。牧人却辞不受。光柱照亮了牧人。

车轿来了，越儿与怯怜去抬菘引。众人有过来帮忙的，一时人群又围拢来，喧嚣复故。有一妇人道：“今日得见曹侯，果然大善之人！倘遇得这样丈夫，此生值矣！”

“他原谅她了？宽恕他了？”有人问边上人。

“他是真正信弥诗诃的，弥诗诃教我们爱人如己，莫有几个人真做到的。”

“他是圣习里吉思！”人中突然有人喊，“他是圣人再世！我们拜他吧！”

这便一群人悉数跪地，向越儿磕头。

越儿向众人挥手，又说了好些劝退的话，人也不肯散去。

回去走的是大道，所有挲剌森人和景门色目人蒙古人都从家中出来，夹道在两旁注目礼送，秩序井然，鸦雀无声。越儿这天，好比哈剌和林的国王一般，从街市上堂堂而过。

然而，回去的路上并无光柱。回去的路是他认得的，莫非是因为这个缘故，无须引领了么？

越儿将菘引抱归，香浴暖身，喂饲忽迷思数日，乃醒。

越儿说："此一劫也，劫过福必至。此或为阿思瞿利容真义。"

"妾知过矣！蒙君不弃，当三生还报。"菘引道，"于林中走，见伟树粗比楼塔，方知人命如蚁；出林入阔野，洪荒无际，方知可艾客如大漠，妾陷之深矣！"

"可艾客为救你，坏一足，亦不负你一往情深。"

"离家一日便思君，妾知命矣。人久饮甘泉，竟贪慕醴浆，不知醴浆乃虚梦，一抔沙土耳！"

"人烟中甘泉，难说不是另一抔沙土，直饮到白头，甘之如饴么？"

姝瑄见菘引归，夫妇复和好，病遂愈。越儿见娘安康，妻已悔过，便不深究。

蒙古地方，不似中原，本无诸多礼教捆束，此等事体，几番酒淹肉埋，城中百姓也就恍惚依稀了。更何况，市民以为曹侯恕妻，已成美谈，怎会计较伦常得失？

又去探望可艾客，赠其金帛，曰："此谢礼，谢君生死交际，先活吾妻。"

"夺君妻，已是吾妻，哪有不先救自己女人的？吾尝闻，中土圣人谓，以直报怨，君不以怨报怨，反以德报怨，终将何以报德？"

"读《明泰法王书》，知宽恕之道。移鼠曰，有人击汝左脸，侧转右脸复令人击。"

"移鼠亦曰，吾实携刀剑来，并无太平。"

越儿语塞，心中不快，乃去。

我看他宽恕了他们，宽恕既宽恕矣，何以又不快？究竟是他宽恕了别人，还是另有别样的大能在宽恕？既宽恕，又不快，便是难以宽恕自己，这便用心只在丹药火器上，整日与突厥铁匠研炼精铁，家中虽平安无事，却也不见往日和乐融融。又几年，与成吉思皇帝出征花剌子模，越太和岭入斡罗思，其间，菘引死，少媛生；归不多时，又讨唐兀；成吉思皇帝薨，又随窝阔台合罕西征。汗廷只当他尽忠报国，不知其心中块垒，难释难消，征战只不过为了忘却。

他真的能够宽恕得起吗？他去抱菘引回来，发乎悲悯。可是，悲悯能够常驻心间吗？发乎悲悯的事，为什么做着做着总要变成傲骄？人的灵魂是他自己的，总认不清净风的悲悯从天神那里吹来，以为灵魂变得富足了，再没有软弱和贫困。我也是这样一介灵魂，如今脱了肉身，强硬得无以复加。有谁见过一个灵魂像我一样富足的吗？出临安，居中都，随天下大君驰骋疆场，原先舍不下孑苦遗孤，如今竟随着封了曹侯做了大元帅的南荣越为万邦万国操碎了心！

然而，灵魂真的能这么富足吗？灵魂本来的样子究竟是怎样的？

成吉思皇帝十四年，越儿随大军出征花剌子模，十五年菘引难产死。

十九年冬班师回朝，某日，于行军途中皇帝谓越儿曰：“昨夜梦中赛罕来，著白衣，蹬红靴，怕是她想我了。你与我征战在外，未闻家中消息，不知可好？”

越儿此时已得菘引死讯，不敢隐瞒，报曰：“已死。”

皇帝大惊，问详细，越儿俱告前情往事。皇帝缄默良久，忽长吁一声，道：“好端端的，怎在你手中就死了呢？明珠暗投，明珠暗投啊！马不食夜草不肥，做公主的命，岂是凡夫俗子能懂的？悔不该托付你啊！”

“臣不受福，罪该死。”越儿回。

皇帝策马快行，及至前，又回转，道：“那个司铎不可活，此等腌臜之辈在寺中传教，坏我公序良俗，必除之不姑息！”

遂下旨，令信使往和林去。越儿不忍，图救之，即急告晋卿差快马先行，报予可艾客，令避隐。

菘引生产时，血不止，产婆一盆接一盆送出血水，几将园中海子染红。菘引紧攥姝瑄手，说：“姝娘，儿命不久矣。夫君直是未恕我。倘恕，则可活。今将死，不复见夫君，唯遗所出鲜血于海子中，待夫君征战回，自有分明。”

菘引死后，直至越儿回返，海子中血色一直未褪，殷红若霞，浓郁似饴。及越儿归，姝瑄告之菘引临死情状，越儿伏地恸哭。霎时间，风起浪涌，血色渐消，波送一凝血于岸边，大小恰一手握，有酥脂光泽，轻同纸帛，视之类虎魄。

第四章　征海寇虏烈哥之斡罗思公国纪

征花剌子模撒麻耳干[①]时，摩诃末算端[②]弃城而逃，成吉思皇帝于是命哲别、速不台追缉，越儿率火器军并进。追至宽田吉思海[③]，摩诃末遁入海中小岛，不久病死。大军寻机推进，入谷儿只[④]，北越太和岭，大败钦察部。钦察军溃散，一部往西逃入斡罗思。蒙军推进至的涅培儿河畔，彼岸即斡罗思境。

一日，前锋遣密探过江察虚实，虏回一男子，因不明声言，须通事译介方可通晓，时通事于越儿帐中，遂领男子至火器军驻地。通事乃攻撒麻耳干时所得博学文士，知晓多种语言，略通斡罗思蛮语。问男子，方知其为十字教修士，名捏古剌[⑤]，斡罗思乞瓦国[⑥]人，随军为将卒祈福，故至前线，恰出营为王传信，遇密探，乃获。

---

① 撒麻耳干：即撒马尔罕。

② 摩诃末算端：摩诃末，今译穆罕默德；算端，今译苏丹。

③ 宽田吉思海：今译为里海。宽田吉思，因格鲁吉亚而得名，英语写作Georgia，皆因乔治屠龙故事而来。

④ 谷儿只：今译格鲁吉亚，乔治亚。

⑤ 捏古剌：今译尼古拉。

⑥ 乞瓦国：即基辅国。

视其衣袍，有别于国中景门服饰，又其十字佩上有裸身男子像，此制亦不同。

越儿甚诧异，问："人云海西诸地亦信奉弥诗诃，何故礼制殊异？"

答："一言难尽。"

遂出《明泰法王书》，指卷中书页上所绘景门十字符与捏古剌看，问何故彼有像，此无像。

捏古剌谓，大人所谓景门，乃波斯地传出之尼士陀利宗，尝闻达达人多信之，契丹国尤隆盛。捏古剌所谓契丹国，乃指中原金国故地，西人未达东土，讹传所闻耳。又云，尼士陀利曾为苫国教区牧首，因其说邪祟，肉迷教廷斥之为异端，即褫其牧首位，后其信徒转徙于波斯，受波斯王庇护，得传。

此说颇令越儿心动。想其因可艾客犯戒一事困扰，总想探个究竟。眼前幸得所谓肉迷教廷正宗传人，正好请教。于是，令相随左右，善待之。

越儿命捏古剌将所知关乎十字教的事情写出来，并令撒麻耳干博士转译成国朝文书，以便征战暇隙中细览。撒麻耳干博士虽通多国语言和书写，但都不大精熟，于是忽而写国朝文字，忽而又写回鹘音字。成吉思皇帝立国前，其部族有音无书，得乃蛮后，学乃蛮人方法，令乃蛮掌印官塔塔统阿制回鹘音字以写蒙古语言，始有书写。越儿入蒙以来，已学会蒙古话，也学会读写回鹘音字，故国朝文与回鹘书互杂，无碍阅览。

我随着他，蒙古话也听懂许多；回鹘音字记蒙古声言并不烦琐，几十个符契来回颠倒拼凑即成，于是也八九不离十囫囵下来。

记撒麻耳干博士译捏古剌书札如下，俱辑理为国朝文字，转手几重，间有不明处又多擅自揣度，由是则必存讹谬，只概述大意而已：

捏古刺修士一书

尊敬的达达元帅，世界（其呼天下为“世界”）的神武征服者众首领之一南荣阁下，我以移鼠基利斯督的忠实学徒之身份宣誓，我向你报告的事情件件属实，我向你述说的理法也句句无瑕，皆出于对永恒真理的见证，皆从至高的独一无二的上帝的默示而来。

所谓十字教，正名为基利斯督教，我主基利斯督于义路社林[①]（即波斯人所谓“乌梨师敛”）亲传门徒，门徒又传至四方，初于日母（即肉迷）城立为国教，后日母城灭于北境捏迷思（羯蛮是也，斡罗思人呼曰“捏迷思”）人之手，圣尊教廷迁至康士坦廷堡[②]（大秦京师）。此后数百年至今，康士坛廷堡教廷掌管世界教务，乃至尊至高神权所出，代理地上世俗与上帝沟通一切事，为正脉一系，毋庸置疑。一百六十九年前，日母城教区牧首因“与字句”事与教廷不合，遂本教分为两处。所谓“与字句”，即论圣灵（净风）出自圣父（天尊）或出自圣父与圣子（神子弥诗诃）。日母城执出自圣父与圣子，康士坛廷主唯出自圣父。故之后有两个日母帝国，一为康士坛廷正统传承之日母帝国，一为捏迷思族圣尊日母帝国。前者为正教，后者为公教。正教者，正统之教传也；公教者，世界公义之教也。唯正教有公义，岂有自命公义为公义乎？

古日母帝国西境俱失，为蛮族捏迷思人占据，捏迷思人立佛蓝可国（富浪），国王挟教廷而令诸侯，又挑起事端，聚乌

① 义路社林：波斯人称之乌梨师敛，今译作耶路撒冷。

② 康士坛廷堡：即君士坦丁堡，东罗马帝国首都。

合之众号“十字军”，袭取康士坦廷堡，改立为罗典帝国[①]。是以，此后正教多转入斡罗思境内，得斡罗思大公护法。

今佛蓝可国分为东佛蓝可国与西佛蓝可国两部，东者又名佛蓝契牙国，西者仍以圣尊日母帝国自居，实乃捏迷思人族辈之零落小诸侯。

经书名曰《诸书》（景门译“尊经”），分《旧约法》（景门译“旧法”）与《新约法》（景门译“真经”），初以义勿律语（即一赐乐业语言）、哥黎塞语[②]与押澜语[③]写成，后译为哥黎塞语。公教最初亦用哥黎塞语本，今用罗典语本，正教始终不弃哥黎塞语本，沿用至今。公教《诸书》中《新约法》二十七卷，与我同，而《旧约法》止四十六卷，比我正教《旧约法》有五十卷少去四卷，仅此书卷漏备一处，即可见正公高低真伪一斑。

我斡罗思地，本无书写，圣吉里耳和圣寐弗疾兄弟[④]借哥黎塞语音字创制斡罗思音字，始能译经。然吾国教中仍推哥黎塞语本为至善丰备。

二百余年前，斡罗思主公兀剌的迷儿率举国臣民于的涅培儿河中受正教浸礼，则吾土归入基利斯督国，吾民皆为基利斯督门徒。正教起于康士坦廷日母帝国，而兴于斡罗思诸王公列国，吾斡罗思人实乃当今日母帝国真正传人。

（此说颇近宋金蒙。宋好比正教，金好比捏迷思蛮族，而

---

① 罗典帝国：即拉丁帝国，史上十字军东征时曾一度据拜占庭而建。

② 哥黎塞语：俄罗斯人称希腊为哥黎塞。

③ 押澜语：即亚兰语。公元初犹太地区日常用语。

④ 圣吉里耳和圣寐弗疾兄弟：今译作圣西里尔和圣梅笃丢斯，9世纪中期正教圣徒，将福音传给斯拉夫民族，并按希腊字母首创西里尔字母，以书写翻译《圣经》。西里尔字母之书写，乃俄语前身。

斡罗思好比蒙古。金伐宋，宋欲联蒙抗金；捏迷思伐正教国，正教国或联斡抗捏。宋金皆称中国为正统；正教捏迷思皆称日母为正统。）

或者斡罗思全境的大公们愿意拒达达军队于国门外，然基利斯督的子民们并不畏惧刀剑。没有谁可以因为地上的战争而战胜谁，即便达达大人们在世界的律法中成为我们的主子，但我们全世界的人类都将俯屈在基利斯督之下，你们也不例外。基利斯督是唯一的主！

捏古剌修士二书

尊敬的达达大元帅南荣阁下，喜闻佳讯（阿思瞿利容）的基利斯督的兄弟习里吉思，你想打听的三位一体（三一妙身）的真理，上帝开启我笨拙的唇舌来为你作答：

天父不是天子，天子不是圣灵，圣灵也不是天父，但天父是上帝，天子是上帝，圣灵也是上帝。这是一件奇妙的事情，人智无法理解，却是真实可信。西方教区的那些人，试图以人理去解释参透这个神迹，显得愚昧并且狂妄。有极荒唐者，莫过于你们称作“景教”的教主尼士陀利。尼氏以为，倘基利斯督就是上帝，那么，其生母玛黎押（末艳）则成为上帝之母。上帝会是玛黎押生的么？这让尼氏头疼。于是乎，他以为基利斯督有两个属性，一个属于上帝，另一个属于凡人；仅仅作为凡人的身体出自玛黎押，而另一属性发乎上帝。这是荒诞的、人的愚佞的推论。如果承认了基利斯督的凡性，那么，基利斯督也是罪人，生基利斯督的玛黎押也是罪人。然而，《诸书》中并未提及基利斯督和玛黎押有罪。

起初的罪孽，是阿宕和也瓦[①]在以敦园[②]中窃食智果时犯下的，这般罪孽始终影响着他们的后代，即我们属人的后裔。是故人心有善恶。然而，人又是自由的，倘己择善功，则可以脱离罪孽。公教一方夸大了这般罪孽，以为罪衍后代，代代不绝，凭移鼠之死始赎万罪。而正教按神的默启，坚信移鼠之死，是从恶魔手中赎回生，即交付了死价，人方得永生，而非赎买人的罪孽。公教之所以持邪说，其用心在于令其境臣民日日在罪中过活，己无可为，非托教会替人往移鼠面前说情以赎罪不可得救。公教司铎声称，但凡其下令颁旨时，必得上帝启示，绝无妄谬，司铎之言即上帝之言，可替天行道，代上帝做地上裁判。恶极莫过于此！移鼠既付了死价，吾辈皆已得赎，前路只仗着人的善功或恶行，何须教士上下左右竭虑谋划？故此说纯属捏造，直为敛财贪资。

大人所询景教司铎所谓"为天国敛财"一说，实与公教邪说如出一辙。人若将其罪孽悉数推予移鼠担当，则似乎无罪一身轻，复纵虐无忌，故触戒犯戒全无愧疚，甚或以罪挡罪，任冤冤相报循环往来，心安理得。吾尝闻捏迷思司铎富可敌国，吾亦闻达达国景僧蓄婢无数，世间罪恶之盛，有盛于此乎？己罪昭昭，反披挂圣衣以劝人克俭守贫，岂吾主所传之道乃财主求富贵之秘术？

捏古剌前日为达达兵虏，先以为不幸，值此时得良机与元帅传佳讯，令元帅闻正教经义，始知上帝意图，乃大幸万幸。或将来由元帅口传佳讯于达达万众，领景门蒙蔽之徒归向正统，歧途中迷失羔羊得见光明，功垂万世。

---

① 阿宕和也瓦：即亚当与夏娃。依古斯拉夫语读音转译。

② 以敦园：即伊甸园。依古斯拉夫语读音转译。

诚谢吾主降恩！阿民[①]（“阿民”为义勿律语“诚心所愿”义）！

捏古刺修士三书

伟大的达达帝国（斡罗思人称蒙古国为帝国，蒙古人并无帝国之谓，自言“也可兀鲁思”即大国大民之意）的守护者、世界的统治者成吉思皇帝的执火元帅南荣阁下，虔诚的基利斯督的追随者习里吉思弟兄，你所问，“既付了死价，何以仍不出死命？玛黎押不是死了么？我们不是也要死么”，诚答复如下：

《诸书》中《新约法》最后的经卷《默示录》记：“天有异象，有妇人身被日月，足踏月阴，头戴十二星辰之冠，于临产时痛楚呼叫。天又见异象，有巨赤龙，七首十角，戴七冠，其尾拽天上星辰之三成，坠于地。龙立于将生产之妇人前，欲俟其产子食之。妇人产一男儿，男儿日后将以铁杖辖牧万国。”

妇人所生之子，即万邦万民之主基利斯督。此明证也。圣母玛黎押在天上，得永生永福。吾众人也将复活，所谓复活，乃死而后活，此世间死，来世得活，皆因基利斯督为人付了死价。活固活矣，罪未必得赎，故于末日受天庭审判，分出是非。

又问，何以塑圣母像以敬拜？答曰：倘有说情者，教内司铎岂可为？非圣母玛黎押莫属！故崇敬圣母，得中保，得通融，若人间父严母慈，母亲于孩儿多有通情之关照。尼士陀利之徒不以玛黎押为圣主之母，视若有罪凡人，是故景门寺内无玛黎押圣像；又不敬基利斯督肉身，故十字上亦无基利斯督圣像。殊不知道成肉身之奥妙，基利斯督无所谓灵肉分离，乃圣

① 阿民：今作“阿门”，来自古希伯来语，意为“诚心所愿”。

洁一体。圣像非偶像，偶像如犬马牛羊、异教怪神，面目可憎，用心诡异，俱出自煞诞拿[①]（魔鬼毒蛇），盖诱人深堕，大恶也。吾闻达达诸部亦笃信神天，曰腾格里，长生天，永生天，谓腾格里为唯一真神，此亦正道明证，可见上帝之律法统辖四海，无所不及，只汝众未闻《新约法》中基利斯督佳讯而已。吾亦闻，达达人中珊蛮盛行，拜风火雷电诸神，此陋俗与我先民同，与世界他邦蒙昧之时及《旧约法》时代一赐乐业国同。倘得正传，拒珊蛮，远景门，则福泽万民、恩及后世，直到永永远远。

既废偶像，必尊圣像。圣像乃圣灵与圣徒精神之延续，有莫测之神力。正教中曾有尊圣像与废圣像之争，废者以一切像皆偶像之死理据争，全然不知尊圣像乃绝偶像之极端，唯圣像可敌偶像，可从心底防止偶像之侵染，实为接圣灵充斥全身之善法。后幸得以怜拿女皇[②]周旋护持，终得教廷收回禁圣像令。

圣像，圣徒遗物，以及圣人尸骨，皆附着神圣精魂。默视圣像，敬藏圣物，必得圣灵匡正，受先圣福德大能照耀庇护，保修行路上少崎岖逶迤，获惠无穷。然教中有人收重金以售圣徒尸骨，牟取暴利，吾甚恶之。

问正教与公教礼仪差异几许，答曰：礼表必由内理出。正教既与公教不同理，二者所言所行，日常礼仪必有大不同。大人有天慧，吾例举数桩，汝必可视其端倪而察觉根底。

正教以圣典为圣化，化邪归正，不于世间事上逼迫人；公

---

① 煞诞拿：即撒旦，恶魔的意思。

② 以怜拿女皇：又作伊琳娜，艾琳娜、伊琳妮等，8世纪拜占庭帝国利奥四世的皇后，皇帝君士坦丁六世的生母，是拜占庭帝国和欧洲历史上第一位女皇。

教以圣典为地上律法，断是非生死，自作上帝。

正教之浸礼须全身浸没水中，公教只需洒水于头面。一者敬虔，一者敷衍。

正教神职分黑神品与白神品，黑者有修士、司祭、大司祭、主教、牧首等职，不可娶妻，独身自洁，白者有诵经士、辅祭、司祭、司祭长等，可娶妻，但不可晋升为主教；公教一切神职皆不可娶妻，虽不娶妻，却难免暗中与妇人娈童淫接。

正教领圣体血，用曲面饼和葡桃酒，这事是主基利斯督在最后的一餐时将饼擘开分给门徒、将酒赐给众人时说，当纪念他的死，擘饼乃他的身体裂开，倾酒乃他的血流出；公教不称圣体血，称圣体圣事，用死面饼，谓酵曲将原本好的面粉变坏了，义勿律人以酵曲为恶，末席（景门译“牟世法王”）领义勿律人出以及培的（密昔儿）时曾嘱咐吃死面饼。公教此说，复又足见其邪祟颠倒。既饼中不用酵曲，难道酒中可用？无酒酵，葡桃如何酿造成酒？既酵令面粉坏了，也固然令葡桃坏了。又面粉如旧的律法，基利斯督来是要订新的约法，酵曲乃喻成全并完备律法。

正教祝祷毕，以二指画十字于胸前，上下右左，此为由外世归内心；公教以掌画十字，上下左右，其言所谓发乎于心。外自各方归于一，岂有上下入心再外出？行拂乱不堪至于癫！大癫狂！

越儿召见捏古剌，道：“君所言正教公教有别，然二者同出基利斯督大弟子，各执己见，自诩正宗。你既知哥黎塞语，亦熟谙罗典语，不如教我此二种语言，可令我明白东西教廷史籍，我自分晓。”

于是，捏古剌每日于战事外闲暇时间教越儿哥黎塞语与罗典语，所用范本即两种《诸书》。

蒙古遣使过河，与斡罗思联军之首密赤思老[①]曰："蒙军无意犯斡罗思，直追钦察残部，望蒙斡联合灭此蛮人。一则汝南境久受其苦，二则蒙人与斡罗思同信唯一上帝，当合而敌彼拜偶像之族。"（此说与捏古剌之言颇相近，即"上帝之律法统辖四海，无所不及，只汝众未闻《新约法》中基利斯督佳讯而已"。可见，蒙古与斡罗思，与海西富浪圣尊羯蛮诸侯国，同信不同宗而已。如是说来，吾中华亦信上帝久矣！夏商以降，万民拜天子格于皇天，或敬祖灵，但远鬼魅，圣人劝诫不语乱力怪神，独尊天帝为主宰。）

时钦察部忽滩汗与斡罗思之恰里赤国[②]密赤思老大公有联姻，故密赤思老力主抗蒙。所谓斡罗思，乃数百年前北海盗寇虏烈哥[③]集思剌万捏[④]土著民所立，后定京师于的涅培儿河西岸，呼乞瓦城，再后迁至兀剌的迷儿，颇类我西周东迁之衰，至此时境内公国林立，各自为政，皆不听命于君，唯财力兵力强盛者称霸做盟主。密赤思老会盟诸大公于乞瓦城，乞瓦国、兀剌的迷儿国、司摩怜思可国[⑤]及一班小国附和，则麾下纠合十万之众，一时壮盛。乃议钦察为素邻，蒙古为远敌，不可信蒙古离间计，遂杀蒙古使者，渡的涅培儿河，挫蒙军前锋，虏一干将卒，予钦察人屠戮。蒙军佯退东走，一路丢盔弃甲，令斡罗思联军不生疑。斡人追十二天，至宽田吉思海北近董河[⑥]流域之阿里吉河[⑦]，欲涉，及此时，蒙军方备战，

---

① 密赤思老：今译作姆斯季斯拉夫·姆斯季斯拉维奇，加利奇王公。

② 恰里赤国：即加利奇公国。

③ 虏烈哥：今译作留里克，来自日德兰半岛北部的诺曼人，东斯拉夫人征战不息，遂请之人主俄罗斯境。

④ 思剌万捏：即俄罗斯本土的东斯拉夫民族。

⑤ 司摩怜思可国：即斯摩棱斯克公国。

⑥ 董河：今译顿河。

⑦ 阿里吉河：于今乌克兰共和国日丹诺夫市北。

于河东岸设伏。恰里赤大公密赤思老以为蒙军怯战，踌躇满志，领大军过江，不料箭砮炮弹四下，前军溃乱，密赤思老大惊，遁走西岸，焚河中舟筏，冀阻蒙兵于东岸，实自阻其大部十之九，无退路，终为蒙军全歼。所杀部众八九万，其间王公六人，诸小侯爵伯爵难以计数。时乞瓦大公来援，军迟至未及过河，于西岸按兵不动，视若无睹。蒙军既灭斡罗思主力，复马不停蹄，折返西向，乘胜渡河，直逼乞瓦大公营帐。攻三日，乞瓦公不支，乃乞降，求免死，并祈免其族姓小王死。速不台准，释诸王，复又于其归路截获。夜于大帐外设宴，缚诸王，覆巨板于其上，众将帅坐于板上宴饮，通宵达旦，直至碾压诸王粉身碎骨而毙。

蒙军长驱直入斡罗思境，再无军民抵抗，一路虏获甚众，直抵其极西北边地一古堡，名傩弗革逻①。此邑为斡罗思龙兴发祥地，初城中海寇盘踞，边民呼之窝朗可人，又名畏斤人②，窝朗可人邀虏烈哥率兵护城，则立大公国，之后征地扩张，乃迁乞瓦为国都。傩弗革逻城外遍布沼泽，蒙兵恐车马陷，乃止。值此时，城中居民闻蒙军来袭，畏不能敌，相携十字架出城来乞免死。捏古剌为其族人向越儿求情，谓其携十字架来，乃以基利斯督之名求活，不可杀。越儿视来众有二三万，有青壮老幼不一，俱手无寸铁，神情哀戚，面貌良善，不类寇盗状，便与速不台议，请赦之。速不台道："闻傩弗革逻乃一富邑，为北路与海西诸国商贸集市，藏金无数，珠玉盈库。然前路泥泞，辎重难过，正一筹莫展。值来人乞降，恰中下怀。嘱其择有德望之人返城，出赎金则不杀。倘不献金，戮者非我，乃拥金不舍之辈。"傩弗革逻人乃差人回城堡，翌日出赎金珠宝无数。速不台既获财，忽又食前言，谓择美幼妇及良工匠存活，余皆死。

---

① 傩弗革逻：今译诺夫哥罗德。

② 畏斤人：又名窝朗可人，即今译瓦良格人。畏斤人，今译维京人。

蒙兵跃马入人群，刃戮无忌，一时呼号连天，血溅荒丘。乱中夺路逃命者逾万，毙命者近八九千，美妇良匠存活者一二千。

蒙军初至的涅培儿河东岸时，成吉思皇帝的御旨已到。速不台说不看，待此役毕再拆封。屠倠弗革逻人后，拆信，帝命速班师。速不台说，早猜到皇帝意图，直是当时已杀得眼睛发红，手脚停不下来，若不取斡罗思便回，终身遗憾。

“汝屠夫耳！”越儿说，“杀人如屠猪犬，唯图快，非良将也。”

速不台指着满载金器珠宝的高车及排列成行的俘奴，道：“所获战利令大国大民丰足，吾直图一时快，有何过？”

“既出言蒙古与斡罗思共信上天一主，彼出十字架乞不死，盖与我国民同蒙天恩，非蛮族也。再者，元帅已许邑人出赎金买命，何故言而无信，复屠无辜？”

“彼族酋首杀我使者在先，足见其无信无义之辈。人令我一时不快，我必令其一生不快。”

“汝之快高乎天？”

“你个小忘八，竟来教训我，道我悖逆天命么？”

“御旨到，匿而不宣，蒙蔽全军将卒，参你悖逆君命并不为过！”

“你想在皇帝面前参我？我先打死你再说！”

“如何打？”

“当着全军将士面，打得你爬不起来，在地上求饶。”

“或可一试。”

说罢，二人下马，择空地设帐，擂鼓燃火，欲肉搏而决一胜负。

速不台道：“你瘦羊身板，南家台小蠕虫，怎敌得过我万钧铁胚？我可倒曳九牛，抚梁易柱；水行不避蛟龙，陆行不避兕虎；索铁伸钩，弹指一挥间。望再思，慎思，此时弃战求饶，犹不迟。”

越儿道：“君未闻文弱秀才一指败勇士之事么？勇士畏酱，秀才涂酱于掌，急示之，勇士惊厥倒地。此用计也，以智胜力。吾智胜汝万倍，然既已决意角力，绝不用吾智胜汝。”

速不台问：“不用奸计，复有他术？”

越儿又说：“昔京兆左军张季弘，力可提驴四足，掷出数步。后供奉襄州，暮泊商山逆旅。逆旅有媪，怨其新妇专横不孝，谓力大无比，村中无人可制伏。季弘笑曰：‘其他即非某所知，若言壮勇，孰敢与我较量？’日暮，妇人荷束薪而归，状貌亦无他异。逆旅后园有磐石，季弘坐其上，责新妇不伏事阿家。新妇辩曰，非不孝，乃憎嫌新妇，只如某月某日，如某事，岂是新妇不是？每言一事，引手于季弘石上，以中指画之，随手作痕，深可数寸。季弘流汗神骇，但言道理不错，阖扉假寐，伺晨而发。”越儿说故事时，正饮烈酒，饮尽，揉捏手中铁盏若面团，随心所欲，或圆或方，直至搓铁如屑，飞扬纷纷。

速不台视之惊怵，却步扼腕，似萌生退意状。

越儿道：“君已见此盏下场，纵刀戟炮铳于我掌间，亦不过如此。此神霄功也。新妇画石，于神霄功乃区区不足道。然今与君既以力决胜负，吾亦绝不借天力，非欲赤手空拳、凭受之父母血肉而战！”

众将士及俘奴视此，皆哑然失色，鼓已息，马无喧。时隆冬降雪，风猎猎呼啸，方圆几十里旷野中，唯火苗、旗幢、帐幕扑颤。雪大如羽，如弋，静沉沉无言，白茫茫来助阵。

越儿掷其冠袍于一侧，示意速不台动手。速不台迟滞良久，进退犹疑一阵，乃发力扑向越儿。越儿倒地，伸手抓牢速不台足跟，张嘴啮咬。速不台痛极，以另一足蹬踢，复拳捶不止，血自越儿口中喷涌，然仍咬定不放松，虽面目血肉模糊，身形破散露骨，亦不弃。俄顷，速不台凄呼而倒。

怯怜、侍卫将越儿抬入帐中，已半死。腿骨断，背肤裂，一目肿大如柿，左手五指皆外翻，不可握拳。

及醒，问医官："吾死乎？"

"未死。"医官道。

"如是则好，吾胜速不台矣！"言罢，又昏死过去。

行一月余，军至古大夏之薛宿惕城[①]，与成吉思皇帝自波斯转来之师汇合。越儿伤渐愈，速不台来探望，手捧一条肥鱼，曰："古有廉颇向蔺相如负荆请罪，今我速不台向曹侯献鱼请罪。此鱼出城外大河中，河冰封数尺，凿冰取之。城中人以鱼油点灯，也以鱼油治百病。木速蛮医师谓，其续筋接骨之力颇强，故献之。"

"无须请罪。我倒要谢你。"越儿说。

"谢什么？"

"谢君毋令我死。君之力，足以令我死。"

"彼时，吾已痛极，失力难复继矣。敢问君啮吾足跟，此何术也？"

"此非术也。乃置生死于度外，虽力不敌君，然以死赴，未想归。君求胜，吾求死，人或有胜出生死的么？吾素畏与人斗，颇惧暴力。凡与人口角是非，先忍让，再忍让，非至无以让之境地复反击。然生而无力，但击，必以死搏。故莫轻视无力者，无力者舍命，其价高于勇力者惜乎功名。天下勇力，山外青山楼外楼，唯赴死可得绝顶至力。"

"君有神功，何不用？"

"强力巧术压人，人不服。唯以生死赎易，人始从。傩弗革逻人信上帝，将生死托付上帝，举十字架出城乞不死，乃靠着基利斯督之名；又出重金买命，徒手待屠刀。然君仗强力而妄为，斡罗思征得，却未服。帝命臣等征服天下，今纵征至北大海极地，然服我

① 薛宿惕城：即撒哈辛，位于伏尔加河下游。

者未有咫尺。”

“君言善哉！一灯亮我千年暗！速不台豁然开朗，自今往后，全然诚服。”

成吉思皇帝闻此，曰：“曹侯所言极是。此番差哲别、速不台领军西行，一为追剿摩诃末，二为越太和岭察探西境虚实，非为掠地攻城。海西富浪国与木速蛮诸邦交恶久，实有意与我联手，图东西夹击阿拉璧人，倘我于此时急与西人交战，必断其结盟之念，树敌过多，不利我大计。故命诸帅班师，勿深入，点到为止。”

越儿说：“欲战，先知彼。吾得十字教修士捏古剌，于此人学哥黎塞语与罗典语，为知其正教、公教之争，孰是孰非，颇受益。”

“敢问其详？”帝请越儿解之。

“国内信十字教民人甚众，曩时所得之怯烈、乃蛮、畏兀儿诸部中，奉景教者十有七八。所谓景教，亦源出十字教，与富浪、斡罗思所奉，同宗不同门而已。今西人视我为东方基利斯督子民，故韬略中，直宜先友之，后服之，不战而屈人之兵乃上上策。”

“战而和，和而战，以战求和，令其晓天意，知上帝于我一侧，乃心悦诚服。此韬略中韬也。韬者，文与政之策，曹侯悟得真谛，汝诸武夫皆不如！”遂命速不台及诸王子学哥黎塞语、罗典语及斡罗思方言，又道：“上年至不花剌城[①]，得一法官名额失来甫，其人深谙木速蛮教理，与之长谈，其所言经文教规，朕深以为然，只不以赴默伽[②]巡礼一事为是。全天下皆为上帝之居宅，随处随时祝祷，皆可上达天听，何必拘于一地？人以教别而互为敌，愚冥莫过此！

---

① 不花剌城：今译布哈拉，为花剌子模时期大城，处于故都玉龙杰赤与新京撒麻耳干之间，为花剌子模中心。

② 默伽：今译麦加。

所谓教不同，乃道法不同，汝等未闻佛师父曰诸法皆空乎？山川湖海，森林沼泽，先民因其性择地而居，或畜牧，或渔猎，或农耕，或商贾，渐成习俗，是故有儒释道十字教木速蛮教之分别。然于世间分别，于心中无分别，唯长生天永驻。吾百年后，汝诸王诸臣谨记，万勿独尊一术，须容万法归宗，此即天下也！也可兀鲁思，非国名，乃万国之国，实无国界也。吾铁木真，非为立国战，来而为灭国。蒙古一名，非一族之名，长明也！”

晋卿随主出征，行走帝侧不离。当初发兵前祭黑纛，时值盛夏，天忽降大雪，帝心疑虑，晋卿曰：“玄冥之气，见于盛夏，克敌之征也。”又冬时大雷响，晋卿曰：“回回国主当死于野。”后皆验。十八年八月，长星见西方，晋卿曰：“阿勒台主将易。”明年，金宣宗果死。（阿勒台者，蒙语“金”意。）凡有异兆，帝必命晋卿卜筮，帝亦自灼羊胛，每每相符应。（蒙古人占卜，烧羊肩胛骨以求征，视裂纹逆顺断吉凶。）帝谓窝阔台曰：“楚材乃天赐我家。尔后军国庶政，当悉委之。”

某年，攻取一城，众将争取子女金帛，晋卿独收遗书及大黄药材。帝十七年冬，于不牙客的威儿山地[①]时，军中瘟疫流行，晋卿出其所藏之大黄予将士服，辄疫止。及翌年春，重整旗鼓，帝欲取道天竺、吐蕃路归蒙古。进掠至峻岭关隘间，遇一兽，鹿形马尾，碧色而独角，能为人言。兽曰：“尔等早些回转罢！恐不祥。”皇帝疑惧，问晋卿。对曰：“中原有书曰《白泽图》，记此兽名角端，解四夷语，兽出乃恶杀之象。今大军西征已四年，盖上天恶杀，遣之告陛下，愿承天心，宥此数国人命，实无疆之福。”皇帝遂命班师。

盖数年征讨，所获巨丰，金玉宝器，车马不足以载驮，尤以摩

① 不牙客的威儿山地：不牙客，威儿，皆古地名，在印度河流域某处。

诃末宝藏隆裕，俱数百年间万邦世传富积，乃举天下财货之精华；又工匠、文书、博士、美妇济济，行走迟缓，不宜机动。常主部已去三五日里程，辎重俘虏迟滞未达。是故，大军返前帝命择精金珍瑰与能人绝色同行，余皆抛舍。一时间，山谷深涧，钱银倾泻如山崩，钟鼎玉皿碎撒遍野；又命一般俘虏配置每帐十人或二十人，令其舂粟以供兵食。七日舂毕，一夜之间，尽杀此种俘虏，军遂就途。

帝此番西征，灭国无数，得人财难计，谋来日再征，视未征之国为衣食之源，留待他日取用。曰："天下缓图，灭尽则竭。仿若田中苗，出禾结穗时刈之不迟。"于是，命晋卿召木速蛮诸博士绘拏剌森诸国地图，以详国情；又命越儿与揑古剌及自斡罗思各城邦俘获之海西国客使编纂西国志。

十九年夏，皇帝率前锋过细浑河[①]适豁兰塔石[②]，晋卿与木速蛮博士随之；越儿与辎重行走迟缓，停驻细浑河口海子边。

海边有美地，林密草翠，浆果处处，五色花星罗团簇。火器军各部立毡房于海子南岸，越儿大车牙帐设于中间。车牙中八室，有随军女真炊媪两名，贴身怯怜及女婢六人，另有傩弗革逻小娘三位，名寐列，罗斑，拿妲夏[③]，皆速不台献来。寐列意为宝儿，罗斑为高额，拿妲夏喻天然玉成。三小娘乃公侯之女，祖父牙罗思老[④]，谷儿只王室苗裔，母系皆出自虏烈哥一脉正宗，当日蒙古兵临城下，三女为护市民免遭屠戮，挺身出城呈降书，未得返，为蒙兵虏获。

自蒙军抵斡罗思边境迄此时，已两年有余，越儿几已学会罗典语与哥黎塞语，斡罗思语亦八九不离十，盖西语理法大同小异，唯

---

① 细浑河：即锡尔河。

② 豁兰塔石：位于锡尔河东岸，于今哈萨克斯坦境内。

③ 拿妲夏三姐妹：拿妲夏，今译为娜塔莎；罗斑，今译为洛班；寐列，今译为米莉雅。

④ 牙罗思老：今译为雅罗斯拉夫二世。

音字书写各异，声言腔调有别，会其一种，复学别种，并不艰深。故皇帝将西国交往事，悉数委托越儿。越儿于海边牙帐中，集西国诸修士、博士等人议事，商讨著西国志及绘写地图路线。所俘西国人士，有捏古剌一类修士、教士，亦有圣尊肉迷诸侯国之文书、工匠，有北大海芬人[①]，西北大海不连旦人[②]，富浪南境卫尼思人[③]，诸种人等各有方言，唯罗典语通悉，遂以罗典语交谈，以罗典语记事，书成后译为蒙古语畏兀儿音字及中华文字。图名《东西肉迷及诸岛》，书名《日没地西国志》，盖因按哥黎塞史籍，称西地为日没地，称东方为日出地。日后窝阔台合罕命二次西征，此二册作为圭臬，全军上下无不以此知风俗、地理、人情、教化。

拿妲夏说："先生为人宽慈，引我姐妹入内室居，不视我辈为奴，不幸中万幸。"

寐列说："不想三人荐枕于一主，亦风流快活如仙，只是姐妹间不要心里妒忌，免得血亲生出嫌隙。"

罗斑说："先生正当壮年，恐我三人还不够他消受，看那些达达将军王公，哪个不是三五十个女眷陪侍？日后他腻烦了，或者也会厌弃我们。倘将来弃我于异国他乡，我等举目无亲，将何等孤苦悲凄？"

寐列说："速不台大人前些时日，在宽田吉思海就将以怜拿她们卖予挲剌森商人了，就是那个末思怯瓦的以怜拿。这还算好，至少跟着商人能吃饱饭，还有在草原上扔掉喂狼的呢！"

"他们见你怀上小孩子了，就拖出去杀掉。"罗斑说，"我听说

① 芬人：指芬兰人。
② 不连旦人：今译为不列颠人。
③ 卫尼思人：即威尼斯人。

有些百夫长分得女孩儿太多，睡不过来，一旦女孩儿来月事就不要了，赏下去给怯怜玩。”

“我见过一个怯怜，心肠狠毒，拿烧红的铁钎子捅女孩儿。”寐列说，“还有……你们认识敖耳甲[①]吗？就是恰里赤的敖耳甲，密赤思老大公家小郎的新妇。她夫君在董河那边战死了。可怜的敖耳甲，每晚要替她主子脱靴，要跪在地上等主子拿鞭子抽她。抽她即是称心，不抽她就是嫌弃她了。她背上和脖子上，全是鞭痕。”

“想那些美妍女子，本都是王公侯门里的宝儿，怎想落得如此下场！”拿姐夏有些神伤，说，“人须知感恩。今我姐妹随了先生，按说在全营中算是最好的归处了。”

“先生是契丹来的金枝玉叶，端的与那些达达人不一样。他的皮肤比丝绸还光洁些，我贴着他都不想放手。”寐列一说到越儿，眼睛就发亮。

“我们姐妹在服侍先生前，都是处子身体。当时他与我们三个相拥而睡，大车在草原上轻轻摇晃，像一个大摇篮；那些卧室里的铜器叮叮当当的，好像乐音；月辉投下来，照在牙帐里的枕头、被服上，洒满白盐一样洁净；我们昏昏的，软软的，好比在酒醉里，就做成事了。”

“那个晚上好美。”

“他轻手轻脚的。”

“他温存高贵。”

“我枕在他胸前，像一席象牙垫子。”

“他分给每个人的都一样，谁的情欲都逃不过他的眼睛。他公正不偏，照顾周全，点滴亏欠都逃不过他眼睛。”

“那个晚上累坏他了。他一直睡到次日黄昏。”

---

① 敖耳甲：今译为沃尔佳。

“哪一次不累坏他呢？我们姐妹只要被他的手指勾起了，都歇不下来。他的手碰不得，好痒啊！”

“以后我们轮流陪侍吧，要不把他身子累坏了。他死了，我们就没得好日子过了。”

“先生愿意我们挤在一起睡。”

“寐列太贪，总是多饮一杯！”

寐列是妹妹，最小一个；罗斑比她长一岁，十七；拿妲夏最大，已经二十了。她们三个是堂姐妹，同宗异门。虏烈哥一宗，系畏斤盗寇出身，捏古剌谓其出于北大海芬人，非思剌万捏族土人，其形貌长大，妇人颇妍美，肤皙过人，睛碧若木难，须发色同赤金，披日覆雪，顾盼生电，果有天降神体之韵。

“炊媪蒸的饭好吃，我喜欢他们从契丹带来的米，这样的米我从来没吃过，拌一点酱，我可以吃三碗。”

“你少吃些罢！吃胖了先生不要你了，路上把你扔下去喂狗熊。先生喜欢瘦高挑的女孩子，他说了，不想海西人窈窕至此！他睡惯了达达、契丹那些丰腴身体，没见过我们这等修长的，图新鲜呢！”

“倘如此，我等姐妹天天要弄出点名堂才好，不然先生喜新厌旧，终有败兴的一日。要日日新鲜，令他目不暇接。”

“你真心爱慕他么？”

“他像王子一样，如果达达皇帝是他就好了。”

“他有权势，有花不光的钱，他的契丹花（斡人称火药为契丹花）一炸，全世界都臣服于他；还懂怜惜女孩儿，精力用不光，一闲下来，总是成天成天讨好我们。这世上还有谁好过他？”

“但我们总是奴隶，做不成他的妻妾。”

“达达人无所谓妻妾，都是主子的奴隶。主子对你好就是最好。”

“要是这么说，我们还求别的什么呢？我们在他的牙帐里，可比在傩弗革逻的城堡里要快活得多，既没有礼仪课，也没有女修士来督促背经卷，终于可以揭去头盖，不再蒙着头脸做人，发辫可以露在外面，太自在了。（斡罗思妇人，不可露头脸，须戴巾罩面出户，此其陋俗，诸公国境内行之久矣。）你看炊媪、怯怜、婢女，谁敢不随着我们姐妹？连先生手下的将官，因着我们的美貌和怜人，都让着我们，无须拘礼，直来直去说话，冲撞他们几下也无妨。这还叫女奴么？”

“哎呀，不好了！”寐列想起什么，说道，“先生说了，要捏古剌给我们补习哥黎塞语和罗典语课呢，还说要抄写经卷，另外从下个月起，要全营一起过礼拜日，让捏古剌听告解呢！”

“拿妲夏，你的十字佩还在么？”罗斑问。

“我们近些日子跟先生玩得昏天黑地的，我怕沾秽，将十字佩收起来了。可是在哪里呢？我直是找不见了。”拿妲夏起身去找她的十字佩。

“我们这么没日没夜地陪着男人玩，会不会得罪上帝？”寐列担心起来，问两个姐姐。

“我们只求快活，怕是罪孽已经积得太深，该是到了要告解悔罪的时候了。”罗斑说。

“可是，那个讨人厌的捏古剌，你看他长的，跟一只狈似的，我不敢想我要向他做告解。可不可以让先生换一个司祭呢？”拿妲夏说。

“他是白司祭，可以讨老婆的。他会不会对我们动手动脚？我有点怕他。”

“他怎敢？他在斡罗思是修士，在这里才封他司祭，在达达人手里，他也是奴隶。我们是元帅的女人，怎么也是他的主子。”

“他可是眼下红人。我听说先生主持修书绘图，请他当头目呢。”

“你们说的都是什么呀！”拿妲夏道，“看来如今借着权势都学坏了，不如在傩弗革逻时淳朴了。自己尚且是奴，竟跟着达达人学着当主子，背后将男人都掰开来看，不觉着龌龊么？想你们从前，都是那么羞怯的小鸟，罗斑看见她兄长都要脸红，这下好，做先生的女人才几天，就炖熟成烂牛肉了！”

她们说这话时，在牙帐的厅室里，炊媪和婢女进进出出的，她们也不避讳。达达的风气，自是与国朝不同，也与斡罗思公国不同，主子高于一切人等，依傍着主子，也就自然成了主子下的二主子，其余都是牙帐里的猫犬，不当他们为有情识的人来看待。更何况在主子面前得宠，虽然名分是女奴，气焰有时比主子还盛炽，一不高兴，甩个脸子，耍出小娘性子，连主子也拿她没办法。

帐外的野果子有好些都熟透了。罗斑起身，只披挂一截淡蓝丝绸，半露着臀腰，就走出去摘果子。她们直是躺在卧榻上过活，帐是榻，停帐的草地也是伸出去的榻。这皙肤绿瞳的，像一枚罽宾[①]的蓝雅姑[②]，撩得守卫的士卒都站不稳脚跟。

速不台那里只吃肉、鱼和野禽，到这里有米面和菜果，三个小娘如入天堂般，整日教炊媪按斡罗思办法做浓汤、烤野频婆、烘酵曲黑饼子，又做一种拌鸡蛋、蜂蜜和酵曲的酥软面饼，面上撒一点葡桃干或者松子，味道有林中清新的气息，有点像临安的发糕。蒙古兵驻扎下来，即杀一整只羊做主食，行军中吃风干肉，不吃米粮，近些年入了中原，学着女真人的样子偶尔吃一点粟米粥，故凡其所掠之地，菜谷尽毁，往往兵去多时，农桑仍不苏，民人大半饥馑而亡。越儿出来时，嘱军中押粮司携了千百斤米面，他直是不能连着几天独吃肉不吃粮，攻入斡罗思境，诸将帅只顾存金银，他有心倒是又存了不少面粉。这便好，到了细浑河，还有粮食吃。如今不说床帷间那点乐子，仅就有面吃这件事，也够小娘们跪在他膝下

---

① 罽宾：古国名，大约在今天克什米尔地区。

② 蓝雅姑：蒙古话雅姑即宝石，蓝雅姑即蓝宝石。

不走了。小娘们也着实聪慧，凡到一城，即差怯怜去割菜蔬，赶先在速不台前头，抢一点是一点，免得他败光丝株不遗。

越儿还教她们沐浴，将大木桶子盛满烫水，身子浸在里面，用忽迷思或者蜜糖去污。出浴后小娘们个个生鲜，复施以中原蔻丹、胭脂，肉靡靡皎皎，枝颤颤飞霞，直分不清花是人，人是花。于沐浴一事上，斡人与化外诸族无异，唯夏日入河冲凉，浣涤一二次，非日日除垢洁身。这下小娘们学会了沐浴，身上幼妇的气息便时常漫逸出来，牙帐里春意平添不少。

她们第一次吃到茶，越儿按蒙古人的方法，将陈茶在铜壶里煮沸，然后倒在金盏里喝。拿妲夏说，初饮苦涩，复饮甘淡，愈饮愈醇，直至不离不弃，不可一日无茶，茶与鸡蛋蜂蜜酵曲酥饼一并食，醍醐灌顶，神清气爽。蒙古人自得了金国地界以来，虽谷蔬不能夺其嗜肉，然饮茶亦渐成风气，欲罢不能。茶解酒肉之毒，盖此神物天赐，人饮茶与不饮茶实天地两界差别，此人生全然不同彼人生。

晌午，小娘们边说着话，边已经支使着炊媪将筵席摆出来。有烤鱼、炖牛肉、拌野菜、加豆子的浓菜汤和黑面酵饼，另外还有葡桃酒、蜜糖和牛凝乳。

凉风习习，扑面而来，夹杂着海水和草叶的腥味。天瓦蓝璀璨，日光如柱，直投照在大牙帐上，牙帐白如祥云，人在里面固然成了天上的寿仙。

拿妲夏去叫越儿起床。南荣家的越儿，南家台的细郎儿，由着傩弗革逻盗寇的女孩儿们照料，也过出了一番福气满满的日子。拥美妇，进佳肴，居伟帐，为人主，这或者就是万古英雄前仆后继、赴死不惜、苦苦征战之所求？

时日会不会停在这一刻不走了？时日但能停在这一刻便善哉美焉！

第五章　金珠魂灵

少媛的魂灵是一颗金珠的模样。曾经元荷告诉我，我的魂灵是银色的。我问少媛：“你看见我是什么样子的？”她说是银色的，银子一样的珠子。

我第一回见到她，是在二十二年，成吉思皇帝驾崩后，越儿去黧宫见公主皇后，皇后将少媛做成一个翁衮，给了越儿。少媛的魂灵真的附着在翁衮上面。人制牌位或死者像，以招亡魂，魂或从墓中出，或无墓游魂可依居。有墓的，多了一个去处，可以牌位祠中居一阵，又可再自回墓地寻尸骨；无墓的，尸弃荒野的，但得碑祠牌像，则可安养其间。

少媛的墓在土兀剌河岸边，于黑林斡耳朵附近山中。公主皇后用一整段香楠木，劈开，挖空树心成人形，将她纳入成殓。她是按蒙古公主的尊格下葬的。尸首放入香楠木后，两爿合拢，外缠三箍金绳，然后入穴。穴中另陪葬些许生前玩物，一匹母马，一匹公马。母马是为了在阴间有忽迷思吃，公马是为了在地府行走有坐骑。这一切安置好后，填土，放马踩踏，使平整如地，并不树碑，亦无冢丘兀立，复植以松杨，看似寻常旷地，并不知其下有尸。盖蒙古人畏邪祟，以死为魔侵，欲断绝与死之交通。然而，生者心中念及死者时，便制翁衮，祭翁衮以寄托哀思，也祭翁衮以求亡灵保佑。

初死不久，或钤刻悬系以志，思之甚则往墓地追悼，越三五年则不复可寻，树参天，草没膝，雨过雪淹，沙涌土陷，地貌已大异。王侯家可制翁衮，意为成神，与车辇同行同徙，或置囊中，或藏车柜中，祭时悬于帐中或帐外，抹肉脂凝乳于翁衮口上；百姓家不可擅制翁衮，倘要祭祖，则回葬地周遭，大略寻一个位置，烧祭敬拜而已。

少媛初见我，说："呀，这是一颗银珠子。你跟我一样，死了吗？"

"你是一颗金珠子，你是我们南荣家的孩儿啊！我晓得你的名字，你叫南荣少媛。我是你的祖父，是你父亲的父亲，我叫南荣靖桑，我的字是泰榆，我活着的时候人多叫我泰榆。"我说。

"你是我的翁翁？大爹爹[①]？你怎么叫我相信呢？"

于是，我讲给她听她父亲的身世，还讲给她听和林家中的事，尤其讲一些她活着那几年里的事情叫她印证。有一回，我们回到和林，我进到我的牌位里，越儿点上香，摆上果品，跪在地上磕头，她看见了，才相信。

"那么，泰榆，你为什么那么年轻呢？你看上去像一个没有气力的后生。"这是我教给她进入我的灵魂念想中她看见的。灵魂间互相出入，互相映照，是可以知晓很多生者看不见的东西的。生者以口鼻耳目触来受声色味气体以认知，而亡灵无感官，无肉身，则依着映照呼应来领会。比方说，我们吃供品，不是尝到滋味的，而是会出味道的；形形色色掠过，也不是用眼看见的，而是前后左右都映现出来的；彼此间交谈，更不是以口传意的，而是直接送出念头就可以达到。此难以言传，书不可记，不如不说。倘我的文字将

---

① 大爹爹：宋元时，俗呼祖父为大爹爹。

来有活着的人阅览，我应当以活着时的体受来讲这些人事。

泰榆！呵，她直是将我当一个大孩儿，比她大一些的哥哥。确实，她并没有一个活到她祖父年岁的祖父。她的祖父早死了，死的时候才二十一岁。我如今永远停在二十一岁了，她如今也永远停在六岁了。她看到的父亲，实际上年岁比我大，二十二年时，越儿该有三十七岁了。一个后生，看着他的孩儿越来越大，大过他，又老去，成为一个老翁，这是何等奇妙而又尴尬的事体啊！我起初是因为放心不下，如今却是闻所未闻，想所未想，随着他去读一卷一切书中绝无记载的大书。他在征伐之路上，也在赎救之路上，而这是我活着的时候没有的，我借着他的命续上了我死后的命，倘他觉悟而得救，是否也意味着我的觉悟和得救？曾记当年羽书问禅师："魂灵可修得正果么？"禅师曰："魂灵亦肉身。肉身修得，魂灵怎就修不得？"

"大爹爹也有爹爹，大爹爹的爹爹也有爹爹，这么一直推上去，那么，我们是从哪里来的呢？最早生出我们的是谁呢？"少媛问。

"那是上帝，造化万物，造人，也造非人。"我答道。

"看来上帝无所不能。既如此，他可以叫我复活吗？再回到父亲那里去？"

"人有生，必有死。这是他预先安排下的。"

"他安排我们死得太早了。你比我还活得长一些，我才活了六年。"

"我们其实还是活着的，只是肉身坏掉了。没有肉身的灵魂，要方便许多，也无须怕吃坏东西，也无须怕受冻淋雨，没有身体的束缚和累重，其实也蛮好的。"

"这就再不会死去了吗？"

"我听正教的人说，弥诗诃为人从魔鬼手中赎出了我们，他付了死价。"

"弥诗诃是谁？正教是什么？"

于是，我讲给她听《诸书》中的事和十字教的事。

“既天地是他造的，那魔鬼也是他造的，何以他要让自己的孩子死掉去为人赎死，这么周折辛苦，是为着什么呢？”少媛又问。

“上帝的意图，人不得知。我猜想，他造我们，比着他自己的样子，应是将地上的事交给我们，由我们去主张。好比父母生下孩儿，孩儿有父母的血气，也有自己的主张。然而，人少慕父母，及至长大，就又远离父母。你在少时就死了，你总思慕你的父母，不至于违拗他们，你是有福气的。”

“你不喜欢你的父母了吗？”

“看看你爹爹，他常常记不得我，成天跟那些斡罗思小娘翻覆在一道，端的没有你好。”

“娘死了，皇娘离他那么远，他总要一些玩伴的。”

恐怕越儿真是这么想的。他视那些日没地妇人为新鲜玩伴，玩腻了一个，又换一个，只是他比那些蒙古同僚对她们好，但凡伏侍过他的，他都不弃，抑或也有为她们择夫下嫁平民的。可艾客和菘引的事，还有三分儿的事，都伤到他了，他心里有大苦痛。其实，对他真好的是四妹妹和兴哥，可惜一个当了皇后，一个早死了。这些傩弗革逻小娘们，他并未将她们看作可以做妻妾的女人，只当作蓄养的美姬。其实，往往这些美姬中有人对他好过妻妾，他或者也有生出情爱来对她们。难道婚盟以外还有别样的男女处境吗？这令我又想起陇西氏丹云。天造设家族，是按照人伦的矩则的；天造设邂逅恋慕，又为着男女性情相照。只是性情的事与人伦的事很难合到一处来，这上面没有孰是孰非，也没有孰重孰轻，唯有牴牾和断损，令罪孽衍生不息。经上记，上帝对阿宕说：“汝既从汝妻，食我嘱汝不可食之果，地必为汝之缘故受咒，汝必终身劳苦，方可自地中获食。”劳苦以偿罪孽，人驻家道与野欢间，或为撕扯分离不可复归以敦乐园之象？于此件事体上，我以为公教所言不虚，弥诗诃既付了死价，亦付了罪价。倘人之初罪不得神赎，终究靠人力无法弥合家野之隙。正教所谓善功得救，吾甚不以为然，看越儿的善功究竟如何？善待蒲古、三分儿，善待一切奴儿，善待可艾客，他想自己做上帝么？功德令人德骄，慈善亦令人慈骄。骄者，久则成强蛮。上帝会喜欢强蛮的人么？塔受光，又自光无影。此光源何出？净风吹入身心，又自身心出而吹向人间，人自以为净风出己俗胎性情，渐久渐忘其本，傲骄不可一世。我真的如少媛所言，看上去是一个没有气力的书生么？否。我也是这样一介强硬的魂灵，因丰盛而自以为可替越儿照顾命运，我如何得救赎？《明泰法王书》中说："魂灵贫弱者得福。"善哉大哉至理！灵肉强备无隙者，光何以射入？基利斯督说："吾不为召义人来，乃为召罪人来。"倘吾等皆义人，何须弥诗诃救赎？

徽宗是个好皇帝，然不得神宠；章宗也是个好皇帝，神亦不以为悦；卫王是个义人，上帝弃绝他。上帝拣了铁木真，让他当全天下的皇帝。而铁木真是个什么人呢？他以敌之痛为己乐！上帝何以拣他做万民的主宰呢？

上帝欲救人，救强硬的灵魂，故施痛于人，重锤之下，令血迹斑斑，令遍体鳞伤，令身无完肤，至此柔心方出，慈悲光照。

凡寿者，必受重击不止，久锻而蔽障碎，初心始得见天日。凡魂盛者，必日复一日游荡不息，非迨魂光黯然而后安。你要往彼处，上帝欲你在此处；你头皮硬，上帝在前路上设置重重障碍，令你僵劲的颈项弛然，亲手教你开悟回头。上帝领着越儿，经宋、金、蒙三朝，历兴亡杀伐、爱恨情仇，乃是为了锻剔其坚硬皮壳，唤出他本身的怯懦；又引我这介魂灵相随，以羽书志录，乃是为了给世人做个见证。

是故，十字教乃软弱人的会社，为软弱人洞开教门，强硬者不得入。成吉思皇帝是一个软弱的人么？

龙海园中小海子，阔有一里，长有三里，四周林木苍郁，矮丘盘纡。风过金瓦响，龙游忽忽有声。

蒙军自花剌子模归，得财宝无数，天下珍奇悉聚大漠。财多不便携，于是想到扩建和林，置府库以存金玉。掘地拔楼，开窖凿洞，仓室中摆满了，又穴藏，直是再无地方存贮，只好堆在城南禁苑旷地中。此地日后修造殿宇，成为帝宫，呼万安宫。越儿所获财货亦多，别样东西他不要，纷纷转赐下属，只黄金搬回龙海园。黄金有金铤、金坨子、金叶子，最多的是五花八门的帑金，有波斯的，花剌子模的，畏兀儿的，哈剌契丹的，又有不少斡罗思十字寺里搬来的金盂、金盏、金烛台，此皆圣器，他拣选清点，俱赠景门寺庙，以装点会堂。恁么多金子，一时不知所措，遂大多倾入海子中。此明智之举，金沉海底，隐而不见，乃至佳藏处，迨日后用度浩繁时，复捞取不迟。和林街坊中传言，曹侯府中有金山，然不知金山何处，入园者无人见此金山。

城中金气炽盛，有牧者远在数十里外，夜幕中望见城头金焰冲天，达旦始消。

城中金气，加上园中金气，生出浩渺水波。自成吉思皇帝二十年以来，和林城中沟渠充盈，水道纵横，草木畅茂，四季鲜花不绝，胜似我江南风光。龙海园中海子水高一尺，将原先停舟的埠头都淹了。于是，双龙得金水而活跃，嬉戏沉浮而祥瑞。深潭有龙则灵，顿时鱼虾繁殖，苇叶宽肥。少媛魂灵，生就一颗金珠。金珠所至，龙必出水，常召龙来，彼此熟稔相友。少媛与龙嬉得称心，便也引我前来见识。好在我是一颗银珠，银为白金，终归投其所好。

祖孙二魂，驾双龙游于水上水下，此怡然之乐，生者不可知，死者亦素无福消受。龙腾龙降，上可入云霄，下可抵深渊，极速往来间，魂飞魄散，顿时不知彼此，所谓“快意”，莫过乎斯。每每驭龙，心魂欢喜，喜极如齑粉，或为云霞，或为烟波，可恣意抟化万物，灵魂融入天地间。然久驭成瘾，日三回难餍足，不可一日不驭，不驭则黯滞，心灰意冷。龙喜金玉、空青、燕肉，畏铁器、杂草、蜈蚣、楝叶。金于海底，龙日夜盘守，然无处寻玉。少媛慧黠，断金瓦上珠绳，令玛瑙赤珠坠于海中。金瓦久无声，怯怜巡园察之，复又置新玉珠于其上。复断之，复坠，复续。如此，龙得玉珠颇多。龙并不食金玉，唯嗜闻金玉之气，守金玉，绕金玉为美。龙喜食燕，以燕为佳馐。瑾奕教我驭禽，故可驱燕于海，使之低翔于水上，龙见之则抬首伸舌，卷入口中。

少媛与我每至岸边，龙便游近，问："可有燕肉？"

少媛道："先升降，上天下水几番，必不少你。"

龙诺，乃鸣。其鸣若槌击铜盘，翁翁声扬，余音绵绵，达数里外，久不止。

某日，玩十几来回，兴未尽，龙累，求止，少媛不遂，则怒，沉水不出。复几日不出，驱燕与之，亦不复出。少媛便说："如此则不好，不可一味取悦讨好，非制伏乃顺。"便图取铁器来震慑。园中有一怯怜，饮酒多而丧智，愚痴呆迟，少媛谓可附其体，引其至家中府库，寻剑戟刀斧，携至海边。遂附之，得刀枪十余柄，又解舟柯往海子中汀渚上去，此地近龙穴，于此插一利剑可镇龙。剑光闪闪，寒气逼袭，龙有所忌惮，复出求和。

龙终为少媛制伏，自此交往遂顺，相安无事。

某日，于海底，白龙曰："汝二人或不知，龙乃神天之使，春分登天，秋分潜渊。迨明年开春，则升天庭述职，及彼时，尔等勿怨。"

青龙曰："昔匈奴单于设龙庭祭祀，始至。鲜卑人善祭龙，亦善养龙。汝中原先民，皆出鲜卑地，故亦崇龙。夏时有养龙族，龙死，帝怒，养龙者北遁，入鲜卑故地。其一族谓豕韦，又转曰室韦，即契丹人先祖。上帝遣龙入世，为察人间曲直，人欲悉天意，必由龙格于皇天。吾辈乃人神宾介，无龙则人意难以达天听。人间君王，凡神拣神立，必为龙子，曰天子。”

“天子岂非凡胎乎？”我问。

“上帝所立者，绝非凡胎。”龙曰。

“何以成人形？”

“此天意，不可告汝。”青龙道，“当今成吉思皇帝，乃真龙天子也。”

“我于十字教中闻，有煞诞拿于以敦乐园中诱妇人也瓦食禁果。煞诞拿即蛇身龙形，魔鬼是也。”

“煞诞拿初亦真龙，天之善使，景门中所谓‘飞仙’是也，然欲与天父分庭抗礼，上帝坠其为蛇。蛇乃龙之堕状。”白龙道。

“那么，天上有许多飞仙么？”少媛问，“汝等亦飞仙？”

“然。”龙曰，“龙非真神，龙乃真神之使，天使也。龙性淫，好美色，倘不守天规，则谋乱难止。天帝造人后，人在地上生儿女渐多，有女子美貌者，龙子便随意拣选，娶来做妻。彼时，地上有伟人，即龙子与人中美妇所生，乃上古英武之人。”

“你们也是上帝的孩儿么？”少媛问。

“然。”龙道，“上帝众子，即天使飞仙。”

“移鼠基利斯督，弥诗诃，也是上帝之子，教中所谓三一妙身，谓天父天子圣灵皆为上帝，既弥诗诃为上帝，尔等亦为上帝？”我疑惑。

“非也。”白龙说，“弥诗诃乃上帝爱子，全然出乎上帝，然吾辈在其下也。”

“众生凡人，虽天使亦皆受圣灵净风而生，何以非借汝龙子方可达于天听？净风即上帝，于我心中不灭，我时时祝祷，上帝必垂听。”我说道。

“人有醒着的，也有睡着的。那醒着的闻见佳讯，可以祝祷与上帝交通；那睡着的不闻佳讯，非借我龙子之功而不失正道，此神天妙意，早先便预备下的。”青龙曰，“故得龙助，乃大方便，非无偿恩典，唯信基利斯督为至善。”

龙曰：“龙大能，非全能。昔契丹太祖，见龙于拽剌山阳水上，射获之，藏其骨内府。可见，此龙为彼龙所伏。又龙喜斗勇，相互间不让不服输，唐时咸通末，舒州刺史孔威进献龙骨一具于天子。状云，州之桐城县里有百姓名胡举，见双青龙斗，死于庭中。时四月，尚有茧箔在庭。忽云雷暴起，闻云中击触声，血如酾雨，洒茧箔上，渐旋结聚，可拾置掌上，须臾，人触之觉冷痛入骨。龙既死，剖之，喉中有大疮。龙长十余丈，须长二丈，足有赤膜翳之，因肉重不能全举，乃割之为数十段，载之赴官。”

龙曰：“汉时张鲁之女，曾浣衣于山下，有白雾濛身，因而孕焉。耻之自裁。将死，谓其婢曰：‘我死后，可破腹视之。’婢如其言，得龙子一双，遂送于汉水。既而女殡于山。后数有龙至，其墓前成蹊。”

龙曰：“《独异志》记，陇州吴山县，有一人乘白马夜行，凡县人皆梦之。其人于梦中曰：‘我欲移居，借尔牛一用。’及至天明，数百家牛，皆汗流如水。众人于当日又见县南山下新出一大池，方圆百余步，有龙居此间。”

龙曰：“唐太守卢元裕未仕时，尝以中元节置奉盂兰盆，俄闻盆中有唧唧之音。元裕视，见一小龙才寸许，逸状奇姿，婉然可爱。于是以水沃之，其龙伸足振鬣已长数尺矣。元裕大恐。有白云自盆中而起，其龙亦逐云而去。”

龙曰：“龙之精成龙子，龙之涎造淫女。尔可曾闻龙涎乎？吾示汝。”言毕，吐涎数升，于水中浓稠如烟云，缭绕不散，又道，“涎稠渐结，浮出水上，成痂则硬，然轻若草灰。人采而制香，入药。白者为上，灰者次之，褐者几不堪用。燃之，香入髓，月余不散，呼曰龙涎香。入药，可活血，益精髓，助阳道，通利血脉，消气结，逐劳虫。若于陆上遇涎，涎不结块，则不祥。夏时，有二龙至宫中广庭，帝甚恐，问卜，曰可采其涎匣藏之。龙出涎汩汩不息，俱收之入府库。至周厉王时，无意间开匣，涎涌而出，布于殿前不散。王请巫师祛除，巫师令宫姬裸身而舞，大呼咒语，涎则化为玄武；入内宫，遇一幼女，女触之而孕，生一女婴。至宣王时，宫中人谓幼女未及笄而孕，生子必不祥，乃弃婴。其时，坊间民谣传：'檿弧箕服，实亡周国。'宣王闻之，则下令举国搜寻卖桑木弓、箕木箭袋子的。恰有夫妇做此营生，闻缉捕，急出逃。途中夜闻婴哭，寻声而去，于路旁见女婴，哀而收之。夫妇抱婴，奔于褒国，献女于褒君。此女即褒姒也。"

龙曰："龙耳亏聪，故人谓我曰龙。所谓亏聪，不是不闻，乃不闻所不愿闻，唯闻金玉声。"

龙曰："汝可见吾首有一物？如博山形，名尺木。龙无尺木，不能升天。"

龙首有山形锯齿状龙冠，如鸡冠模样，此物何以升天？不解。

少媛问："龙既大能，何以畏铁？何以为人所伏？"

青龙道："上帝按照他的样子造人，吩咐我们尊人为贵，人中豪杰遂可制龙驭龙。昔煞诞拿为天使中佼佼者，不服，上帝使之堕地成蛇。我既由天造，人亦由天造，俱归属造物，万物相生相制相克，凡物必受制于他物。龙畏铁、蒺藜、蜈蚣、苦楝，性使然也。"

"你不欺侮我，我也不吓唬你。"少媛说，"我以燕肉与珠玉飨你，你以乘龙快意回馈，你我当相安和好。"

遂使愚痴怯怜拔去汀头利剑。龙视少媛为人中豪杰，乃服。

大鸟深藏园子中树林，择一大梧桐而栖。龙海园古秘，先人植秀非凡，有四方佳木神品，南国青竹，北地不可活，此园中竟成林。大鸟唯食竹实颖果，饮醴泉方酣。往日于中原，得之颇易，今于大漠间，颖果醴泉俱难获，独此园中有。十四年出征西域，鸟随行，途中过草原、沙漠，常入而月余方出。鸟饥渴则自觅食，忽折曲而去，入云端，穿雨幕，至某深谷，栖落坛台上。坛上有石鼎，鼎中果实丰备，鼎侧有琉璃净瓶，盛美酒。一路上，凡百里即有坛台，若驿站。方知大鸟神圣也，乃真凤凰，神所照应之鸟。

我与鸟云："在下不识凤仙，得而不敬，唯驱使利用，愚冥傲骄，望恕罪。"

鸟曰："非君得我，乃吾寻见君。此神授秘意，不可告。君尽可坦然驱用，勿虑。"

我问鸟："龙乃天子，可做人间帝君；百姓称帝后为凤鸟，汝或为天之女？"

鸟曰："非也。人间将神兽比附富贵而已。天之子遍及四方，在北曰玄武，在南曰朱雀，在东曰青龙，在西曰白虎。朱雀者，凤鸟是也。四方神兽皆天子，天使。天使出自星火，人出自水土。故天使殁，归于火；人殁，归于土。天使有原形，原形又可据修炼位阶成就万千异形。诸神兽受命往人间，持权柄者为人君，所谓真龙天子，亦有真凤天子，真兕虎天子。肉迷大君喜色[①]便是兕虎原形。"喜色者，罗典音字写作Caesar。鸟又云："神兽出自天神，非全能上帝，虽具神性，然有亏缺，与人有罪孽一般，终须救赎，方得完全。"

我与少媛随龙嬉，少媛与我随鸟翱翔。

某日，少媛请鸟领飞黧宫望公主皇后。大鸟载我祖孙出城往西，至斡良改林中。近湖，有妙音环绕，初声若游丝，渐厚重，然后宏阔。有金光上炎，化为乐音。并不见黧宫，只见光柱朝天，遮蔽地上事物。

---

① 喜色：今译作恺撒。

“皇娘何在？”少媛问。

“你父少时初见你皇娘，不曰见，唯曰闻，说你皇娘不是看见的，乃是听见的。”我说，“她是一曲妙音，如今这箫笛琴声已汇成万人轰鸣。可见，你皇娘安然祥和，富泰寿高。”

魂灵自是可以会意的，闻可转视，视可转闻。少媛固然也由闻知见了。

鸟又带我们北去，过捕鱼儿湖，入林中百姓地，过谦河[①]、列拿河，顺河直抵地极。地极有不释之冰，峨峨层叠，遥遥无际。又过鲜卑山往东北去，直抵地之角尖处。

鸟云：“西自钦察地面，东至大海，皆鲜卑故地。此处角尖濒海，海水入冬结冰，人可履冰涉洋至彼处。彼处仍有人迹，亦鲜卑人别支。北人使鹿，使牛，曰使鹿部，使牛部。东北别出彼地者，有使犬部。犬快如马，力大可牵辇，人凿冰为室，居冰窖中。尔等中原人，先祖亦出自鲜卑。夏桀之子淳维北遁，入茫茫荒原，投祖民。夏以前，北地便有山戎、猃狁、荤粥诸部。中原人，修城郭，开河渠，耕获硕果，乐不思蜀，久则忘乎所出，然贼盗、狷人、修仙者盖一切不为所容之辈，间或遁归祖地，若不甘受父母管束之子女，转投祖父祖母怀中求慰藉。先圣老子，出关走大漠，亦往鲜卑故地。今女真、蒙古来犯，仿若几个穷兄弟又来父母宅中取他名分中遗产。孰是孰非，不由人裁，唯由神天判决。神先拣阿骨打来讨，女真得中原而忘其本，神乃弃之，又拣铁木真为大君，为敲开地上严守己道而背离天约之国门。君未闻西人呼铁木真之旅为‘上帝之鞭’乎？其所到之处，无不玉石俱焚。神造南荣越专嗜炼丹，造出契丹花，非为帝侯富贾节庆装点用礼，乃是为了灭绝他们不思天约专贪慕地上安逸的血脉。君于景门中未闻上帝发怒，兴大水灭

① 谦河：古水名，即今叶尼塞河上游。

绝人寰之往事乎？”

大鸟日行千里，凡东西南北飞越逾数万里，车马一二年行程，骑鸟往返不过旬余。

及返园，少媛云：“做一介魂灵也不是坏事。活着依斡耳朵而居，只知帐中帐外不过百里内事，如今才十几日辰光，竟比活人一生知道得还多。”

“那是你借了龙凤的好处。这是灵缘。倘无此缘，做一介灵魂也是命苦的。”我说，“之前我刚死的时候，随着你父亲长大，出临安，至徽州，走盱眙，抵中都，一路上苦不堪言，连祭奉都没有，几近熄灭。”

“这么说来，灵魂也有位阶的，也有命。幸好我生在曹侯家，依着母亲和皇娘，还做了公主。非此，则不遇龙凤。”

“这一切事情，都因着你爹爹。你爹爹走到这步，都因着上天眷顾，要拣他做圣工。”

“他的工，便是那些火药吧。那些火药一闪，瞬间就将活人变成灵魂。你计数过没有？他烧死了多少人？”

“不计其数！”

“人的死活那么不重要么？”

“如果被派了工才重要。如果于上帝无用，怕是真的不重要。”

“上帝派给灵魂做什么了？”

此一问，无以复。直至窝阔台合罕登基那年，即西元纪年千二百二十九年秋，双龙自天庭归园潜渊时，一日，少媛的翁衮摇动，从墙上坠地，金珠逸出，上下摆动，飘曳失常，似有他力牵引，不能自持。魂费力周折，贴近我的牌位，说：“我摇得厉害，有人用鞭子抽我，又有火光燃烧，鼓乐震动，我停不下来。泰榆，救我！”

我如何救她？我从牌位里出来，随着她上下，又随着她出屋，至园中旷地，忽见金珠升天，急遽而去。我追随不及，不知去向。

击金瓦，龙出。问龙，龙曰："无碍，勿忧惧。孛额有邀，往合罕帐中去。"

问："何为孛额？"

曰："孛额者，金人谓之珊蛮是也。今窝阔台合罕即位，请金奴窟做大孛额，凡行事，先请金奴窟决断。金奴窟召四方游魂，知天界幽冥神鬼位阶，请以卜将来，用以救病厄。此去曲雕阿兰，于怯绿连河畔，乃铁木真时大斡耳朵。孛额请神，呼神名号，击鼓唱诵，踏舞祭火，出神鞭策地，故少媛感之，受邀而去。"

"少媛幼不经事，怎可卜知将来？"

"孛额知其在幽冥中位阶，亦可于法术中闻见其侧有龙与大鸟，问少媛如同问龙鸟。"

"怎不请我去？"

"于人间事上，此地无人认得你，并不造你翁衮，自然无人请你去；于天界安排，你自有别样事工，不在宾介传讯。"

过夜，及至晨光初现时，少媛归。告曰金奴窟亦制其翁衮，此去为合罕妃女病急，求往妃帐救孩。蒙古俗，凡孩儿病，则置灵童翁衮于枕侧，禳灾祛邪。金奴窟以为，少媛性洁，聪慧贞明，贵为公主，乃万童之首，故召之必效。少媛说，孛额向她说了许多好话，赞美之辞溢于言表，又摆出许多丰盛供品，为她杀了一匹壮马，放在火里烧成灰，一些剩余的骨肉都不存。这话的意思是说，她吃尽了一匹马。

"这样美事甚好，称我心意，多多益善。"少媛说，"他不敢说我死了，只连连说我走丢失了；又磕头跪拜，赞我皎洁如天上明月星辰，美丽如天国花仙子，说自己一生甘当我的奴仆，这趟请来救人，往后还要请我传达天使圣意，来断天下大事。这个孛额果然身手不凡，他竟知道我每日与龙凤出入。送走我时，还给了几皮囊的干果，说路上当点心吃。又不断念叨嘱咐，一路走好，一路走好，话音追出一二里地。”

少媛撒出一把干果。干果在幽冥处也是精魂。我们做魂灵的，并不吃供品的气血形质，只取其菁华。譬如酒有酒精，果有果精，牛羊有牛羊精魂。凡上乘供品，其菁华有光，敷衍我们的，或无光，光弱，也有全然漆黑的，并无精魂于其中。魂灵是不好欺骗的，没有我们看不见的，人之诚诈，于先祖面前，了然无藏。

盖燔祭供奉的，又比生摆着的要好。烧尽了，气形全无，精魂炼纯，一口气就吞下去了。是故，燔祭又诚于生祭，乃第一隆重祭礼。人摆祭品，原先是全然奉献的，之后自欺欺人，给一点意思，敬而不尽献，只为着做罢祭事自己吃。神灵取祭物精魂，遇着生祭的，得精魂不便亦不纯，有时吃几样，也就不吃了。

“金奴窟乃大孛额阔阔出的甥系后代。阔阔出可直通长生天上帝，无须天使做中介。”龙曰，“成吉思皇帝征诸邦，每每得阔阔出指点。只是他后来骄逞，欺侮铁木真几个兄弟，皇帝不得已废黜了他。如今这个金奴窟，为人耿直忠义，但法道不及他先祖，只好求告公主了。”

之后，蒙古各部百姓，皆制古楚翁衮。古楚者，蒙古话公主的意思，谓少媛圣贞公主也。少媛生母萩引，乃先帝膝下公主，养母公主皇后，乃大斡耳朵真命龙母，称少媛为公主，名副其实。

窝阔台合罕七年，西元千二百三十五年，少媛与我骑鸟随越儿二次西征。但凡外出，则途中有古楚翁衮的人家才可召得魂至，和林城中或者曲雕阿兰那里合罕帐中的古楚便召不去。金奴窟知情，则不召古楚，另请高明；下官百姓家所请小孛额神通不广，不知幽情，召亦白召，魂不至。此即何以人间召神鬼，或验或不验之根蒂。

于和林怯绿连巷龙海园时，金奴窟频召少媛附体，久则少媛愈具神通，能知过去、将来许多事体，此灵性也。灵魂亦气血，聚生时气血之精华而成，死后脱了骨肉，不受躯体支配，更见性情根底。彼金珠与我银珠端的不同，其异能初不显，得遇龙凤又奉召后乃脱颖而出。元荷粉珠，为情魂；瑾奕空青，为戏魂；少媛金珠，为神魂；我一银珠，为书魂。书魂遇神魂，神意常忽出情理，令我惊愕不已。

少媛云："南方有火，与北水相济，火遇水则愈烈。此火入寻常人家则有灭门之灾，入倡门则无害。女乐可奉之，采天下男子纯精守之、护之，及养成，与天上风雷电火交应成圣火。真龙天子持之可御天下。"此言莫非说的是他父亲命运？谁曾想，契丹花缘自我东方一倡优至阴之门？盖天地玄妙如此，阴生阳，水济火，南荣越传承火德，非北地天子难以掌运，于南国为灾，于中土伸展不开，于北境方可立功。

少媛云："一男子，心中有大恐惧，于狼居胥山下得天铁，铸为戟，无敌。其子孙有恃无恐，以德为道，天门闭，天光黯，戟沉无迹。"这说的是铁木真成吉思皇帝么？

少媛云："天门要为你开启，硬的颈项要被砍断，愚弱者得福，傲骄者剪灭，自以为善者沉沦。"这话太诡异，细思后怕。

难道金奴窟每次请少媛去，代神立言，说的都是这些没头没脑的话么？

我思忖，这金奴窟很会讨好小女孩儿，甜美话语、果儿糖儿、鱼肉香馐、漂亮花儿，一应俱全地献上，外加连哄带骗的，将少媛捧到天上去了。原来所谓大巫师，乃善哄者，善媚者，竭尽取悦之能事，神悦则至，不悦不至。她每一去，若赴宴，归则酒足饭饱的样子。好可怜的孩儿，早早就走丢了，成了魂灵后才享到一点福，可这是死人的福气啊！

魂受孛额召唤，走一条奇径别道，不同于魂灵素来游荡所行之途。施术者所唱咒语生出云阶，一句一阶，阶阶相贯，凡一踩踏上去，滑走无碍，瞬时可抵招魂人处；归时原路返回，滑一截，散一截，直至云路消散无影。一切由众生敬祀为神灵者，遇同时受四方召唤，云路数条伸至跟前，择其所愿往者走，其余空置，召一会儿不见来，则虚散。少媛曰，云路来回，其速十倍于素日魂移，然远出千里时，云路亦难延及，非持大法力之孛额不可铺设。

龙凤下凡，察世道人情，无所不知，却囿于不能人言，故其责只在于上报天听，却不在下谕世人。而魂灵专管向人传天意，由孛额请去，附体宣示。魂灵中通达获神性的，即是威名远扬之众神灵。祖灵附家祠中牌位，神灵可附庙堂、翁衮、巫觋等一切神事中载体。如今，少媛金珠，已不是一般魂灵，乃蒙古百族中古楚女神，民人称其贞明之德，世代供奉。

合罕七年，即西元千二百三十五年，万安宫建成。春某夜，金奴窟又击鼓踏蹈，醒神呼神，将少媛请去。此一去，三日未回，怕是为出征海西诸国之事断吉凶。

龙出水曰："已去三日，倘今日不归，乃长久不见矣。"

"如何长久？"我问。

"至天国将近时。"

"何以言今日？"

"今日春分，我等升天述职，此去不复归。若见少媛，愿聚气作人形一时，令其观吾面貌。"言毕，二龙化人形，乃俊伶郎儿样，一披紫袍握剑，一胸戴金刚石执权杖。俄顷，形散。龙游近岸，停栖滩涂上，鳞脱须断，皮肉俱溶，唯余骨殖，每骨有斗盘大，相连有半里长。

及少媛归，乃告之二龙作别所言，又呈现记念中郎儿模样。少媛飞至岸边，只见龙骨，就之恸哭不已。魂之哭无泪，然彻痛欲碎。

第六章　成吉思皇帝传闻录

先前，铁木真成吉思皇帝说过，蒙古非一国，亦非一族，乃长明之意，一名号耳。

自我出南国，入金国地面，如今又来大漠，随军西至斡罗思、肉迷日没地，南抵花剌子模、天竺，所历所闻，盖与少时所读经史不同，方知鲜卑一族，耕读者呼曰汉人，渔猎者呼曰女真，逐水草而徙者呼曰匈奴、突厥、室韦。大漠至极地，林中百姓[1]与毡帐民人，万千部族，虽出一系，不过各有名号而已。室韦一群中，居大鲜卑山，山北曰蒙古，山南曰契丹。蒙古者，中原典籍中旧译为韈劫子、梅古悉、谟葛失、毛割石、毛揭室、萌古子、蒙国斯、蒙古斯、蒙古里、盲骨子、朦骨，蒙古地方民人自呼“忙豁勒”，即“不灭之火”。

此自名不灭之火部族，今得怯烈、乃蛮、畏兀儿、钦察、花剌子模、斡罗思、孛烈儿、马扎儿、女真故地、金国中原，一概呼曰蒙古。上古时，大漠中淳维后裔兴起，统领万部时，号匈奴；隋唐

---

① 林中百姓：蒙古人将鲜卑人中居于森林中的狩猎部落叫作“林中百姓”，以区分畜牧居毡帐逐水草的“毡帐百姓”。

时，柔然酋帐下丁零奴起事，征服草原各部，号曰突厥。皆名号而已，非血族不同。如中华禹夏、殷商、姬周、秦汉魏晋唐宋，随皇族姓氏而易，非族别种异。

若论血族，洪荒时，北地大漠中，有塞种人据阿勒台山。塞种戴尖帽，善冶金铁，肤皙白，身长大，眼瞳有乌、褐、灰、碧杂色，族类海西富浪国人，与东方日出地民人不同。释门世尊释迦牟尼，即塞种人。释迦，又译为塞加；牟尼，圣人也。释迦牟尼，实乃塞种人之圣贤是也。自阿勒台山往西南，凡天竺、波斯，或宽田吉思海一带谷儿只，皆遍生塞种人。塞种人与鲜卑人争夺大漠牧场，久则相融，鲜卑族渐染塞血，尤以西境为浓，愈往东愈稀。钦察库蛮最类西人，次者乃蛮，更次者怯烈。故蒙古人谓东方鲜卑山一处斡难河源头铁木真所出之部为尼伦蒙古。尼伦者，纯粹也。

蒙古民人中有长老传诵史诗，曰：

昔者铁木真祖辈中，有两兄弟，叫作多瓦和朵本。多瓦额中有眼，可看到三日里程外的远处。一日，多瓦与朵本登上狼居胥山，多瓦见远处有一群人迁移过来，人中有一车辇，上面坐着一位姿美少女，即云："倘此女未嫁，便索来予汝做妻。"朵本于是往人群中去，见那女子果然天姿仙貌，未有夫家，便娶来做妻。女子名叫阿阑豁阿。

朵本与阿阑生有二子。

朵本某日于途中遇一别部穷人，穷人饥饿将死，便将自己身上所携鹿肉予之，穷人报谢，将膝下男孩儿马阿里黑送予朵本做奴。

朵本死，阿阑寡居，竟又生下三个儿子。朵本之二子疑虑，以为家中除却他们并无其他男人，唯奴隶马阿里黑，莫非三个弟弟是他的孩儿？阿阑豁阿察觉二子疑心，便将隐情告之："每夜，有黄色神人，自天窗透光而入，抚我下腹，人只见光柱，唯我可见光中神人。神人随日月光移，如黄犬般伏行出入。此事由来已久。尔等小子不可若俗辈般妄议我！神人所送之子，必为天子。但等日后族中出了天下大君，世人方知我圣洁无污。”二子遂信其言。

阿阑豁阿死，诸子分家财，独独不分给孛端察儿，以为他愚弱，不视他为亲族。孛端察儿乃神人送来三子之一。既遭家人冷待，孛端察儿便说：“如是，我还在这里做甚？不如离你们而去，死则死，活则活，听便命运摆布。”遂去，沿斡难河而下，见雏鹰捉杀野鸡，受启，乃捕鹰，以鹰觅食；又见狼围追困兽于山崖，便放鹰，与狼争食。于河畔遇着一群移民，将鹰猎来兽肉与移民换马湩吃，与移民交往颇融洽。移民向孛端察儿讨鹰，不与，曰：“鹰所猎任由取，鹰不可夺。此鹰乃我衣食之源。”此时，孛端察儿诸兄有悔意，便差一兄溯河来寻他，他便与兄一道回家。途中，他谓兄曰：“身当有首，衣当有领，河上移民群龙无首，无尊卑，不分大小，平等相处，乃颇易制伏之辈。吾等不如将他们掳来。”兄长以为有理，便回转去叫来另几个兄弟，令孛端察儿打头阵，纵马执戟，杀入人群，旋即将他们悉数俘获。从此，阿阑豁阿的五个孩儿们，便有了牲畜、财货、属民和奴婢，自成一部。所获民人，出自兀良合部，与速不台是同族人。

又有一说，谓阿阑豁阿所遇神人乃白面赤发碧瞳之人。阿阑曾云：“但等日后子孙中出白面人，生赤发碧瞳，世人必信我所言。”及数辈繁衍，生一孩儿，赤发碧瞳，果如圣祖母言，便立一姓氏，叫作孛儿只斤，意为碧瞳。此孩名也速该，乃铁木真之父。故铁木真叫作孛儿只斤铁木真，即碧瞳铁木真。有长老云，碧瞳赤发，乃王权之征。又有长老云：蒙古世代尊崇苍狼、白鹿，蒙古人乃狼鹿之后，狼眼灰蓝，可视为碧瞳。此言不足信，盖苍狼、白鹿取其性而为部族象，或狼象暴戾喻塞种，鹿象温良喻鲜卑。倘尼伦之说确实，按此传说，孛儿只斤之纯，莫非塞种之纯？

铁木真降生时，手握凝血。请孛额视之，曰：“此杀伐相。人世生死，俱握其掌中。”

铁木真确非凡人，与其祖孛端察儿同出一辙。人以为愚弱，弃之厌之。倘诸兄不弃孛端察儿，何遇兀良合人？倘不得兀良合奴，其一脉何以有本立足，成为望族？

孛端察儿宽谅，有大慈悲心。俘兀良合人时，得一孕妇，便偕归为妻，妇人所生之子，视同己出。孛儿只斤铁木真亦宽谅，有大慈悲心。其妻孛儿帖为篾儿乞部掳去，及再遇时，孛儿帖已身怀六甲，其所生之子术赤，铁木真亦视若己出，日后术赤一系拔都所占疆土、军民、财货，皆胜出窝阔台一系，实乃蒙古人中所获最丰厚者。

思孛端察儿、铁木真之悲悯心，与越儿悲悯心，同出一心乎？虽同出一心，然一者因知愚弱而悯人，一者以持傲骄而悯人。无影塔受光而亮，忘乎所以，以为自发光，自比神天，不知人所为皆罪孽，但凡善举皆非出自人本，只善念一刻，心中净风浩荡耳！无此净风时，悲惨零落如孛端察儿，与狼争食，被风席地，人视之不如草芥。孛端察儿绝处逢生，必是神天加宠，欲救他于苦海，经上记载说：“人存活所依，非单以食物，乃是靠神口里所出的一切话。”又胜而不骄，拾人弃妇自珍，大不同救风尘，释塔不烟、兴哥、三分儿脱籍，以己恩泽照人。善固善矣，不知善必由天而出，自善已然大恶，坏过自恶卑劣根性！

我英雄，我救人！

我愚弱，同此妇，求天怜之，若怜我！

此二语，南辕北辙。一念生，一念死。兴亡荣败，俱缘于兹，非文献典章完备与否，非韬略武功存废使然。曾于南国程朱纲常中，一片漆黑，看不分明何以鹏举大志难举，精忠报国亦死，孝悌忠信亦死。天不生仲尼，万古未必如长夜；人不明心，一切主张用功，却都将归向煞诞拿黑暗权势。

基利斯督于乌梨师敛的殿中，拣一枚银钱说："喜色的归喜色，上帝的归上帝！"

又说："匠人所弃之石，已成房角中头等基石。此乃我主所作，世人眼中看为稀奇。"

至铁木真曾祖父合不勒时，狼居胥山三河之源附近诸部多归附，家族渐有势。远处塔塔儿部因与合不勒争一巫医，生出嫌隙。合不勒死，其堂兄弟俺巴孩继位，为与塔塔儿部修好，将女儿嫁过去，亲自送往，不想反为塔塔儿人虏获，押解金廷，污其为牧野叛民。时鲜卑地在金国辖内，金主得俺巴孩，钉死于木驴上。自此，铁木真一族与塔塔儿人结下世仇。

那时，铁木真父亲也速该于斡难河畔放鹰捕猎，遇蔑儿乞部人赤列都迎娶新妇从远处来，视妇人貌美，旋即回转，叫来兄弟，策马威逼。妇人名诃额仑，见三兄弟赶来，便谓赤列都曰："那三人颜色，好生不善，似欲取你性命。君若存得性命，何处辇上贵妇不可抱归？何妇不可复呼其名为诃额仑？汝宜速去，沾着我身上的香气逃命罢！"言毕除去身上一件花衫予赤列都做纪念，赤列都于马上接过衫儿，见也速该兄弟逼近，掉头逆着斡难河遁去。

也速该三人将赤列都驱远，追出去七个山冈，复回旋至辇前，牵着车绳，将妇人拖走。诃额仑哭曰："吾夫未曾受风雨，未曾挨饿于荒野，今何以落得悲苦境地，竟远走不回了！"恸哭之声，将斡难河水并山中的林木都振动了。

也速该夺了诃额仑来做妻，妻生下一子。时正与塔塔儿人交战，得一俘，名铁木真，意为铁人，便将孩儿取名铁木真。

铁木真九岁时，也速该领他往母舅家相亲，路遇翁吉剌部人德薛禅。德薛禅曰："何不与我族结亲？翁吉剌人不以刀枪与人争地土，唯以颜色女子献君王。吾族人善育美妇，天下美妇无不出我毡帐。昨夜做梦，见一白海青抓来日月付与我手中，正踌躇着，便遇见你父子。你这个孩儿，目中有火，面上有光，正应了此兆。”

于是，也速该便改了路，随德薛禅往翁吉剌部去。见其女，名孛儿帖，大铁木真一岁，果有好颜色，便将铁木真先留下，嘱德薛禅道：“吾儿怕狗，休叫狗惊着。”留下一匹马做定亲礼，便回转。路上饥渴，遇见塔塔儿部人扎帐，未做算计，便过去讨水，不想部人有认识他的，暗中于水里下毒。他喝下毒水，往家中去的路上觉着身子不好了，说：“我肚里难受，怕遭非命，近处有谁是白身人？”（白身人，指非奴非主之平民。）有叫作蒙力克的说：“有我。”也速该于是嘱托他：“我儿皆幼小，留下寡嫂尚青春，托汝好生照应。”说罢，便断气了。

这些往事，多是在蒙古地面上长者口里相传的，有云蒙力克于也速该绝命后接了诃额仑，做了铁木真养父的，也速该一家亏得他照应，才得以活命。因为那时间，俺巴孩一系的人继承王位，也速该去了后，宗亲对诃额仑母子不好，都随着俺巴孩后人泰亦赤兀部的人去了，留下孤儿寡母，生活艰困。

蒙力克有七个儿子，中间有一个叫阔阔出，能够通天，人家为此又叫他作帖卜腾格里，就是能与腾格里长生天交通的意思。这个阔阔出为铁木真传天意，断吉凶，卜胜败，于是，铁木真常得神助，羽翼渐丰。及至统领各部，号称成吉思皇帝时，封给蒙力克父子诸多土地和民人，又专在御座边上设一金座，与蒙力克一道听政，并赐他九罪不死。蒙力克父子势力如日中天，阔阔出声望于民人中甚高，成为全体蒙古民人的大孛额，这便起了傲骄之心，渐自比神天。

成吉思皇帝的弟弟合撒儿力大无比，身躯魁伟，说一匹马不够他当点心吃的。虽如此力士，竟受阔阔出欺辱，遭七个兄弟殴打。合撒儿来告，成吉思皇帝道：“你平日里说无人能敌，怎遭人打？”

合撒儿遂垂泪而去。阔阔出来说："长生天下旨曰，一次教铁木真管百姓，一次教合撒儿管百姓。若不将合撒儿去了，事未可知。"帝闻此言，差人将合撒儿绑来。有人密告诃额仑，诃额仑连夜驾车赶来，正见帝去了合撒儿冠袍，将欲处置。母跪地，去除衫袍，裸双乳于膝上，泣曰："吾双乳今萎瘪，汝与兄妹皆食我乳。昔者汝只可吮一乳令我宽快，合撒儿可吃二乳令我宽快。尔等食同源，血同脉，何故自相残杀？征四方时，凭仗合撒儿勇力；今四方安，不用他了。"帝惊诧母亲言行，道："怕也怕了，羞也羞了。"乃劝归。母归，帝疑心不止，又夺了合撒儿百姓，只剩一千余户与他。母于是郁愤而死。

其时，有各族说方言的九种人等，俱投向阔阔出，帝另一兄弟唤帖木格，其名下百姓亦趋之。帖木格差使去索，阔阔出打退使者，便自去索，亦遭辱，令其跪地求饶。帖木格难忍恶气，来向皇帝哭诉。时皇帝未起床，帖木格进帐，孛儿帖坐起，以衾遮胸，谓皇帝曰："前次他将合撒儿打了，这下又要帖木格跪，这是何道理？如今你铁打的身体还健在，他便欺辱你户里兄弟若此，倘日后你倒下，地面上乱麻群鸟般的百姓，如何服你帐中不及长成的小子们管？"说罢哭了。皇帝这下触到心头，便说："明日他父子来，听凭你处置。"翌日，蒙力克父子入帐，帖木格于一侧言："前日我使人去，遭打；我自去，你逼我跪。我今与你论理！"说着便扭住阔阔出衣领。帝曰："尔等欲比力，请出帐。"二人于是出帐。帐外帖木格早派了三个力士埋伏，一见阔阔出便将他举起，折断他脊梁。帖木格复入帐，曰："说比试，竟卧着不起，佯装死。"蒙力克遂知儿已毙命，谓皇帝道："汝土不过掌、汝水细如沟时，我便在你身侧。"帝闻之神伤，曰："既曾赐你九罪不死，今罪不及九族。阔阔出狂妄，神天取了他性命去，凡人无能为力。"言罢出毡帐，命手下用大帐将阔阔出尸体罩了。帐子的门本是合上的，天窗也是关闭的，然三日后，门开了，窗也启了，阔阔出的身体自出去了。帝曰："果不其然！阔阔出辱我兄弟，又以言语离间君臣，神天不再护佑他，将他性命和身体一道取了去。"

成吉思皇帝每遇事不自断，必使阔阔出求神意，凭神意断是非。阔阔出不在时，则自入狼居胥山，去冠带，跪地求祷，常晨入暮出，斋戒整日。与塔塔儿部战时，某役失利，集合万名士卒退至狼居胥山中训诫，直说到天色昏暗，及至说到"军心似铁、感召日月"时，忽见夜空中有巨星划过，尾曳火焰，由远至近，止于头顶丈高处。命军中骁勇取，不得，遂自解坐骑肚带，卸下鞍垫，又去了冠带盔甲，跪于鞍上，举黑公马鬃向空中，于是星坠手中，光热顿消，竟是一三叉戟头。便命军中将士拜长生天，宰羊献祭。后以此三叉戟头制纛，缀以白马鬃，围以八杆，号九斿白纛，蒙古话叫作肃力德。又有一种黑色肃力德，号四斿黑纛，主纛外围以三杆，以黑马鬃为饰。白纛以驻牙，黑纛以出征。此大神器也，所向披靡，所驻安固。少媛曾云："一男子，心中有大恐惧，于狼居胥山下得天铁，铸为戟，无敌。其子孙有恃无恐，以德为道，天门闭，天光黯，戟沉无迹。"说的就是这事。

帝少时为近亲泰亦赤兀族人所迫，被困于狼居胥山丛林中。越三日，欲出林，见马鞍坠地，视胸带依然扣着，不明马鞍何故坠地，料想此天意，不欲使出，便止。又过三日，走到林子出口，见一毡房大白石阻了路径，便寻思，又是天止其出，便又返回。如是过了九天，吃的饮的都已不存，想着与其饿死在林中，不如冲杀出去，便以薄刀削开石边荆棘，扩一口子钻出。出而下山，即为泰亦赤兀人括去。

既遭捕，囚于木笼中，趁泰亦赤兀人排筵时，遁去，入一牧人帐中，牧人女儿合答安匿其于辇中，覆以羊毛，又日奉三餐伺之，久则以身慰之。巡兵来搜，合答安道："天热这般，羊毛中若有人，如何当得？"兵乃去。赠以不生驹之青黄母马，水煮肥羊一只，皮囊盛忽迷思，弓一张，箭两支，嘱其速去寻族人。

及帝势众，征泰亦赤兀人得胜时，巡察战场，忽听得有人呼喊铁木真名，远视乃一红衣妇人。及至跟前，妇人曰："铁木真，吾乃合答安，汝尚识得吾否？吾夫遭汝兵缚，速往救不迟。"帝遂下令寻其夫，已死。帝谓合答安曰："汝今老矣，颜色不在，孰复娶汝养汝？不若随我，入我帐辇。"乃纳为妾，奉以妃后礼。

蔑儿乞人为报也速该夺赤列都妻诃额仑一事，来征讨铁木真，时铁木真母子诸人骑马远遁，藏孛儿帖于辇中。追兵至，揭车帘，见一妇人盛装华贵，认出是孛儿帖，便俘去，交予赤列都之弟孛阔做妻。待铁木真聚众讨伐蔑儿乞部，复得孛儿帖时，孛儿帖已孕孛阔之子。铁木真不弃原配，亦不弃孛阔之子。孛儿帖于归途中生子，子名术赤，意为客人。二十一年征唐兀时，帝骑一赤马，为野马惊，落骑，伤重，有妃劝言，恐时有不测，不若早立嗣。帝问术赤，有何要说。次子察合台道："父既问术赤，莫非要委付他？蔑儿乞种，我等怎可由他管治？"术赤怒起，曰："父亲未曾分拣，你敢如此说？"君侧有臣见状，出来劝说："察合台，你未出生时，天下扰攘，互相攻劫，你母亲不幸被掳，不得已而就，实非出自亲爱情愿。你今这番话，责你母所悔疚之事，甚是糊涂，不可再令做母亲的伤心。"皇帝道："术赤乃我长子，尔等将来不可再妄语！"

臣子既有"悔疚"一说，怕是术赤所出之情果实。

察合台既与术赤有隙，皇帝便传位于三子窝阔台。孛儿帖所出共四子，幼弟为拖雷。术赤与拖雷好，故日后术赤之子拔都，力助拖雷一系。窝阔台薨，拔都便举拖雷子蒙哥为合罕。

灭蔑儿乞部时，孛阔逃了出去。孛阔悔恨道："我这丑陋卑劣的人，竟想吃鸿雁仙鹤的肉，如今因我之罪，迁衍到蔑儿乞民众。

谁来可怜我悲苦命运？吃野鼠的，终究是吃野鼠的命，我不如逃到远处，钻进地缝，苟且活命罢！”

又有传，说诃额仑来时已有身孕，生下头子即铁木真。倘铁木真为赤列都之种，则术赤为赤列都之弟之子，二人实非父子，乃堂兄弟也。此说不足信。观铁木真之性，颇类其父也速该、其祖孛端察儿。

也速该一辈子落魄，世人皆谓其无功，然不知其曾成就一事，至关紧要。当怯烈部王罕为其叔父所逐之时，得也速该援力，复得王位。后铁木真将孛儿帖陪嫁的紫貂皮献予王罕，王罕念起也速该之恩，便助铁木真灭蔑儿乞、泰亦赤兀、塔塔儿。大漠中，怯烈部以和林为都占扩中央，东有铁木真尼伦蒙古，西接乃蛮诸部，金国朝廷视怯烈为大漠正统，封赐王罕号，故怯烈实力雄厚，为蒙古得势之前最大一国。铁木真能成大事，皆得益于怯烈王罕之国本。然此冥冥中，似先有预备。

凡获俘，叛主者，铁木真必诛；诚于心者，乃留用。昔征泰亦赤兀，得一勇士，名只儿豁阿歹。铁木真问：“于阔亦田一战中，有一箭自岭上来，射断我战马脊颈，此何人所为？”只儿豁阿歹答：“正是我。倘赐我死，不过溅污一掌之地；倘承蒙不弃，将受命冲杀不息，虽顽石必碎为屑，虽大水必纵身断流。”铁木真道：“凡与人为敌，无有告敌所杀所害者，此人于我不隐讳，可做伴当。因射杀我战马，乃无敌之利箭，赐名哲别。日后行走左右，为我臂膀。”哲别者，蒙古话箭的意思。世人传蒙古有四狗，速不台、哲别、者勒蔑、虎必来四者也，谓其勇猛如凶獒，皆战功卓著者，开疆拓土之勇士。

前面说到，铁木真之性颇类其祖其父。此性乃愚弱。愚不过也速该，冤家的筵席也敢去；弱惧犬，怕被狗惊着，似其远祖孛端察儿，兄长欺侮便受了，转而去寻他，也便依了。如此愚弱，便见可怜。

孛端察儿得了兀良合一支，恁么多美的少的妇人不娶，偏要那个人所不顾之孕妇，可怜自己便可怜到孕妇。

也速该想着儿子怕狗，一路上揣着担心未果，便在仇人的筵席上饮了毒水，一命呜呼。那可怜的孩儿，还有谁去可怜？

铁木真拼死拼活，置性命于度外，终于得见原配，孛儿帖竟挺着个大肚子，怀着仇人的种子。两个可怜人儿，同受着欺侮，沙场重逢，说什么好？面面相觑，默无语，长泣泪自咽。

得哲别一战前夜，铁木真头颈被砍，血流如注，几近绝命。幸得者勒蔑相救，为其吮尽瘀血，血乃止。血止，铁木真醒，呼曰："怎生渴得要死？要喝忽迷思，喝忽迷思！"当时者勒蔑为吮瘀血，汗流浃背，俱除身上长衫，唯遗一条裤头，听铁木真求忽迷思，便光身子跃入敌营，遍搜营中车辇上木桶，不见忽迷思，得一块凝乳回转。煮水溶释凝乳，予铁木真喝，血遂复盈其脉。人不过血气骨肉，软弱不堪，械斗中，刀斧相向，一命去，一命来，瞬间霎时。铁木真亦凡体，颈受一刃，命将去时，与众小卒无异。也速该的孩儿，怕被狗惊着的可怜孩儿，受此一刀，半个脖子断了，命悬一线，离死只差一步！是谁教他活过来的呢？是谁让者勒蔑在他一旁的呢？

曾有兀良合部老人背着打铁的风匣，引着他儿子者勒蔑来寻铁木真，道："你铁木真在斡难河边生下来时，我曾给过一个貂皮裹儿袱，也曾要将我儿者勒蔑予你。只因当时他年纪尚幼，便带回去了。这下他长成了，日后可令他为你备马鞍，守门户。"说罢，便将者勒蔑留下，自回转去了。

既说铁木真的性情，也不可遗漏他少时一件往事。他有两个异母的兄弟，一个叫作别可帖儿，一个叫作别勒古台。这二人与胞兄弟一起玩时，夺了铁木真与合撒儿钓来的鱼儿、捕来的鸟儿。铁木真与合撒儿几次三番受此挑衅，遂告到母亲那里。母亲劝导，说异母同父，也一样血脉，当和睦相处。铁木真与合撒儿不服，便寻一个机会，用弓箭射杀了别可帖儿。母亲怒斥：“你初生时，手里握着黑血块来，你每如吃胞衣的狗般，又如冲崖子的猛兽般。今除影子外无伴，当尾子外无鞭，泰亦赤兀携众弃我母子远去，不思报仇，竟杀灭自己兄弟，这日子怎生过得？”

日后，铁木真征服诸部，得合撒儿助力，也不少得别勒古台舍命拼杀。

铁木真有结拜安答，叫札木合。安答者，蒙古话挚友是也。札木合初投怯烈王罕，助铁木真伐蔑儿乞部，后又弃王罕，投乃蛮，引各方十余个部族的兵马与铁木真交战。王罕得知此情，便出兵与铁木真合流。铁木真将兵阵分为十三翼，故人称此役为“十三翼之战”。当时，札木合一方有孛额可呼风唤雨，不想暴雨反往札木合一方扑袭，札木合兵溃，铁木真得以喘息，便聚兵撤至山谷。札木合兵至谷口，铁木真按兵不动。札木合怒不可遏，便置镬七十口于阵前，杀俘烫煮分食。此举令札木合营中诸部将卒不悦，顿时人心俱失，反倒向着铁木真，攻守相持一阵，便不了了之。

之后王罕视铁木真日渐势大，畏其称霸，便佯诺嫁女于铁木真，实欲呼其来于婚宴上除之。铁木真得报，不往，遂与王罕开战。王罕败，退入乃蛮地，为一不知情哨望人杀。乃蛮王得王罕头颅，置于帐上，王罕头忽笑，以为不祥，碎为粉。时有狗叫，叫出恶声，乃蛮人听做噩耗。

灭乃蛮，获札木合。铁木真念旧情，又念札木合于交战时，唱譬喻夸铁木真及部下之勇力盖天，以吓唬乃蛮王，使乃蛮兵不敢出，节节退缩至山顶，故欲释之。札木合曰：“毡帐民人、林中百姓，无人不晓吾二人结为安答。因人离间，兄弟分离了。曾做伴当时做不成伴，如今汝得万众，如何存得下做伴？吾不死，如虱于汝领中，如芒刺于汝衿内，令汝寝食难安，不如赐死，令你心永久安坦，亦令汝无须追彼时复生出杀心，背负罪名。汝受天命，吾不及，甘当死。然既生为安答，只求死不见血。倘如吾愿，必佑汝子孙，永久护助。”铁木真闻此，便占卜，不想不入卦，遂言：“札木合虽素有讥言于我，并未想害我性命，又是有大名头的人，不可随意处死。今他不肯活，反复要寻出一个道理才好。倘要怪罪，只说一事，便是当初不该于十三翼战中逼我入山谷。”遂赐死，闭气于皮囊中窒息而亡。又厚葬。

昔者铁木真祖俺巴孩曾言：“我乃人主，送女儿出嫁，为人害。小子们记牢，往后以我为戒。你五个指甲磨尽，坏掉十个指头，亦不可忘为我报仇。塔塔儿人，凡高过车轮者尽诛不存。”故灭塔塔儿时，其部中男女老少，盖出车轮高者，一概戮之，无一幸存。血染碧草，腥恶之气三月不去。

长者所言铁木真故事，处处可见信据，独独言及何以与札木合分离、如何与王罕交恶，语焉不详；虽亦有里外缘起线索，皆鸡毛蒜皮，不足为道。

记这些，俱为以事观其性情根底。

其性盖如此，其智却不似本家。

想当初，其母诃额仑劝走赤列都，世人皆以为智在护夫，竟不想也速该见美妇有意，妇人见着也速该也起了念头。诃额仑早知赤列都怯懦，本不想委身托付，遇着这一招，不如顺水推舟，将他骗走，至少还留一条性命。世人讳言圣母瑕疵，故一说到这里，便轻描淡写。

乃蛮太后，曾言蒙古人臭秽。降乃蛮后，成吉思皇帝召太后来见，问：“汝曾言蒙古人臭秽。臭秽乎？吾纳汝为妃！”此一事，其智趣颇类其母诃额仑，不复愚钝矣。

这样的人，怎就做成了惊天的伟业呢？有何样的大能降到他身上，令万众匍匐呢？

二十一年征唐兀，成吉思皇帝坠马，伤势颇重，众人劝止撤兵，谓唐兀人据城池，不似斡耳朵毡帐移来徙去的，跑不脱，也载不走，等伤势好了再来不迟。于是，遣使探唐兀主意图。唐兀主道，不惧战，来便来，到贺兰山摆阵。成吉思皇帝闻知，曰："他说如此大话，我等如何回转？虽死了，也须照着他们的大话去战。长生天知道！"故不得不战。平唐兀后，成吉思皇帝自知伤不愈，恐命不久矣，遂召窝阔台、晋卿、越儿及身侧诸臣子议身后事。

成吉思皇帝曰："倘我死了，诸位将如何评说我？"

诸位你一言我一语的，说尽赞誉之辞。

皇帝说："尽是虚辞，说与不说两可。我曾与曹侯言，人生快事，乃胜敌逐敌，夺其所有，见其最亲之人以泪洗面，乘其马，纳其妻女。我征战一生，人以为胸怀大志，图谋建功立业，实则非也。昔我祖俺巴孩汗与塔塔儿人结仇，我父也速该夺蔑儿乞人妻，我与母亲受泰亦赤兀人欺侮，皆出于怨孽。祖宗的债要还，今生的逼迫要挣脱。倘尚有立锥之地，也便苟且活命了。只是泰亦赤兀人掳我去，蔑儿乞人追来索我妻，巴掌地面都容不得我了，非战而不可。我生来心中有大恐惧，连狗都怕贴近，实是根性上怯懦人儿。怯懦便怯懦罢，又有性情不甘，胸怀里多少亦贪慕强力。长生天便用着我这脾性，逼我走投无路，好成就他的预备。你们要晓得，卑微人的心思，并不一般。他本就只有少许不多，人夺了去，也就空却了。空却的心，盛得下天地，闻得见长生天的旨意，于是倒成了大器皿。人要是生下来就满满的，便信了自己能耐，逆了上天意愿。天既夺我可怜所存，复又添我意外所得，此何意也？一边教我睚眦必报，一边教我管数不尽的百姓，天正用着我渐生出来的恶念，驱我屠戮他所不悦之民人。我一生最贵之德，如今报予你们听：知己无能、无才、无德，不及人所俱厌之草芥。人可怜自己，才可怜到同类同属。你们以为我宽谅，非我宽谅，乃有怜心自败弱人心中出。时时不忘卑微败弱，时时得悲悯心长驻。中原人所谓，老吾老以及人之老，幼吾幼以及人之幼，盖同理也。蒙兀人执长明之火，此火倘长明不灭，必因知空却而受上帝之光垂照。我憎恶那些强敌，每战必屈其傲心而后快。合撒儿不是说他无人能敌么？怎就叫阔阔出给打了？阔阔出不是神通灵验么？怎就卜不出他自己的生死？札木合是一个英雄，怎生落得自求死的地步？我铁木真端的与他们不同，不同在于先就败了，之后胜了也败了。长生天喜欢认输的人。尔等小子们记住了，将来子孙有享不尽的荣华富贵，衣轻裘，居华帐，拥美妇，食甘味，都是哪里来的？都承蒙神天恩赐啊！天所眷顾的，不是强人；天所喜悦的，必是身心俱匮的人！”

上帝拣了铁木真，到这时候使尽了他的用处，便要去了他的性命，令他安详地好好地死了。

爱马各枝儿[①]们开了道，将皇帝的灵柩护送一千里，到狼居胥山中密地埋藏，那是成吉思皇帝生前指定的地方。路上凡见着出殡的人，都杀了，为要叫人不知道葬处去向。在山中掘了地穴，将棺椁沉下去，又填了土，令许多骆驼和马儿踩踏平整，植上树木，派人守陵。过了几年，树木畅茂，连守陵的人也寻不见葬处了。

成吉思皇帝是天人，他的身体和魂灵与天地融为一体。倘有人造他的翁衮，求他的灵魂保佑，那么，求强盛，他是不来的，只有求怜悯，他才降临。

成吉思皇帝所灭之国，东至大海角尖，西至斡罗思西北傩弗革逻，长城以南抵中都，长城以北达林中百姓边地昂可剌河一带。曩

---

① 爱马各枝儿：爱马，蒙古话即贵族宗亲，元蒙时北方汉话叫作“各枝儿”，喻皇族支脉。

昔大军至辽故地大海角尖处，名那海益律子，女子姝丽，国中无男子。告曰人生下来时，女子有人形，男子无人形，面目拳块而乳有毛，走可及奔，呈犬状。说话间，河彼岸黑压压一片，群犬蜂拥而至。时值隆冬，犬入水复出渡达此岸，于尘埃中翻滚，使泥灰附身，与水胶着而结冻；如是屡屡反复，直至犬身裹满厚冰，乃集聚奔扑而来。军中兵士放箭，箭触冰而射返，又以各种利器相向，皆难穿入其皮肉。犬近人，奋不顾身，跃而啮人颈，将卒死伤无数。鏖战肉搏彻夜，终尽杀犬而胜。得美妇千百抱归，至死不令返。

于唐兀南山林中，有一种野番，父母亡，不葬，食其尸肉，谓于肚腹中安葬，乃虔敬之举。以死者头骨制饮器，每饮酒欢乐时，曰纪念父母，父母虽死犹同在，唯父母令其忘忧。其地多金，凡不足用时则掘地取金，只取所需，余者复归入土，曰若将金藏于柜匣中，神将不复令其得土中金。其人长大，类禹夏时防风氏。吾尝见其地一贡使，高九尺，与木速蛮使者一同去见窝阔台合罕。合罕问："殊长大，莫非族中伟杰者欤？"答曰："不过中等平平，伟者多有高出二首者。"颀顶方冠，乌黑而锃亮，光可鉴人；冠垂丝带，长及腰，风扬之飘飘若仙；执方阔象牙圭，面君时，不抬首，目不转睛于圭上，似圭中有美辞；其貌温良，性柔顺，只见笑，未尝见愁容。

征乞里乞思地时，遇一大山，人马过时，凡所执所携铁器皆被山吸走，附于崖壁之上。土著人闻蒙古军来，便挖去此山。数年后，大军再过此地，便不见此山，唯余大雾茫茫。乞里乞思人于雾彼侧，蒙古军于此侧，遥遥可见，却难以越过雾障。凡入雾，则沉入暗黑，伸手不见五指。

西征花剌子模时，过一小国，于大漠深处，国中路途中不见人迹。遇一对夫妇，捕捉来，问人去向，谓皆宿于地下。即令男子带领，往地道中。忽四方人海云集，向蒙古军扑来，趁蒙古军不备，袭击之。袭后，夺军粮，人忽又去。其时，烈日炎炎，空中有隆隆声不绝于耳，至夜方息，迨晨日出又起，非以布帛裘绒塞耳而不可。因声不堪忍，军中又损兵无数，遂速离该地。出其境，问所俘妇人何故。妇人曰，一年中必有一旬出此声，人不得已掘土入地而避之，又整日击鼓呼唱以夺其声方安。

造化出民人、地土、世间万物，天下之大，无奇不有，又无所谓奇；天既立万般事物，必有万般根性，若都随了一处，同了一般，又何须造出诸多差异来？然万性归宗，总应着一个道理，不出其左右。玄机奥妙！

皇帝曾曰："人各有异，长短不齐。所用须按天序，不可妄置别位。智勇兼备者，使之典兵；活泼矫健者，使之看守辎重；愚钝之人则付之以鞭，使之看守牲畜。我由此意，并由此次序纪律之维持，所以威权日增，如同新月，得天之保佑，地之敬从。我之后人继承我之威权者，倘能守同一规例，将在五百年千年万年之中，亦获天佑。上帝将恩宠之，民人将祝颂之，则在位久而尽享地上之乐矣。"

皇帝又曰："人不尽同，同一人此时不同，彼时亦不同。所谓此一时也彼一时。所处亦同理，所生亦命定。故天下万族，自有不同谋生寄托之道。汝等小子们，在我之后，切勿偏重何种宗教法门，宜平等待遇各教之人。夫祭祀崇拜之法与信奉心向无关，我自所信唯天神一主，木速蛮所信，景门所信，汉儿南家台所信，与我无异，同一主也，呼名不同而已。女真与我从珊蛮孛额之仪，景门、公教、正教从西俗礼拜之仪，汉地百姓尊孔敬祖、从诗书礼乐之仪。仪者为表，为法，所往之途、所用之器也，非里非主。人倘以法为主，堕也迷也。是故，西人拒信偶像，此矩善哉！我深以为然。翁衮诸神像，可用为法，不可拜为长生天。又人倘以所出法门不同而交恶，偏狭矣！万国之间，于也可兀鲁思之前，未尝往来，未尝互识，见生为怪，见异相抵，或情有可原；然今朝此夕，长明之炬遍燃全境，肉食者与谷食者已无藩篱隔绝，何以复设宗门界壕，自相残杀？”

其言伟哉善哉！天尊既造万物，必无时无处不在。此生有限，所闻所见有限，然天尊无限，于天尊所辖无限中，我所达之境，我所历之时，乃沧海一粟。南荣靖桑，以我宋之度量衡管窥天下，岂不愚陋乎？万邦万民，虽诸圣贤先知，亦不过执己之管以窥人间！诸法皆空，万法所及，乃宗之一角。

按此推演，吾知狗国牛国巨人国之外，更有辽远人所未及之地，纵也可兀鲁思开掘先河、凿空东西南北，仍有茫茫幽幽不可见之境。闻布舍论西圣，言及阿力司铎之师骚哥乐台[①]（Socrates），其人遗言大善，曰：“吾终一生始知，所知愈深，愈知吾所不知。”然也！至理也！

皇帝征花剌子模时，得一摩诃末文书。时哲别报曰，报达[②]北地一国名毛夕里[③]，妨其出兵苫国，帝遂命文书以波斯音字撰其口谕。帝曰：“天以地上大国委付我，你降我服我，任大军过境，则得保家国财产，不然唯上帝知你命运！”文书译此口谕，所用波斯语言辞藻极为浮华，木速蛮国王冠号概不遗漏。书毕，帝命通事译官复述为蒙古话，帝闻后大不悦，道：“此绝非我所言。毛夕里王见之必更骄盈！”遂怒杀文书。

天造铁木真，拣此心中有大恐惧、境遇卑微无助之质朴人儿杀伐天下，令牲畜财货奢宫姝姬一切繁华握其掌中，任凭驱用扬抑，何意？此事可见一斑。

---

① 骚哥乐台：今译苏格拉底。

② 报达：今译巴格达。

③ 毛夕里：即今伊拉克摩苏尔。

铁木真于此世间无靠山，安答、盟友多为一时之利，然时时不忘紧靠长生天，凭上帝之意发号施令，每必胜。但凡人靠着祖荫、官府、名号、本钱，岂有靠着上帝的威力大么？文书不知浮华的波斯辞藻，乃一纸空书，但即便是孛端察儿落难斡难河之滨，连狼隼鼠蝎也厌弃他的时候，靠着神的话语都可以活下来，并获得意外的恩赏！

唐会昌法难后，景门于中原沉寂，转而盛传于长城外鲜卑地、西域畏兀儿地。

怯烈王尝迷失于大漠中，奄奄一息，行将气绝，恰此时遇一远途而来商人，施予饮食，得救。商人自波斯以北呼罗珊国[①]来，乃景门教士，当夜为怯烈王讲《阿思瞿利容经》。王闻佳讯，受净风鼓舞，遂委教士往呼罗珊国京师马累城[②]请大司铎来。大约我宋真宗咸平年间，西元一千年前后，尼士陀利大司铎哀悲德节肃[③]至怯烈地，为二十万民众施浸礼，王领诸部牧者悉皈依十字教。王得法名瑜罕难，意为以瑜罕难法王身行为准则，做弥诗诃人间弟子。西人称其为“长老瑜罕难”，谓怯烈国为“长老瑜罕难国”[④]。自此，长老瑜罕难国成为日没地诸西国之东方美谈，谓东方有一大国，举国笃信基利斯督，金玉遍地，民人良善。之后富浪出兵十字军东

---

① 呼罗珊国：古国名，北波斯，意为“日出之地”，大约在今伊朗北部与阿富汗一部分地区。

② 马累城：又作木鹿城，曾为安息王国马尔基安纳地区的首府，后被波斯、塞尔柱、花剌子模相继占领。

③ 哀悲德节肃：今译埃贝德·杰苏，为当时住在马累城的聂思脱里宗大主教。

④ 长老瑜罕难国：即“长老约翰国”，当时西方各国盛传东方有这样一个基督教王国。

征，教宗屡遣使者往东方寻长老瑜罕难国，欲与王结盟，东西夹击，共敌木速蛮挐剌森人诸国。及至成吉思皇帝之师兵临斡罗思诸大公国城下，圣尊肉迷诸侯又以蒙古为长老瑜罕难国。当二次西征蒙古击溃捏迷思与孛烈儿联军，方幻灭，又思或者长老瑜罕难国于契丹省，传契丹人中正不偏，柔慈忠信，必是真正长老瑜罕难国无疑。捏古剌言，西人中盛传康士坦廷大君渴慕宁①之母，马扎儿的以怜拿皇后曾接到长老瑜罕难书信，信中云，其辖之境，有三个天竺及报达与苫国周边。以讹传讹，以至不着边际。

皇帝伐怯烈国时，怯烈军举十字旗奋战，败后，蒙古人谓其民人曰："汝主既为真神，何以败？"帝闻之，曰："败者愈见其主为真神！王罕背盟欲杀我，神不见乎？吾即是受了真神之命，方来讨伐。"于是，景门教徒信心倍增，许多蒙古人也随他们皈依了弥诗诃。

成吉思之意为四海，成吉思皇帝即四海内大君。

① 渴慕宁：今译科穆宁，即曼努埃尔·科穆宁，曼努埃尔一世，12世纪的拜占庭皇帝。

第七章　长明地纪事

翁衮者，小如寸枣儿，大有如巨石人。

自斡罗思边境的涅培儿河、肉迷国康士坦廷北，至押亦河，为钦察人世居之地。钦察土著，原为库蛮人。库蛮，意为肤浅白，其人或出于塞种。征乃蛮时，先前蔑儿乞首领赤列都之兄长脱黑脱阿之三子遁入钦察北地玉里伯里，改姓伯牙吾台，称玉里伯牙吾台。玉里伯牙吾台征服库蛮人，统领钦察诸地。成吉思皇帝谓蔑儿乞人为世仇，绝不可放过，遂追讨至钦察，鞭及斡罗思。玉里伯牙吾台袭蒙古俗，造巨石翁衮，面向东。石人执酒杯，谓内盛男子阳精，向东面求永生。此类巨石翁衮，有高达数丈者，于草甸中远眺，天际一线中，峨然罗列，森森可怖。两次西征，往返途中，每遇此，少媛必惊呼："大叔人！"惊之又奇之，非求大鸟载其绕飞巨人不可。想伯牙吾台氏立石翁衮，执尊面东，亦深怀归意。大叔人矗布钦察全境，东至阿勒台山渐稀。

钦察人虽置大翁衮，然境内库蛮与伯牙吾台皆受斡罗思正教浸礼，奉弥诗诃为主。

盖翁衮之俗，源自塞种。塞人善冶金铁，素喜治金人、金兽，携之护身。匈奴袭之，突厥、女真、蒙古又承继光大，形制层出不穷，模样千变万化，用材也五花八门。斡罗思有一种木匣，大匣中套小匣，层层入里，至小一匣中有女童偶，颇类蒙古童偶翁衮。本意为棺椁成殓亡者形象，久之则棺椁之意不复存，方匣易为圆卵形，大卵中藏小卵，卵上绘花鸟鱼虫，善绘者，其色斑斓，其线工致，成为一种吉祥年礼，凡岁末基利斯督诞辰节，用以串门馈赠亲友。布舍云，其故地八梨人亦制童男童女偶，木削造形，饰以毡衣裘皮，初以寄托亡灵，后渐落俗，成玩偶，以慰妇人孩童寂寥。

翁衮奇妙，惑人诱人，法力因所附之灵而异。上古巫觋执之御不祥。中原自殷商以来盛行，或商人为东夷，自鲜卑女真林中徙出，携其俗来。旧时以玉制瑞兽、神鸟、跪人、舞巫等，深藏大内不示人，或帝侯殉葬入穴，或建宫造殿匿于梁榫间压胜；今我宋民人亦窥知其妙，人手一尊，多佩寸金寸玉，禳灾祈福。秦时于咸阳宫司马门外置翁仲，坐高二丈，状若钦察人石像，乃由匈奴人传来。及至汉时，翁仲制成小玉人，面目模糊，唯状若人形。翁仲者，翁衮之音转异读也。

蒙古地方民人，著衣开襟与中原类似，皆右衽，而突厥、匈奴皆左衽。于汉地，左衽为冥服，喻生死阴阳有别。蒙人男女一概衣袍，女不著裙。袍上窄下宽，紧袖无宽口，以便骑射。女子戴一种顶冠，高直如柱，名固姑，缀以珠玉，令直挺不怠，行坐端庄。百姓无论贵贱，入冬即著两件袍子。一者外罩，兽毛外翻以御寒；又一者贴身，兽毛向里以保暖。所用貂鼠狼狐之裘，细密生光，皆名贵非凡。自地土开阔以来，得贡、经商所获无穷，有不里阿耳[1]地来的驼皮靴，有挲剌森人精工织造的牲畜绒布，有阿勒台斡良改民人献来的金砂，有木速蛮波斯诸邦出产的红雅姑、助木剌等璀璨宝

① 不里阿耳：又作保加尔，今译保加利亚。

石，有中原南国来的丝绸，有畏兀儿地进献的昆仑玉英，又加上有俘来的诸般能工巧匠，一时服饰装束花样百出，叫人目不暇接。皇帝首开质孙筵，于斡耳朵内廷会群臣。所谓质孙，蒙古话意思为“一色”，即于筵席上，君臣乐工舞人皆服一色衣装。往往一宴数日，今日一色，明朝一色，日日翻新。冠服束靴俱有定制，譬如著白衣，则戴银鼠暖帽，著纳石失（金锦）怯绵里（剪茸），则戴金锦暖帽。蒙古人喜纯白、朱红、鸦青、烟紫色，一色的整齐，于云团般缭绕的大牙帐前汇集，舞之蹈之歌之，饮潼食肉通宵达旦，盛况空前。又来宾之马亦须盛装，谓“诈马”，鞍辔镫蹄，缀饰织锦、绒垫、珠玉，令人眼花缭乱。夏装也考究，素褐纯色，配各样顶笠，顶子缀宝珠，有红刺子的，水精的，金刚石的，精金的，肥玉的，笠边垂下的挂带也镶嵌着夺目的珍瑰。这样装束，女子于夏日里最姝美，衣衫紧致，贴身而显峻拔，静如果株，动则翻身跨马，轻捷跳脱，英气逼人。

曾见孛儿帖可敦（皇后）出帐，一袭青袍，固姑峨耸，齿振口弦，有二侍女于身侧稍后尾随，托盏徐行，一时人马喧嚣寂灭，唯余弦音阵阵，若隐若现。风过也，雨过也，涤尽烦愁劳苦，一释半生负赘。

蒙古妇人多贞洁，几乎无通奸私奔之类事体发生。然婚俗与我中原迥异。有客婚与继婚两种。客婚者，即客人至牧人帐中宿，主人视客人为才俊，则令膝下女孩儿与之同眠，复约定佳期来迎娶；或女孩儿于帐中幕后偷觑，心中欢喜，便说与父母知道，父母遂借着客婚之俗留宿客人。成吉思皇帝曩时遭泰亦赤兀人逼迫，逃入合答安羊车内，即是按着客婚的礼俗成亲的。又继婚者，即兄死弟可续嫂，父死子可续小娘。此俗于中原视之为乱伦，于蒙古则视为美德。因兄嫂父妾虽于纲常中位尊，然实于血缘中非亲非胞，主既亡无人赡养，孤苦无靠，兄子续娶纳以养，弱而有仗，老来有依，细想起来，亦顺理合情。是故，客婚顺着情好，继婚本着恩待，如此，何须再生奸情？

汉时昭君出塞，入单于呼韩邪帐中。及呼韩邪死，其前阏支之子代立，欲妻之。昭君上书求归，成帝敕令从胡俗，遂复为后单于阏支焉。（阏支者，匈奴谓妻是也。）可见，匈奴与蒙古同俗，盖为一族二名耳。

二征斡罗思凯旋时，怯尼果公国[1]之大公安答列[2]偷盗蒙古军中马匹私贩出境，被处死。安答列之弟与兄嫂齐至也的里河滨金帐中拜见拔都，求此案了结后不复牵涉没收国土一事。拔都道："兄长死了，做弟弟的要负起家国中各样事情。先就娶了嫂嫂，叫嫂嫂和侄儿们有依靠方好。你若对嫂嫂好，始信得过你对国中百姓好，可不吞并田土。"于是命弟嫂结亲。嫂曰："宁死不从。可殉节，亦不可从此命。"拔都怒，复命壮士引弟嫂至一帐中，迫二人除去衣衫媾和，由壮士亲睹敦伦行毕乃罢。妇人泣呼悲号，直至干啕无泪，推就成事。拔都闻曰："西蛮妇人伪羞，心中有意欲为之，反倒哭天喊地。我美意恩待于她，就这么丧气哭啕着谢我么？倘不就，弟娶新妇，日后安答列子女无靠，追悔莫及！"

毡帐百姓生火，不用柴禾，燃牛粪、羊粪。大漠中牲畜，唯食净草，不食其他饲料，草于畜体中升清降浊，清以生气血，浊于肠腑暖炉中烘焙成萎渣，然后推出，故粪亦草，失掉菁华之草屑而已，并非别样不净糟粕。每户凡扎帐，便拾积畜粪，晒干后堆起，每每高如丘埠，取暖、烹煮时用之。燃粪之味，活人闻之谓焦闷而透清香，无臭，无恶异。燃粪煮熟之羊肉，其味甘醇，无腥膻。蒙

---

① 怯尼果公国：今译契尔尼戈夫公国，或切尔尼戈夫公国。

② 安答列：今译安德烈。

古人以铁镬盛水，生杀活羊，去皮，取羊肠灌羊血，待水沸之时，将羊与血肠一并入镬，不投椒桂姜葱或盐酱，直白煮，近一个时辰取出，家中长者或户主执刀分肉，赐予妇人孩儿。春夏日日以羊为粮，佐以忽迷思，无米面菜蔬。谓羊肉清火养血，食之清润。至秋冬，始食牛肉，谓牛肉升阳暖腰膝。偶得女真人稗粟，不以蒸饭，直熬粥。吾中原食田土，田土所出充仓积富；彼蒙古食牲畜，牲畜即田土。羊多为富，小户不少于三五百只，大户往往成万。于草原中遇放牧，倘牛羊马群阻道，待其尽过，少则一二刻，多则逾一个时辰。自皇帝开疆拓土以降，百姓中无饿馁贫户，在名册的牧主或白身人悉数分得战利、俘奴及金银，一时间，吃不光，用不尽。

所谓肉食者，天下四海内莫若蒙古人。除牲畜以外，亦食各样禽兽虫鱼肉，熊罴、虎豹、豺狼、狐狸、羚鹿、鹰隼、鸿鹄、野雉、兔鼠、鱼甲……唯猪肉不食。昔时围中都缺粮，军中下令分十人一什，每什出一人为粮。伤羸者先死，死而分食之。此不得已而为之。

困蹇无燃粪时，亦有生擒江海中鱼鳅生啖者。吾尝见过太和岭凿石开道时，军中无可食之肉，将官兵卒捕野雉，拔除羽毛即生食，雉腑中物亦不弃，因不可洗涤，肠子中糟粕仅粗略抹去便入口。

时有人吞食蚊虱。我宋联蒙抗金时，有使者自临安来，于席间见某将捉一大蚋吞之，不解，问何故。将曰："蚊蚋蝇虱，吸食我儿血，我复吞食之，有辜过乎？"

好客亦莫过于蒙古人。不论贵贱，大漠中有不速之客投帐，一律视客为尊，与主人并席。然主人分与客人吃食，须吃尽，吃一半吐出来，则掀开帐下一缘，由此口子将人拖出帐外处死。是故，凡往人家中做客，必自携小皮囊，以藏未吃尽之食，携归复食。吃肉遇骨，须吃尽骨中精髓，软骨、酥骨必咀碎咽下，不得随意弃之。

大户毡帐多不拆卸，凡要迁徙，直放到大车上拖走，数十头牛在前牵引，一人于帐前车辕旁驾驭。宫帐斡耳朵出行，大小毡包一个接一个，绵延数十里。吾曾见贵由汗金帐，大可容二千余人，当时谷儿只王子牙罗思老[①]、木速蛮诸算端及肃良合储君皆来朝贺，人头攒动，蔚为壮观。又有筐笼，小者如箱柜，大者若一小舍，以柳条、荆蔓编织，开一小门，财货尽藏其中。筐笼亦置另一种辇上，出动时于毡帐车两边行，驻帐时排列毡房两侧，俨然园墙。帐门开向南，人于帐中依北向南而坐。开门则设门槛，门槛阻虫豸、邪毒、水涝及一切不祥，故蒙古人忌讳踩踏门槛，非跨过不可。外人入帐无意踩着门槛，轻者鞭笞，重者砍头。

不可戏火，持刀入火，视若砍杀火神头。火为光明源，生机源，洁净源，凡一切秽物、罪孽过火则洁。新妇过门，先自帐外两处火堆间过，去除晦气方可进帐。番夷使节及所贡礼品，皆须过火，先由火洁之，否则视为鬼魅与毒物。

视水为圣，素不以水洗浴、洗手或污秽衣物，直以兽皮、绒布拭脏，或于野外进餐时，则拭以草叶。人常备一片亵布，去体秽或油腻。倘涤碗盏，则盛少许肉汤荡旋皿中，复倾汤入镬。皇帝曾曰："山水圣洁，勿以此生脏秽污之。"

又极惧雷。夏日大漠中多有风暴雷雨，民人皆藏避帐中不出，甚者以黑毡裹身，闭绝视听。遇有生客在家中，则此时必驱之。谓雷为天火、天怒，降于罪人，遭雷劈为天罚。逐生客之举，乃为防万一。若客有罪或不知，此时雷来问罪，当罪及其身，恐受牵连。

不可射杀雏鸟、雏兽，此俗同我夫子"钓而不纲，弋不射宿"之义，如中原先人所谓不可竭泽而渔，不可覆巢破卵。

马鞭不可触及剑箭。鞭以策马，役牲畜，落于兵器上，如若击神。神岂可役？大不敬也！役兵器之神者，锋刃将失其锐，战中必不刺敌。

---

① 牙罗思老：即此册第四章提及的拿姐夏姐妹的祖父雅罗斯拉夫二世。

杀食禽畜得骨，不可以骨击骨，骨碎为不祥，为不敬爱禽畜魂。禽畜既献出肉身与人吃，人须珍其遗骨。禽畜骨附灵，有知。倘不得善待，必怨报。

不可令潼乳茶酒泼洒地上，不可于帐中排溺。

饮前先敬神，以手沾杯中物，朝上洒向东南西北方，复洒向帐中祖灵前，然后人始可饮。

主死，奴殉。掘坑，将尸身置于其中，又于尸侧坑壁另开一穴，深入尸下，令奴横躺。及至奴昏厥，复拽出令其接风气，如是反复三次，若奴气息尚存未死，则还其自由身，自此做白身人，于族中及四方得威望，人皆敬之。不然，则与陪葬明器同殉。

蒙古妇人与女真同，放天足，故家中事体皆由妇人执掌，劳作与杂务亦由妇人操办。妇人少有娇生惯养者，虽大户怯怜婢从成群，亦不拒繁重，事必躬亲。男子只事看管牲畜、造弓箭及从军出征，素常多空闲，饮酒琴歌而已。

琴歌以火不思、胡琴、方响托腔保唱。火不思者，制类琵琶，直颈，无品，有小槽，琴腹似半瓶，以皮为面，其声铿铿，善弹者可状高山流水、鸟鸣兽啸，不确宫商，张弛弄弦，以应接风雨，以抒言语不尽之情。胡琴二弦，状似火不思，卷颈马首，只不弹拨，唯以长弓捩之，弓毛以马尾制，其音绵长柔韧，穿彻云霄，传情愫代人言，倾诉衷肠。方响，制以铁，大小十六枚，悬于木架上，出锈者为上，击响一音，复晕生他音，以和唱奏，与野外万籁融洽。

歌以祝咒，以传情，以纪念，以释怀。

有词唱曰：

厄乐孛忑，血之花，
一路流淌到我门下。
马怒札怒，云的花，

妹妹的白身，没有一丝污瑕。

想那年花谢的辰光，
你随着花一道隐藏，
你躲起来叫我寻你，
一直寻到视茫茫、齿松摇、发苍苍……

厄乐孛忒，心之花，
空心的人儿，只剩一个影画。
马怒札怒，骨之花，
无骨的人儿，谁将我悬挂？

看今年花儿又放，
你怎不随着花儿进帐？
帐儿上改了别人的花样，
你寻不见当年的儿郎……

厄乐孛忒，一种北地梅花，叶如榆；马怒，即札怒，一种飘丝碎花。皆色纯妍泽，视之叫人心痛。

皇帝驾崩后，术赤得西方地，辖西境谷儿只、钦察地，于也的里河滨设金帐，取西方色白属金之意，名术赤兀鲁思；察合台得畏兀儿以东至只浑河[①]两岸地面；窝阔台得也迷里河[②]一带疆土；拖雷得哈剌和林周边群山及三河之源龙兴之地。

---

① 只浑河：即阿姆河。

② 也迷里河：今译叶密立河，也叫额名河，流经新疆西北部塔城一带。

哈剌和林为京师，合罕于此掌领全境。

皇帝尝谓，窝阔台有雄略，可继大位，拖雷柔慈，宜承家业。遂将权柄交与窝阔台，将兵权及祖宗财产委付拖雷。

帝薨时，有兵马十二万九千，其中十万一千归属拖雷，余皆均分。

蒙古此俗与我国朝近，长子嘱其创业，幼子托其守业。拖雷为孛儿帖可敦所生四子中最幼，皇帝令其看家，妻妾庶出子孙斡耳朵悉委之照应，乃据皇家之本。

拖雷于皇帝病榻前曾曰："我有何用？我的用处在于，日后兄长酒醉不起，我便入帐叫醒他，令其不废弛朝政。"

察合台说："我与术赤同心共辅窝阔台，为左臂右膀。"

窝阔台于忽勒台宗王集会上登基，晋卿谓察合台曰："汝尝誓于先帝榻前，有臂膀助弟之言。今四方归附，君临天下，圣君乃天之子，应行中华君臣礼。"察合台于是下跪，以臣位居下拜天子，诸宗王随之下跪。昔者所谓忽勒台，乃一种联盟，各部酋首国王不过推举一位贤主掌事，顺则遂，不顺可不遂，去留由着意愿，类似我春秋诸侯盟主；此间由晋卿倡议，借着察合台一时快言，推波助澜，瞬间订了规矩，将天命不可摇撼之律拿来唬人。这便改了旧制，称为合罕，意为万君之君，权柄不是由着你们诸王给的，乃是上天给的，孰将来有异议，则视为逆，再无商量余地。忽勒台于是也便散了，容不得推举或罢黜。

由此，晋卿更得合罕欢喜，称其"社稷重臣"。普天之下，莫非王土；率土之滨，莫非王臣。哪里还有别的什么王！宗王亦是臣卿，于朝政中居于君下，一切皆须听命于君，君叫臣死，臣不得不死。按此法则，诸王领地中皆设官府，以达鲁花赤[①]掌印执政，王

---

① 达鲁花赤：蒙古话"掌印者"的意思，地方总督。

子犯法，与庶民同罪。此制兴于秦，汉承秦制，魏晋唐宋亦承之，如今蒙古亦承之。

中都陷时，行秀禅师曾与晋卿说："以佛修心，以儒治国，以道养命。"晋卿似乎只听得一半。

何以见得神天将权柄委付你一人？又何以见得你掌了权柄不会被夺回去？尊卑贵贱，固天序也。时尊时卑，贱而复贵，亦固天序也。地上没有长久的富贵，神既可拣你，亦可弃你。正如成吉思皇帝所云，须日日警醒，祈闻天意，由着上帝的引领去经事。岂可由人所订立一制而长明不灭？今神拣你，以为一劳永逸，又日渐以神自居，忘为神仆，直欲为人之唯一主，必傲骄不可一世。

太史公曾言："夏之政忠。忠之敝，小人以野，故殷人承之以敬。敬之敝，小人以鬼，故周人承之以文。文之敝，小人以僿，故救僿莫若以忠。三王之道若循环，终而复始。"这话的意思是说，人君所为，无论怎样，终究有纰漏。

宗王僭越，奴大欺主，乃不遵天序；大君无道，主恣虐奴，亦出离天道。晋卿所为，以人之定制妄示神意，执儒之末，端的不如纯甫心本之儒。想那夜，晋卿与越儿于怯绿连巷龙海园中长谈，言之凿凿，似有所悟，如今看来，不过是空话。人恁么喜欢繁文缛节、礼制典章，怕是真的觉着自己那点才了不得，唯恐天下人不知，虚荣使然也！

天下能大一统么？上帝之鞭不是在秃纳河边停下了么？上帝不是先拣了成吉思皇帝，又夺了他的命去了么？倘无净风，哪里有什么地上的长治久安？倘妄想万事都可由着人自做主了，神又何以拣此人做主、定彼人为奴？主固主，奴固奴，命也，非制也！

人以君为至大，代神发号施令，妄也。

人以天下平等无差异，万性同色同臭，妄也。

哥黎塞语《诸书》中首篇叫作《造化纪》，景门译做《浑元经》，记开天辟地事。当时，人的言语是一色儿相同的，要造一座大城，一座塔，欲使塔顶通天，为要传扬他们的名。上帝见了，不悦，谓人成一样的民人，说一色儿的语言，将来要做的事就没有不成就的，必拂乱他们的口音，使他们言语彼此不通才好。于是，人一夜醒来，所言不可互通，便做不成建城建塔的事，只好分散到各地去居住了。那塔的名字叫作拂为[①]（Vav é l），意思是“拂乱”，拂乱其言语。

儒之礼，好比拂为塔。神不悦，尔等如何做得成？故金要亡，宋要亡，将来也可兀鲁思造一座通天的塔，要传扬他们的功名，怕是也要坍塌。

合罕乐善好施。曾于大漠中遇一商贩，得几只西瓜，随身未携银钱，便将可敦耳珰赐予商贩。可敦不悦，曰：“明日可令人赐其银钱，何故以我所爱之物赏之？其人不识宝，未必珍之，或贱价卖予他人。”合罕道：“人穷塞时，寸步难行，或等不及明日。”又曾于殿楼廊上见街中有人卖枣，命随从怯怜持一巴里失易枣。怯怜归时，将那人枣儿悉数拿来，合罕问：“枣价贱乎？怎易得恁多？或人畏汝，不敢多索钱？”怯怜道：“一巴里失可买枣，多多于是，吾付之已足余。”遂又尽出随身巴里失，令怯怜悉与卖枣人，谓：“斯人卖枣苦，一生几趟能遇大主顾！”（巴里失，一种金钱，合二两银子。蒙古素无币，委花剌子模匠人铸之，书畏兀儿音字，刻徽若肃力德戟头于币面。）

合罕挥金如土。凡有求赏者，无不丰赐，未曾拒言曰否。谓：“金银何用？吾得天下财富，仓廪充斥，已无缝可存放。以金银换

① 拂为：即巴别塔，希腊语读作Vavél，南荣靖桑从希腊语《圣经》中得知，故写作“拂为”。

人心，汝等以为亏负，我以为盈胜。天下之贵，莫贵乎人心。”

合罕纵性任情，好色嗜酒。其时立新制，括选诸部美妇。合罕九年春，得诸部幼美妇人二十余，不久，又生念，复令寻新人。晋卿闻之，谏曰：“方得美人二十余，不便复寻，黎民若江湖，不可无厌竭泽。”遂罢。然圣言已出，人心惶惶。六月里，皇叔斡赤斤部于一日内将族中未嫁女子速配夫家，所谓“惊婚”。合罕闻之，大怒，道：“吾纳晋卿谏，已止，尔等何故慌遽如此？岂做吾为虎狼乎？既然，则做一回虎狼。”于是差将卒往斡赤斤部，搜其部七岁以上女子，围于旷野中，又已嫁女子悉数追回，共有四千余名，命军人淫之，族人旁观，父兄亦不得不亲临亲睹，又不许哭泣。有数名女子当众被奸而死，所余未死者皆配给士兵，或由将官领去做怯怜，或送往妓馆做草娘[①]。

合罕有宽宏之量。尝准奏处死三人，出帐时，遥见一妇人号哭，命人引来过问。妇人曰：“将死三人，一为吾夫，一为吾子，一为吾兄。”合罕道：“既如此，汝可拣一人免死。”妇人道：“夫死可再嫁，子死可再生，兄死则不复有，求存吾兄。”合罕感其言，索性将三人一道赦免了。

于宗教法门一事上，合罕谨遵成吉思皇帝遗嘱。有一戏班，于和林万安宫中做戏，戏中有一老翁，长髯，披头巾，脖颈由绳索套着，缚于马尾。合罕问：“此何人也？”坐侧人答：“此木速蛮叛民也。”合罕怒，当即起身离座，命罢戏，谓：“日后不可戏谑木速蛮！”

合罕曾言，有四功四过。四功者，灭金，立站赤，取汤羊纳羊，无水处使百姓凿井。四过者，饮酒，括叔父斡赤斤部女子，筑围墙妨兄弟之射猎，听信佞臣谗言。

---

① 草娘：蒙元时呼妓女为草娘。

站赤者，蒙古话意为“驿”，如同金宋邮路客驿。合罕时，将境内分段各驿连起来，成为通衢大道。东西路自斡罗思乞瓦至和林，南北路自中都至和林。为使百官使节往来不劳动百姓，不宿百姓家，不吃百姓粮，只可留驻驿站中。凡得金牌者，通行四方无阻，可于站赤中白吃白宿白得马匹车舆。建功者可得金牌。金牌有两种，一曰大金牌，一曰虎符金牌。前者长方，刻字：“蒙长生天之命，皇帝神圣，若有不从者，问罪至死。”大金牌计有二十牌，长五寸，宽二寸，半金半银熔铸。后者圆身，上饰虎首纹，质料中金少银多，刻字：“蒙长生天威力，统领将卒，帝敕。”见大金牌直如面君，执虎符可典兵遣将。虎符金牌不止二十牌，境内达鲁花赤大多得赐。成吉思皇帝曾赐越儿大金牌，合罕又赐虎符金牌。

所谓汤羊纳羊，由各处羊群中抽取，每百只取一头送官府。合罕以为，宗王各枝儿、爱马官吏，带着众多军马、护卫，时常聚会宴饮，每次向百姓征取，捐税以外又多此负担，不妥，须按定制由官府派发。汤羊用以公事，纳羊用以接济贫户。至窝阔台合罕时，境中几无贫户，所需接济者，多为寡鳏孤老。故多余之纳羊，亦付做汤羊用。

将自己牧场边沿建筑围墙，圈住猎物，怕跑到兄弟一边去，这样行径，空前未闻。叔父们和兄弟们说什么好呢？神造鸟兽鱼禽，它们意愿往哪里去，由得着人支配么？我可猎，你不可猎，谁还服你呢？

饮酒一事，晋卿曾持一锈铁酒壶，于合罕帐外击之。合罕问何故，对曰：“陛下可见酒盛壶中日久而生锈破漏？铁尚且敌不过酒，况五脏乎？”合罕遂罢酒，曰：“尔等爱君忧国之心，岂有如吾图撒合里者耶？”吾图撒合里，蒙古话长髯也。成吉思皇帝初见晋卿，见其长须飘然，谑冠此号。

晋卿一边劝着合罕，一边自与诸王饮宴。某日醉卧车中，恰合罕路过，登车撼之，不醒，又急重推之，则半睡中怒其扰己。忽开目视，始知合罕至。合罕曰：“有酒独醉，不与朕同乐？”笑而去。晋卿不及冠带，追至行宫。合罕为置酒，极欢共饮。自此，帝复饮酒如故。

终日饮酒，与青春女子做伴，久者疾笃，直至不省人事。医曰脉已绝，不可活。乃马真可敦求晋卿活之。晋卿道：“国中囚非辜者多，请赦天下。”可敦欲下旨，晋卿谓非君命不可，以此于榻侧告君，或可醒之。遂于榻侧告君，俄顷果然醒，醒却不能言，颔首肯之。医者复察其脉，竟复生。是年冬，合罕以为痊愈，欲出猎宴饮，晋卿扶辕阻行，合罕曰：“不骑射，无以为乐。”猎饮五日，崩。

劝人罢酒，自醉寻乐，劝他做甚？

既有法术，死而令其复生，又何不再施法术，遏其出狩？

晋卿终不是长生天，竟替长生天办了许多事！忧国忧民忧长生天，仿佛穹庐下峨然肃立，恭问：“长生天今寿几何？无恙乎？可安好？当珍重！”

晋卿谓人曰，只以薪禄赠亲族，绝不以官徇私。其生时，权重盖天，人不敢疑，及至逝世，乃马真可敦执政，有谮者言其在相位日久，天下贡赋半入其家。可敦命近臣搜其宅，归而奏曰：“唯春雷琴并丝竹十余，及古今书画、金石、遗文数千卷。”

至清无瑕乎？琴书文玩无价乎？

或者果然清洁无污，又如何？一人清，岂迫得众人清耶？合罕悦之，不知长生天悦之与否。

合罕查名册，见狱中应死者众。楚材奏曰：“陛下新即位，宜宥之。”合罕从之。

得金国全境后，有大臣谓农耕无用，肉食者不吃谷蔬，不如平掉田土，作为草场用；汉儿亦无用，留着反倒滋事生非，不如通统斩绝。晋卿奏曰："灭金之后，行将取宋，军需所资何来？宜均定中原地税、商税、盐、酒、铁冶、山泽之利，岁可得银五十万两、帛八万匹、粟四十余万石，足以供给，何谓无用哉？"合罕道："不妨一试。"越明年，合罕至山西巡察，十路咸进廪籍及金帛，陈于廷中，合罕笑谓晋卿曰："汝果能使国用充足，大善哉！"即拜晋卿中书令。

蒙古王公官吏多好礼品，往往见客只图馈赠，寒暄时笑容满面，眼睛早已去勾开客人皮囊，得重礼则喜出望外，不得则转喜为怒，恨之入骨。晋卿以为此风颇陋败，奏曰："贡献礼物，为害非轻，深宜禁断。"合罕闻之不快，曰："彼自愿馈献者，宜听之。"晋卿道："蠹害之端，必由于此。"帝曰："凡卿所奏，无不从者，卿不能从朕一事耶？"

晋卿又谏修孔庙，立祠堂，开科举，儒人被俘为奴者，亦令就试，其主匿弗遣者死，得士凡四千三十人，免为奴者四之一。

中原人谓："幸得楚材晋用，吾土免遭生灵涂炭。非此，绝矣！"时中原无人再以女真为荣，皆自称汉人。汉与女真共护儒门礼法，仰视晋卿若天上救星。时人称之定制度、议礼乐、立宗庙、建宫室、创学校、设科举、拔隐逸、访遗老、举贤良、求方正、劝农桑、抑游惰、省刑罚、薄赋敛、尚名节、斥纵横、去冗员、黜酷吏、崇孝悌、赈困穷……创立帝制，助长民生，弥缝化工，洗濯日月，如宝鉴无尘，寒冰绝翳。呜呼！盛名若此，其功高过神天。而合罕同慕此功，二人不惧僭越天庭乎？

他们做的，都是善事，偶有坏事，亦自惭疚，他们已然超乎此道中前人，好过了商君公孙鞅，好过了介甫王文公，好过了人君徽庙，好过了英主章宗……老有所养，病有所依，危厄得救，困弱有助，路无拾遗，夜不闭户，人世间善恶分明，虽米粮亦分出了淫贞，或者我宋大儒圣人晦庵先生见了也要惊得站不稳。人既德智如此，还要上帝做什么？弥诗诃还来施什么救赎？不是白白在十字架上死掉了么？

先前草原是往来自由的，没有人筑起围墙圈囿狩场；先前斡耳朵是随境而美的，纵横广袤之地，憩者驻，行者走，自北大海傩弗革逻至冰不释使鹿人领地，愿往何处往何处，愿走恁远走恁远。如今，他们要限定封地，要建城定居，要将地上的财货寄存廪府，他们随着这个出乎契丹又入了汉俗的能人自缚手脚，拿文献典章做镣铐囚笼，他们忘记了先祖成吉思皇帝的告诫——“凡事寄托长生天！”地上的邦国和金银，有不朽的么？尔等不见文献典章制度里的汉魏唐宋都崩败了么？人依自己的度则可以长治久安么？那修得密密匝匝看似天衣无缝的度则毫无纰漏么？你的鹿由此觅不见缝隙逃出去么？你的珠玉姬妾由此再无有一处洞穴遭贼盗取么？汝曾时时快，皆禀受于天；汝今欲长久快，竟倚仗己虞！

之纯之儒内也，晋卿之儒外也。外求人力，内向净风。当净风浩荡的时候，人于是听见长生天的声音。

拖雷与兄窝阔台一道伐金。拖雷善战，用兵运筹帷幄，制胜于无形。合罕或忌之，凯旋途中称病不起，召孛额入帐祛魔。

孛额占卜，得兆曰：“金地土地神、水神，因百姓遭掳遭杀，大城焚毁，故急遽为祟。许以人口、牲畜、金银禳之，神不允，为祟愈急。又问神，可以亲人替代么？如是问着，作祟便放慢。当听凭圣裁。”

合罕睁眼问：“此间身边随征的宗王有谁？”

左右有人回：“唯拖雷王。”

拖雷于是进帐，见状曰：“父皇曾拣兄继大位，吾曾于父皇面前说，日后兄长酒醉不起，我便入帐叫醒他，令其不废弛朝政。今日倘若不测，还有谁需要我去叫醒呢？兄若不在，蒙古亲者痛，金国仇者快，多少百姓将无依无靠！我曾劈断鳣鱼脊梁，也曾扭折黑熊颈项，我曾战胜顽敌，力搏群雄，我身形魁伟，面貌俊美，我来替代兄长，再好不过了，诸神应悦纳不拒。孛额可速下咒！”

孛额于是下咒，将下了咒语的水付与拖雷喝下。坐一会儿，拖雷说：“我醉了，不打紧的，兄长勿虑，只醉而已。迨我睡沉时，望兄长替我照料幼儿寡媳，令他们安好便是。我醉了，只醉罢了，还说什么好呢？”说罢，出帐，令人铺展一床毡垫，静卧其上，便离世而去。

亲睹者传云，其时落叶刁骚，青而赤而金，一瞬色浓，似是夺了拖雷王的血去。

第八章　契丹坊

从怯绿连巷朝东，贴着皇宫南墙一路过去，到中街，再顺着中街直向北，过广庭，可达契丹坊。自陷了中都以来，虏得工匠无数，多有迁居和林者。工匠及家眷编入怯烈名册，分归各路宗王爱马，名分上都是奴隶，然所约不过不得出和林城，岁纳赋役而已，之外所得可纳己囊，出入街市街坊皆往来自由。匠奴一年到头见不着主子，只到了规定缴纳钱资的时候，到宗王派定的账房处入账即可。账房一年来一次，收了钱便各回大漠主子的牙帐。匠奴只记得自己主子的名号，哪家哪户，譬如马兀赤家，乞儿不旦家，合剌丐家，主子名冠于汉名前，即马兀赤家的王式，或者合剌丐家的傅衍和。

怯绿连巷只两三户人家，都是回纥时旧屋，原先也是贵戚或者权臣的老宅子，一户往往占去半条街。龙海园最大，于城西顶头，沿街垒了石墙，与相邻大户的围壁连在一起，一直伸到城南东头。中街口子往西的一段，街这边是石壁，街那边是万安宫的砖墙，只龙海园正门处与皇宫中间隔着旷地，那片旷地上建着十字寺。每遇礼拜日，城中景门信徒便汇集过来，一时车马喧嚣，往常则静谧无声。春夏间，厄乐孛忒梅、榆树、槐树开出花来，从两边墙中伸出，交错在一道，斡儿寒河中的卵石铺砌的路面上洒满花瓣，红一路，白一路，竟寻不到一只脚印。过了中街口子，街的东段则另一番景象。因街的北边没有皇宫，都是挲剌森人的平顶泥墙矮楼，偶有果树、蔓藤，与街南的古树迥异。雨天时，那边先湿了，这边还干着；落花时，那边露出石墩，这边半街埋进花里。挲剌森孩童出户嬉戏，有骑着这边墙头眺望的，闹得凶了，大户人家的怯怜便出来拿石子掷他们，于是一哄而散。自那回随着越儿去广庭领回菘引，从挲剌森坊走，便迷上那些僻巷，凡往城北，我不走中街，必从挲剌森坊过。这些巷道似有无底神秘，所遇不可测，那些熟胀的葡桃坠下来，那些猜不透含义的女子目光，还有间或从屋里传出的诵经声，总引我去穷究根底。挲剌森人的居处是一个深渊，不似我宋之境处处成象，他们往往藏而不露，但凡露出一点，又摇人心旌，却终究不明其里。曾于此间受净风鼓荡，曾于此间食焦沸牛羊香脂。某处屋檐的莎草纹，某地拐角溪边暮光下的埠头，似曾相识，亲如故地，难不成我前世来过？我分不清这是一种对遥异他乡的向往，还是对魂灵深处故乡的眷恋。或者正如《诸书》中记载的，人都是从以敦园出来的，又从一赐乐业分向大地各处。挲剌森人也是信上帝的，他们称作真主，如同蒙古人称作长生天，我宋称作天帝。有些人走得远些，有到南海诸岛的，有到极地大角尖的，唯独挲剌森人靠上帝还近些么？看着那些挲剌森孩童隔着城中河道互掷泥草，总以为有肉翅从他们臂下生出，仿若经书里的飞仙。在西地见过的城堡花园里的肉翅美童，一个个都像照着他们的模样雕塑的。弥诗诃投了肉胎，在一赐乐业血脉中，也有着挲剌森人的面孔罢。然而，挲剌森人不以弥诗诃为救主，直尊他为先知，彼与旧约法时的民人一样，与蒙古和我宋地面上的百姓一样，要靠着戒律和自己的盈亏得救赎。新约法中说，人不是靠律法称义的，人是靠着弥诗诃的死而复活、是靠着弥诗诃的名得自由的。这是莫大恩典，闻之则焕然一新，不闻则苦海无边。我这一路出来，倒是因着听闻佳讯而参透了释门的教诲。释门智慧，不言真理，只告诉你什么不是真理。非真理者，所谓空；执真理者，所谓色。是故，色即是空，空即是色，皆非唯一天道。人但凡经历了一生虚妄，否了一切非真理，真理自然就显现了。是故，做一名挲剌森人也不差，即便如今契丹坊里中原的吃用礼矩近在眼前，也未必若初来乍到时那么心切神往，不觉迫在眉睫，想其远在天边又何妨？诸法皆法，诸法皆空，自然便不得以己之法夺人之法了。叹成吉思皇帝深谙个中奥妙！

出挲剌森坊，至横街。横街东西向，与中街交叉若十字。十字口即广庭。横街西段南侧乃禁宫北墙，横街东段两侧皆店铺，有挲剌森人的珠玉行、皮毛店、金银器坊，有中原汉人的彩帛铺、刀剑铺、药材铺、纸墨轩、饭庄、茶庄等。广庭晨间有早市，挲剌森人设摊卖牛羊肉、菜蔬和杂粮。和林城外河流左右灌输，地土沃衍，汗廷自决意建都以来，学着金人做法，开始圈地屯田，亦切割小块肥地予挲剌森人和中原人，令其植种菜蔬、黍麦。挲剌森人尤善培植菜蔬，各样豆瓜、秧叶菜品类繁多，有许多我未尝见过。有一种波斯菜叶碧茎腴，根蒂粉赤，坊间汉人谓“红嘴绿鹦哥”，冬季里上市，契丹坊居民买来与豆腐做在一起，与鸡子混炒，味颇鲜美。还有一种有馨香气味的芫荽，一种长条状的豆荚，都是江南和金国没有的。人世代居于旱地，与沙漠争水，虽河渠井泉干涸，然处心积虑，想着如何将滴水摄入瓤中叶间积存起来，竟养出稀奇古怪、较别处肥硕之菜果。此或为阿拉璧地方挲剌森人独善育蔬之缘故。日没地西国来的虏奴工匠、商贾教士分散居住在契丹坊和挲剌森坊间，偶也有开店的，善做马车、石刻和图绘，蒙古大户人家愿意请他们去造肉迷式样庭院，其人筑屋喜用巨石，室内饰以鎏金四角，室外竖廊柱、水池、喷泉，又善修理花卉，所造园圃中有各式花样的林荫道、矮树迷宫和丈高花墙，五月里，有一种粉色、黄色、火焰红色的蔷薇花开出来，簇拥成群，整面整面竖起，或夹道，或爬垣，屋舍与亭台埋进花丛中，好不壮情！市民称其为突厥花，后来布舍说罗典语叫作柔丝花，西地遍植，赠妇人柔丝花，意喻爱慕，求婚嫁，尤借其重瓣若唇之怜人象，胸臆间情深，唇间欲吐未吐，流露为色香。

契丹坊中有俞氏彩帛铺，百户长合剌丐名下的铺子。俞氏一家自中都迁来。金贞祐三年，蒙古军攻陷中都，合剌丐盔甲散了，正走到大悲阁外一家彩帛铺门前，遂入里，店家将盔甲修得比新的还精致，便讨了合剌丐欢喜，迨屠城拣杀与不杀时，即保了俞氏一家，索性举家带回大漠。俞氏被安在和林，合剌丐投下银子，叫再开彩帛铺，岁收定利，由此亦多一条生财之道。

俞氏名润生，时四十年纪，夫人黄氏，膝下有一女，乳名唤作蝶儿，人伶俐秀慧，生一双醉眼，若海棠睡未足。润生手巧，凡裁剪缝纫，大如袍衫袄裙，小如冠靴衬袜，无有做得不巧妙的，又有了大本钱，四方布帛绸缎悉数收罗来经营，铺里有姑苏的宋锦、建康的云锦、四川的蜀锦、婺州的精罗、绍兴的越罗、徽州的轻纱、永州的苎麻布，甚至还有花剌子模的羊绒布。菘引死后，姝瑄无伴，在家中闲闷；自越儿征花剌子模西追摩诃末扫略斡罗思归，带回一班斡罗思小娘，姝瑄与小娘言语不通，习性也不合，十分处不来，好在期间越儿带着拿姐夏三姐妹又随皇帝出征唐兀，虽依旧寂寞，毕竟清净一些；接着越儿自唐兀归后便有八年居家未从军，此八年与斡罗思妇人抬头不见低头见，直是苦闷，便出来游街市，寻着契丹坊的各家铺子看，今日去了，明日复去，日日上街，买许多南国的货物来。一日走到坊间深处，便遇着合剌丐家的俞氏彩帛铺，一走进去，便始终出不来了。这年是合罕三年，西元千二百三十一年，时宫墙大多已砌成，大内殿宇尚未完工，城中万国商客往来已杂，于蒙古百姓而言，寂寞时光远逝，于姝瑄而言，反倒隔阂愈深。她一心只念着故地故人。园中笙歌不绝，越儿那边声色犬马，姝瑄这边孑然孤苦。当初，人独处着，所遇陌生人亦于寂寥中，仿似几个独处的共处，偶然相见，同病相怜，颔首致意，尚互见可怜；而如今陌生人觅着人结伴了，唯一人独处着，言语又不通，倒陷入了孤零零的境地。好在忽然间中原人也多起来了，只是原先听人说契丹人，不晓得契丹人即是中原人，混着汉人和女真人，某日兰姨接了送菜人的羊肉，来人居然说话中都口音，还说日后想要猪肉也有，方晓得契丹就是蒙古人所谓中国，南家台即蒙古人所谓江南人。这下好，兰姨一去探了契丹坊回来，说直就是中都模样，街坊深处还有禅寺，河道旁亭台楼阁简直好比临安巷子里境况，霎时他乡遇故知，久旱逢甘霖，姝瑄和兰姨过节一般，心里乐陶陶地出门寻乐子去了。这趟，直就再识一遍和林，才算真正到了和林。

姝瑄现成衣裳买了一堆，里里外外、上上下下的，有为自己撺的，也有替兰姨拣的，甚或为越儿谋划的，还不忘几个女仆的。现货尺寸不对付的，便商议着让店家裁剪。润生用一种青底金花绸缎缝在貂皮外面，做成汉地花样的大袍子，令姝瑄喜出望外。于是，一切轻裘衫帽，都贴上锦缎，仅衽襟、领袖露着银的金的褐的黑的细毛，好不儒雅奢丽。又夏日里穿戴的，都用轻纱蚕丝缝制，润生从西国人那里看来一种衬架，稍作改换，将腰下与肩颈部位略略撑开，叫衣衫不贴着肉，便热天里不沾汗，穿起来凉爽惬意。还有各样纱笠，乌漆底的，银灰底的，细丝淡金底的，垂缀着波斯剌子、靛子和天竺的金刚石，五色十韵，宝光十足。鞋靴也不敷衍，冬靴皮里子朝着外面，毛藏在里面，皮面染成乌黑色儿或者轻褐色儿，看上去油光锃亮的，人穿着顿时就立住了，精神头倍增。这也是向海西肉迷地方卫尼思皮匠学来的。卫尼思人善制裘衣、皮具，大小包袱、夹子、束带做得极为精良。姝瑄和兰姨也订制了不少，如是，进出往来，携物藏钱的，着实方便许多。

姝瑄每至彩帛铺，画稿打样，寻思名堂，润生无不奉陪始终。蝶儿里外忙碌着，送茶递羹的，说一些甜话儿，左一个夫人，右一个侯娘的，叫得姝瑄心花怒放。时姝瑄早已过天命之年，看着青春女孩儿尤其欢喜，便对蝶儿说："往后无须叫夫人，直叫我娘就成。"蝶儿一口称娘，姝瑄应着，便认作女儿了。认了女儿，给了许多珠玉，另有金耳珰、金簪、金钏，又封了十锭十两的银子在红纸包里赠予俞家，这一来，俞家几年不做活计，也够交付合剌丐定利的了。

蝶儿给姝瑄煎了茴香肉馅的饼子，照着金国中都的口味做的，还下了一碗馄饨。姝瑄吃着可口，道："自离了临安，这还是头一回吃到地道馄饨。你们北地人，怎知做馄饨？"

蝶儿道："这是跟着北门马市点心铺的孙婆婆学的。他们家是从婺州来的，女儿嫁给山西做马匹生意的贩子，那人金宋两地都走得通，如今蒙古占了中都，连成一国了，便只做中都生意，再不去宋境了，这样方便。他给丈人家开一爿点心铺，落在北门里，一边做着小买卖，一边为他寻觅好马，他自贩运南北，渐渐地，好像也打算落户在这里了。"

"这和林塞外之地，原先以为不过荒凉僻处，越儿只与那班斡罗思娘们厮混，也不将市面上消息说与我听，这些日子出来一看，想不到全天下都叫蒙古人给搬来了。"姝瑄道，"临安的，中都的，高丽的，波斯的，海西的，应有尽有，想吃什么都不缺，想用什么都唾手可得。真是梦境一般！我尚自在香寐中，不想临安一日，和林已千载。比这里光景气象，我宋端的跟乡下一般呢！"

兰姨在一旁听着，寻摸出别的心思，道："既天下都搬来了，便少不了天下四方的厨子。"

“这话怎讲？”姝瑄问。

“家中那班怯怜，笨手笨脚的，什么事体做出来都粗蛮不堪，连个能称心给我打下手的都没有。元帅要办个筵席请诸王来吃酒，都应付不了。不如将几家饭庄酒馆都买下来，好的厨子，伶俐的下手，都请到侯府里去，旺一下我的灶头。”兰姨说。

“这倒不错，如此我便吃得上江南的饭菜了，你也终于可以大显身手。只是，你请一两个人来也不顶事，将饭庄、酒馆一概都搜罗来，一时街面上空空，城里大户商贾、做官人家都没得吃了，怕也是不妥。如此大动静，闹得人去楼空，人家还不找上门来跟我们要人？”姝瑄说。

“娘大可不必多虑。”蝶儿插话道，“市面的道理，终究有要买的，不缺那卖的。这些个饭庄酒馆搜罗空了，自有新人会从中原赶来。不怕人不来，只怕人挤着人，想来的进不来。恁么好的风水宝地，排着队打破头想过来的，数都数不尽。”

“还是蝶儿伶俐，这么说来，我便放心了。”姝瑄于是又转头告兰姨道，“那你就操办这事，腾出点地方容纳他们，将师傅徒弟都请来，让府里热闹一番，叫元帅也从那斡罗思枕头上醒一醒，回过神来好大吃一惊。”

按着兰姨的心思，果真将街市上几家大的饭庄、酒馆、茶肆扫空了。有中都做鞑鞨菜的，有南京烧老汉人牛羊宴的，有绍兴来的做鱼虾的，有徽州焖蛇鳖的，也有报达地方来的善治拏剌森烤货的……林林总总，全入了曹侯府。兰姨将他们一律编成两班炊灶，一班是日常的大灶，一班是夜里应付越儿晚睡时间的。大灶上做两份，一份在客堂上姝瑄与兰姨排座的，另一份送园后斡罗思小娘与越儿。兰姨将各地菜路打乱，依着厨灶活计，按各人所长分工，有专事洗菜的、泡发干货的、杀鱼虾的、宰牛羊的、切葱姜的、剥削豆瓜的，蒸菜的、炖肉的、炒菜的、制冷盘的，又照着汉地四司六局的规制派遣上下里外端送拾掇，一时府中进出繁忙，一家中倒是兰姨成了主人。有这等事体扑腾着，别种花样也随之多了起来。姝瑄三日一小宴，五日一大节，请俞氏一家过来吃饭、喝茶、赏花、游园，也因着润生和蝶儿结识了契丹坊中的许多大商户人家，将他们内眷请来，老少妇人往往成群结队，争前恐后地来攀曹侯门第，望一眼也好，坐一歇吃盏茶也好，出去说话时，于人前夸耀做了曹侯家的座上客，可谓十足风光，多少也傍着了靠山。

越儿又吃到了猪骨汤，吃得口舌生香，便夸赞兰姨这事办得好，转而又生出念头，说请速不台大人来吃酒席，吩咐做地道江南菜，一为叙谈，一为显一下气派。

下一叶帖子，郑重其事地定一个吉祥日子，将速不台请过来。

速不台来了，先是看到满园子白的、鹅黄的、鸦青的纸灯，谓越儿曰："我在金国看见张灯结彩，都是大红灯笼，怎就曹侯府上这般素淡？"

"红的绿的，凡热闹色儿，都是女真人的喜好，南家台汉地本来不讲究张扬。"越儿道。

"如是甚好。蒙古人亦尚白，亦不喜夺目。"遂入席，也是按照老汉人的样子，席地而坐，与毡房里的规矩一般。这便称了速不台的心意。

姝瑄尊在上座，越儿与速不台主客二人依着尊位，相对分在两旁首席。速不台这边下面是长子兀良哈台和几名副将，越儿这边下面是拿妲夏三个小娘和手下局司头目。速不台见之不悦，嘀咕两句："曹侯既来自中原，怎不从贵贱礼仪？这般小娘坐在朝官上头，恁无大小，颠倒乾坤！"

"大人说的是。"姝瑄道，"赛罕公主病逝后，我儿并无续弦，直与这般斡罗思小娘亲昵，没轻没重呢！"

"今日饮酒品肴，莫谈私事。再说，你们讲中原话语，她们多少听得懂。”越儿道。

速不台到曹侯家，不说蒙古话，也说一口东倒西歪的汉话。

这时，怯怜和女使端菜上来，依席分配，便不再絮聒斡罗思小娘的事。

先上的是冷菜，有清波红掌、藕断丝连、焦脆鹧鸪、虎魄炮豚、雁入琼池、秋神玉骨、瑜英翡翠、青龙卧雪。一共八样，中盘分盛。

兰姨唱着菜名，又为速不台解释道：“红掌拨清波，便是鹅掌卤了，配上绿蔬，叫作清波红掌；藕断丝连，用的是香藕和桂花蜜糖；焦脆鹧鸪，用了鹧鸪嫩胸脯肉煎炸；炮豚即是乳猪用炭木烤了，外层皮子看着有虎魄颜色，一口咬下去，里头含浆膏润，状若凌雪；将肥鸭酱了，酱若琼玉，故名雁入琼池；秋水为神玉为骨，说的是美人莹洁，嫩鸡下沸锅不一刻便取出，切成一口大小块儿，油光若有神，细肉纤骨看着像白玉，于是叫作秋神玉骨；瑜英翡翠，便是当日做的豆腐拌上小葱；青龙卧雪便是长瓜垫着冰糖。这叫冷盆，凑八样，喻八方来会，讨个吉利口彩。我是做粗活的，说不好这些名目，都是听饭庄里来的大厨子撰的，在大人面前鹦鹉学舌。”

速不台看得眼花缭乱，听得晕头转向，吃起来风卷残云，还未及女使斟二巡酒，几下就盘空见底了。

酒有天醇、瀛玉、兰芷、蔷薇露、鹿头浆、蒲中酒，都是城中契丹坊酒肆里酒保的贩运路子上来的，多出于南京酒坊，亦有从临安私运到淮泗一带，再转运到中都，又从中都卖到和林的，几经转手，价逾十倍。

越儿道：“这些名堂，我少时家道中落，吃用俭朴，于南国亦未尝饮过，及至于中都为卿，也只饮过一二种，宋酒端的与金酒不同，大多由妃后贵戚私家秘酿，技不外传。本就售价不菲，如今私贩来，怕是寸盏寸金了。”

速不台性急，等不及女使斟酒，便索来酒坛，放置一旁，自舀自饮。又嫌尊小，弃而不用，换了大金碗。饮过几碗，勉强苦笑道：“酸甘苦辛，甚佳，甚佳！难得尝到酒有恁多滋味。一忽儿吃肉，或者改喝忽迷思？”

“吃肉？那不太谫陋了？”兰姨指着八样冷盘道，“这些只是开胃，一歇儿上菜，席上都摆不下，保管叫大人吃罢这席，再也不思肉味了。”

“难不成还烹龙煮凤么？”速不台谐谑道。

兰姨一击掌，女使童仆鱼贯而入，豆盒盘盏，碟勺杯筷，先就食器便摆了半个时辰，官窑陶瓷、金银琉璃、玉皿牙箸，轮番着更换。然后上菜。菜有：

饮白云：即烧鹿肉，有诗云：“别有野麋人不见，一生长饮白云泉。”借意鹿于林中饮仙泉。

翻云覆雨：所谓易如反掌，炮熊蹯也。

风流无迹：所谓不著一字，尽得风流，盖羚羊挂角，踪不可觅。即炖煮羚羊肉。

风伯团玉：虎从风，又曰玉为虎子。此菜将虎脊肉与腿肉剔出来，用蝰蛇油煎熟。因虎肉纯阳，性热，借蛇性清凉，和而抑之。

曹侯断醒：这道菜借着越儿名分，以斡儿寒河中捕来十二种鲜鱼肉煨成，用来醒酒，就着吃，可多饮几盏不醉。

透水清凉夜：谓虾于河中视之若有若无，隐约水影，又缀以绿茶叶子，清凉爽口。

山海兜：以山中笋蕨与海中鲍鱼掺入酒、酱、醋、椒、盐合蒸，因笋蕨兜着海味，故得名。

醉流霞：以白贝肉、火腿肉、冬瓜、乌豆、鸡子焖在一道，呈五彩云霞状。

前面四样叫作四大鲜，后面四样叫作四小鲜，合为八珍馐。

复上天地海洋三界八瑰馔，要有天上飞的，地上走的，与水中游的。

鲜卑地面上不乏大江大河，辽地猎民、捕鱼儿湖部族、林中百姓善捕鱼，而畜牧的民人少有吃河鲜的，是故和林城外几条河里鱼虾繁盛，捞则满网，皆肥美厚实。

八瑰馔有：

飞孪脍：鸡、鸭、鹅、雀诸等禽肉炙烂，皆用公母一双。

碧涧羹：幼鱼儿与水草调做羹。

剪云斫鱼羹：鱼肚与鱼尾熬成一片白糊。

中天月色：即月中兔之喻，野兔肉也。

水团：秫米碾成浆，香汤浴之。香汤者，野牛肉浸制。

盘龙沉渊：用鲜卑地一种蝰蛇肉做成浓汤。

青春做伴：几种家畜与野禽的蛋清，倒入菜蔬榨取的绿汁。

烟笼寒水月笼沙：清汤中有肉糜子团成的大丸，如洲渚，视之有岸有水，端上来烟气腾腾，须趁热吃。

“尽是汤汤水水的，不见炒菜，不见油水，你们契丹地方人不是炒菜、油炸菜最拿手么？”速不台筷子用得不顺手，又嫌勺子盛得少，不尽兴，索性端起盘子仰脖子喝羹，喝几口又说，“我在中都曾吃过一种肝腰合炒，整盘倒在饭里，油汤浓香，拌着吃，颇有劲道。”

“心肝腰肺，那是下水，汉家大宴上鲜用，卖力气的人才捡来吃。”兰姨道，“炒氽煎炸，重油起锅，本不是中原手段，女真来了才风行。今日厨灶，全是按着老汉人的规矩做地道官宴，那些下人粗人吃的，我拿不出手，不敢往上端。”

速不台若有所思，沉吟一阵，道：“我寻思着，汉地南家台端的较蒙古百姓穷苦些。”

“此话怎讲？”姝瑄问。

“夫人未尝闻‘天赐丰沛’么？老天给人飞禽走兽、野果鲜草，任人百世取用不尽，然汉儿们竟将天赐的都吃尽了，非整岁桑植农耕不得一口吃，岂不苦命？一样菜，费尽心机，吃点小虾米，尚且挑筋剜肉，倚人力造出恁许多滋味，恕我愚拙，竟难领略个中奥妙。人由天养着，是福气；由人自己养着，怕是做错了什么遭着惩罚了。”

速不台这么说着，席间众人便无话，一时缄静，各吃各的。

吃罢八瑰馔，又上米面点心，有碎金饭、水精包子、桂花糕、广寒饼、玑珠糯米粽、紫金响铃、莺燕馄饨、水引蝴蝶面，一共八种。

从午时一直吃到黄昏，一道吃歇，又换一道，花样不断。

速不台问：“南荣君，休说我不懂南家台规矩，实在忍不住便问一句，这般浅盘小碟的上来，点心都吃了恁多时辰，何时才上来正餐？”

“这便吃歇了，一会儿请大人用茶。”越儿道。

“这点鸟食，还不够我垫底开胃的，便已吃歇了？”

“吃歇了。”

“羊肉呢？”

“岂止羊肉，牛羊鸡鸭都吃过了。”

“我说的是整羊。”

“汉地很少吃整畜整牲的，都煮在各样盘中，百味穿插，醍醐灌顶。”

“不吃整羊也算吃饭么？我道是有多么稀奇盛伟，一路耐着性子等着看，上山转圈圈，一圈又一圈，到顶了竟这样，竟这样！你们南家台吃饭，难不成便是熬药作诗？这般冗长，恁地不实在！”

“大人觉着不可口么？”

速不台望着众人忙碌半天，想兰姨那咄咄逼人的样子，似是不容言非，便敷衍道："那个什么糯米粽子味道不差，只是裹粽的菜叶硬了一点。"

众人闻之厥倒，哑然。

他居然将粽叶当菜叶吃下去了？他真的吃下去了。

他的胃？

兰姨这番辛苦，速不台显然不买账，旗倒人亡，一败涂地，遂草草收场。越儿只得引速不台出厅堂，于园中海子边设帐，帐外起篝火，宰羊投镬，又搬来几囊忽迷思，还是照着蒙古规矩又吃了一餐。

速不台道："还是蒙古吃法神清气爽，尔等南家台，繁文缛节，这般吃法偏要吃死人的！"

食罢，速不台出一盘棋，欲与越儿对局。越儿见多了几个棋子，曰"炮"，问此何物。速不台告之曹侯于军中首创火炮营，故大漠、中原如今玩棋子的都添了炮子儿。

少媛寻我说话，直寻到林子里大鸟栖处。我正骑鸟志录羽书。

少媛说："泰榆，你不知我将有新娘了么？"

"你爹爹要成亲了么？"我说，"宗王们、爱马、各枝儿、那颜们，家里有待字的，差不离都差媒人来过了，前些天连皇后也有意要将公主嫁过来。你爹爹总是借口推诿，这歇怎便应下来了？"

"爹爹看似不情愿，是他姝娘有意，要将蝶儿姐迎进门。"

"那个彩帛铺的蝶儿？"

"正是。她们在房中说话，我听见了。说蝶儿聪慧俊俏，讨人欢喜，做新妇顶顶叫人称心呢。"

"她称了心，未必你爹爹称心。想必他姝娘想抱孙子了。倘若为了继嗣，早便应该续弦了。你爹爹功业做得恁大，没有半点子息，也说不过去。我南荣家怎可无后？不孝有三，无后为大。原本得了你，可惜你死了。”

“你说话不诚心呢。得了我算什么？即便我不死，来日生一个孩儿，也不姓南荣。你心里想说的是，要有个男孩儿便好了。”

“你爹爹多少还晓得些轻重，终究未与斡罗思小娘生个杂种出来。要是生出那样东西，我灵魂都想即刻死了。想想南荣的脉里，竟掺入野番的血，可怖啊！牛头马尾的，畜生一样的形状，那直是鬼魅啊！”

“泰榆，你说话又不诚心了。那斡罗思姐妹仙人模样，冰雪一般的肌骨，金发上有日头的光焰，端的比我见过的女子都妍美些。”

“我是说生出杂种来可怖。你不晓得乞儿不旦那颜家弃了一个婴孩儿，半死不活的，扔在早市的泔脚缸里，黑头发，绿眼瞳，肌肤青苍，面貌可憎，不伦不类的，既不似我等民人模样，又不像海西国人形状，说是那颜家西奴生下的。那日我见早市上众人围着看，也跃过人头顶上张望一下。我不敢叫你去看，你看了会吓得魂散的。”

“你叫海西人做野番，仿佛他们不是人。”

“咳！反正，不生杂种便好。我看不得杂种。”

“难不成他姝娘也忌讳杂种么？连蒙古宗王、皇家的女孩儿也看作野番么？”

“非我族类，其心必异。”

“我看蒙古人与中原人是同族的。”

“照着形貌看，并无差别。不过，我南荣家世代血脉纯正，讨个汉女做妻，该是正理。”

“怕是他娘也是这么想的。”

“南荣家如今算得上侯门宦家，总不见得往临安去寻门当户对的。蝶儿家虽是庶民，毕竟血脉还算纯正。”

“和林城里没有汉官吗？金国地面上现在有许多汉人在为汗廷做事呢。”

“金国那些汉人，有几个不混了女真血水的？恁多女真人都叫自己做汉人。再说，既要汉人，还要寻个汉人女子中美貌的，伶俐的，讨全家欢喜的，也不是件易事。”

“只怕爹爹不欢喜。你欢喜么，泰榆？还是不问你好，你只欢喜生一个男孩儿。”

“你欢喜么？”

“我欢喜公主皇后。叫她做我新娘才好。我想她了。”

姝瑄唤蝶儿来见越儿，说做几样汉装，按着她年轻时候临安做官人家的便服式样画图。

越儿看了图样，道：“姝娘，这都什么年月了，还不忘宣和风气？照着这图上的样子做出来，骑不得马，迈不开快步；即便在屋子里躺卧倚缩，亦屈伸不便，非端坐着摆样子不可。”又转脸对蝶儿说，“不妨做几身捏迷思人的褂子，我那边绘图撰志的博士有几样夹袄、外衫看着颇有神气，改日我借来与你看看，你量了我身材，照着原样做即是。”

“先生是要做海西人衣裳么？”蝶儿与越儿差着许多年纪，姝瑄教她称先生。

“正是。”越儿道，“他们的夹袄、短衫和斗篷，在中间开襟，穿上脱下都方便，还紧身贴肉，轻快不冗碎。”

“我曾见一个西国来的骑士，系襟的带子断了，便到我家铺子里来修补，他要左襟上开几个孔，右襟上缝上五彩石子儿，将石子别在孔眼里，不想倒格外轻巧了。”蝶儿道。

“你是说将衣襟的系带改了，做一排扣子？”

“扣子可以用金银和刺子水精做，令玉作的人打牛鼻孔，穿线缝上，这便光气十足。”

“难怪姝娘赞你伶俐呢！”越儿这下心下欢喜，便多看了蝶儿几眼，又问姝瑄，“她见过拿妲夏姐妹么？她们从斡罗思带出的衣裳都穿旧了，有些已经破了，不堪用了，蝶儿既会做海西衣裳，也替她们做一些吧。”

蝶儿下去了。姝瑄便趁此直接问越儿：“女孩儿白净伶俐，心明眼亮，手脚利索，你看着欢喜么？”

“甚好一个女孩儿。姝娘有伴，这下便不寂寞了。”

“为我做甚伴儿？买来与你做伴。”

“园子里掳来的、合罕赐下的女孩儿，少说也有几十个了，我不便再蓄姬。眼下这班都已照应不过来，再买个做衣裳的来，排场恁大，怕有不妥。”

“我是买来与你做妻的。”

越儿顿时语塞，不知如何复对。

“菘引都去了那么多年了，再不续弦，南荣家何时有嗣啊？”姝瑄道，“你身居高位，忙里忙外，这么大家业，将来托付谁去？皇帝东征西讨，得了江山，不也是交给合罕和几个大王么？”

“那女孩儿是合剌丐家的女奴，我讨来做妻，怕是……”

“兴哥不是女奴么？三分儿不是女奴么？你都讨回来了，怎就蝶儿讨不得呢？”

“吃一堑，长一智。我们叫三分儿、蒲古这班奴隶害得还不够么？再说讨来做正妻的，多少也有名分的顾忌。”

“帝王将相，宁有种乎？从合剌丐手里将俞氏三口赎出来，你再去向合罕讨一个爵位给他们，不就有名分了么？”

“这么周折费力，娘究竟何意？”

“蝶儿长得婉丽，眼瞳秋水般的，又是地道汉家血脉，如今在和林地方找这么一个品貌咸美的女孩儿不易，我让相面的术士给她看了，说她腰纤臀宽，日后子息昌盛，且多生男孩儿。我们南荣家就靠你衍宗续代了。该是紧着要接上后胤的时候了！”

“此事重大，娘容儿思量再三。”

“宜速不宜迟。”

到了我的忌日，我是国朝光宗绍熙四年十月初七去世的，按西历记法，是千百九十三年，此时千二百三十一年，迄今已三十八年了。自立了我的牌位后，每逢忌日，家中必做祭奠。越儿、姝瑄、兰姨及家中女眷皆来灵前祭拜，焚香烛，奉瓜果，按诸侯礼陈三牲列荤素佳肴，礼毕则聚家人吃祭宴，即将供过祖灵的拿去给人吃。

家中一干怯怜、女婢、美姬是不能进灵堂跪拜的，除了使女、童仆用来服侍、帮衬，可以在一旁候立走动。

做罢祭事，众人退下去吃祭宴，越儿独自留下，与我讲话。

他默祷求显灵，道：“此间唯孩儿一人在灵前，爹爹倘仙魂有知，望显灵指点一二。姝娘替我拣了俞氏彩帛铺的闺女蝶儿，想迎进门来做继室。女孩儿聪俊，青春年纪二八，看了生辰八字，无有冲撞犯忌，只是出身卑微，乃蒙古人家怯怜，只怕娶过来有违祖制国礼。姝娘实在欢喜她，又看重她是汉人，为保南荣家宗脉，想着生下一男半女。姝娘说，一生征战东西，如今位居君侧，家资隆裕丰厚，总要有人传承，辛碌一场，为的什么？孩儿自临安出来，往中都，至和林，素嗜推敲丹药枪炮，喜交友，好拜师求道，孜孜然半生，竟不问不理家道，猛回首，掐指一算，今已过了不惑之年。外人看我，有撼山摇岳之大能，回转来一想，端的伶俜孤单，无妻无子，飘零异域。怕是再不经营，列祖列宗容不得。然心中怎就顿生大疑惑？看遍了万千性命的生死，尝遍了世间冷暖贵贱的沉浮，西至北大海，东濒地之缘，虽未及天涯海角，亦于万国万民中窥觑到林林总总异样的活法。孩儿自幼丧了爹娘，姝娘于我，情胜于血，或者别人家依赖族血维系，然孩儿立足所倚，非情义莫是。又情义深浅临逝，转瞬变幻，昙花一现，此一时彼一时，无有长久。孩儿追根寻底，直往前，直往前，终究不知所归。此间忽然驻足，勒缰停马，已然难以回首。我还是最初那个南荣越么？那个叫作临安的小镇子，似是容不下我的翻江倒海。我已回不到从前，我那个花港的家太小了。我是南荣家的越吗？我直是南荣家的越吗？按中原人的活法，人是要定居立业的，而蒙古人却是游徙万里的。地上何处不是家？地上又何处有长久的家？宋的江山不是叫人夺走一半了吗？金的江山也快要丧尽了。日后或者真的无金无宋，没有一国会长久的。《诸书》上说，爱父母儿女胜于爱弥诗诃的，不能进天国。人想着一男半女的，想着子息繁衍传宗接代的，其实是想着地上的永久不坏。倘有地上的不坏，爹爹你怎就走了呢？怎就弃下我不顾了呢？我也要走的，我或者生下孩儿也在半路上弃他而去了。人总是飘零的，于地上暂居的。如是反过来想，覆过去思，总寻不着答案。只是觉得无趣，倘应了这门亲事，姝娘欢天喜地，我兴许连穿一穿新郎的盛装都打不起精神。先圣观天地妙徼，以应恒道。妇人与功名，于我皆丹药，女幻名幻，一时寻欢作乐，以探万事万物边限。即便娶妻生子，又怎样呢？或者与我共究妙徼，则不枉此生；或者蝇营狗苟，背道而驰，端的不如性情中美姬，不如义气中兄弟。”

此时大鸟不在身侧，遂急去林中寻鸟，觅得片羽归，越儿已不在堂中。立书于羽上，曰：“速娶，莫迟。父南荣靖桑字。”

怯怜清扫牌位，拾得羽书，予姝瑄。

姝瑄视字，认出笔迹，惊呼：“泰榆灵在，果真是泰榆！”

便送与越儿看，越儿不疑，道：“既爹爹垂训，父命难违。我上朝面君，求合罕赦了俞家奴籍，封赐一个名号罢。”

越儿去见合罕，里外一五一十说了一遍缘由，合罕笑曰："曹侯家老母看不上蒙古宗王的公主，非要迎一个南家台奴儿进门，听着像笑话，说不定将来传为佳话。蒙古马上得天下，日后终究要庙堂治天下。南家台有规矩，没有规矩不成方圆。朕准了。朕从你这事，学会了怎么造规矩，凡能自圆其说的，都是规矩。等我们将来学了规矩，也学会造出新的规矩，曹侯再来娶宗王各枝儿公主罢。"

这便封了俞润生一个郡伯，按着他祖籍的出处，将山西地面上文水县下一个叫南齐的地方赐给他，之后人称其为南齐伯。顺着这事，合罕又将金国原先封给越儿的曹州地面扩大，将济水之阳与之阴一并纳入他领地，改曹国郡侯为曹国公，辖五千户，岁收五户丝及诸等别样钱赋粮税。

千二百三十四年，二次出征西域前一年，蝶儿生下一个男孩儿，取名南荣相如，终于皆大欢喜。相如者，相同、相类也，喻其与祖辈父辈功业相如。我南荣靖桑有了后嗣，花港大火灭门之灾自此得了补偿，我父亲一脉得以延续，我死后悬着的心也放下了一半。

翌年，我与少媛随越儿出征。此一去，整七年。迨凯旋之日，相如已八岁，身形灵巧，面貌俊敏，长得颇似蝶儿，性情机智，不像他爹爹小时候一脸懵懵懂懂的样子。

回到家中，已然不是原先那个家。

蝶儿俨然一副贵妇模样，人称国公夫人，上下里外全由着她一人颐指东西；怯怜也换了一班，先前蒙古使女男仆都卖给别家那颜了，更替的都是中都来的汉人，俞家在大悲阁一带的邻里街坊；管事领班的是蝶儿娘家的舅舅，为人苛刻贪婪，满脸堆笑，一肚子坏水；蝶儿还巴结上拖雷的可敦唆鲁禾帖尼，可敦欢喜她，将她的表兄刘句容举荐给合罕，做了怯薛军里的玉烈赤，又从玉烈赤的位置攀上玉典赤的官职。怯薛军，乃成吉思皇帝创制的羽林军，有万八千精兵，皆拣宗王和爱马各枝儿子弟中俊杰之人担当，其名分权力非一般官宦可比，律定凡怯薛与那颜争执，杀那颜，活怯薛。怯薛除出征做锋锐、驻牙做护卫，另统领皇帝一切亲近机密事务，分训猎鹰的、掌文书的、带刀的、守门的、供衣食住行的、奏乐演歌舞的、掌灯的、护城的不等。合罕承继先帝怯薛军制，又扩充门类，启用汉人和色目人中有本事的，其阵容较之前更为盛大。玉烈赤是管裁缝的，刘句容初来时因着彩帛裁剪的路径顺理成章地据了此职；玉典赤是看门官，乃君主牙帐前贴身近卫，刘句容善奉承，讨了唆鲁禾帖尼可敦的欢喜，也讨了乃马真可敦的欢喜，于是一跃而为君前宠侍。乃马真是合罕的六皇后，贵由皇子的亲生母亲。刘句容既在合罕面前得宠，又仗着曹国公威势，一时间权倾朝野。

西征因合罕驾崩而止，大军归来奔丧。原先合罕身边有奸臣奥都剌合蛮，与乃马真皇后合谋，弃合罕遗命所指定皇子失烈门，而欲立乃马真之子贵由。晋卿不从，汗廷中重臣、左右宗王亦多有非议，于是，社稷不稳，党争四起。刘句容与奥都剌合蛮结成一党，怂恿乃马真皇后摄政，谓先由皇后临朝，复将权柄缓付贵由。

姝瑄只欢喜相如，拣蝶儿进门做新妇也只为得子，如今蝶儿生下相如，便万事依她，由着她上下翻覆，用人弃人，厨灶帐房，日用进出，凡事都听凭她。于是，园中旧屋都改了花饰，旧时匈奴、回纥的摆设全换成了汉式，兰姨也不准于炊事上做主了，领厨的用了契丹坊酒楼的新人，这事让兰姨颇郁愤，只为姝瑄压着，敢怒不敢言。姝瑄于诸事不闻不问，直与孙儿亲爱相处，仿佛又回到越儿小的时候，整日陪着孩儿玩耍，奉若明珠，捏在手里怕碎了，含在口里怕化了。相如与越儿并不相如，喜静不喜动，他爹爹火性，他倒是里外水性模样，好诗书，嗜摆弄笔墨。这便叫姝瑄尤其称心，整日教他写字描画。越儿归来时，相如已能将四书背齐，画的鱼虫花卉，功夫直抵临安禁中的线描师傅。越儿看了，啧啧称奇。其实也不必大惊小怪，孙儿不过像了我南荣靖桑，续了我读书天性。

越儿进门后，顿觉诸事不顺，原先使唤惯了的人一个也没有，曾经已然熟稔的北地风尚荡然无存，园子里充斥一股氤氲脂粉气息，真好似又回到了临安花港。人前行不驻，一路走来，真就回身，不觉恍惚。别说他看不惯，我与少媛也恍若隔世。又那班蓄养的姬婢也散去一半，剩下的蓬头垢面，唉声叹气。越儿问何故，蝶儿道白吃白用，还整日生事，骄纵惯了，先生不在时，甚至顶撞姝娘，便卖掉一些。兰姨口无遮拦，直说妇人嫉恨，心机绵密，毒嘴辣手，凡不慎得罪她的，便无好下场。

姝瑄或者因孙儿的缘故装聋作哑，越儿任性久了，连先帝、合罕都要人前让他三分，怎受得了这般摆布？遂先寻了一个借口，笞罚了管事的舅舅，又将蝶儿责骂一番。不想竟招来刘句容上门，带着一帮怯薛军犬马，耀武扬威，声言要到乃马真皇后面前去参一本。光阴荏苒，时势逆转，连晋卿都保不住自己了，今非昔比啊！越儿一怒之下，便领了军中几个护卫拂袖而去，索性往契丹坊里的广佑禅寺去住，再也不回来。

好在拿妲夏姐妹早先已回斡罗思，否则死无葬身之地。此乃后话，这里按下不表。

直至贵由登基，因不堪忍受奥都剌合蛮一党专横跋扈，便借故杀了他及党羽，刘句容也在其列。朝政由此清明一些，南荣家政因着朝政也回复到从前。蝶儿娘家既失势，便低下头做人，往广佑寺去请夫君回来。越儿回到龙海园，也未大动干戈去了蝶儿布置的一干人，只是罢了她舅舅的执事，令兰姨复归厨灶领班，其余照常。至于蝶儿，越儿可怜她，也未动休妻之念，直将她冷落到一旁罢了。

第九章　拿姐夏姐妹与贵由大汗

蝶儿嫁过来之前，越儿将先皇帝赐给他的大金牌交予拿姐夏姐妹，差一班骑兵，拨一批牲口和一帐大牙舆，并绫罗绸缎、帑币金铤装得满满的数十口箱笼，护送她们回傩弗革逻。

事体来由皆因着一日寐列与越儿外出遇着故人。

那日，寐列讨着了主子欢心，欲往挲剌森市挑几两真珠，顺便修剪一下头发。越儿不想招商人进府，一为看不全货，二为陪着小娘出门透透气，这便驾着轻车，一路来到广庭。忽听得远处传来琴音铿铿，细处若晶珠滴落，浑处似筝弦弛振，有浊喉吟词，断续隐约。寐列道："此乡音也，大爹爹于车中驻歇，孩儿往视一刻便返。"三小娘日常私下与越儿祖孙相称，谓大爹爹，一者主奴有别，二者亲昵些个。越儿谓寐列曰："声腔悲楚状，吾亦欲往视。"遂二人下车，寻琴音而去。

弄琴放歌人为一长者，坐于广庭西北侧水渠旁石墩上，身旁有一金发孩童，七八岁样子。我随寐列与越儿凑近，见长者膝上平放一木匣，匣上张弦十余索，双手抚拨，一手出声调，一手并奏三四弦，若击节，又若数琴齐奏，时而哀婉恸怆，时而迷醉欣欣焉。寐列道："真乡音也，非故人莫有能思离琴[①]者。"

此木匣张弦琴呼为思离琴，斡罗思故地独有。寐列遂以斡罗思话谓长者曰："视汝非奴非虏，果自斡罗思来？万里远程，何以至此？"

长者闻乡音，戛然止弦，忽睁眼凝视，大号啕，道："宝儿，宝儿，你果真是宝儿么？我是你叔父安德鲁[②]，这是你亲兄弟蒙煞可[③]。"他指着孩童说，"你离家时他还未生下。你父亲与我相约出来寻你们姐妹，可怜的义完[④]，他在过押亦河时叫钦察人捉去祭祖灵了，他们将他生剥了皮活活烧死了。这是他的皮做的一面鼓……"长者说着，从包袱中取出一面藤鼓，上面蒙着褐色的皮，皮上有斑点历历可见。这便是人皮么？我从未见过剥下来的人皮。长者又道："你的几个兄长也一道出来，在押亦河为逃钦察人追捕，奔散了，如今不知下落。牙鲁山大[⑤]病了，走不动了，在家里整日哭泣，将眼睛都快哭瞎了……"

寐列的意思即宝儿，能将她名字的含义说出来的，必是她族中亲人。牙鲁山大是拿妲夏的父亲，傩弗革逻的大公，说话的安德鲁是罗斑的父亲，死了的义完是寐列的父亲。他们三兄弟因女儿叫蒙古人掳去，终日惶惶不安，思女心切，尚能跋涉的，便相约出来万里寻女。曾经都是贵为公侯的主子，如今一路上走来，死的死，散的散，随身带的银钱用尽了，衣不蔽体，沿街乞讨，在眼前的，境况悲惨，直不如俘奴怯怜。

"大爹爹，我的父亲死了，我的父亲死了……"寐列怀抱着藤

---

① 思离琴：即斯里琴，гусли。

② 安德鲁：亦作安答列，即今译安德烈。

③ 蒙煞可：今译门沙克，即小儿子的意思。

④ 义完：今译伊万。

⑤ 牙鲁山大：今译亚历山大。

鼓，面庞贴着鼓皮，哭得站不稳。越儿扶住她，又转脸对安德鲁说："这位长老，这便好了，终于寻着她们姐妹了。你的闺女罗斑和大公的女儿拿妲夏都在我府上，好好的，跟出来时原样一般好，你随我归去，立时便可见着她们了。"

安德鲁闻越儿说着斡罗思话，甚为诧异。寐列道："他乃我主子南荣先生，他跟我们姐妹学说斡罗思话，他待我们极好，幸亏他我们才躲过劫难。"

越儿叫来车夫，打发他速回转去驾大车来，好将安德鲁和叫作蒙煞可的男孩儿载回家。

回到府上，安德鲁与姐妹相见，一番唏嘘感慨。安德鲁其实并不老，只是衣衫褴褛，蓬头垢面，看着沧桑，实际与越儿年纪不相上下。他们叫作牙罗思老家族，有三个兄弟，拿妲夏的父亲名叫牙鲁山大，下面有安德鲁和义完，时大兄长牙鲁山大在傩弗革逻公位上。全斡罗思诸公国原先由乞瓦大公统领，如今改作兀剌的迷儿名号，由三兄弟的伯父富邪[①]袭领。起初斡罗思公国的京师在傩弗革逻，后迁到乞瓦城，复迁至兀剌的迷儿城。傩弗革逻诸望族渊源深厚，自成一统，其朝制与诸公国不同，由望族及富商召集朝会任免主公。拿妲夏父亲牙鲁山大曾经由朝会举荐为大公，如今因伯父富邪跋扈，欺压弟族，处境亦不妙。又诸大公觊觎傩弗革逻已久，总想将这城吞并了，其中有个叫密邪耳[②]的大公闹得最凶。这些事体令牙罗思老父子不满，一时也无良策应对。安德鲁既来到和林，越儿待他亲如本家，遂生出想靠着蒙古复兴牙罗思老一族的念头。此时正值合罕欲出兵海西，越儿便将家中情况报予合罕。成吉思皇帝时，越儿与晋卿主持编纂海西与阿拉璧图志，并掌怯薛军中机密事

---

① 富邪：今译夫塞，即尤里·夫塞·沃洛多维奇大公。

② 密邪耳：今译米歇尔，这里指米歇尔大公。

务。至窝阔台合罕时，又专设御前必阇赤，名义上是处理文书的，实则训养细作，将秘情汇编，呈上阅览。合罕命越儿与速不台于军务外兼管细作谍报，以便于出兵前知己知彼，预谋而动。

越儿将牙罗思老家中事体说与速不台，思量着叫拿妲夏姐妹回斡罗思，一来省亲，二来刺探军情。速不台曰，主奴之情怎胜父女之情？此举放虎归山，不可。越儿不以为然，谓速不台不谙风情，枕边亲热可叫妇人痴醉，纵其归，三日便思主，一日不可无大爹爹。遂执意孤行，令军中教头授细作秘法与姐妹。

越儿谓安德鲁曰："事成，必为尔族灭仇敌，令汝父牙罗思老取代富邪，做斡罗思大君主。此事已奏合罕，合罕准之。"

越儿与安德鲁歃血为盟，互称兄弟。安德鲁感激涕零，俯首拜谢。

所谓细作秘法，有饵剂、字验、暗器、秘书、传讯、媚术、格杀、蔽匿八大套。

饵剂者，以丹药投毒、催春、灭种、迷魂等，有鸩砒饮、快女丹、相投散、断子膏、蒙汗露等。快女丹一类，越儿与诸姬娘常用，轻重缓急，酌量加减，拿妲夏姐妹轻车熟路。又断子膏一类，素用以交而不受孕，不用则复可孕育，加犀角、巴豆则可终生断子。越儿与园中美姬久媾不孕，便是睡前叫娘儿们先服下此药。越儿精于丹药，凡配伍、熬炼，得心应手。三小娘跟着越儿，耳濡目染，早已成半个丹师。

字验者，以反切写密信，不谙文字者不解。如"急"字，居立切，若写一句"城中有伏兵五千"，则可写成"是征陟隆云九房六甫明疑古仓先"，凡字头韵腹不变，亦可换作其他文字；又有一种办法，即先定下军情四十种，如请弓、请箭、请攻城守具、请进军、请退军、请固守、贼退兵、贼固守、将士叛、士卒病、都将病、战小胜……不等，复预约一首五律，八句共四十字，则按军情顺序于诗字下志契，则知。譬如军情第七为“贼退兵”，预约诗为“深居俯夹城，春去夏犹清。天意怜幽草，人间重晚晴……”，于第二句“去”下著墨点便可。除反切、志契外，另有阴符、六书造字等多种手段。按字验法所书信札，即便落入敌手，亦难破解。

暗器分手掷、索击、机射、药喷四大类，有铜橄榄、如意珠、铁鸳鸯、梅花针，花样繁多，皆凶毒阴狠，对手难以招架。有一种细小毒茅，藏于妇人金簪中，拔下，点簪头机纽即可发射，触人肌肤速死，无解药，不可活，名“送西天”。

秘书，可以白矾水、牛乳书字于纸上，不见字迹，火烤则显。

传讯，有木鹊、空飘、驯鹰、矢服诸术。木鹊者，以木制鹊，翼间腹中机关遍设，放飞可高达数十丈，行三日而不坠，敌虽见之，射箭不抵，无奈，只得任其飞远。藏书讯于木鹊中，可传达百里外。空飘、驯鹰同理，以纸鸢、隼雕传信。矢服者，以盛箭之薄皮囊，封紧，充气，垫于枕下，夜深人静时，可闻数十里外响动，若有兵马至，则先知。

媚术，得于古时巫术，今以悦神媚神之术传女细，凡人遇此，咸不能自已，无不心摇，纷纷拜倒石榴裙下。媚术之要，在于媚惑他人，令他人若牵线木偶，丧常智，任由摆布，不可媚而接欢，失身自陷。媚术以传神为硬功夫，须练就睛力所至，令魂飞魄散。日日以一烛灯为点，聚丹田气，引向瞳中，视之不移，久则烛中灯火，随意念生灭。又言语声气、行止坐卧，皆须依着字谱韵节，不可方寸稍乱，紧要在一个“娇”字上。娇以摇人心旌，动其柔软处。所谓娇，不在装腔作势，而在可怜处做文章。娇者必先傲，傲之阳为骄，傲之阴为娇。傲娇者，贵字当头，先刚后柔，内尊外曲，则可怜可爱。俗妇东施效颦，只知娇姿，不懂娇心。真娇者，其姿欲滴，非俗态，叫人伸手欲捧，不忍任滴落。

格杀乃武功，女细学武，不在膂力，而在寻人弱处。十二经络，奇经八脉，三百六十五穴，肢体关节，筋骨凹凸，须精熟牢记。刀枪剑棒，拳脚套路，皆外功，女不宜；贮存丹田气，贯通任督脉，可运气于指趾，令坚如针，刺插缝隙，则成。一要眼明身快，二要心狠手辣，一招出去，不可令对手有还击之力，霎那间卸掉他关节，封住他命门，锁住他咽喉，虽力大如项公之人，亦软瘫似面。女孩儿家心机绵密，身轻如燕，大凡用功不懈，得此道者，非大丈夫可比。

蔽匿术，一者隐身，二者改头换面。前者以丹药、口诀为要，皆出自神霄法，越儿集内丹神霄于一身，唯他有真传；后者男扮女，女扮男，少做老，老做少，易其外观耳，以器具、药水、须发、冠冕蔽改容貌身形，一时惑人，不可长久，紧迫时急就，颇能蒙混过关，慎用不可滥。又隐身术分大隐、小隐。小隐如前所述，借秘诀方剂而藏匿身形；大隐隐于众人间，不去身形，唯去众人注目，言行举止等闲若无，令人视而不见，在犹不在，概忽略之。大隐非俗辈可学，性情中人如何藏起性情不露，姝美之人如何看着相貌平平，实难于上青天。

越半载，拿妲夏姐妹自营中归来，三小娘目光如炬，步态矫健，虽著汉装，冗服盛簪，亦容光难掩，神采奕奕，视之英气逼人，有二八少年之峻拔精胆。

千二百三十五年出兵，千二百三十七年冬大军越过也的里河，拔都率诸王各部取也烈赞，翌年二月拔兀剌的迷儿城，又陷罗思掩弗[1]、末思怯瓦等数十座城池，三月于也的里河上游之昔迪

---

① 罗思掩弗：今译罗斯托夫。

河[1]与富邪纠集的联军大战，克之，至此，斡罗思诸公国主力几近歼灭。遂挥师挺进至傩弗革逻城下，因越儿与安德鲁有约，故佯攻至近城五十里处，忽收兵掉头南去，往宽田吉思海滨休养兵马。千二百四十年，复渡董河入斡罗思境抄掠，时斡罗思诸公内斗，无心御敌，遂轻易攻获多国，直抵乞瓦城。拔都调越儿火器军围城放炮，昼夜不息，乞瓦顿时陷入火海。既获斡罗思全境，大军于是兵分三路又出击海西，先灭孛烈儿、捏迷思联军，又陷马扎儿都城佩斯。

大军所至，熟门熟路，仿入己境，凡桥梁、城堡、工事、街巷、兵马人头、统军将领姓名谱系，了如指掌，此皆得益于拿妲夏姐妹暗送谍讯。或放空飘、木鹊以藏书札，或重金贿赂商贾、边民顺驿站递传军情。有图志、暗语、秘书，无所不用其极，细到敌方辎重、马匹、炊事、刀剑数目，将帅妻奴子女，孰可为人质，孰处为虚软，俱告无遗。又将细作深潜于马扎儿邻国窝思达犁境内，因事败未成，然令海西圣尊肉迷诸侯诸邦朝野震惊。

速不台谓越儿曰："曹公于枕边果又胜莽将一筹。也可兀鲁思于火器外，又增一利器。南家台谓，色可削骨销魂，不想三女可敌百万师，一夫又可御三女。速不台佩服之至。"

拔都乃术赤嫡次子，长兄斡儿答以为自己才不及弟，便与诸兄弟共拥拔都承继父位。术赤家与拖雷家走得近，与窝阔台一系不和。是故拔都亦素与窝阔台有隙，虽受命合罕西征，然心下只为开疆拓土，以使羽翼丰满。及合罕崩，速不台催其回师奔丧，悻悻然不悦。闻乃马真皇后称制，又闻贵由将即位，遂驻足于钦察地不往。迨朝中召集忽勒台大会欲推举贵由时，借口不赴，此举得罪贵由，埋下祸患。

---

① 昔迪河：又作锡季河，于伏尔加河上游。

乃马真皇后身边有波斯来的女巫，名唤乏狄马[1]，作祟施法，于朝中呼风唤雨，架空权臣，擅出政令。此事令宗王、将帅及百姓不满，积怨颇深。贵由于是抓住乏狄马把柄，以妖惑人心罪名将她缚至帐前，严刑拷打，缝其全身窍穴，谓不令其魂脱身贻害生灵。捕来乏狄马时，乃马真忽然死了。贵由下诏曰："圣母笃思先父，此去终可与合罕团聚矣。"乏狄马不堪酷刑，供认谋害皇后及皇族中多人，遂裸赤其体，以毡裹之，投河溺毙。乃马真皇后究竟如何死了，说法不详，令人疑窦丛生。

贵由亲政后，杀了乃马真皇后一干亲信，蝶儿娘家刘句容也在其列，此事颇叫越儿舒心，故竭力拥戴贵由大汗。大汗亦赏识越儿才干，常召至御前议事。

拖雷死后，窝阔台曾欲将其正妻唆鲁禾帖尼复嫁与贵由，唆鲁禾帖尼以诸子未长成为由，婉拒。此事令贵由不快，落下芥蒂。

贵由登基时，速不台与越儿正于拔都处合兵演练。时各行省、藩国派使者前往和林朝贺，鲁姆国[2]的算端、报达的大臣、斡罗思的密邪耳大公、牙罗思老和他两个儿子牙鲁山大、安德鲁经过拔都的斡耳朵，驻息在那里。牙罗思老，即富邪之弟，谷儿只王子，这次他几乎将全家都带来了，也送还了三个孙女拿妲夏姐妹。拔都设宴，招待斡罗思一行人，速不台与越儿也在座。

时富邪已战死，牙罗思老继兀剌的迷儿大公位，终成斡罗思大君主。拔都按照越儿起先与安德鲁的盟约，确立牙罗思老长子牙鲁山大为傩弗革逻大公并全斡罗思储君，立安德鲁为傩弗革逻继位人。

---

① 乏狄马：今译作法迪玛（Fatima）。法迪玛是波斯或塔吉克人，花剌子模之役时被掳回哈剌和林为蒙古人效力。

② 鲁姆国：古国名，今土耳其、叙利亚一带。

拔都问牙罗思老："此去路险，恐有不测，不如在我帐中歇息几日，托口老病不支，然后返转。"

牙罗思老曰："倘不往，得罪大汗，必招祸。"

"去则不回。"

"有殿下做主，虽死不悔。吾将犬子交托殿下，则安。"

"或买汝活归，或送汝尸还，必其一。吾堂兄忌我势大，凡我境中诸部，一律视作敌。"

"祈主公赐我安息地，朝向祖宗宽田吉思海谷儿只故土，足矣！"

"忠良莫过乎此！汝去乃为我死！"

宴罢，牙罗思老即往和林，不想盛典后乃马真皇后又请吃酒，酒后毙命，死因不明。

席间，拔都又问越儿："倘诸王子纷争，曹公将何去何从？"

越儿答："吾从君命。然绝不与汗王为敌。吾与汗王征西境，浴血奋战，情同手足。"

问速不台，速不台道："吾从曹公。"

牙罗思老既得宠，拔都便有心为其除宿敌。谓密邪耳曰："密邪耳，汝进帐时踩踏门槛，按蒙古例，须斩断双脚。若向我先祖成吉思皇帝谢罪，或可赦汝罪。"遂命密邪耳向成吉思皇帝像跪拜。

密邪耳不肯，道："宁向汗王跪拜，向帐中诸侍臣请罪，亦不跪拜偶像。吾乃基利斯督门生，此教中不许。"

拔都道："不从吾命者死。"

"宁死不悖教门所不许。"密邪耳道。

"既如此，吾使卫兵许之。"卫兵遂将密邪耳带出毡帐，猛踢其胸肋，直击心肺。

其间，密邪耳有一随身男仆俯身谓："忍之，苦楚不久矣，直思将入永福之地。"

密邪耳仆倒不起，卫兵以刀断其首，复断仆人之首。

仆人名曰非窝朵[1]，斡罗思人立祠将二人奉为圣者，称圣密邪耳与圣非窝朵。

拔都素来宽厚，遵其祖成吉思皇帝，凡各路教门僧俗，一视同仁，绝不做强求他人改宗之事，此举殊异，概为报牙罗思老忠良之诚。

千二百四十八年春，贵由大汗西巡，至阿勒台山南横相乙儿地，下旨召见拔都王。时左右怯薛中有唆鲁禾帖尼探子，得知大汗欲假借召见，实施剪灭，遂密报于拔都王。王知情后拖延不往，大汗复急下三道诏书，直未见王来。

速不台大军与越儿火器军随行，稍迟至大汗驻地附近，并不明就里，只当巡察演兵。拿妲夏姐妹随越儿同行，时斡罗思诸国已臣服，故已不视为奴，按藩国公主礼遇之。和林人谓，曹公纳了三个斡罗思美娘做小妾。

大汗于俟候拔都王来朝之际，日日设宴，乐舞觞饮，沉溺酒色。一日，大汗谓越儿曰："闻曹公纳傩弗革逻小娘，人谓雪肤碧瞳，非凡仙貌，可否令朕一睹？"

遂告小娘，大汗请宴。

此回小娘复至和林，今非昔比，随嫁箱笼、财货、奴仆一应俱全。既大汗召见，小娘便唤了几名男童，操思离琴与铃儿皮鼓，作乐伴舞。

小娘著白色长袍，襟口有银色花边，下摆遮足，有红色花边；戴镶刺子头箍，露出高额，颅后垂血色长巾，长及腰臀。三人一色儿装束，蹀躞逡巡，因下摆遮足，并不见舞步挪动，然身形缓移，并肩进退若玉屏开阖。琴鼓应节，童音契转，一忽儿有淅沥雨幕，

① 非窝朵：今译菲奥多尔。

一忽儿有辉芒光柱……看得大汗停杯忘饮，目不转睛。

时小娘年纪俱过四八，然形貌妍丽不改，依旧春情汩汩。

舞毕，小娘下去换妆。时帐中有异香，闻着像一种野鹿肉味，我寻香而去，正顺大帐中隔板后夹道飘去，撞见小娘在另一侧说话。

拿姐夏道："今日良机莫失。直乃我姐妹殉国之时！终究等到此刻！"

"这便下手么？"寐列问，"大爹爹也在其中，速不台一干人有七八个，都要死么？"

"这速不台老贼，早就觑他不顺眼，曾记得他那年要将我们姐妹们抛在草甸子荒野中么？"拿姐夏道，"一帐的人都须死，连着我们姐妹的性命一起。"

罗斑缄默一阵，道："大爹爹待我们情深义重，我们如何舍得下他？直不如带他一起上路，往天国去的路上与我们做伴。倘只叫贵由一人死，我等之后也活不得，大爹爹也必受牵连。叫别人杀死，还要下狱受刑吃苦，倒不如今日一次死得干脆快意。"

"祖父是如何死的，也叫贵由如何死。"拿姐夏狠狠地说，"你们不要忘记我们的兄弟为寻我们都走散了，如今生死不明，直留下蒙煞可一人了。我们事成，拔都王必善待我族，蒙煞可将来也会得好处。我听说贵由下诏唤拔都王来，怕也是要陷害他。他倒了，还有我族的日子过么？今日若贵由死，天下太平，人人称好！"

"我们好日子都过足了，韶年将逝，想日后暮年色衰，苟延残喘，不如死在婉丽的一刻，好叫见过我们的人只记得我们的姣好。再者，大爹爹也年近花甲，活出本钱了。"罗斑道，"既如此，我等这下先做了祝祷，求上帝应允我们，护佑我们成事。"

三人于是跪地拜天，又取出一个嵌宝珠的金盒子，换了妆，即往筵席上去。

他们这是要弑君！难不成下毒么？这金盒子里盛的是毒药么？我想不得那么多，此间大鸟也不在身侧，出帐寻飞禽，直寻不到半只小鹊，这便难以羽书示人，于是不得已，只得尽我魂灵全力去撞翻杯盏，想着或可有所警示。

越儿杯倒数回，说：“看来今日不宜小盏，换大碗方好。”

大汗的杯盏也倒了数回，道：“曹公有理，都换了大碗吧，喝一个痛快！”

这便怯怜们上来，将小盏都换作大金碗。金碗沉坠，一丝也推不倒。正愁闷间，忽不见三小娘。这便坏了！怕是去帐外下毒。大斡耳朵帐外有皮囊，盛满忽迷思，君臣兵奴取酒，皆自皮囊中出，小娘定是去往皮囊中下毒了。于是，我便出帐，见罗斑与守卫说话，又见寐列将筵席上瓜果拿来分与士兵吃。我晓得这是掩护，诈人视听，好叫拿姐夏去放药。我寻着拿姐夏踪迹，她已走到远处别帐。这草甸子上有六七帐大毡房，这会儿都在开宴饮酒，莫不是小娘们决意叫营中一个活口都不存？太阴狠了！果然至毒莫过妇人心肠！

迨我回转大汗帐中，速不台与越儿都已倒下，酣然似仍有鼻息。一会儿，大汗也倒下了，帐里帐外的人都倒下了，个个都像睡着了似的。

拿姐夏姐妹回转来，三人将越儿抱起，平躺在她们怀里，头在拿姐夏那边，胸腹在罗斑这边，寐列抱着他的腿，不久，亦睡去。

夜幕垂降，六七个毡帐中，众人俱倒，唯有不灭的灯火在燎燃，未煮熟的羊肉在镬子里翻腾……寂静森然，时辰仿佛凝固了。

夜间有送信的一队骑兵过来，见此景者，无不失色。此处乃大汗行帐，大部兵马远在数十里外，速不台将卒与越儿火器军亦扎歇在别处。人既俱亡，便无人晓得个中情由。骑兵只得速回转上报。

将近黎明时，越儿魂灵出窍，摇摇坠坠，飘忽出帐。我上前招呼他，他并不理会，怕是尚在醉中，灵性未甦。众人灵魂并未离身，或是为毒气蒙塞了，永久拘在脏腑间，再也出不来了。我曾听说，练过内丹的人，成就精魂，灵魂的气力大过常人。或者，越儿便是由着这个缘故，灵魂才挣脱出来的？然而，出来了又怎样？终究是死了！

我随着他的灵魂飘移，直往荒野北面去，一歇儿便到了阿勒台山下。他接着往山里去，直钻到林中深处。

林中水雾缭绕，烟气蒸腾，晨光尚未透入，犹暗黑若夜。行数十里，渐有光明，魂向光移。近光，乃一水帘，帘后有洞。魂穿帘入，行尽，别有洞天，豁然开朗。有大溪于一侧，有山崖悬立，崖壁上有栈道，沿此往前，见有人影摇曳，似引路状。行急，则影亦急；行缓，则影亦缓。如是，盘山数十里，影忽止不前，转身，乃一青春女子。观其面貌，似曾相识。时越儿魂渐甦。

女曰：“君可识我？”

越儿道：“不识。”

女出一物，示越儿，曰：“可识得此物？”

“此金十字佩，乃我护身，当初于中都遗落，久寻不见。娘子如何得我失落之物？”

“汝何以无身形，唯孤魂来见？”

“昨夜饮酒颇多，恐醉深，魂醒身未醒。一帐人皆睡，独我飘逸至此地。”

“身在何处？”

“仍于帐中。”

“君或遭难，魂出窍欲往阴府，此黄泉路也。尔神霄中帅傅嘱我于此候，阻尔行。既遇君，可引君返。君随我来。”

这是个仙女么？生得如此标致灵慧，飘飘然，身轻宛羽，只是眉宇间透着熟分，像是故人，直想不起来究竟何人。她竟可见人魂？可知魂语？我便藏得远一些，不令其察觉为好。

越儿遂与仙女同行，择别路返回。

至帐中，寻见越儿身体，女子将十字佩悬于越儿颈间，又呼魂凑近，曰："君不记得我了。我乃三分儿。大安三年，君往燕山营地，走时将此物遗落枕边，妾收之。君自那日去，数十年未归。妾有负君恩，无颜面君，遂离家出走，遇仙人指点，如今羽化。神霄中人测君有难，告妾可携护身十字往救。此物应天，君阳数未尽，不当死，得此则归于天道中，可活。"

原来是三分儿！赵蔷虞，蓼莪，蓼蓼者莪。难怪看着面熟，那几分黠慧一点未变，只是灵透了许多。盖人成仙，亦不去其种性，梅依然是梅，菊依然是菊，蓼莪依然是蓼莪，直清浊有别耳。

"今日来报，非妾之德，乃天神垂恩，成全妾苦心修炼。"三分儿说着，抚越儿天顶百会，开穴令越儿魂入，又道，"君魂入体，则不可语。视帐中情形，尔等怕是叫人下了毒。观君身体，毒或尤甚，仍未去。君无须多虑，得此十字佩，可接天光，日出之时，阳气升腾，应可渐涤净毒药，必复活。妾与君说话至此，永别不复见。"

言罢，魂入体，三分儿去无影。日出，光自帐中天窗泄入，照临越儿身上。见其面颊泛血色，闻其口鼻有鼾声。

兵马至，一班木速蛮医师同来。入帐，医师察验诸人，谓长官曰："此金刚毒，下毒人将金刚石磨为粉，渗入忽迷思中。唯羚羊角可解。"长官于是命人速返大营寻羚羊角。医师曰："恐等不及取来。人俱无息，四肢已凉。"

忽有人惊呼："曹公尚有鼻息，触之手脚有余温！"

及羚羊角取来，磨成粉，灌越儿口中，吞下，不二刻，神志清醒。

众人问缘故，越儿一脸茫然，只谓饮酒复饮酒，便昏倒无知觉。又言醉睡中见仙女，乃故妾，得救。

此事终究不明不白，查无线索。那日饮酒者，除越儿，无一生还。大汗薨，速不台亦死。

越儿或者不忘三分儿，活得明白，却死得糊涂。

此事于是不了了之。有疑拔都遣人下毒者，因无实据，亦不敢确言。人忌讳不祥，皆称大汗病故，速不台老死。汗廷一时无主，长明地灯火黯弱，复陷入纷争。

我本想羽书以示越儿案情根底，然转念又想，死的已然死了，不复开口言说，活下来的并不晓得，却得了莫大恩典，明明是造化于命中预设，一介目睹的魂灵不如守口如瓶，只将见证留告后人，斯乃吾职。

第十章　净风降临日

乃马真可敦临朝时，晋卿遭冷落，不久，郁愤而逝。

如今，速不台也去了，越儿没有说话的人，语缄容沮，神思恍然，竟日不暇食。这番活过来，变做另外一个人。所谓情义，无所归附；所谓嗜癖，淡然不复从前；又所谓风流，哪里还有那披日覆雪的仙人？

越儿按公主名分，于和林城外海西人墓园礼葬了三小娘，请来捏古剌，按正教的仪矩做了庄重的安魂祭告，又竖起石碑，刻字纪念。

碑铭一曰：爱妾拿妲夏，斡罗思国兀剌的迷儿先君牙罗思老之裔、兀剌的迷儿大公牙鲁山大公主。

二曰：爱妾罗斑，斡罗思国兀剌的迷儿先君牙罗思老之裔、傩弗革逻大公安德鲁公主。

三曰：爱妾寐列，斡罗思国兀剌的迷儿先君牙罗思老之裔、德盛公义完公主。

牙罗思老既死，拔都王便封其长子牙鲁山大为全斡罗思大君兀剌的迷儿大公尊爵，又封三弟安德鲁为傩弗革逻大公，立蒙煞可为傩弗革逻储嗣，谨践誓约，未食前言。寐列的父亲于寻女途中遇害，越儿感其仁毅，按汉地惯例，追谥其为德盛公。

那日葬礼过后，捏古剌将一封书信递予越儿，乃安德鲁寄来。信中说：“闻君安健，弟甚慰。君待爱女情厚，吾族与斡罗思臣民永志不忘。倘日后于朝中不遂意，可来傩弗革逻颐养天年。昔日歃血结拜，弟与兄必肝胆相照。傩弗革逻一日为弟食邑，亦一日为兄食邑。愚弟安德鲁敬上。”

越儿谓捏古剌云：“这个安德鲁，知情晓义，当初我没有看错他。只是此书颇唐突，难不成斡罗思族倾诉衷肠，遣辞用句要比我中华过头些么？夷狄究竟不知含蓄，也怪不得他！至于邀我往傩弗革逻，盛情领了，我心已非同往日，更不愿触景生悲，斡罗思一草一木，俱令我思想爱妾，睹之，心中便戳开一洞。与爱妾相处岁月中，已知正教好处，只是疑惑公教何故与正教为敌，岂公教另有更大好处么？”

“曹公未闻公教教宗营奴生四世[①]差遣芳寂谷社[②]的白浪介品教士往蒙古来么？”捏古剌道，“于贵由大汗登基时，他来朝见，还带来教宗的书信，不过，叫大汗驳回去了。”

“那个营奴生教宗说些什么？”

“他信中说：达达人侵害诸多基利斯督国土，令满目疮痍，不分青红皂白屠杀，罪不可恕。应速止掳掠，尤其不得入富浪境施虐。或得逞，乃上帝偶不惩罚狂傲之辈；倘不约束，日后必遭双倍恶报。遣白浪介品来，乃谋和，望善待慎思，悔过不迟。”

“大汗如何回应？”

“大汗说：长生天乃唯一上帝，蒙古受天命而灭诸国，汝等若

---

① 营奴生四世：今译为英诺森四世。

② 芳寂谷社：今译作方济各会，由意大利人方济各创立，拉丁语称作“小兄弟会”。

信奉上帝，应当遵命，不可违抗。汝如何知晓上帝旨意？汝如何知晓汝之所言获天恩准？汝居富浪诸君之上，当领诸君臣服汗廷，方可得救，不然，汝等之命运，唯长生天知道。”

“我记得，征唐兀时，先皇帝说过‘长生天知道’这话。人如何测知天意？人假借天意欺人，怕是走得远了。晋卿本是一个可窥神机的人，做着做着，自比神天，甚或竟替长生天操心了，聪明过头了！阔阔出也与晋卿一辙。这个营奴生教宗，看来也过于聪明了。”

“敢问先皇帝又是如何知道长生天旨意的呢？”

“此天机，凡人不得知。不过，我晓得，先皇帝每遇大事，必深入狼居胥山，袒胸托冠，跪地祝祷，常整日整夜祈拜，不得天示不出山。又常惴惴不安，如履薄冰，唯恐误会有差池。于人间事上，大刀阔斧；于长生天面前，谨小慎微。”

“曹公得天意乎？”

“吾闻佳讯，或见证天意。”

“《诸书》中有天意，皆先圣蒙神启。”

“《诸书》有全部真理，然未必有全部见证。《史记》中有见证，《尚书》中亦有，即便《抱朴子》中亦有。人之所见证可信，人代神言不可信。好比正教与公教，执管不同，所窥皆不全。不全之理非真理也！然不全之见证可指全然之真理。汝尽阅《诸书》，汝尽知全部真理乎？”

贵由大汗崩后，汗廷三年无主，拔都王与另外几个宗王不得已暂拥海迷失皇后临朝。海迷失乃贵由大汗三皇后。海迷失称制时，贵由一系的皇子与其对抗，直至另立府邸专权，天下大乱。天降怒于人间，连年大旱，水泉尽涸，野草自焚，牛马十死八九。直至拔都王转而择立拖雷长子蒙哥袭汗位，万事方稍定。自此，窝阔台一系遭弃，拖雷族兴旺。

越儿此时赋闲在家，于朝中事不闻不问，只与布舍研讨西学，置身别境，入了另一番天地。蒙哥大汗登基时，按西元纪年为千二百五十一年，越儿六十又一，布舍三十二年纪，窠潦刚三十出头。自头回西征将窠潦与布舍带回和林，迄此时已整整十年。十年中，两个西国少男少女住进龙海园，成婚立业，生子育儿，光阴荏苒，不知不觉已然为人父母矣。

越儿既不喜欢蝶儿，拿妲夏姐妹也过世，便与布舍夫妻走得近些。原先龙海园叫蝶儿翻腾得早不成样子，遂索性大兴土木，改造成肉迷庭院格局。布舍叫来卫尼思的石匠安竺耳（Anthony）、八梨的木匠禄合（Luc）、妃冷色①的画师雅古（Jacques），还有一位不连旦的金匠术忽难②（Johannes），这金匠懂一种炼金秘术，颇令越儿诧异。布舍说，术忽难乃当今不连旦大学士卑恳③（不连旦音字写作Roger Bacon）的徒弟。卑恳于不连旦一大城斡可思富④（Oxford）有大丹房，专事炼金。所谓炼金，即将一切金石变为纯金之术，其要旨谓：黄金乃五金中完金，赤金白金、铁锡半金皆残缺之金，以秘术修补残金之不足，令金气充沛，则得万善之纯粹精金。

越儿见着布舍带来的安竺耳、禄合、雅古、术忽难，问："居龙海园三载不出户，颇有洞中一日、世上千年之慨！难不成外面的天地都叫西国人占满了？先前西征俘回来匠人、博士、美姬，本已不少，看今日五花八门的手艺人应有尽有，愈加多起来，这都是从

---

① 妃冷色：今译作佛罗伦萨。

② 术忽难等：安竺耳，今译作安东尼；禄合，今译作吕克；雅古，今译作雅各布；术忽难，今译作约翰内斯。

③ 卑恳：今译作培根，即罗杰·培根，英国13世纪哲学家，实验科学的先驱。

④ 斡可思富：今译作牛津。

哪里冒出来的？西人岂不是都来和林了？”

布舍道：“如今教宗愈加得势，气焰遮天。自营奴生教宗以来，确立一神之下，万人之上，唯教宗为上帝于地上全权代办，如是则稍有不如意，便斥人为异端。前些年教寺于富浪肉迷诸侯各邦立了火刑柱，凡被判为异端者，皆缚于火刑柱上受炙焚。我这些兄弟多半是躲教廷处罚逃出来的，于也可兀鲁思觅得鷦鷯一枝，偃鼠满腹。”

“布舍聪慧，三日不见，当刮目相看。如今庄子竟也看得懂了！”越儿因鷦鷯一语出自《逍遥游》而夸赞布舍。

“曹公乃我丹药师傅，丹学之源在于老庄，故寻来读了一些，只知皮毛，尚不明就里。远不及曹公于西学用力，学通罗典语，竟看透了阿里司铎与八剌秃的书！此间论西学，莫有可与曹公敌者。”布舍道。

“我甚为不解的是，海西恁多文渊武高的君主，怎甘屈居教宗膝下，任其颐指东西？昔先皇帝身侧有阔阔出，杀了也就杀了。”

“阔阔出乃巫师，自诩格于皇天，与教宗不同。倘长生天与百姓间有一中媒成定制，则先皇帝也无奈。曹公有所不知，教宗乃大祭司，主掌人的灵魂，违逆教宗如同违逆上天，不似阔阔出，窥知天意而已。昔者教宗哥里果里七世[①]曾逼迫朵颐孜恒里四世王[②]于雪地中跪了三昼三夜，虽位重若此者，亦敢怒不敢言。”

“他何来如此大的权威？”

“西国之制与中原不同，皆受约于《诸书》。上帝与人约，人以圣约复互约。人神之约，乃宗教，宗教之首故得权柄。”

“上帝独与教宗有约乎？上帝何不约与天子？”

---

① 哥里果里七世：今译格列高里七世。

② 恒里四世王：今译亨利四世。

“有与曹公所想类同者，皆为教廷视做异端。这便是他们来到这里的缘故。”

“上帝与谁有约，但听凭上帝。尔等放心做事罢，此间并无教宗鹰犬相逼，可安身养命。”越儿谓众人曰。

“也可兀鲁思果福地也。”术忽难应着越儿的话说，“过了窝思达犁边界，直入广阔天地，无须牒牌，无须文书，纵横南北东西，任由我心愿。又遇曹公知我礼俗，待我恩重，大幸也！是故，足见造化于万事万物中，神天随时随处引领众生。不连旦绝我食禄，别处日月雨露岂不照我、润我？”

术忽难的话讨了越儿的欢喜，这便留下四人于园中吃住，主仆间往来甚密，论西学，习炼金秘术，直如师徒，不亦乐乎！

兰姨老得已经有些糊涂，早就不能亲自下厨做菜，直吩咐几样菜谱，管炊事的便照着去做。人有时也哄着她，应着一套，另做一套。术忽难这些工匠每日聚在一起吃饭，偶尔说起长瓜炒鸡子好吃，叫兰姨听见了，便每日要厨灶做这样菜，等长瓜在园圃里长出手指大时，急着亲自去摘，不慎跌倒在秧棚下，女使寻了她半天，也不见人影，迨寻到时，已经断气。兰姨活了八十一载，她与姝瑄同岁。兰姨死后，葬在城外契丹人墓园。下葬时，将她的松花镔铁刀放在她枕下。原先这样的好刀她有六十八柄，从常州出来时，怕路途艰困，不好携带，便舍了其余，只带出一柄。这一柄从中都一直用到和林。想当年自镇江往扬州去，三人遭盗劫，身无分文，全仗着兰姨一刃渡江，如今想来，直令人唏嘘感慨。

兰姨过世不多日，姝瑄也去了。姝瑄去时很突兀。一日午饭后，她说困倦了，要睡一歇，进睡房坐在床沿，靠着帐边尚未躺下，便不醒了。

越儿将姝瑄葬在兰姨一侧，按中原规制，砌了一个大坟头，碑垒得有一丈高，请契丹坊的石匠来刻上字。字曰：显妣国夫人南荣氏之墓。

姝瑄的另一侧，睡着菘引。有碑文曰：赛罕公主孛儿只斤氏之墓。越儿睹碑铭良久，或思之有不妥，便嘱人加上“曹国公夫人”五字。字钤成之日，凝血化。成吉思皇帝十九年，越儿征战归来，于龙海园海子岸得凝血，轻似纸帛，状若虎魄，藏于木匣中。嘱钤字时，欲将凝血一同落葬，开匣视之，已化无形，方知凝血乃菘引魂魄。亡魂有知，夫君今释然恕之，则自入穴安息。

姝瑄去后，越儿身边从南国出来的人便没有了。如今与他有血脉连着的，只有相如，而相如并未到过中原。相如今岁一十七，已长成大郎模样，因合罕九年晋卿主持过一次科举后再无科试，相如满腹诗书并无处张显，便只好在家中画画写字。布舍领着建肉迷花园，想起相如图画好，请相如帮忙绘图样。相如与一班工匠处久了，学会了西国术数，尤其精通幼契力敌思的丈量之学。蒙哥大汗从阿拉壁人手中得来一本《幼契力敌思要义》[1]，一头扎进去拔不出来，汗廷上下的人都以为他疯了。他听说曹公的郎儿颇精此道，便召见相如至禁中论道。相如带去从术忽难那里借来的不连旦音字书，叫作*Euclid's Elements*，这本比阿拉壁传来的要清晰许多。蒙哥喜欢相如，两人性情投机，遂留在禁中，令行走左右。相如由此得了一个怯薛职位，叫作札里赤，为大汗整理奏章并撰写圣旨，后又按别里哥选[2]的旧制升迁为一名三品漕运官。此乃后话，于此不表。

---

① 《幼契力敌思要义》：今译书名为《几何原本》，其原书名意译为《欧几里德大义》。

② 别里哥选：怯薛中有为官者，不经中书省议奏，由皇帝直接任命，谓“别里哥选”。

蒙哥大汗是也可兀鲁思历代君主中最博学的一位，性沉静，寡言缄默，不喜侈靡，唯好海西术数和狩猎，亦重佛老之道；母后唆鲁禾帖尼出自怯烈部，乃景门信徒，大汗自幼耳濡目染，亦笃信教理不疑，然身居尊位，不便明示宗门，怕于皈依不同教道的百姓面前有所偏颇。相如乃儒生，知书达礼，懂罗典语言，会看海西书卷，又从越儿那里学得几手神霄的招数，这便与大汗一见如故，相谈甚欢。蒙古地方入夏多风暴雷电，相如施法，竟使乌云远离，纵然狂风骤雨时，独独万安宫上天青日朗，不挂一丝雨线。父亲将神霄用来点信发炮，孩儿将神霄用来护卫祥和，同出一脉，所归殊异。人谓殊途同归，此乃同途殊归。

蒙哥大汗四年，即西元纪年千二百五十四年，闻有海西佛蓝契牙国教士鲁白鲁乞[①]来，携国王鲁义九世[②]书札欲与蒙古通好。春，净风降临日，大汗召集木速蛮博士撒的迷失、景门国师孛勒桓、崇真宫住持李真常、广佑寺禅师希音等一干人于禁中大庭会见鲁白鲁乞，曰辩经会，旨在令各教陈述己见，使利弊分晓。汗廷降下旨来，命越儿、相如、寄要木布舍、术忽难做罗典语及佛蓝契牙语译员。

鲁白鲁乞乃芳寂谷社教士，佛蓝契牙国王鲁义亦曾入芳寂谷社。传鲁义王乃海西境内诸王国之楷模，谓“王楷”。其人节衣缩食，为人公正，判案不偏，每祝祷毕，必于八梨城外樊尚森林[③]听讼，受四方百姓状纸，躬断曲直，无论贵贱，一视同仁。立一种规矩，谓“王四十日”，即有犯诸侯者，诸侯于四十日内不得擅自报

① 鲁白鲁乞：今译鲁布鲁克，13世纪方济各会教士。著有《鲁布鲁克东行纪》。

② 鲁义九世：即路易九世，法国国王。

③ 樊尚森林：巴黎东郊森林。

复，须直禀朝廷，由国王亲决。如是则诸侯不得先斩后奏，王顺理成章削夺藩势，统一号令，集权于王室。王常施善济贫，凡巡察时则设公灶，予百二十人吃喝，并每遇此便拣三人与己共餐。餐毕，又躬身替贫苦人濯足，以弥诗诃基利斯督为则，颇得人心。鲁义好书画礼乐，资助国中才子佳人，又出私囊钱，于国中遍设医馆、养济院、穷困人驿站、草娘赎身社等义所，此举此癖颇似我宋徽帝、王荆公舒王一路。是故，此时佛蓝契牙亦有宣和气象，楼宇金碧辉煌，民人安居乐业，一派欣欣向荣。

数年前，大秦京师康士坦廷堡复陷入木速蛮之手，鲁义领十字军出征，谋先渡海至密昔儿国，借道迂回。密昔儿算端撒里合闻十字军来，御驾亲征，集十万大军应战。出征途中，算端猝死，群龙无首，眼见得十字军获胜在望，不想算端爱妃珍珠小枝①竟复集溃师成军，力敌鲁义，鲁义败，为密昔儿人俘。此珍珠小枝亦非常人，本乃报达算端之奴姬，赠予撒里合，后生子而贵，立为妃。珍珠小枝临危不乱，用兵如神，遂威望陡升，自命女王。十字军既败，密昔儿索赔付八十万金赎人，时佛蓝契牙帑库空虚，只出得四分之一，密昔儿权臣不许，珍珠小枝力排众议，将鲁义放归。此事令木速蛮诸国不满。报达君主，昔日珍珠小枝之主，闻此大发雷霆，传书于密昔儿，曰："汝等倘无男儿，朕送汝一名。"国中重臣借此遂逼迫女王与羽林军将官艾白可成婚，立艾白可为算端。不久，珍珠小枝处境愈危，势力孤单，不得已先发制人，于浴室中刺杀艾白可。三日后，复仇者将珍珠小枝捉获，据传，艾白可前妻之女仆，以木履击之，破其相，碎其首，生生打死。死后，曝尸臭渠旬日，任野狗拽食。

---

① 珍珠小枝：舍哲尔·杜尔，埃及女王，奴隶出身。其名阿拉伯语意为"珍珠小枝"。

鲁义为救大秦身先士卒，于俘营中坚贞不屈，归时百姓万众夹道欢迎，一时其威望于信奉基利斯督宗教之诸国间如日中天。于是，谋划十年生聚，休养再战。战前突发奇想，重拾长老瑜罕难国之说，笃信其乃今日也可兀鲁思也，便有意与蒙古结盟，图东西夹击木速蛮，便急急写了书信，差社中有德望的教士鲁白鲁乞东行。

所谓芳寂谷社，乃牙细兮城[1]芳寂谷教士所立会社。牙细兮于肉迷城北，距肉迷四百里，距哈剌和林八千里。芳寂谷生于我宋淳熙八年，较越儿长九岁，其父做布匹生意，家资丰厚，故生来便娇逸任性，少时浪荡纵情，挥金如土，整日游手好闲，风流倜傥。及冠字，因牙细兮与邻城孛鲁佳[2]有纷争，战事起，不得已从军，为敌方虏，沦为俘囚。于囚禁中吃尽苦头，重病缠身，终得重金赎回，已奄奄一息。及成吉思皇帝称帝前一年，又有战事，父命儿出征，欲令建战功博取骑士头衔，不想芳寂谷一出门，便勒马掉头，直往城郊古寺中去，谓："我闻主召唤，令我重建殿宇！"入寺，散千金，照料疠风疾人。父闻之，怒，欲与子断绝。芳寂谷曰："吾父本在天上，何须相逼？自愿去家。"

芳寂谷与贫家女好，与无田土者往来，然心中喜悦，处境福顺安泰，人见此颇诧异，从之甚众，立会社名小兄弟会，后世称之为芳寂谷社。有女名嘉兰，年方二八，受感召，心慕之，于小兄弟会中团聚四方义女，号贫家女社，救济妇人中羸弱者。

芳寂谷奔走各地，远至西大海木速蛮人中传教，又往南方密昔儿地布施，所到之处，圣火炳耀，人心复古。其说以太初古朴为根本，去奢繁伪饰，与当时公教教门中淫靡堕败之气相左，故拥从者不计其数。因教廷一手遮天，虽王者望族亦不满现状，于是多有领

---

① 牙细兮城：今译亚西西，意大利中部小镇。

② 孛鲁佳：今译柏路佳，意大利城市名。

主、骑士、博学者入会，会社日益壮大，势不可挡。营奴生教宗见其所向不可逆转，遂生出一计，欲借其威信安抚民众，便下诏纳其归入正统。

芳寂谷性情中人，孩童初心不泯，喜歌舞诗赋，常讴歌造化，整日吟唱不息。与禽鸟走兽言谈，与花朵五谷论道，以《诸书》真理教化世间生物。尝于谷中洞穴密修禁食四十日，时飞仙降临，印弥诗诃受难时五处伤痕于其身上，钉十架之手心足心四痕，长矛刺入肋腹又一痕，所谓五圣痕。昔弥诗诃复活时，门徒朵末[①]不信，弥诗诃唤贴近其身，令朵末伸手探入肋下伤口，朵末始不疑。朵末于汉时来中原，后复往别处传佳讯，于天竺殉道。美剌浦耳城[②]有朵末墓碑，碑铭曰："秦尼与天竺之传教主保——圣朵末为我众生祈。"秦尼，即西域诸国古时称谓中国。

芳寂谷神迹频显，尝劝狼从善，令泉水自岩石间涌出，战恶魔邪灵得胜……

一日，芳寂谷与弟子讨得几块面饼，打算寻井泉取水，终得一处水源，一侧有粗粝稍平巨石。芳寂谷依石而坐，以石为桌，曰："谢主赐食！吾辈实不配得此宝贝。"弟子忍无可忍，怨怒道："如此贫瘠，既无餐具，亦无杯盏，无片瓦挡风遮雨，何言宝贝！"芳寂谷曰："天然玉成，非人力矫作，无一物不出自上帝亲手，面饼，石案，汝可寻见一物不自天出乎？此即明证也！直受天赐，至大宝贝也！"

"无须于地上积存财物，莫要忧虑吃，莫要忧虑穿，直虔心祝祷、赞颂上天，将肉身的挂虑交付弥诗诃，因他特别地眷顾你们！"芳寂谷于露宿野营的聚会上说。有弟子闻之不安，欲止其

---

① 朵末：和合本《圣经》译为多马，即圣多马。传说圣多马曾往中国与印度传教，著有《多马福音》《多马行传》。

② 美剌浦耳城：今译梅拉普尔堡，于印度东海岸。

言。芳寂谷道："此《诸书》中弥诗诃教导，何不信？"说话间，远近百姓来听道的纷纷入营，有富者，有贫者，俱携来饮品食馔，摆成盛大的筵席。弟子拜曰："神实在时时处处眷顾卑微者，吾从今必当安贫乐道！"

"何为喜乐？居华室？食佳味？拥美妇？弟子不以为然。弟子以为，去功名，绝贪念，陶然于园中读诗书，箪食瓢饮不改其乐，乃大喜乐。"某弟子曰。

"不全然，此皆不全然之喜乐。"芳寂谷对曰。

"敢问先生，何为全然之喜乐？"

"人辱尔，鞭笞尔，夺汝妻女，令汝匍匐于地啖嗟来之食，汝切记吾言，此全然喜乐也！"芳寂谷竭其所想，将一切苦痛、侮慢、艰困、卑琐陈述出来，命弟子谨记，谓大喜乐也。又道："人所能所得，俱蒙恩典，凡不持之傲骄者，克己敌己，以全然喜爱基利斯督为甘愿，则有全然之喜乐。"

芳寂谷终身托钵为生，所食所用简陋不堪，逾不惑已衰病，渐目失明耳失聪，知将不久于人世，遂依次拔其牙赠弟子信众。及殁，遐迩民人纷拥至墓地，争取遗物骨骸，留为灵物。

遗言曰：

"世间暂居，利货暂有，非我所求。凡有，必为有而设戒护，多戒护则争战，无祥宁。"

"造物已然召唤人，一无所有乃全有，此主恩施救之预设。尔等弟子当谨守。"

"以身为天下作则，天下供我所需。"

又有诗，名《日颂》，曰：

上天我主，愿你因日兄受赞，
你造日予我白昼与明光。

上天我主，愿你因月姐受赞，
你造月赐我夜空与瑰芒。
上天我主，愿你因风弟受赞，
你造风而生万重天象。
上天我主，愿你因火妹受赞，
你造火慰我暗中怅惘。
上天我主，愿你因地母受赞，
你造地供我五谷食粮。
上天我主，愿你因肉身死亡而受赞，
无人可逝离死亡，
负罪而死者苦，蒙恩而死者福，
因复死的缘故，而不复受伤。

芳寂谷逝后，肉迷公教教廷奉之为圣人，称“圣芳寂谷”。

白浪介品乃芳寂谷社最早会士之一，曾与芳寂谷一道苦行四方，亲闻圣人言，亲见圣人行。

鲁白鲁乞虽为后生，然亦虔信圣人、执规谨守之徒。

辩经会始于晨祷后。十字寺报钟响过，大汗便入座，曰：“今日海西佛蓝契牙王鲁义差芳寂谷会士鲁白鲁乞来，欲与我长明地共求天下祥和。尔等各教门博士僧人汇聚一堂，望畅所欲言，各抒己见，坦荡无匿，令朕尽悉各教长短。”

（以下各方言语不通，经转译来往之枝节不表，直录其要义宗旨。）

座中崇真宫李真常与随行弟子窃窃私语，曰：“道可道，非常道。未尝有君主窥我教密之意者，大汗此举或过于轻率。”

希音禅师远远竟听见了，道：“大道既光明，何须藏掖？”

有主持官见人交头接耳，摇铃喝止，道："座中切勿私议，大汗命诸位可尽述无遗，赦无罪。李道长似有话要说，不如先讲。"

李真常便先说："这位西圣，愿从何讲起？先说天地造化，还是先说灵魂归宿？"

鲁白鲁乞说："这都不是话题之首，应先论造物主，万物出自神天，大汗愿闻真理所出，故我等应先将起初的根源辩明。吾门信唯一神天，闻长明地呼曰长生天，契丹地方民人呼为上帝，盖同一天主。敢问李先生，有何异见？"

"荒谬！天地乾坤有阴阳，万事万物分五行。人间有阳主，地府有阴主。更何况万国万邦有万君，岂独天上唯有一主？"李真常不屑鲁白鲁乞所言。

"汝言差矣！"鲁白鲁乞道，"天上与地上岂可混为一谈？人间有道，然皆非全然之道，总有损缺，唯天主全能，全智全能皆出于天主，而无人可具全智全能。"

李又道："天庭如人间朝廷，至尊乃玉皇，号太上开天执符御历含真体道昊天玉皇上帝，上掌三十六天，下辖七十二地，掌管神、仙、佛、圣、人间、地府一切事，天界有众神，分掌风火雷电、农事、兵戎、生死、病愈。"

鲁道："汝所言玉皇，即万能之主乎？"

李避此问，反诘："汝主既万能，既尽善尽美，地上何来邪孽罪过？何以善恶对立？何以明暗并存？"

"凡存在皆善，因存在出乎上帝，而万恶乃出乎人。此并非对立与并存，乃善终究必战胜恶。我实在告诉你，善已然战胜恶。"

众人闻此惊倒，皆哑然无语。良久，李又说："既汝天主万能，善已然得胜，何故恶魔不死？又何故造出恶魔来施虐横行？"

希音禅师此时插话道："天设万物，事在人为。既造化成人，人执其性，性所使然，非天意。"

“天意管不住人性么？”李问，“禅师如何修得这副模样，已然是非含混？”

“吾不言真如，吾所修乃为明何不为真如。天造化人，天也造化佛。吾门中所谓觉悟，觉尘世非真如，一念知非，必顿时悟是。”希音回对李真常，又转脸与鲁白鲁乞云，“吾不识唯一天主，吾但渐知世间非主非神。直不知先生何来如此胆量，敢代神立言？汝教不过一法门耳，世间万千法门，非汝门独善！”

“禅师所言至善！”李击掌称快，又谓鲁白鲁乞曰，“或汝斗胆包天，或汝大伪似真，不然何以妄传天旨而不羞？”

“神默示真理予先知、予先圣，记于《诸书》中。吾所言，皆凭《诸书》。”鲁白鲁乞道。

“汝《诸书》未全，肉迷教廷初设时，去真经中诸多篇章，诬为伪经，凡不利汝教廷者，皆删不留。”木速蛮博士撒的迷失道，“又增所谓《新约法》数卷，皆信众书札、日志、辩经片言，管窥拙见，盲人摸象，如何以偏概全，以《诸书》自居？”

“教廷集四方博士、圣人共修书。”鲁白鲁乞答。

“释主、老庄、仲尼并未受邀赴会共修书，难不成天下圣人尽在肉迷大秦？神唯默示海西博士，未尝默示东方圣人？”李问。

“是故，我有三一妙身之说。”景门孛勒桓插言。这个孛勒桓，即孛勒桓可艾客，当年先帝于征花剌子模归途中赐其死，越儿嘱晋卿救之，孛勒桓便隐蔽不出，后经人指点，投在唆鲁禾帖尼可敦帐下，如今可敦一族兴旺，摇身一变，又以国师面目出头。孛勒桓道：“天主、天子、净风三而合一，一又化三，即为做不全之中保。教中闻天音有缺漏处，天子弥诗诃以身作则为第一中保；天主造人，于肉身中吹入净风，为第二中保。天子即天主，净风即天主，此二者皆天主所化。”

“吾闻荒谬，未闻荒谬至此！”李真常大笑曰，“既如此，天主即天子即净风。弥诗诃乃人子，子即父乎？汝教恁地无视伦常，直不分父母子女风雨霜雪乎？风亦人，人亦神乎？”

“天父非天子非净风，然天父即上帝，天子即上帝，净风即上帝。此乃三一妙身之真谛。”鲁白鲁乞试图解惑。

“弥诗诃一为天之子，二为人之子。”孛勒桓道。

“此异端之说！汝景门贻害久矣，误我教廷大事！”鲁白鲁乞怒斥道，“弥诗诃唯一性，非二性。”

“倘唯一神性，岂末艳为天主之母乎？”孛勒桓辩曰，“天主有母，则天主非万物源头，末艳倒成了万能之主。”

众人大笑。

“尔等公说公有理，婆道婆有理，朕听糊涂了。”大汗说，“我信长生天，蒙古人都信长生天。长生天即永恒万能天主。这个不要再议了。说说各教有什么好处罢！”

“河图洛书、堪舆命理、本草丹药、阴阳素问、禳灾祝由、神霄武功，无不出我全真道门。”李真常道。这个李真常，乃长春真人邱处机弟子，故言及老庄之学，必以全真一脉为正宗。

“放下屠刀，立地成佛。虽涂炭生灵、十恶不赦之徒，于我门中仍可获救。”希音禅师道。

“人无全智，然无人智过吾门。”撒的迷失曰。

“我为众生祈福。”孛勒桓云。

鲁白鲁乞无语。

大汗道：“天下大事，必作于细。凡戎与祀，凡衣食住行，皆得益于佛老中高人。昔忠良晋卿、长春真人、焓尔元帅南荣国公，助我先帝平定四海；卜吉凶，观天象，断生死，知祸福，呼风唤雨，催生五谷，治愈苦疾，利民惠生，降魔驱邪，点石成金，涤日濯月，令山河焕然一新。又挈剌森木速蛮博士引来阿拉璧宝典，修历法，昭天文，明地理，传算术，献瑰宝，启人心智，开蒙去蔽，令黎民百姓鉴心明眼。敢问鲁白鲁乞君，汝教有何神功可济世泽众？”

“并无。”鲁白鲁乞语。

“既无，则如何服众？”

“吾教有大恩典。信基利斯督，认弥诗诃做主，则白白得恩赎，无须偿报还愿。”鲁白鲁乞道。

众人哗然。

鲁白鲁乞又道：“座中诸博士咸云长生天、上帝为唯一天主，呼名不同，然实则一，李先生或例外。吾与诸位皆天主所造，吾与诸位所不同，乃以基利斯督之道法信奉天主。此即基利斯督教名来源。所谓基利斯督大法，乃将吾命托付弥诗诃救主。吾尝闻大汗与可敦皆从景门，景门亦基利斯督教别支，亦蒙恩之门。大汗不疑天主，亦持我大法修行，如是，在下以为，全也可兀鲁思至尊至圣之君主乃基利斯督门生是也。”

“非也。吾非基利斯督之徒，吾蒙天恩之长明地人也。”大汗道。

“吃酒罢，吃酒罢！为长明不灭吃酒罢！”李真常忽然于座中举杯，一饮而尽。众人随之，亦举杯。辩经会至此，便不了了之。

大汗招呼鲁白鲁乞靠近他，赐他酒吃。鲁不得已也开始饮酒，饮数巡，站立不稳。大汗赐座，曰：“君无须多虑。朕多予汝重礼，另御笔一书，汝以此复命，足矣。趁春夏风和日丽，速速回转，莫等天寒地冻、路途蹇险时不好行走。望转告鲁义王，嘱多多差遣大能高德之辈前来，令彰显神迹，令朝野臣民亲见广大神通，必心服，朕遂可下诏许传教。”

宴饮至午后日斜，大汗退，人渐散。孛勒桓拖着瘸腿，起身出殿，至宫门，越儿差人追上他。孛勒桓回转，越儿谓曰：“国师有一物丢在我处，今奉还。”言毕，出一匣。孛勒桓启匣睥睨，乃一断指，已枯缩萎然，色褐若脩。

越儿道：“此汝食指，可记得曾与吾妻私会时，吾炊媪断之？今归汝，令得全尸入土。”

有宫人于一侧见之，指指点点，耳语不止。

孛勒桓可艾客去，相如问根底。越儿遂将前情故事告知相如。相如曰：“父亲既心中宽宥之，何故于殿中出此物？人皆非议，恐国师日后无脸上朝。”

越儿道：“曾有人于攻马茶城时劝速不台止杀戮，速不台曰：‘止杀救生之事交付上帝，吾直做好将军事。’此同理。我心中并未恕他，不如将怨愤泄露于世，心中缝隙始弥合。上天或恕他，我怎可代神赦人？孩儿谨记，以直报怨，切勿以德报怨。人何德何能？自以为德耳！”

“父亲火器做得精绝，然杀人无数啊！比速不台大人有过之而无不及。”相如道。

“一炮连着一炮响，炸了，又炸了。火焰冲天，万物顷刻碎为齑粉，人所重所倚，顿时灰飞烟灭。此事叫我开心，叫我痴迷，叫我停不住手。先帝曾告我曰：‘人生最大之乐，即在胜敌。逐敌，夺其所有，见其最亲之人以泪洗面，乘其马，纳其妻女也。’我之最大快乐，便是看炸了，又炸了，通统炸了，一丝不余，乐在人哭其所失。”

“而何故又常心软宽宥人？”

“非心软，多傲骄而已。”

“如今去了傲骄心思，干净利落，直一路再炸下去么？”

“炸累了。炸得震耳欲聋，复归宁静。”越儿言毕，出殿门而去。

相如自语道：“父亲也是上帝造的么？上帝何故造出这样的人？”

蒙哥大汗五年春，越儿上奏汗廷，祈告老还乡。大汗欲予准，然孛勒桓与李真常谏劝，谓曰知情颇深，掌诸火器秘法，倘为宋廷用，后果不堪设想，不宜令归。大汗两难，不知所措。正相如有不去之意，与汗曰：“吾不愿随父归，承天命事君，甚欢。”大汗对曰：“朕亦有此意。不如放国公归，留汝于身侧。国公忠良之人，受恩三朝先帝，必不负也可兀鲁思，归无碍。或可宣诏曰以汝为质作保。”

于是，召越儿入禁中，当廷下旨，曰：“曹国公年迈，准辞官归田。因身怀绝技、谙悉军机，敕立誓不仕无义，唯耕读安享天年。妻子质于哈剌和林，不得往归南国。”

越儿领旨归来，与相如曰：“汝与娘不得与我归，当好自为之。”

相如道：“爹爹休挂虑。娘本不愿往南地，风情习俗殊异，忧食居不适。孩儿与大汗投机，大汗必不亏待我，于此甚快活。你自安心去，娘有我照料，此间财货充盈，所需无缺，诸事皆好。”

“自此骨肉分离，唯当空明月同照。”

“大汗说了，要不了几年，他便领我去临安，彼时，南家台必归顺，天下无所谓汉儿、蒙古，百姓合为一家。我父子重逢有期，今日暂别而已。”

“倘已故，莫忘扫祭。”

“爹爹此话差矣！你的本事才教我一半，复会之日，当教儿另一半。”

越儿嘱人重启了姝瑄、兰姨和菘引坟墓，将骨骸焚灰，贮于瓮中，意欲一同携归。当行装置理停当日，视母妻仆三陶瓮、少媛翁衮及我灵牌，不禁潸然，叹曰：“来时鲜活活的，怎好生生来，如今只剩得亡魂？生我的死了，我生的死了，与我同生共息的也死了，而我苟且活着。与我同归的，竟都是魂灵！不能活着与我回去么？一道回花港看看，一道团聚在乡里的春宴上？”

少媛来寻我，说：“泰榆，你要回家了，你终于可以回家了。我为你欢喜呢！我不随你们同去了，我要留在长明地，这里的百姓每日有祈祷我的，我有太多职事要做。天命我做古楚神灵，我如今寻着了在灵界的座位，甚合我的性情，我好不快意！我日后会去南国探望你们的，爹爹藏着我的翁衮，我自是寻得到你们的。你记得，见着有闪光的金珠撞你，便是我来了。”

“你再来探我时，怕是我已黯淡了。我这银珠渐渐黑了，像是受了风雨生锈的样子。我的肉身倘活着，该老得无有模样了，如今魂灵都已老了，端的与出来时不一样了，时常觉着疲累，时常贫弱无力。”

“你真该回去寻着你的骨骸安息了。”

我曾听公主皇后与越儿说起如何将少媛葬在土兀剌河岸黑林斡耳朵山中，如今该是寻不见葬处了，是故，少媛遗骨得以长眠也可兀鲁思地，不与同归。

大鸟曰：“你是乘着他们的车子、附着灵牌回去呢，还是驾着我的羽翼回去呢？我老了，飞不动了，那么远的路，不知多久才能抵达！”

“我还是与你一道飞罢！我们既受命同工，日日当一起共事。我尚有许多事体未记下来，途中不可辍写，要借着你的羽衣呢！”

南去前一日，越儿往城外海西人墓园祭别拿妲夏姐妹，于园中邂逅捏古剌。

越儿问：“修士来此扫祭何人？”

捏古剌道：“祭我族英灵。”

“英灵何人？”

“圣尊谷儿只王与英杰虏烈哥大公的高贵血脉。”

“吾爱妾也。”

“正是。”捏古剌道，“实不相瞒，贵由大汗死于尊妾之手。如今曹公已然辞官，不为汗廷做事，说与你听也无妨。”

于是，捏古剌将故事根底和盘托出，越儿闻之，大为惊诧。

“汝长久卧伏，吾竟不知。当年于的涅培儿河，汝自投罗网乎？”越儿问，“吾妾何时为斡罗思细作？”

“公主放归日始，我便受命谋反间，曾西行千里，追及尊妾辇帐。”

“我待公主，情同手足，其何忍置我死地？毙一营人，复自戕，灭口乎？”

“此细作天职，别无他径。”

“汝正教中虔信修士，何以为地上国君卖命若此？”

“吾教护国，吾国护教，实一体也。”

“杀夫诛己，亦出乎此理？”

“细作用于兵，自古有之，然谨密成法，始作俑者何人？曹公只未料青出于蓝已矣！”

第四册

大野浦

第一章　南归纪行

越儿南归，领着布舍夫妻及术忽难一干匠人同行。三月己酉，晨起旦明，众人出城，往和林城外大道东去，经大泽泊、毕儿纥都、兔儿河，折向南，遥见界壕颓址。昔日金人所筑界壕，今已颓废，没入荒草。经七日，绕鱼儿泺答儿海子，抵沙陀，此地大漠连天，漠中偶见水草、榆柳。出沙陀，过狗泊，至野狐岭下，有驿名孛落。大安三年，成吉思皇帝曾御驾亲征，以十万铁骑败女真四十五万精兵，自此金国元气衰退。中原人谓此地无穷之门，出门则未知塞外世界。今自塞外世界将入塞，已知塞外非绝地，忽觉此门窄小，比起千万里征战之途，门内里程算得几何？故里临安仿佛近在眼前。之前看临安至中都，犹遥不可及，自到得北大海滨傩弗革逻城，回首望这点行程，不过乡县中二邑距离。

越儿随身带着金牌，一路过驿站，任凭食宿取用。轻车快马，通衢无阻。昔日峻岭大川阻遏，族邦疆界封堵，虽飞禽难越，此时竟畅顺无屏隔，万里共日月，无所谓契丹、女真与蒙兀，皆统归于也可兀鲁思天下，驿驿相接，路路连通。古时关隘、堡障，俱已低沉落寞，唯余残垣断壁，供人凭吊。野狐岭已可望京，大漠之风，游牧毡房，自此隔绝；居庸关只消移步咫尺，所谓天险，尝令将卒浴血偿命，此时已然无险须守，汩汩热血，端的白白流淌了，只葱茏了漫山的花木！

野狐岭下入得胜口，及宣平县驿。过沙岭子口，至宣德府。出宣德府，有鸡鸣山，山上有光明塔，山阳有邸店，楼巅乃一僧舍，即辽时居云寺。此地辽金两代盛极一时，有御园行宫，瑞兽遍野，森林苍郁，历兵燹战火，草木已稀疏，唯余古井朽梁。复往南行，便是怀来县。县东有桥，中横木，上下皆石。桥西有居人聚落，而县郭芜没。又半日，至榆林驿，出驿过南口，抵新店驿。有大道直如干，入中都。此间道旁已无市井店阁，两边桃李簇拥，翠叶草卉侵覆。中都失陷，吾睹补去后，北主易名曰燕京。

此燕京已非彼时中都，全然认不出原先模样。往日大悲阁一带繁华如烟，舒虎宣楼、辇瓦戏台、大明幼稚院，俱无迹可寻；街路泥泞，路中石板断损，两边茶肆酒楼坍毁，行二三里不见居人，偶有零星幕栈，炒菜卖饼，似丧家棚杠。越儿一行人寻着城北官驿住下，唯驿中稍有人气，皆南来北往商客，间或有草娘穿插行走，涂脂抹粉，俗不可耐，多肥矮黧黑之半老徐娘，不谙琴歌风韵，只鬻枕衾接欢，苟且释慰饱暖。游子客寄在外，寂寞难挨，满目萧瑟，无有半点春光，草娘虽鄙贱不堪至此，竟亦一时抢手，奇货可居。

太液池干涸无水，满城仿如沆瀣沟渠，夜间但见明月皓洁，凌空照着这腐溃创裂！

故人仙魂今何在？瑾奕如今去了何方？兀的改部戏班的伶人们随着金廷南迁去汴梁了么？或者戏本唱尽了，音绝人散，空梁落燕泥。

遂生园无水，皓月烟静园无水，玉华门外海子见底，空若广庭，野蔓丛生，游丐设苇席，杂居其间。直见得三月里桃红绽放，无羞无耻，艳荡数十里，无芳香，闻之腥臭。

越儿见桃红，喟叹曰：“听不见琴笛了！我老了，耳朵不好使了。炮声听多了，或者真的聋了！聋了该多好啊！妙音从心间出来，以为外头也传遍了。这番出来时，未往鳌宫与四妹妹作别，此遗憾也！”

“父亲真的是听到公主皇后的么？”窠潦在一边，觉着稀奇，问。

“你也听到了？美得看不见了，响得听不见了。世间极处盖若是。”越儿耳朵真的不灵了，他听错了窠潦的话。

“人美可闻，声响可视。”

“然。大美化妙音。我时常听见你传来鲁特琴的凄婉。”越儿这下又听得见了，“初遇你时，不知鲁特琴为何物，但闻异妙，不可言传。”

鲁特，类火不思，张四弦、五弦或七弦，有单弦，多复弦。所谓复弦，即一索双弦，共振偕鸣，直撩人心弦。中原、蒙古、西域皆无此制，独传于海西富浪艺人间。布舍擅拨鲁特，音柔迷，闻若珠玉摇撞。

言及初遇，窠潦一时不知如何回话，父女缄口，默然良久。

越儿远望天际，复言：“人所遇，必生错。无错不遇。然错中生痛，痛亦大美。我不过如此，虽一时尴尬，醒我一世尴尬。尴尬以为人臣，尴尬以为人父。你便是恨我一些，我始少些尴尬。”

“父亲愿意我恨你一些，便恨一些，这样可叫你好受，便是女儿孝心。”窠潦道，“倘无初遇之错，女儿早已骨肉荡然。此恩难报。”

“非慈恩，乃以恩掩欲。人盖如此，如此而半恩半怨，而已。我素傲骄，你叫我晓得卑琐。我固贫困之辈，凡大能大恩皆出乎天心，非出乎我性。”

时布舍与匠人不在一侧，皆于官驿中歇息，只窠潦陪着越儿出来寻故迹。二人自西征初遇，已有十四年未独处直面，此间唯二人同行，方说出这番话来，此实为初遇后重逢。

“Buona pulcella fut eulalia，下面是什么？”越儿问。

于是，窠潦接着初遇时篇章，诵道：

“Elle no’nt eskoltet les mals conselliers.
Qu’elle deo raneiet chi maent sus en ciel.
Ne por or ned argent ne paramenz.
Por manatce regiel ne preiement.

Niule cose non la pouret omque pleier.
La polle sempre non amast lo deo menestier.
E por o fut presentede Maximiien.
Chi rex eret a cels dis soure pagiens

Il li enortet don’t lei nonque chielt.
Qued elle fuiet lo nom Christiien.
Ell’ ent adunet lo suon element.
Melz sostendreiet les empedementz
Qu’elle perdesse sa virginitet……”

（她不听信恶念，
彼欲令她心疑神天。
金银美饰不能摇其心，
威逼利诱不能散其魂。

纵万般劝说难移其志，
志在终日侍奉天主不息。
人将她领到异教王跟前，
这王名叫么熙勉。

王循抚导谕，她不为所动，
王命她弃用教名，叛道改宗，
她倾全力祭神献身，
宁愿蒙难受苦，亦不损坚贞……）

辞出《赞颂圣女卧萝栗》[①]，乃佛蓝契牙旧诗篇，古远至我五代时。

越儿与布舍一干人于官驿中商议，思量着自中都往南行走路线。

蒙古与我宋联手灭金后，中原一带满目疮痍，民人流离失所，城郭废塌颓没。宋军曾于北军撤归后，趁空虚而夺河南之地，图收复旧都祖陵，然入得故都东京汴梁，直不见往日繁华，居户不过百余，人多老弱病残。北军为阻宋兵，又决堤纵黄河水，令漫溢横流，致使江淮陷入一片汪洋；水退后，良田村寨尽失，滩涂沼泽兀出，荒草无际。是故，此时往江南去，并无通衢近道。出中都，便无官驿，或借运河走一程，水路断则改旱路，旱路绝则复行水路，水路旱路皆不通时，则陷入旷野水泊。无奈，便谋绕道先自良乡至真定，复过邢州、磁州、陈州、蔡州，越淮水抵光州入宋境，折向东往庐州、扬州去，则可渡江至京口。

时大汗四弟忽必烈领汉地军事，闻国公至中都，便差人至官驿交接照应南行诸项事宜。来人曰，金银可先兑为交钞，辎重由官兵护送先行，如是十日后人便可轻装快马直抵蔡州，于蔡州钱庄复又按交钞兑回金银，之后物人钱资一并过境。

忽必烈胸怀大计，图谋伐宋久矣，早于河西一路及淮水北岸一

---

① 《赞颂圣女卧萝栗》：今译《圣女欧拉丽赞歌》，法国中古时期诗歌。

线屯田戍边，营帐仓廪充实，据镇帑库盈实，凡由军中经营路线南行，盖一路畅通。州县所连，非官驿，乃军中急递铺。所谓急递，即吏使校官腰束革带，悬铃持枪，挟雨衣，赍文书疾行，日行三百里，沿途车马行人，闻铃则避让，无人敢阻拦。越儿一行人由此路径南行，必速达边境。

窝阔台合罕八年，汗廷袭金旧制，印交钞而替铜银，凡官发交钞，长明地四方官民钱庄皆须按数实兑，不得延滞。越儿此番出来，未启龙海园中重宝，一为防不测，再者亦淡然财货，只携所需五百金。宋谓交子，金谓交钞，看似一物，意实不同。交子者，交易子也，以钱物抵押；交钞者，重在钞，抄掠金银也，无钱物亦通行，以纸掠财，故盛时绰足，败时贱若空楮。长明地印钞，初以威信，秉承长生天权柄，可不以丝米为托，值无价，今既沿晋卿礼制，渐隔天神，又不依人间资货，独剩勇武胁迫，终亦重蹈女真覆辙，甚或空楮不如，虚为楮灰。

众人又商议为越儿安一个身份，好隐姓埋名，勿令宋境人知曹国公还乡。布舍等人按海西商人及家眷名目入宋，越儿改称崇真宫丹士及通事译员，道号呼曰慕真先生。至于关引度牒一类，今非昔比，越儿掌细作军机日久，深谙个中技密，出和林城前，为随机应变，早早按宋境中探子报来的情形，做好了各样所需文书。

诸事置理停当，众人于燕京闲滞一旬。期间，越儿未忘去祭告三个亡人。一是行秀禅师，二是塔不烟，还有兴哥。

出拱辰门向北四五里地，有七级砖塔，高丈五尺，不尖而平，草荣其顶。贵由大汗元年，西元千二百四十六年，行秀禅师圆寂，弟子分其舍利，四处建塔供奉。此砖塔中亦有禅师遗骨。自建塔迄今，已有九年。光阴荏苒，人渐已不记得禅师了，唯门下弟子偶有来谒。

初有守塔人，结庐居于塔一侧，今人去屋坏，篱墙断毁。有游丐搭棚，绕塔寄身。越儿自栖霞寺僧人口中打听得此处，遂择一吉日来祭。

越儿问游丐："门下守灵人何故去？"

一丐对曰："悟而复迷，端的不如不悟。"

"可知塔奉何人？"

"国师之师。"

"国师亦悟而复迷之人。"

"视施主气宇轩昂，必是高僧弟子，敢问何方神圣？"

布舍道："公乃慕真道人，自北地来故都，仰禅师大德，故来祭谒。"

"道宫中人，千里来祭，可见禅师之道，果非儒非释非道，真乃无门之道，素不执一，空空如也。"丐曰。

越儿闻此，长叹曰："尔等依灵塔而受泽，靠着禅师吃饭，亦修行也。禅师虽无语，然沐其恩光，胜过听教诲。圣人屋中虫鼠，久闻大道而通达。"

"吾尝闻上古圣人，乞食以省时、省力、省心，一意求道，吾从之。"丐曰，"人视我为丐，不知我乞食而不乞怜，心无囚笼，得自由也！"

"见君若见禅师，请受此一拜。"越儿躬身作揖，道，"塔身换肉身，禅师魂灵果在其中。"

归途中，越儿谓众人道："教门求道，固有方便，然入教者多拘教而忘道，汝西教中人，执公教正教相争，法门或守牢了，上帝却寻不见了。"

术忽难曰："教廷腐朽将死，大道永恒不坏，中原禅师与圣芳寂谷皆神拣新人，教外别传，乃盛宴中另有预排，新法呼之欲出。"

布舍、安竺耳、禄合、雅古几位亦深以为然。

翌日，众人往城外西南三岔山，寻见十字寺瘗穴，见鲜花遍野，墓石俱埋其中。

妃冷色来的画师雅古道：“春来铺地如画，神笔非我俗辈可学，想教寺中壁画，五彩斑斓，实乃人涂脂抹粉，妄摹神意，非神意本来也！”

八梨来的木匠禄合道：“不想此地亦有十字寺，天迹远涉万里，无处不及。人之所见，果一管窥中视野，固守不释，愚顽也！”

越儿在一介突起的白石上看见松枝和芍药，那是他曾经折来放下的，居然鲜活如故，那是开禧三年夏天的供奉，迄今已四十八年了，松无一针枯败，花无一瓣蔫垂，于是，晓得这是塔不烟的墓穴。想当年，我看见新魂初遇越儿，哀婉可怜，一明一暗，兴祥云遮护，他往东，云往东，他向西，云向西，魂无身慰人，携来片云缭绕，好不凄痛！

越儿对着沉入泥石的低丘说：“塔不烟，塔不烟，我老了，老得快走不动路来望你了！你的歌我已想不起来了，只记得‘弥里，弥里，阿思挞马’一句了！归故里，归故里，与君同好！这便回来寻你，寻你也难一道回故里。四十八年算什么！与你生死两界才是最长的相隔！你是老天派来待我好的人啊！我死了，你又令我活过来，何不索我命去，与你同归？”

越儿于是出十字佩与诸人看，又将塔不烟故事说与小子们听。

越儿说：“我曾傲妄，自以为高人一等，素以救风尘逞英雄，不知人各有命，皆由神天管着，那些救出来又卖了我的奴隶，那些虽为奴却救我性命的恩人，实在都不是因着我而贵贱善恶。我可以宽恕人么？我可以凭着地上的权柄改了人的命运么？我不过是我，壮了衰了，高了低了，由不得我主张。我曾助先帝东征西讨，我的炮火灭绝的性命不计其数，而我也死过，死的身躯和死后的魂灵任人摆布牵引。我的那些枕边人啊，与我亲密无间，一转身竟置我死境！谁想得到人亲爱至此，亦可翻然若仇！”

“先生说的是傩弗革逻的公主们么？”术忽难问，“我听说她们父系来自谷儿只王国，那里有一种金羊毛，英雄颐孙[①]曾经力敌神牛和毒龙智取得手。”

“他算什么智取！都是仗着谷儿只公主媚蝶[②]的帮忙，得了神药，又借着七弦琴的迷乱，才取到金羊毛。”布舍说，“媚蝶是受了咒，痴迷颐孙不醒，为随爱人，弑亲兄，灭叔公，因颐孙移情别恋，便生出嫉妒，竟又杀亲子与新妇。颐孙虽为英雄，然本性无耻。媚蝶虽死心塌地，到头来却落得一场空。”

“我就是那个颐孙啊！我的那些女人比起媚蝶，有过之而无不及。”越儿喟叹道，“然而，塔不烟是不同的，她是神天眷顾的人。”

“先生既思之不忘，不如启开墓穴，将骨殖带回临安吧！”卫尼思来的石匠安竺耳在一旁说道。

“她因弥诗诃而得救，魂灵于此便享安宁，何必扰她祥静呢？”越儿说，“我直来告慰亡灵，希冀她放心，绝了世间的牵挂。”

越儿说罢此言，我便看见云朵散了，云中塔不烟的魂灵原是一点木难，有天青的颜色，木难珠于是落在松枝与芍药间，入了墓穴。

越儿按姝瑄记述，往皓烟园池中岛上寻兴哥遗骸。彼时胡沙虎弑君时，曾追胙王至此，兴哥为护胙王，遭叛军戮，死于岛中。如今池水干涸，岛不过一荒丘，孤立池床间。

有魂青玉状，见越儿一干人上岛，自矮林中出，飞翔半空中。遇之，魂曰：“舅爹爹[③]安好！奴婢终复见主子。”

---

① 颐孙：即伊阿宋，古希腊神话中英雄。

② 媚蝶：即美狄亚，古希腊神话中美人。

③ 舅爹爹：宋元时，媳妇称公公为舅爹爹。

“汝尚记得我？”我诧异。

“当日于东楼厅堂，舅爹爹驭鸟立蟾蜍，托羽现身，又灵返牌位，故识得爹爹形貌。”

“概四十余岁往矣！”我喟叹道。

视魂中人形，依然寒花可怜，青衣薄衫，低眉谦谦。

兴哥道：“当年遭兵戮，姝娘与女使童仆皆为囚，无人收尸，曝于荒草间，雨淋日晒，肌肤血肉已无存，有白骨一堆，没于枯槐下。舅爹爹随我来，告汝所在。”

于是，兴哥领我至丘东南一凹洼处，有枯槐矗立，指树根一侧示我。

“吾将羽书示尔主。或愿同归故里？”

“兴哥生死甘为奴，倘主子不弃而携归，鸿福也！”

遂夜间于官驿中羽书与越儿，曰：“兴哥尸骨于丘东南槐树下，树根有隆起处，掘之可得。父示。”

次日，越儿与众人复往皓烟园，掘树下砂土，果得遗骸。骨楚楚莹洁，润如荔枝肉，触之轻柔如缎。越儿嘱众人斫木掇柴，于池床中筑堆，置骨于其上，焚之。

火迎风而起，魂缭绕起舞。

越儿道：“曾记否？妾与我征战鹘岭关，琴歌阵前，香车妙音，与雨雪融为一色。忽万炮齐鸣，敌城灰飞烟灭！今召妾魂，与我同归。归去来兮，与我一同回家罢！做我南荣家的魂！不日，吾身亦将病死，与妾重逢之时不久矣！”

火尽，取瓮贮灰，魂附着其中。

越儿谓不舍曰：“如是，归途中又添一魂。众魂相伴，阴煞之气森森，稍不经意，则误入黄泉路。幸得尔等青壮相随，得阳气护身，方醒不迷。”

“吾等西土之民，按中原道理，命咸属金。先生南方火德之人，火克金，火铄金，得火精炼，始成器，是故唯先生管得住小厮们，也唯先生小厮们心悦诚服。先生熔得天下金石，何惧阴煞？有些阴气倒好，压一压火气，遂顺天年。不然，先生所到之处，触木生火，物皆自燃。”布舍道。

“汝所言在理。不曾想吾命中火性燥烈。如此说来，幼时梨云园起火，之后又烧了汇翠园，一生与火器打交道，毁也火，荣也火，皆出乎命根。半生客居北方，受制于水德，水火相济，故大顺大安。如今幸好年迈体衰了，火性不如从前，又得尔等纯金之体耗火力，这般相制渐消，即便去了南地，也应无大碍。”

“先生解甲归田，离了朝政军事，必得后福。”

“世间事，生克循环，本乎大道。人当听命遂理，做回自己，勿替神虞虑，杞人忧天！”

“先生亦有此意乎？不如格物致知？”

“格物虽小，大道自在其中。人虽卑微，俱受净风中保，何不自格皇天？吾师尝赐我一字，呼曰不及。越乃过，过犹不及。凡人皆过与不及之罪身，自罪自负，何必非托与教廷、朝廷？”

“人但以为守住教廷、朝廷规矩，则免罪脱罪矣，实则惰弱，久则心蔽！”

“神意或令吾师徒先入自罪，自负自赎，知罪难赎，则无奈，无奈则仰救？”

“救恩先在，早便预设。吾等但做自己无妨，何惧失足不返？”

“海西人皆以为然？”

“教中人士冥顽不化，固执旧制不弃，然商贾农工，以至诸王公中开智者深以为然。海西自圣芳寂谷始，风气渐移，纲常有所松动。”

“吾故里宋国有大儒呼晦庵先生，倡格物，然得一处物理而强诸四处天理，兴纲常而网囚人性，陷悖缪矣！”

“是故先生随万松老人学道，明心见性。”

“然。心下性，明心而格物，格物而明心。格物，一法耳，借着可去蒙蔽而生光，不可自揣天意而立礼法。主执礼法遮天，奴守礼法趋惰。自格皇天须慎独，日日精进，如履薄冰。大凡人多甘愿为奴自欺，亦懒得自省自律。”

“如何破悟而复迷之局？”

“有悟必有迷，虽佛陀彻悟者，亦止于言非而不言是。人不过能悟非之辈，所谓空，空即非也。唯弥诗诃可言是。教廷代天言是，怎可信？不悟是命，悟而复迷是命，迷而复悟亦是命。有偈云：‘我有明珠一颗，久被尘劳关锁。而今尘尽光生，照破青山万朵。’又如何？复堕迷！性情张扬久了，忘心；明心不格物不养性，久则心生茧壳。茧壳，礼法耳。”

“唯称弥诗诃，蒙救恩。”

“不知罪，恩难泽。格物致知，知何？知罪已！”

“天下事难尽，一路格去，何日到头？一百年？两百年？”

“三百年不长。但恐三百年后，人淡了礼法，又迷于性情中。礼法乃尘灰，性情乃罪孽。”

逾十日，快马至。越儿与众人骑快马南行，沿军中路线往陈蔡去。时大鸟忽有疾，翅下热如炭火，昏昏然不振。鸟曰：“泰榆，汝可随国公去。吾病深，恐一时难瘥。”鸟既病，则无力往四处觅食。我每与鸟同行，多与之分享颖果甘醴，十四年西征，牌位留于家中，直孤魂外出，若非鸟于天设坛台中采回食饮，必饿馁暗灭。此番南归，自和林一路走来，或停于灵牌上，或驭鸟翱翔，食供品，亦食鸟馔。越儿于途中，每三五日便擦拭灵牌，焚香供膳，今倘不与众人同行，则不得祭俸，又分不得大鸟竹实，非往庙社与神佛鬼魅争食不可。

“汝患难，吾不忍去。”我谓鸟曰，“或告吾中原仙坛何在，吾往为觅食。”

“汝孤魂无身，虽寻着，亦难携归。”鸟曰。

“吾自有谋划，汝无须虑忧。”

鸟于是告我京西山中坛址。

城南端礼门内美俗坊有茶肆、酒楼、商馆，略见生气。北兵毁城，多焚宫禁楼宇及大悲阁一带，此地幸免，故贞祐后，城中凡存活者悉居城南。又战事息罢，民生得甦，渐有南商北客往来，落魄文人谋仕乞活，待价而沽，亦皆聚坊中栈舍。我终寻得人烟，于茶肆中盘桓，希冀得一点讯息。

肆中茶客追买一种小本，用糙陋粗笺纸装订，封页上印着碎花，紫色名紫花小本，蓝色名蓝花小本，另有罗纹小本、舍舍弼[1]小本、流金瓜小本，名目繁多，五花八门。每一日或二三日出一刊，逐事翻新，记朝野上下逸事趣闻，议政纲，砭时弊，讥各枝儿、异密们[2]闲碎私密，流言蜚语，荤笑詈恶，无所不有。

有文曰：“斡鲁不断事凭酒量，善饮时赦，不善饮大醉时杀，曾一日杀二十八人，暴戾难容。今欲出新令，命草娘著皂衣，命小倌[3]去幞头扎青巾，无论私科、官倡，一概照此行，违者杖三十。何以如此？不谙风情，直将卖身的作相好的带回牙帐，酒醒后方知上当。惧此久矣，则固然狎亵亦久矣！大可禁玩止嫖，何必禁而不止，令满街皂青突兀，仿若悬牌昭示？此大国蒙羞矣！”斡鲁不，与不只儿同为中州断事官，统领中原诸路民政，权重若金国官家。

---

① 舍舍弼：蒙元时曲牌名，此处用以小本名称。

② 异密们：蒙古话长官们的意思。

③ 小倌：旧时以色相为生的男子，叫作小倌。

又有一则，曰："不只儿曾与先皇帝征花剌子模时，身中数矢。皇帝亲视之，令人拔其矢，血流满体，闷仆几绝。皇帝命取一牛，剖其腹，纳不只儿于牛腹，浸热血中，移时遂更。汗廷老臣，蒙三朝皇恩，不思图报，老而不尊，岁赋盐捐，一半私藏不缴……"

光天化日，刀戟酷政下，茶肆中手无寸铁之寒儒，何以狗胆包天，直抨封疆大吏？甚而刊印成册，一版百本，争相传阅？此怪诞离奇之象，颇令我不解。

复深伏于茶客间，往来穿梭，渐知就里。

吾睹补与朝廷南迁，中都一时无主，各方士族豪门乘虚而入，逞势辖据一方，蒙人于是借汉儿霸头治理京城。窝阔台大汗时，晋卿主理汉地赋政，与豪强联手，为敛税钱，愈倚重儒生地主，遂生出鼎立格局。又忽必烈主军事，民政归于中州断事官，军政分离，地方上便冲突起来。昔蒙哥大汗嘱忽必烈经营漠南，忽必烈大喜，排下质孙筵大庆，众人欢天喜地，唯一儒生名姚枢于席间闷闷不乐。席散，忽必烈问何故，曰，为他出一身冷汗，长明地千万里疆土，岁资三分有一出自漠南中土，恁好的差事领了去，朝中多少人觊觎妒羡，命不久矣。忽必烈闻此言，顿时惊惧失色，亦云出一身冷汗。姚为主出一计，即领军事，还民政，可令大汗勿疑。忽必烈遵之，于是，有了中原分权局面。既分权，必内斗。草民穷儒，安敢妄议乱语？谣传毁谤，必幕后有人撑腰；威重者刻意放言，试探民意，继而笼络人心。是故，编排出这般小本，紫说紫理，蓝言蓝情，针锋相对。

忽见舍舍弼小本上有一行字，乃瓦子招客说辞，曰："涟漪脑儿小楼开芍药宴，有清倌[1]唱诸宫调，演《走鹦哥》《梅花底》《蛇师》《悬头梁上》四本故事……"

---

① 清倌：小倌中唱戏的谓清倌。

《梅花底》，这不是瑾奕的戏么？怎么换了男儿清倌来唱？我必要探个究竟去。

所谓脑儿，蒙古话海子的意思。燕京自北兵驻扎后，民人也兴说话夹杂些蒙古词儿。涟漪脑儿，即涟漪海子，涟漪池，在东南头城墙下，太液池伸出来的一汪水塘。如今，这太液池涸了，涟漪池也剩不得多少水，淤泥壅塞，矮树盘结，有些许老鸦占枝。倚着池塘，有一处瓦子，里头三五个戏班，呼曰甲，一甲凡五六七八人不等。时下唱戏的，大不如章宗时气象，很少有提行头画脸著妆的，多清水寡面，琴笛相伴，击鼓而歌，按着诸宫调连缀，唱诗词以敷衍故事。果有唱《梅花底》的小唱，乃清倌后生，睛有灵犀，粉面似桃，歌罢则戏谑打诨，道的都是里巷白话，说一阵复接着唱一阵，里里外外，进进出出的，半个时辰，将一本弄歇。

小唱转到憩房，朝着灵牌焚香揖叩，一如往常行送神礼。供台上陈列瓜果酒馔、香花芳卉，一应俱全。神出体，小唱歇卧一旁。视魂灵，空青明净，尘埃不染，真瑾奕也。

我呼曰："瑾奕，我是泰榆，阔别近半世，终复得见。"

"果是泰榆！"瑾奕正歇驻灯台上，见到我，甚惊喜，道，"自那年你随儿郎去了北地，可有年月了。如何又归来了？"

于是，我将来龙去脉俱告瑾奕。半世风雨，长说不得，短道不尽，东拉西扯，竟语无伦次。

瑾奕大约听明白了，唏嘘道："人非魂是，繁华一梦。自兵燹焚了大悲阁街市，辇瓦荡然无存，兀的改部的伶人都散了，往四处冲州撞府，求衣觅食去了。戏中精魂无依，灭的灭，飞的飞，幸遇燕山书会的才人改著了《梅花底》，找来城中名倌来唱，终有了着落，方始得安。小倌人称红雨帘，眉目清灵，色若凝露，声腔润如细雨，故得名。"

于是，我又将大鸟罹患之困讲与瑾奕听。瑾奕道："今君逢我，可与分享供品，然鸟不食吾辈俗粮，魂亦难载鸟食返林中，危矣！"

"有仙台于京西山中，台上石尊中备竹实颖果、仙浆灵药，倘携归鸟处，可活。"

"魂往京西弹指一挥间，然虽往，吾辈无肉躯，难以载物返。"瑾奕思忖道，"不过，或可借红雨帘之身往取。明日小倌唱前必请神，待一本唱罢，送我出时，不出，领其自后门出，速往山中去，则可。"

"姐姐聪慧非凡，此真乃良计，如是则大鸟可续命矣！"

遂告瑾奕大鸟所示途径、曲折、标志。

红雨帘取来颖果仙浆灵药，置于林中大鸟前，曰："吾名唤瑾奕，乃旧时南国陈后主侍女，今作戏魂，借小倌肉躯行事，有幸为神鸟效劳，万福也！吾素与泰榆好，今日久别重逢，个中情由皆泰榆告知。"

鸟谢曰："魂有三阶：一者贫弱，安息穴中；二者强顽，游附各处；三者德盛，获形成神。吾今得救，无以谢，或日后复命天庭，将汝身世报奏天帝，为汝择善形而立神位。"

瑾奕借红雨帘身体伏拜叩首。红雨帘细皮嫩肉，奔走山路数十里，早已汗流浃背，腿软筋弛，伤痕遍体。此间跪地，血自布履中渗出，将地上杂草染红，直如红雨滴坠，令人视之不忍。

越数日，鸟病愈，健复如故。谓我曰："泰榆，尔乃一介顽魂，历三朝半世，今已渐趋贫弱，此去当安息不复出。瑾奕倘得神许，则可于诸敷衍《梅花底》戏班牌位中择一美身，成神就位。凡百姓塑灵有形，可成神。成神者，魂中精气滋荣所附之偶躯，令生血肉，可隐可现。历来各界神灵，依此道显灵，护佑苍生。"

"世间苍生多有供奉者，必成神。吾魂经数十载风雨，已知天命。人有人命，魂有魂命，皆神天器皿，由着造化安排，任凭强顽，终出不得大道法矩。”

“吾由天使，亦在其中。今载汝归，待汝书毕安息，魂归墓土，则归。吾归时身坏，化出原形，今约彼时来见真身。”

鸟与我滞留燕京前后约月余。五月末，往江南去。

鸟载我越中原，过河渡江，前后不过半日。俯瞰山川平野，田畴若棋格，岚脉似卧虫，祥云于左右舒卷如席，千里共一日，明照人间。神工壮伟，人智不及。地之四角何在？星辰如何排列？雨露受了怎样命令？雷电行的什么路径？光之居所从何而至？暗之本位在于何方？冰雪出于何胎？水之轻重几何？谁将智慧放在怀中？谁将聪明赐于心内？强顽的，岂可与全能者争胜么？

第二章　沪渎庐氏兄弟

及至临安，并寻不见越儿一行人踪迹。

往祖墓去，遇元荷。

元荷死后，因错当绾奕落葬，故招魂的人只招绾奕魂，元荷魂灵并未捆绑，乃自附其骨，进出不拘。

这便五十一年过去了，自嘉泰四年至今，元荷直等我归返，那粉色的模样依然不变。

元荷道："你终于回来了，看着旧了许多，颜色也发乌了，当是吃了不少苦头罢！"

"你一直苦等我回，总算等见了，好在这点旧魂尚未散灭。"我道，"这下快息落了，等孩儿命终，便来与你同寝安眠。"

"如是则还要去么？孩儿的岁数都比我们亡命时候老出许多了，还有什么放心不下的？"

"如今蒙天召行事，非只为放心不下。半世飘零，所见所闻，非常人可晓。受仙魂指点，得羽书秘法，做一样特别见证，天或有意昭示后人，另做精妙安排。"

元荷魂虽无拘，然常年不得供奉，今何以鲜活？问："我适才见了新坟，叔伯两家，多半已谢，幸得归葬故园。当年一往徽州营商，一往永州流放，族中无人祭祀，你如何接续魂命，今又神沛而迎我？”

“既当年未遭捆绑，便出入自由，自觅所需。只是往寺社间与神佛争食，或于邻居墓园中拾人残祭，半饥半饱，常昏昏不振。不振乃归穴休憩，眠一阵又出来。我直是放心不下你那具骨骸，有一年，井壁塌落了，渠中水倒流进去，差一点将它浮起来带走，幸好，每岁钱塘江潮信来，泥沙一涌一泄，渐渐地，竟将坏了的井壁又堵塞了，这便骨骸沉在井底埋牢了。”

“亏得你看牢它，日后我将羽书告与越儿，嘱他掘出来将我安葬。”

“前日越儿与一干胡人至园中设祭，夜间来的，隐蔽行事，像是避人耳目。倒是香火、祭品隆盛，我得以饱餐，这才回神，令你见我精气充沛。”

于是，我将离家往金国、北地、海西经历，大致说了个轮廓与元荷，道日后复归时细说，这下便不得不去寻越儿。

“听他们说，临安不便多停留，意欲往滨海大野浦去。”

元荷这么说，我便晓得越儿已不在临安，出城往东北华亭县一路去了。

我与大鸟出城往东，顺江近海口，折向北，至嘉兴府，复往东北行，抵华亭。

华亭乃一县，治在嘉兴府下。上古时，大江之南有大湾，江中沙土日积岁聚则成大洲，是为扬州。大禹曩渡水至会稽，弃杭于南岸，故名禹杭，渐误笔为“余杭”。余杭之地，今称临安。江之南湾因大洲断海，围小海于内地。一者西湖，二者太湖。西湖在南，太湖在北。两湖间滩涂之地又久遭海浪推涌，累螺蚌贝壳成冈，曰古冈身。冈入土数尺，胶着不散，久则腴沃，土人辟为良亩，所谓“始为洪流，继为泽薮，卒为阡陌”。浙右民人称此地为大野浦，沪渎之地。沪者，列竹于海澨曰沪，以物堵水以护；渎者，发源而注海曰渎。古冈沪渎，俯瞰之若碎洲浸于汪洋中，千浦耸立，河汊纵横，故又名大野浦。大野浦又分上海浦与下海浦，以松江为界，南为上，北为下。大禹泄洪，疏太湖水，开江向东，曰松江。

大野浦中土人不受教化，拙朴者若美虫良兽，狷狭者若树魅水蜮，慓悍者若兕犀豹鬣。其地常有林贼海寇出没，间闻诡灵异神踪迹。远古之初，有陶臣氏、鸿蒙氏、乌陀氏、若鲧余氏、章商氏、兜口庐氏及犁娄氏等散居浦中，与太湖无支祈攻守同盟。无支祈者，善应对言语，辨江洋之浅深，原隰之远近，形若猿猴，缩鼻高额，青躯白首，金目雪牙，颈伸百尺，力敌九象。大禹分化浦中诸氏，由归降者引领，终寻见此怪，又从应龙处借得金铃，以铃诱之，无支祈触金铃即厥仆，乃擒，将金铃穿其鼻，扣以铁链，锁于湖底，人称“震泽底定”，太湖于是平稳，洪滥止息。

唐永泰年中，渔人于湖中龟山下钓得大铁锁，挽之不绝，以报官。有刺史名李阳者，广集人力引之，引不绝，复以牛引，锁穷，刹时风涛陡作，有一兽出，形如猿猴，高五丈许，白首长须，雪牙金爪，闯然上岸，张目若电，顾视人群，鼻翼上金铃振荡，欲发狂怒，观者畏而奔走，兽亦徐徐引锁曳牛入水去。

古冈西有谷水，水东有昆山，有一大族陆姓人家祖居于此，后汉吴主封陆伯言为华亭侯，盖汉时此地已有亭治。晋时伯言之后陆机、陆云入洛阳，云自称云间陆士龙，故后人又称古冈华亭为云间。唐时，首置华亭县，于苏州治下，隶浙江西道，我宋南渡后改归嘉兴府治下，设盐课司、税课局，以兴盐粮渔耕诸业，遂一时城镇萃起汀洲浦溆之上，商贾往来日频，舟帆穿梭繁忙，华亭终得放华，逐岁厚获米麦，堪称朝廷粮仓。民谚谓：“苏湖熟，天下足。”

此后起之地，虽渐裕足，然人以利重，未及开化，民风照旧蛮野，直精明计较起来。千浦中渚屿，司局所不至者，仍蔽若洪荒，人不在簿籍，方物不知其详。

古冈华亭东望大海，名华亭海。海浪不宁，日夜拍岸，有诗云：“百川倒蹙水欲立，不久却回如鼻吸。”泥沙螺蚌来而不止，岸土东拓无休，素不觉察，猛一回首，则又阔增十里。好比息壤，生生不息。夫天何投之于人间？将予何人寄身？岂地之疆不足，难容日后茫茫苍生？

于县东，有地旧名鹤窠，今鹤去不返，遍生斑竹。时竹花绽放，先谢者结实，遂大鸟栖于兹。竹三十年、六十年一易根，而根必生花，生花必结实，结实必枯死，实落又复生。哈剌和林龙海园中有仙竹，一年中轮番开花，此一处开，彼一处息，四季不止，不类他处。此间林中，正遇花期，倘逾此期，则无花无实。故大鸟先筑一大巢，贮实于巢中，以备后需。鸟曰，太湖中龟山深处有仙坛，坛上石尊中有颖果甘浆，饥时亦可往撷。

安顿罢大鸟，我自入县中寻访消息。城衙西广明桥巷子口有茶肆，于肆中踌躇良久，但闻里巷逸事，并无越儿线索。又至几处饭庄酒铺，人多有食石首鱼、莼羹者，闻迂怪之谈，谓石首鱼春夏入海，秋化黄雀冬化凫。有商客讪之，说话人言之凿凿，道，君若居此地经冬，必可见入秋黄雀满枝，而石首至霜未降，莅冬则塘中野凫群聚。此言吾初不信，然之后居大野浦数载，秋冬里果见黄雀野凫泛滥，始不疑。

言及石首，复思虫媄。鱼或化鸟化禽，故人今在何方？亦羽化仙果瑞兽乎？往事逝如流，已然无恨无怨，想当年于汴梁闻绾儿妙音，我追舟上去，竟也追不着。人所不及，魂亦不及，必是成仙了！她纵火焚家，亦救儿一命，虽女性浪荡，毕竟母性未泯。呜呼！人也，仙也，神天皆预备了赎罪的大恩！

转念一想，此地人未有熟识越儿者，且一行人隐姓埋名，有意避人耳目，单只在市井铺肆中寻访，必无果。想南归途中闻悉，彼等欲图造一所大丹房，既如此，不如往药铺、金石作坊或炭场去，炼丹造火药，此等物料不可或缺。于是，往仓桥巷、毬场巷、劝义坊各处去寻作料场所，耐心候着，一日不来，三五日或来，三五日不来，旬日月余或来。

某日，暮归鹤窠，鸟见我愁闷，曰："将近数十日不见人影，恐干等终不是良策，不若我载你飞越大野浦，一渚一屿地寻，恁多时日，百洲千汀都可翻遍了！"

寻也寻了，等也等了，到得这般地步，别无他计，也只好如此了！

大野浦共有五十余座碎洲浸于海内，加上与陆地相接的半溆半沚，东西南北间，凡六十余处。大鸟与我由外至里周旋全境，先绕一大周，复绕一小周，一周一周往里紧缩，可一处不余，尽收眼底。

三日搜毕，未见越儿一众人影。某午后，与大鸟栖于苇丛中歇息，忽听得有肃戾之歌，断断续续，细辨之似佛蓝契牙语。寻音而去，于河道中见一扁舟，舟身覆蒲篷，有女倚坐舟首而唱。女衣葛麻，手持斗笠，近视其容貌，乃窠潦也。吾喜出望外，正以为寻着了，复见一渔翁自篷中出，掌刮窠潦，止其唱，谓："传声四野，期汝夫闻之乎？"言毕，拽窠潦入仓，掀裙衫而急欲强合。窠潦拒之。渔翁拳脚相向，直击晕窠潦，与之接。近暮，舟驶入湾，二人登陆往渚中小丘处去。丘后有四五间矮舍，结篱涂泥而成，墙薄窗虚，略遮风雨而已。渔翁掷日间捕来鱼虾与窠潦，令其埋镬烹之。鱼熟，屋中又出二男，四者共食之。二男貌陋身短，怒目突额，不类人状。渔翁与二男兄弟相称，相互出语亵秽。食罢，一男领窠潦入内间，褪其衣，于蒲上相接。事罢，又一男人，不及窠潦著衣，领其至另一间，接之。此三者共一女，接罢，缚窠潦于门板上，乃睡去。

大鸟与我语："恐遭难，不知他人时下情形。"

"必先救女子才好。"我说，"此三者视之不善，盖浦中强人是也。"

"勿虑。待我闯入将三者制伏。"

"如何制伏？"

"君有所不知，吾具非凡之力，素不用，情急时可使。"

遂入室，以喙解缚，三者惊起，出而相搏。鸟瞬时展翅，有三丈宽，撑破屋顶，载窠潦欲飞。忽三人亦变身，立时壮大，有五丈高，鸟不敌，弃窠潦而去。

离渚不远，鸟停落滩上，回复原形，谓曰："此上古兜口庐氏之后也，非常人，昔其祖与无支祈勾结，占田堵流，每日送食与无支祈。无支祈嫌其身小，所送食物亦小，则予其鼋珠，吞之则获巨形，可缩可伸，米粮亦随身形大小自如。禹王来时，不敌诸氏族与无支祈，幸得应龙相助，方伏之。今倘若欲制伏，必往应龙处求利器。"

"如何寻得应龙？"我问。

"羽嘉生应龙，应龙生凤凰，凤凰生鸾鸟，鸾鸟生庶鸟。凡羽者皆生于庶鸟。羽嘉为一切飞虫之先，乃天使飞仙之众首之一。"

"如此说来，汝乃应龙所生？"

"然。有鳞曰蛟龙，有翼曰应龙，有角曰虬龙，无角曰螭龙。龙凤兽龟，皆一族，天之子也。应龙与我乃有翼一支，此天之族谱，非凡人能解。"

"此去何处寻应龙？"

"应龙居南方大海中，常出巡南方山川，主掌风雨，故南方雨多。按血脉，南荣先人亦然翼族裔苗，南方朱雀领地，朱雀为祖，吾与汝亲缘。尚记否于海西宫廷神庙中所见肉翅美童？皆翼族天使飞仙也。"鸟曰，"此去数日，汝独守渚间，倘庐氏迁隐，追其迹勿令失踪，待吾归，必可降之。"

天未明，鸟即去。数日后返，遇我于先约故地。庐氏果掠窠潦去另一汀上荒丘，丘下有深洞，绵延至河汉底下石罅间。

鸟于潇湘云阜山寻得应龙，得韘佩。

引鸟至洞口。鸟曰："不出则难克，必引其出而攻之。"

"何以攻？"

鸟示我韘佩，自喙中出，言："上古大羿射日，曾向应龙借韘。韘中藏万矢，唱咒可呼出，落矢雨三日三夜。今庐氏兄弟挟女子匿洞中，发矢恐伤彼。必先引贼出。"

遂入穴，寻庐氏。遇贼，且战且退，引出洞外。及俱出，忽吐韘，悬于喙上，绕飞四周，言鸟语一阵，俄顷，矢如雨下，果三日不歇。大野浦阴风怒号，民人惊矢雨，闭户不出。初，三贼壮大顶立，中矢直如沾毛刺，捋去，复中复捋，然矢愈出愈密，遍插其体肤，贼力渐不支，仆地不起。有脓血溢出，触草木即焦枯。

鸟谓曰："汝随女子往，必可寻见一干人。我锁贼于太湖底，令不复害人。太湖中有四昂，尖出水面，称地肺，地以兹吐纳。一昂谓龟山，已系锁无支祈，另三昂正待此三庐。"

三庐既仆地，伟身回复人形，鸟以巨翼承之，飞往太湖。

窠潦出穴，见鸟大战庐氏，知是来救。鸟去，便循原路回丘渚篱舍，于此处方记得被掳来路径，则解舟划桨去寻众人。

过数重芦苇荡，绕几处河湾，登上一座大屿，屿上樟树密布，寻林中幽径崎岖而行，至一泉涧洼口，有岩洞适容一人大小，入之，复行一二里，洞尽天开，乃一白沙滩，滩围一湖，窠潦泅水渡越，抵一屿。此乃屿中屿，是故难寻见。屿上有隆阜，有石阶环绕至坳，坳中旷地上筑墙未封顶，越儿一众人正斫木砌屋。见窠潦至，众人唏嘘感叹，悲喜交加。

此屿中屿，名墅麓，后汉时东吴于此设石垒，以镇匪寇。今垒墟尚可见，直屿上无人居住，成荒地。越儿与众人据此安顿，意图造一所大丹房。

越儿掌管长明地机密军事日久，细作内线遍布多处，远及海西诸地，亦深入中原南国。归时至陈蔡，光州暗探即将行装先私运入宋境分散，之后人才渡江，快马奔临安。宋地全境皆有细作会班，单线勾连，环环相扣，指令可旬日直达遐迩根底，传讯行事密不透风。墅麓亦早由会班中人预先安排下，嘱华亭县当地细作绸缪。初至屿上时，为遮人视线，先使熟人送粮送需，不想庐氏兄弟混入送鱼，见披日覆雪海西女子，惊为天人，竟生淫念，故趁人不备时虏去。

大鸟锁定庐氏兄弟后归返，我领大鸟飞来墅麓林中。众人见鸟，大喜。鸟素载我出入，头回西征时，将士常于行军途中仰首见鸟，皆视之为祥兆。又长年栖于和林龙海园，故布舍一干工匠亦早识得瑞禽。此番一路南归，于燕京分散，今别后重逢，救女脱险，人咸称奇。

墅麓静谧，风和日丽。众人日出而作，日落而息。越数月，至中秋，房屋落成，名紫翠丹房。万事安然，越儿遂解禁，与外人渐通。人称北国慕真先生召海西众弟子，远道来大野浦，建宫修道，济世利民。宋廷于盐课司、税课局外，又派出巡检司，设诸各紧要汀渚上，以镇守海路，兼治安四处。墅麓中虽无巡检司，然别处巡检闻丹房盛名，偶亦光顾，顾则多白受丹房妙药符箓之惠，得益匪浅，吏役于是逢人便赞不绝口，慕真先生随之于民人眼里觑着德高望重。

庐氏之难，远逝日久，布舍不计前辱，夫妻恩爱如常。直是每暮日晖将没之际，窠潦便只身往阜上巅顶处，倚石而坐，西望太湖。

第三章　紫翠丹房

术忽难乃时下不连旦大博士卑恳之徒。不连旦于海西之涯西北大海中，为一岛国。不连旦人亦属揑迷思种，混有当地土人昂歌虏与煞可巽[①]血统，其护国女神名不连旦，手执海神之戟与藤牌，有狻猊于身侧伏行，故得名。卑恳少时于大城斡可思富教学社习天文、算数、乐歌及幼契力敌思之丈量学。教学社者，罗典语作 universitas magistrorum et scholarium，意为教与学之会社，颇类江南书院。卑恳精于阿力司铎与八剌秃之学。

术忽难曰："八剌秃乃阿力司铎之师，古哥黎塞人，古若契丹地方战国时。此二师为万师之师，一切西学之源头，类孔孟二圣。其学主张先在与共相。先在者，即天理，先人而出世，人所后知皆低于先在之知，皆异相。阿力司铎释异相与共相之联系，著书名曰《人本欲慕知》，其所谓知，即共相之知，谓一切异相之知不当为知，必上升为共相乃真知。后世学者千年袭之，及吾师卑恳始，反

① 昂歌虏与煞可巽：今译盎格鲁-撒克逊，不列颠主体民族。

其道而行之，著《大思》《小思》《第三书》及《智之纲》[1]。吾师以为，人性有别，千差万异，故人知各异，异相为天地实在，共相亦寓诸异相。辨异相真伪必须践行验证，验证乃知之杖柱，不验证无以知。”

越儿问：“人之所知，各为管窥，岂可以偏概全？”

术忽难答：“验证以知全，见证共相之全。愈验愈知神启之妙，愈知天理确真。”

“此说类格物致知？”

“晦庵先生之说论证有余，验证不足。格物须身体力行，须不耻下问，深入事物根底，以物验理。”

“此亦大道中一法，以术为据，不离处境遭遇，合众性异相而后共知。吾一生所求，与汝师异曲同工。”

“先生以渊及博，细究百草金石，虽素不言《大学》《中庸》，然于火器之精微处滴水见海。”

“老子所谓观其徼，探事物之边界至微，有欲者为之。而无欲者观事物之妙，异名而同出。西师八剌秃、阿力司铎倚天地之始，汝师倚万物之母。”

“从先生学丹药，别有洞天，方知学生往日所执孤陋寡闻，中原道术博大精深，非雕虫小技可比。”

“吾尝见汝有一短枪，压下小锤，扣扳机，即发弹，甚奇妙。可否详示其理？”

“吾师曾自挲剌森商人处得蒙古兵火铳，拆而视其里，谓临时不发，药力不足，遂致力改进。”

“此恰乃吾所困！”

---

① 《大思》等：罗杰·培根所撰几部著作，今译为《大著作》《小著作》《第三部著作》及《哲学研究纲要》。

“以铁条拧紧，扣动扳机，释铁条，令铁轮旋转，擦火石而燃弹药。”

“愿闻火药如何改进？”

“哥黎塞人古时书中记，硫、松炭、麻屑、沥青可速燃，吾师集拏剌森人、哥黎塞人、不连旦巫师咒方，又获先生所制弹药，终得一方剂，即炭、硫与硝三者合一便有炸力，其中硝七、硫一、炭二，以精炼浓缩，倍增威猛。”

“吾自幼时起涉丹药方书，按图索骥，又苦苦冥思，历火灾、兵燹、实战，试炼配伍，不计其数，凡蟾蜍油、沥青、松脂、川乌、草乌、竹菇、黄腊、砒黄、雄黄、骨灰、姜汁、斑蝥、桐油、断肠草、烂骨草、硝石、硫黄、各样炭木，无所不用其极，憾叹威力不足，二次西征时，终加减得法，与汝师所用相似。汝师果不凡之辈！”

“吾师所想，发乎简明易制、令资耗廉俭之初念而已。”

“后浪推越前浪！后生可畏也！”越儿叹道，“今思所造，唯儿时炼就糜精油可圈点，此剂生火不灭，遇水愈烈，晋时葛洪首创，后失传，吾幼年懵懂无惧，仗着天赋灵敏，侥幸偶成，如今竟也想不起来了。盖验而不求理之害也！”

“先生或可将毕生所学立著成册，以传后人？”

“吾道不为用，毕生以用求道，得则心满意足。”

“吾师亦常如是言，是故其所制火枪、弹药不为教廷珍重，反倒诬其为异端，欲逐之出社。”

“亏得无视其学，不然西人皆使快枪烈弹，中原无宁日矣！吾幸得北人用，又不幸为北人用。幸者在用者反为用，不幸者在所用伤及无辜万千。”

术忽难随卑恳师父学炼金术，后独立门户，于贵由大汗时往海西南地开金铺，遇安竺耳、禄合、雅古诸才俊，后四人结伴至斡罗思经商，为拔都王手下骑兵虏获，知其有巧工，不杀，贩至和林景寺门下作坊，方得结识布舍。值越儿欲修龙海园，布舍便召来为越儿做工。是故，术忽难一干人知海西近况，盖与两次西征前大不同。

越儿于大野浦中设紫翠丹房，为的是将海西炼金术用来炼丹，曾半世于沙场征战中试炼火药，随之而知众多物理物性，如今学问更上层楼。丹术初出时，直向着羽化而去，渐生出药理、命理、养生、冶炼、军器、神霄、堪舆、乾坤挪移诸法，及今时，越儿有心得，谓众小子们曰："丹分内外。所谓外丹，非炉中可见之丹，乃一切为用之丹；而所谓内丹，亦非以身为炉之狭见，乃一切无用之丹。有用以济世利民，无用以见天道，验证天理。半世飘零，于外丹上用尽了天赐禀赋，倘余生于浮世尚有时日，必精修内丹而不旁骛。"

"于先生学无用，而得致用事功之能，此吾辈小子意愿。"布舍道。

"于尔等学海西验证之术，博览致用之经，以成就无用，此我所愿。"越儿道。

"先生之学，仰之弥高，究之弥坚，小的们不如。"

"萌生成败，万物不出其右。尔等生成之际，当致用无休，多多益善，不若我枯树垂枝，但求落叶归宗。"

"以无用而得大用，卑恳师父谨循不渝，小的已受益匪浅。先生既激流勇退，我等有福又于东方遇一代宗师，幸甚！"术忽难道。

"于无用之学上，千里之行，方始足下。愿多闻海西新事，开我耳目，注我生机。"越儿说与众人其心志所向。

于是，安竺耳、禄合、雅古、术忽难道尽所知所闻，穷其阅历而言。

术忽难说起北大海商路上一则旧事。彼时，不连旦有经商大家族要束木[①]氏，与朵颐孜北地吕碧丝城[②]福定氏[③]争海道，结怨成仇。某一日，福定氏家大郎杭忽思[④]与一干游手好闲之徒往吕碧丝城外一大栈房赴宴，于宴会上见一女子名也里失八[⑤]，明眸皓齿，艳彩照人。杭忽思唐突上前示爱，女子羞涩，当即遁入园中玫瑰林。杭忽思回转城中，打听得也里失八正是仇家要束木氏次女，便心生退意。又辗转反侧，夜不能寐，竟趁黑复往城外栈房去，想偷觑一眼妙丽女子，觑着若舍得则舍，若舍不得再另图别计。此栈房乃要束木氏为占商道自不连旦来建，据守要冲，防备森严。杭忽思翻墙潜入，寻至闺房，于窗外听得也里失八梦呓，呼杭忽思名，遂知女子亦有意，二人乃一见钟情。杭忽思左思右想，无计，便往城中大寺去，向司铎问计。司铎思忖，盖二人好，或可解两族怨，便差人寻着也里失八奶娘，令奶娘引也里失八至寺中，叫杭忽思与她见着，并为二人证婚赐福。午间，杭忽思出寺，恰遇也里失八堂兄窝剌罕[⑥]，窝剌罕见仇家，拔刀相向，欲与杭忽思决斗，杭忽思不愿出剑，避之。然杭忽思童仆意气用事，恐避而不斗失尽脸面，便拔剑与窝剌罕斗，死。杭忽思见童仆死，大怒，转身抽剑，刺死窝剌罕。城中断事官拿着命案，按律处罚，逐杭忽思出城，发配旷野，不得回转，倘进城，必处死。杭忽思去后数日，城中望族彻里[⑦]氏

---

① 要束木：今译约瑟。

② 吕碧丝城：又作留比斯，意为“可爱之城”，今名为吕贝克，位于德国北部石勒苏益格-荷尔斯泰因州，乃中世纪汉萨同盟的中心。

③ 福定氏：今译作弗雷德里克。

④ 杭忽思：今译汉斯。

⑤ 也里失八：今译伊丽莎白。

⑥ 窝剌罕：今译亚伯拉罕。

⑦ 彻里：今译查理。

差媒妁向要束木氏求婚，要束木为攀附权势，一口应诺。也里失八心中不愿，便去寺中向司铎求救。司铎出一种迷魂药与也里失八，谓服后佯死三日，人视之与尸无异，族人必落葬入穴，可速报杭忽思，令回转掘开墓室，届时复生，与杭忽思远走。也里失八服药后，果仆厥，婚礼不得已成葬礼。然司铎差人去迟，杭忽思已先得误报，以为也里失八命绝，便自去墓地，掘开墓穴，拥也里失八而卧，誓生死同归云云，誓罢饮毒身亡。这边杭忽思死，那边也里失八药力消散，渐甦醒，见杭忽思已命归西天，悲怆难抑，奋而拔杭忽思佩剑自尽。此事殊悲壮，令两家主子悔悟，遂罢仇争，结盟共护海道，建商社会馆。

今海西诸地商人行会林立，相约互保，开市交易，日久城镇繁荣，与世袭诸侯鼎立分势，盖由此故事之沉痛教训。

闻有襄品集市[①]，每年于公教大节日，择商路上居人繁密之不同屯点轮流开市，凡十里蜿蜒不止，旬日不息，有北大海思堕可霍[②]之铁器、捏迷思森林之木材、利佳[③]之育沛、不连旦之毡布、佛蓝契牙之葡桃酒、傩弗革逻之皮革，又有经由阿拉璧各地而来之中原丝绸、珠玉、陶瓷、丹药、纸笺，林林总总，不一而足。

贩贾辟商道，通南北东西，又汇聚集市不散，久则大城兴旺，力敌古堡，自治立法，于王权与教权以外独立。城与堡，一荣一衰，此起彼伏，海西不复平静，终将有大事起。

自可艾客偷香窃玉以降，越儿与景门几无往来，直由捏古剌于

---

① 襄品集市：今译作“香槟集市”，乃法国12–14世纪在香槟伯爵领地上的跨国界集市贸易中心。

② 思堕可霍：今译作斯德哥尔摩，瑞典首都。

③ 利佳：今译作里加，拉脱维亚首都。

行军牙帐中设祭位，每七日做一回祝祷。这番来到大野浦，众弟子倡议，于紫翠丹房中辟出一堂，内造祭坛与宣讲座，师徒每轮流坐讲《诸书》篇章。此堂既非景门道场，亦非正教、公教修所，直按着南地祭天礼矩摆布。妃冷色来的雅古于祭坛上画了弥诗诃蒙难像，坛前置檀木长案，案上放玉顶香炉，堂中两侧纵列蒲席与矮几，宣讲座设在祭坛左侧，座后有素木太师高椅。雅古又于壁上作画，皆《新约法》中事迹，惟妙惟肖，人事呼之欲出。

雅古说："自圣芳寂谷以来，教廷创托钵僧制，芳寂谷会社中教士安贫乐道，主倡闻造化之音，观天地之象，天神于俗世万事万物中时处显现，故西乡妃冷色多建大寺，供城中居人聚会，寺中多有壁画、神像、圣人像，画像与昔时不类，花鸟鱼虫，明暗远近俱真切不幻，为使造化与我贴近，令身临其境；又设宣讲座，有司铎每每讲经，释疑解惑，并与众信徒唱诗，赞颂上帝。此种新寺与古寺不同，后者以君主、公侯趣味筑造，穹顶拱门，庄肃有余，生气了无。新寺亲民，俗众入之，倍觉怡然温煦，如一大家族，顿增灵活神气。人道与天理，异相与共相，一问一答，交相辉映，人一生始有所得。"

"如是，新寺与古寺对立，岂不生事端？"越儿问。

"新寺乃城市望族与平民之教所，古寺为教廷王公之据点。新寺日盛，将古寺团团围住，教宗不得已遂准，纵虚情假意，亦用以绥靖服众，笼络人心。起初，教宗与君主权重财裕，然五代十代以后，嗣者日衰，庸辈当道，帑库渐虚，非仗市中民人税赋无以为继。今商贾巧工积势壮盛，仓廪实，资货丰，又多处民人据市自治，朝廷与教廷日益不得人心。"雅古说。

"教宗与君主共治邦国，甚或时有教宗凌越诸王，汝西国何以至此？"

"初哥黎塞昌明，之后肉迷帝国取而代之；肉迷之后，北地羯蛮族兴起，灭肉迷大部。羯蛮自称朵颐孜，斡罗思人呼曰揑迷思。揑迷思者，化外之族，无书无礼，无以服民心，遂必以公教立国，以护教之功执权柄。恰鲁林族彻里帝[1]时，境中民人几无读写者，《诸书》版本错乱，罗典语衍生为多地方言，为此，彻里帝寻来不连旦大学士雅圭尹[2]，命其修书建学。雅圭尹住持墨鼎寺[3]，设藏书楼，办公学，授七艺，收四方慧童入学，虽贫家子弟亦不拒。七艺者，语理、辞法、名学、算术、丈量、乐舞、天文也，类似中原圣人所立六艺。彼时，罗典语尚无句读，类宋国文书字字相连，阅者自断句章。雅圭尹首创句首大写音字，又于句末圈点收尾。迄此，书音同，册籍分明，则哥黎塞与肉迷上古文献重见天日，又助彻里帝戡正《诸书》，颁《恰鲁林书》[4]，使政教归一，令行禁止，则有大富浪国。大富浪国京师名阿恒[5]，禁中有寺，寺中金器神器曼妙非常，有帝冕、十字摆件、圣爵、烛台、圣物箱笼，皆精工细刻，流光溢彩；壁上有彻里帝西征绿衣大食[6]图，禁中起居大厅有四季画、七艺谱、列王像，祝祷堂后殿有琉璃镶嵌之飞仙，绕约匣而飞，顶上有上帝之手。大富浪盛时，艺文乐舞之辉煌由此可见一斑，其于庙堂死矩之外难抑生机外溢，颇具市井人烟气息。只可惜彻里帝复兴，昙花一现，稍纵即逝，后大富浪国势渐衰，裂为东西中富浪，

---

① 恰鲁林族彻里帝：即加洛林王朝的查理大帝。

② 雅圭尹：今译阿尔古因，英格兰约克郡人士，加洛林文艺复兴时重要人物。

③ 墨鼎寺：今译作马丁修道院，796年，阿尔古因任图尔的马丁修道院院长。

④ 《恰鲁林书》：即《加洛林书》，阿尔古因执笔编撰，查理大帝颁布，规定公教教义与教规仪式，从而统一国中凌乱的教会生活。

⑤ 阿恒：今译亚琛，位于德国北部，与荷兰、比利时邻近，法兰克王国首都。

⑥ 绿衣大食：这里指伊斯兰教化的西班牙，8世纪摩尔人入侵后的安达卢斯国。

今西富浪即佛蓝契牙国，中西富浪已分为众小邦，所谓羯蛮族圣尊肉迷，徒具虚名，诸王各自为政，钩心斗角，甚或鬻爵卖官，结盟绿林。此一时也，彼一时！昔先宗列王，本受命于天，今诸王诸教宗不思神恩，代上帝立言，以神自居，权政必旁落，贱流市中，可赎可买，日后再无尊贵可言，直将由着钱财执掌权柄，刀把子敌不过钱袋子！”

“是故中西富浪地，羯蛮族圣尊肉迷境中，有若我东周春秋时情状，诸邦争雄，霸道盛行。如是亦好，肉食者各趋己利，则黎民百姓可趁隙喘息，势必多出孟尝君者，豢养食客三千，呈百家争鸣状。”

“然。此处获罪，则往彼处寻庇，终有生路。尝于侯门中做画师，主妇寂寥无伴，诱我入室，情败后，欲加碎首刑，幸买通狱卒，遁走妃冷色。吾祖籍非妃冷色，乃北地褐身[①]人。褐身亦羯蛮故地也。”

一日，越儿与众弟子泛舟湖上，舱中排下几样小菜，其中有一种白参鱼，肉细味醇，隋时入贡洛阳，此间于大野浦随处可得，并不稀奇。白参鱼，土人谓其为鱼中人参，补养五脏，益气滋血，常食肤白如玉，任督贯通。与米酒并下，一箸鱼肉，一口热酒，交织生香，撩肺牵肠，食不能罢。大野浦中产米，粒肥若肪，视之有晶光，酿酒清澈，多饮不伤身，好过绍兴府黄酒，上品出自枫泾。因米多，价不高，酒价亦不甚贵，故江南四方民人争相采买，朝廷于上海浦、下海浦于是顺势多设司局，以广课酒税。

八梨来的木匠禄合最喜食鱼饮酒，舒畅时，仰卧舟首平板上，宽衣袒胸，嘘叹：“乐不思蜀，直宁于中原为奴，不愿归为王侯！”

---

① 褐身：今译作黑森，位于德国中部。

“何叹如此？”越儿问。

于是勾起禄合愁闷，道尽西国蛮鄙之事。吾闻所未闻，令人发指。

禄合道：“此间人谓苦海无边，算得上什么苦！不过闲愁难以打发，酒肉吃多了，郁塞出烦恼而已。先生盖未闻泪谷之说罢？泪谷之于苦海，那真叫水深火热！”

“何为泪谷？”

“泪谷者，la Vallée des pleurs也，吾土达人谓生不如死之境。居无净室，食不果腹，病无医药砭灸，春耕驱妇人负犁如牲畜，城邑街巷屎溺横流，盗匪施虐蹂扈乡里，黎民目不识丁，青壮不寿而早夭，所谓侯门，不及契丹一丐王。西国诸领主，皆羯蛮族营首之裔，得封地后，为自保，筑堡建垒，围石封闭，门窗深窄似虫穴，容身出入而已，然西地苦寒非常，入八月则降霜雪，凛冬便冻土不化，居此堡垒中，即便生火亦难温肢躯；耕农之苦尤甚，凡铁器多为领主霸占以锻炼刀剑护邑，耕种但止剩石器、木器，这便收获颇微，谷粮不足，冬日漫不见头，不得已宰牲充饥，甚或取种为食，待来年少种无畜，复驱妇人犁地，直不如牛马。倘病，几无存活。司铎声言，得痫者服义路社林圣陵土可愈，烂口者舐寺中尊座扶手可瘥，教廷禁世俗医治，谓病乃因罪孽深重，治之则不得救赎。偶有医师，其医术贫乏，唯放血、灌肠、催吐三样。医者藏于城中陋巷，门前画蛇杖徽以招人，此古哥黎塞旧俗，因史籍记曰，有名呼牙寇累伯[①]者，执绕蛇神杖云游四方为人治病。放血令患者虚弱，虚弱以不躁动，视之稍安，实乃疾甚。有医师云，放血可令水性女子归贞，复不见异思迁，别恋移情，殊荒诞不经！”

“曾征马扎儿，居别剌王叔父旧宅，点苍石铺地，光可鉴人，

① 牙寇累伯：今译阿斯扣雷波，古希腊医神。

有悬烛于顶，盘台如小丘，燃时金碧辉煌，直不如尔所言。又少女皙白碧瞳，多美若窠潦，何有驱妇人似牲畜之云？”

“别剌王乃马扎儿大君，虽贵为人主，倘患疾，亦难逃放血。拿瓦儿王狄伯[1]得风疾，医师为之放血累计数升，不愈，死。临死前曰：‘夫疚怀不安！吾挣扎甚久，令尔等受苦矣！’至于妇人，类窠潦者，凤毛麟角，唯大城中富商之女有此颜色，万千耕农家女孩儿，能言行之岁便下地拾穗，及稍长则驱使如牛，鲜有妍丽者。诸领地有律，凡女出嫁，必先予领主荐席，谓初夜权。然领主多避之不及，惟恐瘟疫上身状。何故？盖因农妇村姑丑不堪言，肉糙皮厚，志愚情钝，农家献鸡豚、美酒、猎物丰厚，恳求再三，方草就。农人以为，但凡得领主幸，可辟邪逐鬼，破瓜如破秽恶，新郎气弱，难以驾驭初枕。古制难违，领主袭诸权益不可易，此初夜权亦不得更改。今风气渐松动，初夜权可出售，领主一年中遇婚事颇多，便转让几件，始稍得安。”

“尝入马茶城，闻满街腥恶，终日不散，难忍。”

“不来和林，不至东土，端的不晓得人间有气味香醇如斯。吾土民人，视沐浴为奢侈浪荡，谓罪孽深重。教廷司铎云，不洗涤，知罪而活，与神国近。古时肉迷大城有汤池，君臣百姓皆日日沐浴，羯蛮族占肉迷地后，废汤池，毁水渠，数百年城堡中无下水处，终年粪积如山。人随地出糟，所泄腌臜秽物遍地，久则罔闻。昔八梨城中大河有支流名呼‘望春渠’，因倾屎溺日久，泄污淤积，今已成望春街。试想，一条望春街，盖糟粕积筑，百世之脏垢凝结，情何以堪？此二三十年间，城中居人愈众，遂官府下令，命不得倾屎溺于街中河中，须堆于城外荒地。吾出离八梨城时，闻官家下令筑高城墙，因墙外粪积已与墙等高，恐敌军攻城，攀踏屎山而入。”

---

① 拿瓦儿王狄伯：今译作纳瓦尔国王蒂博一世。

“布舍尝赠余香剂，谓沐浴后涂身之用，汝不知乎？”

“香剂之滥觞，乃遮妇人月水秽臭。吾乡妇人少沐浴，不知亵袢藏月水，裙下光赤，经年累月，体味酸骚。今时十字军东征归，或有学阿拉璧风俗者，亦造大汤池，浴后入密室躺歇，饮酒，食鲜果，涂抹香水。然往汤池沐浴者，教廷视若狎妓，称堕风！幸得此生至和林，又随先生来江南，日日可沐浴，神清气爽，顿觉人生福足，故不思归。”

“前日闻术忽难、雅古言海西近况，但知市民新事，不晓得旧制故矩殊陋，乃黯黑无光，迫人思变。如今既城与堡相争，商与官对立，凡蛮鄙痼深，物极则反，终将生出大昌明，不日或可移风易俗，迨尔等才俊归乡，势必开一代先河。”

卫尼思石匠安竺耳说：“吾西土教门亦行僧尼制，僧寺与尼庵隔绝严明。然初不似中原，僧尼可婚嫁，至大约中土宋国初立时，有虔敬守礼之司铎名卫帘①者，于西富浪怯鲁尼②地方建隐修寺，倡导教中修士洁身自好，后此风波及富浪全境，隶爻九世③时，教廷立法，禁僧尼婚嫁。不料此矩一出，事与愿违，竟淫风四起，寺庵里窃窃通奸、乱伦、蓄养婢姬娈童者比比皆是。西寺中多设有悔罪室，司铎、助祭借听悔罪之便，常与贵妇村姑接欢，名曰为基利斯督献身，做基利斯督爱妾，谓与天神之地上代理者接欢，即与天神接欢。尼庵中亦不清净，大司铎择美尼做宠妾，趁夜色遮蔽，潜入尼房，置尊排筵，舞乐通宵达旦。尼不期有孕，则服药下胎；僧

---

① 卫帘：今译作威廉，此处指“虔敬者”威廉，大约10世纪初，他在法国东部克吕尼建造了一座隐修院，规定教士过禁欲主义生活。

② 怯鲁尼：今译作克吕尼，位于法国东部，靠近马肯。

③ 隶爻九世：今译利奥九世，11世纪时公教教宗，力主克吕尼主义的禁欲生活。

使民女有孕，则曰赐福。吾乡曾有一司铎，与木匠之妻私通，令妇人怀其种生下四子二女，迨女长成，复与女交，乱同禽兽。有谚云：古寺钟声亦可令妇人生子。又云：庵土寸草不生，唯女尼生子。近时更有耸人听闻事，教宗与地方大司铎，竟狎娼召妓，蓄女乐于寺中，纯然作为榻帷宠物豢养。民人今不称‘至圣肉迷教皇’，而称‘至淫肉迷教皇’，或直呼其为‘骚犬’。”

“西土女子独爱修士司铎乎？”越儿甚诧异，问道。

“于拜神一事上，妇人笃虔，非独钟爱教士也。愚妇以为得寺僧宠爱，如得神爱；得寺僧种苗，如得神裔。而贵妇或富家女孩儿借着私通，可获厚利，譬如政教联盟，譬如替兄弟夫君买卖寺中圣职。得圣职者得丰禄，甚者有田产、领地、农奴。”

“吾尝闻鲁白鲁乞痛斥景门腐堕，不想公教有过之而无不及。”

“盖因近来入寺庵者，少有发乎自愿之人，多乃花钱买职，又王侯由长子世袭，次子及女孩儿便送入寺庵中做住持，端的为了权力。此等霸道之族一旦掌了教权，必无视教规，恣意妄为。或者买职谋生之徒，也不过做做表面文章，内里只向着口腹之欲、床笫之欢。”

“经书上记十愿，言之凿凿，约之昭昭，何以僧尼执法犯法，气焰如此嚣张？”

“先生有所不知，西境几无读书识丁之人，虽司铎、教士，亦大多睁眼瞎子。术忽难故里不连旦，曾招乡寺僧人，出题曰，凡可诵《诸书》开篇前两句者，即录用。僧同此辈者，不计其数，常手执经卷，诵几句晓得的，之后便胡言乱语，随心所欲说经解经。唯大司铎、大博士识得罗典语书，圣尊肉迷诸邦国中甚至有君主不能读写的，奏章信札，皆委付地方上大住持处置。”

“呜呼！善哉！”越儿豁然开朗状。

“先生何言善？”

“吾复闻佳讯矣！教门败坏至此而不倒，足见弥诗诃乃真神也！”

“此话怎讲？”

“善有善报，恶有恶报，此人间道也。吾主以神道救人，道不可道，恒道是也！倘是别教，蛀虫蔓延，必遭灭顶之灾。然公教近千年，虽沆瀣龌龊，脓疮遍生，亦难蛀天柱顶立，吾主欲令世人见此庙堂之固。礼崩乐坏，弥诗诃所立基石不坏。《新约法》中有言：吾爱怜悯，不爱祭祀。今祭祀或堕废，怜悯之心不绝。怜悯乃圣殿之基。”

“正如先生所言，不以是非断，但以悯心照乎？”

“然。天尊创世立法，神子做中保，圣心乃神赐另一中保。人性各异，万众一心。汝心即吾心，汝心吾心皆天心。”

“先生所言人间道，善恶有报，差在何处？”布舍插话问。

“人借行善而不伏罪，以匿己罪，匿则欲盖弥彰。余尝以宽恕待可艾客司铎，此小便宜买卖，妄图欺吾主，固是连直来直去尚做不好，凭何样本钱恕人？先圣夫子所谓忠恕，中于心而诚，己心如人心方谓恕。人恶待你，你当以直报怨，此为中于心；思己之罪，与人同，罚人如罚己，足可称大恕矣！孰付权柄与汝赦人无过？以德报怨者，自傲比神明，获罪于天，恶大于怨。”

“人以一己之善求祷上天，期神明按人之所愿行事，究竟信了上帝，抑或令上帝信他？”安竺耳道，“教廷何以圣洁之地藏污纳垢，实非人智可断明暗。先生所言极是。教廷中的司铎倒了，并非教廷倒了，乃是入世染脏的教廷倒了，圣芳寂谷涤净尘埃，令圣殿复生辉容。吾尝闻佛蓝契牙东南大城黎盎[①]，有圣徒名斡乐朵[②]者，

---

① 黎盎：今译里昂。

② 斡乐朵：今译作瓦勒度，瓦勒度派创始人，12世纪在里昂兴起福音运动，其主张与日后马丁·路德的新教教义几乎一致，其信众至今尚存，活跃于阿尔卑斯山谷及美国南部、中西部。

与肉迷教宗分庭抗礼，自立门户。”

“禄合可知此人？”安竺耳既言及佛蓝契牙故事，越儿便问禄合。

“斡乐朵本系黎盎大富商，后抛家舍业，以弥诗诃为则，箪食瓢饮，四处传播佳讯。黎盎昔为肉迷帝国高卢郡大邑，肉迷崩裂后沉寂千年，近时因东来之丝绸、香料、珠玉须经城中大河流通各地，一时复兴盛，集市林立，财货汇聚。斡乐朵家族便是众多豪门之一。斡乐朵蒙天感召，呼吁黎盎一带丰裕人家子弟跟随他一道俭朴生活，此举恰似讽刺，向着教廷奢靡败堕之象而去。斡乐朵蔑视教门权威，以为人人可传道，人人可依其性而解《诸书》，非教宗独掌权柄。他将罗典语《诸书》译为方言，令妇孺农工可通晓。他废教廷各种名目之节典，但主倡伏罪、告解与领圣体圣事三项；凡领圣体圣事，男女俱可主持，一岁行一遭，与教廷旬日便行一趟不同。《诸书》中，斡乐朵及弟子看重《新约法》，以此为据行事。其人从不赌誓，因《新约法》上云，不可指天发誓，因天系神座，不可指地发誓，因地系神之脚凳，也不可指着义路社林发誓，因义路社林乃大君之京城；又不可指首发誓，因人不可使一缕须发变黑变白；人所言语，是即言是，不是即言不是，倘多言，必是出乎恶魔。又斡乐朵之众亦不信地狱，人死后无地狱，灵魂或安息，或飘荡，无所谓炼狱之苦，并不由着教廷赦减。（此言善哉！果无地狱！我南荣靖桑身死多年，魂灵自在，从未见过什么阴曹地府！）斡乐朵一众不拜圣像，不刻弥诗诃偶，因人乃神造，岂可造神？教廷如今发一种赎罪券，令百姓倾囊购买，多买多赎，以兹敛财，甚或雇人推售叫卖，谓赦己罪，为已故亲人减免炼狱之痛，或做差一件事，买一券，一券抵一罪，买一赦一，买了做，做了买，可心安理得做差。斡乐朵之众既不信炼狱，传扬出去，百姓闻之有理，多有不信赎罪券者，便坏了教廷生意。”

“这便令我疑窦顿释。曾经捏古剌教士言及公教正教之争，赎罪券一事叫我终于明白何故公教执赎罪说。其以弥诗诃赎众人罪为由，自命承袭了赎罪权。夫人之罪由教廷赦，教廷之罪由孰赦？盖罪唯弥诗诃可赦，人皆于罪中，无人可赦他罪。赎罪券一事，足见教廷深堕不拔，足证于教外教内并无信疑之别。信即信，教即教，神之教以悯为根基，不以庙堂为圭臬。吾中原历来不以教为道，视教为法而已，释家以为万法皆空，明智之举也！”

“既设教，又不以教断生死是非，孰以督察正误？”禄合问。

“天与我约，造山河大地、草木禽兽、四时寒凉以匡正人为，我师天然，则玉成。是为旧约法。我与先皇帝东讨西伐，征国无数，见血族各异，长短不齐，故知天矩约人不尽相类，彼一赐乐业人有《列传》《诗章》之旧约法，吾中土先民亦有《诗》《书》《易》《礼》《论语》《春秋》之旧约法，概所约地方不同，族性紧要处不一，皆由神启先知而得，如是可见公教所执诸书不全，乃一地一方因着世俗惯例而窥，洞见是也。斡乐朵以《新约法》为据，方为正道。人醒时守约，人迷时失约，靠着净风入心而复觉，觉而迷，迷而觉，心之中保不足以赎罪，天帝于是派遣弥诗诃入世，成至坚中保。吾东土民人有约、受净风，心与天下人共一，直方便法门，方便有偿，而未闻弥诗诃佳讯，则不得恩典，恩典无偿，大善大真！”

“先生之意，似说教中信得救，教外信亦得救？既如此，何故设教？”

“尔等告吾教廷腐堕之事，不明乎？神设公教、正教，以其腐堕而不倒以证明弥诗诃之伟力，倘称弥诗诃，日日得救，时时蒙恩，虽一处一处坍塌，终不倾覆。设教乃为指证真神，非指证教廷。呜呼！晋卿地下有知，闻此必幡然醒悟！积德行善，循规蹈矩，难敌人边修边败，烂泥扶墙，糊上去即倒下来，罪性使然！中原皇帝，徽宗章宗，不谓不善，何以善治恶生，恶治善生？不闻佳讯恩典，一切徒然！人信自己守约之能，信得紧，却忘了大能固于我之上，该由着命运牵领！”

“人皆神之器，无所作为乎？”安竺耳问。

“人固神之器，所为却由己。弥诗诃只是做了已然必胜之保证，即人由己而行，虽罪恶愈演愈烈，亦终将圆满成就。于是乎，何必由着教廷行事呢？不如由着自己跋涉。”越儿道。

“先生心学，看来尤为重要。以往千年，借着教门之舟渡河，将灵魂交予司铎；而后千年，以己身为舟，灵魂自主，直面内心，自负盈亏，与神天直接交通。”安竺耳似有所悟。

“那么，教门呢？”禄合问。

“我道禄合，话已至此，为何非要教门呢？未闻弥诗诃道，实在日后这庙殿，无一石上之石不拆毁？”越儿说出《新约法》中《明泰法王书》记弥诗诃指着义路社林圣殿说的话，又说出弥诗诃对着大司祭说的话，“神之国必从尔等夺去，赐予能结果实之百姓。”

“此种百姓，类斡乐朵者，千百年中前仆后继，代代不绝，神要兴旺他们，令异相的果子好过共相的主干。”安竺耳复又提起异相共相之说。

“人之所谓共相，终究止乎异相。上天之道唯一，先在今在永在，为真理共相，除此，孰可执掌共相？是故，释家不执相，不言真如。汝西境今或由异相之验真之学复兴，只恐怕来日执异相为神明，复坠迷雾中。”

“由着自己做主，断然较由着大君代办难。”布舍道。

第四章　古楚公主如是说

翌年春，有幼妇美若初樱者，忽自丹房外枝头上落地。幼妇破窗纸，呼道："泰榆，泰榆，我来望你了。你可认得我？"

视之，乃少媛也。

"你如何从树上掉下来的？"我问。

"樱花开了，自塞外到南国，连成一片，蜂儿蝶儿载着我魂灵，从这树到那树，旬日便传到了家门前。我如今有了身形，大漠百姓塑了我的像，立在祠中，我便择了姣好的一尊，将精血灌注，幻化出来。"

"这便活过来永生了么？"

"只是借身还魂，隐现自如罢了。人若不祭我了，魂也要死的。死了，就看不到我身形了。"

"可惜没人奉我造像，不然我也还出人形，与你相见。"

"我自是觑得着你幻影，还是那个没有气力的书生。"

"你这样子活蹦乱跳的，想吓死你爹爹么？"

"我思念他紧呢，我来望他一眼。"

"他如今已是一介老翁，看着不似你爹爹，倒像是你翁翁了。"

"呀，你的魂壳看着也发乌了，像是一粒旧银珠。"

少媛说罢，即散了形，从破了的窗纸间进到祖祠。

越儿自大漠归后，怕叫人看出行迹，并未将我及众魂灵归葬，上回至临安，只是往祖墓中扫祭我坟头，灰椋灵牌皆携至大野浦墅麓上，于丹房大庭左侧建祖祠，供奉在一道。少媛寻见她的翁衮，里外巡视一番，道："爹爹尚记得抹忽迷思在我唇上么？"

"这里哪有什么忽迷思，这里的魂灵吃鱼肉鸡鸭，吃黄酒香羹。不过，他给我们供盘，却并不忘记总是抹些油汁在你唇上。"

"我的翁衮上毡布还是新的样子，看来爹爹思念我紧呢。"

"你恁地直愣愣现形，怕是你爹爹真的会吓晕的，不如择日寻机出来，好叫他相信。"

"哪个日子好些？"

"快到清明了，鬼有出动的，大凡在这一天。"

"泰榆，你恁地糊涂么？我如今不是鬼魂了，我是一方神明。"

"那也不可唐突。至少趁他欢心时间，不如等哪日他吃醉了。"

"他时常吃醉么？"

"他与那些胡人弟子一俟风和日丽，便往湖中泛舟，馔酒排碟，吃得酩酊大醉。"

"我不想向众人显现，只想在他跟前说说话。"

"那便趁他午睡时候。他偶尔会在后庭花园里瞌睡一下。你可先入他梦，然后待他醒时现身，这便叫他不知梦里梦外，天衣无缝。"

"这便甚好。明日午间你引我去见他罢。"

少媛于祠中来回翻腾，我怕她惊着瓮中魂灵，便引她至房外山林说话。

少媛说："泰榆，我此番来，另有一事。常有大异相显现与我，甚为可怖。凡一日中歇息时，这异相便来，断断续续，似是千年后情景。我必要说出来方得安宁。得此神启，或应说与孛额听，却未有孛额来问。这便想到你，你熟谙羽书记事，将我见到的记下来，释我重负。”

“你说出来，即获安宁？”

“每如此。往常得神启，说与孛额听便轻快了。”

“既无孛额来求，但说与我听无妨。”

于是，少媛尽言所见异相。

少媛说：

“一个身有百眼的人引二十万兵马渡江，得大京城，焚毁华丽宫室，然而皇族安然无恙；一个小王子与祖母坐大辇往北方去。王子成人后做了一介高僧。

“北地有大都城拔地而起，金光四照，天下各色人等，有才俊、丽人、商贾、工匠无数汇聚大城。突厥人叫它‘大汗八里可’。大汗身躯伟俊，仁慈宽厚，所居大殿由珠玉、精金、各色剌子、水精、硬木筑成。他的宫殿里有花苑百里，瑞兽祥禽遍布。大汗请来西境十字教博士，各地建伟寺，寺顶皆有十字。又有吐蕃僧侣来，建吐蕃大寺。国中民人多往吐蕃寺中去。十字博士问大汗，既大汗信奉十字教，何不令举国民众皈依？大汗说，契丹诸神力大，十字神倘差遣大能者来，以神迹服众，事必成。

“越半世，大汗薨，他的孙儿继位。有宗王举十字旗叛逆，王师出征平乱，打败叛军。王发兵征讨西南一个叫作‘八百媳妇’的地方，其地君主世世有妻八百，每妻领一寨，合八百寨为一国，所以叫这个名字。出师不利，边民怨怒，作乱不息。

“又过了大约半世，江淮游丐中有拜火神的人举事，围大汗八里可，北兵俱遁走大漠，国祚尽。火神来自波斯，又叫光明神，遂丐王建国，号光明国。丐王姓火，火族后裔。火皇帝的光明国建在契丹省地面上，在长城以内，有两个大京邑，一个即故都大汗八里可，一个新都在大江南边。有大巫师名字里有火热之字，助火皇帝坐稳天下。巫师将豆子撒在地上，豆子便幻化成兵马；巫师聚男女阴阳之气，调生死阴阳乾坤，可挪移云朵，呼风唤雨。火皇帝将山西的民人迁出，欲改换遭北人浸染的血脉。这时，中原的百姓与色目人通婚已久，与他们的先民长得不一样。传世的玉玺已失踪多年，我看见它躺在江边一口井底。这玉原有刺子宝光，如今深埋地下，蒙着白灰，样子极难看，有血色从白灰中透出，偶尔渗出血来。所以，江淮地方，河湖沟渠不治，常有血水毁灭庄稼。

“高峨大宇在水中行走，人在楼中张大布，受风力鼓动，推移漂流。一次到南大海，一次到西大海。火皇帝的使者将礼物赐给四方异邦人。

“皇帝的子民有从大陆去南大海的，在海中大小岛屿中寻到新地，这时候天上云开了，有飞仙临到新得地的人面前，说：‘神赐予你新地立国，凡守神最初与你先人约定的，必得福恩；凡听到佳讯而喜悦的，必得庇佑。此后你的国将沉没，土著与海上贼寇要立强国。不要沮丧，不要因此沉沦，神所许的国必天长日久，必从你的后人中择拣新君复国。那国不以族血聚人，不以言语分支，但以神赐的权柄屹立，虫蛀不坏，火炼不融，称精神之国，乃是由义成全的。’

“越百年余，新地之国沉没，唯余南方大岛上一城池，千国林立四周，围而不灭。

“又见众飞仙往海西诸国去，令妃冷色名字中有貘的人得神启，遇三兽而遭困，得上古诗人救而脱险。貘将所见所闻用方言记录成书，叫平民百姓看得懂。貘的歌，最终是欢喜的结局，人因着上天赋予的自由摆脱教廷，随着一位女神上升。

“飞仙中的长者说：‘既东方的皇帝迷信术士，要见着神的大能方皈依，不如叫西方的愚民得一样大法术，采雷电之光而照彻黑夜，推城镇房舍如游龙恣意远走，知血气生物筋骨窍穴细微，萃取金石与花草中秘藏而疗治百病。我等开启他们晓得天文地理奥秘，引领他们于海外偏处得应许大洲，教会他们使用光、电、气来发动铁器，告诉他们物性相制相生变幻无穷的道理，还有造化起初在生命里隐匿的旨令，供给他们地中蕴藏的万年尸骸聚集的潜力，还有数、乐与色的要义，还有思与验真的大法，以及去月与星辰的飞舟……'

“飞仙中有着七彩琉璃身体的女仙子说：‘人单得智慧，日久必傲骄。先开智的已然颈项硬了，后开智又得大能的，怕是愈加傲骄。’

“长老说：‘早先听到佳讯的，因神子作保，必无虞。大智必趋大愚。有何样智慧不是出于神天？人之善行恶念终将统归于真理。’

“飞仙又于羯蛮地中开启狼族的才子，那人名叫郭忒，令其通音字，制诗章，令羯蛮方言勿生歧义。

“飞仙叫一名教士敌抗教廷，赐他善辩能言，领他将封藏的经书启开，于是百姓亦得理据，不复投在教门下。他的名字叫‘造反’，神的教从此也叫‘造反教’。

“飞仙叫羯蛮族的诸小邦灭亡，拆散了圣尊肉迷的盟约，另兴起一个大国。又叫羯蛮人多多知晓礼乐，令学思缜密，辈出贤达。又于不连旦地方兴起众多教学社，凡能工巧匠皆蜂拥而往，于社中分门别类验证法术效用。

“时东方有古龙堕败，逆天命而行，拘民人于田土间劳役，驱使为奴。海外应许地上青龙作怪，亦贩卖黑身人驱用为奴。民人所信诸神黯弱，难敌恶龙。

“火皇帝的孙儿的孙儿，凡许多辈之后，有海西大博士自西境海滨国来，与大野浦中上海浦儒士著书传佳讯。此地日后舟楫穿梭繁忙，金银流淌，富足远胜别地。大博士通物理、算数及天文，深得火皇帝宠爱，常出入禁中无碍。越数年，大博士通中原文字，谙先圣典籍，与江岸新都内一个叫雪浪的僧人辩经，僧人自叹不如。大博士及衰老，未归，终于大汗八里可，葬于城西野外。两百年后，拳民暴乱，躏踏其墓。

“东大洋中有长岛，名小人国；再往东有大洲浮于海中，有巨人高三丈，称作大人国；大人国之东有海外应许地，有殷商遗民与海西贼盗杂居。雷神之兽名雷兽逃逸出来，穿梭于大人国与小人国之间。两国为争夺雷兽开战，小人国驱天狗、八百比丘尼、二口女、河童、烟烟罗、百百目鬼、垢尝、野衾、海夫人、雨女诸神妖出战，又得火皇帝水师一千兵舰相助，灭大人国，洲沉海底。

“客星入紫征垣，光散为赤龙。地大震，有声如雷。大戏楼起火，顷刻化为废墟。天地顿时昏暗，四方民人磕头烧香，拜牛马、金窟窿、诸样神佛。北境狗国有美妇人生下葡桃婴孩儿，无耳目口鼻四体，行走如水浪，所到之处，生物俱化为葡桃。幸存的幼妇，不再有处女的荣光，避祸于狼群中，食中无盐油，面黄肌瘦，骨肉腐烂，肌肤生疮。

“魄、馁、卢纶三地火多于血。此时，一名大将篡夺帝位，三地名连起来，即是他的名号，佛蓝契牙历代诸皇帝无有此名。其人以霹雳身姿惊人，西境不连旦、义国与思班恩为之战栗。他尤迷恋佛蓝契牙境外女子。佛蓝契牙一时盛大，一时又败落，不及弹丸之地。于另一处小岛，他丢失了权杖。

“突厥算端的国越过群山，土地伸到康士坦廷城下。云层渐低，压到人脖子下。战舰与火炮从云中落下，水路叫百艘巨舟堵塞，弹药炸裂城墙；云中又落下铁屑，渗人泥地，将暗道的墙壁溶溃，大厦雄殿于是沉陷。拂林王率兵冲入敌阵，身亡。王族中有妇人幸免于难，遁走斡罗思，与斡罗思王义完成亲。

“飞仙长老拨开云层，说：‘神的意愿，不叫正教的声音淹没。这国将成为地上最大的国，从日没地至日出地，都有它的徽号。拂林王的血流入斡罗思王族的血，蒙古人的血也在其中。他们将领着昔时的祖先和将来的子孙归入神的国。尚有尼伦蒙古的民人淌着纯粹的血，那是预留下要等着将来的成就。如今，利剑劈开每一个斡罗思人，肚里就会钻出一个蒙古人。地虽大，没有人可以逾越神的疆界。

“‘在邦国中拜偶像的，在五脏血脉中要归正。奸淫人的，他的血反被妇人吞噬，必在妇人肚腹中匍匐。他的族人如今并不居住故地，而是居住他所掳掠的奴隶之身，由着奴隶带领，进到神的殿。’飞仙中执掌生育的说道。

“大汗的兵马围住拂林的港口，吃鼠肉的士兵多有病倒者，领兵的千夫长将尸肉切碎，绑在巨石上，用抛石机抛入城中，又将死人的五脏炮制成丹，混在弹药中用火炮发射，邪毒于是蔓延开来，大瘟疫临到海西诸国，无论是国王、大祭司、商贾、工匠、农奴，皆难逃病魔追逐。村寨一座一座空虚，城邑一座一座塞满尸体。飞鸟吃了病死的尸肉，亦从空中坠落。牲畜也染病，成批地死亡。尸臭闭塞了草木的孔穴，没有谷粒再结出来，也没有花朵再绽放。

“羯蛮有个叫‘萤草甸’的地方，新岁第一日夜里，有祭司领农人求祈，农人手牵手围作一圈，歌而蹈之，声振林木。祭司欲止歌蹈，然农人所唱所舞愈演愈烈。祭司诅咒他们，曰非如此，则一岁不得息。果一岁无休。人称此围圈为‘罪圈’。入罪圈者愈来愈多，哭呼嘶叫，踢腾旋跃，做亵秽姿态，石桥不堪其蹬踩而陷，草木不堪其疯狂而枯死。更有甚者，不歌而蹈，似有琴声作伴，然周遭鸦雀无声，只见舞者于泥中打滚，于寺中触柱，抽搐，撕咬，翻白眼，口吐白沫。罪圈层层叠加，远至森林外，昼夜不停，一刻不止。凡三年，人多精疲力竭而死，幸活者复如故。一切于罪圈中逃脱者，瘟疫便离开他们身体。

“寺中祭司、司铎于大瘟疫时束手无策，他们的圣油圣水都不灵了，从此信随他们的人越来越少。

“死掉的人太多了，活着的人开始及时行乐。

“田园荒芜，工场凋敝，王和商人寻不见种地做工的人，于是人们热衷于奇技淫巧，呼喊大法术降临，醉心于锻造铁人，要让铁臂和铁足来代替农奴。

“医师和炼金师开始吃香，有人出重金令其炮制新药。

“飞仙长老说：‘看哪，愚昧紧闭的门叫瘟疫敲开了！硬着颈项的人，终于低下了头，松开了紧握的拳头。’

“‘神要将大法术交到那些松开拳头的手中。’琉璃飞仙道。

“愚钝的人聪慧起来，造出最好的葡桃酒、毡布、精铁、千里眼、顺风耳；信札在空气里飞，铁鸟载人一日千里；沉睡的山川和森林湖海被唤醒，地里埋藏的力量被呼喊出来；人不用灯油可以照亮黑夜，影子被连起来叫醒着的人看见梦境；粒米成仓，点石成金，冻馁远离了穷人；有人从应许地带回新的种子，地上各处又添了许多花卉、菜蔬和织物。

“飞仙长老说：‘上帝之手为罪孽中的人打开了门。他们既回不到内心深处去，不愿意让净风涤荡灵魂，要往自己营造的城中去，要停留固守在已知的短见中，那么，不如开了门窗，让他们的灵与肉都飘扬到外面去，在外面的世界由着新鲜的事物教导他们。’

“‘飘扬的灵与肉何时飘散零落？何时将圣心裸露出来，在日光下洁美如初？’肉翅美童问。

“‘我的美童子，你何必性急呢？神的预谋，是要让所有人，已死的和将死的，都融入真理。’飞仙长老道。

“十二个宫女在夜里将皇帝捆缚，扯其四体，蒙其头面。皇帝气绝，然未死。这是火皇帝第十一世。他听信道人方术，将果儿置入女孩儿阴户中，吸女精血，经数日取出食用。

“东方之东应许地中，金与银在河中流淌。海西人从大巫师那里学得采金银之术，炼出金银有十二座大山高。金银铸成花边钱币，流到天下四方。契丹省民人嗜银，不好金，十银当一金，银咸聚于中土。天下诸邦，二十银当一金，是故金咸聚契丹省外。又契丹造钱，不似花边币美，契丹民人皆追花边银钱，以一银抵七钱花边币，银复日渐流失海外。

“到火皇帝第十六世时，北地的水皇帝来取他的宝座，铁骑踏破关隘，火军难挡其势。这时候，中原各地起事自立为王的有许多，都敌不过水皇帝的兵马，纷纷败降。水皇帝得了宝座后不久，便出家做了和尚，他的儿子年纪尚幼小，只好由祖母听政。这时候朝中有佞人欺负年幼君主。君主英明，与年少的玩伴一起将佞人骗入殿中，关门打狗，拳脚相加，活活打死。及至这位君主成年，他的疆域辽阔，南到南大海，北到使鹿部，东到大角尖，西边与斡罗思相望，与窝阔台合罕时相仿。蒙古人与东胡思人都在他的管辖下。东胡思人就是东胡人，又叫屠何人[①]，他们中间的肃慎部曾经主掌过辽阳与中原的权柄。水皇帝的祖先也是东胡思人。他们原先的国叫作阿勒台，就是金子的意思。因为金能生水，水又能克火，所以这时候就叫水国。

“捏迷思人家的女孩儿嫁到斡罗思做皇后，冬天光脚在地板上走路，得了伤寒症。她的丈夫冷淡她，令她的芳心枯寂。羽林军的领头，身强力壮，与皇后幽会。皇后靠羽林军的领头得了尊位，杀死丈夫，做了女皇。捏迷思的女人领着有蒙古血的斡罗思人，向水皇帝讨回了钦察地以东的故地，他们的疆土直达大鲜卑山北面。又经过许多年，斡罗思人将铁棒连接起来，伸到岭北和辽阳。铁棒上载着有铁轮子的铁房子，飞快地就可以从末思怯瓦到大汗八里可，八乘之辇都追不上。铁棒连起来的路，就是爹爹与速不台大人出征

---

① 屠何人：屠何人，东胡思人，今译通古斯人。

斡罗思的故道，曾经大鸟载着你我飞过的那些地方。那些大叔人还在阔野地里，那些宫墟、大卉和长虹一直还记得我们。上天与人立约的印记，雨后每每显现出来，永久地挂在天边。

“原先察哈台汗的辖地中有人叛离水皇帝，这件事成为水皇帝的心腹大患。他御驾亲征，去征讨叛军。为了得到这块地方，他不得不让步，怕斡罗思人与叛部联合起来令他腹背受敌，于是将鲜卑人北方的广阔故地先就让给了斡罗思人。西土自此终于与中原接壤了，鲜卑人经过许多个百年隐藏到土地背后的血水里去了，他们成为血中的隐者。他们中的蒙古人隐在斡罗思血中，之后他们中的东胡思人隐在南家台血中。曾经，富浪人踏上斡罗思就到了东方；这时候，东方人踏上斡罗思就到了富浪。

“飞仙长老说：‘上天叫蒙古人和女真人做了传送佳讯的使者。’

“水皇帝在征讨察哈台故地时得了一种冷热病，一会儿寒战，一会儿热得冒火。这是一种不治之症，差一点要了他的命，恰逢佛蓝契牙来的教士进贡一种新药，水皇帝吃下去就出汗退热了。为此，水皇帝为教士开了门，准许肉迷教廷的人在大汗八里可建寺。这时候，造反教的人还没有来，他们在海西得了许多信众，但终究没有取代肉迷教廷。

“狗儿年过了是猪儿年，猪儿年过了是鼠儿年。这年狮子国的大船从海上来，与水国的水师在南大海开战。狮子国的大炮布满了船舱，炮弹可以射到六里地外，炮上长着千里眼，射手借之看得清远处情景，虽飞鸟、行人、枝叶、炊烟，咸收眼底。每弹有百斤，每发药有二十斤。成千上万的百斤铁弹飞向水国的营地、城楼和民舍，顿时海岸一片火海，生灵涂炭。

“猴儿年，大汗八里可民人见天上有巨狮与大公鸡显现，它们吐下火来，将水皇帝的五座禁苑与三座御山都烧光。阿勒台国和也可兀鲁思时候的旧宫、大寺也都在这时候烧了。民人四处逃散，弃了大汗八里可，遁走他乡；水皇帝和他的皇后、嫔妃以及大臣也逃到长城尽头的一处城堡里。水皇帝受惊吓得了病，第二年死了。这是第七世水皇帝，他的名字叫作‘四方富足’。他的儿子这时候年幼，只好由他的两个皇后临朝称制。小皇后才貌双全，通晓诗书经卷，她从皇叔那里学知西国之事，醉心于西国大法术。那时，这样法术叫作‘威盛吓伏他’[①]，也叫作‘赛英思’。她从西国请来博士，又送许多后生往西国游学，如是经历数十年，在她颜色已经衰老的时候，中原也有了铁棒相接的快路，电光也照亮了长夜。她终于获得一支水师，铁舰比寺塔还高，铁炮盛装几百斤的精铁弹丸。东方诸国，仰之若高山，一时无可匹敌。

“威盛吓伏他，终于成为一尊神，东方道术都倒在它脚下，皇帝渐渐不再信靠释老之徒，凡事都要拜求它。

“飞仙长老说：‘看哪，他们的大汗曾经说，要西国派有大能、显神迹的来。如今，这叫作威盛吓伏他的来了！’

“琉璃仙子说：‘东方人的颈项还有许多是硬的，这以后一个一个都叫威盛吓伏他拧断了，没有谁逃得过。’

“上帝之鞭曾抽打愚昧的人，也抽打聪慧的人。愚昧的人先醒了，聪慧的人却夺了这鞭子，说鞭子是我们的，是我们抽醒了野蛮人。愚昧的变得聪慧，聪慧的变得愚昧。东土的君主不善待神的使者，将他们拒之门外，他们由此遭殃了，遭到比聪慧更聪慧的威盛吓伏他鞭笞。地上的人开始抢夺威盛吓伏他，谁得到它就得胜，谁失去它、不认得它便衰败。

“飞仙长老说：‘杏花开了桃花开，桃花开了梨花开，春花开了又败了，在地土中成为尸体，城中的民人也跟花儿一样，最终都归于尘土。那先来的，没有人接待他；那纷纷后来的，被拥戴为至

---

① 威盛吓伏他：Wissenschaft的音译，德语“科学”的意思。

尊。人是怎么生出来的？谁比人更早先在？先在的有无上的权柄，人为什么要膜拜他们生出来的？已然得胜的先在者啊，何惧由他而出的万事万物？一个大能者倒下了，又有新的大能者到来，一切大能者都出离不了早先预定的！投宿的友人敲不开的门，抢掠的贼盗要敲开它！预备着甘露的大道不走，为什么偏要投身布满荆棘的歧途？看那些自断是非善恶之辈，他们硬着颈项苦苦求索，粗粝的顽石磨破了脚跟，比鸩毒还毒的利刺穿透了肝肠，他们一路狂奔，誓不回首，成为四邻们的众矢之的。我每时都听见他们的哭呼，他们怨恨神天待他们不公，说勤苦堪比牛马，机敏堪比鸟雀，良顺堪比羊群，何以不得善报？他们中的妇人叫道：'是谁给那饥馑将死的人吃食？是谁接待讨饭的如同接待自己的弟兄？是谁给夜宿无床的人衾被？是谁在困踬中为孝敬父母可以杀掉膝下婴孩？然而神天为什么不眷顾我这可怜的妇人？'他们中间孜孜不倦的仁人志士仰天长啸：'有谁比我更忠实做那威盛吓伏他的弟子？有谁比我更甘愿捍卫验真之道的纯粹？你们教我的，我都学了；你们殿中长久匍匐不起的，直到日落星曜依然长跪在地的，非我莫属。我惴惴不安，如履薄冰，殚精竭虑，然而，为什么我至今难以追上？为什么时时不得要领？为什么总在名誉的花册之外？'他们之中遍身创伤、老泪纵横的英雄悲叹：'我的至爱、我的至亲倒下了，跟我出来征战，不惜性命的无数勇士，他们前仆后继，踏着鲜血倒下了，他们的英魂已堆积成山，然而我一介布衣，提三尺剑而取天下，位至人尊无顶，难道不是神拣的么？'看哪，他们拳拳之心，其智其勇其俭其忍，不谓不诚，足令人可歌可泣，然而他们所得的，竟不是收获，而是欠账！'

“琉璃仙子说：'瞽者无视，聋者不闻。肌肤裂，筋骨断，血肉的怎么敌得过钢铁的？'

“掌管生育的仙子说：'我看见他们将几十代的后路都铺好了。'

“掌管终老的仙子说：‘我看见青壮的人将自己的墓穴和棺材都买好了。’

“白狼仙子说：‘我曾经幼弱的时候落入羊群，它们分出饮食照顾我，然而与它们相守的时日，没有一处令我自在，及至长成，我只好将它们吃了。’

“肉翅美童说：‘他们可能是地上最伟大的人群，没有谁能与之相比。他们的血，从我的眼睛里流出来，七个昼夜不止。我已经无力为他们祝祷了！’

“长老最后说：‘败花的腐气中必有嫩芽芳香。恩典是无限的！千百年，千万人，活了死了，最强硬最悲苦的命运，也叫这嫩芽拿去做了铺垫。没有绝望的，也无所谓希望，只有必成的，已成的，永恒的。’

“……泰榆啊，泰榆啊，我快不行了，魂都要散了！你来扶持我一下吧！我一口气说得太多了。我看到的，听到的，都说出来了。我不晓得意思，但我由不得自己。”

她终于说完了，歇在一旁，赤金的色泽淡去许多，看着像转了秋葵的白玉珠。

越儿在后庭花园里瞌睡，我领少媛到他跟前。少媛进得他的梦中去，盘桓良久，及他渐醒，尚有余梦时，少媛化身现形。

少媛说：“爹爹这下看分明了么？这是我呢！休要害怕，我已然不是鬼魂，今日做了仙子才出来望你。”

越儿说：“恁多年月过去，怎不见你长大？还是在黑林斡耳朵的样子？”

“我停在六岁了，那是我死的年纪。爹爹不记得了么？死人是不会长的。”

“你不是做了仙子么？仙子也不长么？”

“仙子的时日慢许多，洞中一岁，世上千年。如今我得了仙子身，才旬日不到，你们世上已经过了两三年。”

“那要是你出落成姑娘，爹爹已然成灰了。”

“怕是爹爹功德大，将来也要做武神呢。”

“我活得太长久了，把别人都活老了。那个佛蓝契牙的美妇窠潦尼玏，她与你同岁呢，初遇时叫我想起你，如今也四八有余了。”

“你是说那个海西女子么？我在庭院里见着她了。她行走生风，正是彩头十足的年纪呢！”

“她跟着我太久，我想叫她回去了。那个叫布舍的后生，是她的夫君。他们随着我修道，尚未有孩儿，该是让他们做父母的时候了。”

“他们走了，谁来照顾爹爹？”

“你弟弟或者会来望我。”

“你是说相如吗？他跟大汗玩得都记不起家了。他如今只住在万安宫里，他娘也不住龙海园了，大汗又赐下一个园子，在城北林子里。”

“龙海园空着么？没有人去打理？那便甚好。”

“好在哪里？”

“我在海子底下藏了金山，富可敌国，并无人知晓。既相如与他娘不在园子里住了，便无人在意何时取出。”

“我曾见你将金子倾入海子，知道金子沉在何处。爹爹身在江南，如何取出恁多金子？”

“我有个意图，想将金子交付窠潦夫妇，叫他们携归西国。”

“爹爹何不将金子留予相如？”

“相如在大汗跟前得宠，还少金子么？爹爹如今身边只有窠潦与她夫君那一干西国人，他们待我比儿女还亲，交予他们带回西国，或者还能做些有益的事情。我这便将此事托付与你，你既晓得金子沉在何处，不如现身指示给小子们看。”

“这要多少车载马驮才能拉走，他们如何带回西国？”

“我有成吉思皇帝御赐的大金牌，又有合罕御赐的虎符金牌，执此二者，通行全境无碍，可直抵斡罗思边塞。我将金牌交与他们，便可行事。”

“他们得了这金子，几百世都吃不尽。”

“一铤金，富一家；千百铤金，便可富一国。”

“爹爹想叫西国富足么？”

“爹爹一生傲骄，如今想去了傲骄，过几天平淡日子。人得千金，或傲骄；得此不计其数之金，则形同不得。无人可拥金若此，拥恁多金子，不过替人经管而已。天下君主盖如斯。”

“那些小子们中间会有君主么？”

“君命神授。凡人岂知？”

越儿说着说着，已然清醒，这便直面少媛，也坦然无惧，直好比父女相见，絮叨家常，尽享天伦之乐。

“既见过爹爹，与爹爹说了许多话，心里便安稳了。一会儿，我将去了，爹爹自保重，日后寻机，我复来望你。”少媛道。

“去便去了，路上走好，勿忘爹爹嘱托，将沉金处指示给小子们看。”

少媛正欲走，不放心，问：“他们去了，你岂不孤身一人？”

“勿多虑，军机事务中有细作往来，仍受我调遣，倘需照料，自然少不了听差的。”越儿言罢，挥挥手，示意少媛归去，复有所思，又招回，道，“往黧宫去望一望公主皇后，告之吾近况，令勿挂虞。”

一阵风起，少媛退到园中一株梨树下，隐入花丛中，乘风随着花路返回。

越儿从躺椅中坐起，掸落几片花瓣，径直朝前庭院中走去。

第五章　湖光亭

我的气息衰弱了，那些近处的声音、光影、人事，都模糊不清了。少媛离去前，说我的银珠已然乌黑黯淡，晚间时分居然与夜色分不出彼此。肉身活着，靠的是气血；灵魂活着，靠的是精力。你们看不见的精力，其实较气血更为贪婪，那是性情的根底，罪孽的深处。经上说，净风所到之处，泥身获得了生息。每个灵魂里面，包裹着净风熏染的内灵，当净风浩荡时，乃是由着神天在做主。

世间一层衣，裹着肌肤骨肉一层衣，里头是气血一层衣，再里头是灵魂精神一层衣。入世是一场著衣，渐渐厚重；出世是一场蜕衣，日益轻快。那气血精神的灵肉模糊了，那透出净风的亮处明晰了，好比玉璞开了天窗，玉肉莹润可见。那些修道的僧人所谓“尘尽生光”，不过是裸露了性情，将俗罪去掉之后的本来罪显现了。本来罪不是罪么？生与死远不是生时所想那么简单！死居然是另一种生的活法，是性情光赤的裸生，那是更长的挣扎和苦痛：堕为冤魂的凄楚，升为神灵的劳碌……倘寂灭了，灵魂也死了，会是怎样？

肉身寂灭的事情，我已然晓得。这灵魂脱离肉身后，因性情的清醒而倍受煎熬。倘未黯然枯萎，则长久地活着，经受长久的折磨。如今终于吃力了，气血与精神的视听如潮汐一般退却，而净风振荡之时竟有无上全知。“灵魂贫困的人有福了”，这话原本是这个意思！无数智慧而小信的人素来追问一件事情：即造化既万能，何以不去了恶魔与罪过，令万事万物完善无瑕。无恶何来完善？无暗何见光亮？活着是一场动静，动静相错，必是过与不及之罪孽。倘无错落，何来生？生性必是宿定之罪！造化设定这万罪之世，好比令良种落入淤泥、荆棘、砾石间，沃土亦生，瘠土亦长，也好比金刚落入烈焰、冰窟、精铁倾轧间，虽炎热酷寒重压而不坏。生性之罪原是见证，敌过万千，任风吹雨打、霜冻雪压，方谓无敌殊胜。无罪何言赎罪，无已在觑不见先在，无未知亦难量先知。

不屈啊，不甘啊，奋力啊，会当凌绝顶时，竟徒然！人之所为，因虚妄而见造化不虚。源头上的事情乃是终结，又加上一种无限恩典，纵横冲直撞，翻江倒海，终究完胜无虞。我这一介魂灵，为诸位看客做了明证：人的命有两个去处，贫困的灵魂得福佑，强硬的颈项得福禁，佑与禁是福之掌心掌背，人命难出其右。而所谓佳讯，闻见的人宽释了，因为有人替那遭禁的人受禁了！这一层恩典非但无偿，另外未闻者亦不可抗拒，因为它早晚必要临到你。

或者越儿，我南荣家的越儿，肉身活着的时候已然贫困了。他较我先闻见佳讯，在血气未败之前便已承蒙恩典。

他如今每日暮间便往华亭县城里去，寻着港汊间一座石桥边的湖光亭坐着，看日落与远帆，看熟知的街景与人烟被光阴吞咽……他要说的话已说尽，他要做的事根本做不尽，他坐歇在这看似终结的地方其实是原初的起点。

窠潦领一长者来亭中。此人干瘦修长，面貌清朗。见着越儿便说：“先生依然旧模样，只是白了须发，添了惆怅。”

“听君言语，有我临安乡音，却想不起是何人……”越儿恍惚道。

“我是你兄弟二毛，你认不出来了么？”

“二毛么？你如何瘦成一根葱模样？”越儿甚诧异，“你原先铁塔的身子哪里去了？”

“那年从中都刑部大狱里出来，患了重病，病愈后便瘦下去，再胖不起来。”

“直未想到肥胰的也可瘦成这样！你为我吃苦了！”

“苦尽甘来，我也借着你的缘分发了大财。你叫我去见的潘先生指给我财路，将徽州湖州的大生意分给我做，不久便东山再起，赚满了钵盆。”

“那个常州杨桥镇的潘先生么？掐指算来，已经半世了。”

“我从大狱里出来后第四年，他便去世了。”

“哎呀！他定是未遵我嘱咐，旧病复发，忘记吃药了。他有羊痫风，当年我去时，曾配炼一丸，叫他八年后入春时服下，不服则复发，发则不愈。你下到大狱是大安初年，我遇着潘先生是嘉泰四年，又过了四年他故世，果然八年！”

“人各有命，潘先生或者正是天定来扶持你我的，他的事做尽了，便安歇了。”

“药可救人，却改不了命数。如今我的事也做尽了，恐不久于人世。”

“看你健朗，无疾无恙，何出此言？”

“天令我知命，此亦命也。我少时愚顽，不谙就里，好胜轻狂，仗着大能不可一世，实在不知，起初我就赢不了你。我那义父教我埋设大坑来智取你，人智如何胜得了天力呢？我的聪明是人算计出来的，你的力气是老天早先给的。现如今，你也用不着力气了，这便瘦下来，瘦下来享福寿。你终究要活得比我长久些。”

“南征北战，开创一世伟业，天下人都赢了，怎说赢不了我？”

“倘有伟业，那是造化的荣光，人不过一器，替天一亮而已。至于人本身，矮的，高的，胖的，瘦的，快活的，风流的，卑劣的，倔犟的，妍美的，粗陋的人，却不是宋的人，金的人，也可兀鲁思的人。”

“那么，敢问仁弟是何样的人？”

“打不过二毛的人，却孜孜不倦，乐学忘忧的人。”

“何故于亭中望远而惆怅？”

“卑微如蚁，竟蒙恩无限。极目放眼，望洋兴叹！”

“那么，我又是何样人？”

“胖子，瘦叟。尽享其所得，为我吃苦，由我长寿。”

“如何由你长寿？”

“不日，北兵将来取临安。及彼时，将我葬在祖墓，立一介石碑，铭文‘南荣越之墓’，余皆勿书。另将我姝娘、妻妾、仆用灵瓮埋下。我父灵悲苦，一路随我飘零，人不知其骨骸遗落旧宅井中，直未入穴，可掘出入殓。三日前，父灵以羽书示我，乃知。”

于是，越儿将如何晓得我随他几十年、如何立了牌位、如何羽书诸事悉告二毛，又画了墓园图样，圈点各灵墓穴地位，写下各灵所应钤碑文，后事种种，皆托付周全。又道：“我有一子，名相如，在北朝中做事，及北兵来时，可求见，告之。”

二毛是越儿差人从临安城里寻来的，委其家中事，为的是让他活得长久。这件事，他在天主面前求祷，得了应许。

此间华亭，三步两座桥，一望十条港，林木荫翳，庐舍鳞次，清流急湍，水系与太湖、松江、华亭海连在一起。华亭海外乃东大海，南有南大海，北接北大海，与天下大洋相通。湖光亭在城西，与古冈身近，与谷水紧邻。越儿每日于亭中必先问：“何处向东？”

窠潦便指给他看。他数着东去的小船大舟，一一分辨运盐的，贩酒的，载谷米的，又道此去余杭，彼去松江口换海船达闽广……

他说：“早先，海水当冲到这间亭子底下，如今淤泥推涌过来，大野浦似是一艘靠着古冈身的泥舟。只可惜泥舟不摇，止死在泥塘里，日久成岸。这边船直往南去，鲜有北去的，昔日徽宗遣使自登州渡海至辽境，走的是北海路线。倘北线尚在，尔等扬帆北去，不日便可登岸抵中都。”

窠潦道：“爹爹有所不知，县东上海浦松江口有大港，北地来的私船隐匿其间，北人来运茶买稻谷的甚多，朝廷的巡检和税司睁眼闭眼的，财货往来不计其数。”

“如此甚好。尔等可搭船北往，这便省去许多陆路上的颠簸周折。勿不忍舍我，当速速去莫迟。我这里诸事已委付停当，自安然不愁。”

“弟子们商量好了，但愿与爹爹相守。”

“如是便是逼我早死。我不死，尔等不去。人各司其职，我做我的事，小子们做小子们的事。”

“如今跟爹爹学道，便是小子们的大事。”

“吾所知，尔等悉已知；尔等所知，吾有所不知。归去罢！归去罢！夫子曾忧虑乡间小子狂简，斐然成章，不知所以裁之。汝乡党中人亦然。”

又三日，暮间凉风起，余晖尽收。

越儿道：“口中索然无味，往铺子上取一碗馄饨来。”

窠潦便去亭外巷子口铺子嘱人送馄饨来，又往古道旁车轿中取长衫来给越儿披上。及归，见越儿凝坐石凳上，仰首朝着天外，道：“爹爹披上些个，莫叫凉风透进身子。”

无应。

又转到跟前打量，见阖眼，已无息。触之，身已冰凉。他手中的玉童子坠在地上，碎了。

他就这么，一动不动地，安静逝世了。

此岁宝祐五年，北地蒙哥大汗七年，西元纪年千二百五十七年。南荣家的越，终年六十七岁。

众弟子按江南习俗，停柩招魂，凡七七四十九日，到了日子，于内屿水畔白沙滩上，斫木叠架，将越儿肉身焚烧，殓存陶瓮，置于祖祠，与我灵牌及众故人灰椋于一道。

事毕，众弟子商量守孝。

术忽难道："汝众可速去，先生生前有托，嘱掘龙海园中财宝，迟滞恐生变数。我自留岛中，代汝众人守孝，必谨敬不怠，勿虑。"

布舍、窠潦、安竺耳、雅古、禄合遂各择越儿遗物一二件，睹物思人，恋恋不舍，盘桓旬日乃去。五人往上海浦松江口寻私运大舟，沿海路往燕京转哈剌和林。

术忽难学子贡结庐守灵，于墅麓上遍植桤树，一年复一年，将岛屿覆盖。子贡守六年，术忽难守十九年。桤树有感术忽难诚孝，每至越儿祭日便翠叶滴泪，皮渗赤浆，冠披虹霓。每岁有人自松江口停泊之大舟下来，往墅麓秘访术忽难，告之海西事，并问归期。

来人曰："布舍先生令我来此接应。"

术忽难曰："今岁将逝，或明年。"又问，"诸君可好？吾土有何新事？"

来人告曰："兄弟同学与绿林中人及海上豪杰结义，据我西土南国要塞重镇，开集市，建商会，造纸印书，催兴艺文，一派生机勃勃。"

又数年，来人按期复至，曰：“布舍先生如今是习习栗国[1]水军大臣，夫人生下五子三女。禄合出资于八梨办了许多教学社，王室授予他圣禄合伯爵称号。雅古开画堂，授徒百千，其弟子名契么逋[2]者誉冠富浪诸邦。”

及德祐二年春，西元纪年千二百七十六年，北兵占了临安，江南失陷。此时，蒙哥大汗已薨，接位者乃其弟忽必烈，开国号元，是年为至元十三年。果如少媛所言，“一个身有百眼的人引二十万兵马渡江，得大京城”，因攻临安之大将名伯颜，伯颜者，临安话与百眼谐音。或者少媛十余年前可闻此时临安百姓口口相传之音？如是推想，莫不是其所言数百年后事亦将句句成谶？

来人复造访墅麓，曰：“今阿勒贝山[3]南诸城邦皆兴旺，昔日财宝，金生金，银生银，四处流淌，俯拾皆是。众兄弟盼君归，望眼欲穿。”

“吾师魂安日，即吾归期。”术忽难道，“不久矣。今国公家郎君已至江南，必来葬殓。”

蒙哥驾崩后，相如为忽必烈皇帝所用，掌管江南江北漕运，时居临安。二毛照越儿遗命，往官邸拜见相如，将其父事一一俱告。相如亲临墅麓，迎回众灵瓮，请术士看了墓地，谋划择日落葬。

二毛告相如曰：“汝父嘱，不可厚葬，只按庶民礼行事，直铃刻‘南荣越’即可，余皆遂顺，诸如祖辈父辈、大娘小娘，勿冠尊爵。”又按我羽书告知越儿井中遗骸所处画出图样。

相如叹曰：“大爹爹居然至今未入殓，真奇事也！”

---

① 习习栗国：今译作西西里国，12–13世纪王国。

② 契么逋：今译契马布埃，佛罗伦萨画师，文艺复兴时期大师乔托乃其弟子。

③ 阿勒贝山：今译阿尔卑斯山。

二毛道：“大人但执礼，余事勿躬亲，汝父托我打理，此乃卑下福寿所系，多做一事多得一分福气，多守一日灵多得一日寿。”

于是，开穴置椁诸事悉由二毛操办。

迨掘井寻我遗骸前夜，我与大鸟作别。

我谓大鸟曰：“明朝二毛寻来尸骨，我灵附着其上，便归穴安息不出。此间与汝道别，不复见。”

大鸟道：“魂息于地下，如名记于簿册，无一挂漏，待末世天庭判决，自分出左右，彼时复见。”

“何日末世来临？”

“未知。或明日，或万世之后。非你我与世间灵肉执掌权柄。故经上召罪人云，速醒来，那日子将近。”

“肉身初灭时，怨魂出体，强胜气血，以为所虑所牵，因魂力细谋可免灾造福，历半世余，光渐黯，隙渐深，贫困疲软，方受魂中净风涤荡。由是知使命，借羽书录所闻所见。今夜最终一笔，将罢书。困累至极，一丝不欲动弹。”

“此鸟身亦旧，不堪用。唯汝所书于翼上不坏，阴文随君入地，阳文将遗旷野间，待人中可辨者阅之，宣示天下。”

“汝或晓天意，可告否？”

“吾乃君之故人，君可识得？”

“何言故人？时遇汝于汴梁大丘中，乃初识。”

“吾交久矣！”言罢，脱羽而现形，云鬓霞唇，雪肌雨眸，乃虫媄，绾儿，卫绾奕是也。

“如何生在绍兴人家？又如何羽化？”

“吾母曾于会稽林中迷路，昏厥仆地，迨父寻至，见有应龙缠身，及至归，则有孕，乃生我凡胎。我另有仙胎，即凤凰身，非羽化，直应时运而脱胎转形。今鸟身坏，先前水土凡胎亦已去尘还回星火真身。如君此刻所见。”

话音落，缓回首，情笑间宛然少时丰姿，歌云：“死生契阔，与子成说。执子之手，与子偕老。于嗟阔兮，不我活兮。于嗟洵兮，不我信兮。”

渐歌渐远，如明光，划破长夜。